프로파일링

심리죄

心里罪 : 画像

프로파일링
심리죄
心理罪

레이미 장편소설
박소정 옮김

한스미디어

차례

괴물

어젯밤 그들이 또 나를 찾아왔다.

늘 그랬듯 그들은 아무 말 없이 내 침대 앞에 섰다. 늘 그랬듯 나도 몸이 굳은 채 주위를 에워싸고 있는 까맣게 타버린, 머리 없는 몸뚱이들을 두 눈으로 마주했다. 이번에도 그는 내 귓가에 대고 나지막한 목소리로 말했다. 사실 너도 나와 같아.

한밤중에 그들과 만나는 건 익숙해졌지만 여전히 식은땀이 흘렀다. 그들이 아무 말 없이 떠난 뒤에야 나는 맞은편 침대에서 두위杜宇의 잔잔한 숨소리를 다시 들을 수 있었다.

창밖에서 서늘한 달빛이 쏟아져 들어왔다. 기숙사 안에 가득하던 불길은 사라지고 썰렁한 기운만이 감돌았다.

나는 힘겹게 몸을 뒤척이며 베개 밑에 둔 군용칼을 손으로 더듬었다. 투박하고 다소 굴곡이 있는 칼자루가 느껴지자 서서히 호흡이 편안해졌다. 그렇게 다시 깊은 잠에 빠져들었다.

　가끔 나도 사범대학에 가보곤 했다. 학교에 가면 제2남자기숙사 문 앞 화단에 앉았다. 예전에 그곳엔 오래된 회화나무가 한 그루 있었는데, 지금은 가지각색의 이름 모를 꽃들이 미풍에 몸을 맡기며 아름다운 자태를 뽐내고 있었다. 나는 7층 높이의 화학과 학생 기숙사를 뚫어져라 바라보며 예전 모습을 떠올리려 애썼다. 색이 바랜 붉은 벽돌, 흔들흔들하며 금방이라도 떨어질 것 같은 목재 창문, 페인트 자국이 얼룩덜룩한 철제 대문. 그리고 이 건물을 드나들던 새파란 젊은이들. 나약한 감정에 크게 한 대 얻어맞기라도 한 것처럼, 순간 열린 기억의 수문으로 걷잡을 수 없이 슬픔이 밀려왔다.

　나를 아는 사람들은 내가 말수가 적다고 생각할 것이다. 나는 되도록이면 혼자서 시간을 보내려고 한다. 혼자 밥을 먹고 혼자 길을 걷는다. 수업을 들을 때도 다른 사람과 함께 앉는 걸 꺼린다.

　내게 다가오지 마. 나는 눈빛으로 나를 이해하려는 사람들을 밀어낸다. 사람들은 나를 멀리하지만, 나는 주위에 있는 모든 사람의 성격, 천성, 생활 습관을 속속들이 알고 있다. 만약 교실, 식당, 교정에서 창백하고 무심해 보이는 얼굴로 끊임없이 다른 사람을 살피고 있는 사람을 보게 된다면, 그게 바로 나일 것이다.

　나는 J대학 난위안南苑 제5기숙사 B동 313호에 산다. 내 룸메이트는 대학원에서 법리학을 전공하는 두위다. 같은 방을 써서 그런지, 두위는 법대에서 나와 이야기를 나누는 몇 안 되는 사람 중 하나다. 두위는 내가 외로워 보일까 봐 늘 옆에서 챙겨 주었다. 사실 난 내가 어떻게 보이는지 전혀 신경 쓰지 않지만, 두위와 그의 과하다 싶을 정도로 애교스러운 여자친구와 이야기하는 걸 거부하지는 않았다.

"어이, 같이 먹자."

나는 양푼을 들고 고추장을 넣은 비빔국수를 먹으며 컴퓨터를 보고 있었다. 모니터에 뜬 사진과 밑에 적힌 설명을 보느라 집중해서 두위와 그의 여자친구가 방에 들어왔는지도 몰랐다. 어느새 내 눈앞에는 고춧가루와 쯔란孜然 향신료의 하나 가루를 뿌린 갓 구운 양꼬치가 누런 기름을 줄줄 흘리며 탄내를 풍기고 있었다.

그걸 보자 내 안색은 등 뒤의 벽 색깔보다 더 창백해졌다. 두위가 눈앞에 들이민 양꼬치를 멍하니 바라보는데 이상하게 목구멍에서 꾸룩꾸룩 소리가 났다. 그러더니 곧 반쯤 먹은 점심이 손에 들고 있던 양푼으로 쏟아졌다.

나는 입을 틀어막고 토사물로 가득 찬 양푼을 들고서 문 밖으로 뛰쳐나갔다. 이윽고 등 뒤에서 천야오陳瑤의 목소리가 들렸다.

"왜 저래?"

나는 힘없이 화장실 세면대에 비스듬히 기댄 채 대충 얼굴을 물로 씻었다. 고개를 들어 보니 군데군데 얼룩이 진 벽거울에 물과 땀으로 범벅이 된 창백한 얼굴이 비쳤다. 눈빛은 흐리멍덩했고 입가에는 미처 닦지 못한 토사물이 묻어 있었다.

몸을 굽혀 헛구역질을 몇 번 하자 더 이상 게워낼 게 없을 정도로 위가 텅 비었다는 걸 느꼈다. 비틀거리며 겨우 몸을 일으키고는 수도꼭지로 다가가 시원한 물로 입안을 헹궜다.

양푼을 쓰레기통에 버리고 휘청휘청하며 침실로 돌아왔다.

침실 안도 엉망진창이었다. 천야오는 허리를 구부린 채 두위의 침대에 앉아 있었다. 바닥은 토사물 천지였고 시큼한 냄새가 진동했다. 두위는 코를 막고서 세숫대야를 천야오 앞에 던졌다.

천야오는 식은땀과 눈물로 범벅이 된 얼굴로 나를 보더니 손가락질을 했다. 그러고는 무슨 말을 하려다 또다시 격렬하게 구토를 하며 말을 잇지 못했다.

두위는 난감해하며 나를 쳐다보았다.

"야오야오도 방금 전까지는 네가 왜 그러는지 몰랐어. 근데 네가 컴퓨터로 뭘 보고 있던 거 같아서 자기도 따라 보더니만 결국 저렇게⋯⋯."

나는 두위 말에 대꾸도 없이 곧장 컴퓨터 앞으로 갔다. 내가 보고 있던 화면에 사진이 몇 장 있었다. 그중 한 장은 썩어 뭉개진 머리, 두부頭部와 목의 피부가 벗겨진 사진이었고, 나머지 세 장은 각각 피해자의 사지가 절단된 몸통, 왼팔과 오른팔 사진이었다. 2000년 미국 위스콘신주에서 일어난 살인사건의 현장 사진이었다. 나는 그 사진들을 하드 디스크에 있는 '심각한 시신 훼손'이라는 이름의 폴더에 저장했다.

나는 일어나서 천야오 곁으로 다가가 허리를 굽히며 말했다.

"괜찮아?"

심한 구토로 힘이 빠질 대로 빠진 천야오는 나를 보더니 순간 질겁하며 뒤로 움츠렸다.

"가까이 오지 마!"

천야오는 바들바들 떨리는 손으로 컴퓨터와 나를 번갈아 가리켰다. 이내 입술을 파르르 떨더니 두 글자를 내뱉었다.

"괴물!"

"야오야오!"

두위는 버럭 소리를 질러 제지하면서 불안한 눈으로 나를 쳐다보았다. 나는 두위를 보며 괜찮다는 듯이 웃어 보였다. 정말 아무렇지 않았다. 내가 괴물인 건 나도 알고 있으니까.

내 이름은 팡무方木, 2년 전 발생한 재난에서 살아남은 유일한 생존자다.

제1장

성폭행당한 도시

　　J시의 봄은 후텁지근했다. 벌거벗은 나뭇가지에 새싹도 아직 나기 전인데, 기온은 어느새 17~18도까지 올라간 상태였다. 타이웨이邱偉는 달리는 지프차에서 짜증스러운 듯이 단추를 하나 더 풀었다. 그는 무척이나 초조했다. 무더운 봄 날씨 때문만은 아니었다. 경찰 생활 십 년 만에 제일 까다로운 사건을 만났기 때문이다.

　　2002년 3월 14일, J시 홍위안紅園구 타이베이다제臺北大街 83번지 밍주明珠 단지 32동 402호에 사는 천陳모 씨(여, 한족, 만 31세)가 자택에서 숨진 채 발견되었다. 검시 결과 사망 추정 시간은 오후 2시에서 3시 사이, 사인은 경부 압박에 의한 질식사. 피해자의 목에 선명한 손자국이 발견된 것으로 보아 범인이 피해자를 목 졸라 살해한 게 분명했다. 현장 감식 결과, 실내에 뒤진 흔적도 없고 사라진 물건도 없어서 강도 살인의 가능성은 잠정적으로 배제했다. 피해자는 상반신이 벗겨진 상태였지만 하의는 멀쩡했고 성폭행을 당한 흔적이 없어 성폭행 살인도 아닌 것 같았다. 다만 범인은 살해 후 흉기로 피해자를 가슴에서 배까지 갈랐는데, 범행에 사용한 흉기를 현장에 남겼다는 게 좀 의아했다. 피해자 남편은 그 흉기가 피해자의 집에서 쓰던 식칼이라고 증언했다. 현장은 차마 눈 뜨고 볼 수 없을 만큼 참혹했다. 피해자의 내장과 피가 도처에 가득했다. 경찰이 주방에서 컵 하나를 발견했는데, 그 안에 들어 있던 액체는 피해자의 혈액과 우유를 섞은 것으로 밝혀졌다. 말로만 듣던 괴물, 흡혈귀를 떠올리게 하는 대목이었다.

그 뒤로 한 달여 시간이 흐르고 J시에 연달아 두 차례 살인사건이 일어났다. 피해자는 모두 25세에서 35세 사이의 여성이었다. 피해자의 가슴에서 배까지 부위가 갈라져 있었고, 현장에서는 다른 물질과 섞여 있는 피해자의 혈액이 발견되었다.

인구 200만 명이 사는 중형도시에서 살인사건은 흔한 일이었지만, 연쇄살인범의 수법이 너무 잔인하고 기이해서 J시에 적잖은 파문을 일으켰다. 이로써 수천 년 동안 잠들었던 흡혈귀가 부활했다느니, 중국을 침략했던 일본군이 남기고 간 생화학무기가 돌연변이를 일으켰다느니 하는 갖가지 괴소문이 떠돌았다. 시 정부도 해당 사건을 주목하면서 기한 내에 어떻게든 사건을 마무리 지으라고 공안기관에 주문했다.

시 당국이 사건 수사 전담팀을 꾸렸지만, 일주일이 지나도록 사건 해결에 아무런 진전이 없었다. 전담팀이 골머리를 썩고 있는 동안, C시로 출장을 다녀온 딩수청丁樹成 경관이 신선한 제안을 하나 했다. 범죄학을 전공하는 J대 대학원생을 찾으라는 것이었다.

전담팀 책임자로 있던 타이웨이郤偉는 처음에 그 말을 듣고 딩수청이 농담을 하나 싶었다. 그런데 딩수청은 진지하게 다음과 같은 이야기를 들려주었다.

2001년 여름, C시에서 네 차례 연속으로 성폭행 살인사건이 발생했다. 피해자는 전부 25~30세 직장여성이었고 범인은 피해자를 성폭행한 뒤 끈으로 목을 졸라 살해했다. 사건은 C시에서 짓고 있던 네 개 고층빌딩 옥상에서 각각 벌어졌다. 당시는 딩수청의 직속상관이자 시 당국 경문보처經文保處, 경제문화보위의 준말로 공안의 직능부서 중 하나 처장이던 싱즈썬邢至森이 C시 공안국 부국장으로 승진한 지 얼마 안 되었을 때였다. 신임 관리자는 악폐를 일소하는 데 열심인 법. 싱 부국장은 언론에 사건 상황을 일부 공개하며 보름 안에 사건을 해결하겠다고 시민들에게 약속했다. 그리고 이틀 뒤, 전담팀 책상 위에 어느 시민에게서 온 편지 하나가 도착했다. 편지에는 범인이 성심리가 왜곡된 변태라고 적혀 있었다. 또 여성과 정상적인 관계를 맺을 수 없기 때문에 성폭행과 살인을 통해서 자신의 욕망을 분출하는 것이며, 범인의 나이는 30세를 넘지 않을 거라고 단정했다.

처음에 전담팀 경찰들은 편지 내용이 추리소설 마니아의 기발한 상상에 지나지 않는다고 치부하고 대수롭지 않게 여겼다. 그런데 싱 부국장은 이야기를 듣더니 상당한 관심을 보이며 발신인과 관련된 자료 조사를 지시했다. 발신인이 광무라는 이름의 C시 사범대학 졸업생이라는 걸 알게 된 싱 부국장은 기대에 차서 곧바로 그를 찾았다. 두 사람은 사무실에서 30분 정도 대화를 나눴고, 싱 부국장이 직접 운전해서 함께 사건 현장에도 다녀왔다. 싱 부국장은 돌아와서 사건에 관한 모든 자료를 사무실로 옮겼다. 팡무는 자료를 빠짐없이 훑어보고 한밤중에(검시 결과, 사건 발생 시간은 밤 10시~11시경이었음) 사건 현장에 다녀왔는데, 그때 딩수청 경관이 동행했던 것이다. 팡무는 네 건물 중 한 건물 옥상(사건 현장을 통틀어 가장 높은 건물이기도 함)에서 한참 서 있었다. 그러고는 마지막에 한마디 툭 던졌는데, 그 말이 딩수청에게 깊은 인상을 남겼다.

"범인은 여성을 성폭행한 게 아니라 이 도시를 성폭행하고 있었던 겁니다!"

공안국에 돌아온 팡무는 전담팀에게 다음과 같이 제안했다. 첫째, 도시 전역에 있는 B급 비디오방, 그중에서도 공사가 진행 중인 건축 현장 근처 비디오방을 조사해서 아래 조건에 해당하는 남자를 찾는다. 20~25세, 마른 체구에 짧은 머리, 키 165~170센티미터, 오른손잡이, 왼손에 손목시계를 차고 있고 왼쪽 손목에 긁힌 자국이 있으며, 고등학교 수준의 문화적 소양을 갖춘 안경 쓴 남자. 둘째, 도시 전체에서 작업 중인 시공팀 가운데 상술한 특징에 부합하는 사람을 찾는다. 셋째, 위 조건을 갖췄으며 C시 주변 소도시에서 대입에 떨어지고 도시에 와서 아르바이트를 하는 사람, 특히 집에 남자 어른밖에 없는 외동아들이나 남자형제만 있는 사람을 찾는다. 팡무는 심지어 범인이 체포될 때 분명히 흰색 셔츠를 입고 있을 거라고까지 말했다.

전담팀 구성원들은 뜬구름 잡는 듯한 이런 추측에 반신반의했지만 싱 부국장은 부하 직원에게 팡무가 제시한 용의자 특징을 바탕으로 수사에 착수하라고 지시했다. 이틀 후, 기차역 근처에 있는 작은 비디오방 주인이 용의자와 인상착의가 비슷한 사람을 안다고 말했다. 그는 기차역 근처 건설 현장에서 일하는 아르바이트생이었다. 주인의 말에 따르면, 보통 공사장 인부들은 여럿이서 비디오를 보러 오는데 그 사람은 매번 혼자서, 그것도 꼭 한밤중에 성인영화를 보러왔다. 한번은 성인영화를 보다가 같은 건설 현장에서 일하는 동료를 만나자 얼굴이 시뻘게진 채로 몰래 빠져나와서 기억에 남았다는 것이다. 경찰들은 해당 건설 현장을 찾아가 작업장에서 비디오방 주인이 지목한 사람을 찾았다. 용의자의 이름은 황융샤오黃永孝. 건설 현장에서 측량원으로 일하고 있었다. 경찰이 증거를 들이밀며 왼쪽 손목을 보여달라고 하자 황융샤오는 갑자기 도주를 시도했고 이내 경찰에 제압되었다. 공안국에 와서 신문을 받은 그는 네 차례에 걸친 범행에 대해 모두 자백했다.

황융샤오, 21세 남자, 고졸, C시 바타이진八臺鎭 사람. 2000년 대입시험에서 떨어진 황융샤오는 1년 재수해서 다시 시험을 치렀지만 또 한 번 고배를 마셨다. 이후 숙부를 따라 도시로 와 여러 건축현장에서 일한 경험이 있지만 근무 기간이 매번 길지는 않았다. 숙부의 소개로 해당 건설 현장에서 아르바이트를 시작했는데 나름 가방끈이 길어서 그런지 측량원으로 일하게 되었다. 그동안 황융샤오의 이미지는 성실하고 과묵한 청년이었던 터라 사람들은 그가 저지른 끔찍한 죄상을 듣고 하나같이 의외라는 반응을 보였다. 체포될 당시 황융샤오는 낡았지만 깨끗하게 세탁한 흰 셔츠를 입고 있었다. 팡무가 묘사한 용의자의 외모, 가정환경, 업무환경, 생활습관이 황융샤오와 놀라울 정도로 일치했다. 예상이 빗나간 거라곤 부모가 오래전에 이혼했다는 것과, 황융샤오에게 형제는 없고 누나가 한 명 있는데 재혼한 어머니를 따라 외지로 가버리는 바람에 왕래가 끊겼다는 것뿐이었다. 하지만 이미 밝혀진 것만으로도 평범한 외모의 이 남학생을 다시 보게 되는 계기가 되기에 충분했다. 황융샤오가 사건을 저지를 때 팡무가 현장에서 그를 지켜본 게 아닌지 의심이 갈 정도였다. 직접 보지 않고서는 그런 정확한 묘사를 해내는 게 불가능했기 때문이다.

팡무의 설명은 이랬다. 현장을 가보니 피해 여성의 바지가 무릎 아래로 내려와 있었는데 무릎 쪽에 찰과상 흔적이 있었다. 또 옥상 난간에서 피해자의 피부조직이 발견됐는데 가슴에 입은 찰과상과 맞아떨어졌다. 이는 범인이 피해자의 등 뒤쪽에서 성폭행을 저질렀다는 걸 의미했다. 후배위라고 부르는 이 체위는 상당히 많은 의미를 담고 있는 자세였다. 첫째, 후배위로 성교를 할 때 남성이 뒤에서 상반신을 누르거나 두 손을 잡게 되면 여성이 벗어날 수 있는 폭은 최소화된다. 게다가 바지가 무릎까지 내려오면 두 다리를 움직일 수 있는 공간이 제한되어서 격렬하게 반항할 수 없게 된다. 둘째, 성 심리학적 각도에서 볼 때 후배위는 가장 원시적인 성교 체위로 남성에게 강한 정복감과 만족감을 안겨주기 때문에 다른 체위보다 훨씬 남성에게 심리적인 자극을 줄 수 있다.

그날 밤, 팡무는 어둠이 짙게 내려앉은 옥상 위에 섰다. 도시의 야경 전체가 한눈에 들어왔고 저 멀리 불이 밝혀진 고층빌딩과 발밑을 지나가는 차량행렬을 바라보고 있었다. 기품 있게 차려입은 여성은 거친 움직임에 무기력하게 발버둥치고 범인은 시야가 탁 트인 높은 곳에 서서 마음껏 욕망을 분출했으리라. 팡무는 눈을 감았다. 이 도시의 어느 고급주택에서 초조하게 아내를 기다리고 있을 사내여, 당신의 아내가 내 밑에서 개처럼 능욕당하고 있으리라곤 상상도 못하겠지? 어쩌면 범인의 눈에는 도시 전체가 거대한 여성의 생식기처럼 보였을지도 모른다. 범행을 저지르는 그 순간, 범인은 이 도시를 정복했다는 쾌감을 느꼈을 것이다. 그렇다면 현실에서 그는 '루저'인 게 분명하다. 비정상적으로 성적학대를 하고 살인하는 행위는 사회에 대한 분노를 해소하는 방식으로, 성행위가 범인에게 특별한 의미가 있다는 걸 나타낸다. 또 그에게 초인적인 호기심, 신비감, 흥분을 느끼게 하는 동시에 수치심을 느끼게 한다. 만약 남성이 이른 시기에 여성과 정상적인 관계를 맺을 수 있다면 성에 대한 지나치게 강렬한 느낌은 사회 경험이 쌓이면서 서서히 사라질 것이다. 그런 의미에서 범인은 여성과 정상적인 관계를 맺을 수 없는 사람일 가능성이 크다. 그리고 여성에게 제대로 보살핌을 받지 못한 환경에서 자랐을 것이다. 이런 성 심리를 가진 사람은 나이가 많지 않다. 그 이유는 첫째, 나이가 많다면 다른 정상적인 사회경험을 통해서 이런 심리를 해소했을 것이고 둘째, 이런 심리는 대개 사춘기 때 나타나기 때문이다. 범인의 나이가 많다면 벌써 범행을 저질렀을 텐데 최근까지 유사 사건은 일어나지 않았다. 따라서 범인은 25세 이하의 남성, 집에 어른 여성이 부재하거나 형제만 있고 인생에서 실패를 겪어본 사람이다. 사건 발생 장소는 건설 현장 꼭대기였는데 이는 도시에 대한 범인의 정복 심리를 만족시킬 수 있는 최적의 장소다. 또한 범인이 해당 장소를 잘 알고 있다는 뜻이 된다. 고로 범인은 건설 현장에서 일한 경험이 있는 사람일 것이다. 이렇게 왜곡된 성 심리를 가진 저소득자라면 윤락업소에 간 적이 있을 것이다. 성매매? 아니. 성매매를 했더라도 형편이 넉넉지 않아서 자주 하긴 어렵다.

그렇다면 급이 떨어지고 한밤중에 포르노 비디오를 틀어주는 비디오방에 자주 갔을 거라고 추측해볼 수 있다.

검시 결과를 보면 한 피해 여성의 왼쪽 손톱이 갈라졌는데, 떨어져나간 손톱이 시체가 눕혀진 부근에 떨어져 있었다. 그런데 이상한 점은 모든 피해자들 가운데 해당 피해자의 몸에 난 상처가 가장 적었다는 것이다. 이는 피해자가 성폭행을 당할 때 격렬하게 반항하지 않았다는 걸 의미했다. 손톱이 시체와 멀지 않은 곳에서 발견된 정황을 더해 종합해보면, 손톱은 범인이 피해자를 성폭행한 뒤 손으로 그녀의 목을 조르는 과정에서 피해자가 필사적으로 발버둥치다 그렇게 된 거라고 볼 수 있다. 분리된 손톱에서 피해자의 것이 아닌 피부조직(혈액형 A)이 발견됐는데 이를 통해 보건대 피해자의 손톱은 범인의 몸과 닿은 후 갈라졌을 가능성이 높다. 범인은 뒤에서 목을 졸라 살해하는 방법을 썼기 때문에 피해자의 두 손이 닿을 수 있는 부위가 제한적이었을 테고, 가장 가능성이 높은 부위는 범인의 두 손이다. 팡무는 손톱이 부러진 게 아니라 갈라진 것에 주목했다. 이는 손톱이 범인의 피부를 긁을 때 틀림없이 어떤 사물과 닿아서 갈라졌다는 걸 의미했다. 손에 착용하는 것 중에 어떤 물건이 손톱을 갈라지게 할 수 있을까? 팡무가 먼저 떠올린 건 메탈 재질의 손목시계였다. 건설 현장에서 일하는 사람인데 그런 손목시계를 착용하고 있다는 것만으로도 어딘가 심상치 않았다. 그 사람은 분명 자신이 남들과 다르다는 걸 보여주고 싶었던 게 분명했다.

그렇다면 그는 분명 어느 정도 문화적 소양을 갖춘 사람이다. 건설 현장에서 아르바이트 중이고 어느 정도 문화적 소양을 갖췄으며 인생의 쓴 맛을 본 경험이 있는 25세 이하의 남성.

가장 적절한 답은 농촌 출신의 대입 낙방생이다.

이런 사람이라면 분명 다른 방식으로 공사 현장에서 일하는 농민공·도시로 이주해 건축이나 운수업 등에 종사하는 농촌 출신 노동자들과 다르게 보이려고 할 것이다. 예를 들면 농민공들의 기름진 장발과 구별되는 짧고 말끔한 헤어스타일이나, '지식인'이라는 걸 보여줄 수 있는 안경, 시멘트가 덕지덕지 묻은 작업복과 대비되는 흰 셔츠 차림일 가능성이 컸다.

그렇다면 범인은 짧은 머리에 마른 체형, 안경을 쓰고 흰 셔츠를 입었으며 왼손에 메탈 재질의 손목시계를 한 사람(왼쪽 손목에는 반드시 피해자가 남긴 자국이 있어야 함. 시계를 왼손에 찬 사람은 대개 오른손잡이임)일 것이다.

팡무가 범인의 인상착의를 추리한 이유를 다 설명하자 전담팀 경찰들 사이에 침묵이 흘렀다. 저마다 얼굴 표정에서 복잡한 심경이 묻어났다. 누에고치에서 명주실을 뽑듯이 추리가 술술 맞아떨어지자 사건이 별 거 아닌 것처럼 느껴졌다. 수사를 하면서 처음부터 정확하게 첫발을 내딛을 수 있는 사람이 몇이나 되겠는가?

먼저 침묵을 깬 건 싱즈썬이었다.

"이봐, 애초에 자네가 황용샤오 이름을 알려줬더라면 좀 좋아? 그럼 우리도 괜한 고생 안 했을 거 아니야."

그 말에 모두들 '빵' 하고 웃음을 터트렸다. 그러나 팡무는 웃지 않고 시종일관 멍하니 자기 발밑을 응시했다.

사건은 검찰로 넘어갔고 용의자는 기소되었다. C시 시민들은 신속하게 사건을 해결했다며 입을 모아 경찰을 칭찬했다. 싱즈썬은 팡무에게 물질적인 보상(이전에 싱즈썬은 경찰이 이 사건을 22세 대학생의 도움으로 해결했다는 걸 대중에게 알리지 않을 거라고 에둘러 설명했는데, 팡무는 이를 이해해주었다)을 하려고 했지만 팡무는 거절했다. 싱즈썬은 팡무에게 원하는 걸 물었다. 팡무의 요구는 간단했다. 황용샤오가 법정에 서기 전에 단 둘이서 이야기를 좀 나누게 해달라는 거였다.

이번 면담에 많은 사람들의 관심이 쏠렸다. 팡무가 황용샤오를 만나겠다는 의지를 굽히지 않자 공안국은 두 사람이 방해받지 않는 환경에서 면담할 수 있도록 자리를 마련했다. 면담은 두 시간 남짓 이어졌고, 팡무는 노트북과 녹음테이프 두 개를 사용해 대화 내용을 전부 기록했다. 딩수청은 녹음한 내용 일부를 들은 적이 있었다. 대화에서 이 사건과 관련된 내용은 별로 없었다. 팡무는 황융샤오가 기억하는 21세까지 그가 겪은 인생사에 더 관심이 있는 것처럼 보였다.

황융샤오는 다섯 살 때 부모가 이혼했다. 어머니는 자기보다 한 살 많은 누나를 데리고 재혼해서 외지로 떠났다. 그때부터 황융샤오는 아버지와 생활했다. 어려서부터 내성적이던 그는 사람들과 대화하는 걸 좋아하지 않았다. 그래도 공부는 열심히 해서 사람들은 이 마을에서 황융샤오가 대학에 갈 확률이 가장 높다고 여겼다. 여덟 살 때 우연히 아버지가 유부녀와 사통하는 걸 목격했고, 그 일로 아버지에게 흠씬 두들겨 맞았다. 열네 살 중학생이던 황융샤오는 고학년 여학생 손에 이끌려 산으로 갔다. 그 여학생이 자신의 손을 그녀의 젖가슴에 대고 누르자 식겁해서 허둥지둥 산을 내려왔다. 2년 뒤 열여섯 살이 된 그는 밭에서 일하다가 사이좋게 지내던 여학생을 갑자기 밭에 넘어뜨린 뒤 그녀의 몸을 마구 더듬고 입을 맞췄다. 여학생이 놀라서 큰 소리로 울부짖자 그 소리를 듣고 달려온 마을 사람들이 그녀를 구해주었다. 그 일로 아버지는 나귀 한 마리를 배상했고, 마을 어른들이 나서서 중재한 덕분에 겨우 사건이 수습되었다. 이 일을 기점으로 황융샤오의 성적은 곤두박질쳤다. 대입시험에서 두 차례 실패를 맛본 황융샤오는 숙부를 따라 도시로 상경해 아르바이트를 시작했다. 그는 1년 남짓한 동안 총 다섯 군데 공사 현장을 전전하며 도시 사람들의 무시와 배척을 온몸으로 겪어냈다. 그러나 내성적인 성격과 다소 거만한 태도 탓에 공사 현장에서 오래 지내지 못했다. 황융샤오는 무료해지면 길가에 있는 비디오방에 가서 액션 영화를 보았다. 그리고 바로 그곳에서 처음으로 성인영화를 접했다. 그때부터 하루종일 성인영화에 나오는 여성의 유혹적인 몸이 머릿속을 가득 채웠고, 결국 한밤중에 늦게 귀가하는 직장여성의 뒤를 쫓아가기에 이르렀던 것이다……

그 후 팡무는 C시 공안국의 '고문'이 되었다. 그의 도움으로 한 차례 납치사건과 공갈협박사건, 두 차례 살인사건을 해결했다. 위 사건들과 관련해 팡무가 묘사한 용의자들의 특징이 사건 해결에 결정적인 역할을 했다.

제2장

표시가 있는 사람

황당하고 기괴한 팡무의 스토리를 다 듣고 난 타이웨이는 반신반의했다. 타이웨이는 자신이 꺼낼 말을 가다듬었다.

"그 팡무라는 학생 말인데요······그 친구가 용의자 몽타주도 주던가요?"

딩수청은 고개를 끄덕였다.

"진짜 그렇게까지 대단하다고요?"

딩수청은 웃으며 타이웨이 쪽으로 다가와 알 수 없는 표정으로 물었다.

"자네, 호날두가 왜 세계 최고인 줄 아나?"

"네? 그게 무슨 말씀이세요?"라며 타이웨이는 어리둥절해했다.

"그럼 하오하이둥郝海東, 중국의 전설적인 축구 스타이 세계 최고가 될 수 없는 이유는?"

타이웨이는 어안이 벙벙해서 딩수칭을 바라보았다.

"타고난 재능 때문일세. 팡무 그 친구는 범죄를 알아내는 데 천부적인 재능이 있어."

타이웨이는 J대 대학원생 팡무라는 학생이 난위안 제5기숙사 B동 313호에 산다는 걸 알아내 기숙사를 찾아갔지만 허탕을 쳤다. 대신 팡무와 같은 방을 쓰는 남학생이 그가 농구를 하러 갔다고 알려주었다. 팡무가 어떻게 생겼는지 묻자 남학생이 웃으며 말했다.

"그런 거 물어보실 필요 없어요. 농구장에서 혼자 자유투를 연습하는 사람이 보이면 그가 바로 팡무일 테니까요."

화창한 날씨였다. 교정 안에는 살포시 불어오는 따뜻한 바람을 타고 향긋한 꽃 내음이 전해졌다. 대학생들은 대부분 두터운 겨울옷을 벗고 가벼운 옷차림으로 교정을 오갔다. 그새를 못 참고 짧은 치마를 입은 여학생들도 더러 눈에 띄었다. 날씨에 어울리지 않는 검은색 바바리코트를 입은 타이웨이는 잠깐 걸었는데도 땀이 났다. 농구공을 안고 있는 키 작은 남학생을 붙들고 농구장 가는 길을 묻자 친절하게도 농구장까지 직접 안내해주었다.

교정 서남쪽 모퉁이에 위치한 농구장은 철조망으로 둘러싸인 큼지막한 시멘트 바닥에, 모두 여덟 개 코트로 이루어져 있었다. 타이웨이는 혈기왕성한 젊은이들이 모여 있는 코트를 차례로 지나치면서 혼자 자유투를 연습하는 남학생을 유심히 찾았다.

'저 친구로군.' 타이웨이는 맨 가장자리에 있는 농구장에서 곧 해당 남학생을 찾아냈다. 그가 자유투 라인에 서서 손을 들어 올리자 농구공이 공중에서 포물선을 그리며 정확하게 바스켓 안으로 들어갔다.

타이웨이는 농구장 가장자리로 걸어가서 남학생이 같은 동작을 반복하는 걸 처음부터 끝까지 지켜보았다. 손을 들어 공을 던지고 공이 바스켓에 들어가고 공을 줍고 다시 자유투 라인에 서고, 손을 들어 공을 던지고 바스켓에 들어가고…….

표준에 가까운 그의 동작은 우아하고 아름다웠다. 농구공을 던지면 거의 바스켓으로 들어갔다.

"무슨 일이시죠?"

남학생은 이쪽으로 눈길도 주지 않고 한마디 툭 던졌다.

"어?" 타이웨이는 갑작스러운 물음에 미처 답하지 못하고 멋쩍게 목청을 가다듬었다. "자네가 팡무지?"

공을 들어 올리던 남학생의 손이 순간 멈칫했다. 그러고는 손가락을 움직이자 이번에는 공이 날아서 바스켓으로 들어가지 않고 농구대에 맞고 튕겨서 다시 남학생의 손 안에 들어왔다.

남학생은 농구공을 들고 뒤를 돌았다. 얼굴이 살짝 상기되고 코끝에 땀방울이 맺혀 있었다. 볼은 움푹 파이고 아래턱은 뾰족했으며, 눈썹이 짙었다. 그의 눈빛은…… 피곤해 보였지만 냉정하고 날카롭게 느껴졌다.

타이웨이는 그런 남학생의 눈빛에 저도 모르게 움찔했다. 상대방의 시선을 피하며 막 입을 떼려는 순간, 자신이 팡무와 처음 만났을 때를 대비해 해야 할 말을 미리 생각해두지 못했다는 걸 깨달았다.

"저기…… 자네 딩수청이라는 사람 알지?"

팡무는 한층 더 미간이 좁아진 채로 타이웨이를 응시하며 물었다.

"경찰이세요?"

팡무는 타이웨이의 대답을 기다리지도 않고 농구장 가장자리에 있는 벤치 쪽으로 걸어갔다. 타이웨이는 잠시 주저하다가 팡무를 따라가 옆에 앉았다. 벤치에는 낡은 백팩이 놓여 있었다. 팡무는 가방에서 티슈를 꺼내 얼굴을 닦더니 안경을 꺼내 썼다.

"제가 도와드려야 할 거라도 있습니까?"

팡무는 여전히 무표정한 얼굴이었다. 타이웨이는 다소 언짢았지만 여기 온 목적을 생각하며 서류가방에서 자료 한 뭉치를 꺼내 팡무에게 건넸다.

"난 공안국 경관팀 소속 타이웨이라고 하네. 올 3월부터 연속 세 차례에 걸쳐 살인사건이 일어났어. 이건 그 사건들과 관련된 자료들이고. 듣자 하니 자네가……."

여기까지 말하는 동안 타이웨이는 팡무가 자신의 말을 듣지 않고 집중해서 자료를 보고 있다는 걸 깨달았다. 타이웨이는 씩씩대며 입을 다물었다. 그리고 신분을 증명하기 위해 꺼내려던 경찰증을 주머니에 도로 집어넣었다.

이런 녀석과 앉아서 오후를 보내는 것보다 더 따분한 일은 없을 것이다.

광무는 줄곧 아무 말 없이 앉아서 자료를 들여다보았다. 처음에는 타이웨이도 참을성 있게 언제든 경청할 자세를 취해 보였다. 그런데 시간이 지날수록 어깨가 쑤시면서 슬슬 인내심에 한계가 왔다. 타이웨이는 팔다리를 쭉 펴고 편안하게 벤치에 기대 앉아 하릴없이 주위를 두리번거렸다.

방금 전까지 광무가 슛을 하던 코트는 이미 다른 남학생들 차지가 되어 있었다. 이 스무 살 남짓한 남학생들은 농구장에서 몸을 사리지 않고 내달리며 공 쟁탈전을 벌였다. 이따금 흥분해서 소리를 지르기도 하고 어떤 동작이 파울인지, 득점이 유효한지를 두고 설전을 벌이기도 했다. 타이웨이는 혈기왕성한 남학생들을 보면서 경찰대 재학 시절 자신의 모습이 떠올라 입가에 미소가 떠올랐다.

순간 타이웨이는 곁에 있는 남학생도 사실은 저 학생들과 같은 또래라는 걸 깨달았지만, 이 녀석은 철없는 남학생들과는 차원이 달랐다. 마치 무슨 표시가 되어 있어서 주위 사람과 분명하게 구분되는 것만 같았다. 타이웨이는 무심코 다시 고개를 돌려 광무를 바라보았다.

광무는 천천히 자료를 살폈다. 고개를 숙인 채로 손에 든 사진과 현장 및 부검보고서에서 시종일관 눈을 떼지 않았다. 몇 차례 고개를 들 때마다 타이웨이는 뭔가 말하려나 보다 하고 서둘러 가까이 다가갔다. 그런데 팡무는 먼 풍경을 응시할 뿐 아무 말도 하지 않다가 잠시 후 다시 고개를 숙이고 자료를 찬찬히 들여다보았다. 타이웨이는 팡무가 현장 사진 몇 장을 상당히 주의 깊게 본다는 데 주목했다.

마침내 팡무가 자리에서 일어나 긴 한숨을 내쉬었다. 그러고는 안경을 벗고 눈을 비비더니 줄곧 자기를 주시하던 타이웨이에게 자료를 건넸다.

"범인은 남자고 나이는 25~35세 정도, 키는 175센티미터를 넘지 않고 분명 마른 체격일 겁니다."

타이웨이는 팡무를 응시하다가 몇 분 뒤 결국 참지 못하고 물었다.

"그게 다인가?"

"네, 그게 답니다."

팡무는 간단명료하게 대답했다. 타이웨이는 크게 실망했다. 팡무가 딩수청이 말한 것처럼 범인의 외모, 생활환경, 가정환경을 구체적이고 상세하게 묘사할 거라고 생각했는데 이런 모호한 결론만 내렸기 때문이다. 솔직히 말해서 팡무가 판단한 내용은 그다지 쓸모 있는 단서가 아니었다. 그렇게 잔인한 수단을 쓰는 건 대개 남성이고, 대다수 연쇄살인범의 나이는 마흔을 넘지 않았다. 현장에서 발견한 용의자의 족적을 보면 범인의 키와 몸무게를 유추할 수 있었다. 현장에 남은 흔적은 범인과 피해 여성 사이에 격렬한 몸싸움이 있었던 걸 말해주는데 이는 범인의 힘이 세지 않다는 걸 의미했다.

"이 자료들과 현장 사진으로 제가 알아낼 수 있는 건 그게 전부예요."

팡무는 타이웨이의 마음을 들여다보기라도 한 것처럼 말했다. 이윽고 몇 마디를 덧붙였다.

"그리고 범인은 정신적으로 문제가 좀 있는 것 같습니다. 무슨 문제인지는 저도 확실치 않고요."

흥, 범인이 변태라는 건 바보도 알겠구만! 타이웨이는 속으로 구시렁거렸다.

"변태와 정신장애는 달라요."

타이웨이는 놀라지 않을 수 없었다. 그는 불과 몇 분 사이에 두 번이나 자신의 속마음을 팡무에게 들켰다는 걸 알았다. 자신이 놀랐다는 걸 감추기 위해서 타이웨이는 자리에서 일어나 팡무에게 손을 내밀었다.

"그래, 고맙네. 혹시라도 자네 도움이 필요하면 또 연락하지. 그럼."

팡무가 타이웨이의 손을 잡았다. 열기라고는 없는 차가운 손이었다.

"다시 볼 일 없는 게 좋을 겁니다."

"그게 무슨 말인가?"

타이웨이가 놀라서 눈썹을 치켜 올렸다.

"우리가 다시 본다는 건 또 한 명의 희생자가 발생했다는 뜻일 테니까요."

　타이웨이는 입을 열다 결국 아무 말 없이 고개를 끄덕이며 돌아섰다. 농구장을 나오던 타이웨이는 궁금증에 다시 뒤를 돌아봤지만 팡무는 이미 벤치를 떠나고 없었다. 옆으로 시선을 돌리자 등진 채 홀로 공을 던지는 팡무의 모습이 보였다. 날이 저물어 농구장에 남아 있는 사람은 별로 없었다. 어둠이 내려앉으면서 팡무의 실루엣은 점차 희미해졌다. 그저 끊임없이 올라가는 손과 농구공이 하늘에 그리는 궤적만 알아볼 수 있을 뿐이었다.

제3장

두려움

오늘은 형사소송법 첫 수업이 있는 날이다. 수업을 맡은 쑹야오 양宋耀楊 교수가 교류차 일본을 다녀와 개강이 오늘로 미뤄졌다.

광무는 평소처럼 강의실 맨 뒷줄에 앉았다. 쑹 교수는 한 달 정도 수업이 늦어졌는데도 서둘러 진도를 나가기는커녕 일본의 경제가 얼마나 발전하고 살기가 좋은지, 일본의 형사소송법 전문가들과 나눈 '말할 수밖에 없는 이야기'를 쉬지 않고 해댔다. 교수가 신나게 흰소리를 늘어놓는 사이, 학생 하나가 문을 두드리고 들어왔다. 만족감에 한껏 들떠 있던 쑹 교수는 너그럽게 안으로 들어오라고 손짓했다.

남학생은 재빨리 맨 뒷줄로 가 광무 옆에 앉으며 친근하게 고개를 끄덕였다. 광무는 그 남학생을 알아보았다. 이름은 멍판저孟盤哲, 민법 전공 대학원생이었다.

대학교에서 지각하는 거야 흔한 일이라 교수들도 대부분 눈감아주었다. 그런데 팡무는 멍판저의 표정을 보며 어딘가 이상하다는 생각이 들었다. 지나치게 안도하는 것처럼 보였기 때문이다. 마치…… 아주 힘든 시험을 넘긴 듯한 모습이었다.

쑹 교수가 '일본 여행 소감 발표회'를 마치고 드디어 출석부를 들었다. 그리고 학생들에게 친근하게 눈을 깜빡이며 말했다.

"강의 시작 전에 우리 서로 얼굴 좀 익혀볼까?"

막 스르륵 잠이 오려던 학생들은 정신을 번쩍 차렸다. 필수 과목인 만큼 학점을 놓칠 수는 없었다. 쑹 교수의 입에서 학생들 이름이 하나씩 불릴 때마다 강의실 여기저기에서 "네"라는 대답이 들렸다. 팡무는 문득 멍판저를 바라보다 깜짝 놀랐다.

방금 전까지만 해도 편안해 보였던 그가 잔뜩 긴장하고 있었다. 관절 부분이 하얘질 정도로 힘껏 책상을 잡고 쑹 교수를 뚫어지게 쳐다보며 입술을 질끈 깨물고 있었다. 쑹 교수의 입에서 사람 이름이 아닌 총알이 나오기라도 할 것처럼 말이다.

"멍판저."

멍판저의 얼굴 위로 굵은 땀방울이 흘러내렸다. 입술이 움찔거렸지만 아무 소리도 나오지 않았다. 쑹 교수는 강의실을 둘러보더니 다시 한 번 이름을 불렀다.

"멍판저."

그를 아는 학생들이 작은 소리로 눈치를 줬지만 멍판저는 아무것도 들리지 않는 것처럼 쑹 교수만 응시했다. 상체가 앞으로 쏠리고 입이 반쯤 열렸는데도 마음처럼 몸이 따라 주지 않는 것 같았다.

"안 온 건가? 첫 수업부터 무단결석을 해?"

언짢은 표정의 쑹 교수는 출석부에 체크하려고 펜을 꺼냈다. 그때 멍판저가 자리에서 벌떡 일어났다. 여전히 아무 말도 못했지만 대신 손을 번쩍 들어올렸다.

"그래, 자네가 멍판저인가?"

"네" 하며 마침내 그의 입에서 말이 튀어나왔다.

"앉게. 다음부턴 집중 좀 하고."

방금 그 한 글자를 뱉으려고 온 힘을 다 쏟기라도 한 것처럼 멍판저는 털썩 자리에 주저앉았다. 그 모습에 몇몇 학생들은 입을 가리고 몰래 웃었지만 대부분의 학생들은 이상한 눈빛으로 그를 쳐다보았다. 그런 시선들을 피하려는 듯이 수업 내내 멍판저는 묵묵히 필기에만 열중했다. 좀 전의 긴장감은 어느 정도 사라진 것처럼 보였다.

대체 뭘 두려워하는 거지?

쑹 교수의 강의는 지극히 평범했다. 그가 쉬는 시간에 담배를 피우러 나간 사이, 몇몇 학생들은 몰래 강의실을 빠져나갔다. 강의실로 돌아온 쑹 교수는 자리가 빈 걸 보더니 성질을 내며 또 한 번 출석을 불렀다.

팡무는 그 순간 멍판저의 표정이 변하는 걸 눈치챘다. 진정된 지 얼마 되지 않은 그의 얼굴에 다시 절망, 긴장감, 원망과 증오가 뒤섞인 그늘이 드리워졌다. 자신의 이름이 불릴 때가 가까워지자 멍판저는 몸을 떨었다.

팡무는 그런 멍판저를 가만히 지켜보면서 출석부 순서에 주의를 기울였다.

"천량."

"네."

"추샤오쉬."

"네."

그다음이 멍판저였다.

"멍판저."

쑹 교수가 '멍'자를 뱉자마자 팡무는 냅다 멍판저를 툭 쳤다.

놀란 멍판저는 무의식중에 고개를 돌렸다. 그때 마침 '판저' 두 글자가 다 불리면서 그는 생각도 않고 바로 대답했다.

"네."

쑹 교수는 중간에 끊지 않고 계속 출석을 불렀다. 잠시 얼이 빠져 있던 멍판저의 표정이 금세 편안해졌다. 그는 이마에 난 땀을 닦고 고개를 돌려 물었다.

"왜?"

팡무는 잠시 생각한 뒤 말했다.

"지금 몇 시야?"

멍판저는 시계를 보았다.

"9시 5분." 그는 급하게 마지막 말을 덧붙였다. "아, 38초."

광무는 웃었고 명판저는 비밀을 들키기라도 한 듯 얼굴을 붉혔다.

점심을 배불리 먹은 광무는 슬슬 잠이 왔다. 시계를 보니 오후 수업 때까지 한 시간도 안 남아서 건물 옥상으로 올라가 바람을 쐬기로 했다. 옥상에 올라갔는데 광무보다 먼저 도착한 사람이 있었다. 명판저였다. 그는 옥상 가장자리에 앉아서 두 다리를 늘어뜨리고 무슨 걱정이라도 있는 사람처럼 먼 곳을 바라보고 있었다.

광무는 그와 마주치지 않으려고 조용히 자리를 뜰 참이었다. 그런데 갑자기 명판저가 자리에서 벌떡 일어났다. 그는 조심스럽게 옥상 가장자리 위에 섰다. 폭이 20센티미터도 안 되어서 발가락 끝과 신발굽이 바깥으로 튀어나왔다. 명판저는 비틀거리며 가장자리 위에 서서 두 팔을 벌리고 숨을 크게 들이마셨다. 그러고는 뭔가 큰 결심이라도 한 듯 머리를 숙였다.

광무는 숨을 죽였다. 여긴 7층이야! 저 아래에 대체 뭐 볼 게 있다고!

단추 구멍만 한 사람들? 애들 장난감 크기만 한 자동차? 아니면 언제라도 달려들 것 같은 대지?

침착하자. 큰 소리로 부르면 안 돼. 놀라서 잘못하면 떨어질지도 몰라.

광무는 조심스럽게 한 걸음을 내디뎠다. 신발 밑창과 모래가 만나 생기는 마찰음이 그 순간 천둥소리만큼이나 크게 느껴졌다.

명판저의 몸이 갈수록 위태롭게 흔들렸다. 금방이라도 균형을 잃을 것만 같았다! 팡무는 더 생각할 겨를도 없이 달려들어 그의 허리띠 부분을 꽉 잡고 아래로 끌어내렸다. 멍판저는 외마디 비명을 지르며 팡무와 함께 뒤쪽으로 넘어졌다.

"뭐 하는 짓이야? 죽고 싶어?"

팡무는 긁힌 팔꿈치를 보면서 멍판저에게 화를 냈다.

"미, 미안해."

멍판저는 놀란 가슴이 진정되지 않았는지 바닥에 주저앉아 중얼거렸다. 팡무는 얼굴이 허옇게 질린 멍판저를 일으켰다. 멍판저는 풀린 다리를 부들부들 떨며 겨우 일어선 뒤 옷에 묻은 먼지를 털었다. 이내 몸이 또 휘청하는 게 금방이라도 쓰러질 것 같았다.

팡무는 한숨을 내쉬더니 멍판저를 옥상에 있는 의자로 부축해 앉히고 가방에서 텀블러를 꺼내 멍판저에게 건넸다. 물을 벌컥벌컥 마시고 나자 멍판저의 호흡이 점차 안정되었다.

"고마워."

멍판저는 화장지를 꺼내 자신이 입 댄 부분을 꼼꼼히 닦은 뒤 텀블러를 팡무에게 건넸다. 팡무도 옆에 앉아 담배를 한 대 물더니 또 하나를 꺼내 멍판저에게 내밀었다. 멍판저는 잠시 주저하다 담배를 받아 들었다. 한 번 빨자마자 콜록콜록 기침을 해댔다.

두 사람은 말없이 앉아 있었다. 팡무는 줄담배를 피웠고 멍판저는 점점 짧아지는 자신의 담배를 멍하니 바라볼 뿐이었다.

"너 내가 미친놈이라고 생각하지?"

한참 만에 멍판저가 입을 열었다.

"뭐?"

멍판저는 담배꽁초를 있는 힘껏 내던졌다.

"틀림없이 내가 비정상이라고 생각할 거야."

"왜 그렇게 생각해?"

"그게 아니면 방금 전에 내가 뭐 하고 있었는지 왜 안 물어봐?"

"그래, 좋아. 방금 전에 뭐 하고 있었는데?"

광무는 좀 우스웠다.

"그게 말이지, 하하. 사실 별 거 아니었어. 그냥 두려움이라는 감정을 한번 느껴보고 싶었달까?"

고개를 돌려 광무를 바라보는 멍판저의 얼굴에 어색한 미소가 지어졌다. 마치 광무가 자신을 멋지다고 생각해주길 바라는 것 같았다.

광무는 웃으며 새로 담배에 불을 붙였다. 멍판저는 기대에 가득 찬 눈빛으로 한참 동안 광무를 바라보았다. '그런 거였구나', '싱겁긴' 이런 말을 광무가 해주길 기다리는 것처럼 보였다. 긴 침묵 끝에 광무는 고개를 들며 물었다.

"네가 두려워하는 게 뭔데?"

멍판저는 놀라서 입을 벌린 채 멍하니 광무를 쳐다보았다. 그 눈빛이 마치 '어떻게 알았어?'라고 묻는 것 같았다.

알다마다. 몰랐다면 출석 부를 때 널 밀지도 않았겠지. 누군가 가 어떤 사물에 두려움을 느낄 때는 그 사물을 지나칠 정도로 예의주시하며 민감하게 반응한다. 그런데 갑자기 그 사람의 주의력을 흐트러뜨리면 순간적으로 그 사물에 대한 두려움이 사라진다. 물론 순간일 뿐이지만.

멍판저는 이름이 불리는 걸 두려워했다. 출석을 부를 때 그가 느끼는 두려움은 온 신경을 집중시키는 것으로 나타난다. 두려움이 커질수록 더 대답하기 힘들어진다. 팡무는 멍판저의 이름이 불리는 순간 그를 툭 쳤다. 그 덕에 멍판저의 주의력이 '출석을 부르는 상황'에서 팡무 쪽으로 옮겨가 자연스럽게 대답할 수 있게 된 것이다.

멍판저의 놀란 표정이 풀 죽은 표정으로 변했다. 그는 고개를 떨구고 아무 말도 하지 않았다.

"네가 두려워하는 게 뭐냐니까?"

멍판저는 고개를 들었다. 힘없는 눈빛으로 한동안 팡무를 응시했다. 팡무는 그런 멍판저를 향해 미소 지었고 무심한 듯 그를 바라보았다. 멍판저의 눈빛에서 신뢰와 호감이 느껴졌다.

"난 출석을 부르는 게 좀 무서워. 하하, 이상하지?"

"그게 왜 무서워?"

"모르겠어. 언제부터 그랬는지는 나도 모르겠는데 그냥 겁이 나. 이름이 불리면 딱 긴장이 돼. 긴장할수록 '네'라는 말이 더 안 나와. 그래서 보통 얼굴이랑 목이 시뻘게진 채로 일어나는데, 그래도 아무 말 못해. 사람들은 전부 날 쳐다보고."

멍판저는 먼 곳을 바라보았다. 그는 고개를 숙이고 목소리는 더 낮아졌다.

"다들 날 비웃어."

"너 말 더듬어?"

"아니, 내가 말할 때 무슨 문제 있는 것 같아?"

"아니."

"나도 이상해. 대체 '네'라는 말이 왜 안 나오는 건지. 가끔 혼자서 몰래 연습도 해. 혼자서 이름 부르고 대답하고. 전혀 문제없어. 근데 수업 때는 말을 못하겠어."

멍판저는 의기소침하게 말했다.

"나 담배 좀."

팡무는 담배를 주고 불을 붙여 주었다. 멍판저는 조심스럽게 한 입 빨았다.

"대학 생활 4년 동안 어떻게 버틴 거야?"

"다 방법이 있지. 하하. 보통은 수업 전에 출석을 부르잖아. 일부러 지각하는 척하는 거야. 출석을 다 부를 때쯤 들어가서 수업 끝나고 교수님한테 상황을 설명하는 거지. 그때 내 별명이 '지각 왕'이었다니까. 대부분 교수님들이 날 안 좋게 보셨는데, 다행히 성적은 괜찮았어."

"정신과 치료를 받을 생각은 안 해봤어?"

멍판저는 잠시 머뭇거렸다.

"받은 거나 마찬가지야. 왜, 내가 정신적으로 문제 있어 보여?"

"아니, 넌 그냥 심리적 장애가 있는 것뿐이야. 심리적 장애는 거의 대부분의 사람들한테 다 있어. 정도의 차이가 있을 뿐이지. 넌 출석 부르는 걸 무서워하지만 높은 곳, 엘리베이터, 날카로운 물건 같은 걸 무서워하는 사람들도 있다고. 심각한 거 아니야."

반신반의하며 듣고 있던 명판저의 얼굴이 한결 편안해졌다.

"그래? 그럼 너도 무서워하는 게 있어?"

팡무는 대답하지 않았다. 말없이 담배 한 개비를 다 태운 뒤 시계를 보았다.

"수업 들으러 가야겠다. 나중에 다시 이야기하자."

팡무는 실망한 듯한 명판저를 남겨두고 옥상을 떠났다.

두려움. 두려운 게 뭔지 넌 몰라.

제4장

흡혈 인간

친秦씨 할아버지는 초어草魚, 잉어과 민물고기 두 마리를 손에 들고 느긋하게 복도로 들어섰다. 나이가 들어서 그런지 이제 겨우 4층인데 숨을 헐떡였다. 난간을 잡고 잠깐 쉬었다 가려던 참에 401호 현관문이 살짝 열려 있는 게 보였다. 문 쪽으로 다가가 호기심에 안을 들여다보던 친씨 할아버지는 이내 바닥에 주저앉았다.

그 바람에 아가미가 떼어지고 배가 갈린 초어 두 마리가 바닥으로 떨어져 파닥거렸다. 그러다 그중 한 마리가 401호 안으로 들어갔다. 눈을 뒤집고 입을 벌린 채 찐득하고 검붉은 액체 위에서 파닥거리던 초어는, 액체가 끝나는 곳에 자신처럼 배가 갈린 물체가 누워 있는 걸 전혀 알지 못했다.

곧바로 경찰이 현장에 도착했다. 앞장섰던 경찰은 현장을 쓱 둘러보더니 시 당국에 연락하라고 동료에게 요청했다.

"흡혈귀가 또 나타났습니다!"

타이웨이는 현장으로 가던 도중 생각을 바꿨다. 동료에게 먼저 현장으로 가라고 한 뒤 본인은 J대로 차를 몰았다.

지난번에 팡무와 나눈 대화가 사건 해결에 이렇다 할 도움을 준 건 아니지만, 그래도 다시 한 번 그의 생각을 들어보기로 했다. 사건 경위를 파악하는 데 현장을 직접 가보는 것보다 더 좋은 건 없으니까.

팡무는 일본어 수업을 듣다가 타이웨이에게 불려 나왔다. 현장으로 가는 동안 타이웨이는 말이 없었고 팡무도 내내 침묵으로 일관했다. 팡무가 예언한 대로 두 사람이 만난 건 누군가가 목숨을 잃어서였다. 이런 상황에서 타이웨이는 말문을 열 적당한 말을 찾기가 힘들었다. 그런데 더 이해하기 힘든 건 옆에 앉은 남학생이었다. 무슨 일인지, 어디로 가는지 묻지도 않고 그저 말없이 창밖만 바라보았다.

"밍주 단지죠?"

이상한 남학생이 돌연 입을 뗐다.

"그래."

타이웨이는 옆으로 고개를 돌리며 말했다. 순간 타이웨이는 그곳에서 첫 번째 살인사건이 일어났었다는 걸 기억해냈다.

몇 분 뒤, 지프차가 J시 기관차 제조공장 직원 기숙사인 광밍위안光明園에 멈춰 섰다. 광밍위안은 1980년대에 지어진 건물이었는데, 당시 기관차 제조공장은 중국에서 알아주는 대형 국유기업으로 직원 복지가 잘 되어 있었다. 이곳에서 직원들에게 제공하는 기숙사는 복리분방福利分房, 국가나 회사에서 주택 구입비 대부분을 분담하는 주택 배분 방식을 실시하던 그 시기에는 보기 드문 7층 건물이었다. 세월이 흘러 도시에 고층 건물이 늘어나고 건물 높이도 갈수록 높아지면서, 20년간 우뚝 솟아 있던 지금의 낡은 기숙사는 더할 나위 없이 처량해 보였다.

사건 발생 장소는 3동 2구역 401호. 현장은 먼저 도착한 경찰들에 의해 봉쇄된 상태였다. 팡무와 타이웨이는 폴리스 라인을 넘어 빠른 걸음으로 4층에 도착했다. 주변에는 위층과 아래층을 분주하게 오가는 경찰들이 있었는데, 그중 대다수가 타이웨이와 그 옆에 안경을 쓰고 가방을 멘 남학생에게 의심의 눈초리를 보냈다.

타이웨이는 401호로 들어갔다. 거실 하나와 방 하나로 된 약 12평짜리 구식 원룸이었다. 감식반 사람들과 법의학자들이 각자 현장 사진 촬영, 검시, 현장 검증 등으로 바삐 움직이고 있어 실내가 상당히 혼잡했다. 현장에 있던 경찰은 타이웨이에게 여기가 임대주택이며 피해자는 이 집에 들어온 지 얼마 안 된 미혼 여성이고, 현재 집주인이 이쪽으로 오는 중이라고 알려주었다.

피해자는 35세보다 젊어 보였다. 시신은 머리가 남쪽, 발이 북쪽을 향한 채 반듯하게 누워 있었다. 상반신은 벗겨져 있었고 목구멍부터 배까지 날카로운 도구로 갈라져 안에 있는 갈비뼈와 내장이 그대로 드러났다.

"어떻게 된 거야?"

타이웨이는 법의학자의 어깨를 툭툭 쳤다.

"사인은 경부 압박에 의한 질식. 나일론 끈을 사용했는데 이미 현장 검증팀이 챙겼어. 죽은 지 두 시간 정도밖에 안 됐고."

타이웨이는 시계를 보았다.

"그러니까 사망 시간이 대충 2시에서 2시 반 사이라는 이야기 네?"

"맞아."

"백주대낮에 살인이라니, 단단히 미친 놈이구만."

타이웨이는 중얼거리며 뒤돌아서 팡무를 찾았다. 팡무는 문 앞에 서서 창백해진 얼굴로 시신을 응시하고 있었다.

"들어와."

타이웨이가 팡무를 불렀다. 팡무는 겁에 질린 사람처럼 부르르 떨었다. 그는 고개만 끄덕일 뿐 꿈쩍도 하지 않았다.

"겁먹었어?"

타이웨이가 미간을 찌푸렸다. 팡무는 타이웨이를 보며 심호흡을 한 뒤 현장 안으로 들어왔다.

법의학자들은 시신의 상처를 자세히 들여다보면서 갈라진 부위의 피부와 근육조직을 조심스럽게 건드렸다. 옆에서 상처를 바라보던 팡무는 바닥에 굳어버린 피의 흔적을 둘러보더니 돌연 복도로 뛰쳐나갔다. 증거품 봉투를 들고 있던 경찰이 팡무와 부딪쳐서 넘어질 뻔하자 못마땅한 어조로 욕을 했다. 타이웨이가 급히 따라나가 보니, 팡무는 복도 구석에서 벽에 기댄 채 헛구역질을 하고 있었다.

타이웨이가 속으로 '쓸모없는 놈' 하며 욕을 했다. 그러고는 팡무에게 물 좀 갖다 주라고 옆에 있는 경찰에게 부탁한 뒤, 돌아와서 하던 일을 계속했다.

언젠가는 '흡혈 인간'이 저지른 범죄 현장에 오게 될 거란 걸 알고 있었지만, 팡무는 자신이 이렇게까지 못 보일 꼴을 보이게 될 줄은 몰랐다. 평소에는 사람 속을 메스껍게 만드는 현장 사진을 보면서도 밥만 잘 먹던 그였다. 그런데 이 건물에 들어오고 난 뒤 어둡고 더러운 복도, 바쁘게 지나가는 심각한 표정의 경찰들, 눈에 띄는 폴리스 라인, 법의학자의 서늘한 기구들, 흥건한 피 위에 누워 있는 시신, 공기로 전해지는 피비린내에 팡무는 두려움을 느꼈다. 사진은 결국 사진일 뿐, 현장에서 시각, 촉각, 후각으로 전해지는 정보에는 전혀 미치지 못했다. 이곳에서 방금 한 생명이 목숨을 잃었다. 그 사실이 팡무를 떨게 했다. 마치 기억 너머에 닿고 싶지 않은 어떤 부위를 크게 때려 맞은 기분이었다.

침착하자. 판단력이 흐려져선 안 돼. 팡무는 헛구역질을 하면서도 매섭게 자신을 채찍질했다.

"괜찮아?"

귓가에 짜증 섞인 타이웨이의 목소리가 들렸다. 숨을 크게 내쉬면서 팡무는 힘없이 벽에 기대어 좀 전에 경찰이 준 물병을 다 비웠다. 팡무는 소매로 입을 쓱 닦더니 힘겹게 말했다.

"한 사람 더 있을 거예요."

"뭐?"

타이웨이는 놀라서 눈이 커졌다. 팡무는 비틀대며 401호로 들어가 문 옆에 쪼그리고 앉았다. 그곳에 미키마우스가 그려진 작은 단추 하나가 있었다. 복도로 나가 구토를 하면서 무심결에 본 거였다. 팡무는 단추를 집어 타이웨이에게 건넸다. 그리고 시신을 피해 침실로 들어갔다. 방 안의 가구 배열은 단순했다. 침대, 의자, 사무용 책상이 각각 하나씩 있고, 벽 한쪽 구석에는 낡은 목재 옷장이 있었다. 바닥에는 어지럽게 옷들이 쌓여 있고, 침대 위엔 대형 가방이 있었다. 총 네 개로 빨강색, 파랑색, 초록색, 오렌지색으로 된 체크무늬 가방이었다. 그중 하나는 열려 있었는데 그 옆에 잘 개어둔 블라우스 몇 장이 놓여 있었다. 팡무는 옷더미와 가방을 번갈아 보더니 뒤돌아서 사진을 찍던 경찰에게 물었다.

"다 찍으셨어요?"

다 찍었다는 대답을 듣자마자 팡무는 즉시 남은 가방들을 열었다. 카메라를 멘 경찰이 제지하려고 하자 타이웨이가 막았다. 팡무는 옷들을 한바탕 뒤지더니 일어나 급히 주방으로 향했다.

주방 가스레인지 옆에 나무로 된 칼 걸이가 있었다. 그 중 과도, 대형 식칼, 중식칼은 있는데 중형 식칼 하나가 비어 있었다. 꽂는 자리를 보니 길이는 대략 15센티미터에 몸체가 가는 식칼인 것 같았다. 팡무는 지문을 채취하고 있던 감식반 사람에게 물었다.

"저 칼은 찾았습니까?"

질문을 받은 경찰은 순간 멍해서 팡무를 위아래로 훑었다.

"찾았냐고요?"

팡무가 다급하게 말했다.

"아뇨."

경찰은 잠시 뜸을 들이다 대답했다. 그때 타이웨이가 쫓아와 단추를 보이면서 말했다.

"한 사람 더 있다는 게 무슨 뜻이야?"

팡무는 대답하지 않고 계속해서 경찰에게 물었다.

"혹시 피와 다른 물질이 섞여서 들어 있던 컵이나 용기가 있었나요?"

"아뇨."

경찰이 타이웨이를 보며 말했다. 눈을 질끈 감은 팡무는 작은 소리로 욕을 뱉었다. 그러고는 타이웨이를 보며 말했다.

"피해자가 한 명 더 있어요. 어린애일 거예요."

"또 있다고? 그것도 어린애? 무슨 근거로 그러는 거야?"

타이웨이는 인상을 썼다.

"지금 그게 중요해요? 아직 살아 있을지도 몰라요! 사람들 데리고 빨리 오세요!"

팡무는 이미 밖으로 나가고 있었다.

타이웨이와 팡무는 경찰 몇 명과 차에 올라탔다. 단지 입구에 막 도착했을 때 타이웨이가 갑자기 차를 멈췄다.

"근데 어디 가서 찾아?"

"이곳을 중심으로 몇 바퀴를 돌면서 나이는 대략 25~30세, 키는 170센티미터 정도, 마른 체형에 머리가 길고 지저분한 남자를 찾아야 해요. 눈은 흐리멍덩하고 체크무늬로 된 큰 가방을 들고 있는 사람이요. 아마 두꺼운 옷을 입고 있을 거예요."

경찰들은 서로 멀뚱히 쳐다보았다. 타이웨이는 잠시 망설이더니 뒤에 있던 경찰들에게 말했다.

"들었지? 그런 사람 있는지 잘 보라고!"

광밍위안 주위로 두 바퀴를 돌 때쯤 타이웨이는 자신이 지금 사거리에 있다는 걸 발견했다. 속도를 줄이고 고개를 돌려 팡무에게 물었다.

"이제 어디로 가?"

팡무는 어느 한 길목을 몇 초간 응시하더니 확신에 찬 듯 손가락으로 가리켰다.

"저쪽이에요!"

그때, 하늘이 갑자기 어두워지면서 집채만 한 먹구름이 하늘을 뒤덮었고, 구름 너머로 우르르, 하고 천둥이 울렸다.

팡무가 가리킨 곳은 교외로 가는 새로 난 길이었다. 지나가는 사람은 드물고, 길 양쪽으로 낮은 단층집과 과일 파는 노점이 눈에 띄었다. 바람이 점차 거세지자 길에 있던 모래와 돌들이 툭툭 차창을 때렸다. 행인들은 서둘러 달리거나 있는 힘껏 페달을 밟았다. 금방이라도 폭우가 쏟아질 것 같았다.

차 안에 있는 사람들은 창문에 코를 바짝 대고 열심히 밖을 쳐다보고 있었다. 타이웨이는 손바닥에 땀이 차서 몇 번이나 핸들을 놓칠 뻔했다. 수시로 시계를 보면서 시간을 확인했다. 사건이 발생한 지 세 시간이 다 되어 가는데 아이가 아직 살아 있을까?

몇 분 후, 마침내 굵은 빗방울이 떨어지기 시작했다. 순식간에 여기저기 물웅덩이가 생겨났다. 더 이상 흐릿해진 창밖을 보는 사람은 없었다. 가시거리 내에서도 사람의 흔적은 사라진 지 오래였다.

차 안은 고요했다. 지프차는 끝이 없어 보이는 길 위로 빠르게 달렸다. 금방이라도 내려앉을 것처럼 낮아진 하늘에서는 번갯불이 번쩍 하더니 이내 찢어지는 듯한 소리가 났다.

"차 세워요!"

팡무가 갑자기 소리쳤다. 타이웨이는 급히 브레이크를 밟았다. 지프차는 노면에서 한참을 미끄러지다가 겨우 멈춰 섰다. 차가 다 서기도 전에 팡무는 문을 열고 뒤쪽으로 뛰어갔다.

길가에는 깨진 기와가 늘어서 있었는데 오래전에 버려진 공장 건물 같았다. 예전에 이곳에서도 기계 돌아가는 소리가 들리고 사람들이 왕래했겠지만, 지금은 허리 높이까지 자란 잡초에 파묻혀 본 모습을 찾기도 힘들었다. 쏟아지는 폭우로 팡무는 어느새 흠뻑 젖어 있었다. 빗물 떨어지는 소리가 들리는 풀밭을 바라보며 팡무는 미세하게 몸을 떨었다.

타이웨이는 옷을 머리 위로 뒤집어쓰고 팡무에게 달려갔다. 타이웨이보다 앞서 팡무가 입을 열었다.

"찾았어요. 바로 저기예요!"

한 치의 머뭇거림도 없이 경찰들은 풀숲을 헤치며 수색에 나섰다. 몇 분 지나 서쪽에 있던 경찰이 깜짝 놀라 소리치더니 이내 큰 소리로 외쳤다.

"찾았습니다!"

모든 사람들이 고개를 들어 일제히 소리가 난 쪽을 바라보았다. 그 눈빛들이 뭘 묻고 있는지 알아챈 경찰은 침을 탁 뱉더니 씁쓸하게 말했다.

"죽었어요."

여자애였다. 시멘트관 안에서 발견된 시신은 가슴부터 배까지 갈라져 있었다. 시신 옆에는 생수병이 하나 있었는데 그 안에 피처럼 보이는 찐득하고 붉은 액체가 들어 있었다. 근처 풀숲에서 칼과 큼지막한 노란색 체크무늬 가방을 발견했다.

타이웨이는 경찰들에게 현장을 봉쇄하고 공안국에 원조를 요청하라고 지시했다. 모든 게 다 끝나자 깊은 피로감이 몰려왔다. 차 문을 열어 보니 광무가 머리카락에서 물이 떨어질 만큼 비에 흠뻑 젖은 채로 조수석에 앉아 있었다. 광무가 빗물에 흐릿해진 앞 창문을 뚫어지게 바라보는 동안, 그의 손에 쥐어진 담배는 어느새 짧아져 있었다.

타이웨이도 말이 없었다. 광무에게 묻고 싶은 게 많았지만 우선은 담배에 불을 붙이고 천천히 자신의 생각을 정리하기로 했다.

"남자. 나이는 30세 미만, 마른 체격에 용모나 옷차림에 신경 쓰지 않음. 집은 이 근처이고, 부모는 국유기업에서 일했다가 지금은 이미 세상을 떠났거나 같이 안 살 거예요. 심각한 정신 장애를 앓고 있는데, 범인에게 피는 남다른 의미가 있어요."

팡무가 입을 열었지만 목소리는 잠겨 있었다. 팡무는 담배를 한 번 쭉 빨더니 창문을 열어 꽁초를 밖으로 던져버렸다.

"제가 제안하는 건 두 가지예요. 하나는 시 전체를 통틀어 최근 5년간 혈액 관련 질환으로 병원 치료를 받은 사람들 중에 제가 말한 특징에 부합하는 사람을 찾는 거고, 또 하나는 시에 있는 병원에서 최근 3년간 수혈 받은 적이 있는 사람을 찾는 거예요. 특히 수혈 받을 필요가 없는데도 자기가 와서 수혈하겠다고 한 사람을 찾아야 해요."

타이웨이는 팡무가 말한 몇 가지를 기록한 뒤 잠시 생각하다 조심스럽게 물었다.

"피해자가 한 명 더 있다는 건 어떻게 안 거야?"

"단추요. 현장에 있던 피해자의 나이는 30세 전후인데 만화 캐릭터가 있는 그런 단추를 쓸 리 없잖아요. 현장에는 그 단추에 어울리는 옷도 없었고요."

"전에 살았던 세입자가 떨어트린 걸 수도 있잖아."

"아뇨. 단추에는 먼지 하나 없었어요. 게다가…… 피해자는 이 집에 막 이사 왔을 거예요. 짐 가방을 열기도 전인데 바닥엔 옷이 잔뜩 흩어져 있고 가방은 사라졌죠. 주방에는 칼 하나가 비었고요. 피해자 배를 가를 때 쓴 칼이겠죠. 피해자의 배는 갈라져 있지만 범인이 피를 마신 흔적은 현장에서 발견되지 않았어요. 그건 범인에게 더 매력적인 피를 찾았다는 뜻이고, 그 목표물을 가방에 넣어간 거예요."

팡무는 창밖을 바라보다가 타이웨이 쪽으로 고개를 돌렸다.

"더 젊은 피, 무슨 생각이 드세요?"

"글, 글쎄."

타이웨이는 질문을 받고 멍해졌다. 팡무는 대답을 기대하지도 않았다는 듯이 고개를 돌려 점점 어두워지는 하늘을 바라보았다. 타이웨이는 잠시 생각하다 말했다.

"근데 범인이 여기서 애를 죽일 거라는 건 어떻게 알았어?"

팡무는 바로 대답하지 않고 한참 만에 천천히 입을 열었다.

"놈에게는 여기가 최적의 장소니까요."

제5장

의사

일주일 전.

점심 휴식 시간이었다. 도서관 복도에는 정적이 흘렀다. 한 남학생이 조심스럽게 계단을 올라오더니 난간에 기대 잠시 호흡을 가다듬었다.

복도가 유난히 길게 느껴졌다. 남학생은 가방 위치를 바로 잡고 뭔가 결심이라도 한 듯 성큼성큼 걸어가 어느 문 앞에 섰다. 그러고는 주위를 둘러보았다. 아무도 없었다. 그는 고개를 들고 문에 걸린 표지판을 바라보았다. 심리상담실. 남학생은 심호흡을 하고 문을 두드렸다.

넓은 복도에서 울리는 노크소리는 유난히 귀에 거슬렸다. 남학생은 저도 모르게 몸을 떨었다. 안에서는 아무 반응이 없었다. 다시 똑똑 두드려봤지만 여전히 답이 없었다. 문에 귀를 대보았다.

안은 조용했고 아무 소리도 들리지 않았다. 남학생은 한숨을 쉬었다. 실망인지 안도인지 알 수 없는 표정이었다. 뒤돌아서 가려는데 대각선 쪽에서 갑자기 문이 열리더니 한 남자가 고개를 내밀었다.

"누구 찾아왔어요?"

화들짝 놀란 남학생은 굳게 닫힌 문을 가리키며 아무 말도 못했다.

남자가 다가와 문을 보더니 말했다.

"차오 교수님이요? 지금 안 계신데. 무슨 일인데 교수님을 찾아요?"

"그게…… 아무것도 아니에요."

남자가 웃으며 말했다.

"무슨 일이 있으면 말을 해야 돼요. 안 그러면 답답해서 나중에 병 됩니다."

남학생은 고개를 들어 남자를 쳐다보았다. 머리가 단정하고 눈매는 선한데다 치아는 정갈하고 웃을 때 살짝 입꼬리가 올라갔다.

"제, 제가 두려움을 느낄 때가 있어요."

남자가 가볍게 웃었다.

"모든 사람들이 다 두려움을 느껴요. 학생이 두려워하는 게 뭔지 이야기해줄 수 있어요?"

남학생은 고개를 숙이고 입술을 질끈 물었다. 남자는 학생이 말하고 싶어 하지 않는 걸 보더니 억지로 강요하지 않았다.

"그런 감정은 극복할 수 있어요. 예를 들면 여러 가지 위험한 상황들을 상상해보는 겁니다. 최악의 상황을 먼저 떠올리고 계속 반복하다 보면 어떤 위험한 상황이 와도 두렵지 않다고 느끼게 될 거예요. 자연스럽게 학생이 두려워하는 그 일이 더 이상 두렵지 않게 되는 거죠."

남자는 남학생의 어깨에 손을 살짝 얹으며 말했다. 남학생은 고개를 들었다. 남자는 따뜻한 눈빛으로 학생을 바라보았다. 마치 '날 믿어요'라고 말하는 것 같았다.

그때 오후 휴식시간 종료를 알리는 벨소리가 복도에 울려 퍼졌다. 깜짝 놀란 남학생은 남자에게 고맙다고 인사한 뒤 자리를 떠났다.

피해자는 모두 두 명이었다. 첫 번째 피해자는 야오샤오양姚曉陽이라는 이름의 32세 이혼 여성으로 J시 사범대학 교수였다. 그녀는 사건 발생 이틀 전에 광밍위안 3동 2구역 401호를 임대했다. 현장 상황으로 보면 야오샤오양은 사건 당일 막 이사를 왔고 물건을 정리하고 있는 도중 변을 당한 거였다. 자물쇠가 망가진 흔적이 없어 감식반은 면식범일 가능성을 제기했지만, 집주인을 비롯해 피해자와 밀접하게 관련된 인물들의 지문을 현장에서 채취한 지문과 비교 대조해본 결과 그 가능성은 배제되었다. 정황상 추측해보면 범인은 집 안에 들어와서 야오샤오양과 몸싸움을 벌이다 거실 탁자에 있던 나일론 끈(야오샤오양이 짐을 묶는 데 썼던 것)으로 그녀를 목 졸라 살해한 것이다. 이후 주방에 있던 식칼로 피해자의 상체를 갈랐는데 범행 수법이 지난 사건들과 기본적으로 유사했다. 그런데 범인이 지난 사건에서처럼 피해자의 피를 마시지 않았다는 점이 의외였다. 범인이 피를 마시지 않은 건, 그때 두 번째 피해자가 된 아이를 발견했기 때문이다.

두 번째 피해자는 광밍위안 3동 2구역 402호에 살던 퉁후이佟卉라는 6세 여아였다. 사건 당일 퉁후이의 부모는 일하러 공장에 나가고 없었고, 집에는 일흔이 넘은 외할머니 위후이펀宇惠芬이 혼자서 손녀를 돌보고 있었다. 위후이펀의 증언에 따르면, 사건이 일어난 날 그녀는 퉁후이와 점심을 먹고 낮잠을 자고 있었다. 그러다 비몽사몽간에 퉁후이가 밖에 혼자 놀러나가는 걸 느끼고는 너무 멀리 가지 말라고 말한 뒤 도로 잠이 들었다. 경찰이 옆집에서 현장 감식을 할 때쯤 잠에서 깬 위후이펀은 그제야 퉁후이가 사라진 걸 알게 되었다. 위후이펀은 그때까지 옆집에서 아무 기척도 못 느꼈다고 말했다. 그렇다면 퉁후이는 밖으로 놀러 나가면서, 혹은 집에 돌아오면서 범인과 마주쳤을 가능성이 높았다. 그리고 범인은 원래 계획을 바꿔 퉁후이의 피를 마시기로 한 것이다. 첫 번째 범행 현장(광밍위안 3동 2구역 401호)과 두 번째 범행 현장(위안다밍 유리섬유공장 옛 주소), 그리고 검시보고서를 분석해보면, 아마도 범인이 밧줄로 퉁후이를 목 졸라 기절시킨 다음(이 과정에서 퉁후이가 입고 있던 원피스에서 단추 하나가 입구에 떨어짐) 침실에 있던 가방(대형, 노란색 체크무늬)을 비우고 그 안에 퉁후이를 넣어 현장을 떠난 걸로 추측해볼 수 있다. 범인은 동남쪽으로 약 40분을 걸어가 예전에 위안다밍 유리섬유공장이 있던 장소에서 퉁후이를 살해한 뒤, 배를 갈라 200시시 정도 되는 피를 마셨다.

광밍위안 근처에 살고 있는 사람들을 탐문했지만 이렇다 할 단서는 나오지 않았다. 사건이 일어나던 그 시각, 단지에 사는 대다수 주민들은 공장에 출근하고 없었기 때문이다. 그래서 벌건 대낮에 범인이 피해자를 끌고 갔는데도 어느 하나 눈여겨 본 사람이 없었던 것이다. 그러다가 첫 번째 사건 현장과 두 번째 사건 현장 사이 구간을 탐문하던 중 중요한 단서를 얻었다. 홍위안루弘遠路에 있는 작은 슈퍼마켓(두 번째 사건 현장과 약 3킬로 떨어진 곳) 주인은 사건 당일 어떤 남자가 자신의 가게에서 생수 한 병을 샀는데, 키는 172센티미터 정도로 말랐으며 니트 소재의 대형 가방을 가지고 있었다고 증언했다. 주인이 묘사한 내용을 바탕으로 몽타주가 작성되고 해당 인물에 대한 지명 수배가 내려졌다.

회의를 마치고 가려는데 국장이 "자네, 좀 남지" 하며 타이웨이를 불렀다.

심각한 표정의 국장이 회전의자에서 자세를 고쳐 앉더니 서 있는 타이웨이를 보며 앉으라고 손짓했다. 국장은 손으로 찻잔을 돌리면서 낮게 읊조렸다.

"이번 사건을 해결하는 데 J대 학생이 도와줬다지?"

"네. C시의 딩수청 경관이 추천해준 친구입니다. 귀신같은 실력이라고요."

"자네 생각은 어떤가?"

타이웨이는 할 말을 가다듬었다.

"좀 재밌는 친구예요. 그 친구 덕에 두 번째 피해자를 찾았습니다. 용의자에 대한 묘사가 슈퍼마켓 주인의 증언과 거의 일치했어요. 그 친구 말로는 며칠 안에 연락을 준다고 했는데, 저도 이 사건에 대해 그 친구 생각을 좀 듣고 싶습니다."

"안 돼! 천재라는 그 친구, 앞으로 다신 이 사건에 끌어들이지 말게. 이 사건뿐 아니라 앞으로 닥칠 어떤 사건에서도 말일세."

국장은 집게손가락을 흔들며 단호하게 말했다.

"왜 그러십니까?"

타이웨이는 의아했다.

"그 일로 우리가 그 고생을 했는데도 아직까지 정신을 못 차렸나!"

국장의 얼굴은 험악해졌고 목청도 높아졌다. 타이웨이는 영문을 몰라 국장을 멍하니 바라보고 있었다. 국장은 뭔가 생각났다는 듯 이마를 탁 치며 물었다.

"자네 여기 온 지 얼마나 됐지?"

"4년이요."

"그럼 그렇지. 모르면 그럴 수 있네. 하지만 내가 한 말 똑똑히 기억해두게. 이건 명령일세."

국장의 얼굴이 살짝 누그러졌다. 말을 마친 국장은 타이웨이에게 그만 가보라며 손을 흔들었다. 타이웨이는 어리둥절한 상태로 사무실에 돌아왔다. 여기에서 대체 무슨 일이 있었던 건지 오래 근무한 동료에게 물어봐야지 하고 생각하던 그때, 전화벨이 울렸다. 팡무였다.

타이웨이와 처음 만났을 때 봤던 자료와 직접 네 번째 살인사건 현장에서 얻은 정보를 바탕으로 팡무는 이 연쇄살인사건에 대한 잠정적인 결론을 내렸다. 연쇄살인범들은 대개 현장에 자신의 '흔적'을 남긴다고 하는데 흡혈 인간이 남긴 흔적은 대체 뭘까?

범인이 흡혈 인간이라고 불리게 된 이유는 피해자를 살해한 뒤 흉기로 가슴부터 배까지 갈라 피를 마시는 게 그의 대표적인 행위였기 때문이다. 범인이 이렇게까지 과도하게 시신을 훼손한 데에는 자신의 분노를 표출하거나 피해자의 신분을 은폐하기 위한 것이 아닌 뭔가 특별한 이유가 있는 게 분명했다.

피해자의 혈액을 마신다는 건 본인의 혈액을 '보충'하는 걸로 이해할 수 있었다. 이는 범인이 본인의 피가 '부족'할까 봐 자주 걱정하고 초조해한다는 걸 의미했다. 그런 심리가 생기게 된 근원이 뭔지는 알 수 없지만, 이런 두려움과 초조함이 이미 심각한 수준에 이르렀다는 것만큼은 확실했다. 그게 아니라면 살인 후 피를 마시는 방법으로 마음을 진정시키지는 않았을 테니까 말이다.

현장 상황도 이런 결론을 뒷받침했다.

최초 희생자는 밤 근무를 마치고 집에 오자마자 살해당했다. 경찰이 현장에 도착했을 때는 열쇠가 문에 꽂혀 있는 상태였다. 범인은 피해자가 복도에 들어설 때까지 미행하다가 문이 열리는 순간 갑자기 들이닥쳐 피해자를 목 졸라 살해한 뒤, 배를 갈라 피해자의 피를 우유와 섞어 마셨다.

2차 희생자는 박사과정을 밟고 있는 대학원생으로, 사건 당일은 수업을 들으러 가는 날이었다. 이웃집 사람이 쓰레기를 버리러 나오다 현관문이 활짝 열려 있는 걸 발견했다. 거실에서 살해당했고 범행에 쓰인 흉기는 신발장에 있던 화병이었다.

3차 희생자는 아침 시장에서 물건을 팔고 일찍 귀가한 퇴직 여성이었는데 살고 있던 단층집에서 살해되었다. 범인은 피해자의 머리채를 잡아 가스레인지에 들이받고 전등 전선으로 목 졸라 살해한 뒤, 그녀가 팔다 남은 더우장_{豆漿, 우리나라의 콩국과 비슷하며 중국인들이 아침 식사로 자주 먹는다}과 피를 섞어 마셨다.

4차 희생자는 갓 이사를 온 이혼한 여교수였다. 범인은 피해자가 짐을 묶을 때 썼던 끈으로 그녀를 목 졸라 살해했다. 그리고 그녀의 피를 마시려던 순간 복도에서 어린 여자 아이를 발견했고, 그렇게 아이는 희생양이 되었다.

'피를 마시는' 공통된 행위가 없었다면 다섯 차례의 살인사건을 동일범의 소행이라고 생각하기 어려웠을 것이다. 우선 피해자의 직업과 나이가 달랐다. 또 사건이 발생한 장소는 다세대 주택일 때도 있었고 단독 주택일 때도 있었다. 끈이나 손으로 목을 졸라 죽이기도 했지만 화병으로 때려죽이기도 하는 등 범인의 수법도 다양했다. 그런데 배를 가를 때 쓴 도구는 일치했다. 전부 범행 현장에서 찾은 날카로운 흉기였는데, 범행 후에는 아무렇지도 않게 현장에 남겨두었다. 게다가 범인은 일부러 증거를 인멸하지 않은 것처럼 보였다. 현장 곳곳에서 범인의 지문이 발견되었고 심지어 현관문도 닫지 않고 현장을 빠져나갔다.

현장을 보고 팡무의 머리에 떠오른 단어는 하나였다. 혼란.

피해자를 특정하지도, 범행 도구를 소지하지도 않은데다 범행 직후 현장을 수습하지도 않았다. 그렇다면 범인은 상당히 부주의한 사람이거나 자주 정신 착란 증세를 보이는 사람일 것이다. 이런 정신 착란을 일으키는 심리적 장애가 피와 대체 어떤 관련이 있는 걸까?

팡무는 도서관 자료 검색대에서 '혈액'과 '정신 장애' 두 단어를 입력했다. 검색 결과 도서관 제3자료실에 관련 도서가 몇 권 있었다. 팡무는 도서명을 메모한 뒤 곧장 제3자료실로 향했다.

"어? 자네 법대생 아닌가? 이건 의대생들이 보는 책인데. 이 책들은 봐서 뭐하려고?"

당직을 서던 쑨 선생이 도서 목록을 보며 말했다.

"그냥 한번 보려고요."

쑨 선생은 안경 너머로 팡무를 자세히 한 번 보더니 웃으며 말했다.

"저쪽 코너에 Z1하고 Z3서가로 가 봐."

쑨 선생이 알려준 대로 가서 책을 찾은 팡무는, 대출하면서 짚이는 대로 신문 하나를 집어 책상 위에 올려놓았다. 한 면에 최근 발생한 살인사건을 소개하는 기사가 있었는데 상단에는 범인의 몽타주까지 실려 있었다.

"신문에 기사도 나고 지명 수배까지 떨어졌는데 저 흡혈귀란 놈은 여태껏 도망도 안 갔나?"

자신처럼 신문을 보고 있는 팡무를 보더니, 어떤 한 교수가 신문을 쥔 손을 떨며 말했다.

"안 갔을 거예요. 이런 놈은 뉴스 따위엔 관심이 없거든요."

신문에 시선을 고정한 채 팡무가 무심하게 말했다.

"아, 그래? 자넨 그걸 어떻게 알지? 교수한테 배웠나?"

교수는 갑자기 흥미가 생겨 물었다.

"저도 그냥 추측한 건데요."

팡무는 길게 이야기하고 싶지 않아 쑨 선생에게 책을 건네받은 뒤 서둘러 도서관을 나왔다.

꼬박 하루 동안 기숙사에 처박혀 있던 팡무는 타이웨이에게 전화를 걸었다. 그는 먼저 병원 조사 상황을 물었고, 타이웨이는 조사량이 방대해서 결과가 나오려면 시간이 좀 걸리기 때문에 현재로선 별 단서가 없다고 말했다. 범죄 현장 주변 탐문 수사는 아직 진행 중이었다. 팡무는 타이웨이에게 혈액과 정신 장애 관련 서적을 봤는데, 범인이 정신병원에서 치료나 상담을 받았을 가능성이 있다고 말했다.

"그러니까 시간 되실 때 저랑 같이 정신병원에 조사하러 가시죠. 가능하면 서두르는 게 좋겠어요. 놈이 조만간 또 범행을 저지를 테니까요."

"왔어요?"

"바쁘신데 제가 방해했나요?"

"괜찮아요. 들어와서 앉아요."

"책 보고 계셨어요?"

"그냥 보는 거예요. 뭐 좀 마실래요? 차? 커피?"

"커피요."

"믹스 커피밖에 없는데, 괜찮아요?"

"네."

"아니다, 그냥 물 줄게요. 잠도 잘 못 자는데."

"그것도 좋고요."

"자, 뜨거우니까 조심해요."

"감사합니다. 와, 엄청 어려운 책들을 보시네요. 『혈액 질병과 정신 장애』, 『심인성 정신 장애』, 그리고 이건 The study on······."

"『The study on agoraphobia』, 광장공포증에 관한 연구예요."

"광장공포증이 뭐죠?"

"간단히 말해서 사람을 무기력하고 당황스럽게 만드는 어떤 상황에 대해 공포를 느끼는 질환이에요. 예를 들면 고소공포증 같은 거죠."

"아, 그냥 공포증의 하나네요?"

"하하, 뭐 비슷해요."

"대단하세요. 아는 것도 많으시고."

"그냥 재미 삼아 보는 거예요. 참, 지난번에 내가 가르쳐 준 방법은 어땠어요? 효과가 있던가요?"

"네. 괜찮았어요."

"그럼 이제 두려워하는 게 뭔지 말해줄 수 있겠어요?"

"……그런 거 없어요."

"하하, 긴장 풀어요. 다른 각도에서 보면 학생이 두려워하는 대상에 대한 생각도 달라질지 몰라요. 예를 들면……."

마우스를 클릭하는 소리가 들렸다.

"이 동물들 중에 무서운 게 뭐죠?"

"쥐요."

"좋아요. 이제 여기 쥐 사진을 좀 보세요. 하하, 긴장하지 마시고. 보는 게 무서워요?

"당……당연하죠."

"자, 긴장 풀어요. 어릴 때 쥐에게 물린 적이 있나요?"

"아뇨."

"그럼 가족 중에 쥐를 무서워하는 사람이 있나요?"

"엄마요."

"어렸을 때 어머니가 학생을 데리고 자주 놀러 나가셨죠?"

"네."

"어머니랑 같이 있을 때 쥐를 본 적이 있나요?"

"네."

"당시 상황은 어땠나요?"

"엄마가 저를 안고 유치원에 가고 있었어요. 화원을 지나는데 쥐 한 마리가 쏜살같이 엄마 앞으로 지나갔어요. 놀란 엄마는 비명을 지르며 도망쳤는데 하마터면 저를 놓칠 뻔했죠. 또 한 번은 저희 집 문 앞에 쥐 한 마리가 죽어 있었어요. 엄마는 무서워서 가까이 갈 엄두도 못 냈어요. 제 손을 잡고 문 앞에서 한참을 서 있다가 옆집 사람이 쥐를 치워준 뒤에야 겨우 집에 들어갔어요."

"이제야 좀 이해가 되네요. 학생은 어머니를 사랑하죠?"

"물론이죠."

"어머니가 위험에 처하면 지켜드릴 건가요?"

"그럼요."

"어머니 연세가 어떻게 되시죠?"

"쉰하나요."

"이런 장면을 한번 상상해봅시다. 머리가 희끗희끗한 어머니가…… 아, 실제로 어머니 머리가 하얗게 되셨나요?"

"양쪽 귀밑머리가 다 하얗게 셌어요."

"그럼 계속하죠. 지금은 겨울이고 밖에는 바람이 세게 붑니다. 머리가 희끗희끗한 어머니가 바람을 맞으며 벌벌 떨고 있어요. 그런데 쥐 한 마리가 어머니 앞을 가로막고 있어요. 털이 까맣고 눈이 새빨간 커다란 쥐가 어머니를 노려보고 있어요. 떨지 말고 좀 용감해져 봐요."

"알…… 알겠어요."

"어머니는 이런저런 시도를 해보지만 어떻게 해도 지나가질 못해요. 초조하고 두려운 마음에 눈물이 흐르고 '어떡하지'라는 말만 중얼거리고 있어요. 이런 상황인데 그래도 어머니를 지킬 건가요?"

"지킬 거예요!"

"앉아요. 그리고 쥐를 봐요. 30센티미터에 좀 못 미치는 길이예요. 발로 놈을 밟아서 뼈를 으스러트리면 어머니에게 더 이상 두려움의 대상이 되지 않을 거예요."

"맞아요."

"그럼 이제 가서 어머니를 지켜요! 앞으로 가서 놈을 밟아 죽여요."

갑자기 의자가 뒤로 넘어지더니 발로 '퍽퍽' 밟는 소리가 방 안에 울려 퍼졌다.

"그만, 그만. 진정해요. 물 좀 마실래요?"

"아뇨, 괜찮습니다. 감사합니다."

"숨을 깊게 들이마셔요. 좋아요. 자 이제 사진을 다시 한 번 봐요. 아직도 무섭나요?"

"좀 괜찮아졌어요."

"이건 두려워할 만한 게 못 돼요. 징그러운 녀석일 뿐이죠. 어머니를 위해 용기를 내봐요."

"네. 많이 좋아졌어요."

"땀 닦아요."

"고맙습니다. 정신과 의사를 하셔야겠는데요."

"정신과 의사요? 아뇨. 전 그냥 사람들 심리를 탐구하는 걸 좋아할 뿐이에요."

"진심으로 드리는 말이에요. 선생님과 같이 있으면 마음이 편하고 즐거워요."

"다행이네요. 저도 학생을 도와주고 싶어요."

"제 친구 중에 선생님이랑 되게 비슷한 사람 있는 거 아세요?"

제6장

피의 매력

타이웨이가 수업 중에 광무를 불러낸 건 이번이 두 번째였다.

형사소송법 수업이었는데 광무는 명판저와 맨 뒷줄에 앉아 있었다. 명판저는 홀가분한 표정이었다. 명판저 이름이 불리면 광무가 입을 반쯤 가리고 대신 대답해주기로 했기 때문이다. 부탁을 거절하지 않은 이유는 수업 때마다 명판저와 같이 있어서 그런 것뿐이었다. 이 방법은 혼자가 익숙한 광무를 불편하게 만들었다. 게다가 근본적인 해결책도 아니었다.

밖으로 나가던 광무는 남겨진 명판저의 얼굴이 초조하고 낙담한 표정으로 변하는 걸 느꼈다. 하지만 명판저의 기분까지 헤아릴 겨를이 없었다. 타이웨이의 눈빛이 광무를 더 긴장하게 만들었다.

복도로 나온 광무가 타이웨이에게 작게 속삭였다.

"왜요, 또 일 터졌어요?"

"맞아. 근데 사람이 죽은 건 아니고 여자애 하나가 실종됐어."

"나이가 어리죠?"

팡무의 입에서 바로 말이 튀어나왔다.

대답은 필요 없었다. 타이웨이의 눈빛이 이미 긍정의 답을 보내고 있었던 것이다.

어젯밤 10시경, 훙위안구 파출소에 실종 신고가 접수되었다. 제8중학교에 다니는 1학년생 쉬제徐杰가 실종되었다는 거였다. 조사 도중, 구이를 파는 노점상 주인에게서 중요한 정보를 얻었다. 오후 4시 40분쯤 쉬제로 보이는 여자애가 꾀죄죄한 외모에 비쩍 마른 젊은 남자와 이야기하는 걸 보았다는 것이다. 파출소 경찰은 남자의 체형과 외모가 지명수배령이 내려진 '흡혈귀'의 용모와 흡사하다는 생각에 곧바로 공안국의 수사 전담팀에 보고했다.

팡무와 타이웨이는 목격자가 쉬제와 남자를 보았다던 장소에 도착했다. 주위를 살피는 팡무에게 타이웨이가 물었다.

"이번에도 그놈 짓이라고 생각해?"

팡무는 대답 대신 질문을 했다.

"이 지역 지도 있으세요?"

"벌써 챙겼지."

타이웨이는 차에서 지도를 꺼냈다. 호흡이 잘 맞는 두 사람이었다. 팡무는 웃었다.

"너도 눈치챘겠지만 범행 장소가 이 지역에 집중돼 있어."

타이웨이는 손가락으로 지도를 가리켰다.

"여기, 여기, 그리고 여기. 전부 이 지역 안에 있잖아. 여자애가 실종된 지점도 그렇고. 이 근처야. 용의자가 한 지역에서 여러 차례 범행을 저질렀다고 하면 우리는 보통 용의자가 범행 지역에 익숙하지 않은 걸로 생각하잖아. 외지인이 범인일 가능성이 크다고 보는 거지. 근데 너는 왜 범인이 이 근처에 산다고 생각하는 거야?"

"그놈은 달라요. 범인은 무작위로 범행을 저질러요. 다시 말해 해칠 대상을 정하지 않는다는 건데 이번엔 좀 다른 거 같아요. 놈이 젊은 사람들을 노리기 시작했어요."

팡무는 고개를 들어 타이웨이를 보며 말했다. 타이웨이는 잠시 생각에 잠겼다.

"여자애가 아직 살아 있다고 생각해?"

"아마도요."

팡무는 손목시계로 날짜를 보더니 조용히 속으로 계산했다.

"범인은 대략 20일에 한 번씩 범행을 저지르는데 이번에는 지난번 사건과 일주일 정도밖에 차이가 안 나요. 아마 혈액 공급원을 '사육'해서 필요한 때 언제든지 피를 마실 생각인 것 같아요."

햇볕이 따사로운 아침에 이런 대화를 하고 있노라니 타이웨이는 절로 몸서리가 쳐졌다. 멀쩡히 살아 있는 사람을 '사육'하고 필요하면 언제든 가축을 도살하듯 죽여서 피를 마신다니. 대체 어떤 놈일까?

"정신병원으로 가요. 제 예상이 맞다면 아직 시간이 있어요. 놈이 손쓰기 전에 가서 잡아야 돼요."

팡무가 차에 오르며 말했다.

C시 소재 병원에는 대부분 정신과가 있었지만 정신과 전문 병원은 두 곳뿐이었다. 타이웨이는 따로 부하 직원들을 다른 병원에 보내면서 국장에게는 절대 알리지 말라고 신신당부한 뒤, 팡무와 함께 정신과 전문 병원으로 향했다.

팡무는 최근 5년간 망상증으로 상담을 받았거나 입원 치료를 받은 사람, 그중에서도 망상의 내용이 혈액과 관련된 사람을 찾고 있었다. 먼저 간 병원은 수사에 협조했지만 소득이 전혀 없었다. 그런데 두 번째 병원에서는 타이웨이가 찾아온 이유를 설명하자마자 원장이 바로 한 사람을 떠올렸다.

이름은 펑카이馮凱, 남자. 2년 전, 당시 스물여섯이던 펑카이는 1년 새에 아버지와 형을 연이어 떠나보내고 심한 우울증에 시달렸다. 입원 후 펑카이는 치료를 잘 받은 편이었고 우울증도 점차 호전되는 것처럼 보였다. 그러던 어느 날, 밖에서 산책을 하던 펑카이가 새 한 마리를 잡아 피를 생으로 마시는 걸 간호사가 목격했다. 이후 펑카이는 자신이 심각한 빈혈을 앓고 있다며 병원 측에 수혈 치료를 요구했다. 병원에서 정밀 검사를 실시한 결과 펑카이의 빈혈수치는 정상이었다. 그런데도 펑카이는 이 사실을 거부하며 자신이 빈혈에 걸렸다고 굳게 믿고 있었다. 이 일로 병원에서는 그가 우울증과 동시에 망상증을 앓고 있다는 걸 알게 되었다. 얼마간 망상증 치료를 받던 펑카이는 돌연 말도 없이 사라졌다.

의사와 간호사들은 펑카이에 대해 키가 173센티미터로 말랐고 외모에는 전혀 신경을 안 썼으며 병실은 늘 난장판이었다고 기억했다. 그는 사람들과 왕래하는 걸 좋아하지 않았고 그를 보러온 사람도 없었다. 펑카이가 사라진 뒤 병원 측에서 그를 찾아가봤지만 병원에 등록된 주소는 가짜였다.

팡무와 타이웨이는 이 단서들을 얻고 흥분을 감추지 못했다. 펑카이라는 이름도 가짜일 수 있다는 생각에 팡무는 타이웨이에게 2년 전 혈액 질환으로 연이어 사망한 부자父子가 있는지 조사하고, 시 전체 특히 훙웨이안구에 펑카이라는 이름을 쓰는 사람이 있는지 찾아보라고 했다.

이틀 후 마침내 조사 결과가 나왔다. C시에 펑카이라는 이름을 가진 사람이 총 1,244명이었는데 그중 조건에 부합하는 사람은 한 명도 없었다. 2년 전 혈액 질환으로 사망한 부자도 펑씨가 아니었다. 다만 재생 불량성 빈혈로 1998년과 1999년에 잇달아 사망한 마馬씨 부자는 있었다. 아버지 마샹원馬向文은 아내와 일찍 사별하고 1998년 재생 불량성 빈혈로 세상을 떠났다. 마샹원에게는 두 아들이 있었는데 장남인 마타오馬濤는 부친 사망 후 1년 뒤 같은 병으로 세상을 떠났고, 차남인 마카이馬凱는 아버지가 남긴 집 한 채를 유산으로 물려받았다. 그런데 그 집이 훙웨이안구 창칭베이제常青北街 83번지, 즉 다섯 건의 살인사건 현장과 모두 5킬로미터도 채 떨어지지 않은 곳에 있었다.

"저 사람이에요!"

훙웨이안구 창칭베이제 파출소 호적실戶籍室에서 팡무는 컴퓨터 모니터에 뜬 사진을 보며 확신에 차서 말했다. 사진 속 펑카이는 단정한 머리에 온화한 표정을 짓고 있었지만 흐리멍덩한 두 눈에서 펑무는 깊은 초조함과 절망감을 읽을 수 있었다.

그때 타이웨이는 상당히 신중한 모습이었다. 그는 야오샤오양, 퉁후이 살인사건과 쉬제 실종사건의 목격자를 각각 파출소로 불러들였다. 실종사건의 목격자는 사건 당일 자신이 본 사람이 마카이^{펑카이의 성 '馮'과 마카이의 성 '馬'가 서로 비슷하다}라고 확신하지 못한 반면, 살인사건의 제보자는 본인의 가게에서 생수를 산 사람이 마카이가 확실하다고 말했다.

"틀림없어요. 사진보다 마르긴 했지만 분명 그 사람이에요!"

저녁 8시 22분. 지은 지 최소 20년도 더 되어 보이는 이 낡은 건물은, 훙광紅光 트랙터 제조공장 직원 사택인 걸로 조사되었다. 타이웨이는 고개를 들고 3층 창문을 쳐다보았다. 짙은 남색 커튼이 굳게 쳐진 창문 너머로 은은한 주황색 불빛이 보였다.

작전에 동원된 경찰은 총 아홉 명. 타이웨이는 이들을 공격팀, 지원팀, 봉쇄팀으로 나눴다. 공격팀이 가택 내부에 진입해 용의자를 제압하면 지원팀은 피해자(물론 피해자가 아직 살아 있다는 전제 하에)를 구조하고, 봉쇄팀은 복도와 창밖에서 대기하며 용의자가 도주하는 걸 막기로 했다.

작전 성공을 위해서 타이웨이는 작전 당일 오후 경찰 한 명과 가스회사 직원으로 위장한 뒤 1층 거주자 집을 방문해 사전 답사도 마쳤다. 그 집의 구조가 3층에 사는 마카이의 집 구조와 일치했기 때문이다. 타이웨이는 피해자가 북쪽에 있는 작은 침실에 갇혀 있을 가능성이 높다고 판단했다. 그래서 지원팀에게 실내로 들어가면 용의자는 신경 쓰지 말고 곧장 북쪽 침실로 가서 피해자를 구조하라고 지시했다.

8시 25분. 피해자 구출 작전이 시작되었다. 타이웨이는 공격팀과 지원팀을 이끌고 조심스럽게 3층으로 올라가 오른편 문 앞에 섰다. 현관문에 외시경은 없었다. 공격팀이 문 양옆으로 몸을 숨긴 걸 확인한 뒤 타이웨이가 문을 두드렸다.

반응이 없었다. 하지만 타이웨이는 안에서 작게 발자국 소리가 들리고 문 아래쪽에서 새어나오던 빛이 가려진 걸 알아챘다. 타이웨이는 다시 문을 두드렸다. 여전히 안은 고요했다. 타이웨이가 큰 소리로 말했다.

"집에 아무도 없나 봐요. 앞집으로 갑시다."

타이웨이는 뒤돌아서 앞집 문을 두드렸다. 안에서 곧바로 여자 목소리가 들렸다.

"누구세요?"

타이웨이가 쩌렁쩌렁한 소리로 말했다.

"제약 제3공장에서 왔습니다. 최근에 저희가 신제품을 개발했거든요. '부쉐러補血樂'라는 빈혈 전문 치료약인데요. 소비자분들께 보답하는 차원에서 제품 백만 개를 증정하는 행사를 하고 있어요. 그래서 오늘 집집마다 찾아다니며 약을 드리고 있습니다. 비용은 일절 받지 않고요."

"그래요? 잠시만요. 무료예요?"

문이 열리고 헝클어진 머리의 중년 여성이 고개를 내밀었다. 거의 동시에 앞집 문도 덜컥 열렸다. 그 순간 공격팀 경찰들이 일어나 문을 연 사람을 향해 돌진했다. 무방비 상태였던 그 사람은 그대로 바닥에 넘어졌다. 타이웨이는 눈이 휘둥그레진 중년 여성을 뒤로한 채 재빨리 302호로 들어갔다.

그 사람은 경찰들에게 제압당해 바닥에 엎드려 있었다. 그중 한 경찰이 그 사람의 머리카락을 잡아당기며 물었다.

"말해, 이름이 뭐야?"

타이웨이는 그 옆을 지나가며 제압된 사람을 흘끗 쳐다보았다. 마카이가 틀림없었다. 범인을 확인한 뒤 타이웨이는 지원팀과 함께 곧장 북쪽 침실로 향했다.

문은 닫혀 있었다. 지원팀 중 한 명이 발로 방문을 걷어찼고 타이웨이는 총으로 실내를 조준했다. 방에 불은 꺼져 있었고 어렴풋하게 침대 위에 누워 있는 사람이 보였다. 다른 경찰들은 안으로 들어가 수색을 하고 타이웨이는 즉시 침대로 가 손전등을 비췄다. 여자애 하나가 침대에 큰대자로 누워 있었는데, 손발이 각각 침대 머리판과 발판의 난간에 묶여 있었다. 머리는 산발이었고 입은 테이프로 봉해진 채로 눈을 감고 있었다. 타이웨이는 그 애가 실종된 쉬제라는 걸 알아보았다.

아직 살아 있나?

타이웨이는 아이의 코 밑에 손가락을 갖다 댔다. 아이가 숨 쉬는 걸 확인한 타이웨이는 한숨을 돌렸다.

방 안에 아무도 없다는 걸 확인하자 타이웨이는 함께 온 동료들에게 정신을 잃은 쉬제의 손발을 풀어주라고 한 뒤, 밑에 있던 봉쇄팀에게는 구급차를 부르게 했다. 단지 입구에 미리 대기시켜둔 구급차가 곧바로 건물 아래에 도착했고, 쉬제를 곧장 병원으로 이송해 검사를 진행했다.

용의자는 수갑이 채워진 채 거실 바닥에 엎드려 있었고, 지원팀 경찰 두 명이 놈의 머리에 총구를 겨누고 있었다.

타이웨이는 놈의 머리채를 잡았는데 손이 미끌미끌한 게 아주 기분이 불쾌했다. 마카이의 얼굴은 창백하고 수척한데다 입가에는 누런 부스럼이 가득했다. 눈에는 눈곱이 끼어 있고 코는 방금 전 제압당할 때 다친 건지 검붉은 피가 흐르고 있었다. 마카이는 몸 부림치며 중얼거렸다.

"피……."

"네놈이 마카이냐?"

타이웨이가 큰 소리로 물었다. 마카이는 살짝 눈을 떠서 타이웨이를 보더니 다시 눈을 감고 중얼거렸다.

"피…… 피…… 좀 멈추게 해줘요."

타이웨이는 권총 손잡이로 놈의 얼굴을 한 대 후려갈기고 싶었지만 있는 힘을 다해 꾹 참았다. 그러고는 자리에서 일어나 질색하며 손을 흔들었다.

"끌고 가!"

창칭베이제 파출소에서 당직을 서던 경찰은 눈앞에 있는 이상한 남학생을 호기심 어린 눈으로 살펴보고 있었다. 저녁 내내 남학생은 말이 없었다. 담배를 피거나 전방을 응시한 채 멍하니 있을 뿐, 앞에 있는 도시락에는 손도 대지 않았다.

전화벨이 울렸다. 경찰은 수화기에 대고 몇 마디 하더니 고개를 돌려 물었다.

"학생 이름이 팡무인가?"

휙 하고 고개를 돌린 남학생의 두 눈에 순간 빛이 번뜩했다.

"받아봐."

팡무는 자리에서 일어났다. 너무 오래 앉아 있어서 그런지 다리가 뻣뻣했다. 급하게 가느라 몸이 책걸상에 부딪혀 요란한 소리가 났다.

"여보세요?"

수화기 너머로 고함소리, 날카로운 경적소리와 함께 빠르고 격앙된 타이웨이의 목소리가 들렸다.

"찾았어. 그놈이 맞아!"

"여자애는요?"

"무사해. 지금 병원에 있어. 방금 전화해봤는데, 의사 말로는 정신적인 충격과 약간의 영양실조 증세 말고 다행히 큰 이상은 없대."

팡무는 눈을 감았다. 전화를 끊고 나서야 방금 전 책걸상에 부

딫힌 부분이 아려왔다. 다시 책상 앞에 앉은 팡무는 잠시 멍해 있
더니 도시락 뚜껑을 열었다.

"죄송한데요. 물 좀 주시겠어요?"

팡무의 얼굴에 안도의 미소가 번졌다.

제7장

망각을 위하여

정신없이 일하던 타이웨이는 밤 10시가 넘어서야 팡무 생각이 났다. 팡무를 데려다주는 차 안에서 타이웨이는 감식과에서 확인 한 결과 마카이의 지문이 현장에서 발견된 다량의 지문과 전부 일 치했고, 마카이가 입을 다물고 있기는 하지만 기소에는 전혀 문제 가 없을 거라고 말해주었다. 팡무는 별 말 없이 창밖의 야경만 바 라보고 있었다.

"가서 푹 쉬어. 며칠 뒤에 내가 찾아갈게."

타이웨이는 지친 팡무의 안색을 살폈다.

차가 입구에 도착했다. 팡무가 차에서 내려 인사한 뒤 뒤돌아 가려는데 타이웨이가 "저기" 하고 불렀다. 팡무가 고개를 돌렸다. 문밖으로 얼굴을 내민 타이웨이는 차창에 기댄 채 팡무를 몇 초간 응시하더니 얼굴에 미소를 띠었다.

"짜식, 참 대단해."

팡무가 웃으며 손을 흔든 뒤 기숙사로 향했다. 자정에 가까운 시각이라 대부분의 건물은 불이 꺼져 있었다. 성긴 가로등이 만들어낸 어슴푸레한 빛 동그라미 사이로, 이름 모를 작은 곤충들이 어지럽게 날아다녔다. 소리 없이 밤거리를 헤매는 혼령처럼 팡무는 천천히 길을 걸었다.

한기를 살짝 머금은 신선한 공기가 팡무의 몸 안으로 들어왔다. 고개를 들어 보니 짙은 남색 하늘에 수많은 별들이 반짝이고 있었다. 사람이 죽으면 별이 된다는 말이 있다. 그렇게 별이 되어 하늘에서 가족을 비추고 원수도 비추고 있겠지.

얘들아, 이제 그만 편히 쉬어.

313호는 불이 꺼져 있었다. 팡무가 구멍에 열쇠를 끼웠지만 문이 잠겨 있어서 열리지가 않았다. 안에서 허둥대는 소리가 들리고, 이어서 누군가 떨리는 목소리로 말했다.

"누구세요?"

"나야, 팡무."

"아" 하고 두위의 목소리에서 안도감이 느껴졌다.

"잠깐만."

안에서는 속옷을 못 찾겠다며 작은 소리로 불평하는 여자 목소리가 들렸다. 팡무는 웃으며 맞은편 벽에 기댄 채 담배에 불을 붙였다. 복도는 캄캄했다. 계단 사이에 있는 15와트짜리 작은 전구 하나만 불을 밝히고 있었다. 화장실은 전등이 또 망가졌는지 입구에서 보면 쩍 벌린 입처럼 어두컴컴했다.

나지막하게 잠꼬대하는 소리.

이 가는 소리.

화장실 수도꼭지에서 물 떨어지는 소리.

위층에서 누군가가 슬리퍼를 질질 끄는 소리.

어느새 팡무의 머리에 땀이 맺히고 담배를 문 입술은 떨리기 시작했다. 팡무는 두려움에 주위를 둘러보았다. 복도를 사이에 두고 양옆으로 문 하나하나가 적대적인 느낌이 들 만큼 굳게 닫혀 있었다. 팡무는 자기도 모르게 복도 반대편으로 물러났다.

문들이 점점 뒤로 멀어졌다. 팡무는 전방을 응시하고 있었다. 저 어둠 속에 대체 뭐가 숨겨져 있는 거지?

팡무는 좌우를 살필 엄두가 안 났다. 평범한 문들이 복도에서 마치 사람인 양, 조금씩 미지의 운명으로 걸음을 내딛는 소심한 외톨이를 낄낄대며 배웅하는 듯했다. 그중 하나는 언제라도 문을 열고 매혹적이지만 치명적인 길로 팡무를 안내할 것만 같았다.

갑자기 타는 냄새가 났다.

팡무는 하마터면 소리를 지를 뻔했다. 갑자기 복도 양쪽에 있던 문들이 활활 타오르기 시작했다. 흐릿한 형체가 저 멀리 짙은 연기 속에서 보일 듯 말 듯했다. 팡무는 가방에 손을 집어넣었다. 뒤로 물러서며 가방에서 미친 듯이 군용칼을 찾았다. 막상 칼 손잡이를 움켜쥐자 전보다 더 긴장이 되었다.

흐릿한 형체가 천천히 그를 향해 걸어왔다.

팡무는 그가 누군지 알아챘다.

안, 안 돼.

그때 팡무 뒤에서 끽, 하며 문이 열렸다. 잠이 덜 깬 키다리가 눈을 비비며 나오더니 팡무를 보고 화들짝 놀랐다.

"뭐하고 있어?"

형법을 전공하는 류젠쥔劉建軍이었다.

"도망쳐!" 하고 팡무는 미친 듯이 고함을 지르려고 했지만 정작 말이 목구멍에 탁 걸려서 나오질 않았다. 복도에 가득했던 연기와 화염이 순식간에 사라졌다. 그곳은 여전히 암흑이었고 아무것도 보이지 않았다.

"아, 아무것도 아니야."

팡무는 천천히 가방에서 손을 빼냈다. 류젠쥔은 인상을 쓰며 팡무를 보더니 뒤돌아서 뚜벅뚜벅 화장실로 향했다. 그때 313호 문이 슬그머니 열렸다. 두위는 고개를 내밀어 주위를 한 번 살핀 뒤 안에 있는 사람에게 뭐라고 속삭였다. 그리고 얼마 후, 헝클어진 머리로 잽싸게 뛰어나가는 천야오의 모습이 보였다.

"미안해. 난 너 오늘 안 오는 줄 알았어. 경비실 사람인 줄 알고 놀라서 거시기가 쪼그라들 뻔했네."

침대에 앉아 한동안 숨을 돌리던 팡무를 보며 두위가 말했다. 팡무는 힘없이 웃었다.

"괜찮아? 안색이 별론데?"

"괜찮아. 그만 자. 괜히 좋은 시간 방해해서 미안하네."

그 말에 두위는 멋쩍게 대답하고 이불 안으로 들어가더니 금세 코를 골며 잠이 들었다.

또 왔어?

그는 침대 앞에서 말없이 서 있었다. 그리고 등 뒤에서 내 어깨에 가만히 두 손을 얹었다.

―사실 너도 나와 같아.

돌아보지 않아도 나는 그의 모습이 전과 다르다는 걸 알고 있었다.

아니, 난 너랑 달라!

마카이는 재판에 넘겨진 지 나흘 만에 결국 입을 열었다. 그는 지난 다섯 차례 살인사건이 자신의 소행임을 인정했다. 그런데 자신이 사람을 죽여 피를 마신 건 살기 위해서였다고 주장했다. 자기가 아버지와 형처럼 심각한 빈혈을 앓고 있다는 것이다. 구치소 측에서 일부러 의사까지 불러 신체검사를 실시했는데, 검사 결과 마카이는 혈액에 전혀 문제가 없었다. 사실관계도 분명하고 증거도 충분했기 때문에 시 당국은 검찰에서 기소하도록 최대한 빨리 사건을 송치하기로 했다.

타이웨이는 전화로 팡무에게 사건 진행 상황을 간략하게 설명해주었다. 마카이와 면담하고 싶다는 팡무의 말에, 타이웨이는 주저하더니 결국 마지못해 승낙했다.

이번 면담 장소는 구치소에 있는 접견실로 정해졌다. 타이웨이는 팡무에게 같이 있겠다고 했지만, 마카이와 단둘이 만나겠다고 팡무가 고집을 부리는 통에 결국 한발 물러섰다. 타이웨이는 팡무를 접견실에 들여보내면서 몸조심하라고 몇 번이나 당부했다.

"구치소에서 저놈한테 독방을 줬어. 왜 그런 줄 알아? 수감된 첫날부터 사고 쳐서 그래. 오밤중에 다른 수감자 목을 물고 놔주질 않더란다. 그래서 어쩔 수 없이 놈을 독방에 가둔 거야."

접견실에는 바닥에 고정된 책상 하나와 의자 두 개뿐이었다. 창문은 없고 철제문 하나만 있었다. 타이웨이는 문에 있는 빨간 버튼을 가리키며 말했다.

"우린 옆방에 있을 거야. 다 끝나고 이 버튼을 누르면 바로 데리러 올게. 위험한 상황이 생겨도 눌러. 무슨 말인지 알지?"

팡무가 고개를 끄덕였다. 타이웨이는 팡무를 위아래로 살폈다.

"너 위험한 물건 같은 건 안 챙겼겠지?"

팡무는 잠시 생각하다 가방에서 군용칼을 꺼내 타이웨이에게 건넸다.

"뭐 하러 이런 걸 가지고 다녀?"

타이웨이는 인상을 쓰며 칼을 이리저리 훑어보았다.

"일단 이거 압수야. 면담 끝나면 돌려줄게. 너 이거 엄밀히 말해서 규제품목이야. 알아들어?"

타이웨이는 무서운 표정을 하고 손가락을 들어 올리며 말했다. 팡무는 말없이 웃었다. 타이웨이는 칼을 호주머니에 집어넣었다.

"잠깐만 앉아 있어. 가서 불러올게."

몇 분 뒤, 문밖에서 족쇄가 바닥에 부딪히는 소리가 들렸다.

마카이는 비틀거리며 간수 두 명에게 이끌려 접견실로 들어왔다. 마카이는 계속 고개를 숙이고 있었는데, 삭발을 해서 군데군데 남아 있는 상처가 보였다. 간수들이 팡무 맞은편 의자에 마카이를 앉힌 뒤 수갑으로 손발을 책걸상에 고정시키려고 하자 팡무가 말했다.

"그냥 두세요."

"안 돼."

타이웨이가 딱 잘라 거절했다. 팡무는 타이웨이를 한쪽으로 끌고 가 작은 소리로 말했다.

"놈의 긴장을 완전히 풀어줘야 돼요. 그래야 제가 원하는 걸 얻을 수 있어요."

지금까지 파악한 자료를 보면, 어렸을 때 어머니가 돌아가시긴 했지만 마카이는 26세 전까지 정상적으로 성장했다는 걸 알 수 있었다. 고등학교 졸업 후 바로 대학에 진학했고, 재학 시절에는 시험에 한 번 불합격한 것 말고는 전혀 문제가 없었다. 대학교 졸업 후에는 작은 회사에서 영업사원으로 일했는데, 평소에 사람들과 왕래가 적었지만 정신 착란 증세는 보이지 않았다. 연애는 경험해봤지만 흐지부지 끝났다. 26세 전까지 마카이가 평범하고 순탄한 인생을 살아왔다면, 그 이후에 뭔가 일이 있었던 게 분명했다. 그 일을 계기로 마카이의 인생이 달라졌고 많은 사람들이 억울하게 목숨을 잃었다. 팡무가 알고 싶은 건 최근 2년간 마카이가 겪은 심리 변화 과정이었는데, 이는 사건의 모든 수수께끼를 풀 열쇠이기도 했다.

"글쎄 안 된다니까. 저 놈은 너무 위험해. 난 너를 안전하게 지켜야 할 책임이 있어."

"별 일 없을 거예요. 무슨 일이 생기면 바로 버튼 누를게요."

타이웨이는 팡무를 보며 잠시 망설이더니 간수들에게 긍정의 사인을 보냈다. 그리고는 마카이 앞으로 가서 강경한 어조로 말했다.

"얌전히 있는 게 좋을 거야. 내 말 명심해!"

팡무는 타이웨이와 간수들이 나가고 난 뒤에야 다시 책상 앞에 앉았다. 그는 노트북을 펴고 녹음 버튼을 눌렀다.

"마카이 씨? 안녕하세요. 저는 시 공안국 행동과학처에서 왔습니다."

팡무는 임시로 신분을 사칭했다.

마카이는 아무 반응 없이 계속 고개만 숙이고 있었다.

"제 말 들리십니까? 마카이 씨, 얼굴 좀 들어보시죠."

팡무는 목소리를 높이면서 최대한 말투를 부드럽게 하려고 애썼다. 마카이가 천천히 고개를 들었다. 팡무는 숨을 죽였다.

무슨 눈빛이 저렇지? 백열등 불빛에 비친 마카이의 두 눈은 회백색이었는데, 마치 얼굴에 묘비 두 개를 박아놓은 것처럼 생기라고는 전혀 찾아볼 수 없었다.

안개에 둘러싸인 고요한 묘지, 바람에 흔들리는 마른 나뭇가지, 저 멀리 보일 듯 말 듯한 벽돌과 기와 잔해들. 그 순간 팡무는 심한 가위에 눌리기라도 한 듯 장례를 알리는 종소리와 까마귀 울음소리가 귓가에 들리는 것 같았다.

팡무는 마카이와 몇 초간 시선을 마주했다. 그가 다시 고개를 숙이자 팡무는 천천히 숨을 내쉬었다.

"오늘 제가 여기 온 건…… 마카이 씨를 알고 싶어서입니다. 괜찮으시다면 마카이 씨가 한 모든 일과 본인에 대한 이야기를 좀 나누고 싶은데요."

팡무는 최대한 평온한 어조를 유지하려고 노력했다. 마카이는 여전히 말이 없었다. 그는 두 손을 다리 사이에 끼운 채 몸을 앞뒤로 움직이고 있었다. 팡무는 그의 움직임이 꽤나 규칙적이라는 데 주목했다.

"배울 만큼 배우셨으니 잘 아실 겁니다. 저의 개인적인 의견은 법원 판결에 어떤 영향도 미치지 않습니다. 전 마카이 씨에게 남들이 모르는 고충이 있다는 게 느껴져요. 만약 그 고통이 더 이상 당신을 괴롭히지 못하게 만들고 싶다면, 당신을 오해하고 있는 사람들에게 진실을 알게 하고 싶다면, 절 믿고 털어놓으세요."

무관심한 듯 보이던 마카이가 몇 초 후 다시 고개를 들었다.

"사람들은 제가 살인마라고 생각해요, 그렇죠?"

팡무는 고개를 끄덕였다. 마카이는 쓸쓸한 듯 웃으며 고개를 저었다.

"사람들은 몰라요. 전 사람을 죽이고 싶지 않았어요."

"왜 그런 말을 하시는 거죠?"

마카이는 별 말 없이 팡무 뒤편의 하얀 벽을 멍하니 바라보면서 다시 몸을 앞뒤로 움직이기 시작했다. 팡무는 잠시 생각하더니 담배 한 갑을 꺼내 마카이에게 한 개비를 건넸다.

"한 대 피울래요?"

마카이는 고개를 들어 팡무가 내민 담배를 응시하다가 천천히 고개를 저었다. 그의 눈에 경멸의 눈빛이 스쳤다. 팡무는 아랑곳하지 않고 담배에 불을 붙여 있는 힘껏 몇 모금을 빨았다. 커다란 연기 덩어리가 두 사람 사이를 가득 메웠다. 팡무는 연기의 움직임을 따라가던 마카이의 시선이 자신이 물고 있는 담배로 향해 있는 걸 느낄 수 있었다.

"담배는 건강에 해로워요."

마카이가 갑자기 무미건조하게 말했다.

"아, 마카이 씨는 본인의 건강 상태에 대해 어떻게 생각합니까?"

팡무는 바로 화제를 낚아챘다. 마카이는 몇 초간 팡무를 보더니 고개를 저었다.

"안 좋아요."

"어디가 안 좋은데요?"

마카이의 얼굴 근육이 몇 번 실룩거리더니 팡무를 보던 시선이 다른 곳으로 이동했다. 그는 낮은 소리로 말했다.

"난 빈혈이 심해요."

"하지만 검사 결과 마카이 씨 빈혈수치는 완전히 정상이었어요."

"그놈들이 뭘 압니까!"

마카이의 목소리가 갑자기 높아졌다. 그는 상체를 세우고 다리 사이에 끼웠던 손을 빼냈다.

"내 병은 내가 잘 압니다! 아버지는 백혈병으로 가셨고 형도 같은 병으로 세상을 떴다고요. 나, 나는 조만간 미라처럼 온몸의 피가 말라 죽게 될 겁니다. 난 알아요."

"의사 진단을 믿지 않는군요?"

"놈들은 죄다 사기꾼이에요. 그자들은 내가 죽길 바라고 있어요. 날 도와주려고 하지 않는다고요. 내가 돈을 주면서까지 수혈을 해달라고 해도 안 된다는 말뿐이에요. 이게 말이 됩니까? 대체 왜 안 되는 거냐고요! 병상에 누워 있던 아버지는 얼굴이 점점 창백해지셨어요. 나는 그게 피가 점점 마르고 있다는 뜻인 걸 알았어요. 수혈을 받고 아버지는 걷기도 하고 식사도 하고 나와 대화도 하실 수 있게 됐죠. 근데 왜 나는 안 된다는 겁니까? 의사들은 내가 죽기를 바라는 거예요. 난 알아요."

"그럼 마카이 씨는 이제 어떡하죠?"

"난 안 죽어요. 아버지와 형처럼 그렇게 피가 말라비틀어질 때까지 가만히 누워 있지만은 않을 거예요. 절대. 난 나 스스로 지켜야 해요!"

"그래서 피를 마셨나요?"

"……네."

"왜 하필 여자들이죠?"

"여자들 피는 깨끗하고 부드럽고 흡수가 잘 되니까. 남자들은 피가 뻣뻣하고 거칠어요."

"그래요? 그걸 어떻게 알죠?"

"그냥, 내 생각이에요."

"근데 왜 하필 그 여자였습니까?"

마카이는 이제껏 이 문제에 대해 생각해본 적 없었던 것처럼 멍해졌다. 한참을 생각하더니 그는 고개를 가로저었다.

"그냥. 길 가다가 보이길래 따라간 거죠."

"집에 사람이 있을 거란 생각은 안 해봤나요?"

"그럼 내빼면 그만이에요. 한 번 그런 적이 있었어요. 따라간 여자 집에 남편이 있었는데 다행히 내가 그 사람보다 빨리 달렸죠!"

마카이는 입을 헤벌린 채 낄낄대고 웃었다.

"피를 마시는 게 효과가 있습니까?"

팡무가 마카이의 눈을 응시하며 말했다. 마카이의 표정이 순간 진지하게 변했다.

"물론이죠. 내가 아직 살아 있잖아요. 아니면 난 이미 죽었을 거예요."

"그럼 왜 피를 다른 음료와 섞어 마신 겁니까? 피만 마셔야 흡수가 더 잘 되는 거 아닌가요?"

"아니죠. 난 변태 살인마가 아니에요. 난 병을 치료하는 거라고요. 게다가 피는 맛이 별로거든요."

마카이는 머리를 긁적였다.

"피를 마시면 마시는 거지, 왜 사람들 배를 가른 겁니까? 손목을 끊는 편이 더 수월하지 않나요?"

"뭘 모르시네. 난 그 느낌이 좋은 겁니다. 팍 하고 피가 튀어 오르는 느낌. 거품이 나면서 피가 콸콸 쏟아지잖아요. 내 피가 그렇게 한 번에 쏟아져 나올 수만 있다면 뭐라도 갖다 바치겠어요."

마카이는 미소를 지으며 고개를 흔들었다. 눈을 감으며 뭔가를 오랫동안 음미하는 듯한 표정이었다.

무슨 생각을 하는 거지? 끝이 보이지 않는 피바다에서 자유롭게 헤엄치는 상상이라도 하는 걸까?

"그때 이야기 좀 해봅시다. 여자애 말이에요."

"누구?"

마카이는 영문을 모르겠다는 얼굴이었다.

"당신이 죽인 그 아이요."

팡무는 갑자기 속이 메스꺼웠다.

"아. 무슨 이야기요?"

마카이는 아무렇지도 않게 의자에 등을 기댔다.

"여자를 이미 죽여 놓고 왜 피를 안 마신 겁니까? 왜 대신 그 여자애를 택했어요?"

"하하, 그 계집애. 예쁘잖아요. 팔도 포동포동하고. 피부는 누르면 물이 나올 것처럼 촉촉했어요. 목은 또 얼마나 가는지, 내가 살짝만 힘을 줬는데 바로 기절하더라고요."

"왜 아이를 죽였습니까? 그때 이미 당신은 마실 피가 있었잖아요."

마카이가 가볍게 웃었다.

"이봐요, 당신 같으면 감자와 앵두 중에 뭘 먹겠습니까?"

팡무는 주먹을 불끈 쥐었다. 감자? 앵두? 멀쩡히 살아 있는 사람을 그 따위로 말해! 팡무는 죽은 퉁후이의 감지 못한 두 눈이 떠올랐다. 힘겹게 마음을 가라앉힌 팡무는 애써 덤덤한 어조로 말을 이었다.

"왜 아이를 데려갔나요? 그냥 집에서 피를 마셔도 됐잖아요. 왜 굳이 그런 위험을 감수한 겁니까?"

"당신 어디가 좀 모자란 거 아닙니까? 어떻게 애 앞에서 그런 짓을 할 수 있죠? 애가 그렇게 어린데."

마카이는 인상을 쓰며 팡무를 쳐다보았다. 마치 자기 앞에 도저히 이해할 수 없는 인물이 앉아 있기라도 한 것처럼 보였다.

그 말에 겨우 진정시켜 놓았던 팡무의 혈관에서 다시 피가 용솟음치기 시작했다. 팡무는 믿기 힘든 표정으로 마카이를 보고 있었다. 마카이는 그런 팡무를 마치 세상물정 모르는 청년을 나무라는 듯한 눈빛으로 바라보고 있었다.

진정하자. 이제 막 쌓이기 시작한 신뢰를 무너뜨리면 안 돼.

"그러니까 당신은 그 여자애를……존중한 거네요?"

팡무는 힘겹게 편안한 어투로 말했다.

"물론이죠. 내가 말했잖아요. 난 정말 어쩔 수 없이 그 사람들을 죽인 거라고. 그러니 그 이상의 피해를 줄 필요는 없잖아요."

"여자애 피를 마시고 나니 기분이 어떻던가요?"

"좋았어요. 맑고 깨끗하고 활기가 넘쳤어요. 역시 애는 애더라고요. 그날 밤은 아주 잠이 잘 오더군요. 그 뒤로 한동안 기운이 넘쳤어요. 젊은 게 확실히 다르긴 다른 것 같아요."

마카이는 만족스러운 표정으로 말했다.

"그래서 여학생들을 고르기 시작한 겁니까?"

"맞아요. 애들 피가 더 좋거든요."

마카이는 만족스러운 표정으로 말했다. 마카이의 눈을 주시한 팡무는 알고 싶었다. 눈앞에 있는 이 사람은, 두려움에 떨고 있는 쉬제를 침대에 묶으면서 대체 어떤 기분이었을까? 희열? 동경? 아니면 위안?

마카이는 팡무의 표정을 보더니 다급하게 말했다.

"내가 내 생각만 하고 있다고 생각하죠? 그럼 내가 며칠 더 버텨볼게요. 사람을 덜 죽일 수도 있고요."

"넌 더 이상 누구도 해칠 수 없을 거야!"

이 말을 내뱉는 순간 팡무는 복수라도 한 것 같은 쾌감을 느꼈다. 더 물을 것도 없이 이 자식을 지옥에 처넣어버리자.

물건을 챙겨 가방을 멘 팡무는 마카이에게 눈길도 주지 않고 문에 있는 빨간색 버튼을 눌렀다. 그런데, 아무 반응이 없었다.

팡무와 마카이가 면담하는 사이, 타이웨이는 옆방에서 카메라로 조사실 상황을 지켜보고 있었다. 간수 한 명은 손에 전기 곤봉을 들고 모니터를 주시하고 있었지만, 마음은 대각선 쪽 당직실에 가 있었다. 그곳에서는 동료들의 욕설과 박수 소리가 시도 때도 없이 들려왔다.

한국과 프랑스의 월드컵 시범경기가 치러지고 있었다. 2 대 2 동점인 가운데 지단이 부상으로 빠진 상황이었다.

갑자기 타이웨이의 휴대폰이 울렸다.

"여보세요, 타이 경관님? 저 훙위안구의 샤오천小陣인데요."

타이웨이가 '샤오천 누구'라고 물으려던 찰나, 수화기 너머로 다른 사람의 다급한 목소리가 들렸다.

"타이 경관님이세요? 저 쉬렌성徐連生입니다."

타이웨이는 전보다 더 어리둥절해졌다. 쉬렌성은 또 누구야?

"정말 감사해요. 제 딸을 구해주신 건 저희 가족 전체를 구해주신 거나 마찬가지입니다. 정말 감사합니다, 경관님!"

울먹거리는 목소리였다.

타이웨이는 그제야 누군지 생각났다. 쉬렌성은 이번에 구출된 쉬제의 아버지였다. 10분 동안 타이웨이는 금기錦旗, 존경이나 감사의 마음을 전하기 위해 주는 기를 주러 공안국에 오겠다는 쉬렌성을 설득하느라 혼신의 힘을 다하고 있었다. 그러다가 신호가 자꾸 끊기자 복도에 나가서 겨우 통화를 마무리했다.

"거 참, 끈질기시네."

타이웨이는 구시렁대며 서둘러 감찰실로 돌아왔다. 당직실을 지나는데 간수가 곤봉을 들고 입을 벌린 채 TV모니터를 뚫어져라

심리죄

쳐다보고 있었다. 타이웨이는 그 모습을 보고 어이없다는 듯 고개를 저으며 감찰실로 들어갔다. 그런데 그때, 모니터를 본 타이웨이가 고함을 질렀다.

"빨리 가서 문 열어!"

팡무는 숨을 죽이고 다시 한 번 버튼을 눌렀다. 여전히 아무 반응이 없었다.

갑자기 이마에 땀이 맺혔다. 뒤를 돌아야 하나? 등 뒤에는 지금까지 만난 놈들 중 가장 위험한 흡혈 악마가 있었다.

팡무는 마지못해 뒤를 돌았다. 동요하는 자신의 모습을 들키면 안 되었다. 들켰다간 기싸움에서 눌릴 수 있었다.

"간수가 화장실에 갔나 봅니다."

팡무는 아무렇지도 않은 체하며 다시 책상 앞에 앉았다. 그리고 태연한 척 고개를 들어 마카이를 보다 그만 깜짝 놀라고 말았다. 마카이의 눈에는 좀 전의 믿음과 진지함 대신 깊은 적대감이 자리하고 있었다.

―넌 더 이상 누구도 해칠 수 없을 거야!

멍청하긴, 왜 그런 말을 해가지고.

마카이의 주의력을 딴 데로 돌려야 했다.

"머리에 난 상처는 어쩌다 그런 겁니까?"

팡무는 담배 한 개비를 꺼내 입에 물었다. 라이터를 몇 번이나 누른 끝에 겨우 불을 붙일 수 있었다. 마카이는 아무 말 없이 팡무만 뚫어지게 쳐다보고 있었다.

순간 팡무는 마카이가 구치소에 들어온 첫날밤에 다른 수감자를 공격한 일이 떠올랐다. 그 일로 간수와 수감자에게 맞아 생긴 상처일 터였다.

"당신이 그 사람을 공격했나요?"

마카이는 여전히 묵묵부답이었다. 그의 숨이 점점 거칠어지기 시작했다. 마카이의 변화를 알아차린 팡무는 심장이 조여 왔지만 계속해서 말을 이어나갔다.

"왜요, 그 사람 피도 마시려고요? 남자 피는 거칠고 흡수도 잘 안된다고 하지 않았나요?"

마카이의 입가에 기괴한 미소가 지어졌다.

"필요하면 어쩔 수 없이 마실 때도 있지. 예를 들면 지금처럼."

마카이의 눈빛이 순간 사냥감을 보고 달려드는 굶주린 박쥐처럼 변했다. 팡무는 머리가 하얘졌다.

"하하. 내가 아무것도 없이 여기 왔을 거라고 생각하나?"

팡무는 억지웃음을 지었다. 막 자리에서 일어서려던 마카이는 잠시 주저하다 이내 마음을 놓았다.

"과연 그럴까? 경찰들이 무기를 챙기도록 놔두지 않았을 텐데."

팡무는 미소를 유지하려고 노력했지만 결국 견디지 못하고 벌벌 떨기 시작했다. 마카이는 자리에서 일어나 팡무의 목을 향해 손을 뻗었다. 긴장의 끈을 놓아 버린 팡무는 비명을 지르며 의자에서 굴러 떨어졌다. 그러고는 허둥지둥 자리에서 일어나 책상을 사이에 두고 마카이와 대치했다. 두 사람은 꼬리잡기 놀이라도 하는 것처럼 책상을 끼고 빙빙 돌았다. 마카이는 충혈된 눈을 부릅뜬 채 거친 숨을 내뱉었는데, 숨 쉴 때마다 입가에 거품이 올라왔다. 마카이는 책상을 뛰어넘으려고 몇 번이고 시도했지만, 팡무가 가방을 휘두르는 바람에 번번이 뒤로 물러났다. 팡무의 가방에서 물건들이 바닥으로 떨어져 사방으로 흩어졌다.

'살려주세요!' 고함을 지르려고 했지만 소리가 목구멍에 막혀 밖으로 나오질 않았다.

결국 인내심을 잃은 마카이는 또 한 번 책상을 넘으려고 시도했다. 팡무가 가방으로 미친 듯이 놈을 때리며 저지하려고 했지만, 가방에 있던 물건들이 전부 바닥에 떨어져서 가방은 더 이상 아무 힘이 없었다. 마카이는 손으로 얼굴을 보호하며 팡무에게 달려들었다. 뒤로 한 걸음 물러나던 팡무는 볼펜을 밟고 그만 뒤로 넘어졌다. 그 순간을 놓치지 않고 마카이는 팡무를 덮쳐 두 손으로 팡무의 목을 더듬었다. 팡무는 마카이의 손을 막으면서 오른쪽 다리를 굽혀 그를 멀리 밀쳐냈다. 팡무는 마카이가 바닥에 굴러 신음하고 있는 틈에 철문 앞으로 뛰어가 미친 듯이 문을 두드리며 살려달라고 소리쳤다. 몇 번 치지도 않았는데 어느새 다가온 마카이가 뒤에서 옷깃을 잡아당겨 팡무를 바닥에 넘어트렸다.

조금 전 사투로 지칠 대로 지친 팡무는 발버둥 칠수록 점점 기운이 빠졌다. 반면 피를 마시려고 혈안이 된 마카이는 마르고 허약해 보이는 몸이었지만, 피의 유혹 앞에 미친 듯이 힘이 세졌다. 쩍 벌린 마카이의 입이 점점 가까워지는 걸 보면서, 팡무는 본능적으로 피하려고 고개를 돌렸지만 오히려 자신의 목을 상대에게 노출한 꼴이 되었다. 마카이의 거친 숨이 팡무의 목에 닿자 팡무는 날카로운 이빨이 피부를 파고드는 듯한 고통이 느껴졌다.

살려줘…….

팡무는 철제문이 열리고 누군가가 뛰어 들어오는 소리를 들었다. 자신의 어깨를 짓누르던 마카이의 손이 느슨해지더니 마카이가 팡무의 몸에서 맥없이 굴러 떨어졌다. 눈을 뜨자 손에 곤봉을 쥐고 경직된 얼굴로 자신을 내려다보고 있는 타이웨이가 보였다.

"괜찮아?"

타이웨이는 팡무를 부축해 일으켜 세웠다. 휘청하던 팡무는 얼른 손으로 책상을 붙잡았다. 그러고는 숨을 좀 돌린 뒤 손으로 목을 쓰다듬다가 갑자기 메스꺼움을 느껴 허리를 굽히고 헛구역질을 해댔다. 팡무는 후들거리는 두 다리가 진정될 때까지 쭈그리고 앉아서 바닥에 흩어진 물건들을 힘겹게 가방에 집어넣었다.

마카이는 간수들에게 붙들린 채 바닥에 엎드려 있었다. 그 와중에도 그는 차분한 눈빛으로 계속 팡무를 바라보고 있었다. 팡무는 그와 마주할 자신이 없어 애써 외면하며 물건들을 다 챙긴 뒤 비틀대면서 입구로 향했다. 타이웨이가 급히 부축하려고 다가갔지만 팡무는 있는 힘껏 그의 손을 뿌리쳤다.

"이거 놔요!"

한 시간 뒤 J대 교문 앞에 있는 작은 식당에서 타이웨이는, 테이블 맞은편에서 고개를 숙인 채 계속 물만 마시고 있는 팡무를 바라보고 있었다.

"이제 괜찮은 거지? 설마 아직도 나한테 화난 거야?"

타이웨이가 담배 한 개비를 건넸다. 팡무는 원래 안 받을 생각이었지만 담배 윗부분에 중화中華, 중국인들이 가장 좋아하는 중국 고급 담배라고 쓰여 있는 걸 보고 못 이기는 척 받아 들었다. 타이웨이는 얼른 담배에 불을 붙여 주었다.

"그래. 화 풀어."

팡무는 담배를 입에 문 채로 중얼거렸는데 '저 화 안 났어요'라고 말한 것 같았다.

"그 간수, 내가 아주 따끔하게 혼내줬어. 네가 별 일 없었으니 망정이지, 다쳤으면 내가 아주 가만 안 뒀을 거야!"

타이웨이는 팡무의 안색을 살피면서 강하게 이야기했다. 팡무의 얼굴이 다소 누그러졌다. 사실 오후에 있었던 일은 본인 책임도 있었다. 괜히 '넌 더 이상 누구도 해칠 수 없을 거야'라는 말을 해서 마카이를 자극하지 않았다면 팡무 혼자서도 충분히 상황을 통제할 수 있었을 것이다. 다만 타이웨이가 멋대로 직무를 이탈해서 하마터면 자신이 목숨을 잃을 뻔했다는 생각만큼은 쉽사리 잊히지가 않았다.

"내가 살 테니까 많이 먹어!"

타이웨이는 음식을 잔뜩 시켜놓고도 맥주 몇 병을 추가로 더 주문했다. 술이 몇 잔 들어가자 두 사람은 점점 말이 많아졌다. 오후에 있었던 섬뜩한 일은 까맣게 잊기라도 한 것 같았다.

"있잖아. 솔직히 난 너 볼 때마다 감탄해. 너 아니었으면 언제 끝날지 모르는 사건이었다니까. 근데 내가 이해 안 되는 게 좀 있어."

타이웨이의 얼굴이 다소 상기되었다.

"말씀하세요."

"예를 들면 이런 거. 마카이의 얼굴을 어떻게 알아봤는지, 집 주소나 가정환경 같은 건 어떻게 알았는지 같은?"

팡무는 술잔을 내려놓았다.

"우리가 처음 만났을 때, 저한테 현장 사진이랑 검사분석보고서를 주셨잖아요. 그 이후엔 같이 현장에 갔죠. 야오샤오양이랑 통후이가 살해된 장소요. 제가 현장을 보고 든 생각은 '혼란'이었어요. 명확한 범죄 대상이나 치밀한 계획도 없고 범행 현장을 치우지도 않았어요. 심지어 범행에 사용한 흉기는 현장에서 되는 대로 찾은 거고, 사용 후에는 현장에 아무렇게나 버려뒀어요. 그래서 저는 범인이 행동증거학에서 말하는 '조직력이 없는 연쇄살인범'일 가능성이 있다고 생각했죠."

"조직력이 없는 연쇄살인범?"

"네. 여기에 상대되는 말이 '조직력이 있는 연쇄살인범'이에요. 미국 연방수사국FBI이 1980년대에 제기한 분류 방법인데요, 조직력이 없는 연쇄살인범은 보통 병적이고 심각한 정신 장애를 가진 사람들을 가리켜요. 이 사람들은 이성과 사회적 기능을 상실했거나 현실 세계와 동떨어져 있어요. 그래서 그런 사람들이 범죄를 저지른 현장에는 뚜렷한 특징들이 나타나곤 하죠. 대개 일시적인 충동으로 범죄를 저질러요. 그리고 익숙한 지역을 노려요. 범죄 현장은 정신없고 어수선하죠. 현장 곳곳에 다량의 물증이 발견되고요. 이번 흡혈 인간 연쇄살인사건 현장에도 그런 특징들이 잘 나타났어요."

"그래? 하지만 그것만으론 범인의 얼굴과 다른 자료들을 판단하기에는 뭔가 부족해 보이는데."

"당연히 힘들죠. 근데 먼저 하나 여쭤보고 싶은 게 있어요. 혹시 그런 경험 없으세요? 어떤 사람을 보자마자 바로 호불호가 결정된 적이요. 그 사람이 좋거나 싫다는 느낌이 바로 드는 거요. 또 그 사람과 만나면서 처음에 본인이 느꼈던 직감이 완전히 맞아 떨어진 적은 있으셨어요?"

"있었지."

타이웨이는 잠시 생각하더니 고개를 끄덕였다.

"왜 그런 현상이 나타나는지 아세요?"

"모르겠는데."

솔직한 타이웨이의 대답에 광무는 웃었다.

"그건 그 사람과 생김새나 성격이 굉장히 비슷한 사람을 만났었고 그 사람에 대한 인상이 강렬해서 그런 거예요. 그래서 그와 비슷한 사람을 만나면 무의식적으로 과거에 만났던 그 사람의 성격을 '투영'시키는 거죠. 누군가를 딱 보고 즉시 호감과 반감이 결정되는 이유가 바로 그거예요. 가끔 직감이 맞을 때가 있잖아요. 그래서 그 말이 좀 이해가 돼요."

"무슨 말?"

"사람 성격이 비슷하면 외모도 비슷할 때가 있다는 거요."

타이웨이는 미간을 찌푸렸다.

"네가 이야기했던 롬브로조의 '생래적 범죄인설' 말이야?"

"네. 롬브로조는 『범죄이론』에서 범죄인들의 생김새에 대해 대담한 결론을 내렸어요. 이를테면 살인범은 대개 눈매가 차갑고 매부리코에 턱뼈가 굵고 귀가 길다고 해요. 절도범은 머리숱이 적고 이마가 좁으며 눈썹이 짙고 가깝다고 하고요. 그의 학설이 관념적이라고 비판하는 사람들이 많았어요. 하지만 롬브로조가 전형적인 실증주의자라는 사실을 잊어서는 안 돼요. 그가 내린 모든 결론은 엄밀한 실증적 연구를 바탕으로 한 거예요. 경험주의로 비춰질 우려는 있지만 그래도 전 '생래적 범죄인설'이 꽤 과학적이라고 생각해요. 기후, 민족, 문화, 음식이 범죄에 미치는 영향 같은 부분 말이에요."

"예를 들면?"

"간단히 예를 들어볼게요. 부부는 닮는다는 말 들어보셨죠? 남자와 여자가 결혼 전에는 생김새가 서로 다른데 결혼하고 같이 살다보면 점점 닮아가잖아요. 그 이유가 뭘까요? 두 사람이 같이 생활하면 먹는 음식이나 생활 패턴이 대체로 비슷하기 때문에 얼굴에 색소가 침착되는 위치도 대개 비슷해요. 그래서 '시간이 지날수록 닮아간다'는 느낌을 주는 거고요."

타이웨이는 생각에 잠겨 고개를 끄덕였다.

"다시 돌아와서 마카이 이야기를 해볼게요. 제가 살인범이 마른 체형일 거라고 판단했던 건 그가 피해 여성과 격렬한 몸싸움을 해서 그런 것도 있지만, 범행을 저지를 때 굉장히 초조한 감정을 드러냈다는 걸 느꼈기 때문이에요. 그리고 그 초조함이 혈액 부족이나 혈액 상태가 좋지 않은 것과 관련이 있을 거라는 것도요. 생각해보세요. 누군가가 오랫동안 초조한 상태로 살았다면 음식을 제대로 못 챙겨 먹었겠죠. 그러면 영양실조의 위험이 있을 정도로 마르고 허약해졌을 거예요. 기본적인 일상생활도 영위하지 못한 사람이라면 본인의 청결은 신경 쓸 겨를도 없었겠죠. 길고 더러운 머리카락이 가장 대표적인 증거고요. 만약 같이 사는 가족이나 연장자가 있었다면 그를 위로하거나 가르쳐주면서 초조함을 덜어줬을 거고, 망상증으로까지 악화되지는 않았을 거예요. 그래서 그가 혼자 살 가능성이 높다고 한 거고요. 마카이가 병에 걸린 건 불과 몇 년도 안 됐을 거예요. 만약 일찍부터 그런 병적인 심리 상태에 있었다면 벌써 손을 썼을 테니까요. 그런데 최근 몇 년간 유사 사건은 일어나지 않았어요."

광무는 고개를 숙이고 물을 마신 뒤 또 담배에 불을 붙였다.

"조직력이 없는 연쇄살인범에게 나타나는 대표적인 특징들이 있는데요. 예를 들면 이런 거예요. 사교성이 떨어진다, 초조하다, 기술적인 일을 할 수 없다, 대개 집에서 막내다, 혼자 산다, 범죄 현장 근처에 산다, 뉴스 매체에 관심이 없다 등등이요. 그래서 제가 범인이 현장 근처에 살고 있을지도 모른다고 한 거예요. 훙위안 구는 이 시에서 오래된 지역이라 분양 주택이 적어요. 게다가 범인 의 정신 상태로는 고소득 직종에 종사하기란 불가능하고요. 분양 주택을 살 경제적 능력도 없는 거죠. 그러니 부모님이 주신 집에서 살 가능성이 높았던 겁니다. 그의 부모가 국유기업에서 일한 덕분 이죠. 과거에는 국유기업에서만 복리분방의 혜택을 누릴 수 있었으 니까요. 그래서 범인은 나이 30세 이하, 마른 체형, 용모나 옷차림 에 무관심하고 범죄 현장 근처에 살며 국유기업 노동자의 자녀로 심각한 정신적 장애를 앓고 있는 사람이라는 결론이 나온 거예요."

팡무는 담뱃재를 떨었다. 타이웨이는 놀란 눈으로 팡무를 바라 보다 한참이 지나서야 정신을 차렸다.

"세상에. 다 맞혔네."

"뭘요. 처음에 범행이 혈액과 어떤 관계가 있는지 잘못 판단했잖 아요. 전 혈액에 대한 범인의 초조함이 날씨 때문인 줄 알았거든요."

팡무가 담담하게 웃었다.

"그러네. 네가 그날 범인이 두꺼운 옷을 입고 있을 거라고 했잖 아."

"맞아요. 첫 번째 사건이 막 겨울이 지나갈 무렵에 발생한 거라 범인이 피가 얼어붙는 걸 두려워하는 거라고 생각했어요. 그래서 보온을 위한 뭔가를 했을 거라고 추측한 거죠. 이를테면 두꺼운 옷을 입는다던가 하는 거요. 그런데 나중에 퉁후이가 살해된 현장 을 보고 나서야 범인의 범행 동기가 혈액이 '부족'하다는 망상에서 비롯되었다는 걸 알게 됐어요."

자신을 경외하는 표정으로 바라보고 있는 타이웨이를 보며 팡무는 웃었다.

"저 그렇게 대단하지 않아요. 이 사건에서 제가 밝히지 못한 부분이 많다고요. 어떻게 피해자를 선정했는지, 왜 배를 갈랐고 혈액을 다른 물질과 섞었는지, 퉁후이를 데리고 야오샤오양을 죽인 현장을 떠난 이유가 무엇인지 등등 너무 많아요."

"아. 그래서 마카이랑 면담할 때 그런 걸 물어봤구나?"

타이웨이는 뭔가 깨달은 듯했다.

"네."

"실증주의적 연구로군. 범죄학자가 되고 싶은 거야?"

타이웨이는 생각에 잠긴 채 팡무를 바라보았다. 팡무는 순간 멍해졌다.

"아뇨. 그런 생각해본 적 없어요."

"근데 왜…… 이런 거에 그렇게까지 관심을 둬?"

타이웨이는 마침내 오랫동안 꾹 참았던 질문을 던졌다. 팡무는 어두워진 얼굴로 천천히 입을 열었다.

"저도 모르겠어요."

살짝 취기가 오른 타이웨이는 식당을 나오며 팡무의 어깨를 툭툭 쳤다.

"동생, 이번에 내가 아주 큰 신세를 졌어. 원하는 게 있으면 뭐든 말해봐!"

팡무는 웃으며 고개를 저었다.

"괜찮습니다."

"아니! 무조건 말해야 돼! 질적인 보상? 아니면 학교에다 편지라도 써서 보낼까? 아, 굳이 내가 안 써도 될 거야. 하하."

타이웨이는 뭔가 생각난 듯 머리를 흔들었다. 팡무가 뭔가를 물으려던 찰나 타이웨이가 또 그의 등을 세게 때렸다.

"인마, 공안국에서 입 싹 닦으면 나라도 줄게! 너 같은 학생들한테 필요한 게 뭐지?"

타이웨이는 뒤통수를 긁적이며 골똘히 생각하는 모습이었다.

"됐어요, 됐어요. 저 진짜 괜찮다니까요. 경관님, 우리 친구 맞죠?"

연신 손을 젓던 팡무는 타이웨이가 지갑을 꺼내는 걸 보고 표정이 굳어졌다. 타이웨이가 힘껏 고개를 끄덕였다.

"절 진짜 친구로 생각하신다면 이러지 마세요."

타이웨이는 한참 생각하더니 큰 결심이라도 한 듯 손을 허리춤에 가져갔다. 그리고 권총집에서 64식 권총 예비탄창을 꺼내 탄약 하나를 팡무에게 건넸다.

"이걸 왜?"

팡무는 놀라며 물었다.

"우리 경찰들한테 최고의 친구는 바로 이 총이야. 총은 줄 수 없고 대신 이걸 기념으로 줄게."

타이웨이는 정중하게 탄약을 팡무 손에 올려놓고 손가락을 모아 움켜쥐게 했다.

이런 걸 주면서 아무렇지도 않으세요? 꼭 무슨 땅콩 하나 맛보라고 주는 것처럼 말씀하시네! 속으로는 이런 생각을 했지만 팡무는 조심스럽게 탄약을 주머니에 넣었다.

"저 가요. 운전 조심하시고요."

타이웨이는 몇 초간 팡무를 응시하더니 진지한 말투로 말했다.

"너 정말 경찰할 생각은 없는 거야?"

"없어요!"

팡무는 단호하게 대답한 뒤 뒤도 안 돌아보고 떠났다. 멋쩍어진 타이웨이는 차에 탄 뒤 시동을 걸었다. 룸미러에 걸려 있는 '다섯 가지 금지령'을 보며 부디 사건이 일어나지 않게 해달라고 기도했다.

팡무는 기숙사가 아닌 교문 입구 쪽 버스정류장으로 갔다. 정류장 표지판 뒤에 숨어서 타이웨이의 지프차가 멀어지는 걸 확인한 다음 315번 버스를 탔다. 창성루長生路에서 내린 팡무는 북쪽으로 조금 걸어가 J시에서 장례물품을 전문으로 다루는 옌서우제延壽街에 도착했다. 20분 뒤, 팡무는 불룩한 검은색 비닐봉지를 들고 학교로 가는 버스에 올랐다.

새벽 1시. 옥상.

은은한 달빛 아래 누군가가 낮은 소리로 속삭이듯이 바람이 살랑거렸다. 옥상의 동북쪽에는 검은 재가 섞인 모래 더미가 있었다. 팡무는 쭈그리고 앉아 비닐봉지에서 지전 뭉치를 꺼내 라이터로 불을 붙였다. 한밤중에 작은 불더미가 옥상에서 조용히 타올랐다.

심야의 교정은 유난히도 고요했다. 대부분의 사람들은 달콤하거나 무서운 꿈속을 거닐고 있을 것이다. 밤중에 돌아다니는 사람이든 귀신이든, J대학 난위안 제5기숙사 B동 옥상에서 벌어지는 기이한 추모제를 아무도 보지 못했다. 추모제가 처음도 아니건만.

광무는 담배에 불을 붙여 몇 모금 빤 뒤 옆에 있는 벽돌 위에 올려두었다. 또 한 개비에 불을 붙여 입에 물고 깊이 들이마신 다음 천천히 내뱉었다. 불빛 속에서 모락모락 피어오른 담배 연기가 가벼운 천처럼 하늘거리더니 밤하늘로 사라졌다.

라오쓰老四, 왕젠王建, 잘 지내지?

그리고 천시陳希, 너도.

광무의 눈에서 눈물이 흘러내렸다.

내가 또 악마 같은 놈을 하나 잡았어. 너희도 기쁘지? 이번이 몇 번째더라? 여섯 번째구나. 잔인한 놈이었어. 여자를 죽이고 피를 마셨거든. 내가 해냈어. 그놈이 여자애를 죽이기 전에 잡았으니까. 이젠 더 이상 '늦는' 일은 없을 거야. 그 악몽으로도 난 이미 충분해.

광무는 불더미를 헤집으면서 중얼거렸다. 불빛에 창백한 광무의 얼굴은 꿈처럼 아련해 보였다. 눈물방울이 입가로 떨어졌지만 광무는 닦지 않고 그대로 바닥에 떨어지게 내버려두었다. 바람이 휙 하고 불자 잿조각이 광무의 얼굴에 붙었다. 광무는 손으로 털어내려다 그만 손이 시커메졌다. 분명 얼굴 상태도 말이 아닐 터였다. 광무는 가볍게 웃었다.

천시, 너야?

침실로 돌아온 광무는 말도 못하게 피곤했지만 마음은 무척 가벼웠다. 매번 추모제를 지내고 나면 광무는 이런 느낌이 들었다. 그동안 짊어지고 있던 큰 짐을 덜어낸 것 같은 기분.

광무는 책상 앞에 앉았다. 창밖으로 차가운 달빛이 보였다. 그 광선이 마치 질감이 있는 것처럼 가볍고 부드럽게 광무의 몸을 덮었다. 시원한 바람이 들어와 얼굴에 닿자 편안했다. 바람이 관통한 듯 몸도 맑고 투명하게 변했다. 광무는 머리를 난간에 기댔다. 눈꺼풀이 점점 무거워졌다…….

몇 분 후, 광무는 갑자기 놀라 잠에서 깼다. 맞은편 침대에 있던 두위가 잠꼬대를 하고 있었다.

광무는 관자놀이를 문지르며 컴퓨터를 켰다. 케이스가 묵직하게 울렸다. 잠시 후, 광무는 하드디스크에서 '마카이'라고 적힌 폴더를 열었다. 광무의 얼굴은 모니터에서 나오는 빛으로 푸르스름했다. 덩달아 그의 눈빛도 다시 차갑고 날카롭게 변했다.

제8장

즐거운가, 즐겁지 않은가

"어, 왔어요? 들어와 앉아요."

"방해한 거 아니죠?"

"별 말씀을. 물 마실래요?"

"네."

"그 책들은 다 봤어요?"

"네. 오늘은 책 돌려드리려고 온 거예요."

"어때요, 내용은 이해가 되던가요?"

"하하, 잘 모르겠더라고요. 봐도 이해 안 되는 부분이 많아요."

"괜찮아요. 그게 정상이니까. 학생한테 이 책들은 좀 어려울 수밖에 없어요. 요즘은 좀 어때요?"

"좋아요."

"안색은 별론데. 아직도 그 일 때문에 그래요? 학생이 무서워한다던?"

"……맞아요."

"그럼 나한테 말해줄 수 있어요? 대체 뭐가 무서운 건지?"

"……."

"학생이 날 신뢰할 수 있길 바라요. 날 봐요. 어쩌면 내가 도와줄 수 있을지도 몰라요."

"알겠어요. 전, 출석 부르는 게 무서워요."

"출석이요?"

"이상하죠?"

"아뇨, 전혀요. 예전에 제가 알던 어떤 사람은 혼자 다리를 못 건넜어요."

"네? 다리를 혼자 못 건너요?"

"네. 나중에는 혼자서 좁은 도로도 통과하지 못해서 아내가 늘 동행해야 했어요."

"근데, 왜요? 이것도 공포증의 일종인가요?"

"네. 광장공포증에 해당해요. 그 사람은 응석받이로 자라서 뭐든 다른 사람이 대신 해줬거든요. 결혼 후에는 부인한테 모든 걸 의지했고요. 잠재의식에는 아이처럼 아내에게 엉겨 붙고 싶은 욕구가 있지만 의식적으로는 이런 유치한 욕구를 받아들이지 않는 거예요. 그게 '광장공포증'이라는 형태로 나타나서 아내에게 자신과 함께 있어야 할 의무를 지게 하는 거죠."

"완치됐나요?"

"그럼요. 약물치료와 행동치료를 병행해서 금방 나았어요."

"아주 희망이 없는 건 아닌가 봐요."

"하하, 당연하죠. 어때요, 이젠 출석이 왜 두려운지 말해줄 수 있 겠어요?"

"솔직히 말하면, 저도 잘 모르겠어요."

"네? 그럼 언제부터 두려움을 느끼기 시작한 거예요?"

"음…… 저도 기억이 잘 안 나요. 죄송해요."

"하하, 뭘요. 자, 그럼 여기 의자에 누워 봐요. 어때요, 편안한가 요?"

"네. 편해요."

"음악 좀 들을래요?"

"좋아요."

"먼저 이걸 들어 봐요."

모차르트의 〈자장가〉가 방 안에 울려 퍼졌다. 그 뒤로 멘델스존 의 〈한여름 밤의 꿈〉과 차이친蔡琴, 1980년대 대만의 국민 가수의 〈지나간 시간 들〉이 이어졌다.

"어떤 곡을 들었을 때 제일 편안한가요?"

"제일 마지막 곡이요. 앞의 두 곡은 잘 모르겠어요."

"좋아요. 지금 쉬고 있다고 생각해요. 이제부터는 내가 말한 대 로 따라 해봐요. 우선 몸을 가장 편안한 자세로 하고 긴장을 푼 다음 천천히 호흡을 들이마셔요."

"이렇게요?"

"네. 좋아요. 그리고 천천히 숨을 내쉬어요. 이렇게요. 좋아요. 한 번 더 깊게 들이마셨다가 다시 내쉽니다. 혹시 좋아하는 장소가 있나요?"

"네. 바닷가요."

"자, 그럼 지금 바닷가에 누워 있다고 상상해보는 거예요. 시원하고 쾌적한 바람이 붑니다. 파도가 리드미컬하게 암초를 때립니다. 철썩, 철썩, 계속 이어져요. 느껴지나요? 좋아요. 이제는 마음으로 몸의 각 부분을 느껴보세요. 머리, 가슴, 배, 팔, 다리……. 당신의 몸 전체가 점점 편안해집니다. 편안해져요……. 자, 지금은 어떤 느낌이 드나요?"

"아…… 주 편안해요. 마음도 아…… 주 가볍고요. 몸에…… 흰색 빛이…… 있는 것 같아요."

글자 하나하나에 굉장히 힘을 들여 말하는 것처럼 낮고 묵직한 목소리였다.

"좋아요. 가만히 느껴보세요."

5분이 흘렀다.

"자, 이제 제가 1부터 10까지 천천히 숫자를 세겠습니다. 10까지 세면 당신의 잠재의식이 당신을 과거의 어느 시점으로 데리고 갑니다. 그러면 당신은 본인에게 큰 영향을 준 사건을 보게 됩니다. 제가 10까지 세면 당신이 무엇을 보고 무엇을 생각하든 그걸 말해주세요. 말한 뒤에는 즐거웠던 건 기억하고 즐겁지 않은 건 잊어버립니다. 아시겠죠?"

천천히 고개를 끄덕였다.

"좋습니다. 그럼 시작하죠. 1, 2, 3, 4, 5, 6, 7, 8, 9, 10."

갑자기 눈꺼풀 아래에서 눈알이 빠른 속도로 돌아가는 게 보였다.

—좋아, 잠재의식이 정보를 제공하기 시작했다는 뜻이야.

"우리는 정원에 있어요……. 메뚜기 튀기는 냄새…… 아빠가 자전거에 날 태우고 돌아왔어요……. 숙제를 다 해야 놀러 나갈 수 있어…… 나무총……."

—지금 보는 기억 속의 나이는 열 살 미만이로군.

"제가 친구들이랑 전쟁놀이를 하고 있어요(앳되고 발랄한 목소리로 변한다). 벙커에서…… 뚱보는 참 게을러요. 죽을 때마다 쓰러지지도 않고…… 거기에 해방군 아저씨가 대열을 훈련시키고 있어요(부러워하고 동경하는 목소리로 변한다). 정말 멋져 보여요……. 아, 저 아저씨가 왜 저러지? 왜 아저씨 있는 곳에 가기만 하면 막히는 거지? 공무원 아저씨가 화가 많이 났어요(두려움에 떠는 목소리로 변한다)……. 다시 이름을 불러요……. 왜 또 막히는지…… 다시 이름을 불러요…… 아저씨 힘내요…… 말을 더듬어서? 아, 때리지 마요(몸이 떨리기 시작한다)……. 피를 많이 흘려요…… 아저씨가 벌로 혼자서 운동장을 뛰고 있어요……."

호흡이 가빠지면서 몸에 경련이 일어났다.

"뭘 봤나요?"

"쓰러졌어요(울기 시작한다). 이마에…… 피가 계속 흐르는데……

체육 선생님이…… 이름을 부르고…… 제 뺨을 때려요…… 싫어……."

"그만, 됐어요. 이제 그만해야겠어요. 방금 본 모든 것은 당신 머릿속에 깊이 박혀 있어요. 그래서 언제라도 쉽게 떠올릴 수 있어요. 그렇죠?"

"맞…… 맞아요."

"아직도 흰색의 빛을 느낄 수 있나요?"

"……네."

"좋아요. 이제 흰색의 빛이 서서히 사라지면서 당신의 몸과 정신도 서서히 깨어납니다. 10부터 1까지 세면 당신은 완전히 깨어나는 겁니다. 알겠죠?"

"……알겠어요."

"자, 10, 흰색 빛이 서서히 옅어지고 당신의 몸과 마음이 편안해집니다. 9, 당신은 이제 서서히 깨어납니다. 8, 천천히 몸의 감각들이 정상으로 회복됩니다. 7, 손가락에 감각이 느껴지기 시작합니다. 6, 당신의 마음이 평온하고 즐거워집니다. 5, 점점 깨어납니다. 4, 목이 점점 움직입니다. 3, 온몸에 잠재되어 있는 거대한 에너지가 느껴집니다. 2, 곧 깨어납니다. 바로 앞이 출구예요. 1, 당신은 이제 완전히 깨어납니다. 자, 눈을 뜨세요!"

심호흡을 했다.

"세상에, 제가 방금…… 최면에 걸린 거예요?"

"하하, 그런 셈이에요."

"생각났어요. 아홉 살 때 말을 더듬는 해방군 아저씨가 벌을 받는 걸 봤어요."

"들어보니 그런 것 같군요."

"그런데 왜 계속 생각나지 않은 걸까요?"

"그런 걸 '심인성 기억상실증'이라고 해요. 선택적으로 기억을 잃어버리는 거죠. 다시 말해서 고통스러웠던 경험을 학생이 선택적으로 지우는 겁니다. 까놓고 말해서 일종의 도피죠."

"제가 기억해낸 이런 일들이 문제를 해결하는 데 도움이 되나요?"

"그럼요. 어떤 문제를 해결하려면 핵심을 찾아야 해요. 마음의 병이 특히 그렇죠. 원인을 찾으면 일은 쉬워져요."

"절 도와줄 마음이 있으세요, 선생님?"

"날 믿나요?"

"당연하죠. 도와주실 거예요?"

"하하, 제가 계속 돕고 있지 않았나요?"

"감사해요."

"그렇게 예의 차릴 거 없어요. 대신 한 가지 부탁이 있는데, 내가 돕는 건 비밀로 해줘요. 그래 줄래요?"

"그럴게요."

잠자고 책 읽고 수업 듣고 가끔 농구하고. 누가 살해됐는지 생각할 필요가 없고 피를 마시는 미치광이를 상대할 필요도 없었다.

심리죄

악몽을 꾸는 횟수도 전보다 줄었다.

이게 바로 행복한 삶이리라.

광무는 매일 다른 사람들처럼 때로는 바쁘게 때로는 여유롭게 교정을 오고가며 일주일 동안 평온한 시간을 보냈다. 주말에는 모처럼 집에 가서 엄마가 해주는 밥을 배부르게 먹었더니 살도 2킬로그램이 쪘다.

날은 더워졌는데 마음은 왠지 모르게 상쾌했다. 학교로 돌아오는 버스 안에서 부드러운 바람이 얼굴을 간지럽히자 마음이 편안해졌다. 창밖에는 태양이 이글거렸고 코로는 싱싱한 풀내음이 느껴졌다. 엄마가 싸주신 육장肉醬, 중국식 미트 소스과 김치가 담긴 일회용 용기들을 가방에 손을 넣어 만져보았다. 의자 등에 편히 기댄 채 눈을 감고 잠이 들었다.

이런 기분을 느껴본 게 얼마 만인지.

침실에서 CSCounter-Strike, 게이머가 테러리스트와 테러 진압팀 둘 중 하나가 되어 적을 물리치는 게임를 하던 두위는 광무가 들어오는 소리를 듣고도 고개 하나 안 돌린 채 안부 인사를 건넸다.

"왔어?"

광무는 인사를 하고 가방에서 육장을 꺼내 두위 책상 위에 올려놓았다.

"이거 우리 엄마가 만드신 건데 먹어 봐."

"진짜? 고마워."

두위는 놀란 듯이 고개를 돌렸다. 그는 게임을 접고 서랍에서 젓가락을 꺼내 육장이 담긴 병을 열었다. 그러고는 젓가락을 넣어 휘저은 뒤 입에 덜어 넣었다.

"와! 진짜 맛있다. 어머님 솜씨가 대단하시네."

"많이 먹어. 여기 또 있으니까."

"오늘 저녁에는 국수 먹으면 되겠다. 육장 넣고 비비면 맛이 아주 끝내주겠어."

두위는 또 큰 덩이를 떠서 입으로 가져갔다. 팡무가 웃었다.

"너도 짠 거 잘 먹네."

"친구, 요즘 왠지 기분이 좋아 보여."

두위는 육장을 먹으면서 말했다.

"그래?"

팡무는 물건을 정리하면서 무심하게 대답했다.

"그래야지. 애들이랑 이야기도 많이 하고. 사람들 거들떠도 안 보고 그러면 못쓴다."

"하하, 알았어."

"난 또 너한테 무슨 걱정거리라도 생긴 줄 알았잖아. 일전에 네가 밤에 복도에서 어슬렁거리는 걸 류젠쿤이 봤다더라고. 무슨 일 있으면 나한테 이야기해. 우리 친구잖아, 안 그래?"

팡무는 두위의 진심 어린 표정을 보았다. 팡무는 무겁게 고개를 끄덕였다.

저녁을 먹고 팡무와 두위는 각자 컴퓨터 앞에 앉았다. 두위는 지치지도 않는지 또 CS에서 교전을 벌였다. 팡무는 마카이 관련 자료를 정리할 생각이었다. 그런데 그날따라 어둡고 피비린내 나는 것들이 컴퓨터를 메우는 걸 원치 않아 되는 대로 웹페이지를 열어보았다.

그때 문이 열리면서 농구공을 든 류젠쿤이 몇몇 친구들과 낄낄대며 안으로 쳐들어왔다. 그러다 팡무도 있는 걸 보더니 다들 약속이라도 한 듯 목소리를 낮췄다. 류젠쿤은 공을 던지고 두위의 헤드셋을 잡아당겼다.

"그만하고 농구나 하러 가자."

공이 팡무 발아래로 떨어지면서 청바지에 먼지를 묻혔다. 류젠쿤은 팡무의 바지가 더러워진 걸 보더니 난처해하며 말했다.

"미안해."

"괜찮아."

팡무는 손을 저은 뒤 계속 웹 페이지를 서핑했다. 두위는 침대 밑에서 운동화를 꺼내 신고 팡무를 보며 말했다.

"같이 가자."

"됐어."

"가자, 같이."

류젠쿤도 조심스럽게 청했다.

"너 이 자식 비싸게 구는데, 출연료라도 주리?"

두위가 웃으며 말했다. 팡무는 잠시 망설이더니 옷장에서 운동용 반바지를 꺼냈다.

4 대 4 경기가 시작되었다. 여덟 명이 코트에서 이리 뛰고 저리

뛰며 공 쟁탈전을 벌였다. 아니, 정확하게 말하면 일곱 명이었다. 경기 시작 후 몇 분 동안 팡무는 어찌할 바를 모르고 서 있기만 했던 것이다. 달려가서 공을 빼앗지도 않았고 팡무에게 패스하는 사람도 없었다.

이렇게 여럿이서 같이 운동해본 게 얼마 만일까? 꽤 오랫동안 농구장에서 혼자 자유투를 연습했던 팡무는 이런 단체 경기가 왠지 어색하게 느껴졌다.

골밑 돌파 후 점프하던 두위는 블로킹을 시도하는 류젠쿼를 피해 자유투 라인 근처에 있던 팡무를 보고 패스했다. 팡무가 본능적으로 공을 받아든 순간, 마침 같은 팀 친구가 골밑을 파고들었다. 수비하는 사람이 없는 걸 본 팡무는 재빨리 공을 패스했고, 친구는 손쉽게 득점에 성공했다.

"나이스!"

친구들이 큰 소리로 환호했다. 득점한 친구가 기뻐하며 손을 들고 팡무에게 달려왔다. 팡무는 어쩔 줄 몰라 하며 그와 하이파이브를 했다. 손바닥이 짝, 하고 부딪히는 소리에 팡무의 마음이 뜨거워졌다. 익숙하면서도 낯선 감정이 다시 느껴지기 시작했다.

무더운 오후, 땀이 흐르는 벌거벗은 상체, 웃음소리, 친근한 욕설과 박수갈채.

아무 걱정 근심 없이 사는 동안 조용히 사라진 청춘의 시간들.

다시 공을 받아서 두어 번 튀긴 뒤 가랑이 사이로 드리블, 오른쪽 어깨로 밀치고 훼이크…….

그래, 나도 저랬지.

급정지, 점프, 슛. 익숙한 느낌.

농구공이 네트 안으로 깔끔하게 들어갔다.

"나이스 슛!"

류젠쿼이 큰 소리로 외쳤다.

"내가 말했지. 저 자식 대단하다고."

두위가 자랑스럽게 말했다.

"팡무는 내가 맡을게."

류젠쿼이 팡무 옆으로 달려가 밀착 마크를 했다. 열기가 뜨거워지면서 격렬한 몸싸움과 빠른 드리블, 패스, 리바운드, 슈팅이 이어졌다.

"와, 정확하네."

"자식, 제법인데."

"편 다시 짜자. 팡무 우리 편!"

이마에서 땀이 흘러내리자 팡무는 눈을 감았다.

그래. 나도 그땐 이렇게 즐거웠는데.

공이 잘 안 보일 정도로 날이 어두워져서야 다들 아쉬움을 뒤로하고 농구장을 나섰다. 학교 매점을 지나면서 팡무는 시원한 수박을 샀다.

기숙사로 돌아온 친구들은 다 같이 살얼음이 있는 수박을 잘라 경쟁하듯 입 속으로 밀어넣었다. 급하게 먹다가 수박씨가 목에 걸려서 기침을 하는 사람은 한바탕 놀림을 당했다.

"꽝무 너 말이야. 법학원 농구부에 들어와라. 다음번 '석사배' 경기에서 가드 좀 맡아줘."

류젠췬이 입을 닦으며 말했다.

"나? 난 출연료 받는데."

꽝무는 수박껍질을 버리면서 웃었다. 꽝무의 농담에 다들 빵 터졌다. 류젠췬이 수박 껍질 하나를 꽝무 쪽으로 던지자 꽝무도 맞은 시늉을 했다.

다 같이 웃고 떠드는 사이, 문을 열고 들어오던 멍판저가 수박껍질을 밟고 미끄러질 뻔했다.

"아 진짜, 너희들 뭐해?"

"왔어? 수박 먹을래?"

두위가 멍판저를 불렀다.

"됐어. 톰 찾으러 온 거야."

"톰? 톰이 누군데?"

꽝무가 의아한 듯 물었다.

"하하, 너 모르는구나. 요 며칠 쟤가 기르던 고양이 있어. 이름이 톰이래. 그래서 우리가 요즘 저 자식을 제리라고 부르잖아."

류젠췬이 말하며 꽝무를 향해 눈을 찡긋했다.

또 한 번 폭소가 이어졌다. 멍판저가 류젠췬의 멱살을 잡았다.

"됐어, 됐어, 그만해. 내가 고양이 어디 있는지 알아."

두위가 밥그릇을 들었다.

"꼬리 하나 남았는데, 맛 좀 볼래?"

"설마……."

명판저의 얼굴이 사색이 되었다.

"진짜 맛있더라."

두위가 맛을 음미하듯 입맛을 다셨다.

"됐어. 그만 놀려."

명판저의 눈이 금방이라도 튀어나올 것처럼 커지자 팡무가 서둘러 나섰다.

"자식, 놀랐잖아."

명판저가 씩씩거리며 말했다.

"너도 참 단순하다. 그걸 믿어?"

두위가 웃었다. 그때 복도에서 잔뜩 화가 난 목소리가 들렸다.

"명판저, 빨리 와봐. 네 망할 놈의 고양이가 내 침대에 똥 싸질렀다고!"

"간다, 가."

다급하게 뛰어나가는 명판저 뒤로 친구 몇 명이 따라 나섰다.

"하하, 재수 옴 붙은 놈이 누군지 좀 보자."

"나도 간다. 나중에 우리끼리 제대로 한 판 붙어보자. 일대일로."

류젠췬이 자리에서 일어서며 팡무에게 말했다.

"그래."

"이 껍질들은……. 너희가 알아서 치워라."

류젠췬은 생각하는 척하더니 문을 잡아당겼다. 그러고는 웃으며 달아났다. 류젠췬에게 던진 두위의 슬리퍼가 '픽' 하고 문에 맞왔다.

잠자기 전에 팡무는 샤워실로 갔다. 샤워기 밑에서 차가운 물로 온몸을 적시자 무척 상쾌했다. 팡무는 고개를 들고 흐르는 물에 얼굴을 맡겼다. 옆에는 수학과 남학생 두 명이 샤워를 하면서 도서관에서 마주친 '끝내주는 몸매'의 여학생에 대해 이야기를 나눴다.

창문 필름 너머로 희미하게 보이는 맞은편 기숙사 건물의 등불이 따뜻하게 느껴졌다.

사실 살다 보면 즐거운 일들이 참 많다. 스스로 그 즐거움을 누릴 자격이 없다고 여길 뿐.

기숙사로 돌아온 팡무는 피로가 몰려왔다. 정말 오랜만에 운동을 해서 그런지 무릎과 어깨가 심하게 쑤셨다. 머리카락이 다 마르기도 전에 침대 위로 쓰러졌다. 뭔가가 배기는 느낌이 들어서 베개 안으로 손을 집어넣었다. 군용칼이었다. 검푸른 손잡이가 거칠고 불에 그을려 울퉁불퉁했다. 칼을 꺼내자 칼끝이 불빛에 반사되어 더없이 차가워보였다.

팡무는 침대에서 내려와 옷장을 열고 옷더미 밑에 칼을 밀어넣은 뒤 불을 끄고 잠이 들었다. 꿈을 꾸던 두위는 어렴풋하게 룸메이트가 침대에서 뒤척이는 소리를 들었다.

"왜 그래, 또 악몽 꿨어?"

두위는 작게 중얼거리다 이내 깊은 잠에 빠졌다.

새벽 1시, 팡무는 침대에서 벌떡 일어나 옷장에서 군용칼을 꺼

냈다. 무표정하게 칼을 베개 밑에 넣고 머리까지 이불을 뒤집어
썼다.

마침내 무거운 어둠의 장막처럼 졸음이 밀려왔다.

제9장

노출

수요일 오후, 전교생 총회가 열렸다. 회의 주제는 성省 교육위원회의 '지식 활용과 과학기술을 통한 위대한 사업 추진'에 대한 강령이었다. 전교 교직원들까지 참석해 강당이 사람들로 꽉 들어찼다. 물론 그중에 과반 이상이 졸고 있었다.

총장을 비롯해 학교의 당 위원회 서기, 교학과 과학 연구를 관장하는 부총장의 연설이 이어졌다.

"덩샤오핑 동지가 이런 말을 했습니다. '과학기술은 제1의 생산력'이라고요. 이는 과학기술이 사회주의 현대화 건설에서 중요한 위치를 차지한다는 걸 보여줍니다. 또 우리처럼 과학 연구에 종사하는 사람들에게는 이런 질문을 던집니다. 우리는 대체 왜 과학 연구를 해야 하는가?"

치齊 부총장은 대답을 기대하며 일부러 뜸을 들였다. 청중들은 대부분 졸고 있었고, 깨어 있는 사람도 눈빛이 흐리멍덩해서 결국 부총장 스스로 답을 내렸다.

"서비스를 실천하기 위해서입니다."

난처함을 감추려고 부총장은 차를 마신 뒤 찻잎을 뱉으며 정신을 가다듬었다.

"과거 우리는 이 일을 충분히 해내지 못했습니다. 교수 평가를 잘 받기 위해 실적에만 신경 쓰다 보니 교수들은 자신이 연구하는 대상이 사회 실천에 어떤 의미가 있는지에 대해서는 거의 고려하지 않았습니다. 이로 인해 과학 연구와 실천 사이에 심각한 괴리가 발생했습니다. 여러분이 만든 걸 사용하는 사람도 없고 쓸모도 없다면 연구실에서 백날 머리만 싸매고 있어봤자 그게 무슨 소용이 있겠습니까?"

부총장은 주머니에서 편지 한 통을 꺼내 과하다 싶을 만큼 흔들어 보였다.

"이것은 우리 학교 학생에게 온 편지인데, 저는 이 학생이 여기에 있는 모든 사람들의 귀감이 될 만하다고 생각합니다!"

장내가 일순간 조용해졌고 졸고 있던 학생들도 눈을 번쩍 떴다.

치 부총장은 달라진 분위기를 보고 뿌듯해하며 편지를 꺼냈다.

"다들 알고 있을 겁니다. 얼마 전 J시에서 연쇄살인사건이 발생했습니다. 범행 수법이 아주 잔인했죠. 공안기관에서도 이 일로 골머리를 썩었고 사건은 좀처럼 해결되지 않았습니다. 그런데 우리 학교의 한 학생이 그동안 배운 지식을 활용해 공안기관을 도와 연쇄살인사건을 성공적으로 해결했습니다……."

팡무의 눈이 휘둥그레졌다.

"……구출된 피해자 중 한 명의 아버지가 감사 편지를 보내왔습니다. 편지 내용이 정말 감동적이더군요. 위험을 무릅쓰고 적극적으로 이론과 실제를 결합한 이 정신! 칭찬받아 마땅합니다!"

사람들이 수군대며 두리번거렸다.

"조용, 조용! 다들 진정하세요."

치 부총장은 기분 좋은 얼굴로 달래듯 손짓했다.

"자, 이제 그럼 법학원에서 범죄학을 전공하는 팡무 학생을 불러 소감을 한번 들어봅시다. 팡무 학생, 팡무 학생 어디 있습니까?"

부총장이 입에 마이크를 대며 부르자, 넋이 나간 팡무는 두위가 툭 치자 정신을 차리고 멍하니 손을 들었다. 스포트라이트가 팡무를 비추자 주위가 밝아졌다.

"여기로 빨리 올라오세요."

부총장은 의욕적으로 자리에서 일어났다.

빛 때문에 눈부셔하던 팡무는 어쩔 줄 몰라 하며 주위를 살폈다. 같은 줄에 앉아 있던 동기들이 어느새 자리에서 일어나 길을 내주었다. 팡무는 하는 수 없이 친구들 사이를 지나 단상에 올랐다. 스포트라이트가 계속 팡무를 따라 움직였고, 팡무 곁에서 쉴 없이 플래시 세례가 터졌다.

대체 얼마나 더 가야 되는 거야? 왜 아직도 도착을 안 하지? 팡무는 눈앞이 온통 흰색이라 현기증이 밀려왔고 금방이라도 쓰러질 것 같았다.

기다리다 지친 부총장은 무대 가장자리에 서서 계단을 오르는 팡무를 위로 끌어당겼다. 한 손으로는 팡무의 손을 잡고 다른 한 손은 팡무의 어깨에 올린 채 마이크 앞으로 팡무를 안내했다.

"자자, 팡무 학생. 소감 한 마디 부탁합니다."

팡무는 경직된 상태로 마이크 앞에 서서 무대 아래에 있는 사람들을 둘러보았다. 사람들이 전부 팡무를 주시하고 있었다. 호기심, 추측, 무시, 부러움, 질투 등 저마다 눈빛에 다양한 뜻을 담고 있었다.

30초 정도 시간이 흐르고 팡무는 겨우 입을 움직여 간신히 한 글자를 내뱉었다.

"전……."

스포트라이트에 비친 팡무의 얼굴은 백짓장처럼 창백했고 이마에서는 땀이 흘러내렸다. 사람들은 말 못하고 서 있는 이 남학생을 숨죽인 채 바라보고 있었다.

"됐습니다."

부총장이 결국 참지 못하고 마이크 앞으로 다가와 억지웃음을 지었다.

"침묵이 소리를 압도한다는 말도 있잖습니까. 팡무 학생도 분명히 하고 싶은 말이 많겠지만 너무 많이 긴장을 한 것 같군요. 내려가도 좋습니다, 팡무 학생."

그러자 갑자기 힘이 생기기라도 하듯 팡무는 굳어 있던 다리로 성큼성큼 계단을 내려갔다. 팡무는 자리로 돌아가지 않고 양쪽에서 수군대며 자신을 바라보는 수많은 눈동자들을 지나 강당을 빠져나갔다.

"여보세요?"

"혹시 그 여학생 부모님한테 제 이름 알려주셨어요?"

"팡무구나. 그래, 편지는 받았고?"

타이웨이의 목소리가 밝아졌다.

"아……."

"학교에서 칭찬 좀 해주디?"

"왜 그러셨어요?"

팡무는 욕이 나올까 봐 화를 억누르며 물었다.

"내가 뭘? 너한테 깜짝 선물을 주고 싶어서 그런 건데. 왜, 보복당할까 봐 겁나? 괜찮아, 걱정할 거 뭐 있어. 마카이는 이제 가족도 없잖아."

'뚝' 하고 전화가 끊겼다.

타이웨이는 의아했다.

기숙사로 돌아가는 동안 팡무는 내내 고개를 숙이고 벽에 바짝 붙어서 걸었다. 겨우 돌아와서 한숨 돌리는데 방 안이 사람들로 가득했다. 다들 신나게 뭔가를 이야기하고 있다가 팡무가 들어오자 몇 초간 정적이 흘렀다. 곧이어 팡무를 에워싸고 한바탕 질문이 쏟아졌다.

"야, 부총장이 한 말 진짜야?"

"범인은 어떻게 생겼어?"

"피를 마셨다던데, 맞아?"

"공안국에서 포상금은 줬어?"

인파를 헤치고 컴퓨터 앞에 선 팡무는, 뒤돌아서 기대에 찬 눈동자들을 바라보며 차갑게 말했다.

"나가."

누군가 입을 열려던 찰나 팡무가 고함을 질렀다.

"나가라고!"

깜짝 놀란 사람들 틈에서 누군가가 못마땅한 듯 중얼거렸다.

"무슨 일 있나? 사건 해결한 거 아니야?"

팡무는 사람들을 등지고 책상에 앉았다.

다들 멋쩍어하며 서 있는 걸 보고 두위가 조용히 상황을 수습했다.

"팡무 기분이 별로네. 어서들 가 봐."

마침내 방에는 팡무와 두위 두 사람만 남았다. 팡무는 담배를 꺼내 떨리는 손으로 불을 붙여 깊게 한 모금 들이마신 뒤, 머리를 뒤로 늘어뜨리고 지친 듯 의자에 기댔다.

두위가 조심스럽게 팡무의 안색을 살피더니 생각 끝에 입을 열었다.

"부총장도 참 답 없다. 갑자기 사람들 앞에서 소감을 말하라니. 마음의 준비를 할 시간은 줬어야지. 그런 식으로 올라오게 하면 어떡하냐, 사람 무안하게."

"고마워. 근데 좀 조용히 해줄래? 너도 나가고 싶지 않으면."

팡무가 힘없이 말했다. 두위는 불쾌한 듯 입을 삐죽거렸지만 더는 말하지 않았다.

잠시 후 전화가 울렸다. 팡무가 움직일 생각이 없어보이자 두위가 가서 전화를 받더니 몇 마디하고는 팡무에게 수화기를 건넸다.

"차오 교수님이셔."

팡무는 정신을 차리고 전화를 받았다.

"안녕하세요, 교수님."

"팡무냐? 지금 바빠?"

수화기 너머로 들리는 차오 교수님의 목소리가 전과 달리 왠지 차갑고 딱딱하게 느껴졌다.

"아뇨. 괜찮습니다."

"그럼 우리 집에 좀 와."

차오 교수는 팡무가 대답하기도 전에 전화를 끊었다.

차오윈핑喬允平 교수는 거실에 앉아 연거푸 담배를 피웠다. 금세 가슴이 답답해진 그는 자리에서 일어나 창가에 서서 먼 곳을 바라보았다. 연회색 하늘에는 커다란 먹구름이 떠다녔는데 왠지 모르게 차오 교수의 마음을 무겁게 만들었다. 아래를 보니 땀투성이가 된 팡무가 이쪽으로 달려오고 있었다.

그 모습을 본 차오 교수는 화가 조금 누그러졌다.

차오 교수는 학생들 중에서 팡무를 가장 아꼈다. 팡무는 대학원 입시에서 보통 수준이었던 필기시험 성적에 비해 구술시험에서 천부적인 기량을 발휘했다. 차오 교수가 묻는 질문들에 팡무는 막힘없이 대답했다. 이론에 대한 기본기도 탄탄했지만 사건에 대한 견해는 가히 독보적이었다. 당시 차오 교수는 팡무를 수제자로 삼기로 결심했다. 대학원 입학 후 빈둥대며 허송세월하는 학생들과 달리, 팡무는 수업 외에도 자주 사법기관을 찾아 자료를 수집하며 부지런히 공부했다. 차오 교수는 팡무의 그런 공부 방법을 칭찬했다. 그는 범죄학 연구에서 가장 좋은 방법은 '사실이 말하게 하는 것'이라고 믿었기 때문이다. 그런데 오늘, 그토록 애지중지하던 제자가 그를 격분하게 만든 것이다.

초인종이 울렸다. 소파에 앉아 TV를 보던 사모는, 침울한 표정의 차오 교수를 보며 한숨을 내쉬고는 문을 열었다.

"팡무구나. 어서 들어와."

"사모님, 안녕하세요."

사모는 팡무에게 슬리퍼를 주며 속삭였다.

"지금 서재에 있는데 뭐가 또 저리 언짢으신지. 뭐라고 하면 대들지 말고 대충 비위 맞춰 드려."

팡무는 고개를 끄덕였다.

차오 교수는 미간을 잔뜩 구긴 채 회전의자에 앉아 말없이 담배연기를 내뿜고 있었다. 팡무는 앉지도 못하고 가만히 서 있었다. 차오 교수는 담배를 다 태우고 옆에 있는 의자를 가리키더니 담뱃갑을 팡무 쪽으로 밀었다. 조심스럽게 자리에 앉은 팡무는 망설이다가 담배 하나를 꺼내 불을 붙였다.

두 사람은 말없이 담배를 피웠다. 공기가 얼어붙은 것 같은 긴 침묵 끝에 차오 교수가 먼저 말을 꺼냈다.

"오후에 부총장이 한 말, 사실이냐?"

팡무는 가슴이 철렁했다. 사실 여기 오기 전에 팡무는 차오 교수가 이 일 때문에 자신을 부른 거라고 예상했다. 타이웨이가 멋대로 자기 이름을 쉬제 가족에게 알려주고, 부총장이 전교생과 교직원들이 보는 앞에서 소감을 말하게 한 모든 일들이 팡무를 화나게 만들었다. 사실 공안기관을 도와 사건을 해결하는 게 부끄러운 일은 아니지만, 이로 인해 많은 사람들의 주목을 받는 건 원치 않았다. 팡무가 화가 난 이유는 결국 본인의 성격 탓이었던 것이다. 그런데 차오 교수가 이번 일에 강한 반감을 드러낸 건 전혀 뜻밖이었다.

"저, 그건……."

팡무는 어떻게 대답해야 할지 몰랐다.

"사실이야, 아니야?"

차오 교수의 언성이 높아졌다.

"사실이에요."

"자세히 말해봐. 대체 일이 어떻게 된 거야?"

팡무는 마카이 사건의 전후맥락을 차오 교수에게 있는 그대로 털어놓을 수밖에 없었다. 차오 교수는 이야기를 다 듣고 생각에 잠겼다가 입을 열었다.

"이번이 처음이냐?"

팡무는 멈칫하더니 고개를 저었다.

"아뇨."

차오 교수는 콧방귀를 뀌며 아무 말도 하지 않았다. 팡무는 스승에게 묻고 싶은 게 있었지만 차마 입이 떨어지지 않아 불안한 마음으로 앉아만 있었다.

"팡무야, 프로파일링의 본질이 뭐라고 생각하니?"

차오 교수가 돌연 입을 열었다.

"네?"

팡무는 놀라서 멍했다가 금세 정신을 차렸다.

"프로파일링은 전문적인 훈련을 거쳐 범죄를 추론하고 추측하는 것이지만, 과학적인 결론은 아닙니다."

"그럼 너는 네가 훈련이 잘 된 프로파일러라고 생각해?"

"……아뇨."

"근데 네가 뭐라고 사법기관에 조언을 하고 수사와 용의자 지목에 영향을 줘!"

차오 교수의 목소리 톤이 높아졌다. 팡무는 아무 말도 할 수 없었다. 그는 차오 교수가 왜 화가 났는지 알 것 같았다.

"자신의 전공과 연구 대상을 어려워할 줄 알아야 훌륭한 범죄학 연구자라고 할 수 있는 거다. 특히 과학 지식으로 사법기관에 영향을 행사하려면 첫째, 견실한 학술적 기초와 둘째, 신중하고 진지한 태도가 필요해. 우리 의견이 한 사람의 권리, 자유, 심지어 목숨에까지 영향을 미칠 수 있다는 걸 명심해라. 이건 애들 장난이 아니야."

차오 교수는 손가락으로 책상을 두드렸다.

"범죄학 연구자의 진정한 가치를 가늠하려면, 그 사람이 얼마나 제대로 된 이론과 풍부한 경험에 입각해서 사법 집행에 과학적인 도움을 줬는지를 봐야 돼. 발표한 논문이나 처리한 프로젝트 수를 보는 게 아니라."

차오 교수가 팡무 쪽으로 고개를 돌렸다.

"읽은 책의 권수, 천부적인 재능에 기대거나 얄팍한 꼼수를 쓰며 운에 맡기는 게 아니란 소리야!"

팡무는 얼굴이 붉어진 채 묵묵히 듣고만 있었다.

"마카이 사건은 네가 멋지게 해낸 것처럼 보여도 내 눈에는 그저 네가 운이 좋았다는 생각밖에 안 든다!"

팡무가 고개를 들었다.

"왜, 인정 못하겠어?"

차오 교수의 표정은 굳어 있었다.

"첫째, 마카이에게서 '조직력이 없는 연쇄살인범'의 특징이 명확하게 드러났다. 앞으로 마카이는 이 케이스의 대표 사례로 언급될 거다. 둘째, 네가 퉁후이 살해 현장을 판단한 근거가 뭐야? 직감? 이번에는 어쩌다 운 좋게 맞아떨어졌다만, 만약 네 판단이 틀렸다면 피해자를 구출할 시간이 줄어들었을 거라고, 알아? 퉁후이가 살아 있었다면 말이야! 셋째, 쉬제가 납치된 후에 넌 범인의 수법이 좀 다르다는 걸 분명 눈치챘을 거야. 근데 왜 놈의 범행을 다른 사람이 따라했을 가능성은 생각도 않고 범인이 혈액원을 저장하고 있을 거라며 고집을 피워?"

팡무의 이마에 식은땀이 흘렀다. 머릿속으로 마카이 사건의 전 과정을 빠르게 되짚어 보았다. 운이 좋았던 게 분명했다. 자신감이 지나쳤다. 어느 한 부분에서 놓치는 게 생기면 전혀 다른 결과를 가져올 수 있었다.

차오 교수는 말하느라 지쳤는지 식어버린 차를 단숨에 들이켰다. 땀범벅이 된 팡무를 보자 마음이 약해져 한결 부드러워진 말투로 말했다.

"너의 그 실증주의 연구정신은 높이 살 만하지만 이번엔 좀 성급했다. 경관 사법 분야에서 제 역할을 하고 싶으면 20년은 더 공부해야 해."

팡무는 있는 힘을 다해 고개를 끄덕였다.

그때 사모가 방으로 들어왔다.

"만두 했으니까 저녁 먹고 가."

팡무는 괜찮다고 사양했지만 차오 교수가 눈을 부릅뜨며 말했다.

"왜, 싫은 소리 좀 했다고 빼는 거야?"

차오 교수는 팡무를 떠밀면서 식당으로 갔다.

팡무가 가기 전에 차오 교수는 후룽왕芙蓉王, 중국 고급 담배의 일종을 팡무 손에 쥐어 주었다. 베란다에 서서 팡무가 어둠 속으로 사라지는 걸 보며 차오 교수는 한숨을 쉬었다. 팡무는 뛰어난 학생이었다. 팡무의 프로파일링을 까다롭게 평가하기는 했지만, 차오 교수는 속으로 팡무의 실력을 인정하고 칭찬할 수밖에 없었다.

부디 같은 실수를 두 번 반복하지 않기를 바랄 뿐이었다.

학교에 들어선 팡무는 곧장 기숙사로 가고 싶지 않았다. 잠시 망설이다 운동장으로 향했다. 운동장 계단에 앉았는데 낮 동안 햇볕을 쬐어서 그런지 따뜻하고 편안했다. 담배 생각이 간절했다. 팡무는 교수님이 준 후룽왕을 꺼내 불을 붙였다.

사실 오랫동안 팡무는 자기가 뭘 하고 있는 건지 잘 몰랐다. 어떤 생활을 위해 열심히 살아오긴 한 것 같은데, 막상 그 생활이 어떤 모습인지 묘사하라면 막연한 느낌이 들곤 했다. 끊임없는 생각, 순간적인 판단, 서늘한 현장, 컴퓨터 속의 소름끼치는 자료들, 끝없는 악몽. 지난 몇 년간 그림자처럼 따라다닌 '친구'들은 지금 이 순간 그를 더욱 지치게 만들었다.

내가 하려는 게 뭘까?

소등 시간이 가까워지자 팡무는 기숙사로 돌아왔다. 들어오자마자 두위는 어머니한테 여러 번 전화가 왔었다고 알려주었다.

팡무는 엄마에게 전화를 걸었다. 몇 번 신호음이 울리고 곧 엄마 목소리가 들렸다. 줄곧 전화기 옆을 지키고 계셨던 것 같았다.

"왜 이제야 전화해?"

"어디 좀 다녀왔어요. 어쩐 일이세요?"

"일은 무슨. 그냥 지난번에 보니까 좀 마른 것 같아서 나랑 네 아빠가 걱정 많이 했어. 너하고 얘기 좀 하려고 했었는데 네가 그렇게 빨리 갈 줄 알았나."

"아, 괜찮아요. 걱정 마세요. 아빠랑 다 잘 지내시죠?"

"우린 잘 지내."

엄마는 잠시 말을 멈췄다.

"무야, 요즘 뭐 하고 있는지 엄마한테 얘기해줄 수 있어?"

"별 거 안 해요. 수업 듣고, 책 보고."

"요즘도 공안국 일 도와주니?"

"아뇨."

가족에게 거짓말하기가 제일 힘든 법이다. 팡무도 자신의 목소리가 어색하다는 걸 느꼈다. 엄마는 잠시 침묵하더니 한숨을 쉬었다.

"아들, 엄마도 이제 나이 많아. 이젠 엄마가 걱정 좀 안하게 해줄래? 네가 맨날 위험한 일 하고 그런 사람들하고 어울리고 그러면 엄마가 얼마나 걱정하는 줄 알아?"

팡무는 말이 없었다.

"내가 요 며칠 계속 악몽을 꿔. 네가 살해당하는 꿈. 악몽 때문에 깨면 그때마다 네 아빠가 무슨 일이냐고 묻는데 차마 말을 못하겠어."

"엄마, 괜한 생각하지 마세요. 이미 다 지난 일이잖아요."

"알아. 근데 내 맘대로 안 되는 걸 어떡해. 무야, 엄마랑 약속해. 그런 위험한 일은 이제 다신 하지 않겠다고. 평범하게 살겠다고 말이야. 응?"

엄마가 울먹이며 말했다.

"그럴게요."

"약속한 거지?"

"약속해요."

전화를 끊은 팡무는 넋이 나간 얼굴로 잠시 의자에 앉아 있다가 세면도구를 챙겨 화장실로 향했다. 화장실 벽에 있는 큰 거울에 한 청년의 마른 몸이 보였다. 탈의한 상반신, 하얀 피부, 야윈 몸. 팡무는 가까이 다가가 거울에 비친 자신의 모습을 살펴보았다. 뻣뻣하고 짧은 머리카락, 넓은 이마, 창백하고 움푹 들어간 두 볼, 핏줄이 보이는 눈, 거뭇거뭇 수염이 난 아래턱, 고집스러워 보이는 눈썹, 깊은 눈가 주름.

이 모습이 정녕 24세의 나란 말인가?

인생에는 연쇄살인범만 있는 게 아닌 것을.

제10장

문 위의 오각별

2002년 6월 30일, 일본 요코하마, 브라질 대 독일 월드컵경기.

광무와 친구들은 '광위안光源'이라는 사천요리점에 앉아 있었다. 맥주 몇 병이 놓인 테이블 위에는 땅콩 껍질과 풋콩 껍질이 쌓여 있었고, 값싼 볶음 요리는 이미 바닥을 드러낸 상태였다. 다른 테이블 상황도 마찬가지였다. 다들 벽걸이 텔레비전에 시선을 고정하고 있었다. 가게 주인은 카운터에서 계산기를 두드리면서 흐뭇한 미소를 지었다. 한 달에 한 번 월드컵이 열리면 얼마나 좋을까 생각했으리라.

광무는 두위, 저우퇀제郡團結, 류젠쿤의 손에 억지로 끌려온 거였다. 내키지 않았지만 딱히 할 일도 없고 다 같이 어울리는 것도 나쁘지 않겠다 싶었다. 다만 한 가지 조건이 있었다. 구이집은 가지 않을 것.

식당에 있는 사람들은 자연스럽게 브라질 응원팀 대 독일 응원팀 둘로 나뉘었다. 팡무는 축구를 잘 몰랐다. 호나우두 빼고 다른 선수들은 이름도 알지 못했다. 두위가 브라질 팀을 응원하는 걸 보고 팡무도 일단은 브라질 팀을 응원하기로 했다.

전반전에서 브라질 팀은 역전에 성공했다. 호나우두가 10번(이 선수 이름이 히바우두라고 두위가 알려주었다)에게 공을 패스했고 히바우두가 페널티 에어리어 밖에서 장거리 슛을 날렸다. 약한 슈팅이라 독일팀 골키퍼 칸이 가볍게 몸을 날려 공을 받을 준비를 했지만, 생각지도 않게 볼이 가슴에서 튕겨 손에서 빠져나갔다.

"놓치면 안 돼!"

옆 테이블에 있던 키 큰 남학생이 소리를 질렀다. 그 말이 떨어지기가 무섭게 호나우두가 인사이드 킥으로 골을 성공시켰다. 브라질 팀이 1 대 0으로 앞섰다!

가게 안에 환호성이 울렸고 뒤이어 박수와 욕설이 이어졌다.

"칸이 방심했네. 굴러오는 공은 몸으로 막았어야지. 안아서 막으면 쉽게 빠진다고. 너무 자만했어."

키 큰 남학생이 고개를 흔들며 말했다.

"하하, 꽤 전문적이네."

저우퇀제가 웃으며 말했다.

"나의 우상아. 실망시키지 마라, 제발."

키 큰 남학생이 브라운관을 주시하며 칸처럼 울상을 지었다.

"취웨이창曲偉强, 물리학과야. 우리 학교 축구팀 골키퍼."

류젠쿤이 팡무에게 작은 소리로 말했다.

"아, 어쩌지."

독일 팀이 반격을 시작했지만 매번 눈앞에서 기회를 놓쳤다. 후반 79분에 히바우두가 페널티 에어리어 최전방을 뚫었고, 호나우두가 오른발로 낮게 찬 공이 왼쪽 골망을 흔들며 브라질 팀의 승리를 굳혔다. 독일 팀을 응원하던 사람들이 욕을 쏟아냈다. 취웨이창은 길게 한숨을 쉬며 말했다.

"브라질 팀이 칸의 특징을 미리 파악한 게 분명해. 칸이 낮게 들어오는 슈팅에 약하거든."

경기가 끝나고 대학생들은 기뻐하거나 풀이 죽은 모습으로 계산한 뒤 연이어 자리를 떠났다. 취웨이창이 큰 소리로 외쳤다.

"사장님, 맥주 네 병 더 주세요. 가져갈게요."

옆에서 그와 같이 축구를 보던 귀여운 여학생이 작은 소리로 말렸다.

"그만 마셔. 오늘 많이 마셨어."

"네가 뭔데? 속 터지는 경기를 봤는데 더 안 마실 수 있나?"

취웨이창이 눈을 부릅뜨며 말했다. 여학생은 입만 쭉 내밀고 아무 말도 하지 않았다.

팡무는 경기 결과에 별로 관심이 없었다. 그저 맥주를 너무 많이 마셔서 방광에 신호가 온 터라 빨리 기숙사에서 볼일을 보고 싶다는 생각뿐이었다. 화장실에서 가벼운 발걸음으로 돌아오던 팡무는 방문 앞에서 걸레로 뭔가를 열심히 지우는 두웨이를 발견했다.

팡무가 손에 묻은 물기를 털어내며 물었다.

"뭐해? 뭐 지우는 거야?"

"누가 그런 건지 모르겠어. 누군가 장난치는 거 같아."

두위가 문을 가리키며 말했다. 팡무는 두위가 가리킨 곳을 보았다. 문에 아직 지워지지 않은 흔적이 남아 있었는데, 매직으로 뭔가 어지럽게 그려놓은 것 같았다.

"뭐가 그려져 있었는데?"

"별 같아. 젠장, 대체 누가 이런 장난을 치는 거야!"

두위가 인상을 찌푸렸다.

"별이라고?"

팡무는 복도 양쪽을 살펴봤지만 다른 방문들은 전부 깨끗했다.

"아직도 다 못 지웠어?"

류젠쥔이 대각선 방에서 고개를 내밀었다.

"다 돼 가."

두위가 열심히 문지르자 마침내 흔적이 다 사라졌다.

"와, 무섭다 야. 무슨 알리바바와 40인의 도둑 같잖아."

류젠쥔이 익살맞은 표정을 지었다.

팡무는 웃었다.

"이따 내가 문에다 전부 별 그려놓을게."

깊은 밤, 팡무는 잠에서 깼다.

침실에서 바스락거리는 소리가 났다. 팡무는 눈을 크게 뜨고 창밖에서 들어오는 달빛에 의지해 세 평이 좀 안 되는 작은 방 곳곳을 살폈다. 그러다 팡무는 갑자기 숨을 죽였다.

누군가 굳게 닫힌 문 앞에 서 있었다.

팡무는 손을 뻗어 침대 밑의 군용칼을 더듬으려 했지만 얼어붙은 것처럼 몸이 꿈쩍도 하지 않았다. 두위를 불러도 목소리가 나오질 않았다.

그 사람은 팡무가 깼다는 걸 모르는지 팡무를 등지고 문에 천천히 뭔가를 그렸다. 그의 움직임을 따라서 지나간 곳에 불이 타올랐다. 콧속이 탄내로 가득 찼다.

문에는 별 하나가 불타고 있었다.

그가 천천히 뒤를 돌았다. 불빛에 비친 그의 얼굴이 전과는 전혀 다른 모습이었다.

안 돼…….

갑자기 눈앞이 하얘지면서 두위의 목소리가 들렸다.

"팡무야, 너 괜찮아?"

팡무는 눈을 뜨고 멍한 상태로 두위의 놀란 얼굴을 바라보았다.

"왜 그래, 또 악몽 꿨어?"

팡무는 두위를 옆으로 밀치고 문 상태를 확인했다.

문은 깨끗했다. 강의시간표 두 장 말고는 아무것도 없었다. 꿈이었다.

팡무는 힘없이 드러누웠다. 등이 축축해서 만져보니 침대 시트가 땀으로 흠뻑 젖어 있었다.

"괜찮은 거지?"

두위가 손수건을 건넸다.

"고마워. 괜찮으니까 얼른 자."

팡무는 받은 손수건으로 얼굴과 목을 닦았다. 두위가 불을 끄자 침실은 다시 고요해졌다. 팡무는 잠이 오질 않았다. 이번에 꾼 꿈은 예전에 꿨던 천편일률적인 악몽과는 전혀 달랐다.

별? 그게 대체 뭘 의미하는 거지?

오각별은 세계에서 가장 오래된 자연숭배 기호이자 기하학에서 말하는 가장 완전하고 간결한 형태였다. 처음에 오각별은 여성을 상징했다가 이교도의 상징으로 왜곡되었고, 근대에 와서는 전쟁 기호로 쓰였다.

나랑 맞짱 뜨자는 건가? 생각하니 왠지 우스웠다.

그만 생각하자. 방금 약속했잖아, 평범하게 살겠다고.

그 뒤로 팡무는 깊은 잠에 빠져들었다. 두위가 아침 먹으러 가자고 깨우지 않았다면 마냥 자고 있었을지도 몰랐다.

두 사람이 이야기를 나누며 식당에 가는 동안, 누군가 급하게 두 사람 곁을 지나갔다. 처음에는 신경도 안 쓰던 팡무가 금세 이상한 낌새를 알아차렸다. 사람들이 전부 운동장을 향해 뛰고 있었던 것이다.

"무슨 일이야?"

두위가 지나가던 학생을 붙들고 물었다.

"확실하진 않은데, 누가 죽었대."

운동장은 캠퍼스 서북쪽에 위치했다. 운동장 중앙에 축구장이 있었는데 그 당시엔 보기 드물게 인조 잔디가 깔려 있었다. 운동장 밖에는 경찰차 몇 대가 세워져 있었다. 운동장에 들어서자 북쪽 골문 근처에 수백 명이 모여 있는 게 보였다. 주변 스탠드에도 공포에 질린 학생들이 가득했다. 팡무는 인파 속에서 안을 보려고 용쓰는 류젠쥔을 발견하고는 다가가 어깨를 툭 치며 물었다.

"무슨 일이야?"

깜짝 놀란 류젠쥔은 팡무인 걸 알고 웃으며 말했다.

"하하, 명탐정 오셨어?"

팡무는 류젠쥔을 무시하고 까치발을 들어 안쪽 상황을 살폈다.

"어떻게 된 거야. 누가 죽었다며?"

"맞아. 근데 누군지는 모르겠어. 사람이 너무 많아서."

뒤에서 자꾸 밀치자 앞쪽에 있던 학생들이 견디다 못해 한 소리 하려고 고개를 돌렸다. 그러다 팡무가 있는 걸 보더니 우러러보는 표정으로 알아서 길을 터주었다. 멋쩍어진 팡무가 뒤돌아 가려는데 뒤에 있던 류젠쥔과 두웨이에게 떠밀려 안쪽으로 들어갔다.

현장은 폴리스 라인으로 격리된 상태였는데 바깥쪽보다는 확실히 덜 붐볐다. 폴리스 라인 안쪽은 굉장히 넓어보였다. 골문 앞에 시체 한 구가 놓여 있었는데 체형을 보니 남자 같았다. 인조 잔디에 엎드려 있는 상태라 얼굴은 잘 보이지 않았지만 양쪽 손이 잘려 있어서 몹시 흉측했다.

흰색 가운을 입은 법의학자들이 시신 옆에서 분주하게 움직였는데, 그중 한 명이 왼쪽 골문 기둥에서 허연 물체를 조심스럽게 들어 올려 유심히 살폈다. 그 모습을 본 학생들은 두려움에 비명을 질렀다. 법의학자가 들어 올린 건 한 쪽 손이었던 것이다.

잠시 후, 법의학자들이 시신을 똑바로 눕혔다. 시신의 얼굴이 드러나자 맞은편에 있던 학생들 중 몇 명이 깜짝 놀라 소리쳤다.

"누구야?"

류젠췬이 목을 빼고 누군지 보기 위해 안간힘을 썼다.

"왜 낯이 익지?"

팡무도 시신의 옷이 눈에 익었지만 어디서 봤는지는 잘 기억나지 않았다.

"내가 가서 보고 올게."

류젠췬이 허리를 숙인 채 폴리스 라인을 따라서 시신 맞은편 쪽으로 비집고 들어갔다. 몇 분 후, 사색이 된 류젠췬이 팡무와 두위가 있는 쪽으로 돌아왔다.

"취웨이창이야. 손이 잘렸어. 끔찍해."

하루 종일 사람들은 살인사건에 대해 이야기했다. 가끔 팡무에게 소식을 알아보러 오는 사람도 있었다. 시달릴 대로 시달린 팡무는 결국 참지 못하고 방을 나와 조용한 곳을 찾았다. 사람이 많은 곳을 피해 어두운 구석으로 걷다 보니 어느새 운동장에 와 있었다.

평소에는 연인들의 데이트 명소였지만 오늘은 사람 하나 보이지 않았다. 아마 아침에 본 끔찍한 장면의 여파일 것이다. 연애하던 장소가 살해 현장이 됐으니 누가 이곳에 와서 사랑을 속삭이고 싶겠는가? 팡무는 계단을 따라 축구장으로 걸어갔다. 부드러운 인조 잔디를 밟으며 천천히 북쪽 골문으로 향했다.

골문 근처 잔디들이 눌려서 삐죽삐죽했다. 하얗게 시신의 형체를 그려놓은 시체보존선이 보였다. 양쪽으로 벌린 짧은 두 팔이 각각 골대의 왼쪽과 오른쪽 기둥을 가리키고 있었다. 팡무는 원래 있던 자리에서 시체보존선을 잠시 바라보다 왼쪽 기둥 쪽으로 걸어갔다. 오늘 아침 취웨이창의 한쪽 손이 발견된 자리였다. 다른 한 손은 오른쪽 기둥에서 발견되었다.

팡무는 자리에 쪼그리고 앉았다. 어느새 날이 저물어 잔디밭에 혈흔이 얼마나 있는지는 잘 안 보였지만 많은 것 같지는 않았다. 손은 취웨이창이 죽은 뒤 잘랐을 것이다.

팡무는 시체보존선 쪽으로 다시 돌아와서 그 모습을 따라 양팔을 벌렸다. 팡무는 그 순간 온몸에 힘이 빠지면서 현기증을 느꼈다. 똑바로 서서 뒤로 몇 발자국 물러났다.

골문은 여전히 그 자리에 있었고, 골라인 위로 그려진 시체보존선도 그대로였다. 눈앞의 모든 것들이 하얀 페인트칠이 된 평범한 골문을 흉물처럼 보이게 만들었다. 사자死者는 그렇게 간단한 선으로 이 세상에 자신의 마지막 흔적을 남겼다.

팡무는 한 걸음씩 조심스럽게 다가가 골라인을 넘은 뒤 숨을 죽였다.

아무 일도 일어나지 않았다. 눈앞에 맹렬하게 타오르는 지옥불은 없었다. 그저 텅 빈 축구장만 보일 뿐이었다. 고개를 들어 별이 총총한 밤하늘을 보면서 팡무는 심호흡을 했다. 건조한 공기에서 코를 찌르는 피비린내는 느껴지지 않았다.

팡무는 서둘러 축구장을 떠나며 혼잣말을 했다.

너, 진짜 제정신 아니다.

2002년 7월 1일, J대 운동장에서 살인사건이 일어났다. 운동장 축구 골대 근처에 누워 있는 남자 시신 한 구를 발견했다. 시 당국이 보낸 경찰들이 즉시 현장 조사와 탐문 수사를 진행했다.

피해자 이름 취웨이창, 남자, 19세. 지린吉林성 린장臨江시 사람. 사인은 둔기로 인한 두부頭部 손상. J대 육상경기장 북쪽에 있는 골문에서 시신이 발견되었는데, 머리와 발이 각각 남쪽과 북쪽을 향하고 있었다. 두 손은 잘린 상태였고, 왼쪽과 오른쪽 골대 기둥에서 왼손과 오른손이 각각 발견되었다. 경찰은 피해자가 축구장에서 살해된 게 아니라 다른 곳에서 살해된 뒤 이곳으로 옮겨진 것으로 잠정 결론을 내렸다.

탐문 조사를 벌이던 경찰이 피해자가 살던 집을 찾아 문을 두드렸지만 한참을 기다려도 아무 반응이 없었다. 나중에 주인을 통해 문을 열어 보니 예상치 못한 일이 벌어졌다.

취웨이창의 여자친구인 왕첸王倩이 집에서 살해되었다. 경찰이 집안으로 들어가자 진한 피비린내가 코를 찔렀고, 침실에서 나체의 여자 시신이 발견되었다. 시신의 머리는 북쪽(침실 문 방향), 다리는

심리죄

남쪽(창문 방향)이었고, 팔다리는 큰대자로 벌어져 바닥에 누워 있었다. 경찰이 다가가 자세히 살펴보니, 피해자의 머리, 몸통, 팔다리가 전부 잘린 채 원래 형태로 다시 맞춰진 상태였다. 법의학자의 검시 결과, 피해자의 왼쪽 가슴 밑에 의료용 주사기가 꽂혀 있었지만 진짜 사인은 경부 압박에 의한 질식이었다. 목에 액흔손으로 누른 흔적이 있는 것으로 볼 때, 피해자를 목 졸라 살해한 것으로 추정되었다. 피해자의 처녀막이 심하게 손상되었고, 살해되기 전 강압적인 성폭행을 당한 흔적이 발견되었다. 질에서 정액이 발견되지 않은 것으로 보아 범인이 콘돔을 사용한 것으로 추측했다.

사건은 J대 근처 주택가 3층 건물 2층 왼쪽 집에서 일어났다. 두 명의 피해자가 임대한 집 창밖(방충망은 이미 망가짐)에는 자전거 보관소 천막이 있었다. 한여름이었기 때문에 창문이 열려 있어서 범인이 천막을 타고 올라와 방충망을 훼손하고 실내로 잠입해 범행을 저지른 걸로 보였다. 침실 침대에서 다량의 혈흔, 머리카락과 머리뼈 조각이 발견되었는데, 피해자 취웨이창의 것으로 밝혀졌다. 따라서 이 집에서 취웨이창이 살해된 거라고 볼 수 있었다. 범인이 집에서 살인하고 시체를 훼손했는데도 침대를 제외하고는 현장에 혈흔 하나 남아 있지 않았다는 게 끔찍했다. 지문이나 족적이 발견되지 않은 걸 보면 누군가 범행 현장을 치운 게 분명했다.

사건 발생 나흘 뒤, 학교 축구팀에서 취웨이창을 위한 은퇴식이 치러졌다.

은퇴식은 축구장에서 거행되었다. 축구팀 전원은 두 줄로 나란히 섰다. 축구팀 주장, 부주장, 팀원 두 명이 앞에 서서 각각 유니폼의 네 귀퉁이를 잡고 엄숙하게 축구장 왼쪽 골문으로 천천히 걸음을 옮겼다. 골대 앞에 놓인 테이블 위에 취웨이창의 영정 사진이 있고, 그 앞에는 축구공과 취웨이창의 축구화가 놓여 있었다. 팀원들은 테이블 양옆으로 나란히 뒷짐을 지고 섰다. 주장은 취웨이창의 영정 사진을 향해 세 번 허리를 굽혀 절을 하고 주머니에서 종이를 꺼내 추도사를 낭송했다.

추도사는 대부분 취웨이창이 팀에 들어온 과정과 그가 팀에서 얼마나 대단한 활약을 했는지 회고하는 내용이었다. 화려한 수식어와 감동을 자아내는 표현이 다소 과하게 느껴졌다. '축구계의 희망', '절대 뚫리지 않는 골대의 수문장'과 같은 말들은 죽은 사람이 취웨이창이 아니라 무슨 축구 스타라도 되는 것처럼 오해하게 만들었다. 그래도 추도사의 효과가 나쁘지는 않았는지 엄숙하게 서 있던 팀원들은 하나같이 눈물을 보였고, 구경하던 학생들도 대부분 눈시울을 붉혔다.

추도사를 마친 주장은 유니폼 위에 어떤 액체를 적신 뒤 라이터로 불을 붙였다. J대 축구팀 1번 유니폼이 화르륵 타올라 금세 불덩이로 변했다. 살짝 손이 데었는지 주장은 황급히 유니폼을 바닥에 던졌다. 옷과 비닐이 타는 냄새가 삽시간에 가득 퍼졌다. 곧이어 운동장 관리인이 고함을 지르며 달려와 다 타지 않은 유니폼을 짓밟았다. 그 모습에 축구팀 선수들이 들고 일어나 관리인을 에워싸며 큰 소리로 항의했다. 관리인도 화가 나 소리쳤다.

"행사하는 건 좋은데 그렇다고 불을 지르면 어떡하나! 인조 잔디가 타기라도 하면 자네들이 책임질 거야?"

양쪽은 서로 밀고 당기고 하더니 총장한테 가서 이야기하자며 운동장을 벗어났다. 그렇게 은퇴식이 어영부영 막을 내렸고, 반쯤 타다 남은 취웨이창의 유니폼만 그을린 잔디 위에서 연기를 내뿜고 있었다. 팡무는 테이블 위에 뒤집어진 취웨이창의 영정 사진을 보며 쓴웃음을 지었다. 뿔뿔이 흩어지는 사람들을 따라 운동장을 벗어났다.

침실로 돌아온 팡무는 자기 침대에서 책을 보고 있는 타이웨이를 발견했다. 팡무는 지난번 일로 아직 타이웨이에게 감정이 남은 상태라 눈길도 주지 않았다. 그런데 타이웨이가 히죽거리며 먼저 말을 걸어왔다.

"어디 갔다 와? 한참 기다렸네."

"무슨 일로 오셨어요? 또 무슨 일 난 건 아니죠?"

차갑게 묻던 팡무는 갑자기 기분이 싸해졌다.

"일은 무슨. 그냥 공안국에서 학교에 조사하러 왔다가 너 보러 잠깐 들른 거야."

"학교에는 왜요? 그 살인사건 때문에요? 경관님 쪽 담당이 아니잖아요?"

"자식, 별 걸 다 아네. 맞아. 경문보처 소관이지. 너희 학교에 조사하러 간다기에 따라 온 거야. 그래, 요즘은 별 일 없고?"

"네. 덕분에요."

팡무는 의자에 앉아 퉁명스럽게 말했다.

"하하, 아직도 화가 안 풀렸어? 내가 잘한 건 아니라고 인정해. 네가 물질적인 보상은 싫다기에 대신 학교에서 칭찬이라도 받았으면 했던 거야."

타이웨이는 전혀 개의치 않는 듯했다. 타이웨이에게 눈총을 주려던 팡무는 그가 가방에서 편지 한 통을 꺼내는 걸 발견했다.

"사실은, 이 편지 주려고 온 거다."

타이웨이는 편지를 건네며 팡무의 눈을 보고 진지한 표정으로 말했다.

"마카이가 쓴 거야."

팡무는 편지를 받으려다 마카이가 썼다는 이야기에 저도 모르게 손을 거둬들였다. 잠시 망설인 끝에 결국 편지를 받아 들었다. 수신인이 적혀 있지 않은 평범한 흰색 봉투였다. 안에 든 편지는 얇았다. 봉투를 뒤집어보니 밀봉이 안 된 상태였다.

"나 안 봤다. 마오 주석에 대고 맹세해. 마카이가 준 상태 그대로 너한테 주는 거다."

타이웨이는 팡무가 자신을 보자 서둘러 변명했다. 그는 손에 쥔 편지를 보며 넋을 놓고 있는 팡무에게 말했다.

"뭐해, 편지 안 봐?"

팡무는 대답하지 않고 가만히 편지만 응시했다.

마카이, 나한테 무슨 말을 하려는 거야?

타이웨이는 팡무가 말이 없자 따분했는지 일어나 작별 인사를 했다. 광무는 붙잡지 않았다. 문 앞에서 타이웨이가 갑자기 뒤돌아서며 말했다.

"마카이, 1심에서 사형 선고 받았다. 항소를 안 했어. 이변이 없는 한 목요일 새벽에 집행될 거야."

타이웨이는 광무를 보고 고개를 끄덕이더니 방을 나섰다.

한밤의 옥상은 고요했다. 하늘에는 달도 별도 없이 새카만 어둠뿐이었다. 센 바람에 옥상에 있던 모래들이 바닥에서 어지럽게 날리면서 가벼운 발자국 소리를 만들어냈다. 광무는 가장자리에 서서 끝없는 심연처럼 어둠에 잠긴 캠퍼스를 바라보았다. 고개를 숙여 시계를 보니 벌써 새벽 2시 반이었다.

광무는 먼 곳을 둘러보며 귀로 들을 수 있는 모든 소리에 집중했다. 어두운 구석 어딘가에서 그 사람이 경찰차로 연행된다. 일행이 있을 수도 있고 혼자일 수도 있다. 그렇게 그는 인생의 마지막 여정을 떠난다. 눈앞에 얕은 흙구덩이가 있다. 무릎을 꿇으니 모래와 자갈 때문에 통증이 느껴진다. 총알이 장전된 56식 자동 소총이 그의 뒤통수를 겨누고 있다. 법정 경찰들은 54권총을 든 채 무장 경찰이 방아쇠를 당길 때를 기다린다. 이제 한 방이면 좋았던 것, 나빴던 것, 빚졌던 것, 그의 모든 것들이 이 세상에서 흔적도 없이 사라진다.

그 총소리를 들을 수 없다는 걸 알면서도 광무는 잔뜩 긴장한 채 기다리고 있었다. 사실 총소리를 듣고 싶은 건지 아닌지, 광무 자신도 잘 알지 못했다. 팡무는 자신이 마카이를 극악무도한 살인마로 보는 건지 아니면 불쌍한 환자로 보는 건지 모르겠다는 생각이 문득 들었다.

마카이는 분명 심각한 정신 장애를 앓고 있었다. 하지만 중국형법은 마카이의 정신 장애가 그의 변별력과 통제력에 영향을 주지 않는다고 규정하고 있다. 따라서 마카이는 법률적으로 형사책임 능력을 갖춘 사람으로서 자신의 범행에 대한 응당한 대가를 치러야 했다.

그때 팡무의 눈앞에 분노 대신 초조함과 절망으로 가득 찬 마카이의 두 눈이 보였다. 미궁 속에서 이리저리 날뛰는 불쌍한 동물처럼 마카이는 머리에 피를 철철 흘리며 두려움에 울부짖었다. 하지만 나가는 길도, 구원도 그에게는 허락되지 않았다. 피는 그에게 달콤한 저주였다. 들이킬 때는 피를 얻은 것처럼 보여도 사실은 영원한 상실이었던 것이다. 홍위안구 창칭베이제 83번지, 밤이고 낮이고 늘 커튼이 쳐져 있던 그 작은 집에서 지친 몸으로 꿈에서 깨어날 때마다 마카이는 하루를 더 살았다는 걸 다행으로 여겼을까, 아니면 머지않아 죽음의 시간이 다가올 거라고 스스로를 일깨웠을까?

팡무는 한숨을 쉬었다. 허리를 굽혀 검은색 비닐봉지를 들고 늘하던 대로 옥상 동북쪽에 있는 모래 더미로 향했다.

잠시 후 불이 피어올랐다. 검은 재가 하늘로 춤을 추며 오르내리기를 반복했다. 그렇게 회전하다 옥상 구석구석으로 흩어져 소리 없이 부서졌다.

팡무는 아직 읽지 않은 편지를 꺼냈다. 타오르는 불에 대고 팡무는 뭔가를 말하려는 듯 입을 벌렸다. 하지만 결국 말없이 편지만 불속에 던져버렸다. 편지는 불에 타서 다른 재와 섞여 바람을 타고 하늘로 올라갔다.

이로써 네 모든 게 다 끝난 거야.

이 세상에 더 이상 너의 흔적은 없어.

7시 35분, 팡무는 타이웨이의 전화에 잠에서 깼다. 타이웨이는 마카이가 오늘 새벽 2시 50분에 총살되었다고 전했다. 한 방에, 고통 없이.

제 11장

추억의 도시

여름방학이라 사범대가 횅했다. 광무는 햇살을 받으며 걷고 있었다. 양쪽으로 익숙한 식당, 운동장과 낯선 신식 기숙사 건물이 있었다. 광무는 처음 방문한 사람처럼 두리번거렸다. 그때 느낀 감정은 친근함이라기보다 허전함에 가까웠다.

여름방학도 벌써 3주가 지났다. 광무는 C시에 있는 집에 온 이후로 매일 말 잘 듣는 착한 아이처럼 행동하려고 노력했다. 오늘은 집에서 엄마가 청소하는 걸 도와드리다가 어릴 때 입었던 옷과 장난감들을 발견했다. 바닥에 앉아 한참을 신나게 놀기도 하고, 초등학교 때 입은 옷을 기를 쓰고 입은 뒤 엄마에게 보여주며 큰 웃음을 안기기도 했다. 정리가 끝나갈 무렵, 광무는 2년 전 자신이 썼던 지팡이를 보고 사범대로 향한 것이다.

제2기숙사는 이제 현대화 된 7층 건물로 변해 있었다. 광무는 예전처럼 문 앞 화단에 앉아 앞에 있는 큰 건물을 바라보았다. 옆에는 이름 모를 꽃들이 은은한 향기를 내뿜었고, 가끔 잠자리가 날아와 대담하게 팡무 몸에 내려앉기도 했다. 밝은 태양빛에 타일로 된 제2기숙사가 번쩍번쩍 빛나자 팡무는 어쩔 수 없이 실눈을 뜨고 볼 수밖에 없었다. 3층 왼쪽은 이제 금방이라도 떨어질 것 같던 목재 창문이 아니었다. 기숙사에 사는 사람들이 대부분 고향으로 돌아간 터라 PVC창문이 굳게 닫혀 있었다. 팡무는 잠시 바라보다 일어나서 기숙사 대문으로 발걸음을 옮겼다.

페인트가 얼룩덜룩 칠해진 철제문은 강화 유리로 대체되었고 바닥엔 반들반들한 대리석이 깔려 있었다. 안으로 들어가자 얼굴에 냉기가 느껴졌다. 당직실에서 마흔 정도 되어 보이는 중년 여성이 반쯤 뜬 스웨터를 들고 고개를 쑥 내밀었다. 팡무는 여자에게 간단히 목례를 하고 계단을 올랐다. 그녀는 반신반의하는 표정으로 팡무를 보더니 다시 하던 일을 계속했다.

왼쪽으로 돌아서 3층으로 올라갔다. 눈앞에 펼쳐진 복도가 유난히도 낯설었다. 352호의 원래 위치는 지금 있는 계단 쪽이었다. 기숙사 양쪽에는 튼튼한 방범용 철문이 굳게 닫혀 있었다. 팡무는 복도에 서서 두리번거렸다. 그때 뒤에서 문이 열리더니 상체를 드러내고 반바지 차림에 슬리퍼를 신은 남학생이 세숫대야를 들고 나타났다. 팡무를 보고 깜짝 놀랐는지 그가 인상을 팍 쓰며 물었다.

"거기, 누구 찾아왔어요?"

팡무는 남학생이 나온 방문 호수를 살폈다. 349호였다.

"352호가 어디입니까?"

여섯 명이 전부 차갑고 딱딱한 이 건물 속으로 묻혀버렸다. 밀어 버리고 다시 지으면 영원히 기억을 저장할 수 있다.

정말 그럴 수 있다면 얼마나 좋을까.

돌아가는 길에 팡무는 바쁘게 걸어가던 중년 여성을 스쳐 지나 갔다. 여자는 팡무를 흘끗 보더니 말했다.

"혹시, 팡무니?"

고개를 돌려 보니 도서관의 자오墨 선생이었다.

"너 맞구나! 살은 좀 빠진 거 같은데, 거의 그대로네."

자오 선생은 웃으며 팡무를 살폈다. 오후 내내 다니면서 처음 으로 아는 사람을 만난 팡무는 저도 모르게 미소가 지어졌다.

"자오 선생님, 안녕하셨어요?"

"그럼, 그럼. J대 대학원 다닌다며? 어때, 할만 해?"

자오 선생은 팡무의 어깨에 손을 올리며 말했다.

"네, 뭐 그럭저럭."

"졸업하고 한 번도 못 봤네. 그런 엄청난 일을 겪었으니 너도 견 뎌내기가 쉽진 않았겠지."

자오 선생은 팡무의 야윈 얼굴을 보면서 한층 더 부드러운 말 투로 말했다. 팡무는 고개를 숙이고 아무 말도 하지 않았다. 그저 어깨 위에 올린 자오 선생의 손이 따뜻하게만 느껴졌다.

"너희가 겪었던 그 일이 사범대의 전설이 됐잖니. 계속 사람들이 그 일에 대해 물으러 왔었는데, 얼마 전에도 누가 너에 대해서 물어 보더라."

자오 선생은 팡무의 표정이 변한 걸 눈치채지 못했다.

"말하자니 좀 웃긴데, 지금 대학생들이 이상한 미신 같은 거 잘 믿잖아. 아무도 그 책을 빌려가는 사람이 없……."

팡무가 자오 선생의 말을 끊었다.

"누가 저에 대해 물었어요?"

"응. 남자였어. 나이는 30대로 보였고, 아주 멀끔했어. 그리고 다들 빌릴 엄두도 못 내는 그 책을 들고서 한참을 보더라니까."

아마 타이웨이 경관일 것이다. 그 양반도 참.

생각에 잠긴 팡무를 보더니, 자오 선생은 괜한 얘길 꺼냈다 싶었는지 밝아진 어투로 말했다.

"밥 먹고 가. 내가 살게. 예전에 내가 빚진 것도 있고."

팡무가 막 사양하려는 찰나, 주머니에 있던 휴대폰이 울렸다. 엄마가 선물한 모토로라 V998이었다. 꽤 비싼 모델이었지만 팡무와 언제든 연락하고 싶은 마음에 사주신 것이었다. 팡무도 젊은 사람이라 그런지 새로운 기기가 마음에 들어 잘 쓰고 있었다.

전화를 받자 엄마 목소리가 들렸다.

"또 어딜 간 거야?"

"게임 CD 좀 사러 나왔어요. 금방 갈 거예요."

팡무는 거짓말을 했다.

집에서 일주일을 더 보내고 개강 전에 J대로 돌아왔다. 문을 열자 천야오와 두위가 황급히 떨어졌다. 팡무는 아무것도 못 본 체하며 가방에서 육장 한 병을 꺼내 두위에게 건넸다.

"자, 엄마가 널 위해서 특별히 챙겨주시더라."

천야오가 가로채며 말했다.

"하하, 잘 먹을게. 나도 네 엄마가 만드신 육장 엄청 좋아하거든."

"진작 얘기하지. 엄마한테 더 만들어달라고 했을 텐데."

천야오가 팡무를 보며 장난스러운 표정을 지었다.

"너 웃을 때 좀 멋지다. 너 시간되면 내가 여자친구 하나 소개시켜줄게."

팡무가 웃으며 손을 내저었다.

세수하러 화장실에 가던 팡무는 류젠췬과 마주쳤다. 류젠췬은 입에 농구 잡지를 물고 바지를 묶다가 팡무를 보더니 웅얼거리며 인사를 건넸다.

"왔어?"

"응."

"사건은 해결한 거야?"

"사건이라니?"

"취웨이창이랑 그 여자친구 사건 말이야."

"내가 어떻게 알아?"

"휴, 언제쯤 해결되려나 모르겠네. 으, 소름끼쳐."

류젠쥔은 휘청거리며 밖으로 나갔다.

　사건은 해결되지 않았다. 팡무가 집에서 느긋하게 지내는 동안, 시 당국 경문보처 사람들은 눈코 뜰 새 없이 바쁜 나날을 보내고 있었다. 사건이 일어난 지 벌써 한 달이 훌쩍 넘었다. 경찰이 두 피해자의 호적 소재지를 몇 번이나 다녀오고 천여 명에 이르는 용의자를 일일이 조사해봤지만 전혀 진전이 없었다. 경찰을 가장 곤혹스럽게 만든 건 바로 범행 동기를 알 수 없다는 거였다.

　현장에 피해자의 금품이 사라진 흔적은 없었다. 서랍에 있던 수백 위안의 현금과 피해자의 휴대폰, 액세서리 등 귀중품도 건드리지 않았다. 기본적으로 강도 살인의 가능성은 배제할 수 있었다. 범행 수단이 잔인한 걸로 보면 보복 살인의 가능성이 커 보이지만, 반복적인 수사를 통해 알아낸 건 두 명의 피해자가 이 대학 재학생이고 대인관계가 단순하다는 것뿐, 누군가의 원한을 샀다는 이야기는 듣지 못했다. 취웨이창의 부모는 노동자였고, 왕첸의 부모는 각각 의사와 교수라 부모들 사이의 원한 관계로 살해당했을 가능성도 배제되었다.

　만약 강간 살인이라면 의혹은 더 늘어난다. 첫째, 왜 왕첸의 시체를 토막 냈을까? 범행을 감추기 위해서였다면 왜 토막 낸 걸 다시 원래 형태로 맞춰 놓았을까? 왕첸의 왼쪽 가슴 아래에 꽂혀 있던 의료용 주사기는 어디서 난 걸까? 그건 또 무엇을 의미하는 걸까?

　둘째, 피해자 취웨이창을 왜 학교 운동장으로 옮기고 두 팔을 잘랐을까? 시체 유기 현장과 범행 현장 사이의 거리는 못해도 1천 미터는 된다. 범인은 왜 그렇게까지 힘을 들였을까? 그 행위를 경찰에 대한 도전으로 본다면, 왜 가벼운 왕첸을 선택하지 않은 걸까?

이 사건에는 너무 많은 의문점들이 있었지만 경찰은 범인이 상당히 냉철하고 똑똑한 사람이라고 확신했다. 방충망을 뚫고 실내로 들어온 뒤, 술에 취해 잠든 취웨이창을 둔기로 때려 살해했다. 그 후 왕첸을 성폭행하고 목을 졸라 살해한 다음, 토막을 내고 다시 원래 자리에 맞춰 놓았다. 현장을 정리하고 취웨이창의 시신을 운동장으로 옮겨 두 팔을 잘랐다. 현장에서 알 수 있듯이 범인은 이 모든 일을 질서 정연하게 처리했다. 심지어 시체를 토막 낸 화장실조차도 혈흔 하나 없이 깔끔했다.

범죄심리학적으로 볼 때, 범인의 수법은 굉장히 치밀했다. 범인 스스로가 이 치밀함에 대해 굉장히 만족하는 것처럼 보이는데 이는 그가 다시 범행을 저지를 가능성이 높다는 걸 의미했다.

이런 불길한 예감이 경찰들을 잔뜩 긴장하게 만들었다.

제 12 장

사람을 죽이는 병원

삼복더위에 감기라니 정말 짜증스러웠다. 아침 댓바람부터 탕위어唐玉娥는 콧물을 닦으며 J대학 병원으로 들어섰다. 이 병원은 집에서도 가깝고 내부 시설도 좋았지만, 무엇보다 병원비가 저렴한 편이었다.

다만 한 가지, 의사의 태도가 외래 진료실 앞에 걸린 '병원의 약속'처럼 썩 친절하지 않다는 게 흠이었다. 성이 차오劤인 의사는 탕위어에게 대충 몇 마디를 묻더니, 약 몇 개를 처방하고 처치실에서 링거를 맞으라고 했다.

간호사의 손놀림은 능숙했지만 아픈 건 마찬가지였다. 탕위어는 한 손으로 링거를 높이 들고 입을 삐죽이며 관찰실을 찾았다. 몇 미터도 못 가 손이 저려서 주무르고 있는데, 흰 가운을 입고 마스크를 쓴 남자 의사가 다가와 링거를 대신 들며 그녀를 부축했다.

"어머님, 이쪽으로 오세요."

듣기 좋은 중저음 목소리였다. 남자 의사가 탕위어를 데리고 들어간 제2관찰실에는 사람이 아무도 없었다. 남자 의사는 링거를 걸어준 뒤 옆에 있던 담요를 가져와서 탕위어의 의자 밑에 넣어 주었다.

"고마워요."

손을 내젓는 남자 의사의 안경 뒤로 미소가 보였다. 남자는 탕위어의 자리를 꼼꼼히 봐주고 밖으로 나갔다. 다시 돌아온 남자는 탕위어의 손에 차가운 물 한 컵을 쥐어주었다.

"물 좀 드세요. 여긴 에어컨이 없어요. 날도 덥고 하니 마시면 좀 시원해지실 거예요."

"고마워서 어째. 성함이 어떻게 돼요? 병원장님한테 선생님 칭찬 좀 받으시라고."

탕위어는 병원에서 생전 이런 대접을 받아본 적이 없는 터라 황송한 마음마저 들었다. 남자 의사는 이번에도 웃으며 손을 내젓더니 뒤돌아 나갔다.

탕위어는 집에 가면 남편에게 이 병원에도 좋은 의사가 있다고 말해줘야지 생각했다. 물을 마시자 위까지 시원해지는 느낌이 들었다. 물에서 약품 냄새가 약간 나긴 했지만 병원 물이라 그런가 보다 했다. 나이가 들어서 그런지 심각하게 받아들이지 않았다. 그보다 젊은 친구가 자신을 살뜰히 보살펴준 걸 생각하니 마음이 흡족했다.

10분 후, 남자 의사가 조용히 관찰실 문을 열고 들어왔다. 탕위어는 의자에 기댄 채 잠들어 있었다. 그는 탕위어의 손에서 빈 종이컵을 천천히 빼내 가운 주머니에 집어넣고, 다른 쪽 주머니에서 주사기를 꺼내 안에 담긴 액체를 링거 안에 주입했다. 그리고 책 한 권을 탕위어가 들고 온 가방에 넣었다. 일을 마친 남자는 왔을 때처럼 신속하고 조용하게 관찰실을 빠져나갔다.

9시가 지나자 병원 안에 환자들이 늘어났다. 제2관찰실에도 링거를 맞는 환자들이 속속 들어왔다. 하지만 의자에서 졸고 있는 중년 여성에게 주의를 기울이는 사람은 아무도 없었다. 그렇게 한참이 지난 후, 링거를 맞는 남자친구를 따라온 여자가 남자를 툭 치며 말했다.

"야, 저 아줌마 좀 봐. 한참이 되도록 꿈쩍을 안 하시네."

"주무시나 보지."

여자가 안경을 밀어 올리며 맞은편에 있는 중년 여성을 자세히 보더니 얼굴이 창백해졌다.

"뭔가 이상해. 저 분……숨을 안 쉬는 거 같아!"

여자가 대담하게 다가가서 조심스럽게 불렀다.

"아주머니."

아무 반응이 없었다. 잠시 망설이던 여자가 손으로 가볍게 툭 밀었는데 몸이 나무토막처럼 단단했다. 여자가 반응을 보이기도 전에 탕위어는 굳은 채 바닥으로 쓰러졌다.

타이웨이는 공안국 지국에서 보내온 사건 기록을 받고 가슴이 덜컹 내려앉았다. 또 J대야?

2002년 8월 10일, 한 여성 환자가 J대학 병원에서 링거 치료를 받던 도중 돌연 사망했다. 지국은 신고를 받은 뒤 처음에는 의료 사고로 보고 의사를 입건했다. 그런데 조사해보니 주치의가 내린 처방, 약국에서 준 약품, 간호사의 처치에는 전혀 문제가 없었다. 부검 결과, 피해자의 혈액에서 진정제 성분이 발견되었지만 사인은 헤로인 중독으로 인한 뇌수종과 호흡부전이었다. 부검 결과에 놀란 경찰들은 현장에서 찾은 물증을 자세히 살핀 끝에 링거관에서 미세한 주사 바늘을 발견했다. 누군가 주사기로 헤로인 용액을 관에 주입해 피해자를 사망에 이르게 한 걸로 추정되었다. 지국은 사안이 중대하다고 판단해 시 당국으로 사건을 이관했다.

시 당국은 다시 사건 조사에 착수했는데 더 의심 가는 정황을 발견했다. 경찰이 피해자 탕위어의 소지품을 정리하면서 일본어로 된 음란 만화를 발견한 것이다. 동성애, 성적 학대와 관련된 내용으로 차마 눈 뜨고 보기 힘든 그림들이었다. 사십대 중년 여성이 아무리 이런 데 취미가 있다고 해도 집에서 몰래 감상할 일이지 병원에까지 가지고 오지는 않을 것이다. 그녀의 물건이 아니라면 누구 것일까?

유족과 관련자를 대상으로 탐문 수사를 벌인 결과 경찰이 알아낸 바는 다음과 같다. 피해자 이름 탕위어, 여성, 43세, 해당 시의 모 국유기업 직원이었으나 1999년 그만두고 현재까지 집에서 지냈다. 남편 팡광차이龐廣才는 J대에서 전기 기술자로 일했다. 슬하에 고등학생 딸 하나가 있다.

탕위어는 생전에 성실하고 매사에 열심히 임했으며 누군가에게 원한을 살 인물이 아니었다. 생활 태도도 올바르고 외동딸 단속도 엄하게 했는데, TV에서 애정신이 나올 때면 바로 채널을 돌릴 정도였다. 경찰은 일본 음란 만화가 남편 팡광차이의 것이라고 생각했지만 그는 한사코 부인했다. 초졸인 팡광차이가 보기에는 일본 만화가 어렵기도 했지만, 길에 널린 게 성인 비디오라 마음만 먹으면 보는 건 일도 아닌데 굳이 그런 만화책을 볼 필요는 없었을 것이다.

이로써 의혹은 크게 두 가지로 좁혀졌다. 첫째, 싼 독약이 얼마든지 있는데 왜 굳이 비싼 헤로인을 살인 도구로 썼는가? 둘째, 성인 만화책은 어디서 났는가? 책이 의미하는 건 무엇인가?

타이웨이는 만화책에 뭔가 단서가 있다는 느낌이 들었다. 한참을 고민한 끝에 그는 J대로 향했다. 이번에도 두 사람이 만난 곳은 농구장이었다. 하지만 지난번과는 다르게 팡무는 치열했던 3 대 3 경기 도중 타이웨이 손에 억지로 끌려 나왔다. 팡무는 썩 내키지 않는 표정이었다.

타이웨이는 사건 자료 없이 구두로 간단하게 상황을 설명했다. 팡무는 고개를 숙이고 땀을 닦았다. 시큰둥한 표정이었지만 집중해서 듣는 모습이었다. 말을 마친 타이웨이는 단도직입적으로 물었다.

"어떻게 생각해?"

팡무는 바로 대답하지 않고 인상을 쓴 채 멍하니 먼 곳만 바라보았다. 오랜 시간이 지난 뒤 팡무는 마침내 뭔가 결심한 듯 입을 열었다.

"이 일이 저랑 무슨 상관이죠?"

타이웨이는 놀라서 순간 무슨 말을 해야 할지 몰랐다.

"경관님, 전 그냥 평범한 사람이지 경찰이 아니에요. 그런 일들 때문에 피곤해지는 거 싫습니다. 아무래도 못 도와드릴 것 같네요."

팡무는 고개를 숙이고 작은 소리로 말했다. 타이웨이는 한참 팡무를 뚫어져라 보더니 말했다.

"너 설마, 그 일 때문에 아직도 나 원망하고 있는 건 아니지?"

"아니에요. 그냥 좀 지쳤어요. 이젠 평범한 학생처럼 살고 싶어요."

팡무가 고개를 들며 말했다. 타이웨이는 말없이 앉아 있다가 팡무의 어깨를 두드리며 어색한 웃음을 지었다.

"무슨 말인지 알겠어. 아직 창창한 나인데 맨날 이런 일에 얽히고 싶진 않겠지."

타이웨이는 한숨을 한 번 내쉬더니 어깨를 으쓱했다.

"근데 이상하네. 난 널 한 번도 학생이라고 생각한 적 없었어. 전우라고 느꼈지. 하하. 잘 지내고."

타이웨이가 팡무의 어깨를 두드리며 자리에서 일어서려는데 갑자기 팡무가 입을 열었다.

"제 생각엔……."

"뭔데?"

타이웨이는 바로 자리에 앉아 온 신경을 집중하고 팡무를 바라보았다.

"그 만화책 말이에요. 죽은 피해자를 모욕하는 건지도 몰라요. 특히 피해자처럼 바르고 성실한 여성 옆에 음란한 물건을 두는 건, 대개 그 사람을 모욕하려는 의도가 있는 거예요."

"그럼 동기는? 왜 모욕을 하는 건데?"

"몰라요. 다만 성적인 것과 관련이 있는 것 같아요."

"혹시…… 치정 얘기야?"

"그냥 그럴 가능성이 있다는 것뿐이에요. 헤로인의 경우는, 그런 특수한 도구로 살인을 했다는 건 어느 정도 준비를 했다는 뜻이에요. 게다가 범인이 어떤 필요를 느껴서 그랬을 수도 있고요. 그게 뭔지는 저도 잘 모르겠어요."

타이웨이는 생각에 잠긴 듯 고개를 끄덕였다.

"그게 다야?"

"네. 이건 제 개인적인 의견일 뿐이에요. 참고만 하시라고요."

팡무가 급하게 한 마디 덧붙였다.

"그리고 제 뒷조사는 하지 마세요. 경찰이 되라고 설득하실 생각도 마시고요. 안 할 거니까."

타이웨이가 뭐라고 말하기 전에 팡무는 고개도 안 돌리고 가버렸다.

경찰은 다시 피해자와 남편에 대한 조사를 진행했다. 주로 남녀 문제에 관한 내용이었다. 조사 결과, 피해자는 대인 관계가 좁아서 그녀와 친한 이성은 거의 드물었고, 친척이나 동료도 생전에 피해자가 부적절한 남녀 관계를 극도로 혐오했었다고 진술했다. 남편 팡광차이를 조사하면서 드러난 게 있었는데, 그가 J대에서 일하는 30대 여성 청소부와 불륜 관계였다는 것이다. 경찰은 이 단서를 중심으로 수사를 진행했지만 결과는 실망스러웠다. 그 여직원이 팡광차이와 불륜인 건 분명했지만 당시 그녀가 이혼한 지 얼마 안됐을 때라 적적한 마음에 그와 관계를 가진 거였다. 그런데 석 달 전, 그 여성은 이미 식품 소매업을 하는 남자와 재혼해서 잘 살고 있었기 때문에 탕위어를 살해할 이유가 없었다.

그렇게 사건은 다시 미궁에 빠졌다.

그날 점심시간이었다. 두위는 껌딱지처럼 늘 붙어 다니던 천야오 없이 팡무와 식당에서 눈에 띄는 자리에 앉았다. 팡무가 동아¹ 갈비탕을 그릇에 담으면서 물었다.

¹ 지 않은 호박의 일종으로 중국에서 많이 먹는 식재료

"왜 그래, 천야오랑 싸웠어?"

"아니, 아니."

두위는 팡무와 이야기하는 데 관심이 없어 보였다. 입으로는 밥을 먹으면서 목을 길게 빼고 주위를 둘러보았다. 그리고 잠시 후, 두위가 줄 선 사람들 쪽을 보면서 손을 흔들자 천야오가 싱글벙

글하며 따라 손을 흔들었다.

괜히 두 사람 사이에 끼는 것 같았던 팡무는 화를 내며 식판을 들었다.

"너희끼리 먹어. 난 저쪽 가서 먹는다."

"야야, 가지 마. 쟤 안 와. 우리끼리 그냥 먹자."

두위가 팡무를 끌어다 앉혔다. 식판을 든 천야오가 어떤 여학생과 두 사람 근처에 앉더니 두위에게 눈을 찡긋하고 밥을 먹기 시작했다.

"대체 무슨 꿍꿍이야?"

팡무가 열심히 밥을 먹으며 중얼거렸다. 두위는 밥을 먹는 둥 마는 둥 하면서 천야오와 시도 때도 없이 눈짓도 모자라 수신호까지 주고받았다. 잠시 후 두위가 실실대며 팡무에게 물었다.

"야, 어떠냐?"

"뭐가?"

팡무가 어리둥절해하며 말했다.

"쟤 말이야. 야오야오 옆에."

두위가 턱으로 천야오 쪽을 가리켰다. 팡무는 쓱 한 번 보더니 대답했다.

"괜찮네."

팡무 쪽을 보던 여학생이 팡무와 눈이 마주치자 황급히 고개를 돌렸다.

"음흉한 자식, 여자친구 앞에 두고 간도 크다. 나중에 맞고 울지나 마라."

팡무가 두위에게 눈을 부릅뜨며 말했다.

"뭔 소리야 지금? 너 괜찮냐고 너!"

"나?"

팡무는 두위의 의도를 알아차렸다. 천야오가 전에 여자친구를 소개해준다고 했었는데 진짜였던 모양이었다. 천야오가 이쪽으로 오라고 손짓했다. 두위는 금세 알아듣고 자리에서 일어섰다.

"일어나. 가서 같이 먹자."

"됐어."

팡무가 갑자기 얼굴을 붉혔다. 여학생 쪽은 상당히 적극적으로 보였다. 식판을 들고 맞은편 두 자리를 비워 주었다.

"그 정도로 배짱이 없는 건 아니지?"

팡무가 꼼짝도 않자 두위가 작은 소리로 꼬드겼다. 팡무는 잠시 망설이다가 결심한 듯 자리에서 일어섰다.

"이쪽은 내 동기인 팡무야. 나랑 같은 방 쓰고. 이쪽은 야오야오 동기, 덩린웨鄧琳玥."

"안녕, 명탐정."

덩린웨의 목소리는 약간 허스키해서 섹시한 느낌이 들었다. '명탐정'이라는 말을 듣자 팡무는 더 어쩔 줄을 몰랐다. 고개도 못 들고 대답한 "응" 한 마디로 인사를 대신한 뒤 밥 먹는 데만 열중했다.

갑자기 분위기가 싸늘해지자 두위가 팡무의 발을 세게 밟았다.

"왜?"

고개를 든 팡무는 그제야 덩린웨가 손을 내민 채 난감한 표정을 짓고 있는 걸 발견했다. 팡무는 수저를 들었다는 걸 깜빡 잊고 손을 내밀다가 그만 그녀의 손에 국물을 묻혔다.

"미안해."

당황한 팡무가 휴지를 찾았을 땐 이미 덩린웨가 자신의 휴지로 손을 다 닦은 뒤였다. 난감해진 팡무는 몇 초간 멍해 있다가 말없이 밥을 먹었다.

점심시간 내내 두위와 천야오가 이런저런 이야기를 해가며 분위기를 띄웠지만 정작 두 주인공은 묵묵히 밥만 먹었다. 밥을 다 먹은 팡무는 자리에서 벗어나고 싶었다. 그래도 먼저 일어나는 건 예의가 아닌 것 같아 대신 담배를 입에 물었다. 시종일관 얌전하게 밥을 먹던 덩린웨는 담배 연기가 날아오자 미간을 찌푸리며 손으로 부채질을 했다.

팡무는 계속 담배를 피우면서 덩린웨가 고개를 숙인 틈에 그녀를 자세히 살폈다.

덩린웨는 키가 크고 늘씬했다. 긴 머리를 둥글게 말아 올렸고 노랗게 염색한 머리카락 몇 가닥이 옆으로 늘어져 있었다. 갸름한 얼굴에 피부는 희고 깨끗했으며 눈썹은 가지런했다. 마스카라를 칠했고 입에 바른 립스틱은 고급스러워 보였다. 목걸이와 세트로 맞춰서 귀에는 다이아 피어싱을 했다. 담황색 끈 민소매 옷을 입었는데 어깨 부분에 수영복을 입은 자국이 있었다. 피부가 부드럽고 매끄러운 걸 보니 바닷가에 사는 건 아니고, 막 해변에서 휴가를 보내고 온 것처럼 보였다. 흰색 미니스커트를 입었으며 다리가 길고 늘씬했다. 컬러풀한 슬리퍼형 샌들을 신었고 발톱에는 연보라색이 칠해져 있었다.

딱 봐도 있는 집에서 곱게 자란 아가씨 느낌이었다. 사람 대하는 태도를 보면 부모가 상층 지식인이거나 정부 관원일 가능성이 높았다.

덩린웨는 팡무의 시선이 느껴졌는지 얼굴이 발그레해졌다. 밥을 다 먹은 그녀는 휴지로 가볍게 입을 닦은 뒤 자리에서 일어나 예의 있게 인사를 했다.

"그럼 전 일이 있어서 먼저 가볼게요."

덩린웨는 한 명 한 명에게 일일이 인사한 뒤 자리를 떠났다. 천야오가 실망한 듯 입을 삐죽 내밀었다.

"너 뭐야, 진짜."

천야오 말에 아랑곳없이 팡무는 담배를 입에 물고 천장만 바라보고 있었다.

"야 인마! 얼굴 예뻐, 집안 좋아. 거기다 걔 아버지가 현지 공상^{국工商局, 중국에서 광범위한 권한을 가진 기관 중 하나} 국장이라고. 쫓아다니는 놈들이 수두룩해. 천야오가 엄청나게 공들여서 겨우 허락받은 건데!"

"그렇게 좋으면 네가 가서 잡든지! 난 관심 없어. 천야오한테 전해. 고마운데, 나 때문에 괜한 고생 하지 말라고."

"나 원, 사람 호의도 몰라주고."

두위도 낮잠을 자려고 옷을 벗다가 잠시 넋을 놓았다.

"고놈 참, 다리가 길기도 하다."

"상스럽긴!"

팡무는 웃음이 터져 나왔다.

두위의 코 고는 소리가 금세 방안에 울려 퍼졌지만, 팡무는 뒤척이며 잠을 이루지 못했다.

나한테 여자친구가 필요한가?

관두자, 내가 지금 무슨 생각을 하는 거냐.

오랫동안 팡무는 혼자서만 다니고 다른 사람과 어울리는 법이 거의 없었다. 그 와중에도 자신을 쳐다보는 몇몇 여학생들의 눈빛이 예사롭지 않다는 건 느낄 수 있었다. 그저 습관적으로 사람들을 피했던 건데, 결국 여학생들의 시선은 쾌활하고 열정적인 다른 남학생들에게 옮겨갔다.

천시.

이 이름은 순식간에 팡무의 기분을 가라앉게 만들었다. 팡무는 몸을 돌려 차가운 침대 가장자리에 얼굴을 갖다 대었다.

입을 맞추고 손을 잡는 건 말할 것도 없고, 그 간단한 세 글자조차도 천시에게 말하지 못했다. 한번 놓치면 평생 할 수 없는 일들이 있다. 그리고 한번 놓치면 다시없을 사람들이 있다. 지존보至尊寶, 주성치 주연의 영화 <서유기> 시리즈에서 손오공의 이름는 목에 칼이 들어오자 새빨간 거짓말을 한다.

"하늘이 내게 다시 한 번 기회를 준다면, 난 그녀에게 사랑한다고 말할 것이오. 그 사랑에 기한을 정해야 한다면, 난 만 년으로 할 것이오."

하늘이 내게 다시 한 번 기회를 준다면, 난 아무 일도 없었던 걸로 해달라고 할 것이다. 천시를 몰랐던 그때로 돌아가게 해달라고.

그만 생각하자. 팡무는 어느새 눈가가 촉촉해져 있었다. 과거와 작별하기로 마음먹은 이상 모든 걸 잊는 게 맞았다.

정신이 희미한 가운데 팡무는 덩린웨 생각이 났다. 점심때 분명 오랜 시간 그녀를 관찰했는데, 어떤 모습이었는지 조금도 기억이 나질 않았다. 다만 그녀가 '신샹인心相印, 중국 휴지 브랜드' 휴지를 썼고, 휴지 케이스에 지미타이완의 유명 일러스트 작가의 '왼쪽으로 가는 여자, 오른쪽으로 가는 남자'가 그려져 있었던 것만 기억이 났다.

제13장

본능

퇴근하기 전, 타이웨이는 경문보처의 자오융구이趙永貴 부처장과 복도에서 마주쳤다. 부처장은 무슨 답답한 일이 있는지 창가에서 담배를 피우고 있었고, 발밑에는 꽁초가 이미 여러 개 떨어져 있었다. 타이웨이가 다가가서 인사를 하자 부처장이 고개를 돌렸다. 움푹 파인 두 눈에는 핏줄이 가득했다.

"그쪽 사건은 어떻게 돼가고 있습니까?"

타이웨이가 담배 한 개비를 건넸다. 부처장은 들고 있던 꽁초를 버리고 담배를 건네받은 뒤, 불을 붙여 한 모금 깊게 들이마셨다.

"단서가 없어. 조사한 사람만 벌써 600명 가까이 되는데, 단서라고는 코빼기도 안 보여. 그쪽은 어때?"

"똑같아요."

타이웨이가 기운 없이 말했다. 두 사람은 마주보며 쓴웃음을 짓고는 말없이 담배를 피웠다. 창밖에는 언제부터인지 비가 내리기 시작했고, 유리창은 금세 희미해졌다. 유리창 위로 끊임없이 흘러내리는 빗물을 보던 타이웨이는, 문득 팡무가 폭우 속에서 퉁후이를 찾던 장면이 떠올라 저도 모르게 미소를 지었다.

창백한 얼굴에 말수가 적고 신경질적이던 남학생은, 지난번에 만났을 때는 어딘가 다른 모습이었다. 혈색도 좋아졌고, 눈빛에서는 그 나이 때에 맞는 활기마저 느껴졌다.

그래. 그렇게 팔팔한 청년이 온종일 피가 낭자한 살인사건만 들여다보는 건 너무 잔인해.

팡무도 다른 또래 친구들처럼 아무 생각 없이 평온하고 즐겁게 살아야 했다. 졸업 후 취직해서 장가도 가고 자식도 낳으면서 평범한 사람에게 걸맞은 평범한 즐거움을 누릴 자격이 있었다.

딩수청 경관은 그가 범죄를 알아내는 데 천부적인 재능이 있다고 했지만, 타이웨이는 그 재능이 팡무를 기쁘게 하는 것 같지는 않다고 느꼈다. 지난번에 타이웨이가 왜 행동증거학에 관심을 보이냐고 떠봤을 때, 팡무는 모른다고 답했었다. 그건 솔직한 대답이 아니었다. 팡무는 어떤 기억 때문에 계속 괴로워하면서도, 스스로 벗어나지 못하고 있는 것 같았다. 대체 그 기억의 끝에 어떤 끔찍한 일이 벌어졌던 것일까?

평범한 삶을 선택한 팡무를 응원해줘야 할지, 아니면 아쉬워해야 할지 타이웨이는 알 수 없었다. 지금 맡은 사건을 해결하는 데 팡무가 함께해줬더라면 단서를 찾는 데 이렇게까지 어려움을 겪지는 않았을 것이다. 하지만 지난번에 팡무가 보여준 태도는 타이웨이를 어딘가 두렵게 만들었다. 치정을 염두에 둔 수사가 난항을 겪고 있기는 하지만, 타이웨이는 팡무를 다시 찾아갈 생각이 없었다.

"타이웨이."

부처장이 느닷없이 타이웨이를 불렀다.

"네?" 하며 타이웨이가 얼른 정신을 차렸다.

"지난번 마카이 사건 때, 아주 좋았어. 난 7·1사건의 범인이 비정상이라는 생각을 도무지 지울 수가 없어. 사이코패스 같기는 한데 단서를 못 찾았단 말이지. 혹시 자네가 좀 도와서 분석해줄 수 있겠나?"

부처장은 손으로 머리카락을 정리하며 말했다.

"제가요? 농담하지 마십쇼. 제가 어디 그럴 깜냥이나 됩니까? 그런 건 심리 전문가한테 맡기셔야죠."

부처장은 잠시 머뭇거리더니 꽁초를 바닥에 던져 발로 비볐다.

"나중에 다시 얘기하지."

그러고는 뒤돌아 자리를 떠났다. 어깨가 축 처져서 복도 끝으로 사라지는 부처장을, 타이웨이는 눈으로 배웅했다. 오십이 넘은 부처장의 뒷모습이 유난히도 무거워 보였다.

그 시각 팡무는 강의실에 앉아서 창밖의 비를 멍하니 바라보고 있었다. 비는 언제나 깊은 상념에 젖게 만들었다. 적어도 그 순간만큼은 당장 눈앞의 일은 잠시나마 잊을 수 있었다.

이번에도 쑹 교수가 강의하는 수업이었다. 이 노 교수는 외부

변호사를 겸하고 있어서 정규 수업은 못하고 과외 수업처럼 진행할 수밖에 없었다. 밥 먹을 시간이 지났는데도 쑹 교수는 수업을 끝낼 생각이 없는지 잠깐 쉬었다 하자고만 말했다. 배고픔에 지친 학생들은 빗속을 뚫고 근처 매점에서 빵 같은 요깃거리를 사왔다. 배가 좀 차자 다들 짐을 챙겨 몰래 빠져나갔다. 쑹 교수가 사무실에서 차 마시고 담배를 태운 뒤 기운을 차리고 돌아왔을 땐 이미 적잖은 학생들이 자리를 비운 상태였다. 쑹 교수는 급격히 어두워진 얼굴로 가방에서 출석부를 꺼냈다. 여기저기에서 "네"라는 대답이 들리자 팡무는 저도 모르게 명판저 쪽을 쳐다보았다. 한동안 출석을 안 불렀던 터라 팡무는 줄곧 명판저와 떨어져서 앉았다. 지금 자리를 이동해도 이미 늦었기 때문에 팡무는 조금 걱정스러웠다. 명판저가 난처해지는 상황을 보고 싶지 않았다.

명판저는 긴장해서 허리를 꼿꼿이 세우고 앉아 있었다. 눈도 깜빡이지 않고 쑹 교수가 들고 있는 출석부에 시선을 고정했다.

"천량."

"네."

"추샤오쉬."

"네."

팡무는 고개를 돌렸다. 식탁에서 식기를 떨어트리지 않는 게 예의라면, 남이 식기를 떨어트렸을 때 못 본 척해주는 게 그보다 더 큰 예의였다.

"명판저."

명판저는 엉거주춤 일어선 자세로 또렷하게 대답했다.

"네."

깜짝 놀란 팡무는 고개를 돌리다가 명판저와 눈이 마주쳤다. 명판저는 팡무를 보며 웃더니 눈을 찡긋했다.

팡무는 잠자기 전에 씻으러 갔다가 우연히 명판저와 마주쳤다. 명판저는 뜨거운 물을 가득 채운 큼지막한 주전자 두 개를 들고 있었다.

"그건 뭐하게?"

팡무가 얼굴을 씻으면서 주전자를 가리켰다.

"아, 톰 좀 씻기려고."

"그 많은 물을 다 쓰게? 좀 과한데."

"네가 몰라서 그래. 녀석이 어찌나 개구진지, 맨날 온몸이 지저분하다니까."

명판저는 톰의 엄마라도 되는 것처럼 행복해했다. 팡무는 류젠 쥔이 명판저를 제리라고 부르던 게 떠올라 피식 웃음을 터트렸다. 주위를 둘러보니 세면실에는 팡무와 명판저 둘뿐이었다.

"너, 이젠 출석 부르는 거 괜찮나 봐?"

"응! 그런 것 같아."

명판저가 고개를 세차게 끄덕였다. 명판저는 주전자를 바닥에 내려놓더니 팡무에게 손을 내밀었다.

"그때 도와줘서 정말 고마웠어."

"별 거 아니었는데 뭐."

"언제 시간되면 우리 방에 놀러 와."

명판저는 팡무에게 손을 흔든 뒤 주전자를 들고 나갔다. 홀가 분해 보이는 명판저를 보며 팡무도 기분이 좋아졌다. 거울에 비친 팡무의 입꼬리가 서서히 올라가고 있었다.

그래, 지나가지 않는 건 없어.

9월에 접어들어 며칠째 비가 계속 오더니 날씨가 제법 서늘해졌다. 우산을 쓰고 조심스럽게 도서관 계단을 오르던 팡무는 벽에 구인 광고 같은 걸 보게 되었는데, 그걸 보다가 하마터면 낙엽을 밟고 미끄러져 넘어질 뻔했다. 고개를 들어 보니 어제까지만 해도 파릇해 보이던 나무가 어느새 황금빛을 띠고 있었다. 바람이 불자 또 나뭇잎 몇 개가 바닥으로 떨어졌다.

5분 전에 팡무는 심리상담실로 오라는 차오 교수의 전화를 받았다. 그는 무슨 일인지는 말하지 않고 그저 빨리 오라고만 했다.

심리상담실은 도서관 2층에 있었다. 시 전체를 통틀어 처음으로 대학교에 마련된 심리상담실이었는데, 차오 교수가 이곳 책임자였다. 2000년에 성省 교육위원회에서는 대학생 심리 건강에 관한 회의를 열어 성 내의 각 대학교에 전문 심리 상담 기구를 설립하고 대학생 심리 개입절차를 마련하도록 독려했다. J대는 법학원과 교육대학원의 교수 몇 명이 모여 심리상담실을 운영하기로 했다. 차오 원핑 교수는 제일 나이가 많아 책임자 자리를 맡게 된 것이다. 설립된 지 2년이 지나도록 상담하러 온 사람은 손에 꼽을 정도였다.

이는 J대 사람들에게 심리적인 문제가 없어서라기보다 대부분의 사람들이 본인의 문제와 마주하길 꺼려했기 때문이다. 평소 잡무에 시달리던 차오 교수의 발길도 뜸해졌다. 그런데 오늘, 차오 교수가 이곳으로 자신을 부른 것이다. 영문을 알 수 없는 팡무는 왠지 가슴이 답답해졌다.

문을 두드리자 차오 교수의 우렁찬 목소리가 들렸다.

"들어와."

안으로 들어서니 상담실에는 차오 교수만 있는 게 아니었다. 벽쪽 소파에 경찰복 차림의 두 사람이 앉아 있었는데, 그중 한 명은 1급 경독警督, 한국에서는 5급 경찰인 경정 정도에 해당 계급장을 달고 있었다. 팡무가 들어오자 두 사람은 그를 위아래로 훑었다.

차오 교수는 책상에 앉아서 두꺼운 서류철을 보고 있었다. 그는 돋보기안경 너머로 팡무를 올려다보며 눈짓으로 의자에 앉으라고 한 뒤, 책상에 있던 다른 서류철 하나를 건넸다.

두 경찰이 의아한 듯 서로를 마주보았다. 차오 교수는 고개도 안 돌리고 말했다.

"내 제자야."

팡무는 난처해하더니 자리에 앉아 서류철을 펼쳤다. 한 페이지만 보고도 무슨 일인지 감이 잡혔다. 취웨이창과 왕첸이 살해된 그 사건이었다.

취웨이창은 두 팔을 벌린 채 잔디에 누워 있었다. 손목 부분에는 뼈가 절단된 흔적이 뚜렷하게 보였다. 골대 기둥 옆에 놓인 두 손은, 마네킹 손처럼 핏기 하나 없이 창백했다. 머리뼈는 함몰되고 두 눈은 반쯤 뜬 상태였다.

골문 앞에 서 있던 그날 밤으로 돌아간 것처럼 팡무는 그 순간 사위가 고요해지는 것 같았다. 사방에 늘어선 책장, 차오 교수와 소파에 꼿꼿이 앉은 경찰들, 창밖에 내리는 부슬비, 벽에 걸린 프로이트의 유화가 마치 멀리 있는 것처럼 느껴졌다.

팡무의 가슴에 누군가의 모습이 서서히 떠올랐다. 길고 덩굴 같은 두 손이 팡무의 온몸을 단단히 휘감았다. 손이 팡무의 피부를 뚫고 들어왔지만 아무 흔적도 남기지 않았다. 살을 에는 통증이 온몸에 퍼지기 시작했다. 알 수 없는 감정이 차갑고 선명하게 몸속에서 깨어났다.

잔디, 골대 기둥, 잘린 손, 흉기.

"쿵쿵쿵!"

누군가 문을 두드리는 소리에 팡무는 정신이 번쩍 들었다.

"들어와요."

도서관에서 일하는 쑨 선생이 책을 한 아름 안고 들어 왔다.

"교수님, 말씀하신 책 가져 왔습니다."

"여기 두면 되네."

차오 교수가 무표정한 얼굴로 책상의 비어 있는 쪽을 가리켰다. 쑨 선생은 조심스럽게 책을 내려놓고 팡무를 보며 씩 웃더니 밖으로 나갔다. 차오 교수는 쑨 선생이 놓고 간 책 중에서 몇 권을 뒤적였다. 그러고는 담배에 불을 붙이고 생각에 잠겼다. 두 경찰은 공손한 자세로 소파에 앉아서 말 한 마디도 못하고 있었다.

한참 시간이 흐른 뒤 차오 교수는 갑자기 자리에서 일어나 팡무에게 물었다.

"네 생각은 어때?"

넋이 나가 있던 팡무는 교수가 자신에게 질문하는지도 모르고 있었다.

"저요?"

"그래."

"그게…… 아직 정리가 안 돼서……. 아무래도 교수님 생각을 먼저……."

"하라면 할 것이지, 뭘 그렇게 우물쭈물거려?"

차오 교수가 1급 경독을 가리켰다.

"저쪽은 공안청 범죄심리연구실의 벤펑邊平 처장. 내가 가르쳤던 친구야. 네 선배지. 그러니까 그렇게 어려워할 거 없어."

벤펑은 팡무를 보며 고개를 끄덕였다.

"서류 읽으면서 좀 눈에 띄는 거 없었어?"

차오 교수가 팡무의 눈을 똑바로 쳐다보며 물었다. 팡무는 잠시 망설이는 것 같더니 간단하게 대답했다.

"손이요."

차오 교수의 얼굴에서는 아무 표정도 읽을 수 없었다. 그는 이어서 질문했다.

"범인은 피해자를 살해한 뒤 두 손을 자르고 축구장에 유기했어. 그걸 보고 어떤 느낌이 들었어?"

이번에는 생각하는 시간이 좀 길었다.

"박탈감이요."

"어? 왜 그렇게 생각하지?"

차오 교수가 눈썹을 치켜 올렸다.

"피해자는 생전에 축구광이었고 학교 대표팀 골키퍼였어요. 전축구를 잘 모르지만, 축구장에서 공을 손으로 만질 수 있는 유일한 사람이 골키퍼라는 건 알아요. 골키퍼에게 두 손은 골문을 사수하는 무기라고 할 수 있어요. 골키퍼의 두 손을 잘랐다는 건, 그의 가장 소중한 걸 빼앗았다는 걸 의미해요. 그 이면에 있는 감정은 아마……."

팡무는 잠시 뜸을 들였다.

"질투 같습니다."

차오 교수의 시선이 두 경찰에게 향했다.

"이 사건에서 범인은 두 번째 피해자인 왕첸을 성폭행하고 목졸라 살해한 뒤, 시신을 토막 내고 다시 원래 형태로 맞춰 놓았어. 가장 의미심장한 부분이지. 만약 범인이 현장에 남긴 표시가 그가원하는 특별한 뭔가를 의미한다면, 첫 번째 피해자에게 남긴 표시, 즉 잘린 두 팔은 질투에서 비롯된 박탈이라고 볼 수 있을 거야. 하지만 왕첸의 경우는 달라. 범인이 피해자를 토막 내고 다시 원래대로 맞춘 건 대체 뭘 의미하는 걸까?"

팡무와 두 경찰은 강의를 듣는 것처럼 숨죽이며 차오 교수에게 집중하고 있었다.

"아마도 범인은 왕쳰을 새롭게 만들고 싶었던 게 아닐까? 왕쳰의 육체를 탐하면서도 동시에 미친 듯이 혐오한 거야. 이런 모순된 감정이 그녀를 성폭행하고 살해한 뒤 토막까지 내도록 만든 거지. 범인의 마음속 깊은 곳에는 전과는 전혀 다른, '완전히 새로운' 왕쳰을 소유하고 싶은 간절함이 있었던 거야. 그래서 토막 낸 시신을 다시 맞춘 거고. 그 일을 하면서 범인은 복잡한 감정을 느꼈을 게 분명해. 복수의 광기, 정복의 쾌감, 모든 걸 다시 되돌릴 수 없다는 슬픔과 후회가 뒤섞여 있었을 테니까."

차오 교수는 서류를 가리켰다.

"봤더니 공안기관은 왕쳰의 배경, 그녀와 취웨이창의 연애사에 대해서는 자세히 조사하지 않았더군. 난 이 부분이 단서가 될 것 같은데. 내가 생각해본 건 이런 거야. 범인은 왕쳰을 쫓아다니던 놈일 수 있어. 사랑하는 여자가 다른 남자와 다정하게 붙어 다니는 걸 보게 된 거지. 순결하고 고귀한 나만의 여신이 어떤 골 빈 놈이랑 사랑을 나누는 걸 상상하다 미쳐버릴 것 같았을 거야. 그러다 진짜 정신 나간 짓을 저지른 거고. 물론 이건 내 가설일 뿐이야. 나도 이해 안 되는 것들이 몇 개 있거든. 예를 들면 주사기 같은 거. 피해자 것일 수도 있어. 근데 왜 그걸 왕쳰의 가슴에 꽂은 걸까?"

"피해자의 육체에 대한 복잡한 감정을 쏟아내기 위해서 그냥 잡히는 대로 꽂은 건 아닐까요?"

벤펑이 한 마디 하며 끼어들었다. 차오 교수는 고개를 저었다.

"아직은 모르지. 만약 내 가설이 말이 된다 싶으면 여기에 맞게 한번 조사해봐. 왕첸의 초등학교 시절부터 조사하는 게 좋을 거야. 이런 감정은 하루아침에 생기는 게 아니니까. 꽤 오랜 시간 억눌려 있다 폭발한 게 틀림없어."

두 경찰은 일어서며 작별인사를 건넸다. 그런데 내내 말이 없던 경찰이 뒤돌아서며 차오 교수에게 질문을 던졌다.

"저 친구도 교수님 제자입니까?"

그는 손가락으로 팡무를 가리켰다.

"그렇소만."

차오 교수의 말투에서 살짝 거만함이 느껴졌다. 경찰은 더 이상 말하지 않고 팡무를 한 번 보더니 문을 나섰다.

기숙사로 돌아온 팡무는 한동안 책상에 앉아 있었다. 담배를 피우는 것 말고는 거의 움직이지 않았다. 미소를 지으며 들어오던 두위는 오자마자 기침을 해댔다.

"인마, 너 이렇게 펴 대다간 암 걸린다, 조심해라."

두위는 환기를 시키면서 팡무 입에서 연기를 뿜고 있는 담배를 바라보았다.

"이보게 친구. 그 방법으로 세상을 뜨기엔 시간이 좀 걸릴 것 같네만."

말없이 쓴웃음을 짓던 팡무는, 그제야 두위가 오기 전까지 자신이 줄곧 차오 교수가 보여준 사건을 생각하고 있었다는 걸 깨달았다. 오후에 느꼈던 감정은 아직도 생생했다. 몸속에 있던 또 다른 '나'가 무심결에 튀어나와 삽시간에 몸 전체를 통제하는 듯한 기분이었다. 자신의 모든 생각이 또 다른 '나'로 인해 바뀌어버린 것 같았다. 마치 열쇠가 꽂혀 있는 자동차가, 한 번 시동이 켜지면 쉽게 멈추려고 하지 않는 그런 느낌이었다.

광무는 두려워졌다.

제14장

그레이슨 페리의 화병

진金씨 집안은 이미 아수라장이었다.

진빙산金炳山은 무선 전화기를 움켜쥐고 안절부절못하며 거실을 왔다 갔다 했다. 소파에 앉은 그의 아내 양친楊芹은 너무 울어서 두 눈이 시뻘게져 있었다. 그 옆에서 몇몇 여자 동료들이 금방이라도 쓰러질 것 같은 그녀를 부축하며 전혀 도움도 안 되는 위로의 말을 건넸다.

진빙산은 벽시계를 보았다. 벌써 밤 10시가 다 된 시각이었다. 그는 고개를 숙이고 전화기를 눌렀다. 그 모습에 양친은 울음을 멈추고 억지로 일어나 기대에 찬 눈으로 남편의 전화기를 바라보고 있었다.

상대방이 전화를 받자 진빙산이 몇 마디를 하고 바로 전화를 끊었다. 뒤돌아선 그는 차마 아내의 눈을 보지 못하고 고개만 저었다. 양친은 다시 소파에 주저앉았다. 어미 짐승이 상처 입고 울부짖는 것처럼 그녀의 목에서 날카로운 소리가 새어나왔다. 목구멍에서 소리가 막혔는지 순간 그녀의 얼굴이 온통 시뻘게졌다. 진빙산은 황급히 다가가 아내의 등을 힘껏 때렸다. 양친이 한바탕 격렬한 기침을 하자 마침내 폭발하듯 울음소리가 밖으로 터져 나왔다. 어디서 힘이 났는지 양친은 진빙산을 세게 밀쳤다.

"난 몰라. 진빙산, 당신이 우리 애 찾아내!"

산발이 된 양친은 뼈만 남은 앙상한 손가락으로 진빙산을 가리켰다.

"그 망할 놈의 고객인지 뭔지 때문에 제 새끼도 안 돌보고. 그러고도 당신이 아빠야!"

양친은 쿠션을 있는 힘껏 집어 던졌다. 쿠션은 진빙산 몸에 맞고 바닥으로 떨어졌다. 진빙산은 부교수로서 늘 조신하고 단정했던 아내의 변한 모습에 마음이 쓰리고 아팠다. 그는 거실을 한 번 둘러보더니 큰 소리로 외쳤다.

"샤오천小陳은 어디 갔어?"

운전기사인 샤오천이 주방에서 나왔다. 그는 입가에 묻은 라면 국물을 닦으며 말했다.

"회장님, 저 여기 있습니다."

"전단지 아직 남았나?"

"아직 몇 장 있습니다."

"가지. 100장 더 복사해서 나랑 같이 붙이자고."

집에 돌아왔을 때는 이미 새벽 2시였다. 진빙산은 조용히 문을 열었다. 거실에는 아무도 없고 불만 켜져 있었다. 그는 소리 안 나게 침실로 가 조심스럽게 방문을 밀었다. 눈물자국이 번진 얼굴로 아내가 침대에 잠들어 있었다. 손에는 딸의 옷을 꼭 쥐고 있었다.

진빙산은 가슴이 너무 아팠다. 살며시 방문을 닫고 거실로 돌아와 옷을 입은 채로 소파에 누웠다. 그는 소파에서 몇 시간 눈을 붙인 뒤 다시 일어났다. 남은 전단지를 좀 더 먼 곳에 가서 붙일 생각이었다. 눈을 비비며 현관문을 열었는데 뭔가가 문 앞을 가로막고 있었다. 힘껏 밀었더니 문이 열렸고, 그 앞에 커다란 종이 상자가 놓여 있었다.

진빙산은 잠깐 놀랐다가 습관적으로 끈을 풀고 상자를 열었다. 숨 막힐 것 같은 냄새가 얼굴을 덮쳤다.

상자 안에는 상처투성이가 된 진차오金巧가 웅크린 채로 들어 있었다.

타이웨이가 동료들과 경적을 울리고 출동 준비를 하고 있는데, 서둘러 어딘가로 향하는 자오융구이가 보였다. 타이웨이는 얼른 창문을 내리고 물었다.

"부처장님, 어디 가십니까?"

"허강鶴崗."

부처장은 긴 말 없이 바로 엑셀을 밟고 공안국을 빠져나갔다. 자신감에 차 있는 게 뭔가 단서를 찾은 것 같았다. 쉽지 않아 보이는 병원 살인사건을 생각하다 타이웨이는 지금 출동할 목적지 생각에 기운 없이 손을 흔들었다.

"출발하자고."

이번에도 J대였다. 이 망할 놈의 학교는 어떻게 된 게 삼 개월 남짓한 시간 동안 학생 두 명에 교직원 가족 한 명까지 세 명이 죽어나가! 듣자하니 이번에는 교수의 자녀가 살해된 모양이었다.

경찰차는 순식간에 J대 근처로 진입했다. 멀리 내다보니 고층 빌딩이 늘어서 있었는데, 학교가 상당히 현대화된 분위기를 풍겼다. 하지만 타이웨이 눈에는 그 조용한 상아탑이 마치 짙은 안개에 둘러싸인 것처럼 보였다. 햇볕이 두루 비추는 아침 시간이었지만 타이웨이는 어딘가 그 안개가 주는 음습함이 느껴졌다.

타이웨이는 직업상 많은 동료들이 부적 같은 걸 갖고 다닌다고 알고 있었다. 평소에 타이웨이는 그런 미신을 믿냐며 동료들을 비웃곤 했다. 그런데 지금은 마음을 편안하게 해줄 뭐라도 만지고 싶은 심정이었다. 타이웨이는 J대로 향하는 차 안에서 알 수 없는 두려움을 느꼈다.

경찰차가 J대 교직원 사택으로 들어섰다. 파출소에서 나온 경찰이 단지 입구에서 기다리고 있었다. 사실 안내할 필요도 없었다. 어느 한 건물 앞에 사람들로 가득했기 때문이다.

타이웨이는 허리에 찬 권총을 만지며 정신을 가다듬고 소리쳤다.

"자, 일하자 일!"

저녁시간이 되자 철학과 부교수인 양친의 딸이 살해됐다는 소식이 학교 전체에 쫙 퍼졌다. 부고가 전해져서인지 식당은 평소보다 훨씬 더 조용한 느낌이었다.

"애가 일곱 살이래. 너무하지 않냐?"

저우퇀제가 고개를 저었다. 두위가 뭔가 말하려다 말고 팡무를 툭툭 밀쳤다.

"저기 봐."

식판을 든 덩린웨가 주위를 둘러보며 빈자리를 찾고 있었다.

"퇀제, 가자. 우리는 빠지자고. 우린 갈 테니까 너는 얼른 가 봐."

두위가 식판을 들면서 팡무에게 말했다.

"미쳤냐? 앉아서 밥이나 먹어."

팡무의 얼굴이 붉어졌다.

"헐, 설마."

두위가 갑자기 멈춰 섰다. 팡무가 고개를 돌려보니 덩린웨는 이미 빈자리를 찾은 뒤였다. 맞은편에는 류젠쥔이 앉아 있었는데, 두 사람이 이야기하는 모습이 어쩐지 처음 만난 사이는 아닌 것 같았다.

"너 인마, 한발 늦은 것 같다."

두위가 화가 나서 목을 움츠렸다.

"있잖아, 남한테 여자친구 만들라고 열심히 도와주는 놈은, 사실 무의식중에 자기가 그 여자를 쫓아다니고 싶어서 그러는 거다."

팡무가 눈을 흘기며 말했다. 저우퇀제가 입에 밥을 물고 끅끅대며 웃었다.

"정신 나간 놈!"

두위의 얼굴이 시뻘게졌다.

피해자 진차오, 여자, 7세. J대 부속 초등학교 2학년 3반 학생이었다. 아버지 진빙산은 42세로 대도문화大都文化유한공사 사장이었고, 어머니 양친은 41세로, J대 철학과 부교수였다.

피해자 진차오는 실종된 지 50여 시간 만에 집 앞에서 발견되었다. 부모의 증언에 따르면, 피해자가 실종되던 날, 아버지 진빙산은 학교로 딸을 데리러 가기로 했다. 그런데 예정에 없던 고객이 찾아오는 바람에 하교 시간에 맞춰 딸을 집에 데려다주지 못했다. 그날 저녁 피해자는 실종되었고, 부모는 경찰에 신고한 뒤 전단지를 붙이며 아이를 찾았지만 며칠째 아무 소식이 없었다. 그러다가 집 앞에서 싸늘한 시신으로 발견된 것이다.

피해자는 벗겨진 채로 발견되었는데 온몸이 상처투성이였다. 법의학자의 의견에 따르면, 진차오의 사인은 연조직 손상에 의한 통증성 쇼크였다. 다시 말해 진차오는 죽을 때까지 끔찍한 고통을 당했던 것이다. 부검 결과 진차오는 사망 후 성폭력을 당했지만 체내에서 정액은 발견되지 않은 것으로 보아 콘돔을 사용한 것으로 추정되었다.

피해자의 시신이 큰 종이 상자에 담겨 유기되었는데, 조사해보니 아디다스 제품을 담았던 버려진 박스였다. 그 안에는 시신 말고도 도무지 알 수 없는 물건 두 개가 들어 있었다. 비디오테이프와 깨진 도자기였다.

비디오테이프는 일반 가정에서 쓰는 것으로 지문은 없었다. 테이프에는 15초짜리 영상이 담겨 있었는데 여아의 하반신이 클로즈업되어 있었다. 아이는 검은 천(다른 물건의 색깔과 특징을 감추기 위한 용도로 추정) 위에 누워 있었는데 두 다리를 벌리고 있었고 카메라 렌즈는 아이의 하반신에 계속 고정하고 있었다. 아이는 촬영하는 15초 동안 줄곧 아무 움직임이 없었다. 아이의 피부색을 보니 이미 죽은 걸로 보였다. 비디오테이프에 나온 여아의 생리적 특징으로 볼 때 나이는 14세 미만인 것 같았다. 피해자 부모가 아이의 사타구니 쪽에 있는 점을 보고 영상 속 주인공이 진차오라는 걸 알 수 있었다.

피해자의 오른손에는 면적이 19.77 제곱센티미터인 깨진 도자기가 쥐어져 있었다. 깨진 용기의 일부 같았는데, 도자기에 그려진 문양으로 볼 때 해당 용기에는 벌거벗은 남녀의 모습이 그려져 있던 걸로 추정되었다. 경찰이 시ㅛ 도예가협회 의장에게 자문을 구해보니, 도자기에 그려진 도안은 영국의 도예가 그레이슨 페리의 화병으로, 영상 속의 깨진 도자기는 그것의 모조품인 것 같다는 답변이 돌아왔다.

이상의 내용을 종합해 경찰은 다음과 같은 조치를 내리기로 했다.

첫째, 피해자가 다녔던 초등학교를 방문한다. 특히 실종 당일 저녁에 피해자와 만났던 친구와 선생님을 조사한다.

둘째, 이 사건의 범행 수법이 잔인한 것으로 보아 보복살인의 가능성이 크다. 따라서 피해자 부모의 사회적 관계에 대해 철저히 조사한다.

셋째, 피해자 시신이 담겨 있던 상자가 크기 때문에 피해자의 집 앞으로 옮기려면 교통수단을 이용했을 것이다. 최대한 빨리 주변을 탐문해 그날 밤 수상한 차량을 본 사람을 찾는다. 또, 시에 있는 대형 렌터카 회사들을 조사해 차를 렌트한 사람 중 수상한 인물을 찾는다.

넷째, 시신을 담았던 종이 상자는 해당 시내에 있는 아디다스 전문 매장이나 전문 판매대 소유인 것으로 보이지만, 범인이 이미 발송지와 배송지가 적힌 라벨을 제거한 상태였다. 상자의 출처를 은폐하려는 의도가 분명해 보이는 만큼 시 전체를 뒤져서라도 알아낼 필요가 있었다.

다섯째, 피해자는 죽기 전까지 극심한 학대를 당했다. 그 과정에서 피하거나 반항하려고 했을 것이다. 피해자가 쥐고 있던 도자기 파편은 피하거나 반항할 때 손에 쥔 것으로 볼 수 있다. 그렇다면 깨지기 전에 원래 도자기가 범인의 집에 있었다는 뜻이다. 그 화병을 판매한 상점을 찾으면 구매자에 관한 단서를 찾을 수 있을지도 모른다.

기침. 참을 수 없이 기침이 나왔다.
곧 끊임없는 구토가 이어졌다.
변기 가장자리를 잡고 오른손으로는 옆에 놓인 두루마리 휴지를 더듬었다. 거칠게 뜯어낸 뒤 대충 입가를 닦았다. 휴지를 변기에 버리고 물을 내리자 더러워진 휴지가 물살에 밀려 사라졌다.

어지러웠다.

간신히 몸을 일으키고 보니 욕실 거울로 헝클어진 머리에 얼굴이 창백한 자신의 모습이 보였다.

거울에 비친 자신을 보며 웃었다.

입꼬리를 움직이면서 동시에 눈을 감아버렸다.

안 돼. 저 마귀 같은 웃음은 보지 마.

비틀거리며 거실로 돌아와 소파에 풀썩 주저앉았다. 방의 창문은 굳게 닫혀 있었고, 두꺼운 커튼이 창밖의 햇볕을 가리고 있었다. 벽 구석에는 어슴푸레한 등이 켜져 있었다. 공기가 너무 후텁지근했다. 하지만 왠지 춥게 느껴졌다.

식은땀으로 젖은 머리카락이 이마에 붙어 끈적거리는 게 불쾌했다. 머리카락을 귀 뒤로 모아 정리하려고 했지만 손바닥도 축축했다. 코를 훌쩍거리자 방에서 썩은 내가 났다. 천천히 창가로 다가가 커튼을 걷었다가 햇볕이 눈부셔서 도로 닫아버렸다. 황급히 사무용 책상으로 가서 아래쪽 문을 연 뒤 안에 있던 물건을 다 끄집어냈다. 마침내 공기 정화제를 찾았다. 칙, 칙, 칙. 더 이상 분무가 안 될 때까지 계속 뿌렸다.

짙은 레몬향이 코를 찔렀지만 기분은 한결 나아졌다. 다시 소파에 주저앉아 짚이는 대로 책을 들고는 몇 페이지를 넘겼다. 책에는 커다란 인체 해부도가 그려져 있었다.

꺼져!

가차 없이 벽으로 책을 던져버렸다. 묵직하게 벽에 부딪친 책은 바닥으로 떨어져 저절로 펼쳐졌다.

몸에 기운이 빠지면서 소파에서 바닥으로 미끄러졌다. 차가운 타일에서 전해진 냉기가 온몸으로 퍼졌다. 바닥에 손을 대고 일어나려 안간힘을 쓰는데 손바닥 밑에 차갑고 축축한 뭔가가 느껴졌다.

소파 가장자리 쪽 바닥에서 집어올린 것은, 조그만 살 덩어리였다.

구역질이 올라왔다. 입을 틀어막고 허겁지겁 욕실로 뛰어 들어갔다. 그러나 변기 뚜껑을 열기도 전에 매서운 헛구역질 소리가 욕실 안에 울려 퍼졌다.

몸이 활처럼 접히고 위에서는 극심한 경련이 일어났지만 나오는 건 누런 액체뿐이었다. 두 눈이 눈물에 가려져 잘 보이지 않았지만 콧물이 입가로 흘러내리는 게 느껴졌다.

다시 거울 속 자신과 마주했다. 입에서 밑으로 길게 늘어진 침을 힘없이 닦았다. 자세히 보니, 앞에 서 있는 사람은 자신처럼 창백한 얼굴을 한 또 다른 사람이었다.

하! 웃음이 나왔다.

거울에 비친 낯선 이도 따라 웃었다.

뒤돌아서 거실 컴퓨터 모니터에 붙어 있는 사진을 바라보았다.

넌 날 이길 수 없어.

제15장

길을 잃다

팡무는 잔디밭을 지나 오솔길을 따라서 급히 침실로 향했다. 기숙사 건물 밑에서 정장을 멋지게 차려입은 류젠쿤이 덩린웨와 대화를 나누고 있었다. 류젠쿤은 팡무가 오는 걸 보더니 반갑게 손을 흔들었고, 덩린웨도 예의 바르게 팡무를 보며 웃음 지었다. 팡무는 대충 손을 흔든 뒤 서둘러 기숙사 안으로 들어갔다.

5분 전쯤, 대학교 동기가 찾아왔다며 두위가 전화를 한 것이다.

사범대를 졸업하고 팡무는 대학 동기들과 거의 연락이 끊겼다. 그런데 누가 찾아왔다고 하니 의아할 수밖에 없었다.

방에 들어서자 누군가 팡무의 침대에서 일어나더니 강한 다롄★連, 중국 라오닝성 남쪽에 위치한 도시 말투로 인사했다.

"라오류老六, 보통 라오 뒤에 나이순으로 숫자를 붙이는데 맏이는 라오다, 그 뒤로 라오얼, 라오싼, 라오쓰, 라오우, 라오류 등이 된다, 왔구나."

팡무는 잠시 멍했다가 말없이 다가가서 그 사람을 끌어안았다.

"라오다老大, 대장이라는 뜻!"

라오다는 팡무의 갑작스런 환대에 어쩔 줄을 몰랐다. 그는 팡무의 등을 세게 두드려주었다.

"너 이 자식, 그대로네."

팡무는 무안한 듯 손을 풀고 몰래 눈가를 훔쳤다.

"라오다, 여긴 어떻게 왔어?"

"마침 이쪽에 출장 왔다가 너 보러 온 거지. 와, J대 경비 진짜 삼엄하더라. 신분증 맡기고 겨우 들어왔어."

"하하, 근래 학교에 불미스러운 일이 좀 많았거든. 외부인 출입이 어려워졌어."

"아, 무슨 일인데?"

"학생 두 명이 살해당했어요."

두위가 옆에서 끼어들었다.

"참 나, 어떻게 가는 곳마다 이런 일이 터지지?"

미간을 찌푸리던 라오다는 팡무의 얼굴색이 변하자 급히 화제를 돌렸다.

"너희 기숙사 좋더라. 대학원생들은 다 이런 데 사나?"

"응. 요즘 어떻게 지내?"

"하하, 그럭저럭 지내지 뭐. 너도 알다시피 요새 대학생들 취직난이 좀 심각하냐. 난 다롄에 있는 국유기업에서 법무 쪽 일 하고 있는데, 여기도 사정이 안 좋아서 소송이나 빚 독촉 같은 걸 맡아서

해. 이번에는 이 지역 회사에 돈 받으러 온 거야."

팡무는 웃었다.

"다른 애들하고는 연락해?"

"라오얼老二은 군대 갔어. 개랑 같이 군대 간 351호 라오다가 그러는데, 라오얼이 지금 대위급이란다. 라오우老五는 졸업하고 광저우에 가서 변호사로 일하는데 꽤 잘 나가나 봐. 둘 다 나랑은 연락이 좀 뜸해졌어."

라오다의 목소리가 가라앉았다.

"너도 알겠지만 라오싼老三 일이 터지고 나서 라오쓰老四는 죽고 너도 간신히 살아남았잖아. 우리 여섯 멤버 중에 이제 네 명밖에 안 남았어. 다들 알면서도 그 얘긴 피하는 거지. 빨리 잊고 싶으니까. 그러면서 자연스럽게 연락이 끊겼어."

팡무는 두위가 이야기에 집중하고 있는 걸 보더니 라오다를 밖으로 이끌며 말했다.

"가자. 모처럼 왔는데 내가 밥 살게."

교문 앞에 있는 작은 식당에서 팡무는 라오다와 거하게 한잔했다. 친형제처럼 지내던 친구와 오랜만에 만나서 그런지 할 말이 많았다. 마치 누가 더 많이 기억하는지 내기하는 할아버지들처럼 두 사람은 경쟁하듯 이야기를 이어나갔다. 그 와중에도 두 사람은 그날의 참극은 건드리지 않으려고 대신 당시에 웃겼던 황당한 일들을 기억하려 애썼다. 더 이상 할 이야기가 없어지자 실없이 웃으며 술만 들이부었다.

술이 어느 정도 찼을 때 라오다가 갑자기 이마를 탁 쳤다.

"참, 그때 그 기자, 나중에 너 찾아왔든?"

"기자? 기자 누구?"

팡무는 어리둥절했다.

"너 인터뷰한다고 했던 기자 있지 않았어?"

라오다가 팡무보다 더 어리둥절해했다.

"날 인터뷰해? 무슨 인터뷰?"

"다른 게 뭐 있겠어. 라오싼 일이겠지."

팡무는 갑자기 술이 깨는 기분이었다.

"대체 무슨 일인데?"

"워워, 급하긴. 한 3개월쯤 전일거야. 내가 전화 한 통을 받았는데, 자기가 C시 석간신문 기자래. 나한테 너랑 동기 아니냐고 묻길래 그렇다고 했지. 내 전화번호는 어떻게 알았냐고 물으니까 교우명부에서 찾았다는 거야. 그해 라오싼 일을 조사하고 싶다면서. 대학생 심리 건강과 관련된 보도를 쓴다나 어쩐다나."

"그래서 뭐라고 했어?"

"별 말 안 했어. 그냥 아는 거 좀 얘기해줬지. 근데 그 사람, 라오싼 일보다는 너한테 관심이 있는 것 같더라고."

"나한테?"

"그래. 네 성격이라든지 그 일 있고 나서 네가 어땠는지 같은 걸 묻더라. 네가 그 사건의 유일한 생존자라서 그런 거겠지 뭐."

팡무는 잠시 생각하더니 물었다.

"그 사람, 어땠어?"

"자세한 건 잘 모르겠고, 목소리로는 젊은 사람 같았어. 30대 정도? 꽤 예의도 발랐고."

라오다는 팡무의 미간이 점점 일그러지는 걸 알아챘다.

"왜 그래? 그 사람 안 왔어?"

"안 왔어."

"이상하네. 그 사람 대체 뭘 하려는 걸까?"

라오다는 알 수 없다는 표정이었다. 팡무도 라오다처럼 의문이 들었다. 팡무는 여름방학 때 자오 선생이 말했던 사람이 떠올랐다.

허강에 간 자오융구이는 아무것도 건지지 못했다. 외부기관에서 조사를 하는 도중 현지 경찰이 정보를 하나 제공했다. 피해자 왕첸이 허강에 있는 고등학교를 다니던 시절, 옌훙빙閻洪兵이라는 남학생이 왕첸을 죽자고 쫓아다녔다는 것이다. 그 학생이 사랑을 표현하는 방식은 극악무도했다. 왕첸이랑 만났던 남자들은 그에게 맞거나, 비슷한 또래의 학생들에게 집단 구타를 당했다. 한번은 물리를 가르치던 남자 선생이 왕첸에게 방과 후 지도를 했는데, 옌훙빙과 우연히 마주쳤다가 맞아서 비장이 파열되기도 했다. 대입시험 이후 왕첸은 J대에 들어갔고, 옌훙빙은 직장도 없이 떠돌다가 두 번 정도 왕첸을 찾아가서 귀찮게 굴었다. 두 번째 찾아가던 날, 옌훙빙은 취웨이창과 축구팀 멤버들에게 흠씬 두들겨 맞았다. 그때 옌훙빙이 한 마디 했었다.

"너 두고 봐. 조만간 처리해줄 테니."

그리고 7·1사건이 일어나기 전 옌훙빙은 허강을 떠나 행방이 묘연해졌다.

이 정보는 차오 교수가 제안한 수사방향과 일치했기 때문에 자오융구이는 굉장히 들떠 있었다. 허강 경찰에게 옌훙빙이 돌연 허강으로 돌아왔다는 정보를 입수한 그는, 옌훙빙을 일단 붙잡고 있어달라고 해놓고 그날 밤으로 허강에 가서 옌훙빙을 신문했다.

결과는 실망스러웠다. 옌훙빙이 J대로 가서 왕첸을 귀찮게 한 건 사실이었지만, 허강으로 돌아오고 얼마 안 있다가 바로 광저우로 가서 지하 도박장 보디가드로 일한 것이다. 2002년 6월 중순, 옌훙빙은 패싸움 도중 중상을 입었다. 사건이 일어나던 날에 옌훙빙은 광저우의 한 병원에서 치료를 받는 중이었고 경찰이 그를 철통같이 지키고 있었다.

자오융구이가 시무룩한 얼굴로 복도 창가에서 담배를 피우고 있는데, 국장 사무실에서 나오던 타이웨이가 그를 보더니 동병상련의 감정을 느꼈다. 타이웨이의 기분도 썩 좋지 않았다.

병원 살인사건이 교착상태에 빠진 건 둘째치고, 최근에 발생한 여아 살인사건도 아무런 단서가 없었다. 경찰 측에서 진행하던 수사들도 전부 소득이 없었다.

사건 발생 당일, 피해자 진차오와 같은 반 친구들은 대부분 부모들이 집에 데려가서 기억을 못했는데, 여자애 한 명이 집에 가는 길에 진차오가 누굴 기다리는지 교문 앞에 서 있는 걸 봤다고 말했다. 담임 선생님도 그날이 장인어른의 생일이라 수업 끝나자마자 퇴근한 상태였다. 그래서 진차오가 하교 후 누구를 따라갔고, 어디를 갔는지 본 사람은 아무도 없었다.

진빙산과 양친 부부는 둘 다 원래 J대 교수였다. 그러다 진빙산은 사직 후 친구와 문화 관련 회사를 설립했고 양친은 학교에 남아 학생들을 가르쳤다. 학교에서나 사회에서나 두 부부는 평판이 좋았고 원한을 살 만한 사람도 없었다. 진빙산은 상업계에 몸담고 있었지만, 항상 몸가짐을 바르게 하던 사람이라 다른 여성과 염문을 뿌린 적도 없었다. 따라서 보복 살인이나 치정에 의한 살인 가능성은 배제되었다.

사건 현장 주변 인물들을 조사해봤지만 역시나 별 소득이 없었다. 진빙산의 증언에 따르면, 시신이 발견된 당일 새벽 2시경에 집에 왔을 땐 문 앞에 상자가 없었는데 7시쯤 집을 나설 때는 있었다. 그렇다면 범인은 새벽 2시에서 7시 사이에 진차오의 시신이 담긴 상자를 집 앞에 두고 간 것으로 볼 수 있다. 계절상 6시쯤에는 날이 밝아오기 시작할 때라 새벽 2시에서 5시 사이에 놓고 갔을 확률이 가장 높았다. 그리고 그 시간대는 사람들이 깊이 잠들어 있을 때였다. 경찰은 근처에 사는 사람들을 대상으로 물건을 끄는 소리를 들었는지, 의심스러운 차량을 목격했는지를 물어봤지만 대부분 사람들이 고개를 저었다. 그런데 전립선염을 앓고 있는 한 중년 남자가 4시쯤 일어나 화장실에 가다가 어렴풋하게 자동차 시동 소리를 들었다고 진술했다. 차종, 번호판, 운전자 특징은 알 수 없었다.

시신을 담은 상자의 출처를 알아내기 위해 경찰은 해당 시에 있는 모든 아디다스 전문 매장과 전문 판매대를 조사했다. 알아낸 정보에 의하면 해당 상자는 운동복을 담는 화물 상자였다. 가게에서는 물건을 꺼낸 뒤 상자를 폐품 매입소에 파는데, 가끔 점원이 상자가 필요하면 집으로 한두 개 가져가기도 했다. 시에는 크고 작은 폐품 매입소가 수천 개에 달해 일일이 조사하려면 상당한 시일이 걸렸다.

도자기 파편에 대해서 경찰이 알아낸 건, 그것이 영국 도예가 그레이슨 페리 작품의 모조품의 일부라는 거였다. 이 모조품을 파는 공예품 판매점도 부지기수라 구매자를 조사하는 건 하늘의 별 따기였다.

복도에서 고심하고 있는 부처장과 간단한 인사를 나눈 뒤, 타이웨이는 사무실로 가 관자놀이를 눌러대며 서류를 꼼꼼하게 읽어 내려갔다.

타이웨이가 피곤에 지쳐 건물을 나섰을 때는 벌써 자정에 가까운 시각이었다. 길가의 한 훈툰餛飩. 고기와 야채를 섞은 소를 얇은 피로 만두처럼 싼 음식 가게에서 후춧가루를 넣은 뜨거운 국물을 마시며 노트북에 성의 없이 쓰인 글자들을 보고 있었다.

오후 내내 서류를 들여다보느라 머리가 어질했던 타이웨이는 순간 팡무 생각이 났다. 녀석이 이야기한 '표시', '필요' 등등의 말들이 떠올랐다. 아무리 해도 단서가 없을 땐 그냥 팡무의 말대로 해보는 것도 하나의 방법이었다.

살인사건을 해결하는 중요한 열쇠는 범인의 범행 동기를 파악하는 거였다. 그러면 범죄 용의자의 범위를 좁힐 수 있었다. 범죄 현장에 남은 흔적을 보면 범행 동기를 어느 정도 알 수 있었다.

여아 살인사건의 의문점은 다음 몇 가지로 정리해볼 수 있었다.

첫째, 범행 수단. 성인이 일곱 살짜리 여자 아이를 살해하는 건 식은 죽 먹기였을 것이다. 그런데 범인은 왜 시간과 노력을 들여 진차오를 학대하고 죽음에 이르게 했으며 성폭행했는가? 만약 범인이 어떤 특별한 필요를 나타내기 위한 거였다면 변태 성욕자일 가능성이 높다.

둘째, 비디오테이프. 범인은 피해자 진차오의 하반신을 클로즈업해서 촬영했다. 이것은 또 어떤 필요에 의한 것일까? 만약 성폭행 전에 성욕을 자극하거나 소장하려는 목적이었다면 왜 15초만 촬영하고 그것을 피해자 집에 보낸 것일까?

셋째, 시신을 피해자의 집으로 보낸 것. 예전에 있었던 유사 사건들을 보면, 이런 행위는 대개 범인이 도전하기 위해서나 과시하기 위한 것이다. 그렇다면 누구에게 도전하는 것인가? 경찰인가 아니면 피해자의 부모인가?

타이웨이는 뜨거운 훈툰을 삼키면서 팡무의 사고방식을 따라 해보면서 범인의 심리적 특징을 분석하려고 노력했다. 훈툰을 다

먹은 그는 인정할 수밖에 없었다. 인상을 찌푸리는 것 말고는 팡무를 흉내 낼 수 없다는 것을. 청량한 밤공기를 마시며 타이웨이는 결심했다. 어떤 대접을 받더라도 내일은 팡무를 찾아가봐야겠다고.

그런데 타이웨이가 생각했던 것보다 일이 수월했다. 팡무는 지난번처럼 날 선 모습은 아니었다. 팡무는 조심스럽게 침실 문을 걸어 잠그고 서류를 받아 가만히 살펴보았다.

"출처는 찾았어요?"

몇 분 뒤, 팡무가 사진을 가리키자 타이웨이가 다가갔다. 팡무가 가리킨 건 도자기 파편이었다.

"그게 좀 복잡해. 시에 있는 대부분의 공예품 판매점에서 그 도자기를 팔거든. 구매자가 누군지 찾기 힘들어."

"이 도자기, 대체 뭘까요?"

팡무가 천장을 보면서 혼잣말하듯 말했다.

"피해자가 현장에서 범인과 몸싸움을 하다 부딪쳐서 화병이 깨졌고, 그 중 하나를 집었던 게 아닐까?"

"아닐 거예요. 범인이 피해자를 살해하고 나서 손에 쥐어준 게 틀림없어요."

"어째서?"

"너무 크다는 생각 안 드세요?"

팡무는 손으로 그림을 그렸다.

"범인은 피해자를 살해하고 성폭행한 뒤 녹화했어요. 이 과정에서 피해자 손에 도자기 파편이 쥐어진 걸 범인이 못 봤을 리가 없어요."

"그러니까 네 말은 범인이 도자기를 피해자 손에 쥐어준 게 어떤 메시지를 전달하기 위해서라는 거지?"

"맞아요. 근데 그 메시지가 뭔지는 저도 잘 모르겠어요. 다만 두 가지 측면에서 생각해볼 수 있어요. 하나는 도자기 그 자체, 또 하나는 이 작품이 나타내는 의미요. 후자는 자료 조사가 필요하지만 전자의 경우는…… 피해자의 신분과 관련이 있는 것 같아요. 도자기 하면 어떤 특징이 떠오르세요?"

"음. 단단하다. 또 잘 깨진다."

"저도 같은 생각이에요. 제 생각엔 여성을 의미하는 것 같아요."

"어째서?"

"그건 나중에 대답하기로 하고, 먼저 범인에 대해서 이야기하죠. 범인은 25세에서 35세 사이로 어느 정도 문화 예술적 소양이 있는 사람이에요. 경제적인 여건도 괜찮은 편이고요. 말끔한 외모에 예의도 발라요. 약간의 성 심리 장애가 있는데, 아마 실패한 성경험에서 비롯됐을 거예요."

"근거는?"

"첫째, 이 사람은 도자기 파편에 어떤 의미를 부여했어요. 일단은 그 의미를 여성이라고 해볼게요. 이 사람은 양질의 교육을 받았고 예술적 소양도 갖추고 있어요. 자신의 외모에 신경을 쓰는 사람이고요. 둘째, 이 사람은 범죄 수단으로 변태적 성 심리를 드러냈어요. 예를 들면 학대, 시신 성폭행, 시신의 하반신 클로즈업 촬영 같은 거죠. 일반적으로 시신을 성폭행하는 사람은 여성과 정상적인 성행위를 할 수 없는 사람인 경우가 많아요. 대부분 성적으로 여성에게 거절이나 모욕을 당한 경험이 있어서 지배욕이 강하고 가학적 성향을 보이죠. 그런 사람들은 죽은 여성이, 여성의 육체에 대한 자신의 지배욕을 더 만족시켜줄 수 있다고 생각해요. 제가 도자기 파편이 여성을 나타낸다고 추측한 원인도 그 때문이에요. 강하기도 하고 약하기도 하니까요. 거절을 의미하면서 동시에 충격한 번에 무너지는 연약함을 의미하는 거죠. 범인이 생각하는 여성이 바로 이런 이미지인 거예요. 근데……."

광무는 잠시 머뭇거렸다.

"이렇게 판단하기는 했지만 솔직히 자신은 없어요. 범인이 왜 고작 일곱 살짜리 어린애를 노린 건지 모르겠거든요. 대부분 그런 심리 상태를 가진 사람들은 성인을 골라 좌절감을 만회시켜요. 근데 저는 범인이 일곱 살짜리 어린애를 정복했다고 만족할 것 같지는 않단 말이죠."

"이번이 첫 시도가 아니었을까? 그래서 상대적으로 손쉬운 어린애를 노린 거지. 아니면 철저하게 우연이었거나."

"아직은 잘 모르겠어요. 섣부른 판단은 자제하는 게 좋아요. 참, 서류 보니까 차량 출처에 대한 조사가 진행 중이던데, 뭐 좀 나왔나요?"

"아직은 없어. 당일 저녁에 운행했던 택시 기사에 대한 조사 결과가 안 나왔거든. 일단은 범인이 렌트를 했거나 자가용을 이용했을 걸로 보고 있어."

"아, 피해자 부모의 지인이 범행을 저질렀을 가능성도 고려해보는 게 좋을 것 같아요."

"왜?"

"만약 강제로 납치했다면 교문 앞에서 아무 낌새도 없었을 리가 없어요. 그랬다면 목격자가 분명히 있었겠죠. 근데 피해자의 가정환경을 보면, 부모가 간단한 자기 방어 상식 정도는 알려줬을 거예요. 아이가 일곱 살이기는 하지만 우리가 어렸을 때처럼 사탕 준다고 덥석 따라가지는 않을 거란 말이죠. 그러니까 부모의 상황을 잘 아는 사람일 가능성이 높아요. 피해자가 경계심을 풀게 만든 다음 납치를 한 거고요."

타이웨이가 가기 전에 팡무는 병원 살인사건의 진전 상황을 물었다. 타이웨이는 잠시 주저하더니 팡무가 처음에 제시했던 수사 방향이 잘못됐었다는 걸 사실대로 이야기해주었다. 팡무의 얼굴에서 실망한 기색은 보이지 않았지만 대신 미간을 찌푸린 채 창밖을 한참 동안 응시했다. 오랜 시간이 지나 팡무가 입을 열었다.

"7월 1일 사건은요?"

"아직 잘 몰라. 너도 알다시피 그건 경문보처 소관이라 나도 묻기가 좀 그래. 근데 아직 단서가 없는 모양이야."

타이웨이는 팡무의 점점 미간이 좁혀지는 걸 보았다.

"왜 그래?"

팡무는 말이 없었다.

"설마…… 동일범 소행이라고 생각하는 거야?"

타이웨이가 망설이며 말했다. 꽤 오랜 시간이 흘러 팡무는 천천히 고개를 저으며 쓸쓸한 웃음을 지었다.

"저도 제 기분이 어떤지 확실하게 얘길 못하겠어요. 머리로는 한 사람이 저지른 게 아닌 것 같지만…… 세 사건의 수법, 피해자, 현장 특징, 범인의 심리적 특징이 각각 너무 다르니까요. 근데 왠지 모르게 사건 사이에 어떤 연결고리가 있는 것 같다는 느낌이 계속 들어요."

자신을 숨죽이며 바라보고 있는 타이웨이를 보더니 팡무는 멋쩍게 웃어보였다.

"제가 괜한 생각을 한 건지도 몰라요. 너무 심각하게 받아들이지는 마세요."

타이웨이는 팡무의 배웅을 받으며 가는 동안 갑자기 뭔가가 떠올랐다.

"마카이가 준 편지, 읽어봤어?"

"아뇨. 태워버렸어요."

팡무는 주저하더니 솔직하게 말했다. 타이웨이는 깜짝 놀랐다. 타이웨이는 그 편지가 범죄자 심리를 알 수 있는 최고의 자료라고 생각했다. 그런데 행동증거학에 지대한 관심이 있는 사람이 그걸 보지도 않고 태웠다는 게 믿어지지 않았다. 이유를 물으려던 타이웨이는 '아무것도 묻지 마세요'라고 쓰인 팡무의 얼굴을 보고 그만 입을 다물었다.

세상에. 그 뭐라더라? 천재는 괴짜라는 말. 어쩌면 이 녀석을 두고 하는 말일지도.

제16장

숫자 킬러?

환경미화원 장바오화張寶華는 빗자루와 쓰레받기를 질질 끌면서 종합 강의실 건물 4층으로 힘겹게 올라갔다. 강의실 몇 개를 대충 청소하고 시계를 보니 벌써 7시가 다 되었다. 규정상 8시 전에는 강의실 건물 청소를 완료해야 했다. 장바오화는 아직 남은 3층을 생각하며 허리를 툭툭 두드리고 404호실로 들어갔다.

강의실에는 두 사람이 나란히 앉아 있었다. 장바오화는 새벽빛에 그중 한 명이 빨간색 옷을 입은 게 어렴풋하게 보였다.

자습하는 거면 왜 불을 안 켜고 있을까? 어젯밤에 몰래 와서 뜨거운 밤을 보낸 게로군. 장바오화는 실쭉거리며 벽에 있는 스위치를 눌렀다.

팡무와 두위는 빵을 한 입 가득 베어 물면서 서둘러 강의실 건물에 도착했다. 그런데 오늘은 지각 걱정을 할 필요가 없어 보였다. 몇백 명이나 되는 학생과 교직원들이 구경거리라도 난 듯 잔뜩 모여 있었던 것이다. 다들 떠들썩하게 이야기하는 중이었는데 하나같이 공포에 질린 얼굴이었다.

뭔 일 났나? 팡무가 옆에 있던 학생에게 물으려던 찰나, 건물 옆에서 경찰차가 보였다. 팡무는 가슴이 철렁 내려앉았다. 설마 또 누가 죽은 건 아니겠지?

팡무는 두위를 버려둔 채 사람들 틈을 비집고 들어갔다. 어렵게 앞자리까지 왔는데 경찰에게 무참히 제지당했다.

폴리스 라인이 건물 앞 공터와 사람들 사이를 철저하게 분리했다. 열려 있는 문 너머로 바쁘게 움직이는 경찰들이 보였다. 팡무가 당직실 창문으로 안을 들여다보니, 당직원이 심각한 얼굴의 노경찰에게 더듬거리며 뭔가를 설명하고 있었다. 옆에 있는 의자에는 여성 환경미화원이 두 손으로 물을 마시고 있었는데, 초점 없는 눈에 온몸을 바들바들 떨고 있었다.

확실히 무슨 일이 난 것 같았다. 팡무가 무거운 마음으로 경찰에게 질문하려는 순간 흰색 지프차에서 내리는 타이웨이를 발견했다. 팡무는 잠시 생각하다 휴대폰을 꺼내 타이웨이에게 전화를 걸었다.

"여보세요?"

"저예요. 무슨 일 난 거예요?"

"팡무구나. 내가 너희 학교에 있는 건 어떻게 알았어?"

"경관님 차 봤어요. 왜 여기 계신 거예요? 대체 무슨 일인데요?"

"공안국에 일손이 딸려서 지원 나온 거야. 또 젠장할 살인사건이 터졌다."

"누가 죽었는데요? 어떻게 된 일이에요?"

"묻지 마. 나도 지금 정신없어. 며칠 후에 다시 연락할게."

타이웨이는 전화를 끊었다. 타이웨이의 욕설은 현재 그의 초조한 심정을 반영하고 있었다. 아무리 경찰이라도 살인사건이 계속 터지면 누구라도 욕이 나올 터였다.

타이웨이는 그 순간 정말이지 욕이 목구멍까지 차올랐다. 자오융구이는 이미 4층 화장실에서 구토를 하고 있었다. 타이웨이도 구역질이 났지만 누군가는 현장을 지키고 있어야 했다. 그는 용기를 내어 초유의 광경을 마주했다.

80명 정도 수용 가능한 강의실이었다. 네 번째 줄에는 온몸에 피부가 벗겨진 사람 하나가 앉아 있었다. 강의실에서 카메라 플래시가 정신없이 터지는 통에 타이웨이는 눈이 부셔서 속이 더 울렁거렸다.

"아직 멀었어?"

타이웨이는 굵고 낮은 목소리로 촬영팀 동료에게 물었다. 다 됐다는 대답을 들은 타이웨이는 손을 흔들며 말했다.

"다음, 이어서 진행하지!"

대기하고 있던 법의학자와 감식요원들이 민첩하게 움직였다. 몇 사람이 말도 없이 분주하게 움직이던 그때, 법의학자 한 명이 크게 놀라며 소리쳤다.

"어? 경관님, 이리 좀 와 보세요!"

타이웨이는 정신을 차리고 급히 달려갔다.

"뭐 발견했어?"

"이것 좀 보세요."

법의학자는 여자 시신의 머리 쪽을 가리켰다. 타이웨이의 시선이 손이 가리키는 방향을 따라갔다. 얇고 검은 선이 여자 시신의 머리 쪽을 지나 아래로 향하고 있었는데, 한쪽은 강의실 책상 서랍 안에 들어 있고, 다른 한쪽은 여자 시신의 귀에 꽂혀 있었다. 타이웨이가 살펴보니 남은 귀 한쪽에도 선이 있었다. 이어폰이었다. 타이웨이가 천천히 서랍을 열자 그 안에는 CD플레이어가 들어 있었다.

타이웨이는 장갑을 끼고 천천히 CD플레이어를 꺼냈다. 기기 안에서 CD가 빠르게 돌아가는 게 보였다. 타이웨이는 법의학자에게 시신의 귀에서 이어폰을 빼라는 신호를 보냈다. 기괴한 분위기 때문인지 법의학자는 손을 떨었다. 정신을 집중하고 시신의 귀에서 이어폰 한쪽을 빼냈다. 다른 한쪽을 빼내려고 하는데 잘 빠지지 않아 힘을 줬더니, 엉뚱하게 타이웨이가 들고 있던 CD플레이어가 당겨졌다. 타이웨이가 기기를 꼭 붙들자 이어폰 플러그가 기기에서 빠져나왔다.

그 순간 귓가를 때리는 커다란 음악소리가 교실에 울려 퍼졌다. 마치 묵직한 쇠망치가 현장에 있던 경찰들의 가슴을 쿵쾅대며 두드리는 느낌이었다. 교실 뒤에서 현장 감식에 열중하던 경찰이 소리에 놀라 바닥에 주저앉았지만, 그걸 보고 웃는 사람은 아무도 없었다. 모든 사람들이 공포에 질린 얼굴로 타이웨이가 들고 있는 CD플레이어를 뚫어져라 바라봤다.

타이웨이는 하마터면 스산하게 울리는 기기를 던져버릴 뻔했다. 하지만 얼른 정신을 차리고 정지 버튼을 눌렀다.

고개를 떨구고 있는 여자 시신은 마치 당황해서 어쩔 줄 모르는 타이웨이와 사람들을 몰래 비웃는 것 같았다. 한편 그 옆에 사람 피부를 옷처럼 입고 허리를 세운 마네킹은, 몸이 앞뒤로 흔들리는 게 진짜 웃는 것처럼 보였다.

그날 아침 일은 학교를 들끓게 만들었다. 광무는 타이웨이가 상황을 전해주기만 기다리고 있었다. 기다리는 동안 광무도 나름대로 관련 단서들을 수집했다. 진짜 정보도 있고 가짜 정보도 있었는데, 정부 측 소식에도 확인되지 않은 소문이 섞여 있었다. 그래도 확실한 건, 그날 종합 강의실 건물에서 분명히 살인사건이 일어났고, 피해자는 화학과 여학생이며 끔찍한 모습으로 살해되었다는 거였다.

사흘 뒤, 타이웨이가 정말로 광무를 찾아왔다. 방에 들어서자마자 광무가 혼자 있는 걸 보더니 광무 침대에 벌러덩 드러누웠다.

"먹을 거 없냐? 배고파 쓰러지겠다."

"컵라면밖에 없어요."

광무는 충혈된 눈에 머리가 산발인 타이웨이를 보며 국가기관에서 일하는 사람이 아니라 며칠 굶은 노동자 같다고 생각했다.

"괜찮아. 자차이榨菜, 갓을 절여 만든 중국식 장아찌 같은 거 있으면 더 좋고."

팡무는 컵라면과 함께 언제 만들었는지 모르는 자차이를 내주었다. 타이웨이는 면이 익기도 전에 허겁지겁 먹으면서 가져온 검은색 가방을 손으로 가리켰다.

"안에 있는 거 한번 봐봐."

피해자 이름 신팅팅辛婷婷, 여자, 20세, 쓰촨四川성 쯔궁自貢시 사람. 실종된 지 36시간 만에 시신으로 발견되었다. 피해자는 생전에 인터넷에서 수많은 친구를 사귀었는데, 외지에 가서 인터넷 친구와 급만남을 한 적도 있었다. 그래서 피해자의 룸메이트는 그녀의 실종을 전혀 이상하게 여기지 않았다.

"또 한 사람은 누구예요?"

팡무는 자료를 뒤로 넘기면서 물었다. 타이웨이는 역한 뭔가가 떠올랐는지 갑자기 면을 씹는 걸 멈췄다.

"사람이 아니라 마네킹이야."

타이웨이는 입 안에 남은 면을 억지로 삼켰다.

"마네킹이요?"

팡무는 인상을 쓰며 뭔가를 물으려다 헛구역질을 시작한 타이웨이를 보더니 급히 책상에 있는 물컵을 가리켰다. 머쓱해진 타이웨이는 물을 벌컥벌컥 마시고 목소리를 가다듬은 뒤 태연하게 말했다.

"너무 급하게 먹었나 봐……"

심리죄

팡무의 비웃음 섞인 눈빛을 보고 타이웨이는 왠지 좀 분했다. 팡무는 웃으며 질문을 이어갔다.

"마네킹이 어떻게 생겼는데요? 현장 사진이 어디 있더라……. 방금 뭐라고 하셨어요?"

아무 예고도 없이 팡무가 갑자기 벌떡 일어났다. 물을 마시던 타이웨이는 갑작스런 질문에 사레가 들려 심하게 기침을 해댔다. 팡무는 타이웨이의 등을 두드려주면서 큰 소리로 캐물었다.

"방금 뭐라고 하셨냐고요?"

"내…… 내가 무슨 말을 했다고 그래. 너, 나 놀래켜 죽일 셈이야?"

타이웨이는 힘겹게 숨을 헐떡였다.

"빨리 생각해보세요. 방금 뭐라고 하셨잖아요. 무슨 4……."

팡무가 다급하게 말했다.

"음, 내가 방금…… 4층 404호라고 했지, 아마? 왜 그러는데?"

팡무는 대답 없이 한쪽 구석을 멍하니 쳐다보며 숫자를 말하기 시작했다.

"1, 2, 3, 4……."

타이웨이가 질문을 던지려고 하는데 팡무가 천천히 입을 열었다.

"경관님, 병합 수사하시죠."

뒤돌아선 팡무의 눈이 반짝였다.

"숫자예요."

"숫자라니?"

타이웨이는 더 갈피를 잡을 수 없었다.

"분명 한 놈 짓이에요. 범행을 저지를 때마다 범인은 현장에 번호를 남겼어요. 피해자의 숫자가 아니라 범행을 저지른 순서라고요. 지금이 네 번째 범행인 거고요."

"무슨 말인지 모르겠는데."

"7·1사건 때 두 손이 잘린 남학생, 뭐 하던 사람인지 기억하세요?"

"그 사건에 대해서 내가 잘은 모르지만, 학교 축구팀 골키퍼였지, 아마?"

"보통 골키퍼의 유니폼 넘버가 뭐죠?

"……몰라. 근데 프랑스의 바르테즈는 16번이야."

팡무가 마카이에게 당할 뻔한 날, 복도에서 당직실을 지나다 우연히 TV에서 보고 알게 된 정보였다.

"1번이에요. 취웨이창은 분명히 1번 유니폼을 입었어요. 제가 그친구 추도식에 갔었거든요."

"1번이라. 이제 알겠다. 병원살인사건은 제2진료실에서 일어났었지. 이건 2번이네. 그럼 3번은?"

"시신이 담겼던 그 상자요. 그 상자 모양 기억나요?"

"아디다스 상자 말이야?"

타이웨이가 도통 모르겠다는 듯이 물었다.

"뭐 특별한 게 있었나?"

"클로버예요. 제가 좀 더 일찍 알아차렸어야 했는데."

팡무가 씁쓸하게 웃으며 말했다. 괴로운 건 팡무 혼자만이 아니었다. 그 순간 타이웨이도 또렷이 기억났다. 아디다스 상자 옆면에 아디다스 특유의 로고인 클로버가 새겨져 있었다. 상자를 수백 번도 더 봤는데 그땐 왜 발견하지 못했을까?

순식간에 313호에 있던 두 사람은 마치 무겁고 끈적끈적하며 퀴퀴한 냄새가 뒤엉킨 공포에 사로잡힌 것만 같았다. 두 사람은 말을 잃었다. 팡무는 바닥을 보고 있었고, 타이웨이는 그런 팡무를 바라보았다. 공포는 끊임없이 비웃는 구렁이처럼 그들 사이를 오갔다. 그 구렁이는 혀를 날름거리고 독니를 드러내면서 두 사람의 공포와 무력감을 거만하게 감상하는 듯했다.

한참의 시간이 흘러 타이웨이가 어렵게 말을 건넸다.

"얼마나 남았을까?"

팡무는 길게 숨을 내뱉으며 고개를 저었다.

"모르겠어요."

방안은 다시 깊은 침묵에 잠겼다. 또 긴 시간이 흐른 뒤 타이웨이가 팡무를 떠보듯 물어보았다.

"우연은 아닐까?"

팡무는 갑자기 벌떡 일어나 자료 뭉치를 들고 책상 위에 탁 내려놓았다.

"병합 수사해야 해요."

타이웨이를 바라보는 팡무의 눈이 빛났다.

"그리고 제가 할 일은, 계속 이 사건들을 알아보는 거고요. 부디…… 4에서 끝나길 바라야지요!"

피해자 신팅팅은 경부 압박에 의한 질식으로 사망했다. 범행 도구는 끈으로 추정되었다. 피해자의 혈액에서 트리아졸람 Triazolam, 불면증 치료제 성분이 발견된 것으로 보아 마취 후 목이 졸려 사망한 것으로 의심되었다. 피해자는 온몸의 피부가 벗겨진 상태였다. 범인은 벗겨낸 피부를 마치 옷처럼 피해자 옆에 둔 마네킹에 '입혔다'. 피부를 벗겨낸 수법으로 볼 때 범인의 기술이 뛰어나진 않았다. 다만 마네킹에 피부 옷을 '봉제'한 솜씨가 정교한 걸 보면 세심하고 인내심이 많은 사람인 걸 알 수 있었다.

현장에서는 CD플레이어가 발견되었는데, 기록된 재생 시간을 보니 사건 발생 당일 새벽 1시 45분에 작동된 거였다. 범인이 시신과 마네킹을 강의실에 들인 시간으로 볼 수 있었다.

피해자가 '듣고' 있던 음악은 발매된 지 오래된, 1970년대에 유행한 비틀즈 앨범 《The Beatles》였다. 경찰과 팡무를 가장 골치 아프게 만든 게 바로 이 부분이었다. 살인을 하고 피부를 벗겨낸 것보다 확실히 의미심장한 행위였다. 죽은 사람에게 음악을 들려준다는 건 대체 무엇을 의미하는 걸까?

많은 사람들이 병합 수사의 이유가 좀 억지스럽다는 느낌을 받기는 했지만, 결국 공안국의 허가를 받아 전담팀이 구성되었고, 타이웨이와 자오융구이가 책임자로 선임되었다. 앞서 터진 세 사건에서 놓쳤던 단서들도 다시 끌어 모아 철저한 수사에 들어갔다. 그중 두 가지가 이번 수사의 핵심이었다. 첫째, 병원살인사건에 쓰인 마약의 출처. 헤로인은 쉽게 구할 수 있는 범행 도구가 아니었다. 따라서 경찰은 시 전체를 대상으로 헤로인 구매자를 찾는다면 범인의 신분을 확정할 수 있을지도 모른다고 판단했다. 최소한 일부라도 범인의 특징을 손에 넣을 수 있을 거라고 본 것이다.

둘째, 차량. 팡무는 타이웨이에게 범인이 차를 소유하고 있을 거라고 말했다. 경찰도 같은 생각이었다. 첫 번째, 세 번째, 네 번째 사건이 발생한 현장이 모두 피해자를 살해한 장소가 아니었기 때문이다.

일주일 후, 두 팀으로 나뉘어 찾은 정보가 전담팀에 전해졌다. 마약 출처 조사를 맡은 팀은 특청特請. 수사 업무에서 쓰이는 비전문 수사 인력을 동원해 마약 사용자들을 대상으로 용의자를 조사했지만 의심 가는 사람은 발견하지 못했다. 대신 중요한 정보를 하나 얻었다. 7월 하순쯤 한 마약 복용자가 마약을 사러 한밤중에 나갔다가 돌아오는 길에 습격을 당해 갓 구매한 헤로인을 도난당했다는 것이다. 이 마약 복용자는 습격으로 다치기는 했지만 제 발이 저려서 신고를 안했다. 경찰은 그 사람을 신문했지만, 당시 그는 마약 중독으로 이성적인 판단능력을 상실한 상태라 습격한 사람의 인상착의에 대해 전혀 기억하지 못했다. 결국 경찰은 그에게 노동 교화 처분을 내리고 조사를 마무리 지었다.

차량 조사에 나섰던 팀은 주차된 차량을 하나하나 조사해봤지만 아무 소득이 없었다. 그런데 경찰이 학교 주변에 외부에서 드나들 수 있는 출입구가 있는지 조사해보니, 북쪽 울타리에서 빈틈하나가 발견되었다. 원래는 철제 울타리가 세워져 있었는데, 누군가 울타리 하나를 톱으로 끊고 원래대로 두었다가 마음대로 드나든 것 같았다. 잘린 울타리를 치우면 한 사람 정도 드나들 수 있는 공간이 생겼다. 그 틈으로 들어오면 걸어서 1분 만에 종합 강의실 건물(네 번째 사건 현장)에 도착할 수 있었다. 또 걸어서 5분이면 운동장(첫 번째 사건 현장)에 도착했다. 틈 바깥에 남아 있는 차량흔적은 이미 조사할 것도 없었다. 경찰은 범인이 이 틈을 통해 범행 현장을 드나든 걸로 잠정 결론지었다.

이상의 단서들과 공안청 범죄 심리 연구실의 분석을 통해 범인은 경제 여건이 좋고, 똑똑하며 건장하고, 주변 지리에 익숙한 사람인 것으로 결론지었다.

이 결론은 팡무의 예상과 대체로 일치했다.

화창한 가을 오후, 팡무와 타이웨이는 농구장 벤치에 앉아 있었다. 타이웨이는 방금 전달받은 정보를 팡무에게 알려주었다. 사람 피부를 입고 있던 마네킹의 생산업체는 찾았지만 그 마네킹을 판매하는 전문점이 수백 개라 구매자를 찾기가 어려웠다. 타이웨이는 '아직 조사 중'이라고 했지만 팡무는 그가 크게 기대하지 않는다는 걸 알 수 있었다.

가을 햇볕을 쪼여서 그런지 팡무는 온몸이 나른해지고 눈꺼풀이 무거워졌다. 며칠째 계속 밤낮으로 네 건의 살인사건 자료를 들여다봤기 때문이다. 자료를 조사하고 메모도 하면서 동시에 호기심이 충만한 두위의 눈까지 피해야 했다. 수면 부족에 시달렸던 팡무는 그 순간만큼은 실컷 잠이나 잤으면 싶었다. 하지만 따뜻한 햇볕 아래 편안하게 눈을 감은 팡무의 머릿속에는, 마치 누군가가 칼로 뇌 속 깊이 새겨둔 것처럼 서류에서 본 글자와 사진들이 계속해서 떠올랐다.

경찰의 분석대로 놈은 상당히 지능적이었다. 범인이 방심해서 단서를 남겼을 거라고 기대하는 건 거의 불가능했다. 놈을 잡으려면 그의 행동을 하나하나 분석하고 특징을 귀납하는 수밖에 없었다. 생각할수록 오리무중인 이 네 건의 살인사건에서 팡무가 알아낼 수 있는 건 과연 무엇일까?

이것 역시 며칠 동안 팡무를 가장 골치 아프게 만든 일 중 하나였다. 과거의 경험과 현재 사례로 볼 때, 연쇄살인범은 연속으로 범행을 저지르는 과정에서 심리적이나 감정적인 어떤 필요를 만족시키기 위해 특정한 행동을 했다. 그 행동은 범죄자의 '표시 행위'라고 부른다. 표시 행위를 가려내고 분석하는 건 연쇄살인사건을 해결하는 데 매우 중요하다. 병합 사건을 분석하는 근거도 되지만 범인의 범행 동기를 알아내는 중요한 정보가 된다. 표시 행위는 범인의 잠재적 인격, 생활 유형과 경험을 반영하기 때문에 범죄자, 피해자, 현장에서 그에 상응하는 적절한 증거를 찾을 수 있다.

범인이 범행 과정에서 숫자를 남긴 건 결코 우연이 아니었다. 더 많은 사실을 확인하기 전까지는 숫자를 도발로 해석할 수밖에 없었다. 범인이 네 건의 범행에서 보인 다른 특수한 행동들도 표시 행위로 볼 수 있을까?

표면적으로는 표시 행위의 특징을 갖추고 있는 것처럼 보인다. 첫 번째 사건에서 피해자 왕쳰은 사지가 절단되었고, 취웨이창은 양손이 잘리고 운동장으로 시신이 옮겨졌다. 세 번째 사건에서 손에 도자기 파편을 쥐고 있던 피해자 진차오가 하반신이 녹화된 비디오테이프와 함께 집으로 보내졌다. 네 번째 사건에서 피해자 신팅팅은 피부가 벗겨졌다. 이는 모두 범인이 위험을 감수하고 따로 시간과 노력을 들여 저지른 행동이었다. 법망을 피하려는 목적 그 이상으로 범인 자신이 어떤 만족을 얻기 위해 한 행동들로 볼 수 있었다.

팡무를 가장 곤혹스럽게 만든 부분이 바로 이거였다. 겉보기에는 분명히 표시 행위 같은데, 범죄자 생각의 변화를 읽을 수도 없고 사건의 연속성도 이어지지 않았기 때문이다. 다시 말해서 '표시 행위'로 보이는 행동들이 범인의 인격과 심리적 특징을 충분히 반영하고 있지 않다는 것이다.

"내 생각에는 말이야, 너도 눈치챘겠지만 매 사건마다 설명할 수 없는 특징들이 있었잖아. 사건과 전혀 관련 없어 보이는 것들 말이야. 첫 번째 사건에서는 주사기, 두 번째 사건에서는 음란 만화책, 네 번째 사건에서는 CD가 그랬지. 어쩌면 이게 다음 범행의 대상과 방법을 암시하는 건 아닐까?"

줄곧 옆에서 나른하게 앉아 있던 타이웨이가 입을 열었다.

"계속해보세요."

팡무의 반응에 타이웨이는 정신을 가다듬었다.

"사실 첫 번째 현장에서 주사기가 발견됐다고 했을 때 딱 그런 느낌이 들더라고. 두 번째 사건 피해자가 병원에서 죽었잖아. 우연 치곤 너무 이상하지 않아? 또, 피해자 가방에서 발견된 만화책은 성적 학대에 관한 내용이 대부분이었어. 그런데 마침 세 번째 사건 피해자가 성적 학대로 사망을 했지."

타이웨이는 손으로 반을 가르는 시늉을 했다.

"모든 사건을 둘로 나눠서 생각해볼 수 있을 것 같다. 사건과 무관한 것처럼 보였던 물증이 사실은 다음 사건을 암시하는 거라고 말이야."

타이웨이의 말에 팡무는 답을 낼 수 없었다. 사실 팡무도 같은 생각을 한 적이 있다. 타이웨이는 세 번째 사건의 도자기 파편은 언급하지 않았다. 팡무는 이미 그 도자기 파편과 해당 작가에 대한 자료를 많이 찾아보았다. 도자기 화병을 만든 그레이슨 페리는 복장도착자이성의 옷을 입고 꾸미며 이성처럼 행동하는 것을 좋아하는 사람였다. 네 번째 사건에서 범인은 피해자의 피부를 벗겨 남자 마네킹에 입혔는데, 이는 다른 성별로 바꾸고 싶은 욕망을 표현한 걸로 볼 수 있었다.

만약 이 가설이 성립한다면 이제 남은 건 두 가지였다. 첫째, 범인의 동기는 무엇인가? 둘째, 네 번째 사건에서 CD는 무엇을 암시하는가?

팡무는 피곤한 듯 관자놀이를 눌렀다. 이토록 정신이 혼란스러운 사람이라면 그가 무슨 생각을 하는지 파악하기란 매우 어려울 것이다.

"어찌 됐든 다음 사건의 피해자는 또 이 일대에서 발생할 것 같아요. 그리고……."

"5와도 관련이 있을 거고."

타이웨이는 어두운 표정으로 팡무의 말을 대신했다.

사람들에게 전부 5와 관련된 사물 근처엔 얼씬도 하지 말라고 해야 할까? 두 사람은 망연자실한 얼굴로 주위를 둘러보았다. 얼굴에는 밝은 미소를 띤, 삶에 대한 아름다운 동경으로 가득 찬 사람들이 보였다.

햇빛은 여전히 눈부셨지만 팡무와 타이웨이의 마음은 서늘하기만 했다.

심리죄

제17장

돼지

무슨 일이 터질 것 같은 이상한 날이었다.

오전에 차오 교수가 팡무를 심리상담실로 불렀다. 그는 팡무에게 몇몇 사건에 관여하고 있는지를 물었다. 팡무는 속으로 '지난번에는 교수님이 절 끌어들이셨잖아요'라고 중얼거리면서 말을 얼버무렸다. 차오 교수가 눈을 부릅뜨자 팡무는 알고 있는 걸 있는 그대로 솔직하게 털어놓았다. 이야기를 다 들은 차오 교수는 인상을 쓰며 담배 두 개를 연거푸 피웠다. 그러고는 뜬금없이 조심하라는 식의 당부만 하더니 팡무를 돌려보냈다.

차오 교수가 자기에게 뭔가 불만이 있다는 게 느껴지긴 했지만, 만일 그가 사건에 도움을 준다면 범인을 잡을 확률이 훨씬 높아질 거라는 생각에 팡무는 안도감이 들었다. 그런데 그날 오후, 자습실에서 일어난 일로 팡무는 상당히 난감해졌다.

타이웨이는 팡무가 조금이라도 단서를 더 발견했으면 하는 마음에 자료를 복사해주었다. 그래서 팡무는 오후에 눈에 잘 안 띄는 자습실 구석으로 가서 자료를 살폈다. 덩린웨가 팡무에게 다가오는 동안, 팡무는 음란 만화 복사본을 들여다보느라 덩린웨가 오는 걸 전혀 눈치채지 못했다. 덩린웨가 웃으며 인사를 건넸다.

"안녕. 너도 만화 보는구나. 무슨 책인데?"

궁금해진 덩린웨가 몸을 굽히자 팡무가 나체로 묶여 있는 그림들을 가리려고 했다. 하지만 이미 엎질러진 물이었다. 덩린웨는 몇 초간 멍하니 바라보다 귀까지 얼굴이 빨개졌다.

"음…… 취향이 독특하구나."

덩린웨는 팡무 얼굴은 쳐다보지도 못하고 서둘러 가버렸다. 팡무가 해명하려고 했지만 이미 덩린웨는 밖으로 나가고 없었다.

"젠장!"

팡무는 자료를 책상에 던져버렸다. 왠지 일진이 안 좋은 느낌이 들었다.

불길한 예감은 틀리지 않는지, 저녁 시간에 갑자기 타이웨이에게서 전화가 왔다. 목소리에서 다급함이 느껴졌다.

"차이자툰蔡家屯인데, 너 빨리 좀 와 봐. 택시 타고!"

"무슨 일인데요?"

"무슨 일이겠어! 이번엔 일이 좀 커질 것 같다. 빨리 와라. 도착할 때쯤 전화해. 데리러 갈 테니까."

타이웨이는 할 말만 한 뒤 전화를 끊었다.

차이자툰은 근교에 위치한 지역으로 도시 주민들이 많이 거주하고 있었다. 경작할 땅은 없지만 이곳 주민들은 여전히 농민들의 습관을 유지하고 있었다. 날이 어두워지면 밥 먹고 하나둘 잠자리에 들기에 저녁 7시도 안 되어서 마을 전체가 캄캄해졌다. 그런 동네에 딱 한 곳만 불이 켜져 있고 경찰 경보등이 소리 없이 깜빡이는 게 보였다.

길가에 서서 담배를 피우고 있는 타이웨이를 보자 팡무는 마음이 무거워졌다. 멀리서 바라본 타이웨이는 등을 구부리고 옷깃을 세우고 있었는데, 가을바람에 머리카락이 이리저리 날렸다. 옆에 있는 지프차 등불에 타이웨이의 침울한 표정을 볼 수 있었다. 타이웨이를 안 지 오래됐지만 그런 얼굴은 처음이었다.

몇 분 뒤, 타이웨이와 팡무는 앞뒤로 나란히 서서 어느 농가의 뜰 안으로 들어갔다.

100와트짜리 전구가 눈부신 빛을 수직으로 내리쬐고 있어서 그런지 뜰 안에 있는 사람들이 허여멀건 귀신 얼굴처럼 보였다.

"드디어 오셨네."

구석에 쭈그리고 있던 사람이 갑자기 입을 열었다. 팡무가 소리 난 쪽을 바라보니 일전에 마카이 사건 때 만났던 법의학자였다. 옆에는 또 한 명이 앉아 있었는데, 팡무를 한 번 쓱 보더니 다시 고개를 숙이고 말없이 담배만 피웠다. 그 사람도 아는 얼굴이었다. 이름이 자오융구이로, 차오 교수의 심리상담실에서 본 적이 있었다.

뜰에 있던 사람들이 전부 자신을 쳐다보자 팡무는 어찌할 바를 몰랐다.

"이쪽이야."

타이웨이가 한 쪽 구석에서 팡무를 불렀다. 가까이 가기도 전에 코를 찌르는 냄새가 났다. 깨진 벽돌, 널빤지, 나무껍질로 지은 돼지우리였다. 전구 빛에 돼지우리 안의 모습이 한눈에 보였다. 우리 안에는 반 척 정도 두께의 진흙이 깔려 있고 곳곳에 꿀꿀이죽이 뿌려져 있었다. 돼지구유는 엎어져 반쯤 진흙 속에 파묻힌 상태였다. 아주 관리가 엉망진창인 양돈 농가였다.

돼지우리에는 돼지가 한 마리도 없었다. 미동도 없이 진흙에 누워 있는, 온몸이 거뭇거뭇한 게 돼지처럼 보이기는 했지만 팡무는 사람이라고 확신했다.

"저 사람이…… 누구죠?"

팡무는 손으로 가리키며 쉰 목소리로 물었다. 타이웨이는 대답 대신 팡무에게 증거품 봉투를 건넸다. 안에는 흙탕물이 잔뜩 묻은 뭔가가 들어 있었다. 꺼내 보니 오른쪽 상단에 금발이고 파란 눈의 백인 남자가 실없이 활짝 웃고 있었다. 이름은 토마스 질, 미국 국적으로 J대 공통 외국어학부에서 근무했다. 피해자가 외국인이라니, 타이웨이 말대로 일이 커졌다.

팡무가 갑자기 고개를 들더니 뭔가를 찾는 듯 주위를 살폈다. 타이웨이는 팡무가 찾는 게 뭔지 알고 또 다른 증거품 봉투를 건넸다. 이번에는 손목시계였다. 역시 흙탕물이 묻어 있었지만 시간은 보였다. 시침, 분침, 초침이 모두 '5'를 가리키고 있었다.

다섯 번째 살인사건이었다.

"타이웨이, 이젠 시작해도 되지?"

아까 그 법의학자가 짜증이 섞인 말투로 소리쳤다. 타이웨이는 뒤돌아서 시작하라는 듯 손짓을 한 뒤 고개를 돌려 팡무에게 설명했다.

"네가 현장을 살펴본 다음에 감식하자고 해서 다들 기다리고 있었어. 파출소 사람들이 현장 흔적을 좀 훼손하기는 했지만. 제대로 프로파일링을 하려면 최초 발견한 상태 그대로를 보는 게 중요하잖아."

타이웨이가 자신만만한 얼굴로 팡무에게 눈을 찡긋해보였다.

장화를 신은 두 사람이 우리 안으로 들어갔다. 힘겹게 시신을 빼내서 뜰 중앙에 둔 비닐 천 위에 올려놓았다. 피해자의 신장은 170센티미터 정도로, 미국인치곤 작은 키였다. 온몸이 진흙투성이였지만 뼈가 드러난 상처 몇 군데를 육안으로 확인할 수 있었다.

"윽, 돼지한테 한참 뜯어 먹혔나 본데."

법의학자가 장갑을 끼면서 인상을 팍 썼다.

"타이웨이, 가서 일 보고 있어. 지금 보니까 이거 시간 꽤나 걸리겠어."

타이웨이는 고개를 끄덕이고는 팡무와 집 안으로 들어갔다. 집 안에도 불이 환했다. 비쩍 마르고 농부 행색을 한 사람이 구석에 있는 앉은뱅이 의자에 얌전히 앉아 있었는데, 보아하니 경찰에 신고한 사람 같았다. 경찰 두 명이 구들 가장자리에 앉아 있었고 중간에 위치한 작은 책상에는 조서가 놓여 있었다.

타이웨이가 들어오는 걸 보더니 경찰들은 하던 걸 멈추고 자리에서 일어섰다. 옆에 있던 농민도 같이 따라서 일어났다. 타이웨이는 앉으라고 손짓한 뒤 조서를 몇 장 넘기면서 잔뜩 언 채로 서 있는 신고자에게 말했다.

"방금 말씀하신 거, 다시 한 번만 얘기해주시죠."

신고자는 순간 얼굴을 찡그렸지만 막힘없이 진술했다. 같은 내용을 이미 여러 차례 반복한 듯 보였다.

"우리 집 망할 놈의 여편네가 어제 오후에 저랑 한바탕하고 친정으로 가버렸어요. 저는 동네 슈퍼에서 오후 내내 포커를 하다가 5시쯤 넘어서 집에 왔고요. 뜰로 가면서 이놈의 돼지새끼가 하루 종일 밥 안 줬다고 꿀꿀대겠구만, 했어요. 다행히 아무 소리도 안 내더군요. 한 솥 끓여다가 먹였죠. 전기 좀 아껴볼까 하고 불을 안 켰는데, 뭔가 이상하더라고요. 우리 집엔 돼지가 네 마리인데 왜 다섯 마리가 있지? 옆집 우씨 둘째네 돼지가 넘어왔구나 싶어서 내심 기분이 좋았죠. 근데 그놈이 누워서 먹지도 않고 있는 거예요. 막대기로 쿡쿡 찔러봐도 꿈쩍을 안 해요. 그래서 손전등을 비춰보니까, 글쎄, 사람이지 뭡니까! 그 길로 경찰에 신고를 했고, 파출소 사람들이 왔어요. 그 사람 몸을 뒤져서 신분증을 찾으니까 그쪽한테 전화를 한 겁니다."

그때 법의학자가 들어와서 수도꼭지를 틀고 흐르는 물에 손을

심리죄

씻었다. 타이웨이가 목청껏 불렀다.

"어떻게 됐어?"

"저혈량 쇼크야. 돼지한테 먹힌 부분은 자세히 검사해봐야겠지만, 자상이 최소 14군데나 돼."

법의학자가 손에 묻은 물기를 털며 다가왔다. 그는 턱으로 신고자 쪽을 가리켰다.

"피해자를 돼지라고 생각할 만해. 뚱뚱하더라고. 못해도 90킬로그램은 돼 보여. 그쪽 돼지들이 포식 좀 했겠습디다."

법의학자는 사람들이 메스꺼운 듯이 인상을 쓰는 걸 보고 껄껄대며 웃었다. 타이웨이는 작게 "변태"라고 말한 뒤 고개를 돌려 팡무 쪽을 바라보았다. 팡무는 멍하니 방구석을 응시하며 중얼거리고 있었다.

"돼지…… 돼지라……."

타이웨이가 뭔가를 물어보기도 전에 먼저 팡무가 신고자에게 질문을 했다.

"방금, 피해자를 돼지로 생각했다고 했죠?"

갑작스런 질문에 신고자는 깜짝 놀랐다.

"맞, 맞아요. 날이 너무 어두워서 돼지들이 하나같이 시커맸거든요. 게다가 엎어져 있었으니, 돼지가 아니면 제가 뭐라고 생각했겠습니까?"

팡무는 타이웨이 쪽으로 고개를 돌렸다. 타이웨이 눈에 비친 팡무의 얼굴은 창백했지만 눈빛에서는 강한 위압감이 느껴졌다.

"그 CD는요?"

"CD라니?"

타이웨이는 순간 머리가 멍했다.

"지난번에, 그 404호실에서요! 피부가 벗겨진 여자가 듣고 있던 그거요!"

다급해진 팡무의 입에서 말이 두서없이 흘러나왔다.

"공안국에 있지. 그건 왜?"

타이웨이의 말이 떨어지기가 무섭게 팡무는 밖으로 뛰어나갔다.

"가요. CD 가지러!"

30분 후, 팡무는 이어폰을 꽂고 말없이 CD를 들었다. 타이웨이는 팡무가 뭘 하려는 건지 알 수 없었지만, 어쩌면 그 CD가 다섯 번째 사건과 관계가 있다는 걸 팡무가 알아챈 거라고 생각했다. 타이웨이는 담배에 불을 붙이고 팡무 앞에 앉아서 가만히 그를 지켜보았다.

팡무는 음악을 한 곡씩 다 들으면서 종이에 뭔가를 적었다. 어떤 곡은 처음부터 끝까지 다 듣고, 어떤 곡은 몇 소절만 듣고 건너뛰었다. 그러다 마침내 한 곡을 여러 번 반복해서 듣더니 빠르게 뭔가를 적고 그 단어 위에 동그라미를 여러 번 겹쳐 그렸다.

Helter Skelter.

"헬터 스켈터? 그게 뭔데?"

타이웨이가 이해가 안 된다는 듯이 물었다. 팡무가 동그라미를 너무 세게 그런 탓에 펜이 종이를 뚫고 나갔다. 그 단어가 나타내는 의미와 부합하는 듯했다.

팡무는 천천히 이어폰을 뺐다. CD플레이어는 웅웅거리며 혼자 돌아가고 있었다. 팡무는 책상 위에 있던 담뱃갑을 가져다가 천천히 한 개비를 꺼냈다. 타이웨이는 팡무의 손이 미세하게 떨리는 걸 발견했다.

"찰리 맨슨이요."

팡무의 목소리는 잠겨 있었다. 타이웨이도 들어본 이름이었다. 무슨 사이비 집단의 교주였다는 것도 어렴풋이 기억났다. 근데 찰리 맨슨이 이번 살인사건과 무슨 관련이 있다는 거지?

"찰리 맨슨은 1960년대 미국에서 악명 높았던 사이비 집단 '맨슨 패밀리'의 교주였어요. 그는 비틀즈 노래에 영감을 받아 '헬터 스켈터Helter Skelter'라는 종말 전쟁을 일으킬 거라고 선언했죠. 백인을 죽이고 흑인과 백인의 전쟁을 일으킨다는 목적이었어요. 첫 번째 희생자는 유대인인 로만 폴란스키 감독의 가족이었죠. 폴란스키와 그의 아내인 샤론 테이트를 비롯한 네 명이 살해됐어요. 두 번째 희생자는 슈퍼마켓 주인 부부였어요. 사건 현장 벽에는 '돼지를 죽이다'라고 적혀 있었어요. 그 노래가 바로 앨범 《더 비틀즈》에 수록된 〈헬터 스켈터〉였고요."

타이웨이는 어안이 벙벙한 표정으로 듣고 있다가 한참 뒤에 겨우 입을 뗐다.

"그러니까 네 말은, 범인이 찰리 맨슨을 따라하고 있다는 거지?"

"네. 방금 전까지만 해도 범인이 왜 시신을 돼지우리에 버렸을까 의아했어요. 근데 피해자를 돼지로 생각했다는 신고자의 말을 듣는 순간 맨슨이 떠올랐어요. 역사적으로 피해자를 살해한 뒤 어떤 특정한 방식으로 피해자를 모욕하는 연쇄살인범들이 많았으니까요. 예를 들면 '쓰레기를 함부로 버리지 마시오'라고 적힌 광고판 밑에 고의로 피해자를 방치하는 것처럼요. 그런데 피해자를 돼지라고 부른 대표적인 사람이 바로 찰리 맨슨이에요. 그리고 그가 로큰롤 음악을 계기로 범죄를 저질렀다는 걸 어렴풋이 기억하고 있었어요. 그래서 네 번째 사건에서 발견된 CD에 그 곡이 있을 거라고 확신했죠."

팡무는 피곤한 듯 의자에 몸을 기댔다.

"제 예상이 맞았어요."

타이웨이는 잠시 망설였다.

"예전 사건들도 혹시 다른 사람의 범행 수법을 따라한 건 아닐까?"

"그럴지도요. 하지만 단정 지을 순 없어요. 더 조사해봐야 해요. 가봐야겠어요. 시간이 없어서."

팡무가 자리에서 일어나자 타이웨이도 뒤따라 일어났다.

"데려다 줄게."

"아니에요. 경관님은 현장에 가보세요. 특이사항은 전부 기록해 두시고요. 어쩌면…… 여섯 번째 사건에 대한 단서가 있을지도 몰라요."

팡무는 말라버린 입술을 핥으며 말했다.

6, 이 평범한 숫자가 그 순간 두 사람에게는 더없이 무겁게 느껴졌다.

밤새 팡무는 컴퓨터로 자료를 찾았다. 동틀 때가 되어서야 팡무는 옷을 입은 채로 침대 위에 쓰러졌다. 그렇게 잠든 팡무는 정오가 다 되어서야 두위가 깨워서 겨우 일어났다. 식당에서 대충 끼니를 때운 뒤 곧장 도서관으로 향했다.

점심 휴식 시간이라 도서관은 무척 조용했다. 시계를 보니 오후 1시도 안 된 시각이라 도서관 문을 열 때까지 30분 넘게 기다려야 했다. 팡무는 3층 자료실로 올라가 대리석 바닥에 가방을 깔고 앉아 벽에 기대 눈을 좀 붙일 생각이었다.

10여 분 정도 선잠을 자던 팡무는 계단 입구 쪽에서 발자국 소리를 들었다. 어떤 남자가 속삭이는 소리도 들렸다.

"응…… 알아……. 네가 생각하는 그런 거 아니라니까……. 그래, 다음 주……."

복도에 누가 앉아 있는 걸 발견했는지 발자국 소리가 갑자기 뚝 끊겼다. 남자는 하던 전화도 끊어버렸다.

"나중에 다시 걸게."

팡무는 힘겹게 눈을 떴다. 도서관에서 일하는 쑨 선생이었다. 쑨 선생은 놀라며 몸을 굽혔다.

"왜 여기서 자고 있어? 감기 걸리면 어쩌려고."

쑨 선생은 꽝무를 일으키며 차가운 대리석 바닥을 가리켰다.

"젊다고 자만하면 큰일 난다. 이렇게 찬 데 앉으면 치질 생겨."

"하하, 고맙습니다."

꽝무는 멋쩍은 듯 머리를 긁적였다.

"일찍 왔네. 아직 문 열 시간은 아닌데, 먼저 들어가 있어도 돼."

시계를 보던 쑨 선생은 자료실 문을 열어 주었다. 문이 열리자마자 꽝무는 서가로 직행했다. 『미국 범죄백과사전』, 『범죄학대백과전서』, 『용의자 프로파일링』 등 몇 권을 들고 자리를 잡았다. 의자에 앉은 꽝무는 습관적으로 담뱃갑을 꺼내다 도로 집어넣었다. 쑨 선생이 다가와 웃으며 말했다.

"개관 전이니까 피워도 돼."

그는 꽝무 손에 있는 담뱃갑을 보더니 놀라며 말했다.

"와! 후룽왕이네. 이거 엄청 고급 담밴데."

"차오 교수님이 주셨어요. 하나 드릴까요?"

꽝무는 쑥스러운 듯 말하면서 담배 한 개비를 건넸다. 쑨 선생은 주머니에서 후룽왕 담뱃갑을 꺼내 흔들어 보였다.

"나도 있어. 담뱃재만 아무 데나 떨어트리지 마."

오후 내내 꽝무는 자료를 찾고 필기하는 데 몰두했다. 서가에서 책을 꺼내고, 제자리에 갖다 놓고 하는 것 말고는 거의 자리를 벗어나지 않았다. 자료실에는 사람들이 왔다 갔다 해서 소란스러울 때도 있었고 조용할 때도 있었다. 하지만 뭐가 됐든 꽝무와는 전혀 상관없어 보였다. 꽝무의 신경은 온통 책들에 쏠려 있었다.

인류의 범죄사를 읽으며 팡무는 다양한 살인마들을 만났다. 피로 얼룩진 사건들을 통해 짧게는 십여 년 전, 길게는 백 년 전 범죄자들의 심리를 추론하면서 팡무는 자신이 점점 진실에 가까워지고 있다는 걸 느꼈다.

팡무가 피곤해서 펜을 내려놓았을 땐 날이 벌써 어두워져 있었다. 팡무는 관자놀이를 문질렀다. 정수기에서 냉수 한 컵을 받아 단번에 들이켰다. 자료실엔 이미 아무도 없었다. 시계를 보니 퇴근 시간이 다 되었다. 천천히 가방을 정리하던 팡무는 갑자기 피로가 몰려왔다.

왜 이렇게 피곤하지? 손발이 축 처지고 눈꺼풀이 깜빡거렸다. 의자가 전에 없이 편안하게 느껴졌다…….

뙤약볕에 농구장이 몹시 뜨거웠다. 기숙사 친구들은 반바지에 웃통을 벗은 채 농구를 하고 있었다. 승부욕이 강한 산꺼三哥는 자기가 이길 때까지 우리를 보내려고 하지 않았다.

복도. 담요를 두르고 팔로 어깨를 끌어안고 있는 남학생들 너머로, 화장실 앞에 앉아 온몸을 떨고 있는 351호실의 쑨칭둥孫慶東이 보였다. 누군가가 내게 저우쥔周軍이 화장실에서 죽었다고 알려주었다.

도서관. 손에 들린 책이 부들부들 떨렸다. 대출 카드에 익숙한 이름들이 보였다.

슈퍼마켓. 긴 머리를 휘날리며 천시가 웃는 얼굴로 내게 말했다. 말해봐, 그러면 얼마나 좋을까.

25번 버스정류장. 천시가 내 어깨에 기대어 있다.

서클. 험상궂은 얼굴의 악마가 도끼를 높이 들었다. 붉은 피가 솟구쳤다. 천시의 창백한 얼굴.

352호실 앞. 타오르는 불빛. 불에 타서 구불구불해진 왕젠王建과 라오쓰老四의 몸. 코를 찌르는 그을린 냄새. 문 앞에서 경건하게 서 있던 그가 천천히 뒤를 돌았다. 나는 당황해 어쩔 줄 몰라 하면서 말했다. 너, 넌 일곱 번째 독자. 그는 미소로 대답을 대신했다. 군용칼을 손에 쥐고 나를 향해 천천히 다가오면서 그는 이렇게 말하고 있었다. 사실, 너도 나와 같아……

아니야.

벌떡 일어난 팡무는 눈앞에 보이는 검은 그림자에 놀라 뒤로 몇 걸음 물러났다.

"왜 그래?"

쑨 선생이었다.

"아, 아무것도 아니에요."

팡무는 식은땀이 뺨을 타고 흐르는 게 느껴졌다.

"퇴근 시간이 다 됐는데 책상에 엎드려 자고 있길래 깨우려고 그랬지. 난데없는 '아' 소리에 간 떨어지는 줄 알았다."

쑨 선생은 놀란 가슴이 아직 진정이 되지 않았는지 한 마디를 덧붙였다.

"깜짝 놀랐잖아."

"죄송해요. 악몽을 꿔서."

팡무가 억지로 웃음지어 보였다.

"괜찮아. 적당히 쉬어가면서 해."

"네."

팡무는 긴 말 않고 가방을 챙겨 자료실을 나왔다.

피해자 이름 토마스 질, 41세, 백인 남성, 미국인. 피해자는 생전에 J대 공통 외국어학부에서 초빙한 외국인 강사였다. 사건 발생 전날 밤, 피해자는 교문 앞에서 택시를 타고 시내에 있는 한 재즈 바에 갔다. 하지만 그가 언제 바를 나섰는지 본 사람은 아무도 없었다.

검시 결과, 시신이 발견됐을 때는 사망한 지 최소 15시간이 경과된 후였다. 사인은 과다 출혈로 인한 저혈량성 쇼크였다. 가슴과 복부 쪽에 총 21군데 자상이 있었다. 범행에 사용된 흉기는 길이 14~18센티미터, 폭 4센티미터 정도 되는 날카로운 칼이었다. 상처의 모양과 부위로 볼 때, 범인은 키가 약 170에서 178센티미터로 오른손잡이인 성인 남자로 보였다.

피해자가 지니고 있던 물품은 전혀 손상이 없었다. 손목시계가 5시 25분 25초에 맞춰져 있었던 것 빼고는 그가 소지한 현금, 신용카드, 현금카드도 그대로였다.

현장 감식과 검시 결과, 돼지우리는 처음 사건이 발생한 장소는 아닌 것으로 밝혀졌다. 피해자의 체형이 뚱뚱하다는 점을 감안할 때, 범인은 자가용으로 시신을 유기 현장으로 옮겼을 가능성이 높왔다. 신고한 농장주의 진술과 검시 결과를 바탕으로 범인이 시신을 유기한 시각이 오전 10시에서 오후 4시 사이인 것으로 추정되었다. 경찰은 시신 유기 현장 근처 주민들을 방문해 수상한 차량을 목격한 사람이 있는지 탐문해봤지만 이렇다 할 단서는 얻지 못했다. 다만 한 가지, 피해자와 함께 일했던 동료들이 언급한 그의 동성애 성향은 곱씹어볼 만했다. 범인이 실제로 동성애자거나, 아니면 동성애자로 위장해 피해자를 첫 범행 현장으로 꾀어내 그를 살해한 걸로 의심되었다.

작년 말과 올해 초에 중미 양국의 국가원수 간 상호 방문이 있었다. 미국 대통령은 취임 후 처음으로 중국을 방문한 것이기도 했다. 연말에는 미군 고위 장교의 방중 계획도 잡혀 있는 터라 중미 양국의 군사 관계 완화에 전 세계의 이목이 집중되었다. 이런 분위기 속에서 J시 미국 영사관은 이 사건에 민감한 반응을 보였고, 시정부 및 공안국과 여러 차례 교섭을 진행하며 사건의 조속한 해결을 촉구했다. 이로써 전담팀의 심적 부담이 가중되었다.

오늘 오후도 화창했다. 이번에도 타이웨이와 팡무는 농구장 벤치에 앉아 있었다. 옆에는 두께가 제각각인 서류들이 쌓여 있었다. 타이웨이가 먼저 방금 전달 받은 조사 결과를 팡무에게 브리핑해주고, 팡무는 중간에 거의 끼어드는 일 없이 집중해서 듣고 있었다. 마지막에 타이웨이는 다음 사건에 대한 예고 같은 건 아직 발견하지 못했다고 솔직히 털어놓았다. 팡무는 잠시 생각하더니 서류를 들어 천천히 살폈다. 증거 사진을 보던 팡무는 어떤 한 사진을 오랫동안 들여다보았다. 피해자의 지갑, 지갑 속에 있던 현금, 신용카드, 현금카드 등 물건들이 책상 위에 놓여 있는 사진이었다. 중국공상은행의 신용카드와 현금카드 말고도 위안화와 달러 조금, 그리고 색깔이 좀 특이한 지폐 한 장이 보였다. 다른 물품에 가려져 있어서 화폐의 종류와 액면가가 잘 보이지 않았다.

"이게 뭐죠? 중간에 껴 있는 지폐요."

팡무가 사진을 가리켰다. 타이웨이가 가까이 와서 보더니 말했다.

"아, 이거? 파운드야. 5파운드짜리."

팡무의 미간이 좁혀졌다.

"그 사람이 왜 파운드를 가지고 있었을까요?"

"외국인이잖아. 외화 가지고 있는 거야 당연하지."

타이웨이가 별일 아니라는 듯이 대답했다.

"근데 피해자는 미국인이잖아요. 달러나 위안화는 생활하면서 쓴다고 쳐도, 파운드는 왜 가지고 다녔을까요? 그것도 5파운드짜리 한 장만?"

질문을 받고 멍해진 타이웨이는 머리를 긁적였다.

"어쩌면…… 뭔가를 기념하는 건지도 모르지. 이게 다음 사건의 단서라고 생각해?"

"확실하진 않아요. 다만 어딘가 좀 이상해요. 자료를 더 찾아봐야 할 것 같아요."

"그래. 네가 조사하던 건 어떻게 됐어?"

타이웨이는 팡무가 가져온 자료를 보면서 물었다. 고개를 끄덕이는 팡무의 눈빛에서 강한 확신이 느껴졌다.

"어느 정도 윤곽이 잡혔어요."

"그래? 대체 어떻게 된 거야?"

"일단 하나씩 살펴보세요."

팡무는 네 건의 사건 관련 자료를 죽 늘어놓았다. 타이웨이는 자료 뭉치들 위에 각각 용지 묶음들이 놓여 있는 걸 발견했다.

"두 번째 사건부터 얘기해볼게요. 첫 번째 사건 현장에서 피해자 여성의 가슴에 주사기가 꽂혀 있었죠. 전 그게 다음 사건이 병원에서 일어난다는 걸 암시한다고 생각했어요. 그게 아니라면 적어도 의사라는 직업과 관계가 있을 거라고 생각했죠. 결과적으로 두 번째 사건은 대학 병원에서 일어났고 43세 중년 여성이 헤로인 중독으로 사망했어요."

팡무는 잠시 말을 멈춘 뒤 용지 묶음 하나를 건넸다.

"이것 좀 보세요."

타이웨이가 건네받은 건 정기 간행물과 책을 복사한 자료였는데 팡무가 훑어본 흔적이 그대로 남아 있었다.

"좀 뒤죽박죽이긴 한데, 자료 보면서 들으세요."

팡무가 천천히 이야기를 시작했다.

"이건 영국 연쇄살인범인 해럴드 시프먼에 대한 자료예요. 1963년 당시 17세였던 해럴드 시프먼은 43세의 나이에 어머니가 돌아가시는 걸 눈앞에서 보게 됐죠. 큰 충격을 받은 시프먼은 그 일을 계기로 인생의 큰 전환점을 맞이하게 돼요. 어머니의 죽음으로 의학에 관심을 두기 시작한 거예요. 생전에 병으로 고통스러워하던 어머니는 오랫동안 헤로인과 모르핀의 힘으로 극심한 고통을 이겨낼수밖에 없었어요. 그래서 시프먼도 헤로인과 모르핀으로 사람을 죽이겠다는 욕망이 꿈틀댄 거죠. 어머니와 연령대가 비슷한 여성들이 편하고 행복하게 사는 걸 도저히 참을 수가 없었던 거예요."

타이웨이는 자료 보는 것도 잊은 채 멍하니 팡무를 바라보았다. 팡무는 차분하게 계속 말을 이어갔다.

"1970년 시프먼은 의대를 졸업한 뒤 실력 있고 인품도 훌륭한 의사가 됐어요. 하지만 청소년기에 겪은 아픔에서 벗어나지는 못했어요. 1984년부터 시프먼은 헤로인으로 자기 환자들을 죽이기 시작했어요. 피해자들은 주로 어머니와 나이대가 비슷한 여성이었고요. 1998년 말 체포되기 전까지 시프먼이 살해한 사람은 총 215명에 달했어요."

타이웨이는 한참 시간이 지나 겨우 정신을 차렸다.

"그러니까 네 말은, 범인이 해럴드 시프먼을 흉내 냈다는 얘기야?"

"네. 두 번째 사건 현장에서 범인은 피해자의 가방에 일본 음란만화책을 넣어 두었어요. 성적 학대, 동성애와 관련된 내용이었죠. 이것도 범인이 다음 범행에 대한 단서를 남긴 거예요. 세 번째 사건에서 일곱 살짜리 여아가 성적 학대로 살해됐잖아요."

팡무는 또 다른 자료 뭉치 하나를 타이웨이에게 건넸다.

"이건 일본 연쇄살인범인 미야자키 쓰토무 자료예요. 조산아였던 미야자키 쓰토무는 양손 손목뼈가 기형이었어요. 그로 인해 열등의식을 갖게 됐죠. 사람들과 어울리는 걸 싫어했고 음란 만화를 보는 걸 좋아했어요. 체포 당시 경찰은 그의 집에서 성적 학대를 다룬 음란 만화책을 대량으로 발견했는데, 성인 애니메이션만 무려 6천 개가 넘었어요. 미야자키 쓰토무는 1988년에 처음으로 범행을 저질렀어요. 네 살 여아를 목 졸라 살해하고 시신을 성폭행했어요. 자위할 때 보려고 하반신을 클로즈업해 비디오 촬영까지 했고요. 그 후 1988년 10월, 12월, 1989년 6월 세 차례에 걸쳐 범행을 저질렀어요. 피해자의 나이는 전부 일곱 살 미만의 여아였고, 범행 수법은 피해자를 성적으로 유린한 뒤 시신을 성폭행하는 거였어요. 미야자키 쓰토무는 1989년 1월, 첫 번째 사건 때 시신을 유기한 현장을 찾아와 피해자의 유해를 종이상자에 담아 피해자 집으로 보냈어요. 상자에는 범행을 알리는 듯한 쪽지를 남겼어요. 나중에 그 쪽지를 대형 신문사 몇 곳에 보냈고요. 1989년 7월, 미야자키 쓰토무는 체포됐죠. 1997년 도쿄지방법원은 미야자키 쓰토무에게 사형을 선고했지만, 그는 지금까지도 항소를 계속하고 있어요."

이야기를 다 듣더니 타이웨이가 중얼거리며 말했다.

"진, 진차오 사건이랑 똑같네. 이건? 이건 또 누군데?"

타이웨이는 네 번째 사건 자료를 가져가면서 물었다.

"에드워드 게인이요. 미국 연쇄살인범이에요. 세 번째 사건에서 피해자 진차오의 손에 도자기 파편이 쥐어져 있었잖아요. 그 도자기는 영국의 유명 도예가 그레이슨 페리의 작품이에요. 그레이슨 페리는 복장도착자고요. 역사적으로 가장 유명한 복장도착자 연쇄살인범을 꼽으라면 에드워드 게인일 거예요. 에드워드 게인은 어머니의 지나친 통제와 학대를 받으며 자랐어요. 그는 어머니가 죽고 나서 그 시신을 방에 넣고 못 박은 뒤 신전처럼 모셨어요. 처음에는 적적함을 달래려고 근처 무덤에 가서 여성의 시신을 꺼내 만지고 감상하는 데 그쳤어요. 그런데 나중에는 시신의 피부를 벗겨 인형에 꿰매기 시작했죠. 이런 엽기 행각이 갈수록 심해져 3년 동안 중년 여성 세 명을 살해하고, 피해자들의 장기를 가지고 '인간 수공예품'을 만들었어요. 사람 피부로 만든 외투, 사람 뼈로 만든 국그릇 같은 거요. 체포된 이후 그는 여성의 질과 유방을 갖는다는 게 어떤 느낌인지 알고 싶었다고 인정했어요. 에드워드 게인은 사람 피부로 만든 옷을 입으면 자기 어머니가 된 것 같은 착각이 들었다고 말했어요. 〈양들의 침묵〉이란 영화 보셨죠?"

타이웨이는 고개를 끄덕였다.

"그 영화의 모델이 바로 에드워드 게인이에요."

광무는 타이웨이가 준 자료를 들었다.

"네 번째 사건에서 피부가 벗겨진 피해자가 '듣고 있던' CD가 바로 다섯 번째 사건의 단서였어요. 찰리 맨슨을 모방한다는 예고였던 거죠. 찰리 맨슨은 비틀즈의 〈헬터 스켈터〉라는 노래에 영감을 받아 인종 전쟁을 일으킬 거라고 선언했어요. 학살의 대상은 백인 중산층이었고요. 지난번에 제가 말했었죠. 맨슨은 범행 현장 두 곳에 피해자를 '돼지'라고 쓴 글자를 남겼고, 살인을 항상 '돼지 도살'이라고 불렀다고요. 이게 요 며칠 제가 모은 자료의 전부예요. 전 범인이 희대의 연쇄살인마들을 따라 하고, 범행을 저지를 때마다 다음 범행의 모방 대상에 대한 단서를 남긴 거라고 봐요. 여섯 번째 사건은 5파운드 지폐와 분명 관련이 있을 거예요."

타이웨이는 잠시 생각에 잠기더니 갑자기 뭔가 떠오른 듯 물었다.

"첫 번째 사건은? 그 사건은 누굴 모방한 건지 얘기 안 했잖아."

"저도 그 사건 때문에 골치가 좀 아파요. 유명한 연쇄살인범 중에 피해자를 살해하고 사지를 절단한 사람이 너무 많거든요. 첫 번째 사건의 범행 수법으로는 누굴 모방한 건지 판단하기 어려워요. 하지만 한 가지 분명한 것은, 범인의 동기가 질투라는 거예요. 이건 확실해요. 위험을 감수하면서까지 취웨이창의 시신을 운동장으로 옮겼다는 건 뭔가 의미가 있어요."

"차오 교수가 얘기했던 것처럼 피해자 왕첸을 '새롭게 만들려고 했다'는 게 단서가 되진 않을까?"

팡무는 대답하지 않고 첫 번째 사건 자료를 보며 현장 사진을 찾았다. 왕첸의 몸이 여섯 부분으로 잘린 채 큰대자로 누워 있었다.

팡무는 사진을 잠시 들여다 본 뒤 설명을 읽고 또 읽었다. 그러다 뭔가에 집중하는 듯 하더니 미간이 급격하게 일그러졌다.

"머리는 북쪽, 다리는 남쪽……."

팡무는 중얼거리다가 갑자기 타이웨이에게 물었다.

"현장 창문 위치가 어떻게 돼 있었죠?"

"남북 방향일 거야. 문이 북쪽이고 창문이 남쪽. 자오 부처장이 피해자의 머리가 문 쪽, 다리는 창문 쪽을 향해 있었다고 했던 것 같아."

"그러니까 경찰이 현장에 들어와서 본 장면은 이런 모습이었겠네요."

팡무는 골똘히 생각하더니 들고 있던 사진을 다른 각도로 바꿨다. 왕첸의 시신을 반대로 돌렸더니 거꾸로 뒤집은 큰대자 모양으로 변했다. 팡무의 시선이 차례대로 피해자의 머리, 손, 발로 이동했다. 호흡이 거칠어진 팡무는 휴대폰을 꺼내 떨리는 손으로 번호를 눌렀다.

몇 초 뒤, 두위의 목소리가 들렸다.

"여보세요?"

"나야, 팡무. 너, 혹시 문에 있던 별 모양이 어떻게 생겼었는지 기억나?"

"별이라니? 무슨 별?"

마음이 급해진 팡무는 자리에서 벌떡 일어났다.

"월드컵경기 있던 날! 우리 같이 축구 보고 왔는데 누가 우리 방문에 별 그려놨다고 했었잖아. 내가 화장실 갔다 왔을 때 네가 걸레로 지우고 있었는데, 기억 안 나?"

"아, 맞다. 생각났어. 근데, 갑자기 그건 왜 물어?"

"그건 알 거 없고! 빨리 생각해봐. 별이 어떻게 생겼어?"

"별이 어떻게 생기긴, 그냥 별 모양이지. 엄청 못 그렸던 것 같기는 하다.”

“다시 잘 생각해봐. 뭔가 좀 다른 점은 없었어? 예를 들면…….”

“아, 그래! 별은 별인데, 거꾸로 뒤집어진 모양이었어.”

“거꾸로…….”

팡무의 얼굴이 순간 어두워졌다.

“그래 맞아. 꼭짓점이 아래에 하나, 위에는 두 개였어. 근데 그건 왜? 여보세요? 아! 내 말 듣고 있어? 여보세요, 여보세요…….”

팡무는 두위가 부르는 소리에도 아랑곳없이 천천히 전화를 끊었다. 온 힘이 쭉 빠진 것처럼 팡무는 멍한 눈으로 의자에 비스듬히 기댔다. 타이웨이는 팡무가 통화하는 걸 듣고 취웨이창과 왕첸이 살해당하기 하루 전날, 누군가가 팡무의 기숙사 방문에 거꾸로 된 별 모양을 그렸다는 걸 알게 되었다. 근데, 이건 또 뭘 의미하는 걸까?

“거꾸로 뒤집힌 별이 어떤 의미인데?”

팡무는 놀란 듯 몸을 벌벌 떨었다. 그리고 한참 만에 떨리는 입술로 말했다.

“리처드 라미레즈, 미국 연쇄살인범이에요. 1984년부터 1985년까지 야밤에 가정집에 몰래 들어가서 성인 남자는 죽이고, 여자와 아이는 성폭행한 뒤 사지를 잘랐어요. 범행을 저지른 뒤 현장에 자신만의 표시를 남겼는데, 그게 거꾸로 된 별이에요.”

팡무는 방금 전 사진을 가리켰다.

“왕첸의 머리는 문, 발은 창문을 향하고 있죠. 큰대자 모양이에요. 경찰이 현장에 들어오면 이렇게 뒤집힌 별 모양을 보게 되는 거예요. 리처드 라미레즈의 범행 수법은 다른 연쇄살인범과는 달랐어요. 우선 특정 살해 수단이 없었죠. 총을 쏘고, 둔기로 때리고, 칼로 목을 긋거나 손으로 목을 조르는 등 여러 가지 방법을 썼거든요. 또 특정 유형의 피해자도 없었어요. 피해자의 연령대는 어린 아이부터 70대까지 다양했고 직업도 제각각이었죠. 그래서 경찰은 그를 체포하는 데 굉장히 애를 먹었어요. 1985년 체포된 리처드 라미레즈는 1989년에 사형을 선고받았어요."

설명을 마친 팡무는 말없이 고개를 숙였다. 타이웨이는 생각에 잠긴 듯 말했다.

"범인이 앞서 말한 연쇄살인범들을 따라 하고 있는 게 맞는 거같다. 네 방문에 남겼다는 첫 번째 사건의 단서도 그렇고. 거꾸로 된 별……."

말을 하다 말고 타이웨이의 눈이 갑자기 커졌다. 들고 있던 담배를 피우는 것조차 잊어버릴 만큼 몇 초간 멍해 있다가 고개를 돌려 팡무를 바라보았다. 담배에 불을 붙이려고 노력했지만 두 손이 떨려서 어떻게 해도 불을 붙이지 못했다.

타이웨이는 뭔가 대단한 결심을 한 듯 천천히 입을 열었다.

"내 생각엔 놈이 널 노리는 것 같아."

타이웨이가 조심스럽게 팡무를 바라보았다. 팡무의 얼굴이 잿빛으로 변했다.

"놈은 널 시험하고 있는 거야. 자신이 다음에 모방할 대상을 네가 알아맞히는지 지켜보는 거지. 이 학교에서 너보다 그걸 잘 아는 사람은 없으니까."

"네? 설마요."

타이웨이는 느리고 덤덤하게 말한 거지만 듣는 사람 입장에서는 총알이 심장에 들어와 박히는 것 같았다. 팡무는 담배에 불을 붙여 한 모금 깊게 빨아들인 뒤 타이웨이를 보며 억지로 웃어 보였다.

그 웃음은 뭐랄까, 두려움, 절망, 분노, 우울함이 뒤섞인 웃음이었다. 이걸 단지 우연으로 믿으라고 자신을 설득하고 있는 걸까? 자기기만의 미소는 본인도 모르게 경련을 일으키고 있었다.

어느새 날이 어두워졌다. 팡무는 윤곽이 점점 흐릿해지는 사물들이 주위를 에워싸는 느낌을 받았다. 농구 골대, 철제 난간, 나무, 심지어 기숙사 건물도 살아 움직이는 생명체처럼 짙게 내려앉은 어둠 속에서 자신을 비웃으며 한 걸음씩 다가오는 것 같았다.

목이 마르고 머리가 어지러워진 팡무는 결국 몸을 굽혀 구역질을 하기 시작했다.

타이웨이는 가만히 벤치에 앉아 동정과 슬픔이 가득한 눈으로 팡무를 바라보고 있었다.

제 18 장

요크셔의 살인마

팡무는 하루 종일 침대에만 누워 있었다. 먹지도 마시지도 않고, 아무 말도 하지 않았다. 천장만 응시할 뿐 누구의 말에도 아랑곳 없었다. 팡무 성격을 잘 아는 두위도 왠지 이번만큼은 평소와 뭔가 다르다는 느낌이 들었다.

타이웨이가 방에 들어왔을 때는 두위가 팡무에게 자기가 사온 저녁 좀 먹으라며 설득하는 중이었다. 타이웨이는 책상에서 차갑게 식어버린 점심을 발견했다.

불과 하루 만에 팡무는 핼쑥해져 있었다. 턱은 더 뾰족해졌고, 눈은 초점 없이 천장을 향해 부릅뜨고 있었다. 타이웨이는 팡무 침대에 걸터앉아 잠시 팡무를 바라보았다.

"단식 투쟁이야?"

팡무는 눈동자도 움직이지 않고 아무 반응이 없었다. 타이웨이가 갑자기 웃기 시작했다. 그러고는 식판을 가져다가 킁킁 냄새를 맡았다.

"와, 뭐가 이렇게 많아? 친구가 신경 많이 써 줬는데 빨리 안 먹고 뭐해!"

팡무는 축 처진 눈으로 말했다.

"두위, 고마워."

그러고는 벽 쪽으로 고개를 돌렸다. 두위는 별 수 없다는 듯 타이웨이에게 어깨를 으쓱해보였다. 타이웨이는 신경 쓰지 말라며 웃는 얼굴로 손을 저었다. 세 사람은 말도 없이 가만히 앉아 있었다. 두위는 가방과 텀블러를 들고 타이웨이에게 간다고 손짓을 한 뒤 조심스럽게 문을 열고 나갔다.

기숙사에는 팡무와 타이웨이 두 사람만 남았다. 타이웨이는 벽을 보고 누워 꿈쩍도 안하는 팡무를 보면서 한숨을 내쉬더니 답답한 듯 담배를 피웠다. 담배 하나를 다 피울 때까지도 팡무가 자신을 상대하지 않자 타이웨이가 먼저 말을 걸었다.

"지금 네 심정이 어떤지 잘 알아. 경찰인 나도 상대가 그런 놈이면 무섭다고. 하지만 무서운 건 무서운 거고, 방에만 마냥 틀어박혀 있는다고 뭐가 해결되나? 놈이 널 없앨 생각이라면 조만간 손을 쓰겠지. 네가 아무리 피한다고 해도 끝내는 찾아올 거라고. 그러니까 한발 앞서서 놈을 잡아내는 수밖에 없어! 그게 가장 좋은 방법이야!"

팡무가 벌떡 일어나 앉았다.

"그 입 좀 다물 수 없어요? 아줌마처럼 잔소리 좀 그만하시라고요!"

타이웨이는 최대한 화를 억누르며 말했다.

"지금 네 심정, 충분히 이해해……."

"이해는 무슨 얼어 죽을 이해예요! 저 하나도 안 무서워요. 놈이 지금 칼 들고 침대 밑에 숨어 있다고 해도 안 무섭다고요. 제 목숨 노리는 사람이 처음도 아닌데요 뭐!"

팡무가 거칠게 말한 뒤 갑자기 울컥했다.

"근데 왜 그렇게 많은 사람들을 죽여요! 날 죽이려고요? 그럼 바로 절 죽이면 되잖아요! 왜 죄도 없는 사람들을 죽이냐고요 왜!"

타이웨이는 바닥에 어지럽게 흩어진 책들을 보다가 극도로 쇠약해진 청년을 바라보았다. 마침내 팡무가 괴로워했던 진짜 이유를 알게 된 타이웨이는 경외감마저 느껴졌다.

사랑과 책임감은 인간이 갖는 고귀한 감정이었다.

타이웨이는 몸을 숙여 책을 집은 뒤 먼지를 털어 한 권씩 책장에 꽂았다. 책을 다 꽂고 침대에 걸터앉아 팡무를 보며 말했다.

"인마, 일어나 밥 먹어!"

강하고 단호한 말투였다. 방금 전까지 따뜻하게 위로하던 말투와는 180도 달랐다. 팡무도 다른 걸 알아챘는지 눈을 떴다. 생사를 같이한 파트너에게 권총을 건네듯이 타이웨이는 비장하게 숟가락을 팡무 손에 쥐어 주었다.

"우리 아직 할 일 남았잖아. 앞으로 피해자가 얼마나 더 발생할지는 모르겠지만, 더 많은 사람을 죽이기 전에 어떻게든 놈을 막아야지. 이미 죽은 사람들은 그만 생각해. 어쩔 수 없잖아. 네가 죄책감 느끼고 가슴 아파한다고 해서 그 사람들이 다시 살아나진 않아. 그게 네 운명이야. 넌 남들보다 더 많은 재능을 가진 만큼 더 큰 책임도 있어. 피해도 소용없다고. 놈을 잡는 게 죽은 사람들을 위로할 수 있는 가장 좋은 방법이야. 그러려면 일단 너부터 살고 봐야 되지 않겠냐?"

타이웨이는 식판을 팡무 앞으로 밀었다.

팡무는 김이 나는 식판을 보다가 다시 진지한 표정의 타이웨이를 바라보았다. 두 사람은 말없이 몇 초간 서로를 바라보았다. 팡무는 마침내 밥을 먹기 시작했다.

밥을 다 먹은 팡무는 침대에서 내려와 가슴을 쭉 펴며 스트레칭을 했다. 심호흡과 함께 답답했던 마음이 싹 가시고 몸이 가뿐해졌다.

팡무는 타이웨이에게 자신의 생각을 간단히 말했다. 침대에 누워서 온종일 죄책감과 분노에 시달리면서도 머릿속으로는 여전히 사건에 대해 생각하고 있었던 것이다. 팡무는 범인이 자신을 노리는 이유가 예전에 자신이 참여했던 사건과 분명 관련이 있을 거라고 판단했다.

"숫자는, 확실히 뭔가 특별한 의미가 있는 것 같아요."

"왜 그렇게 생각해?"

타이웨이는 정신이 들었다.

"경관님도 눈치채셨는지 모르겠지만, 지금까지 총 다섯 건의 살인사건이 발생했는데 피해자는 여섯 명이에요."

팡무는 손가락을 접었다.

"범인이 현장에 남긴 숫자를 보면 1부터 5까지 순서대로예요. 처음 이걸 발견했을 땐 좀 이상하단 생각이 들었어요. 그 숫자가 피해자의 수와 일치한다면 과시나 도발의 의도가 전달되거든요. 근데 사건의 횟수와 일치한단 말이죠. 이게 무슨 의미일까요? 범인이 신경 쓰는 건 사건의 횟수나 모방한 사람의 수란 뜻이에요. 피해자의 수가 아니라요. 그러니까 그 숫자는 고정된 수일지 몰라요. 아니면 범인이 애초에 자신이 모방하기로 한 사람의 수를 생각해 둔 걸 수도 있고요. 만약 이게 시험이라면 언젠가는 끝날 거예요. 그때가 되면 제가 시험을 통과했는지 못했는지 알 수 있겠죠."

팡무는 평온한 표정으로 타이웨이를 보며 웃었다. 타이웨이는 그런 팡무의 미소에서 서늘함을 느꼈다.

어려서부터 지금까지 타이웨이도 크고 작은 시험을 치러왔다. 하지만 이토록 두려운 시험은 없었다. 눈앞에 시험지 한 장을 들이밀고 잉크 대신 피를 찍어 옳고 그름을 가려내라고 요구하는 것만 같았다. 정답이면 시험은 끝나고 모두가 웃을 수 있다. 만약 오답이면 한 명(한 명이 아닐지도 모른다)은 이 세상에서 사라진다.

시험이라는 걸 알아채기도 전에, 앞의 다섯 문제 위에는 어느새 'X'라는 붉은 핏자국이 그어지고 말았다.

"그럼 마지막 숫자는 대체 몇일까?"

"7, 9, 11. 홀수일 거예요. 근데 11일 가능성은 거의 없어요. 그러면 범죄 주기가 너무 길어지거든요. 놈은 저랑 빨리 결판을 내고 싶어 안달일 텐데 오래 기다릴 리가 없죠. 7, 아마 7일 가능성이 커요."

"왜 7이야?"

"제가 프로파일러잖아요. 아마도 범인은 저와 심리싸움을 벌이려는 거 같아요. 심리학에서 7은 마력을 지닌 숫자거든요."

"마력?"

"네. 사람이 숫자를 기억할 수 있는 자릿수는 대개 7을 기준으로 앞뒤 두 자릿수까지예요. 그러니까 5부터 9까지죠. 아홉 자릿수를 넘어가면 대부분의 사람들이 숫자를 잘 기억 못해요. 그래서 사람들은 긴 숫자를 나눠서 기억하는 경향이 있어요. 원주율 같은 게 그런 거죠. 그리고 인류 역사상 기묘한 것들은 다 7과 관련이 있어요. 일주일은 7일이고 7음계, 일곱 가지 색깔, 일곱 가지 죄, 일곱 번째⋯⋯."

갑자기 하던 말을 멈춘 팡무의 안색이 어두워졌다.

"일곱 번째 뭐?"

"아무것도 아니에요."

팡무의 안색이 다시 원래대로 돌아왔다. 타이웨이는 뭔가를 생각하듯 고개를 숙였다. 잠시 후 팡무를 떠보듯이 물어보았다.

"혹시, 네가 일곱 번째인 거야?"

팡무는 타이웨이를 잠시 쳐다보더니 웃으며 말했다.

"모르겠어요. 근데 제가 만약 이 시험의 일부라면 마지막 문제가 될 거예요. 시험의 일부가 아니라면 시험이 끝나고 난 다음 타깃이 되겠죠. 뭐가 됐든 전 피할 수 없어요."

평온한 모습의 팡무를 보면서 타이웨이는 무슨 말을 해야 할지 몰랐다. 무슨 날씨나 축구 이야기를 하듯 자신이 몇 번째 희생자가 될 거라고 말하는 상황이 어쩐지 우스웠다.

타이웨이는 허리에 찬 권총을 만지작거리며 말했다.

"내가 너 그렇게 되도록 안 둬."

팡무는 여전히 아무렇지 않은 듯 웃어 보였다.

"그러길 바라요. 하지만 경관님이 말씀하신 것처럼 이건 제 운명이에요. 범인이 정말 제 목숨을 노리는 거라면 피할 수 없어요."

팡무는 일어나 창가로 갔다. 서리가 긴 유리창 너머로 건물 아래 가로등 불빛과 크게 웃으며 지나가는 학생들의 모습이 어렴풋하게 보였다.

"죽음. 사실, 하늘은 이미 절 도운 거나 마찬가지예요."

팡무의 옆모습은 창밖에서 들어오는 희미한 등불에 마치 얇은 금테를 두른 것처럼 보였다. 타이웨이는 일어나서 팡무 옆에 섰다.

"만약 네 예상이 맞다면 이제 두 명 남은 거네."

타이웨이는 어둠 속에서도 여전히 떠들썩한 교정을 바라보며 천천히 말했다.

한참 뒤, 팡무는 중얼거리듯 말했다.

"두 명 남았어요."

날씨가 점점 추워졌다. 여학생들도 몸매가 드러나는 패션을 포기하고 두툼한 옷을 입을 수밖에 없었다. 학교에는 쓸쓸하고 적막한 분위기가 더해졌다. 매순간 커다란 낙엽들이 가을바람에 날려 바닥으로 떨어졌다. 그 위를 밟고 지나가면 '우지직' 하며 썩 달갑지 않은 소리가 났다. 어제 내린 눈으로 질퍽거리는 바닥과 썩어가는 낙엽이 하룻밤 사이에 생기 넘치던 교정에 죽음의 기운을 느끼게 했다.

하지만 정작 마음을 무겁게 만든 건 이런 쓸쓸한 가을 풍경이 아니라 시시때때로 교정을 오가는 심각한 표정의 경찰들이었다.

무관심한 사람들과 달리 팡무는 조사 진척 상황에 관심을 보였다. 타이웨이의 주장대로 일단 사건과 팡무의 관계에 대해서는 외부에 알리지 않고, 팡무와 관련된 조사는 모두 비밀리에 진행하기로 했다. 이는 팡무가 방해받지 않고 '6'에 대한 단서를 조사할 수 있도록 만들기 위한 조치였다. 물론 만일의 사태에 대비해 타이웨이가 거의 매일 팡무 곁을 지키기는 했지만 말이다.

팡무는 그날도 자료실에서 바쁜 오후를 보냈다. 팡무는 맞은편에 있는 두꺼운 책 한 권을 뚫어져라 보고 있었다. 타이웨이는 옆 테이블에 엎드려 잠을 자고 있었는데 침이 입에 걸려 나올랑 말랑 하고 있었다.

자료실에는 사람들이 많았다. 곧 기말이라 다들 논문 쓰기에 바빴다. 자료를 찾으러 오는 사람들의 발길도 끊이질 않았다. 타이웨이는 추접한 자세로 자고 있어 지나가는 사람들마다 그를 쳐다보았다. 관리인인 쑨 선생은 타이웨이가 베고 있는 최신판『서양범 죄 200년(1800~1993)』을 근심 어린 눈으로 바라보고 있었다.

팡무는 피곤한 듯 관자놀이를 주물렀다. 다음 페이지로 넘겨 한 단락을 읽더니 팡무의 호흡이 갑자기 가빠졌다. 팡무는 집중해서 빠르게 두 번을 읽고 흥분해서 얼굴이 빨개졌다. 이윽고 한걸음에 타이웨이 곁으로 가서 세차게 흔들어 깨웠다.

"경관님, 빨리 이것 좀 보세요."

타이웨이는 순간 벌떡 일어나 침 닦는 것도 잊은 채 손을 허리춤 에 갖다 댔다.

"무슨 일이야?"

자료실에 있던 사람들이 타이웨이의 고함소리에 깜짝 놀랐다. 책장 꼭대기 칸에서 책을 꺼내려고 계단을 오르던 남학생은 사다 리와 함께 넘어지고 말았다.

팡무는 주위 시선은 아랑곳없이 놀란 쑨 선생을 향해 미안한 웃음을 지은 뒤 곧바로 타이웨이 앞에 책을 펼쳐 보였다. 타이웨이 는 총집 단추를 잠근 뒤 난처한 듯 고개를 숙여 책을 살폈다. 한 번 쭉 훑기만 했는데 타이웨이의 미간이 확 좁혀졌다.

타이웨이는 책을 다 보고 나서 담배를 꺼내 입에 물었다. 그걸 보고 팡무는 급히 타이웨이를 복도로 끌고 나갔다. 두 사람은 계 단에 앉아 말없이 담배를 피웠다. 절반쯤 피웠을 때 타이웨이는 팡 무를 보며 물었다.

"요크셔 살인마? 넌 요크셔 살인마가 범인의 다음 모방 대상이라고 생각하는 거야?"

"제 생각엔 그래요. 경관님도 방금 그 부분 보셨잖아요. 5파운드 단서와 일치해요."

팡무는 담배꽁초를 바닥에 버리고 발로 짓밟았다. 타이웨이는 고개를 끄덕이며 천천히 방금 봤던 자료를 머릿속에 떠올렸다.

피터 수트클리프, 영국인, 1975년부터 1980년까지 13명을 살해한 일명 '요크셔의 살인마'. 그의 살인수법은 망치로 피해자의 둔부를 가격한 뒤 나사로 피해자의 가슴과 복부를 찌르는 게 특징이었다. 범행 후에는 시체의 손에 5파운드 지폐를 쥐어주는 걸 좋아했다.

"그렇게 따지면 다음 피해자는 여성이겠네?"

"범인이 요크셔 살인마를 모방하는 게 맞다면 그럴 거예요."

팡무는 복도 끝을 바라보았다. 여학생 무리가 재잘거리며 요가 연습실에서 나오고 있었다. 타이웨이는 담배꽁초를 바닥에 냅다 던졌다.

"젠장. 나 먼저 간다. 사람들 모아서 대책 좀 세워야겠어. 학교에 여학생이 총 몇 명이지?"

"4천 명쯤 될 걸요."

"아이쿠야!"

수요일 오후, 팡무는 혼자 학교에서 산책하고 있었다. 체육관 근처에 도착한 팡무는 뒤를 돌아보았다. 아니나 다를까, 근거리에서 어슬렁거리는 타이웨이가 보였다. 팡무는 저도 모르게 한숨을

심리죄

내쉬었다.

학생과 경찰이 온종일 그림자처럼 붙어다니는 걸 보고 사람들은 의아하게 생각했다. 그래서 팡무는 타이웨이에게 자기만 따라다니지 말고 학교 내부 안전에 더 신경 쓰라고 제안했다.

"제가 마지막이라고 했잖아요. 지금은 저한테 아무 짓도 안할 거예요."

타이웨이는 겉으로는 그러겠다고 했지만 여전히 팡무 주위를 맴돌았다.

체육관 밖 게시판에 누군가 포스터를 붙이고 있었는데 류젠쥔도 같이 있었다. 포스터에는 농구 선수 하나가 레이업숏을 하는 모습이 프린트되어 있었다. 팡무는 그 선수가 이 성省에서 유명한 농구 선수인 쑤쥔蘇軍이라는 걸 알아보았다. 알루미늄 합금으로 된 게시판 가장자리가 위로 약간 들려 있어서 포스터를 반듯하게 붙일 수가 없었다. 그래서 학생 간부 하나가 사다리에 올라가 가장자리 부분을 망치로 쾅쾅 치고 있었다.

한 사복 경찰이 아래에서 매섭게 노려보다 불쑥 물었다.

"물품수령증은 있나?"

망치를 내리치던 학생회 간부가 경찰을 보며 입을 삐죽거렸다.

"없는데요."

포스터를 들고 있던 류젠쥔이 서둘러 해명했다.

"학교에서 빌린 게 아니라 저희 방에 있던 거예요."

사복 경찰은 그 말을 듣고 학생회 간부의 바짓단을 잡아당겼다.

"내려와서 학생증 좀 보여줘 봐!"

"지금 없어요!"

학생회 간부는 다리를 덜덜 떨며 사복 경찰의 손을 뿌리쳤다. 사복 경찰은 어두운 표정으로 사다리를 발로 찼다.

"내려오라니까!"

사복 경찰의 얼굴이 험악해지더니 학생회 간부를 손으로 끌어내렸다. 사태를 수습하러 다가간 팡무가 입을 채 떼기도 전에 어느새 달려온 타이웨이가 소매를 걷어붙인 경찰을 말렸다.

"어떻게 된 거야? 학생증은?"

타이웨이가 큰 소리로 물었다. 학생회 간부는 겁에 질린 표정으로 작게 대답했다.

"안 가져왔어요."

류젠쥔이 얼른 끼어들었다.

"화학과예요. 이름은 친다하이秦大海고요. 제가 보장해요."

"넌 또 누구야?"

"법학원에 다니는 류젠쥔이요. 저 친구가 저 알아요."

류젠쥔이 팡무를 가리키며 말했다. 팡무가 고개를 끄덕였다. 타이웨이는 팡무를 힐끔 보더니 물었다.

"이 망치는 누구 거야?"

"저희 기숙사 거예요."

타이웨이는 망치를 가져다가 살피더니 다시 돌려주었다.

"잘 간수해. 딴 데 빌려주지도, 잃어버리지도 말고. 우리 일에 협조 좀 부탁한다."

류젠쥔이 알겠다고 고개를 끄덕이더니 학생 간부를 잡아당겼다. 그러자 그도 못이기는 척 대답했다.

"네."

타이웨이는 여전히 인상을 쓰고 있는 사복 경찰을 툭툭 치며 말했다.

"됐으니까 가서 일 봐."

"저 어린놈의 새끼들이, 우리가 자기들 지켜준다고 새빠지게 고생하는데 그따위로……."

사복 경찰은 화가 덜 풀렸는지 투덜거렸다.

"그만하고! 순찰 가라고."

"알겠습니다."

사복 경찰은 학생회 간부에게 눈을 부릅뜨고 쳐다보더니 뒤돌아서 갔다. 경찰이 멀어지는 걸 보더니 타이웨이가 한숨을 내쉬었다.

"저 친구들한테 뭐라고 할 것 없어. 요새 계속 밤낮없이 근무하느라 피곤해서 저래. 성격이 까칠해질 수밖에 없다고."

팡무는 이해한다는 듯 웃어 보였다. 팡무는 류젠쥔과 몇몇 학생회 간부들이 어색하게 서 있는 걸 보고 얼른 다가가 물었다.

"뭐하고 있었어? 무슨 행사해?"

류젠쥔은 그제야 웃어 보였다. 그가 포스터를 가리키며 말했다.

"내일 밤에 성賓 농구 대표팀이랑 우리 학교팀 친선 경기가 있거든. 쑨쥔도 와. 현역 국가대표 선수."

"와! 대단하다!"

팡무는 내심 부러웠다. 팡무가 고개를 돌리자 타이웨이는 인상을 찡그리고 있었다. 팡무는 이런 대규모 문화 체육 행사가 있으면 경호가 힘들어져서 그런가 보다 생각했다. 사람이 많고 복잡해서 상황 통제가 어렵기 때문에 까딱 잘못했다간 범인이 그 틈에 범행을 저지를 수도 있었다.

"너도 와서 응원 좀 해라!"

류젠쥔은 그런 것까지는 생각하지 못한 듯 의욕적으로 팡무를 초대했다. 타이웨이는 이미 뒤돌아서 가고 있었다. 팡무는 "꼭 갈게"라는 말만 남기고 얼른 타이웨이를 쫓아갔다.

"젠장! 학교에서는 그런 큰 행사가 있으면 미리 말을 해줄 것이지."

기분이 언짢아진 타이웨이는 팡무에게 손을 흔들었다.

"너도 그만 가 봐. 난 가서 계획 좀 세워야겠다. 항상 조심하고."

"그럴게요."

팡무는 어쩔 수 없다는 듯 타이웨이에게 말했다.

다음 날 저녁, 예정대로 체육관에서 농구시합이 열렸다. 7시 30분에 시작하는 경기인데 6시도 안 되어서 체육관은 통로까지 학생들로 꽉 들어찼다.

저우퉌제를 포함한 열성 축구팬들은 일찍부터 체육관에 가서 자리를 잡았다. 그 중 두 자리는 두위와 팡무를 위해 남겨두었다. 덕분에 두 사람은 7시가 다 되어서 여유 있게 체육관으로 들어갔다. 막 계단을 오르는데 덩린웨가 여학생 무리와 와자지껄 수다를 떨며 다가오는 게 보였다. 그러자 한 선생이 짜증스러운 듯 큰 소리로 외쳤다.

"빨리 좀 서둘러! 왜 이제 와! 다들 얼른 가서 옷 갈아입어."

"치어리더들이야."

두위가 예쁘게 꾸민 여학생들을 바라보면서 히죽거렸다.

"미녀들이 응원도 다 해주고, 류젠쿼 이 자식 또 엄청 날아다니겠네."

빽빽한 사람들 틈을 뚫고 광무와 두위는 겨우 자리를 찾아갔다. 숨을 고르기도 전에 박수소리가 체육관에 울려 퍼졌다. 흥분이 감도는 휘파람 소리와 함께 귀청이 째질 듯한 음악소리가 이어졌다. 고개를 들어 보니, 짧은 옷차림의 여학생들이 경기장 중앙에서 춤을 추기 시작했다. 덩린웨가 센터였다.

몇 분 뒤, 치어리더의 공연이 끝나고 경기가 시작되었다.

성 대표팀 선수들이 연습하듯 했는데도 일방적으로 앞선 경기였다. 평균 신장이 193센티미터인 프로선수들보다 거의 머리 하나만큼 작은 학생들은 굼뜨고 위축되어 보였다. 1쿼터가 끝나고, 대표팀이 35 대 6으로 앞섰다.

2쿼터가 시작되자 대표팀은 한결 편안해진 모습이었고, 학교팀의 공격과 수비도 조금씩 살아났다. 최전방에 선 류젠쿼의 활약이 돋보였다. 광무는, 류젠쿼이 득점할 때마다 응원수술을 흔들며 함성을 지르는 치어리더 쪽을 향해 왼쪽 가슴을 세게 치는 걸 발견했다. 자세히 보니 류젠췬의 유니폼 왼쪽 가슴 부분에 남들과는 다르게 대문자로 'D'가 적혀 있었다. 본인이 직접 수성펜으로 그려 넣은 것 같았다.

D, 덩린웨의 '덩'이구나. 자식! 팡무는 미소 지었다.

하프타임 때까지 대표팀은 여전히 큰 점수 차로 앞서고 있었다. 학생들은 경기 승패보다는 꿈에 그리던 농구 스타를 볼 수 있다는 걸 더 중요하게 생각하는 것 같았다. 덩크슛 시범이 시작되자 학생들은 열광했다. 대표팀 선수들이 메인이었지만, J대 학교팀에서도 시범에 참여한 선수가 있었으니, 바로 신장은 186센티미터밖에 안 되지만 놀라운 점프력을 자랑하는 류젠췬이었다.

류젠췬은 총 세 번의 덩크슛을 시도했는데, 한 번은 실패했지만 나머지 두 번은 멋지게 해냈다. 성공할 때마다 류젠췬은 치어리더 쪽을 향해 왼쪽 가슴을 두드리며 포효했다. 그에 응답이라도 하듯 치어리더들도 소리를 질렀고, 가끔 덩린웨를 팔꿈치로 툭툭 치며 부러운 눈으로 쳐다보는 사람도 있었다. 덩린웨는 무덤덤하게 행복한 티를 내지는 않았지만 눈은 시종일관 류젠췬에게 고정하고 있었다.

후반전 경기가 시작되었다. 류젠췬이 전반전에서 너무 열심히 뛴 탓인지 3쿼터가 시작된 지 얼마 안 돼 금세 힘에 부쳐 보였다. 코치는 선수를 교체하고 류젠췬을 잠시 쉬게 했다. 경기장을 나온 류젠췬은 벤치로 가지 않고 곧장 치어리더 쪽으로 가서 덩린웨에게 무슨 말을 건넸다. 덩린웨는 놀란 듯한 표정을 짓더니 살짝 얼굴을 붉히며 고개를 끄덕였다.

그 모습을 본 두위는 입을 삐죽거리며 팡무에게 말했다.

"이번엔 진짜 게임 끝이다. 저 자식 오늘 제대로 날 잡았네."

"인마, 그러니까 왜 원래부터 가망 없던 일을 가지고 쓸데없이 고생을 해! 비켜 봐."

팡무가 자리에서 일어났다.

"가려고?"

"화장실 간다. 설마 내가 실연당했다고 사람 없는 데 가서 질질 짤까 봐 그러냐?"

열기로 후끈후끈한 경기장과는 달리 복도는 유난히 썰렁했다. 팡무는 화장실로 급히 가다가 모퉁이에서 하마터면 완전 무장한 경찰 두 명과 부딪힐 뻔했다. 굳은 표정들을 마주한 팡무는 심장이 쿵 내려앉는 것 같았다.

경찰은 시큰둥하게 말했다.

"아직 완전히 안심하긴 일러. 범인이 주변에 있을지도 모르니까."

그 순간 체육관 안에 있는 모든 것이 나와 관련이 없는 것처럼 느껴졌다. 팡무는 화장실 가는 것도 잊은 채 그 자리에 서서, 복도 모퉁이로 사라질 때까지 경찰들의 뒷모습을 멍하니 바라보았다. 고개를 돌려 창밖을 보니 밖은 이미 칠흑같이 어두웠다. 그 속에서 소리 없이 경보등만 깜빡이고 있는 경찰차 한 대가 보였다.

팡무는 넋을 잃은 듯이 천천히 자리로 돌아왔다. 더 이상 경기에 집중할 수가 없는 마음 상태였다. 팡무는 경기장 가장자리와 관람석을 살폈다. 그곳에서도 역시 경계심 가득한 눈빛의 사복 경찰들이 보였다. 경찰들은 아무렇지 않은 듯이 사람들 사이를 순찰하고 있었지만, 무슨 일이 생기면 언제라도 발사할 수 있는 활시위처럼 긴장되어 보였다. 고개를 돌렸는데 생각지도 못하게 타이웨이가 자기 뒤에 있는 관람석에서 팡무를 향해 손을 흔들고 있었다. 팡무는 무표정하게 고개를 돌렸다. 왠지 모르게 마음이 가라앉았다.

경기가 끝나고 류젠쿼과 쑤쿼이 나란히 MVP로 뽑혔다. 류젠쿼은 트로피를 쥐고 기쁜 표정으로 관중들을 향해 감사 인사를 했다. 그리고 양 팀 선수들의 기념촬영이 이어졌다. 경기장에는 플래시가 쉴 틈 없이 터졌다.

관중들도 경기장을 나서기 시작했고, 몇몇 골수팬들만이 쑤쿼의 사인을 받으려고 기다리고 있었는데 두위도 그 중 하나였다. 팡무는 빨리 경기장을 벗어나고 싶어 두위에게 인사하고 먼저 나왔다.

바깥 공기는 매우 추웠다. 열기로 뜨거웠던 체육관에서 바로 나왔더니 저도 모르게 몸이 떨렸다. 팡무는 이윽고 체육관 밖에서 뒷짐 지고 서 있는 타이웨이를 발견했다. 타이웨이도 팡무를 발견하고 자기 쪽으로 오라며 손짓했다.

"담배 있어? 하나만 줘 봐. 여기도 하나 주고."

타이웨이는 옆에 있던 사복 경찰을 가리켰다. 팡무는 담배 두 개비를 꺼내 하나씩 주고, 자기 담배에도 불을 붙였다. 타이웨이와 경찰은 말없이 담배만 피웠다. 타이웨이가 한 대를 다 피우더니 말했다.

"젠장, 답답해 죽는 줄 알았네. 우리 둘 다 담배가 떨어졌지 뭐야. 이제 막 경기 끝나고 사람들 몰려나오는데 사러 갈 수가 있어야지."

타이웨이가 인파를 가리켰다. 팡무는 잠시 생각하다가 갖고 있던 담뱃갑을 건넸다. 타이웨이도 사양하지 않고 받았다.

"어디 가려고?"

"기숙사 가야죠."

"혼자?"

"네. 혼자요."

타이웨이는 잠시 생각하더니 말했다.

"잠깐 가지 말고 있어 봐. 좀 있다 일 마치고 내가 데려다 줄 테니까."

팡무는 거절하려고 했지만 타이웨이가 단호하게 손을 저었다.

사람들이 다 나간 뒤 팡무는 타이웨이를 따라 캠퍼스를 한 바퀴 돌았다. 여학생 기숙사 건물들과 연인들이 자주 찾는 데이트 장소를 집중적으로 순찰했다. 순찰을 하던 팡무는 왠지 염탐꾼이 된 것 같아 기분이 좀 이상했다. 타이웨이가 하품을 하며 팡무를 데려다 줄 때쯤 되자 벌써 새벽 1시가 다 되어가고 있었다. 이야기하면서 걷다가 체육관을 지나치는데 팡무는 무심코 건물을 보다 즉시 걸음을 멈췄다.

"저것 좀 보세요!"

타이웨이는 팡무가 가리킨 방향을 따라 시선을 옮겼다. 체육관의 푸른색 유리창 안에서 어렴풋하게 불빛이 보였다.

"농구 경기장인 것 같은데."

타이웨이는 시간을 확인했다.

"뒷정리도 다 됐을 텐데 왜 아직도 사람이 있지?"

두 사람은 서로 마주보더니 동시에 체육관으로 달려갔다.

덩린웨는 젖은 머리카락을 닦으며 사물함에 적힌 숫자 '9'를 멍하니 바라보고 있었다.

류젠췬은 그녀에게 경기 끝나고 체육관에서 기다리라고 했다. 그것도 혼자서.

무슨 일이지? 덩린웨는 좀 긴장했다.

솔직히 말해서 덩린웨도 류젠췬에게 약간의 호감은 있었지만 그렇다고 좋아하는 건 아니었다. 많은 사람이 자신을 류젠췬의 여자친구로 오해했지만 류젠췬은 한 번도 고백한 적이 없었다.

어쩌면 오늘밤에 고백하려는 건지도 몰랐다.

탈의실 밖에서 인솔 교사가 사물함 열쇠를 수거 중이었다.

"3번, 4번…… 8번, 10번, 11번…… 9번이 없네? 누가 9번 가져갔지?"

"덩린웨요."

누군가가 대답을 하고 뒤이어 노크 소리가 들렸다.

"린웨야, 아직 다 안 씻었니?"

"전 좀 있다 갈게요. 먼저 가세요."

덩린웨는 입구에 대고 소리쳤다.

"하여간 느리다니까. 내일 네가 알아서 학생회에 열쇠 반납해."

곧이어 여학생들이 재잘거리며 탈의실을 나가는 소리가 들렸다. 덩린웨는 옷을 다 입고 사물함을 잠근 뒤 열쇠를 손목에 걸었다. 그때 휴대폰이 띠리링 울렸다. 류젠쿵이 보낸 문자였다.

─농구 경기장에서 기다릴게.

농구 경기장에는 아무도 없었다. 안 그래도 널찍한 경기장이 더 크게 보였다. 덩린웨는 주위 관람석들을 살폈지만 류젠쿵의 모습은 보이지 않았다.

어디 있는 거지? 덩린웨는 속으로 중얼거리며 농구장 중앙으로 걸어갔다.

그런데 갑자기, 규칙적으로 '퉁탕'거리는 소리가 빈 체육관을 가득 메웠다. 깜짝 놀란 덩린웨가 주위를 둘러봤지만 관람석 쪽에서 농구공 하나가 굴러오는 게 보였다. 공이 덩린웨의 발 옆으로 굴러왔다. 발로 공을 세운 뒤 들어보니 최신형 '스팔딩Spalding, 농구공 브랜드' 농구공이었다. 여덟 조각으로 된 농구공 외피에 덩린웨와 류젠쿵의 이름이 예쁘게 금빛으로 새겨져 있었다.

덩린웨는 미소를 지었다. 신경 많이 썼네.

그때 갑자기 치친齊秦이 부른 〈월량대표아적심月亮代表我的心〉이 흘러나왔다. 넓은 체육관에 치친의 목소리가 울려 퍼졌다.

─내가 당신을 얼마나 사랑하는지 물었죠. 얼마큼 당신을 사랑하는지를요. 내 마음은 진실해요. 내 사랑도 진실하고요. 달빛이

내 마음을 대신해요…….

덩린웨는 고개를 들고 관람석 꼭대기에 있는 방송실을 바라보았다. 불 켜진 그곳에서 누군가 자신을 향해 손을 흔들고 있었다. 류젠쿤이었다.

한 곡이 다 끝나고 몇 초간 정적이 흐르더니 곧 류젠쿤의 목소리가 체육관에 울렸다.

"린웨, 오늘은 나한테 굉장히 특별한 날이야. 내가 동경하던 우상과 함께 경기를 한 날이기도 하지만 무엇보다 내가 가장 사랑하는 여자에게 내 마음을 전하는 날이기 때문이야……."

듣기 좋은 목소리를 확성기로 크게 들으니 더 심금을 울렸다. 덩린웨는 흐릿한 실루엣을 바라보며 온몸이 행복감으로 가득 차는 듯한 기분이 들었다.

키 크고 멋진 남자친구를 바라지 않는 여자가 어디 있을까? 또, 이런 낭만적인 고백을 거부할 수 있는 여자가 어디 있을까?

"린웨, 나는……."

순간 '퍽' 하는 소리와 함께 체육관 전체가 암흑으로 변했고, 류젠쿤의 목소리도 뚝 끊겼다. 갑자기 암흑 속에 남겨진 덩린웨는 얼떨떨했다. 어찌할 바를 모르며 몇 초간 서 있다가 부들부들 떨면서 외쳤다.

"류젠쿤……."

캄캄해진 방송실에서는 아무 소리도 들리지 않았다.

덩린웨는 또 몇 번 소리를 질렀다. 텅 빈 체육관에서 메아리쳐

울리는 자기 목소리가 스산하게 들렸다.

"장난치지 마. 나 화낸다!"

덩린웨는 금방이라도 울 것 같았다.

갑자기 스포트라이트가 켜지고, 어스름한 불빛이 천장에서 덩린웨를 내리쬐었다. 덩린웨는 눈이 부셔 손을 이마에 대고 불이 내리쬐는 방향을 뚫어지게 쳐다보았다. 어렴풋하게 관람석에서 누군가 내려오는 게 느껴졌다. 계단을 걸어 내려오는 소리가 틀림없었다.

"류젠쿤, 너야?"

그 사람은 대답 없이 유유히 아래로 내려왔다. 뒤에서 비추는 불빛 때문에 얼굴은 잘 보이지는 않았지만 남자라는 것만 알 수 있었다. 덩린웨는 그 사람이 점점 가까워질수록 류젠쿤이 아니라고 확신했다. 류젠쿤 키의 절반 정도밖에 안 되어 보였기 때문이다.

"누…… 누구세요?"

덩린웨는 달아나려고 했지만 다리가 풀려서 힘이 하나도 없었다. 남자는 마침내 농구장까지 내려왔다. 희미하게나마 그가 검은색으로 된 긴 바바리코트를 입고 손에 뭔가 들고 있는 게 보였다.

7미터, 6미터, 4미터……. 낯선 사람이 점점 다가오자 덩린웨는 온몸을 떨며 뒤로 물러났다.

마침내 남자의 얼굴이 똑똑히 보였다. 검은색 바바리코트 후드로는 얼굴 윗부분을, 코 밑은 마스크로 가리고 있었다. 마스크를 쓴 입이 움직였는데 말하고 있는 게 아니었다. 그는 웃고 있었다!

덩린웨는 결국 비명을 지르며 들고 있던 농구공을 던지고 달아

났다.

남자는 재빨리 쫓아와 덩린웨의 머리카락을 잡고 한 손을 높이 들더니 아래로 세게 휘둘렀다. 덩린웨의 젖어 있던 머리카락이 남자의 손을 빠져나왔다. 그 바람에 머리를 때리려던 망치가 덩린웨의 어깨를 때렸다.

숨 막힐 정도로 아팠던 덩린웨는 다리에 힘이 풀려 바닥에 쓰러지고 말았다.

남자는 낄낄거리며 천천히 덩린웨에게 다가왔다.

덩린웨는 두려움에 떨면서 손발을 이용해 뒷걸음질쳤다.

"살려주세요, 제발⋯⋯."

남자는 덩린웨의 간절한 애원에도 아랑곳없이 한 발을 덩린웨의 다리 위에 올리고는 망치를 들어올렸다⋯⋯.

"멈춰!"

성난 고함 소리가 입구에서 울려 퍼졌다. 이윽고 '탕' 하는 소리와 함께 총알 하나가 남자를 스치고 지나갔다. 놀란 남자가 맞은 편 입구 쪽을 보니 두 사람이 부리나케 자기 쪽으로 달려오고 있었다. 남자는 지체 없이 뒤돌아 달아났다.

덩린웨 옆에 도착한 두 사람 중 한 사람이 말했다.

"넌 여기 있어!"

그러고는 총을 들고 남자를 뒤쫓았다. 덩린웨는 누군가가 자신을 부축해주는 걸 느꼈다. 온몸이 아프고 전혀 힘을 쓸 수 없어서 그 사람에게 얌전히 기대고 있을 수밖에 없었다.

"네가 어떻게?"

덩린웨가 놀라는 목소리를 듣고 고개를 돌리자 잔뜩 긴장한 팡무의 얼굴이 보였다.

"어디 다친 데는?"

"어…… 어깨가 아파……."

몰래 안도의 한숨을 내쉰 팡무는 꿇어앉은 자세로 바꾸더니 덩린웨를 품에 안으면서 한 손으로는 군용칼을 꺼냈다.

살았다. 반쯤 눈을 감은 덩린웨는 온몸의 힘이 다 빠져나가는 것처럼 팡무의 품에 쓰러져 버렸다.

탕! 밖에서 또 총성이 들렸다. 팡무와 덩린웨는 약속이나 한 듯 온몸을 떨었다. 주위가 금세 조용해졌다.

어떻게 된 거지?

그 총소리는 뭘까?

범인을 맞힌 건가?

팡무는 긴장한 듯 주위를 살폈다. 가까이 있는 빛 그림자 말고는 아무것도 보이지 않았다. 어두운 관람석에서 마치 수많은 생물들이 춤추고 뛰어오르는 것 같았다. 팡무는 어둠 속에서 조금이라도 의심스러운 소리를 알아내려고 노력했다. 하지만 자기와 덩린웨의 숨소리가 들리는 것 말고는 주위가 너무나도 고요했다. 체육관 안의 빛에 눈이 적응되고 나자 팡무는 앞쪽에 가만히 놓여 있는 농구공 하나가 보였다.

"너 혼자야?"

팡무는 품에 안긴 덩린웨를 흔들었다. 덩린웨는 가늘게 눈을 떴다.

"아니, 류젠쥔도 있어."

"어디 있는데?"

팡무가 다급하게 물었다. 덩린웨의 손이 힘없이 위쪽을 가리켰다.

"방송실."

팡무는 덩린웨를 바닥에 내려놓고 위로 올라가 보려고 했다. 그런데 덩린웨가 어디서 힘이 났는지 팡무의 옷을 잡고 놔주질 않았다.

"가지마. 제발 여기에 나 혼자 두고 가지 마. 부탁이야!"

팡무는 몇 번이고 뿌리치려고 했지만 소용없었다. 그런데 그때, 뒤에서 다급한 발소리가 들렸다. 팡무가 군용칼을 쥐고 뒤를 돌자 손전등 불빛이 팡무의 얼굴을 비췄다.

"거기 누구야. 손에 있는 거 내려놔!"

팡무는 '철컥' 하고 노리쇠 당기는 소리에 황급히 손을 들었다.

"저예요. 저, 팡무."

그 소리에 사람들이 달려왔다. 팡무는 제일 앞서 오는 사람이 어제 학생회 간부와 실랑이를 했던 사복 경찰이라는 걸 알아보았다. 그는 손전등으로 팡무와 덩린웨를 비췄다.

"어떻게 된 거야? 타이 경관님은?"

팡무는 대답 대신 손가락으로 방송실을 가리켰다.

"빨리요. 저기에도 사람이 있어요."

심리죄

사복 경찰은 옆에 있던 다른 경찰에게 손짓했다.

"자네, 나 따라와!"

두 사람은 총을 들고 관람석을 뛰어 올라갔다. 팡무는 허리를 굽히며 방송실로 들어가는 두 사람을 보면서 속으로 간절히 기도했다. 제발 살아 있어줘. 제발 죽지 마.

손전등 불빛이 방송실 안에서 흔들렸다. 잠시 후 아무 기척도 없는 걸 보더니 조급해진 팡무가 소리쳤다.

"어떻게 됐어요?"

사복 경찰이 입구 쪽으로 고개를 내밀었다.

"괜찮아. 살아 있어."

팡무는 안도의 한숨을 내쉬며 옆에 있던 두 경찰에게 말했다.

"타이 경관님이 범인 뒤쫓아 가셨어요. 저쪽이에요. 빨리 가서 도와주세요!"

"그럴 필요 없어."

타이웨이가 손에 뭔가를 들고 어둠 속에서 걸어 나왔다.

"불 켜!"

타이웨이는 위에 있던 경찰에게 소리쳤다. 몇 초 후, 체육관이 환해졌다. 팡무는 그제야 타이웨이의 모습을 제대로 보게 되었다. 얼굴에는 피가 흘러내렸고 손에는 휴지로 싼 뭔가를 들고 있었는데, 가늘고 긴 모양이었다.

놈을 잡은 건가?

얼굴은 왜 저러시지?

저게 뭘까?

묻고 싶은 게 너무 많았지만 팡무는 갑자기 아무 말도 나오지 않았다.

타이웨이도 당장은 설명할 생각이 없어 보였다. 그는 사복 경찰 둘이서 류젠쿼을 데리고 힘겹게 내려오는 모습을 인상 쓴 채 바라보고 있었다.

"상태가 어때?"

"괜찮아요. 다만 정신을 잃은 것 같아요."

타이웨이는 고개를 숙이고 반 혼수상태인 덩린웨를 보더니 표정이 한결 누그러졌다. 그는 경찰 네 명에게 부상자 두 명을 서둘러 병원으로 이송하게 한 뒤, 들고 있던 물건을 팡무에게 보여 주었다. 드라이버였다.

두 사람은 말없이 서로를 마주보았다.

예상대로, 요크셔 살인마였다.

"젠장, 놈이 어찌나 빠르던지. 주변 지리에 익숙한 놈인 게 분명해. 모퉁이를 도는데, 어렴풋하게 내 쪽으로 뭔가를 던지는 게 보이더라고. 고개를 옆으로 했는데 결국 못 피했지 뭐."

타이웨이는 자기 얼굴을 가리켰다. 광대뼈 부위가 긁혀서 계속 피가 났다.

"급한 마음에 총을 쏘긴 했는데 빗맞은 거 같아. 총 쏘다가 한 발 늦어서 놓치고 말았어. 이건 돌아오는 길에 주웠고."

이번에는 드라이버를 가리켰다. 팡무는 생각에 잠긴 듯 드라이버를 보더니 갑자기 타이웨이의 다리 쪽을 가리키며 물었다.

"그건 뭐예요?"

타이웨이가 집어든 물건은 열쇠였다. 고무가 둘러진 쇳조각 한 면에 '여'라고 쓰여 있었다. 타이웨이는 다른 쪽으로 열쇠를 뒤집었다.

"6?"

"9?"

맞은편에 있던 팡무와 타이웨이와 동시에 말했다. 두 사람은 서로 눈이 마주쳤다. 9인가 6인가?

"이거…… 탈의실 열쇠 같은데요."

"여자 탈의실? 그럼 백퍼센트 9야. 여자 탈의실 6번 사물함은 잠겨서 못 쓰거든."

팡무는 잠시 생각하다 열쇠를 들고 뒤돌아서 갔다. 타이웨이는 팡무 뒤를 따라 여자 탈의실에 도착했다. 팡무는 위아래로 살피면서 6번 사물함을 찾아 열쇠로 열어봤지만 열리지 않았다.

"어, 여기에도 6번이 있네."

놀란 타이웨이가 한 사물함을 가리키며 말했다. 팡무가 가서 보니 철궤에 '6'이라고 적혀 있었다. 쑥 하고 열쇠가 들어가서 살짝 돌렸더니 사물함이 열렸다. 팡무는 번호판을 살짝 움직여보았다. 그랬더니 번호판이 돌아가면서 숫자가 6과 9로 반복해서 바뀌었다.

타이웨이가 자세히 살펴보니 번호판을 고정하는 리벳rivet 두 개 중 위의 것이 망가져 있었다.

"이건 원래 9번 사물함이었는데 누군가 이걸 만져서 6번이 된 거야."

광무의 입가에 슬며시 미소가 번졌다. 어찌 됐든 놈의 뜻대로 되지는 않은 것이다.

제19장

사랑이란

"네…… 알겠어요. 그럼 그렇게 하세요. 네."

전화를 끊은 팡무는 좌판에 있는 귤을 가리키며 물었다.

"이거, 한 근에 얼마예요?"

방금 전 타이웨이가 축 가라앉은 목소리로 전화를 걸어왔다. 타이웨이는 사건 당일 밤 경찰 병력을 학교에 대거 투입해 샅샅이 뒤졌지만 단서를 찾지 못해 당분간 잠복근무를 더 해야 할 것 같다고 전했다.

팡무는 타이웨이의 심정을 이해했다. 범인과 처음으로 근거리에서 마주한 그였다. 다 잡은 범인을 눈앞에서 놓쳤으니 경찰이라면 누구라도 견디기 힘든 상황일 것이다. 지금쯤 타이웨이는 그 상황을 계속해서 되짚어보고 있을 게 뻔했다. 당시 조금만 더 빨랐다면 좋았을 걸…… 좀 더 과감하게 총을 꺼냈다면 좋았을 걸…… 좀 더 정확하게 조준했더라면 좋았을 걸 후회하면서…….

팡무의 마음은 타이웨이보다 훨씬 가벼웠다. 입장이 달라서 그럴지도 몰랐다. 언제 사건을 해결할 수 있을지가 타이웨이의 관심사라면 팡무에겐 범죄를 막는 게 더 중요했다. 그래서 그날 밤 조서 작성을 마치고 기숙사로 돌아온 팡무는 마음 편하게 푹 잘 수 있었다. 다음 날 아침, 팡무는 친구들과 함께 류젠쥔 병문안을 가기로 했다.

병원 입구에서 왠지 비싸게 주고 산 과일을 들고 팡무와 친구들은 병동이 있는 3층으로 올라갔다. 두위가 열심히 312호 병실을 찾는 동안, 팡무는 복도 끝에 경찰 두 명이 철통같이 지키고 선 병실 쪽으로 곧장 걸어갔다. 그중 한 경찰이 팡무를 알아보고 팡무와 친구들을 바로 안으로 들여보내 주었다.

창가에 위치한 침대는 삼엄한 경비를 받고 있었다. 병실에 누가 들어오는 걸 보고 모든 사람들의 시선이 쏠렸다. 팡무는 사건 당일 체육관에서 본 경찰 두 명을 알아보았다. 경찰들은 팡무에게 고개를 끄덕이며 인사를 대신하고 의사에게 말했다.

"그러니까 지금 상태로는 증인 신문이 어렵다는 말씀이시죠?"

"그걸 말이라고 합니까? 환자가 지금 반 혼수상태인데, 신문이 되겠어요?"

의사가 퉁명스럽게 말했다.

두 경찰은 서로 어쩔 수 없다는 듯 쳐다보다 조용히 병실을 나갔다. 팡무는 과일을 창턱에 올려놓고 침상에 누운 류젠쥔을 바라보았다. 류젠쿤은 머리에 붕대를 감고 있었는데 얼굴은 창백하고 눈은 반쯤 감은 채 산소 호흡기를 끼고 있는 모습이 기력이 없어 보였다. 팡무는 마음이 무거웠다. 어젯밤 경찰은 류젠쿤을 데리고 내려오면서 '괜찮다'고 말했지만, 이제 보니 그 괜찮다는 말이 다행히 죽지는 않았다는 뜻이었던 것 같다. 류젠쿤의 병세는 팡무가 생각했던 것보다 훨씬 심각했다.

침대 맡에 엎드린 두위는 잠든 저우퇀제를 흔들어 깨웠다.

"상태가 어떻대?"

"어젯밤에 수술 잘 끝났어. 의사 말로는 생명엔 지장이 없는데 며칠 더 경과를 지켜봐야 한대."

저우퇀제가 하품을 하며 말했다.

병실 입구가 갑자기 소란스러워졌다. 한 남성이 문 앞에서 경찰과 실랑이하는 소리와 한 여성의 울음 섞인 목소리가 들렸다.

"제가 애 엄마예요. 들어가서 잠깐 보는 것도 안 돼요?"

문이 열리고, 고생이란 고생은 다 한 것처럼 보이는 중년 남녀가 류젠쿤의 침대로 뛰어 들어왔다. 침대에 닿기도 전에 여자가 큰소리로 울부짖기 시작했다. 저우퇀제가 얼른 다가가 여자를 부축했다.

"아주머니, 일단 앉으세요. 젠쿤이 괜찮대요."

침대에 걸터앉은 그녀의 얼굴에서 눈물이 뚝뚝 흘러내렸다. 류젠쿤의 어머니는 혹여 혼수상태인 아들이 깨기라도 할까 봐 한 손으로 입을 틀어막으며 다른 한 손으로는 류젠쿤의 얼굴을 쓰다듬었다. 류젠췬의 아버지는 진료기록 카드에 적힌 글을 읽었다.

"두개골 함몰 골절?"

"아저씨, 걱정 마세요. 수술 잘 끝났고요. 의사 선생님이 생명에 지장 없다고 하셨어요."

슬픔과 걱정으로 가득한 류젠췬의 아버지를 보며 두위가 말했다. 류젠췬의 아버지는 고개를 끄덕였다. 얼굴 표정도 한층 편안해졌다. 그는 친구들을 보면서 말했다.

"젠췬이 친구들인가? 대체 어쩌다 이렇게 된 거야?"

"자세한 건 저희도 잘 몰라요. 근데, 이 친구가 젠췬이를 구했어요."

두위가 팡무를 툭툭 밀치며 말했다. 류젠췬의 부모는 동시에 팡무를 쳐다보았다. 류젠췬의 어머니가 덥석 팡무의 손을 잡았다.

"학생, 대체 무슨 일이 있었던 건지, 누가 췬이를 때린 건지 말 좀 해줘."

"어떻게 된 일인지는 저도 잘 모르겠어요. 전 그냥 우연히 사건 장소에 간 것뿐이라……."

류젠췬의 어머니가 갑자기 무릎을 꿇고 오열했다.

"어떻게 이 고마움을 표현해야 할지. 고마워 학생. 하나뿐인 내 아들 살려줘서 정말 고마워."

당황해서 얼굴이 붉어진 팡무는 다가가 그녀를 부축했다.

"아주머니, 이러지 말고 얼른 일어나세요……. 당연히 해야 할 일을 했을 뿐이에요……."

갖은 설득 끝에 겨우 그녀를 일으켜 세운 팡무는 병실에 더 머물 수가 없었다. 고마워서 어쩔 줄 모르는 류젠췬 어머니의 눈빛이 부담스러웠다. 사실 따지고 보면, 류젠췬이 피습당한 건 자신 때문이었다.

팡무는 친구들에게 자신의 이상한 낌새를 들키고 싶지 않아 몰래 병실을 빠져나왔다. 복도에 들어서자마자 타이웨이가 계단으로 바쁘게 올라오는 모습이 보였다.

"어? 너도 여기 있었네?"

타이웨이도 팡무를 발견했다.

"네. 친구 보러 왔어요."

"그때 그 남학생? 좀 어때?"

"목숨은 건졌는데 아직 혼수상태예요. 여긴 어쩐 일이세요?"

"여학생 상태가 어떤지 좀 보려고 왔지. 그 친구도 여기 입원했거든, 5층에. 너도 가볼래?"

팡무는 잠시 생각하더니 고개를 끄덕였다. 덩린웨 병실은 류젠췬 병실보다 경비가 더 삼엄했다. 완전무장한 경찰 네 명이 입구에 떡 버티고 서 있었다. 덩린웨는 널찍한 1인실을 쓰고 있었는데, 방 두 개에 거실 하나로 각종 편의시설을 다 갖추고 있었다.

팡무와 타이웨이가 병실에 들어섰을 때는 태도가 온화하고 교양 있어 보이는 여성이 경찰 두 명과 이야기 중이었다.

"며칠 뒤에 다시 얘기하자고요. 웨웨 상태가 지금 저런데, 어떻게 증언을 해요?"

경찰들은 곤란한 모습이었다.

"저희도 따님 상황이 어떤지 잘 압니다. 근데 범인을 제일 가까이서 본 사람이 따님밖에 없는데 어쩝니까! 따님이 단서가 될 만한 걸 증언해주면 저희도 빨리 사건을 해결할 수 있잖아요."

"글쎄 안 된다고요! 우리 딸은 지금 충분한 휴식이 필요해요. 당신은 또 뭡니까?"

여자는 막 병실에 들어온 타이웨이에게 톡 쏘아붙이듯 말했다. 두 경찰은 고개를 끄덕이며 말했다.

"팀장님입니다."

"당신이 이 사람들 대장이에요? 마침 잘 왔네요. 아니, 대체 언제까지 입구를 막고 있을 겁니까? 우리가 범인인 줄 알아요?"

"당분간은 어쩔 수 없습니다. 따님은?"

타이웨이는 텅 빈 침대를 보며 물었다. 덩린웨의 어머니는 타이웨이의 말에 대꾸도 없이 인상을 쓰며 말했다.

"우리 집 양반더러 당신네들 국장한테 전화 좀 하라고 해야 내 말을 들을 건가?"

"자세한 건 말씀드릴 수 없지만 범인이 또 따님을 해칠 가능성이 있습니다. 어떻습니까? 그래도 철수할까요?"

타이웨이는 덩린웨의 어머니를 보며 차갑게 말했다. 그녀의 안색이 순간 어두워졌다. 한참이 지나 어렵게 말을 뱉었다.

"상황이 그렇다면 뭐…… 어쩔 수 없죠."

그때, 물 내리는 소리가 들리더니 화장실에서 덩린웨가 간호사

두 명의 부축을 받으며 나왔다. 창백한 얼굴에 머리카락은 뒤로 말아 올렸고 어깨에 깁스를 하고 있었다. 팡무를 발견한 덩린웨는 힘없이 웃어 보였다.

"너구나. 우리 엄마야. 엄마, 나 구해준 분들이셔."

덩린웨의 어머니는 좀 난처해 보였다. 방금 전의 무례한 언행을 만회하려는 듯 애써 웃으며 타이웨이와 팡무에게 자리를 안내했다. 간호사들은 덩린웨를 침대에 눕히고 이불을 덮어준 뒤 위치를 조정해주었다. 덕분에 방문객들과 대화하기가 한결 편안해졌다.

"와 줘서 고마워."

덩린웨는 하얀 이불 속에 누워서 팡무를 보며 웃었다.

"류젠쥔 보러 왔어. 너도 보고."

팡무는 말을 하고 아차 싶었다. 덩린웨는 잠시 난처해하더니 이내 평소대로 돌아왔다.

"아, 류젠쥔은 어때?"

"수술 잘 끝났어. 생명에는 지장 없대."

덩린웨의 어머니가 흥하고 코웃음을 쳤다. 타이웨이는 서류가방에서 노트와 펜을 꺼냈다.

"학생, 그날 밤 상황에 대해 말해줄 수 있겠어?"

덩린웨의 안색이 하얘지면서 호흡이 가빠졌다. 눈에는 금세 눈물이 고였다. 아직 그날의 악몽에서 완전히 벗어나지 못한 것 같았다. 상황을 지켜보던 덩린웨의 어머니가 다급하게 말했다.

"제가 묻지 말라고 했잖아요. 피해자 입장 좀 생각해줄 수 없어요? 며칠 후에 다시 얘기하세요."

그녀는 자리에서 벌떡 일어나 방문객들을 쫓아냈다. 타이웨이는 하는 수 없이 일어나 작별인사를 했다. 팡무도 일어나서 가려는데 덩린웨가 팡무를 불렀다.

"저기, 류젠쿤 병실이 어디야? 가서 좀 보고 싶은데."

덩린웨가 힘겹게 상체를 일으켰지만 덩린웨의 어머니가 황급히 그녀를 말렸다.

"가긴 어딜 가! 지금 그 꼴로 어딜 간다는 거야!"

타이웨이는 어두운 표정으로 덩린웨의 어머니를 보더니 뒤돌아서 병실을 나왔다. 팡무는 덩린웨에게 손을 저은 뒤 타이웨이를 따라 나왔다. 문을 나서자 덩린웨가 어머니와 말다툼하는 소리가 들렸다.

"젠장! 저 여자가 진짜! 억지 부릴 게 따로 있지!"

타이웨이는 짜증스러운 듯이 담배에 불을 붙이고 크게 한 모금 빨았다. 복도에 붙어 있는 금연 표지판은 무시했다. 팡무는 타이웨이가 말하는 사람이 덩린웨인지 그녀의 어머니인지 알 수 없었다.

"됐어요. 상황이 그러니 이해해야죠."

"젠장! 권력 믿고 경찰한테 이렇게 비협조적으로 굴어도 되는 거야?"

타이웨이는 꽁초를 휙 던졌다.

"목격자가 둘인데, 한 명은 혼수상태고 한 명은 말을 안 하니, 이를 어쩐다?"

타이웨이는 경찰 한 명에게 손을 흔들었다.

"어이! 의사한테 가서 그 남학생, 언제쯤 깨어날 것 같은지 좀 물어봐."

임무를 맡은 경찰은 말없이 그 길로 계단을 내려갔다.

타이웨이는 허리에 손을 얹고 씩씩대며 한참 서 있다가 물었다.

"앞으로, 어떻게 될 거 같아?"

갑자기 질문을 받은 팡무는 어안이 벙벙했다.

"어떻게 될 거 같다니요? 뭐가요?"

"범인이 앞으로 어떻게 할 것 같으냐고! 계속 저 여학생을 노릴 것 같아? 혹시 다른 사람을 골라 여섯 번째 살인을 끝낸다면, 이번에는 모방대상이 누굴까?"

"그걸 제가 어떻게 알아요!"

팡무는 퉁명스럽게 말했다.

범인의 이번 범행은 실패로 끝났다. 다음 사건에 대한 단서도 현장에 남기지 않았다. 그럼 이제 어떻게 다음 사건에 대비해야 하지? 범인이 어떤 사람을 다음 희생양으로 정할까? 덩린웨? 아니면 다른 사람? 모든 게 미지수였다.

시험지가 갑자기 하얘지는 것 같았다. 다음 문제가 대체 뭘까? 누구도 알 수가 없었다.

"왔어요?"

"통화 중이셨어요? 그럼 나중에 올게요."

"아뇨, 괜찮아요. 막 끊으려던 참이었어요."

"무슨 일로 부르셨어요?"

"하하, 아무 일 없어요. 그냥 여기 왔다 간 지도 오래됐고, 어떻게 지내나 궁금해서."

"아, 잘 지내요. 안색이 안 좋으신데, 어디 아프세요?"

"별 거 아니에요. 그냥 감기 기운이 좀 있어서 그래요."

"열은요?"

"없어요. 정말 괜찮아요."

"제가 병원에 같이 가 드릴까요?"

"아뇨, 그럴 필요 없어요. 참, 요즘은 어때요?"

"좋아요."

"아직도 출석 부르는 게 무섭나요?"

"괜찮은 거 같아요. 정말 감사드려요. 이젠 어느 정도 극복한 거 같아요."

"그래요? 확실해요?"

며칠 후, 마침내 말을 할 수 있게 된 류젠쥔이 당시 상황에 대해 증언했다. 사건 당일, 류젠쥔은 체육관에서 덩린웨에게 고백하려고 했다. 이벤트를 위해 점심을 먹으면서 전날 체육관 담당 교사에게 열쇠를 빌리고, 방송실에서 마이크와 스포트라이트의 스위치 위치, 사용 방법 등을 자세히 물어보았다. 경기 도중 교체됐던 류젠쥔은, 그 사이에 덩린웨에게 가서 체육관에서 만나기로 약속했다. 로맨틱

한 이벤트가 절정에 다다를 즈음, 누군가 뒤에서 갑자기 그를 가격했고, 그 후로는 무슨 일이 있어났는지 알 수가 없었다.

덩린웨도 어느 정도 마음의 안정을 찾았는지 그날 일에 대해 자세히 말해주었다. 하지만 당시 불빛이 어둡기도 했고, 덩린웨가 극도의 공포감에 휩싸였던 상태라 범인의 신장이 170센티미터 이상이라는 것밖에는 단서를 주지 못했다.

광무와 타이웨이도 그날 범인을 봤고, 심지어 타이웨이는 놈을 뒤따라가기도 했지만 불빛도 어둡고 거리도 있었던 탓에 범인에 대해 큰 인상이 남지는 않았다.

경찰이 주목한 또 한 가지 의문은 이거였다. 범인은 덩린웨가 혼자 체육관에 남는다는 걸 어떻게 알았을까?

범인은 의도적으로 덩린웨가 그날 사용했던 사물함을 망가트려 9번을 6번으로 바꿨다. 이는 범인이 확실하게 덩린웨를 범죄의 대상으로 삼았다는 걸 의미했다. 범인은 덩린웨가 9번 사물함을 사용할 거라는 것과, 혼자 체육관에 남을 거라는 걸 미리 알고 있었던 게 분명했다.

그렇다면 범인은 모든 정황을 알고 있는 사람일 터, 이런 추론은 경찰을 들뜨게 만들었다. 수사망을 크게 좁힐 수 있었기 때문이다. 그런데 조사 결과는 경찰을 기운 빠지게 만들었다. 류젠쿤은 그날 밤 계획을 아무에게도 알리지 않았다고 말했던 것이다.

한편, 덩린웨가 체육관에 혼자 남을 거라는 정보가 알려진 장소는 두 군데였다. 첫 번째, 식당. 이곳에서 류젠쿤은 체육관을 관리하는 선생에게 열쇠를 빌리고 방송실 기기 작동법 등을 물어보았다. 두 번째, 농구 경기장. 그는 경기가 진행되는 동안 덩린웨에게 체육관에서 보자고 약속했다. 그런데 류젠췬은 당시 점심을 먹을 때 주위에 누가 있었는지 전혀 기억하지 못했고, 체육관 담당 교사를 조사했을 때도 마찬가지였다. 두 번째 가능성을 염두에 두고 당시 덩린웨와 같이 있었던 치어리더들과 근처에 앉았던 학생들을 조사했지만 그 가능성도 배제되었다.

사물함 번호에 대한 조사도 난항을 겪었다. 치어리더 인솔교사와 다른 치어리더들이 기억한 바에 따르면, 그날 체육관 복도에서 열쇠를 나눠줄 때 사람들이 무리지어 경기장 안으로 들어오고 있었기 때문에 누가 덩린웨의 사물함 번호를 알아냈는지 전혀 알 수가 없었다.

결론적으로 그날 밤 사건 해결에는 별다른 진전이 없었다. 타이웨이는 한 가지 의문이 들었다. 다음은 6인가 아니면 7인가?

팡무의 생각은 이랬다. 범인은 잔인하고 의지가 확고한 인물이다. 결코 쉽게 포기하지 않을 것이다. 따라서 다음 범행의 피해자는 6과 관련되어 있다. 덩린웨가 계속 표적이 될 것인가, 아니면 다른 사람이 희생양이 될 것인가에 대해서는 현재로선 알 도리가 없다. 따라서 경찰과 팡무는 계속 덩린웨를 엄호하면서 학교 안에 '6'과 관련된 장소를 지켜야 한다는 데 의견을 같이 했다.

팡무는 그 후로도 몇 번 류젠췬을 보러 갔다. 찾아간 동기라면, 친구 사이의 우정보다는 죄책감에 더 가까웠다.

심리죄

류젠쥔의 병명은 두개골 함몰 골절, 두개내혈종, 경막외혈종이었다. 생명에 지장은 없지만 심각한 후유증이 남았다. 팡무는 류젠쥔이 죽을 먹으면서 머리와 손을 심하게 떠는 걸 여러 번 보았다. 얼굴이랑 몸 전체가 떨릴 때도 자주 있었다. 그럴 때마다 팡무는 류젠쥔 앞에 무릎을 꿇고 용서를 구하고 싶은 충동이 일었다. 하지만 매번 말없이 병실을 나와 화장실에 숨어 애꿎은 담배만 계속 피워대기 일쑤였다.

　저우톈제는 덩린웨가 딱 한 번 류젠쥔을 보고 간 뒤로는 코빼기도 안 비춘다고 팡무에게 말했다. 류젠쥔은 깨어나자마자 같이 있던 사람에게 부탁해 덩린웨를 보러 갔다. 당시 덩씨 집안사람들이 덩린웨가 잔다며 류젠쥔을 들어가지 못하게 막았다. 휠체어에 앉아 침을 흘리던 류젠쥔은 닫힌 병실을 향해 어눌한 말투로 몇 번이고 "미안해"라고 말했다.

　팡무는 너무 가슴이 아팠다.

　J대 학교 관계자들도 몇 번이나 병원을 찾아와 류젠쥔의 상태를 살폈다. 그리고 류젠쥔에게 1년 정도 휴학하고 치료에 힘쓰는 게 어떠겠냐고 제안했다. 류젠쥔의 부모는 학교 측의 배려에 깊은 감사를 표했다. 하지만 류젠쥔의 지도 교사는 이번 사건에 학교 측도 책임이 있다며 학교를 상대로 손해배상을 청구해야 한다고 부모를 설득했다. 노동자 출신인 류젠쥔의 부모들은 끝내 교사의 제안을 받아들이지 않았다. 자식이 거의 폐인이 될 정도로 다쳤는데 학교에서 학적을 유지시켜준다고 하니 얼마나 고마운 일

이냐며, 은혜를 원수로 갚을 수는 없다고 거절한 것이다. 류젠쿤의 지도 교사는 결국 고개를 저으며 한숨만 내쉴 뿐이었다.

그 후로 보름이 지나고, 덩린웨가 기적처럼 학교에 모습을 드러냈다.

범인이 노린 건 덩린웨였지만 류젠쿤에 비하면 경미한 부상이었다. 사고 당시 그녀가 입었던 짧은 면 재킷 덕분에 견갑골에 약간 금이 간 정도에 그쳤다. 음식도 잘 챙겨먹고 치료도 잘 받아서 꽤 빨리 학교로 복귀할 수 있었다.

팡무는 두위에게 이 소식을 듣고도 별 반응을 보이지 않았다. 다만 덩린웨가 고향에 돌아가지 않은 건 좀 의아했다. 범인이 아직도 덩린웨를 노리고 있을지 모른다고 타이웨이가 알아듣게 설명했기 때문이다. 잠시 휴학계를 내고 고향에 내려가 있는 게 가장 안전한 방법일지도 몰랐다.

사실 오후에 덩린웨가 팡무에게 갑자기 전화를 걸었던 게 더 뜻밖이긴 했다. 용건은 간단했다. 팡무에게 밥을 사겠다고 해서 팡무는 어쩔 수 없이 받아들였다.

약속대로 오후 5시에 도착했는데, 교문 입구에 벌써 덩린웨가 서 있는 게 보였다.

"미안, 내가 늦었네."

"아냐, 내가 좀 일찍 왔어. 난 너 안 올까 봐 걱정했잖아."

팡무는 웃음으로 대답을 대신했다.

"네가 뭐 좋아하는지 모르겠네. 우리 어디 갈까?"

"아무데나. 난 다 잘 먹어."

팡무가 교문 밖에 있는 작은 식당들을 가리키며 말했다.

"저기 자리 있는 데 아무 데나 가서 먹어도 돼. 괜히 돈 쓰지 말고."

"어떻게 그래, 생명의 은인한테 대접하는 건데. 시내로 가야겠다. 우리 근사한 데 가서 먹자."

덩린웨가 고개를 갸우뚱하며 웃었다. 택시를 타고 이동하면서 덩린웨는 샹그릴라 호텔에서 밥을 사주겠다고 했다. 5성급 호텔이라 두 사람이 한 끼 먹는 데 최소한 천 위안은 넘게 든다는 걸 알았기 때문에 팡무는 한사코 거절했다. 덩린웨도 더 고집부리지 않았다.

"안 가도 괜찮아. 한 끼 식사가 삼천 위안 넘는 곳 중에 맛있는 데는 솔직히 하나도 없더라."

결국 두 사람은 퓨전 한식당인 파파스에 가서 먹기로 했다.

식당 손님들은 대부분 젊은 커플들이었다. 따뜻한 분위기, 은은한 조명, 가수의 서정적인 노랫소리가 식당에 아늑한 느낌을 더했다. 종업원은 팡무와 덩린웨에게 커플세트를 강력 추천했지만 팡무가 딱 잘라 거절하는 바람에 결국 불고기 정식을 시켰다.

음식이 나온 뒤로 팡무는 먹는 데만 집중했다. 덩린웨도 크게 신경 쓰지 않는 듯 아무 말이 없었다.

팡무는 말없이 계속 밥만 먹자니 좀 어색하기도 하고, 예의도 아닌 것 같다는 생각이 문득 들었다. 줄곧 고개를 숙이고 있다가 마침내 덩린웨를 바라보았다. 국을 마시고 있던 덩린웨의 팔 움직임이 다소 경직되어 보였다.

"다친 데는…… 좀 어때?"

덩린웨는 대답 대신 숟가락을 내려놓고 피식 웃음을 터트렸다.

"난 또 네가 저녁 내내 날 쳐다도 안 볼 줄 알았지."

팡무는 좀 머쓱해졌다.

"무슨, 내가 원래 말수가 좀 적어서 그래."

"그건 진작 알아 봤어."

팡무는 덩린웨가 예전에 식당에서 점심 먹었을 때를 이야기하는 줄 알고 더 미안해졌다. 덩린웨는 멋쩍어하는 팡무를 보더니 화제를 돌렸다.

"아픈 건 다 나았어. 가끔 좀 욱신거리는 거 빼고 크게 불편한 건 없어."

"왜 집에 안 가는 거야? 집에서 쉬면 좋잖아. 안전하고."

"가족들도 그렇게 하라고 했는데, 그러고 싶지 않았어. 아, 맞다!"

덩린웨가 팡무 쪽으로 몸을 기울였다.

"지난번에 경찰이 그랬잖아. 범인이 또 나를 노릴지도 모른다고. 뭐가 어떻게 된 건데?"

잠시 고민하던 팡무는 덩린웨가 듣고 무서워할지도 모르니 사실대로 말하지 않기로 했다.

"그냥 미친놈이야. 꼭 너한테 뭔 짓을 하리라는 보장도 없고. 걱정할 거 없어."

"휴, 올해는 이상하게 우리 학교에서 사건이 너무 많네."

덩린웨는 빨대를 문 채로 비밀스럽게 팡무 곁으로 다가왔다.

"너, 지금 경찰 도와서 사건 조사 중이지?"

팡무는 깜짝 놀랐다.

"아니. 나한테 그럴 능력이 어디 있어?"

"흥, 나 속일 생각 마. 지난번 총회 때, 너 부총장한테 칭찬까지 받았잖아."

덩린웨는 아이처럼 입술을 삐죽 내밀었다.

"그리고 네가 경찰을 도와주는 게 아니면 그날 밤 어떻게 경찰 이랑 같이 날 구하러 왔겠어."

"내가 말했잖아. 그냥 우연이었다고."

"거짓말. 법대 애들이 얘기하는 거 다 들었어. 범죄학 전공 학생 들 중에 네가 제일 공부 잘한다고. 아, 알았다!"

덩린웨가 눈을 동그랗게 뜨고 작은 소리로 말했다.

"혹시 대외비야? 누가 너보고 공안국에서 우리 학교에 보낸 스 파이라고 하던데, 그래서 그런 건가? 〈도학위룡逃學威龍〉에 나오는 저우싱츠周星馳처럼?"

팡무는 웃어야 할지 말아야 할지 몰랐다. 천진난만한 여자는 남자를 속수무책으로 만들곤 했다. 팡무처럼 여자를 전혀 모르는 남자라면 더 말할 것도 없었다.

"내가 무슨 스파이야. 평범한 학생이지. 그리고 범죄학은 그냥…… 관심이 있는 것뿐이야."

"아, 그럼 경찰을 도와주고 있다는 건 인정하는 거네? 얘기 좀 해봐. 나 어렸을 때부터 추리 소설 무지 좋아했거든."

덩린웨는 흥미진진하다는 얼굴이었다. 팡무는 그쪽 일에 대해서 이야기하는 걸 별로 좋아하지 않았기 때문에 좀 난감했다.

"됐어. 여자들이 듣기엔 무서운 얘기들밖에 없어."

"나 무시하지 마. 이래봬도 담력 무지 세."

덩린웨가 눈을 동그랗게 뜨고 말했다. 팡무는 당해낼 수가 없었다.

"알겠어."

한 시간 동안 팡무는 마카이의 '흡혈귀 사건'에 대해 이야기해주었다. 처음에는 일부러 자기가 별로 한 게 없는 것처럼 이야기하다가, 덩린웨가 두 손을 턱에 괴고 똑바로 자신을 쳐다보면서 "어머", "세상에"와 같은 감탄사를 수시로 내뱉자 내심 뿌듯하기도 하고 슬쩍 과시하고 싶은 마음이 들었다. 특히 마카이와 대치하다 목숨이 위험해질 뻔한 상황을 설명할 때, 덩린웨가 손으로 입을 틀어막으며 걱정과 불안이 가득한 눈으로 자신을 쳐다보자 팡무는 저도 모르게 우쭐한 기분마저 들었다.

덩린웨는 이야기를 끝까지 다 듣더니 가슴에 손을 얹었다. 그러고는 팡무를 바라보며 믿을 수 없다는 표정을 지었다.

"너 진짜 대단하다. 맙소사. 나한테 너 같은 친구가 생길 줄은 정말 상상도 못했어."

쑥스럽게 웃다가 문득 고개를 돌린 팡무는, 유리에 비친 자신이 뿌듯한 표정을 짓고 있는 걸 보면서 마음이 복잡해졌다. 자신의 마음을 들키지 않기 위해 팡무는 얼른 종업원을 불러 계산했다. 덩린웨는 뭔가 아쉬운 듯했지만 말리지는 않았다.

따뜻했던 식당을 나서자 바깥 공기가 유난히 차갑게 느껴졌다. 팡무가 택시를 잡으려고 기다리는데 덩린웨가 그를 잡아당겼다.

"배가 불러서 그런데 같이 좀 걸을래?"

팡무는 잠시 생각하더니 그러자고 했다. 두 사람은 옆으로 나란히 서서 천천히 길을 걸었다. 팡무는 방금 득의양양했던 자기 모습이 부끄러워서 안 그래도 말수가 적은데 더 말이 없어졌다. 덩린웨는 무슨 생각을 하는지 아무 말도 하지 않았다. 두 사람은 그렇게 말없이 앞만 보고 걸었다.

가로등 불빛에 두 사람의 그림자가 길었다가 짧아졌다가 했다. 가끔 그림자가 겹칠 때는 꼭 둘이 포옹하는 것처럼 보였다.

얼마나 걸었을까, 덩린웨가 갑자기 말을 걸었다.

"류젠쥔은 좀 어때?"

"며칠 전에 가봤는데 상황이 별로 좋지 않아. 후유증이 좀 있을 거래."

팡무가 고개를 돌려 덩린웨를 바라보았다.

"너…… 왜……."

팡무가 할 말을 머릿속으로 정리하는 동안 덩린웨는 벌써 팡무의 의도를 알아차렸다.

"나도 알아. 내가 참 무심하다고 생각하지? 솔직히 말해서 나도 정말 보러 가고 싶어. 근데 엄마가 반대하셔. 류젠쿤이 날 체육관으로 불러내지 않았으면 아무 일 없었을 거라고 생각하시거든. 나도 한번은 몰래 류젠쿤을 보러 갔다가 그 애 부모님한테 안 좋은 꼴을 당했어. 나 때문에 류젠쿤이 다쳤다고 생각하시는 모양이야. 나도 억울하지. 하지만 어쩌겠어. 화를 낼 수도 없는 노릇이고. 그분들도 이미 마음고생 심하게 하고 계실 텐데."

"류젠쿤을 사랑해?"

덩린웨는 덤덤하게 웃으며 어깨를 으쓱했다.

"나도 모르겠어. 너도 알 거야. 류젠쿤이 나 오랫동안 쫓아다닌 거. 야오가 나한테 너 소개시켜주기 전에도 따라다니고 있었으니까. 솔직히 나도 많이 좋아해. 학벌, 외모, 날 대하는 태도까지 어느 하나 흠 잡을 데가 없어. 양쪽 집안 조건이 차이나지만, 난 별로 개의치 않았어. 주변 친구들도 하나같이 우리 보고 잘 어울린다고 했어. 근데 그런 건 없더라. 뭔가 기댈 수 있고 편안하면서 안심이 되는 그런 느낌 말이야. 그날 밤 이벤트에 정말 감동을 받기는 했지만……."

덩린웨는 고개를 저으며 씁쓸한 웃음을 지었다. 팡무는 할 말을 잃었다. 위로를 해줘야 할지 아니면 류젠쿤을 대신해 슬퍼해야 할지 알 수 없었다.

"너는? 넌 여자친구 있어? 여자애랑 같이 있는 거 한 번도 못 본 거 같은데."

덩린웨는 다시 쾌활하고 명랑한 모습으로 돌아와 고개를 갸우뚱하면서 물었다.

"나? 없어."

"하하. 오로지 범죄자들 상대하는 데 여념이 없구나."

덩린웨는 팡무 앞에 서서 마주 보며 걸었다.

"혹시 남다른 취향이 있나?"

덩린웨는 팡무를 보면서 장난스럽게 눈을 깜빡거리더니 오히려 자기가 먼저 얼굴을 붉혔다. 팡무는 난처해하며 말했다.

"그건 조사에 필요해서…… 말해도 어차피 넌 모를 거야…… 아무튼……."

횡설수설하는 팡무를 보더니 덩린웨는 기분이 좋은 듯 깔깔대고 웃었다.

전방의 가로등 밑에서 노점상이 폭죽을 팔고 있었다. 양손에 폭죽을 하나씩 들고 행인들을 향해 흔들며 호객행위를 했지만 손님은 거의 없었다. 밤중에 탁탁 소리를 내며 타오르는 폭죽이 유난히도 쓸쓸해 보였다.

"와, 벌써부터 폭죽 파는 사람이 다 있네. 우리도 가 보자."

덩린웨는 신이 나서 뛰어갔다. 몇 분 뒤, 덩린웨는 큰 폭죽 상자를 들고 웃으며 걸어왔다.

"뭘 그렇게 많이 샀어?"

"하하. 어렸을 때부터 폭죽 무지 좋아했거든. 폭죽 파는 분이 다 못 팔면 집에 못 간다고 하시길래 몽땅 다 사버렸어."

"어디 가서 터트릴 건데?"

상자를 보니 안에 든 폭죽이 최소 50개는 되어 보였다.

"여기서."

덩린웨는 팡무에게 손을 내밀었다.

"라이터 좀 줘 봐."

"제정신이야? 길에서 폭죽 터트리다가 경찰한테 걸리면 행정 처벌 받아."

"하하, 명탐정이랑 같이 있으면 경찰이 봐주지 않나?"

팡무는 안 되겠다 싶어 주위를 살폈다. 조금만 더 가면 앞쪽에 초등학교가 하나 있었던 기억이 났다.

"저 앞으로 가자."

팡무는 허리를 굽혀 상자를 안았다. 덩린웨는 기대에 가득 찬 표정으로 팡무 뒤를 따랐다.

텅 빈 운동장에서 폭죽들이 탁탁거리며 타올랐다. 덩린웨는 폴짝대면서 팔을 흔들었다. 그녀의 옆쪽으로 환하게 동그라미가 그려졌다. 팡무는 담배를 피우면서 상자에 든 불꽃을 걱정스럽게 바라보았다. 저걸 언제 다 터트리지?

"같이 하자."

팡무가 옆에서 꿈쩍도 않는 걸 보더니 덩린웨가 살갑게 요청했다. 팡무는 별로 내키지 않았지만 아무 폭죽이나 하나 집어서 불을 붙이고 마구 흔들었다. 흔들리는 빛 그림자를 보면서 팡무는 정신이 멍해졌다. 온몸이 빛 동그라미 속에 잠긴 덩린웨의 모습이 마치 팡무의 기억 저편에 있던 그 사람처럼 보였다.

갑자기 코가 시큰해졌다.

팡무가 자신을 뚫어지게 쳐다보는 걸 보더니 덩린웨는 살짝 붉어진 얼굴로 천천히 다가왔다. 덩린웨는 부드러운 목소리로 물었다.

"왜 그래?"

"아무것도 아니야."

팡무는 고개를 숙였다. 덩린웨는 짧아지는 폭죽을 바라보면서 말했다.

"널 처음 봤을 때, 무슨 사연 있는 사람처럼 느껴졌어. 그냥 사람들한테 마음을 열고 싶지 않은가 보다 생각했지. 그런데 오늘 밤에 네가 나한테 많은 걸 얘기해줘서 정말 기뻐. 왜냐하면 난……너에 대해 알고 싶으니까."

덩린웨는 고개를 숙였고 목소리는 점점 기어들어갔다.

"류젠쥔은 뭔가 기대고 싶거나 안심이 되는 느낌이 안 들었다고 한 말, 기억나? 근데 그게……."

덩린웨는 잠시 말을 멈췄다가 큰 결심이라도 한 듯 고개를 들고 팡무를 보며 말했다.

"그날 밤 네 품에 있을 때 느껴지더라."

팡무는 말은 안했지만 손이 떨리기 시작했다. 덩린웨는 잠꼬대 하듯 혼잣말처럼 말을 이어갔다.

"그땐, 정말 무서웠어. 바퀴벌레를 봤을 때나 악몽을 꿨을 때 무서운 거랑은 차원이 달랐어. 너무 무서워서 구역질이 날 정도였으니까. '곧 죽겠구나', 이 생각밖에 안 들더라. 이 세상에 나랑 그 사람 둘뿐이고, 날 구해줄 사람이 아무도 없는 그런 느낌이었어. 그 순간에 네가 나타난 거야. 너한테 안겨 있는데 네가 숨 쉬는 소리, 심장 뛰는 소리가 느껴졌어. 그때 알았지. 살았구나. 이젠 안전하구나. 네가 옆에 있으니까 아무도 날 해치지 못하겠구나."

팡무는 고개를 떨궜다. 눈물방울이 그의 발밑으로 떨어지는 걸 덩린웨는 보지 못했다.

천시, 내가 가장 사랑했지만 지키지 못한 사람.

덩린웨는 천천히 다가와 팡무의 어깨에 머리를 기댔다.

"그 사람이 아직도 날 노리고 있을 거라고 했잖아. 그게 사실이면 나 지켜줄 거야?"

나 지켜줄 거야?

슈퍼마켓에서 빛을 등지고 서 있는 여자. 가로등 아래에 서로 기대고 있는 두 그림자. 25번 버스정류장. 밤중에 들리는 부드러운 목소리. 아직 안 자? 흰 옷을 입고 긴 머리를 휘날리는 천시. 현장 사진 속 온화한 표정의 너…….

내가 널 지켜줄게…….

팡무는 결국 참았던 눈물을 터트렸다. 고개를 돌리자 걱정 가득한 눈으로 자신을 바라보는 천시가 보였다.

그동안, 정말 힘들었어.

팡무는 자기도 모르게 손을 뻗었다. 따뜻하고 부드러운 몸이

그의 품에 안겼다. 이윽고 팡무는 뜨거운 입술이 자기 입술에 닿는
걸 느꼈다.

제20장

고양이와 쥐 (1)

덩린웨를 기숙사에 데려다준 팡무는 갑자기 혼자 걷고 싶어졌다.

운동장에 와서 트랙을 따라 걸었다. 꽤 오랜 시간 동안 팡무의 머릿속은 텅 비어 있었다. 도처에 가득한 차가운 공기로 인해 몸이 떨리자 팡무는 그제야 정신이 들었다.

오늘, 내가 여자와 입을 맞춘 건가!

키스하게 된 과정은 전부 흐릿했고, 상상했던 것처럼 첫 키스가 뇌리에 남지도 않았다. 팡무는 기억의 소용돌이 속에서 발버둥 쳤다. 덩린웨가 수줍게 자신의 품에 기대는 걸 봤을 때, 팡무가 처음으로 든 생각은 이거였다. 세상에! 내가 지금 뭘 한 거지?

방금 여자 기숙사에서 헤어질 때 덩린웨의 눈에는 아쉬움이 가득했지만, 팡무는 1초도 더 머무를 자신이 없었다.

내가 왜 이러지?

외로워서 그런가? 그게 아니면 뭐지?

언제부터 이렇게 약해빠진 걸까?

팡무가 기숙사에 도착했을 때는 이미 소등 시간이 가까워진 시각이었다. 두위는 CS를 하다가 팡무가 들어오는 소리에 고개를 돌리고 아는 척을 했다.

"왔어?"

팡무는 두위가 자세히 물을까 봐 세숫대야를 들고 곧장 화장실로 향했다. 화장실 등이 또 고장 나 있었다. 어둠 속에서 팡무는 찬물이 가득 담긴 세숫대야에 얼굴을 묻었다. 추워서 온몸이 떨렸지만 정신이 번쩍 들 정도로 상쾌했다.

갑자기 복슬복슬한 뭔가가 발등 위로 빠르게 지나갔다. 깜짝 놀라서 숨을 들이마시다 물이 목에 걸렸다. 세숫대야에서 얼른 고개를 들어 물기를 닦은 뒤 놈의 정체를 확인했다. 노란색과 검은색 무늬가 섞인 얼룩 고양이 한 마리가 화장실 입구에서 팡무를 지켜보고 있었다. 멍판저가 기르는 '톰'이었다.

팡무는 화도 나고 우습기도 해서 손으로 물을 떠다가 뿌리는 시늉을 했다. 그런데 톰은 겁내기는커녕 고개를 갸우뚱하며 팡무를 바라보았다. 팡무는 손바닥에 남아 있던 물을 뿌렸다. 톰이 재빨리 피하는 바람에 막 화장실에 들어선 사람 발에 물이 묻고 말았다.

"이런, 미안해."

팡무가 황급히 사과를 했다. 고개를 들어보니 멍판저였다. 멍판저는 신경 쓰지 않는 듯 웃어 보였다. 화장실 밖으로 달아났던 톰은 멀지 않은 곳에 자리를 잡고 앉아 두 사람을 바라보고 있었다. 톰을 바라보는 멍판저의 눈에서 꿀이 뚝뚝 떨어졌다. 멍판저는 잠꼬대하듯 중얼거렸다.

"정말 귀엽지?"

"그러네. 제리."

팡무는 갑자기 장난기가 발동해 웃으면서 말했다. 멍판저는 고개를 돌려 팡무를 바라보았다.

"제리? 제리…… 제리……."

멍판저는 웃다가 뭔가를 생각하는 듯 고개를 숙였다. 그러더니 예고도 없이 뒤돌아서 가버렸다. 톰도 꼬리를 세우고 조용히 주인을 뒤따라갔다. 팡무는 비누를 집다가 잠시 생각에 잠기더니 멍판저가 사라진 쪽을 바라보았다.

방금 전, 톰을 사랑스럽게 바라보던 멍판저의 눈빛에서 왠지 모를 아쉬움이 느껴졌다.

씻고 방으로 돌아왔을 때도 두위는 여전히 혈투를 벌이는 중이었다.

"야, 어땠어?"

두위가 고개도 안 돌리고 물었다.

"어떻긴 뭐가?"

"데이트 말이야."

"그냥 같이 밥 먹은 거지, 데이트는 무슨."

광무는 괜히 제발이 저렸다. 황급히 옷을 벗고 이불 속으로 들어가서 자는 시늉을 했다. 시간이 얼마나 지났을까. 두위는 컴퓨터를 끄고 몇 분 만에 코를 골기 시작했다.

광무는 내내 잠을 이루지 못했다. 눈을 감은 채 머릿속에서 세 글자를 지워내려 애를 썼다.

류젠쿤. 광무가 감히 생각할 수도 없는 이름이었다.

아침 6시 반. 광무는 휴대폰 알람소리에 잠이 깼다. 잠이 덜 깬 눈으로 휴대폰을 켜 보니 메시지가 와 있었다.

"같이 아침 먹자."

모르는 번호였다. 광무는 잠시 생각하다 통화기록을 살폈다. 덩린웨의 전화번호였다. 광무는 순간 잠이 확 달아났다. 침대에서 뒤척이며 한참을 고민하다 결국 안 가기로 결심했다. 그 뒤로 30분이 더 지나 두위가 일어났다. 광무는 막 잠에서 깬 것처럼 연기하며 두위와 같이 씻고 식당으로 향했다. 기숙사 문을 나서는데 입구에 서 있는 덩린웨를 발견했다. 추워서 얼굴이 빨개진 덩린웨는 두 손을 주머니에 넣은 채 두 발을 동동거리고 있었다.

광무를 발견한 덩린웨는 원망은커녕 웃으며 말했다.

"드디어 나오셨네."

깜짝 놀란 두위는 얼굴이 시뻘게진 광무를 보더니 눈치를 채고 말했다.

"나 먼저 간다."

두위가 멀어지는 걸 보더니 덩린웨가 속삭였다.

"왜 이렇게 늦었어. 내 문자 못 받았어?"

"……온 지 몰랐어."

"늦게 잤구나? 아님, 아예 잠을 못 잔건가? 호호!"

덩린웨의 얼굴이 발그레해졌다. 팡무는 그녀의 시선을 피했다.

"일단…… 밥이나 먹으러 가자."

팡무는 무슨 죄 진 사람처럼 덩린웨와 식당 구석에 앉아서 밥을 먹었다. 팡무가 그러는 것도 나름 이유가 있었다. 두 사람을 아는 사람들이 이상한 눈길로 쳐다봤던 것이다. 특히 몇몇 농구부 대원들이 목을 길게 빼고 두 사람 쪽을 쳐다보며 수군거리고 있었다.

팡무는 가시방석에 앉은 기분이었지만 덩린웨는 오히려 자연스러워 보였다. 의미심장한 시선들을 받고도 덩린웨는 상대가 시선을 피할 때까지 당당하게 눈을 마주했다.

길었던 아침 식사를 겨우 마친 팡무는 덩린웨에게 짧은 인사를 건넨 뒤 서둘러 식당을 빠져나갔다. 입구를 나서기도 전에 뒤에서 덩린웨가 팡무를 불렀다. 덩린웨는 총총거리며 팡무에게 다가왔다. 급하게 걸어왔는지 얼굴이 살짝 상기되어 있었고, 눈빛은 매서웠다.

"너, 나랑 같이 있는 게 창피해?"

눈빛보다 더 공격적인 말투였다.

"……아니."

"근데 나한테 왜 그래?"

"난……."

"류젠췬한테 미안해서 그러는 거야?"

덩린웨의 말투가 살짝 부드러워졌다.

"내가 말했잖아. 류젠췬하고 난 시작도 안 한 사이라니까. 날 쫓아다녔다고 해서, 그리고 지금 다쳤다고 해서 내가 사랑하지도 않는 사람을 사랑할 순 없어."

팡무는 아무 말이 없었다. 덩린웨는 잠시 기다리다가 팡무가 말할 생각이 없어 보이자 한숨을 내쉬었다.

"내가 싫으면 솔직하게 말해줘. 나랑 키스 한 번 했다고 책임감 느끼고 그러지는 마. 우리 성인이잖아. 그런 우스운 짓은 하지 말라고."

덩린웨가 시계를 보았다.

"너 수업 있어?"

"응."

"빨리 가 봐. 늦겠다."

팡무는 잠시 망설이다가 이렇게 가버리는 건 좀 너무하다 싶어 애매하게 말했다.

"딴 생각 하지 말고. 나중에 내가 연락할게."

그 말을 듣더니 덩린웨의 얼굴이 환해지고 눈빛도 부드러워졌다. 덩린웨가 작은 소리로 물었다.

"이따 저녁에 볼 수 있을까?"

"별 일 없으면. 될 것 같아."

"알겠어. 어서 가. 조심하고."

덩린웨가 웃으며 말했다. 팡무는 씩씩거리며 2층으로 뛰어올라 가다가 복도에 서서 전화하고 있는 저우퇀제를 발견했다. 팡무가 오는 걸 보더니 저우퇀제가 밑도 끝도 없이 물었다.

"너, 멍판저 봤어?"

"아니. 왜 그러는데?"

"이 자식이 수업을 좀 빼먹은 모양이야. 하필 출석 부를 때마다 안 와서 많이 걸렸어."

저우퇀제가 교실을 쓱 둘러보더니 말했다.

"앞으로도 멍판저가 계속 수업 안 나오면 졸업 논문 통과 못 시킨다고 하시더라."

"전화는 해봤어?"

"했지. 근데 안 받아."

저우퇀제가 휴대폰을 흔들어 보이며 어쩔 수 없다는 듯 말했다. 시계를 보니 곧 수업 시작할 때가 되었다. 저우퇀제와 길게 이야기할 시간이 없었다. 팡무는 강의실로 뛰어가면서 생각했다. 이젠 출석을 무서워하지도 않는데, 왜 수업에 나오지 않는 걸까?

저녁, 자습실. 팡무는 정신이 딴 데 팔린 채 책을 펼쳤다. 덩린웨는 조용히 앉아서 영어로 된 글을 빠르게 번역하고 있었다. 가끔 전자사전 두드리기도 하고 작게 문장을 읽어 보기도 했다.

글이 눈에 들어오지 않던 팡무는 고개를 들고 교실을 쭉 둘러보았다. 그러다 갑자기 무슨 생각이 난 듯 자습실 입구 쪽을 바라보았다. 아무도 없었다.

신용 하나는 끝내주시네.

오후에 타이웨이가 팡무를 찾아왔었다. 그는 웃으며 한바탕 팡무를 놀려댔다. 애정운이 좋다느니, 영웅이 미인을 구한다느니 하는 말을 늘어놓았다. 팡무는 타이웨이가 덩린웨를 두고 하는 말이라는 걸 알았다. 팡무는 속으로 그가 자신과 덩린웨의 행적을 감시하고 있다고 생각했다. 어쩌면 둘이 같이 저녁을 먹은 그날도 타이웨이가 미행했을지도 몰랐다.

타이웨이는 실컷 놀렸는지 이내 진지하게 말했다. 팡무가 덩린웨와 함께 있어서 두 사람이 범인의 표적이 됐을지도 모르니 밀착 경호를 할 수밖에 없다는 거였다. 팡무는 속이 탔지만, 타이웨이가 그렇게 한다고 해도 탓할 수는 없었다. 타이웨이는 먼저 큰 뜻을 일러 주고 감정에 호소하는 스타일이었다. 팡무가 거절하면 그만둘 수밖에 없었다. 그런데도 '팡무와 덩린웨의 일상생활에 영향을 주지 않는다'는 전제 하에 보호하겠다고 고집한 것이다. 팡무는 타이웨이가 '일상생활'이라는 단어를 사용할 때 이상야릇한 눈빛을 보내자 화도 나면서 우습기도 했다.

팡무가 자리에서 일어나자 덩린웨는 고개를 들고 의아한 눈빛으로 팡무를 바라보았다. 팡무가 담뱃갑을 흔들어 보이자 덩린웨는 불만 섞인 눈빛으로 고개를 끄덕였다.

복도에 선 팡무는 담배에 불을 붙이고 주변을 살폈다. 복도 끝 계단에서 누군가가 고개를 살짝 내밀었다가 이내 모습을 감췄다.

잠깐 봤는데도 팡무는 그가 타이웨이 밑에서 일하는 경찰이라는 걸 알아보았다.

젠장, 아직도 나한테 사람을 붙이고 계셨네. 팡무는 고개를 저으며 벽에 기댄 채 담배를 피웠다. 담배를 반쯤 피웠을 즈음, 팡무는 무슨 생각인지 시간을 확인했다. 7시 26분. 곧 있으면 10교시 수업이 끝나는 시각이었다. 근처 교실에 불이 켜져 있었는데 어렴풋하게 수업하는 소리가 들렸다. 팡무는 마음의 결정을 한 듯 자습실로 돌아와 덩린웨에게 속삭였다.

"짐 챙겨."

덩린웨가 알 수 없다는 표정으로 팡무를 바라보았다. 팡무의 입가에 오묘한 미소가 번졌다.

"경찰이 우릴 미행하는 것 같아서 장난 좀 치려고."

그 말에 덩린웨도 갑자기 흥이 났는지 허둥지둥 짐을 챙겼다. 덩린웨는 외투까지 챙겨 입은 뒤 긴장과 기대가 섞인 목소리로 팡무에게 물었다.

"어떻게 할 건데?"

팡무는 먼저 자리에 앉으라고 신호를 준 뒤 휴대폰을 진동으로 바꿨다. 몇 분이 지나 수업이 끝나는 종소리가 울렸다. 팡무는 속으로 10초를 센 다음 덩린웨 손을 잡아당겼다.

"가자."

두 사람은 재빨리 자습실을 나왔다. 문을 나서면서 곁눈질로 복도 한쪽 끝을 쳐다봤더니 역시나 그곳에 경찰이 서 있었다. 팡무는 덩린웨의 손을 잡고 막 수업이 끝난 교실로 걸어갔다.

두 사람은 인파에 섞여 들어갔다. 꽝무는 덩린웨와 뒷줄로 걸어가면서 휴대폰으로 덩린웨에게 전화를 걸었다. 덩린웨는 꽝무 손을 잡아당기더니 진동이 울리는 전화기를 들고 작은 소리로 물었다.

"어떡해?"

"받아. 그리고 전화 끊지 말고 있어."

꽝무가 경찰과 인파가 가는 방향을 보니 강의실 건물 후문으로 빠지는 길이었다. 꽝무는 고개를 돌려 덩린웨에게 말했다.

"둘이 움직이면 눈에 띄니까 따로 가자. 넌 이쪽으로 가."

꽝무는 경찰이 간 반대 방향을 가리켰다.

"1층 도착하면 일단 내가 하라는 대로 해."

"알겠어."

덩린웨는 긴장되는지 몸을 떨며 전화를 붙들고 뒤돌아서 갔다. 꽝무는 빠른 걸음으로 경찰 뒤를 따라갔다. 경찰은 등 뒤에 목표물이 있는지는 꿈에도 모르고 그저 앞만 바라보고 있었다. 꽝무는 다른 학생들 뒤로 몸을 숨기면서 경찰과 5미터 정도 간격을 계속 유지했다.

경찰은 걸어가면서 전화기를 꺼냈다. 꽝무는 조심스럽게 다가가 엿들으려고 최대한 노력했다.

"……안 보여…… 몇 층이야? ……6층? 난 후문으로 갈게…… 그래, 넌 정문에서 지키고 있어…… 서두르라고!"

예상대로네. 꽝무는 웃으며 발걸음을 늦추고 휴대폰을 귀에 가져갔다.

"도착했어?"

"1층이야. 넌?"

숨을 가쁘게 몰아쉬는 덩린웨의 목소리에서 긴장과 흥분이 동
시에 느껴졌다.

"어서 정문으로 가. 경찰보다 먼저 건물을 빠져나가야 돼."

"알았어. 그다음엔?"

팡무는 잠시 망설였다.

"지하실에서 만나자. 통화 상태 유지하고."

팡무는 경찰을 따라 1층으로 내려갔다. 경찰은 입구에서 주위를
살피더니 다시 건물로 들어갔다. 곧장 접수처에 가서 당직원에게
뭔가를 물었는데, 당직원은 어리둥절한 표정으로 연신 고개를 저
었다. 경찰은 다시 입구로 뛰어가 원래 자리에 서서 주변을 지나가
는 사람들을 일일이 주시했다.

팡무는 구석에 숨어 잠시 생각하더니 전화에 대고 속삭였다.

"일단 끊어. 좀 있다가 전화할게."

"응. 조심하고."

팡무는 전화를 끊고 J대 중앙 교환대로 전화를 걸어 강의실 건
물 후문 접수처 전화번호를 알아낸 뒤, 그 번호로 다시 전화를 걸
었다.

"여보세요? 접수처죠? 전담팀 소속인데, 후문에 경찰이 한 명 있
어요. 네, 그 사람 맞아요. 전화 좀 바꿔주세요."

당직원이 접수처에서 나와 입구에 있는 경찰에게 손을 흔드는 게 보였다.

"저기요. 전화 받으세요."

경찰은 의심 가득한 얼굴로 서둘러 접수처에 들어갔다. 팡무는 몰래 웃으며 전화를 끊었다. 들키지 않게 허리를 굽히고 접수처 창문을 지나서 강의실 건물을 빠져나왔다.

지하실은 J대 캠퍼스 동북쪽에 있었다. 공사를 하다가 우연히 지하 건물을 발견한 것이다. 현지답사를 온 전문가들을 통해 이곳이 과거 국민당 시절의 지하 감옥이라는 걸 알게 되었다. 감옥은 두 개 층으로 나뉘는데, 전부 시멘트로 만들어졌다. 위층엔 총 여덟 개 대형 감방이 있었다. 아래층엔 시멘트로 된 두 개의 큰 웅덩이 같은 게 있었는데 전문가들은 그것이 수옥水獄 물을넣은감옥이라고 했다. 역사 유적이라 J대가 시와 상의 끝에 그대로 보존하기로 한 것이다. 지금 지하실은 주로 낡은 책걸상을 쌓아두는 용도로 쓰이고 있었다. 경찰 측은 6호 감방을 감시해야 할지 고민하다가 경찰 병력을 아끼기 위해 지하실을 아예 봉쇄하기로 했다.

팡무가 숨을 헐떡이며 지하실 근처에 도착했는데, 덩린웨의 모습이 보이지 않았다. 팡무는 가슴이 철렁 내려앉아 급히 전화를 걸었다. 전화는 바로 연결되었다. 덩린웨도 호흡이 거칠었다. 전화기 너머로 가쁜 숨을 몰아쉬는 듯 바람소리가 들렸다.

"빠져나왔어?"

"응. 어디야?"

"지하실에 곧 도착해. 넌 벌써 도착한 거야?"

"응. 근데 간 지 한참 됐으면서 왜 아직이야?"

"뒤에서 누가 따라오는 거 같더라고. 슈퍼도 갔다가 식당에도 가고, 기숙사 건물을 두 바퀴쯤 돌다 보니 그렇게 됐네. 미행 따돌리기라고나 할까? 아, 너 보인다. 끊어."

팡무는 좀 우스웠다. 미행을 따돌린다니. 곧이어 팡무 쪽으로 총총거리며 달려오는 덩린웨가 보였다. 팡무 앞에 선 덩린웨는 얼굴에 살짝 홍조를 띠었고, 어둠 속에서 두 눈이 반짝거렸다.

"스릴 있다. 무슨 액션 영화 같아."

흥분에 찬 그녀를 보면서 팡무는 오히려 겁이 났다. 주위를 살펴봤는데 아무도 없었다. 멀지 않은 곳에 낡은 건물이 언제라도 사냥할 태세인 괴수처럼 조용히 서 있었다.

한바탕 찬바람이 불어오자 팡무는 저도 모르게 몸을 떨었다.

"가자. 여기 너무 외졌다."

"왜, 무서워?"

덩린웨가 장난스럽게 눈을 깜빡였다.

"넌 안 무서워?"

"응. 네가 옆에 있잖아."

덩린웨의 말투에서 결연함이 느껴졌다. 팡무는 할 말을 잃었다. 대체 이 여자애를 어떻게 대해야 좋을지 알 수가 없었다. 갑자기 전화가 울렸다. 팡무는 통화 버튼을 눌렀다. 타이웨이의 다급한 목소리가 귓가에 전해졌다.

"야, 너 어디야? 지금 위치가 어디냐고? 덩린웨도 같이 있어?"

"네, 걱정 마세요. 우린 잘 있어요."

"대체 어디 있는 거야? 사람들이랑 데리러 갈게."

"괜찮아요. 나중에 다시 걸게요."

광무는 타이웨이가 욕할까 봐 급하게 전화를 끊었다.

"가자. 이제 우리도 돌아가야지. 안 그럼 경관님한테 욕먹어."

광무가 덩린웨 손을 잡아당겼다. 지하실을 나와 기숙사로 들어가려던 덩린웨는 걸음을 멈췄다. 고개를 숙이고 기다리는 게 광무가 무슨 이야기를 해주길 기다리는 것처럼 보였다. 광무는 한참 서 있다가 겨우 입을 열었다.

"그만…… 올라가 봐."

덩린웨가 가볍게 한숨을 내쉬었다. 고개를 들고 광무를 몇 초간 지그시 바라보더니 말했다.

"뽀뽀도 안 해주고 가?"

광무의 얼굴이 홍당무가 되었다.

"여긴…… 사람이 너무 많은 것 같은데?"

덩린웨는 말없이 다른 곳을 보더니 한참 뜸을 들인 뒤에 말했다.

"너한테 계속 물어보고 싶은 게 있었어."

"뭔데?"

"그날 밤, 우리가 입 맞추고 나서 너 엄청 울었잖아. 왜 그랬는지 말해줄 수 있어?"

광무가 말이 없자 덩린웨가 또 물었다.

"혹시 가슴 아픈 사랑이라도 했던 거야?"

팡무는 그녀를 등지고 뒤를 돌았다. 붉어진 눈가를 들키고 싶지 않았다.

"말해줄 수 있어?"

덩린웨가 부드럽게 물었다. 한참이 지나 덩린웨는 팡무의 떨리는 목소리를 들을 수 있었다.

"예전에 여자친구가 있었어. 정말…… 많이 사랑했었지. 한 번도 사랑한다는 말을 못 해줬는데…… 세상을 떠났어……."

"진짜? 어쩌다가…… 어디 아팠어?"

"아니…… 살해당했어. 나랑 같은 기숙사에 살던 친구한테."

팡무는 눈을 감았다. 마치 온 힘을 다해 말하는 것 같았다.

"뭐! 근데…… 어째서?"

덩린웨가 받은 충격이 목소리에 그대로 전해졌다. 팡무는 대답할 수 없었다. 제대로 서 있기조차 힘들었다. 쭈그리고 앉은 팡무는 손으로 얼굴을 감쌌다. 어깨가 심하게 흔들리고 있었다.

갑자기 등 뒤에서 따뜻한 온기가 느껴졌다. 덩린웨는 두 손으로 팡무의 어깨를 꼭 잡았다. 뜨거운 액체가 팡무의 목 위로 떨어졌다.

"미안해. 내가 괜한 걸 물어가지고. 힘들었겠다. 미안해, 정말."

덩린웨는 팡무의 떨림을 어떻게든 잠재우려는 듯 팡무를 힘껏 안았다.

이 남자도, 보호가 필요해.

팡무는 전화기를 들고 천천히 계단을 올라갔다. 전화기 너머로 포효하는 타이웨이의 목소리가 들렸다. 귀에 대지 않아도 목소리가 들릴 정도였다.

"……명심해. 한 번만 더 이런 일 있으면, 내가 진짜 가만 안 둔다!"

팡무도 자신의 경솔한 행동을 뼈저리게 후회하고 있었기 때문에 타이웨이의 심정을 십분 이해할 수 있었다. 만약 덩린웨나 자신이 헤어져 있는 동안 범인이 작정하고 손을 썼다면 끔찍한 상황이 발생했을지도 모르는 일이었다. 그 마음을 알기에 팡무는 꾹 참고 다시는 그러지 않겠다며 약속도 하고 비위를 맞춰 겨우 타이웨이를 진정시켰다.

방에 들어갔는데 두위는 없고 책상 위에 쪽지 한 장만 남겨져 있었다. 천야오와 심야 영화를 보고 오늘밤엔 안 들어올 거라는 내용이었다. 팡무는 속으로 잘됐다 싶었다. 두위가 있었으면 빨개진 눈을 보고 분명히 이유를 물어봤을 테니까. 그리고 타이웨이에게 욕을 진탕 먹은 뒤라 귀찮은 질문에 시달리고 싶지 않았다.

화장실에서 양치질을 하던 팡무는 복도 끝에서 누가 욕하는 소리를 들었다. 곧이어 복도에 물건 떨어지는 소리가 요란하게 났다. 팡무는 칫솔을 입에 문 채 화장실을 나왔는데 복도에 서 있는 사람이 방에 있는 다른 사람을 향해 욕을 하고 있는 게 보였다. 그리고 방에 있는 사람은 말없이 물건을 하나씩 밖으로 던지기만 했다. 복도에 선 사람 주변으로 금세 옷, 책, 운동화, 침구 등 물건들이 쌓여갔다.

팡무는 그곳이 멍판저 방이라는 걸 알아보았다. 복도에 서서 욕하는 사람이 멍판저의 룸메이트인 왕창빈王長斌인 걸 보니 안에서 물건을 던지고 있는 사람은 멍판저인 게 분명했다.

무슨 일이지? 평소 얌전하던 멍판저가 왜 저렇게 불같이 화를 낼까?

팡무는 얼른 입을 헹구고 세면도구를 챙겨 멍판저 방으로 갔다. 복도는 이미 구경하는 사람들로 가득했다. 그땐 왕창빈도 하던 욕을 멈추고 허리에 손을 얹은 채 멍판저를 바라보고만 있었다. 화가 났다기보다는 어쩔 수가 없다는 표정처럼 보였다.

팡무는 멍판저가 왕창빈의 물건을 마지막으로 던질 때쯤 도착했다. 그리고 팡무 앞에서 '쾅' 하는 소리와 함께 방문이 닫혔다. 팡무는 바닥에 떨어진 물건들을 보며 왕창빈에게 물었다.

"무슨 일이야? 어쩌다 이 지경이 됐어?"

"저 새끼가 미쳐서 저래!"

왕창빈은 그늘진 얼굴로 대답했다. 저우퇀제와 몇몇 친구들이 와서 물건 챙기는 걸 도와주웠다. 팡무가 말했다.

"오늘은 일단 내 방에서 자. 두위 오늘 안 들어온대."

"됐어. 퇀제 방에서 자기로 했어. 류젠췬도 없고 해서."

무뚝뚝하게 거절한 왕창빈은 저우퇀제를 가리켰다. 팡무는 고개를 끄덕이고는 뒤돌아서 굳게 닫힌 문을 바라보았다. 밀어 보니 문이 잠겨 있었다. 노크를 해봐도 안에서는 아무 반응이 없었다.

팡무는 다시 문을 두드렸다.

"명판저, 나야. 문 좀 열어볼래?"

뭔가 문에 '펑' 하고 부딪혔다가 떨어져 와장창 깨지는 소리가 났다. 병 같은 걸 던진 모양이었다. 깜짝 놀란 팡무는 저도 모르게 뒷걸음질 쳤다. 다른 사람들도 화를 냈고 저우퇀제는 팡무를 잡아끌기까지 했다.

"야, 신경 쓰지 마. 진짜 해도 해도 너무하네."

팡무도 판저와 대화하는 걸 포기하고 왕창빈을 도와 물건을 주웠다. 저우퇀제의 방에 물건을 정리해준 친구들에게 왕창빈은 담배를 하나씩 나눠주었다. 담배를 피우는 동안 누군가가 왕창빈에게 어떻게 된 일인지 물었다.

"하, 말도 마라. 명판저가 고양이 키우는 거 알지? 친자식마냥 애지중지했잖냐. 근데 그 망할 놈의 고양이 새끼가 어찌나 사고를 치는지, 내 침대에 오줌을 싸는 건 말할 것도 없고, 한 번은 책에다 똥까지 쌌다니까. 다음날 그 책 가지고 수업 갔는데, 냄새가 하도 고약해서 주위 사람들이 코 막고 아주 난리도 아니었다."

친구들이 낄낄대고 웃는 틈에 저우퇀제가 중간에 끼어들었다.

"너희 평소에 사이 좋았잖아. 얘기 좀 해보지 그랬어."

"그래. 사실 그만한 일 가지고 내가 이렇게까지 화를 내진 않지."

왕창빈은 짜증스럽다는 듯 머리카락을 쥐어뜯었다.

"너흰 몰라. 요즘 저 자식이 무슨 일 때문인지 아주 이상해졌어. 매일같이 방에서 멍 때리고 있거나 갑자기 사라진다니까. 수업도 안 가. 몇 번이나 말했는데 내 말을 들은 척도 안 한다니까. 언젠가 밤중에 내가 오줌이 마려워서 깼는데, 잠이 덜 깬 상태에서 보니까 이 녀석이 책상에 앉아서 입으로 뭔가를 중얼거리고 있는 거야. 처음엔 좀 이해가 안 됐지. 단어를 외울 거면 불이라도 켜고 하든가. 근데 자세히 들어보니까 단어 외우는 게 아니더라고. 뭐하고 있었는 줄 알아?"

왕창빈은 일부러 긴장감을 조성시켰다. 다들 숨죽이고 자기를 바라보는 걸 보더니 그는 만족스러운 듯 말을 이어갔다.

"자기 이름을 계속 부르고 있더라고! 멍판저, 멍판저 하면서 말이야. 놀라서 잠이 확 달아났지. 몽유병인가 싶어서 말도 못 붙이겠더라."

"그 뒤로는 어떻게 됐어?"

누군가가 질문을 했다.

"한참 동안 자기 이름을 부르다가 갑자기 머리카락을 쥐어뜯더니 벽에 머리를 쿵쿵 박는 거야. 무서울 정도로 세게 치더라. 너무 겁이 나서 멍판저가 잘 때까지 그대로 얼어 있었지. 아침이 되도록 꼼짝도 못하고 있었다니까."

왕창빈의 목소리가 떨렸다. 그날 밤 일에 대해 이야기하는 것만으로 가슴이 두근거리는 모양이었다.

"그 녀석이랑 같이 한 방 쓰는 거 진짜 너무 무서워. 오늘만 해도 그래. 출석 부를 때마다 안 나와서 교수님이 화가 많이 나셨다고 말해줬더니, 이 미친놈이 다짜고짜 내 물건을 밖으로 집어던지는 거야. 아무리 소리를 질러도 전혀 안 들리는 것처럼 행동한다니까."

방에 있던 사람들도 무서워 벌벌 떨었다. 우물쭈물하며 몇 마디씩 하더니 곧 뿔뿔이 흩어졌다. 팡무도 방으로 돌아와 불을 끄고 침대에 누웠다. 눈을 감고 잠을 청해봤지만 한참이 지나도 잠이 오지 않았다.

멍판저가 밤중에 귀신 들린 것처럼 반복해서 자기 이름을 불렀다는 건, 출석 부르는 걸 무서워했던 그의 심리적 장애와 분명 관련이 있었다. 이젠 극복한 것처럼 보였는데 왜 갑자기 그런 이상 행동을 보이는 걸까?

팡무가 아는 멍판저는 나약해서 자기 혼자 힘으로 그리 쉽게 심리적 장애를 극복할 수 있는 사람이 아니었다. 분명 전문가를 찾아가 심리치료를 받았을 것이다. 그런데도 갑자기 이런 이상 행동을 보였다는 건, 혹시 치료 과정에서 무슨 문제가 생겨서 그런 게 아닐까?

팡무는 이리저리 생각을 해봤지만 답을 찾을 수 없어 결국 이튿날 멍판저와 이야기를 나눠보기로 했다.

오늘도 어김없이 악몽이 찾아왔다.
불타는 방. 죽은 사람들. 전혀 다른 모습의 그.
사실, 너도 나와 같아.

악몽으로 발버둥 치다가 잠에서 깨면, 광무는 늘 가장 먼저 베개 밑에 둔 군용칼을 손에 쥐었다. 호흡이 안정되면 그제야 광무는 자신의 속옷이 땀으로 다 젖었다는 걸 알게 되었다. 이마에서 땀이 목까지 흘러내려 축축하고 불쾌했다. 광무는 힘겹게 일어나 수건과 비누를 챙겨 화장실로 향했다.

복도에는 천장 전등 하나만 불을 밝히고 있었다. 불빛이 어두웠지만 광무는 바닥에 떨어진 검붉은 점들을 발견할 수 있었다. 쭈그리고 앉아서 손가락으로 붉은 점을 만져보았다. 표면이 굳어 있었다. 광무는 손가락을 비벼보았다. 끈적함이 느껴졌다. 코에 가져가니 비릿한 냄새가 났다.

피였다.

광무는 순간 온몸에 털이 서는 느낌이 들었다. 당황해서 어찌할 바를 모르며 주위를 살폈다. 텅 빈 복도에는 아무도 없고 굳게 닫힌 문들만 있었다. 아래를 보니 앞에 핏자국이 몇 개 더 있었는데 화장실까지 이어졌다.

광무는 천천히 일어나 까치발을 들고 화장실로 향했다.

누가 다쳤나?

아니면 그냥 누가 코피를 흘린 건가?

어두컴컴한 화장실 문에 다가설수록 광무의 심장박동도 빨라졌다. 심장 뛰는 소리가 복도에 울리는 것만 같았다. 화장실에 누가 있다면 자신의 심장 소리를 들었겠다고 생각할 정도였다.

마침내 화장실 안이 보였다.

캄캄한 화장실에 피비린내가 가득했다. 누군가가 세면대 앞에 서 있었다. 뭔가를 찢고 있었는데, 어두워서 그 사람의 머리와 어깨가 흔들리는 것만 보였다. 입으로 질겅질겅 씹는 듯한 소리가 났다.

팡무는 조심스럽게 전등 스위치를 켰다.

형광등의 안정기에서 요란한 소리가 나더니 화장실이 대낮처럼 밝아졌다. 화장실에 있던 사람은 깜짝 놀라 획 뒤를 돌았다.

멍판저였다.

강렬한 불빛이 수직으로 그를 비췄다. 멍판저의 눈 주위는 퍼렇고, 눈은 온통 시커매 마치 흰자가 없는 것처럼 보였다. 입가는 붉은색투성이였고, 끈적한 붉은 액체가 입에서 뚝뚝 흘러내렸다. 자세히 보니 입술에 노란색과 검은색이 섞인 털이 몇 가닥 붙어 있었다.

팡무는 너무 깜짝 놀랐다. 멍판저와 몇 초간 서로를 멍하니 마주보다가 떨리는 목소리로 물었다.

"멍판저, 거기서 뭐해?"

그 순간 팡무는 멍판저의 눈빛이 사납게 변했다가 곧 무력감과 절망이 두 눈 가득 차오르는 걸 느꼈다.

"나…… 나도 모르겠어……."

멍판저는 갑자기 히죽대며 웃다가 이내 웃음기를 거뒀다. 대신 눈가와 입가가 실룩거리더니 울음 섞인 목소리로 말했다.

팡무는 그제야 멍판저가 손에 뭘 들고 있다는 걸 발견했다. 자세히 보니 털이 수북하고 피칠갑이 된 동물의 다리였다. 고양이 다리처럼 보였다. 팡무는 멍판저 뒤쪽을 바라보았다. 세면대는 난장판이었다. 피와 살, 내장, 털이 너저분하게 쌓여 있었고, 김도 나오고 있는 것 같았다.

팡무는 명판저를 지나 조심스럽게 세면대 쪽으로 다가갔다. 갈기갈기 찢긴 동물은 바로 명판저가 기르던 고양이, 톰이었다. 주위에는 칼이나 다른 흉기도 없었다. 명판저가 손으로 톰을 산 채로 조각을 낸 것 같았다.

팡무는 뒤돌아서 명판저를 쳐다보았다. 마치 주위의 모든 것이 그와 무관하다는 듯 명판저는 미동도 없이 입구 쪽만 뚫어지게 바라보고 있었다. 팡무는 그의 소매를 잡아당겨 손에 있던 고양이 발을 낚아채 세면대로 던져버렸다. 명판저는 반항하는 기색도 없이 멍하니 팡무가 하는 대로 내버려두었다.

팡무는 명판저를 똑바로 쳐다보며 조심스럽게 말을 걸었다.

"판저야, 내 말 들려?"

한참이 지나서야 명판저가 팡무 쪽을 바라보며 살짝 고개를 끄덕였다.

"무슨 일이 있었는지 나한테 말해줄 수 있겠어?"

명판저의 입꼬리가 올라갔다. 마치 뇌졸중 환자가 후유증을 앓는 것처럼 몸을 틀더니 세면대를 가리켰다.

"톰…… 사람들이 전부 톰을 싫어해…… 나도…… 더 이상…… 의지할 수 없어……."

팡무는 명판저의 멍한 눈을 바라보며 그 말뜻을 이해해보려고 애썼다.

"그게 무슨 말이야? 누굴 의지한다는 거야?"

팡무가 멍판저의 어깨를 흔들며 말했다.

"말을 해보래도!"

"나도 몰라. 나도 모르겠어."

멍판저의 몸이 팡무가 움직이는 대로 심하게 흔들리면서 어느 정도 정신이 돌아온 것 같았다. 멍판저는 손으로 아무렇게나 입을 닦다가 손이 피와 고양이털로 범벅이 된 걸 보더니 놀라서 다시 얼굴을 마구 문질렀다. 결국 멍판저의 얼굴 여기저기에 핏자국이 묻었다.

"대체 무슨 일이야?"

멍판저가 팡무의 손을 꽉 잡고 낮은 소리로 물었다.

"어? 팡무야?"

멍판저는 팡무를 알아보자마자 그대로 무너져버렸다. 눈물과 콧물이 주르륵 흘러내렸다.

"나 좀 도와줘. 응? 제발 부탁이야. 내가 무슨 짓을 했는지 모르겠어. 꿈을 꾼 것처럼……."

팡무는 멍판저의 겨드랑이에 손을 넣어 그를 부축했다.

"그래. 내가 도와줄게. 그러니까 말해. 대체 무슨 일인데?"

멍판저는 세면대 쪽을 보더니 겁에 질린 얼굴로 톰의 시체를 가리켰다.

"저거 내가 그런 거 아니야. 내가 안 그랬어…… 일부러 그런 거 아니야……."

멍판저는 팡무에게 달려들어 팡무의 옷깃을 꼭 쥐었다. 두려움이 가득하고 간절히 애원하는 듯한 눈빛이었다.

"다른 사람한테는 말하지 마. 절대 말하면 안 돼. 나 미친놈 아니야. 내가 일부러 그런 거 아니야. 일부러 그런 거 아니라니까. 나 안 미쳤어……."

멍판저는 팡무를 놓고 세면대로 달려갔다. 그리고 손으로 잔해들을 들더니 주위를 두리번거리며 중얼거렸다.

"빨리 치워야 돼. 빨리! 다른 사람이 못 보게…… 얼른!"

멍판저는 이걸 어디에 버려야 할지 생각하는 듯 제자리에서 빙글빙글 돌았다. 그 모습을 보고 팡무도 덩달아 마음이 심란해져 순간 아무 생각도 나지 않았다. 그러다 입구에서 잔반을 버리는 대형 플라스틱 통을 가져와 그 안에 버리라고 사인을 보냈다. 멍판저는 톰의 시체를 구정물이 담긴 통 안으로 눌러 담았다. 그러고는 화장실에 있는 휴지통을 탈탈 털어 휴지까지 채워 넣었다. 이어서 세면대로 간 그는 물을 세게 틀어 핏자국을 없앴다. 수도꼭지란 수도꼭지는 전부 틀었는데도 성이 안 차는지 손으로 끊임없이 세면대를 닦았다.

남아 있던 고양이털이 전부 사라지자 멍판저는 문 뒤에 있던 걸레를 가져와 바닥에 남은 핏자국을 열심히 닦았다. 팡무는 멍판저가 순식간에 화장실을 청소하는 걸 보니 머릿속이 복잡했다. 청소를 끝낸 멍판저가 지친 듯 가쁜 숨을 몰아쉬자, 팡무가 조심스럽게 물었다.

"도대체 무슨 일이 있었던 건지, 나한테 말해줄 수 있어?"

멍판저가 힘없이 고개를 저었다.

"나도 모르겠어. 근데 요즘에 내가 좀 이상하다는 생각은 들었어. 내가 무슨 일을 했는지 자주 까먹었거든. 방에는 언제 가져왔는지도 모르는 물건들이 쌓여 있고."

팡무는 잠시 생각하더니 물었다.

"병원에 한번 가볼래?"

"아냐, 아냐, 그럴 필요 없어. 좋아질 거야. 그래, 분명히 좋아질 거야. 누구에게도 기대지 않을 거야……."

멍판저는 혼잣말하듯 중얼거렸다. 그는 반복해서 중얼거렸지만 전혀 자신이 없어 보였다. 말없이 그를 바라보던 팡무는 무슨 말을 해야 좋을지 알 수 없었다. 멍판저가 갑자기 몸을 일으키더니 팡무를 보며 힘겹게 웃어 보였다.

"나…… 갈게. 저기, 비밀 지켜줄 수 있지?"

"그래, 근데 병원에는 가보는 게 좋을 것 같다."

"응, 필요하다 싶으면 갈 거야. 간다."

멍판저는 화장실을 벗어나 휘청거리며 방으로 돌아갔다. 화장실이 다시 고요해졌다. 뚝뚝 물 떨어지는 소리와 형광등 안정기가 지지직거리는 소리만 들렸다. 팡무는 그 자리에 한동안 미동도 없이 서 있었다. 깨끗해진 세면대와 커다란 플라스틱 통을 바라보던 팡무는 오늘밤 멍판저가 유난히도 낯설게 느껴졌다.

처음 만났을 때보다 더 낯선 느낌이었다.

제21장

3+1+3

다음 날 아침 일찍 팡무는 멍판저의 방문을 두드렸다. 한참을 두드려도 아무 반응이 없었다. 하루 종일 팡무의 머릿속엔 온통 멍판저 생각뿐이었다. 핏기 하나 없는 얼굴과 고통스러워 보이는 두 눈이 계속해서 눈앞에 아른거렸다.

심리학적 각도에서 볼 때, 동물 학대 행위는 현실에 대한 무력 감과 통제 불능으로 인한 불안감에서 비롯되는 경우가 대부분이 었다.

멍판저가 무력감과 통제 불능을 느낀 대상이 대체 뭘까?

멍판저는 나약했지만 착하고 따뜻한 사람이었다. 그런 그가 산 채로 고양이를 찢어발기고 삼켜 버렸다는 게 도무지 믿어지지가 않았다. 어젯밤 일을 떠올려보면, 멍판저는 의식이 모호한 상태에 서 톰을 해친 게 틀림없었다.

멍판저가 그토록 심각한 정신 질환을 앓도록 만든 게 대체 뭘까?

"톰…… 사람들이 전부 톰을 싫어해…… 나도…… 더 이상…… 의지할 수 없어……."

의지한다?

만약 멍판저가 톰을 의지하고 있다는 뜻이라면 사람이 고양이에게 어떤 보호와 위로를 받을 수 있을까?

쥐?

광무는 멍판저가 출석 부르는 걸 무서워한다는 건 이미 알고 있었다. 어쩌면 그가 쥐도 무서워했을지 모른다. 고양이를 키우면서 보호받는다는 느낌이 든다는 건, 쥐에 대한 두려움을 없애주기 때문에 그런 것도 있었다.

하지만 이 방법은 '보호'라는 기능에 의존하게 된다는 부작용이 있었다. 즉, 일단 보호받지 못한다는 생각이 들면, 쥐에 대한 두려움이 없어지기는커녕 오히려 더 심해질 수 있다는 것이다.

만약 이런 추론이 성립한다면 멍판저가 보물단지(보호자일지도 모른다)처럼 여겼던 톰을 죽였다는 건, 뭔가 승부수를 띄웠다는 의미로도 볼 수 있다.

누군가 이런 생각을 하고 있다면 멍판저는 위험할 것이다.

광무는 자습시간 때까지 계속 생각에 잠겨 있었다. 광무가 오후 내내 눈길도 안 주자 덩린웨가 결국 입을 열었다.

"무슨 생각을 그렇게 해?"

"아무것도 아니야."

팡무도 그제야 자신이 어땠는지 알아차리고는 미안한 웃음을 지어 보였다. 덩린웨는 고개를 숙이고 책을 보다가 한참 뒤에 조용히 물었다.

"그 친구 생각하는 거지?"

"누구?"

팡무는 순간 반응이 없다가, 얘가 멍판저를 어떻게 알지라는 생각에 마음이 답답해졌다.

"있잖아…… 네가 마음에 담아 두고 있는 그 여자애."

팡무는 잠시 멍했다가 고개를 저었다.

"무슨, 아니야."

덩린웨는 못 믿겠다는 눈빛으로 팡무를 쳐다보았다.

"그 친구 얘기 좀 해줘봐, 응?"

"싫어!"

팡무가 단칼에 거절했다.

남은 시간 동안 덩린웨는 팡무에게 한 마디도 하지 않았다. 팡무가 기숙사에 데려다줬을 때도 평소처럼 안아달라거나 뽀뽀해줘야 간다는 말도 하지 않았다. 팡무를 혼자 두고 "갈게"라는 말만 남긴 채 계단을 올라갔다.

별 수 없이 뒤돌아선 팡무는 몇십 미터쯤 가다 뒤를 돌아보았다. 덩린웨가 여자 기숙사 입구에 서서 팡무를 바라보고 있었다. 팡무가 다가가려고 하자 덩린웨는 뒤돌아서 계단을 뛰어 올라갔다.

광무는 잠시 망설이다 여자 기숙사로 다시 걸어가서 십여 분을 기다렸다. 이번에는 덩린웨가 다시 내려올 것 같지 않아 어쩔 수 없이 돌아갔다.

연애라는 게 원래 이런 건가?

기숙사로 돌아온 광무는 먼저 멍판저의 방부터 찾았다. 불이 꺼져 있었지만 그래도 문을 두드렸다. 예상대로 아무 반응이 없었다. 저우퇀제에게 물으니 오늘도 멍판저는 수업에 안 온 것 같았다. 멍판저를 봤다는 사람도 없었다.

방에 들어왔는데 두위가 웬일로 CS를 안 하고 사뭇 진지한 표정으로 책상 앞에 앉아 있었다. 평소에 장난기가 많던 두위인지라 광무는 그 모습이 왠지 웃겼다.

"뭐해?"

"잠깐 시간 돼? 나랑 얘기 좀 해."

두위가 정색을 하고 말했다.

"무슨 얘기?"

광무는 어리둥절했다.

"너랑 덩린웨 얘기야."

"그냥 궁금해서? 아니면 무슨 다른 이유라도 있나?"

"아니…… 친구로서 묻는 거야."

광무는 의자를 끌고 와서 앉아 담배에 불을 붙였다.

"알고 싶은 게 뭔데?"

"너랑 덩린웨…… 진짜 사귀는 거 맞아?"

팡무는 잠시 망설였다.

"……그런 것 같아."

"그런 것 같다니? 걔 좋아해?"

두위가 의자를 팡무 쪽으로 끌어당겼다. 팡무는 담배를 몇 모금 빨더니 말했다.

"솔직히 말하면, 잘 모르겠어."

정말 그랬다. 며칠 전 덩린웨는 그에게 '피해자'의 이름에 불과했다. 그런데 지금은 자신의 '여자친구'가 된 것이다. 비현실적인 꿈처럼 그렇게 되어 버렸다. 팡무는 지금에서야 그 사실을 깨달은 게 아니라 그동안 모르는 척했던 것뿐이었다.

이젠 어느 정도 익숙해졌다.

이성의 부드럽고 우러러보는 듯한 눈빛.

누군가 자신의 일상생활을 살뜰히 챙겨주는 것.

따뜻하고 향기로운 누군가가 곁에 있어주는 것.

떨리는 포옹과 입맞춤.

두위는 팡무를 바라보며 한숨을 내쉬었다.

"사실 난 네가 덩린웨랑 만나는 거 찬성이야. 나랑 야오야오는 너희가 정말 잘 어울린다고 생각하거든. 근데 너무 갑작스럽잖아. 하필 이럴 때! 우리 중에 진짜 아무도 예상 못했다."

그는 잠시 말을 멈췄다.

"다들 뭐라고 그러는 줄 알아?"

팡무는 두위가 진지하게 이 이야기를 꺼내는 이유를 알 것 같았다. 류젠쿼 때문이었다. 두위는 팡무가 말이 없자 자기 할 말을 계속했다.

"다들 네가 류젠쿼이 다쳐서 누워 있는 동안 여자친구를 뺏었다고 하더라."

팡무는 헛웃음을 지었다. 다른 사람들이 자기를 오해하는 게 한두 번이 아니었기 때문이다. 갓 입학했을 때는 괴물 취급까지 받았던 그였기에 전혀 개의치 않았다.

"너도 그렇게 생각해?"

잠시 침묵하던 팡무가 물었다.

"당연히 아니지! 네가 어떤 사람인지 내가 누구보다 잘 아는데."

두위가 곧바로 말을 이었다.

"근데 일이 어떻게 된 건지 궁금한 건 사실이야."

팡무는 두위와 이 이야기를 그만하고 싶었지만, 단호하면서도 자신을 신뢰하는 듯한 두위의 눈빛을 보고 덩린웨와 류젠쿼 사이에 있었던 일들을 전부 다 말해주었다. 두위는 이야기를 다 듣더니 한동안 말이 없었다. 팡무가 다섯 번째 담배에 불을 붙일 때쯤 갑자기 자리에서 일어나 팡무의 어깨에 손을 얹었다.

"자식, 응원한다. 넌 잘못 없어. 덩린웨도 그렇고. 누가 또 너희에 대해서 뭐라고 하면, 내가 너 대신 해명할게!"

두위가 큰 소리로 말했다. 팡무는 '그럴 필요 없어'라고 말하려다 비장한 포즈를 취하는 두위를 보고 웃으며 고개를 끄덕였다.

고민을 해결한 두위는 곤히 잠이 들었지만 팡무는 뒤척이며 잠을 이루지 못했다. 방금 했던 말들이 두위에게는 충분한 설명이 되었을지 몰라도, 팡무의 의문을 해결하는 데는 전혀 도움이 되지 않았다.

내가 정말 덩린웨를 사랑하나?

덩린웨가 날 좋아하는 건 분명한데, 나는?

그냥 필요해서일지도 모른다.

하늘은 모든 사람에게 가야할 길을 정해주었다. 순조로운 길도 있고 험난한 길도 있다. 그런데 내게 주어진 길은 도처에 위험이 도사리고 있는 가시밭길이었다. 이 길에는 피, 괴물, 아픈 기억, 상처들이 있었다. 나에게는 먼저 떠난 사람들과 악몽 같은 저주만이 따라다닐 뿐이었다. 혼자서 너무 먼 길을 걸어온 나는 꽤 지쳐 있었다.

정신이 몽롱한 가운데 팡무는 슬슬 잠이 들었다. 여전히 의문에 대한 답은 없었다. 답이 있고 없고가 그렇게 중요한가?

덩린웨의 품에 안겼을 때 정말 따뜻했었다는 것, 그게 팡무가 아는 전부였다.

타이웨이가 팡무를 찾아왔다. 들어오자마자 그는 고개를 비스듬히 하고 팡무를 바라보았다.

"허허, 혈색이 좋은데?"

팡무는 타이웨이의 의도를 알아차리고 대꾸하지 않았다. 그런데 못 본 사이에 타이웨이가 살도 많이 빠지고 눈도 퀭한 게 잠을 잘 못 잔 것처럼 보였다.

"오늘은 그 아가씨랑 자습하러 안 갔네?"

덩린웨는 부모님이 학교에 오셔서 같이 저녁 먹으러 나갔다. 덩린웨는 부모님께 팡무를 보여주고 싶다며 같이 가자고 하루 종일 꼬셨는데 팡무가 거절했다. 그날 본 덩린웨 어머니에 대한 첫인상이 좋지 않아서 그랬을 수도 있고, 만약 갔다면 사위가 처가에 인사드리는 것 같아 내키지 않았던 것이다.

"어때요? 뭐 좀 나온 거 있어요?"

"아니. 전혀 진전이 없다."

타이웨이는 거리낌 없이 팡무의 침대에 벌러덩 드러누웠다.

"지금으로선 그냥 기다려보는 수밖에. 젠장! 언제까지 이렇게 지내야 되는 거야!"

팡무는 요 며칠 덩린웨와 멍판저 일만 생각하느라 연쇄살인사건에 대해 별로 신경을 쓰지 못했다. 피곤에 찌든 타이웨이를 보면서 왠지 모르게 죄책감이 들었다. 미안한 마음에 팡무는 후룽왕 한 갑과 진한 차 한 잔을 건넸다.

타이웨이는 묵묵히 담배를 피우고 차를 마셨다. 잠시 말이 없던 그가 느닷없이 팡무에게 물었다.

"네가 보기에 그놈이 어떤 사람인 것 같아?"

팡무는 멍해졌다.

"심리적, 생리적 특징은 제가 대강 말씀드리지 않았나요?"

"그랬지. 저기, 이런 말 해도 될지 모르겠는데, 난 그놈이…… 너랑 비슷하다는 생각을 계속 해왔어."

타이웨이가 팡무 눈치를 보며 말했다. 팡무는 아무 말이 없었다. 사실 팡무도 같은 생각을 했다. 범인이 설계한 살인사건들이 전부 팡무에 대한 도전장이나 마찬가지였다. 그런 면에서 본다면, 범인은 범죄심리학에 대해 잘 아는(적어도 범인 스스로는 그렇게 생각하고 있을 것이다) 사람일 가능성이 높았다. 학교 내에서 팡무가 아는 프로파일러는 딱 두 명이었다. 여기까지 생각이 미치자 팡무는 마음이 무거워졌다.

설마, 차오 교수님이?

아냐, 그럴 리 없어. 팡무는 곧바로 자기 생각을 부정했다. 직업 윤리나 인품 어느 쪽으로도 차오 교수님은 타의 모범이 되는 분이었다. 더군다나 실력 면에서 팡무 자신보다 훨씬 뛰어난 분이 자기에게 도전장을 던질 이유가 없다. 그리고 지난 사건들이 기교뿐만 아니라 체력이 있어야 가능했던 걸로 볼 때, 환갑이 다 된 차오 교수가 범인일 가능성은 없어 보였다.

마지막 사건이 발생한 지 거의 20일이 다 되어갔지만 범인은 별다른 움직임이 없었다. 마냥 기다리는 건 그야말로 곤욕이었다. 답답한 연기가 두 사람 사이를 가득 메웠다. 모락모락 피어오르는 연기에 서로의 얼굴이 잘 보이지 않는 지경에 이르렀다.

그 사람 역시 잘 보이지 않았다.

얼마나 지났을까, 타이웨이가 벌떡 일어나 허리를 쭉 펴더니 시간을 확인했다.

"벌써 9시가 다 됐네. 감시 중인 지역들 둘러보러 갈 건데, 같이 갈래?"

잠시 생각하던 팡무는 딱히 할 일도 없고 해서 고개를 끄덕이며 일어섰다.

경찰은 아직도 여자 기숙사와 숫자 '6'이 있는 지역을 중점적으로 감시하고 있었다. 감시 지역은 달라도 각 지역에서 잠복 중인 경찰들은 하나같이 피곤하고 조급해 보였다. 밤낮없이 쉬지도 않고 이런 식으로 한 달 가까이 일하고 있으면 누구라도 견디기 힘들 것이다. 몇 군데를 돌았는데 '모두 이상무'였다. 밑에서 일하는 동료들이 누렇게 뜬 얼굴을 하고도 자리를 지키는 걸 보면서 타이웨이는 마음이 좋지 않았다. 팡무와 교문 앞에 있는 식당에 가서 새참으로 도시락을 주문했다. 팡무는 타이웨이의 지갑에 지폐가 얼마 없는 걸 보더니 혼자 슈퍼에 가서 담배 두 보루를 사왔다.

도시락을 나눠주자 경찰들이 기뻐하는 게 보였다. 벽에 기대서 거나 구석에 쭈그리고 앉아서 허겁지겁 도시락을 먹었다. 남자 경찰들은 어찌나 우악스럽게 먹던지, 식어 버린 반찬을 한 입에 꿀떡 삼키거나 모래를 씹고도 그냥 넘기는 사람까지 있었다. 여자 경찰들은 한데 모여서 음식 맛을 평가하고 메뉴가 다르면 서로 음식을 나눠 먹었다. 다 먹은 뒤에는 옷으로 입을 닦으려는 남자 동료들에게 향기 나는 티슈를 건네는 것도 잊지 않았다.

다들 먹는 와중에도 옆에 지나가는 사람들을 일일이 주시했다.

이야기를 나누면서도 의심 가는 모든 소리에 귀를 기울였다.

초췌하고 꾀죄죄한 모습이지만 매순간 경계를 늦추지 않는 그들을 보면서 팡무는 저절로 존경심이 일었다. 담배를 나눠주면서, 예전에 자기에게 속았던 경찰에게는 특별히 두 갑을 더 챙겨 주었다. 그는 팡무에게 당했던 건 전혀 개의치 않는지 고맙다며 웃어 보였다.

밥을 다 먹고 타이웨이는 팡무와 감시 구역을 마저 돌았다. 전부 다 체크하고 나니 벌써 11시 반이었다. 학교는 텅 비고 기숙사 건물도 하나둘 불이 꺼지고 있었다. 하루 종일 소란스러웠다가 고요해진 교정에는 찬바람만 세게 불고 있었다.

팡무와 타이웨이는 아무도 없는 거리를 걸었다. 기숙사 건물에 거의 다 왔을 때쯤 타이웨이가 갑자기 멈춰 서더니 뒤쪽을 바라보았다.

"왜 그러세요?"

팡무가 똑같이 뒤를 돌아보며 물었다. 멀지 않은 곳에 희미한 불빛의 가로등이 외롭게 서서 길 한쪽을 비추고 있었다. 불빛이 비추는 곳 외에는 전부 어둠에 잠겨 고요했다.

"아무것도 아니야."

타이웨이는 인상을 찌푸리더니 다시 주변을 둘러보았다.

"내가 잘못 들었나 봐."

두 사람은 앞뒤로 서서 기숙사 건물로 들어갔다. 화장실을 지나는데 타이웨이가 갑자기 배를 움켜쥐며 말했다.

"너 먼저 올라가. 방금 먹은 갈치가 상했는지 배가 아프네."

"저한테 베르베린berberine, 세균성 설사 치료약 있어요. 이따가 와서 가져가세요."

팡무가 먼저 계단을 올라갔다. 복도는 쥐 죽은 듯이 고요했다. 가끔 멀리서 물소리가 희미하게 들려올 뿐이었다. 저녁 내내 걸었더니 다리가 쑤셨다. 팡무는 천천히 계단을 올라가면서 자기 발자국 소리를 듣고 있었다.

그런데 갑자기 다른 발자국 소리가 들렸다.

무심한 듯한 그 발자국 소리가 점점 가까워지고 있었다. 팡무는 2층 발코니에 잠시 멈춰 서서 귀를 기울였다. 처음부터 없었던 것처럼 발자국 소리도 갑자기 들리지 않았다.

팡무는 숨죽이고 서 있었다. 심장이 미친 듯이 뛰었다. 잠시 후, 그가 다시 두 발을 내딛으며 천천히 계단을 올랐다.

아까 그 발자국 소리였다.

팡무는 계단을 오르며 아래쪽을 살폈다. 1층과 2층 사이에서 가느다란 그림자가 천천히 위로 올라오고 있었다.

팡무는 온몸의 털이 서는 기분이었다. 머뭇거릴 새도 없이 발끝으로 빠르게 3층으로 올라갔다. 팡무는 313호실 문 앞까지 갔다가 그대로 복도 끝을 향해 걸어갔다. 320호실 옆에는 사람 몸 하나는 숨을 만한 틈이 있었다. 318호실을 지나가는데 깨진 거울 조각이 문 앞에 쌓여 있었다. 방에 있던 거울이 깨져서 치워달라고 문 앞에 버려둔 것 같았다. 그중에서 큰 조각 하나를 집은 뒤 얼른 몸을 숨겼다. 321호실 옆에 거울을 대고 반대편 복도를 비췄다. 덕분에 고개를 내밀지 않아도 상황을 관찰할 수 있었다.

몇 초 후, 거울에 희미한 사람 형체가 나타났다.

175센티미터 정도 되어 보이는 키에 마른 체형이었다. 빠르지도 느리지도 않게 걸으면서, 한 손은 주머니에 넣고 있었고 다른 한 손은 몸 옆에서 자연스럽게 흔들리고 있었다. 왠지 모르게 팡무는 어딘가 낯이 익다는 생각이 들었다.

그 사람은 가까이 다가오다 갑자기 멈춰 섰다. 팡무가 짐작하기로 남자는 313호실 앞에 서 있는 것 같았다. 그 사람은 방문 앞에서 잠시 서 있다가 갑자기 문을 쓰다듬었다.

뭐하는 거지? 거울이 뿌예서 눈을 크게 뜨고 살펴봤지만 아무리 해도 잘 보이지 않았다. 그가 문을 쓰다듬는 동안 이때다 싶어 팡무는 고개를 내밀었다.

멍판저였다.

팡무는 한숨을 돌리고는 밖으로 나왔다.

"난 또 누구라고."

멍판저가 갑자기 고개를 돌려 멍하니 팡무를 바라보았다. 며칠 못 본 사이에 얼굴이 너무 초췌해져 있었다. 안색은 창백하고 눈 주위는 거뭇한데다 두 볼은 움푹 들어가 있었고, 안 감은 지 오래되어 보이는 머리카락은 어지럽게 머리 위로 솟구쳐 있었다.

팡무는 방금 멍판저가 문을 쓰다듬던 손을 쳐다보았다. 가는 손가락 사이에 사인펜이 쥐어져 있었다.

"거기서 뭐해?"

멍판저는 아무 말도 들리지 않는 사람처럼 멍하니 팡무를 바라보고 있었다. 팡무는 조심스럽게 앞으로 한 걸음 다가갔다.

"멍판저, 거기서 뭐하냐고?"

그 순간 팡무는 멍판저의 어둡고 희미했던 두 눈이 난폭하게 변한 걸 발견했다. 얼마 남지 않은 얼굴 근육들도 꿈틀대기 시작했다. 멍판저는 입을 크게 벌리고 허연 치아를 드러내면서 야수처럼 으르렁거렸다.

"아."

놀라서 뒷걸음질 치던 팡무는 멍판저가 내내 주머니에 넣고 있던 손을 빼는 걸 발견했다. 손에는 대형 커터칼이 들려 있었다. 엄지손가락으로 칼을 밀어올리자 서슬 퍼런 칼날이 위로 드러났다. 멍판저는 칼을 쥐고 입으로 알 수 없는 말을 중얼거리며 팡무에게 다가왔다. 그러고는 갑자기 손을 휘저으며 팡무를 향해 돌진했다.

팡무는 뒤로 물러나면서 칼날이 코에 닿을 정도로 가까운 거리를 스치는 걸 느꼈다. 쏙 하는 소리와 함께 겉옷이 긁히면서 흠집이 생겼다.

"미쳤어? 멍판저! 정신 차리고 똑바로 봐! 나 팡무라고!"

팡무는 뒤로 물러나면서 소리쳤다.

팡무의 말은 전혀 소용이 없었다. 멍판저는 첫 시도가 실패로 돌아가자 다시 칼을 휘둘렀다. 이번에는 팡무의 목을 노리고 달려들었다. 팡무는 몸을 굽혀 칼을 피한 뒤, 멍판저 뒤쪽으로 가서 무룦을 세게 찼다.

멍판저가 '쿵' 하고 바닥에 무릎을 꿇었다. 팡무가 그를 붙들려고 했지만 멍판저의 동작이 더 빨랐다. 몸을 일으키기도 전에 칼을 휘두른 것이다. 얼른 몸을 피했지만 한발 늦은 탓에 손가락이 긁혀서 피가 줄줄 났다.

멍판저는 일어나 낮은 소리로 울부짖으면서 팡무에게 다가갔다. 수직으로 비추는 불빛에 팡무는 이를 악문 멍판저의 입가에 하얀 거품이 일어나고 있는 걸 똑똑히 볼 수 있었다. 발광하는 야수의 모습이었다. 피 나는 손가락을 움켜쥐고 도망치던 팡무는 등 뒤에서 다급한 발자국 소리를 들었다.

팡무가 돌아보니 어두운 복도 끝에서 타이웨이가 허리춤에서 뭔가를 찾으며 뛰어오고 있었다. 순식간에 팡무 곁으로 온 타이웨이는 긴장된 표정으로 팡무를 자기 등 뒤로 숨기더니 권총을 들었다.

"괜찮아?"

팡무가 대답하기도 전에 타이웨이는 멍판저에 대고 소리쳤다.

"칼 내려놔! 경찰이다!"

멍판저는 여전히 꿈쩍도 안 했다. 타이웨이는 보이지도 않는 듯이 팡무만 노려보면서 성큼성큼 다가왔다. 타이웨이가 고리쇠를 잡아당겼다.

"칼 내려놔. 안 그러면 쏜다."

"쏘지 마세요. 제 친구예요."

타이웨이는 멍판저를 보면서 총을 도로 집어넣은 뒤 자세를 바로 했지만 긴장은 늦추지 않았다. 방문이 하나 둘 열리면서 기척을 들은 학생들이 속옷 차림으로 고개를 내밀었다. 그리고는 복도에서 벌어진 숨 막히는 장면을 보고 깜짝 놀라 움츠린 채 문틈으로 상황을 지켜보았다. 방에서 나와 어쩔 줄 몰라 하며 서 있던 두 위는, 어디선가 대걸레를 들고 팡무 곁으로 뛰어오더니 떨리는 목소리로 말했다.

"멍판저, 너 거기 꼼짝 마!"

멍판저는 또 낮게 울부짖더니 칼을 들고 달려들었다. 타이웨이는 거침없이 다가가 칼을 든 멍판저 손을 잡고 손목을 꺾었다. 멍판저가 아파서 칼을 떨어트릴 거라고 생각했지만 예상을 빗나갔다. 여전히 칼을 놓지 않자 무릎을 쳤더니 그제야 칼이 바닥으로 떨어졌다. 타이웨이는 멍판저의 멱살을 잡고 앞쪽으로 던졌다. 멍판저는 벽에 부딪힌 뒤 세게 바닥으로 넘어져 고통스러워하며 몸을 움츠렸다.

타이웨이는 멍판저의 몸을 뒤집고 무릎으로 등을 제압한 뒤 수갑을 채웠다. 그리고 휴대폰으로 어딘가에 전화를 걸었다.

"난위안 제5기숙사 313호실, 빨리 와!"

전화를 끊은 타이웨이는 팡무에게 물었다.

"무슨 일이야? 저 자식 누구야? 왜 널 죽이려고 해?"

팡무는 타이웨이의 질문에 아무 반응이 없었다. 바닥에서 가쁜 숨을 내쉬며 신음하고 있는 멍판저를 그저 멍하니 바라볼 뿐이었다. 그 순간 떠오른 생각은 하나였다.

왜?

팡무는 갑자기 멍판저 앞에 무릎을 꿇고 고함을 질렀다.

"내 말 들려? 대체 왜 그랬어?"

멍판저는 눈을 감은 채 숨만 헐떡일 뿐 아무 말도 하지 않았다.

팡무는 상처 난 곳을 잡고 있던 손을 풀고 멍판저의 어깨를 흔들며 말했다.

"말 좀 해봐. 멍판저! 대체 어떻게 된 거야? 왜 날 죽이려고 했어?"

그러자 멍판저의 눈이 갑자기 커지더니 다시 사나운 눈빛으로 변했다. 그는 몸을 심하게 흔들면서 고개를 들고 팡무를 물려고 했다. 팡무는 뒤로 털썩 주저앉았다. 타이웨이가 다가와 멍판저의 얼굴을 발로 차며 말했다.

"얌전히 있어!"

팡무는 타이웨이의 발을 잡으며 말했다.

"때리지 마세요. 이번 사건은 틀림없이 뭔가 잘못됐어요! 평소에는 이러지 않았는데……."

타이웨이에게 맞아 멍판저의 입이 찢어져 피가 흘렀다. 얼굴에 묻은 먼지까지 더해져 전혀 다른 사람처럼 보였다. 손으로 막고 있던 상처가 갈라져 바닥에 피가 뚝뚝 떨어졌다. 두위는 팡무 손에서 피가 나는 걸 보더니 팡무를 잡아끌었다.

"방으로 가자. 반창고 붙여 줄게."

팡무는 머리가 하얘진 상태로 두위 손에 이끌려 313호실로 갔다. 문에 도착하자 광무는 갑자기 명판저가 뭔가를 그렸던 게 생각났다. 두위를 뿌리치고 문을 자세히 살피던 광무의 시선이 문패에 고정되었다.

문패에 쓰인 '3', '1', '3' 세 숫자 사이에 검은색 사인펜으로 '+'가 그려져 있었다.

"3+1+3……."

숫자를 중얼거리던 광무는 순간 온몸에 소름이 돋았다.

타이웨이는 광무의 안색이 확 바뀌는 걸 보더니 광무의 시선이 머문 곳을 쳐다보았다. 잠시 후, 광무는 거칠어진 타이웨이의 숨소리를 들었다. 고개를 돌려 보니 문패를 보던 타이웨이의 얼굴에서 주체할 수 없는 기쁨이 느껴졌다.

그때, 다른 경찰들도 도착했다. 한 경찰이 타이웨이에게 물었다.

"팀장님, 어떻게 할까요? 여기에서 조사해요, 아니면 공안국으로 끌고 갈까요?"

타이웨이가 손을 흔들었다.

"다들 이리 좀 와 봐!"

경찰들이 속속 모여들었다. 타이웨이는 문패를 가리키며 떨리는 목소리로 말했다.

"잡았어. 바로 저놈이야!"

경찰들의 시선이 문패로 향했다. 그리고 잠시 침묵이 흐르더니 이내 환호성을 터트렸다. 경찰들은 펄쩍 뛰고 서로 밀치면서 기뻐했다. 여경 하나는 타이웨이에게 달려가 안기기도 했다. 환호하는 경찰들 틈에 끼인 팡무는 이리저리 부딪혀서 휘청거렸다. 하지만 그의 얼굴엔 웃음기가 하나도 없었다. 멍하니 문패를 바라보던 팡무의 머릿속엔 오로지 한 가지 생각뿐이었다.

대체 왜?

"그만, 그만들 해. 자, 각자 위치로!"

타이웨이는 손을 흔들어 분위기를 진정시킨 뒤 활기차게 외쳤다. 경찰들은 우렁차게 대답한 뒤 각자 맡은 업무에 돌입했다. 현장 봉쇄, 증거 채집, 용의자 신분 대조……. 복도에 있던 사람들은 다 사라지고, 바닥에 누워 있는 멍판저와 입구에서 멍하니 서 있는 팡무만 남았다.

두 경찰은 멍판저를 일으켜서 한 팔씩 어깨에 걸치고 아래층으로 내려갔다. 얼른 따라 내려가던 팡무는 타이웨이에게 제지당했다.

"넌 병원부터 가 봐. 상처가 심해 보여."

"괜찮아요. 판저랑 얘기 좀 해야겠어요. 뭔가 이상해요."

팡무가 다급하게 말했다.

타이웨이는 불쾌한 듯 보였다.

"이상하긴 뭐가 이상해. 가서 조사하면 다 나올 텐데. 어이, 거기!"

타이웨이는 한 경찰을 향해 외쳤다.

"이 친구 좀 병원에 데려다줘."

팡무는 어쩔 수 없이 타이웨이의 말을 듣고 달려온 경찰과 함께 계단을 내려갔다. 기숙사 입구에는 경찰차 몇 대가 대기하고 있었

　　　　　　　　　　　　　　　　　　　　심리죄

다. 팡무는 고개를 축 늘어뜨리고 차에 타는 멍판저를 바라보았다. 경찰 두 명이 멍판저를 사이에 두고 양쪽에 앉아서 그의 팔을 꼭 붙잡고 있었다.

팡무를 병원에 데려다주기로 한 경찰은 팡무에게 그 옆에 있는 차에 타라고 신호를 보냈다. 차를 타러 가는 내내 팡무는 멍판저를 바라보고 있었다. 그의 얼굴에서 뭐라도 찾을 수 있기를 바라는 것 같았다.

그때 멍판저도 팡무를 발견했다. 그는 갑자기 창문 쪽으로 달려들었다. 그의 눈에는 어느새 난폭함이 사라지고 깊은 공포와 절망감이 자리하고 있었다. 멍판저는 미친 듯이 창문을 두드렸다. 그러고는 눈물을 흘리며 절규하고 있었다.

옆에 있던 두 경찰이 그를 제압하기 위해 얼굴과 몸을 사정없이 때렸다. 달려가서 문을 열려고 했지만, 팡무가 리어 범퍼에 닿는 순간 경찰차가 갑자기 출발해버렸다. 바닥에 떨어진 팡무가 따라 잡으려고 일어났을 때는 차가 이미 모퉁이를 돌아 멀리 가버린 뒤였다. 귓가를 때리는 경보등 소리만 학교에 천천히 울려 퍼졌다.

제22장

고양이와 쥐 (2)

상처는 크지 않은 대신 깊었다. 눈에 졸음이 가득한 당직 의사가 팡무의 상처를 간단히 처치한 뒤 두 바늘을 꿰맸다. 팡무는 손가락을 움켜쥐고 처치실을 나왔다. 담당 경찰은 복도에서 전화를 하다가 팡무가 나오는 걸 보더니 급히 전화를 끊었다. 다친 데가 어떤지 몇 마디 물어보고 팡무를 학교에 데려다주겠다고 했다.

팡무는 고개를 저었다.

"공안국으로 가주세요."

"안 돼. 타이 팀장님이 널 꼭 학교로 데려다주라고 하셨다."

경찰은 단칼에 거절했다.

"전 이 사건의 피해자예요. 조서 작성 안 하실 거예요?"

말문이 막힌 경찰은 잠시 망설이더니 그래도 데려다주겠다며 고집을 부렸다.

"그러실 필요 없어요. 저 혼자 갈 거예요!"

팡무는 성큼성큼 병원 문을 나섰다. 병원 입구를 나오자마자 팡무는 재빨리 구석으로 몸을 숨겼다. 몇 초 후 경찰이 쫓아 나와 주위를 두리번거리더니 욕을 하며 차를 타고 가버렸다. 팡무는 경찰이 간 걸 확인하더니 병원 앞에 늘어선 택시 쪽으로 걸어갔다.

공안국 입구는 불빛으로 환했다. 건물 안에는 차가 잔뜩 주차되어 있었다. 택시에서 내린 팡무는 입구를 지키고 있는 무장 경찰에게 말했다.

"타이웨이 경관님이 불러서 왔는데요. 조서 작성 때문에요."

초소에 전화를 하러 갔다가 돌아오는 길에 무장 경찰은 팡무를 병원에 데려다준 경찰이 부리나케 뛰어나오는 걸 발견했다.

"내 이럴 줄 알았다니까! 조서만 쓰고 가라. 타이 경관님이 며칠 뒤에 연락하실 거다."

경찰은 침울한 표정으로 말하더니 팡무를 안으로 데리고 들어갔다. 멋대로 돌아다니지 말고 얌전히 있으라고 당부했지만 경찰이 떠나자마자 팡무는 그 길로 빠져나왔다. 복도에는 사람이 많았다. 경찰복을 입은 사람이든 평상복을 입은 사람이든 바쁘게 사무실을 왔다 갔다 하고 있었다. 가끔 팡무를 이상한 눈으로 쳐다보는 사람은 있었지만, 아무도 누구냐고 물어보지 않았다. 팡무는 사람들이 하는 대화 중에서 '이 파일들 좀 얼른 3층에 갖다줘', '취조실'이라는 말을 들을 수 있었다. 모든 사람들의 관심이 3층에 집중되어 있는 것처럼 보였다. 팡무는 최대한 경찰들 눈을 피해 3

층으로 올라갔다.

복도 끝에 철문 하나가 활짝 열려 있었는데, 안에 방이 있는 듯했고 벽은 큰 유리로 되어 있었다. 그때, 경찰 십여 명이 그 유리벽 앞에 서 있었고, 안쪽에서 타이웨이의 목소리가 들렸다.

"……당시 전 배가 아프다고 속이고 1층 화장실에 숨어서 동태를 살폈습니다. 아니나 다를까 잠시 후 누군가 위층으로 올라가는 소리가 들리더군요. 조심스럽게 뒤를 밟았죠. 3층 복도에 들어선 그 사람이 몇 걸음 가다 서다를 반복하더니 결국 313호 방문 앞에 서더군요. 문을 두드리는 것 같기도 하고 뭔가를 쓰는 것 같기도 했습니다. 그 후에 피해자가 그와 몇 마디를 나눴어요. 서로 아는 사이인가 보다 하고 그냥 가려는데 갑자기 싸우는 소리가 들렸습니다. 결과는 아시다시피, 제가 놈을 제압해서 공안국으로 끌고 왔고요……"

팡무는 조용히 다가갔다. 모든 사람들이 타이웨이 이야기에 집중하고 있어서 아무도 팡무가 오는 걸 알아채지 못했다. 배가 불룩하고 근엄한 표정을 짓고 있는 사람이 물었다.

"그가 범인이라고 확신하나?"

"네!"

타이웨이의 말투와 표정은 단호했다.

"우선, 피해자의 문에 '7'이라고 표시가 되어 있었습니다. 그리고 방금 전 현장 감식을 한 동료에게 전화가 왔는데, 용의자 방에서 중요한 걸 발견했다고 합니다."

몇몇 여경들이 달려와 두꺼운 파일을 타이웨이에게 건넸다. 타이웨이는 한 번 쓱 훑어보더니 배불뚝이를 보며 말했다.

"국장님, 준비됐습니다."

국장이 고개를 끄덕였다.

"시작하지."

모든 사람들이 유리를 에워싸고 있었다. 쾅무는 더 다가갈 수 없어 사람들 틈에서 유리 너머의 광경을 보려고 애썼다.

원웨이 유리_{한쪽 방향에서만 투명하게 보이는 유리로} 된 취조실이었다. 내부 진열은 단순했다. 왼편에 책상 하나, 의자 두 개가 있고, 책상 위에는 스탠드가 놓여 있었다. 경찰 두 명이 책상에 앉아 있었는데, 한 명은 방금 전달받은 파일을 보고 있었고, 다른 한 명은 종이에 뭔가를 그리고 있었다. 맞은편에는 바닥에 고정된 의자가 있었는데 딱 보기에도 차갑고 불편해 보였다. 벽 모서리에는 카메라가 설치되어 있었고, 머리 위쪽에 달린 마이크를 통해 취조실 내부에서 나는 소리가 확성기를 거쳐 외부로 전달되었다.

취조실 오른편에 있는 문이 열리고, 수갑과 족쇄를 찬 멍판저가 경찰 두 명에게 이끌려 들어왔다. 쇠약해 보이는 멍판저는 고개를 계속 숙이고 있었다. 입가에 묻은 피는 말라 있었고, 얼굴에는 가로세로로 검붉은 흔적이 남아 있었다.

두 경찰은 잠시 그를 바라보더니, 나이가 더 많은 경찰이 취조를 시작했다.

"이름?"

멍판저는 고개를 숙인 채 아무 반응도 보이지 않았다.

다른 경찰 하나가 스탠드를 멍판저 쪽으로 돌렸다. 멍판저의 몸 전체를 비춘 강렬한 불빛이 등 뒤의 벽에 찌그러진 그림자를 남겼다.

"이름!"

멍판저는 여전히 입을 닫고 잠든 사람처럼 꿈쩍도 안 했다. 나이 많은 경찰이 담배에 불을 붙이고는 책상에 있던 파일을 들추어 보았다.

"2002년 7월 1일 새벽 1시에서 3시 사이에 어디 있었어?"

아무 반응이 없었다.

"2002년 8월 10일 오전 8시부터 9시 사이에는 어디 있었지?"

여전히 반응이 없었다.

다른 경찰 하나가 벽걸이 거울을 쳐다보았다. 국장과 다른 동료들이 밖에서 자기들을 지켜보고 있다는 걸 알고 있었다. 그는 목석처럼 멍하니 앉아 있는 멍판저를 보자 화가 치밀었다. 그는 책상을 탁 치며 고함을 질렀다.

"멍판저! 입만 다물고 있으면 다 되는 줄 알아! 형사소송법에 따라……."

그때 멍판저가 갑자기 고개를 들었다. 불빛이 강한데도 여전히 눈을 동그랗게 뜨고 있었다. 만약 눈빛으로 사람을 죽일 수 있다면 앞에 있는 두 경찰은 진즉에 죽고도 남았을 것이다.

"아."

광무는 복도에서 야수가 울부짖는 듯한 소리를 들었다.

명판저의 손발은 의자에 고정되어 있었지만 미친 듯이 앞쪽으로 몸부림을 쳐서 언제라도 수갑을 풀고 경찰에게 달려들 것만 같았다. 둘 중에 나이가 좀 어린 경찰은 놀라서 몸을 뒤로 젖혔다. 명판저 뒤에 서 있던 두 경찰이 그를 제압했지만 힘이 하나도 없어 보이던 명판저가 어디서 그런 힘이 났는지, 덩치 큰 두 경찰을 꼼짝 못하게 만들었다. 그중 한 명은 하마터면 명판저에게 물릴 뻔했다. 결국 경찰 하나가 경찰봉을 꺼내 높이 들었다…….

"안 돼!"

누군가가 유리벽에 달라붙어 힘껏 두드리고 있었다. 모든 사람들이 순간 멍해졌다. 잠시 후 정신이 든 타이웨이가 말했다.

"광무?"

광무가 뒤돌아서 타이웨이를 말렸다.

"때리지 마세요……."

"넌 뭐야?"

국장이 광무의 말을 끊었다.

"아, 이 친구 이번 사건 피해자입니다. 조서 작성 때문에 불렀어요."

타이웨이가 서둘러 해명한 뒤 광무에게 속삭였다.

"너 먼저 가 있어. 금방 갈게."

"경관님! 저랑 얘기 좀 하게 해주세요. 확실히 뭔가 잘못됐어요. 판저는 범인이 아니라고요."

팡무가 애원하듯 타이웨이의 팔을 잡았다.

"글쎄 안 된다니까!"

타이웨이는 있는 힘껏 팡무의 손을 제압한 뒤 낮은 소리로 경고했다.

"여기가 어딘 줄 알고 까불어? 잔말 말고 내려가 있어. 얼른!"

옆에서 차가운 눈으로 바라보던 국장이 갑자기 타이웨이에게 말했다.

"이봐, 이 친구가 자네가 말한 그 '천재'라던 학생인가?"

타이웨이는 더 이상 속일 수 없겠다 싶어 순순히 인정했다.

국장은 콧방귀를 뀌더니 취조실 쪽으로 고개를 돌렸다. 멍판저는 여전히 발버둥치고 있었고, 경찰 두 명은 멍판저에게 부딪혀 휘청대고 있었다. 결국 경찰 하나가 전기 곤봉을 꺼내 스위치를 켰다. 그는 동료에게 비키라고 소리치더니 멍판저의 어깨 위로 곤봉을 내리쳤다. 멍판저의 눈이 갑자기 커지면서 몸이 활처럼 구부러졌다. 경찰은 연달아 몇 번을 더 내리쳤다. 곤봉에 맞을 때마다 멍판저는 비명을 질렀다. 마치 도마 위에서 죽어 가는 활어가 필사적으로 몸부림치는 것 같았다. 그렇게 몇 번을 맞고 난 멍판저는 마침내 버둥거리는 걸 멈추고 의자에 주저앉았다. 고개를 늘어뜨린 멍판저의 몸이 잘게 떨렸다.

국장은 새파래진 얼굴로 옆에 있는 사람에게 말했다.

"오늘은 조사가 어렵겠어. 일단 내일 사법감정센터에서 사람 불러다가 정신 감정을 받게 하지."

국장은 타이웨이 옆을 지나가면서 매섭게 그를 노려보았다. 타이웨이는 해명하려고 했지만 국장은 이미 저만치 가버린 뒤였다. 힘없이 고개를 젓던 그는 취조실 쪽을 바라보았다. 경찰들이 개 끌듯 멍판저를 끌어내고 있었다. 타이웨이는 허리에 손을 얹고 잠시 서 있더니 고개도 안 돌리고 말했다.

"이 친구 좀 데려다줘."

경찰은 범인을 압송하듯 팡무의 팔을 붙들고 난위안 제5기숙사 3층으로 올라갔다. 팡무는 온몸에 힘이 빠져서 반항할 기력도 없었다.

복도는 떠들썩했고 구경하는 사람들로 가득 차 있었다. 이불을 걸친 사람, 속옷만 입은 학생, 방금 소식을 듣고 온 학교 보안 책임자도 있었다. 사람들 틈으로 불빛이 환한 멍판저의 방이 보였다. 현장 수색하는 경찰들이 구경꾼들에게 뒤로 물러서라고 경고하는 모습도 보였다.

313호 문패는 경찰이 증거물로 가져가서 없었다. 경찰은 문을 밀어보더니 잠겨 있자 구경하던 사람들을 향해 소리쳤다.

"여기 313호 사는 사람 없어요? 문 좀 열어줘요!"

구경하고 있던 두웨이가 소리를 듣더니 뛰어나와 문을 열어주었다. 경찰은 팡무를 방으로 들여보내며 말했다.

"함부로 돌아다니지 마. 너는 이 친구 잘 지키고."

경찰은 팡무를 가리키며 두웨이에게 당부했다. 경찰이 가고 팡무는 맥없이 그 자리에 몇 초간 서 있다가 침대에 몸을 맡겼다. 두위는 걱정스러운 눈빛으로 팡무를 바라보며 조심스럽게 물었다.

"물 마실래?"

팡무는 대답 없이 고개를 저었다. 그러다 갑자기 뭔가 생각이라도 난 듯 팡무는 침대에서 벌떡 일어나 멍판저 방으로 달려갔다. 인파를 헤치고 방문 앞에 선 팡무는 폴리스 라인 안으로 들어가려고 했다. 방에서는 몇몇 경찰들이 현장 감식 중이었다. 방금 전 팡무를 방에 데려다주고 바쁘게 움직이던 경찰이 팡무가 들어오는 걸 보더니 급히 제지했다.

"왜 또 나왔어?"

"뭐 좀 나왔어요?"

팡무가 그 경찰에게 다급하게 물었다. 감식 중이던 경찰들은 서로 물끄러미 쳐다보고만 있었다. 팡무를 막던 경찰은 팡무를 뒤로 밀면서 말했다.

"빨리 가. 여긴 네가 할 일 없어. 뭔가 나오면 타이웨이 팀장님이 알려주실 거야."

팡무는 경찰 손을 뿌리치며 방 안에 대고 소리쳤다.

"뭐 발견하신 거 있냐고요!"

"이봐!"

그 경찰은 버럭 소리를 지르면서 허리에 차고 있던 수갑을 꺼냈다.

"자네 이거 공무 집행 방해야! 나 곤란하게 만들지 말라고!"

안쪽으로 들어온 두위가 꽝무를 잡아끌면서 작은 소리로 달 랬다.

"친구, 일단 가자. 내일 얘기하면 되잖아."

화가 덜 풀린 경찰이 옆에 있던 학교 보안 책임자에게 소리쳤다.

"학생들 전부 방으로 돌아가라고 하세요. 일하는 데 방해되니 까!"

꽝무는 두위 손에 이끌려 방으로 돌아왔다. 가만히 서서 한참 동안 거친 숨을 몰아쉬었다. 그러다 갑자기 캐비닛을 열고 두꺼운 크라프트지 봉투를 몇 개 꺼냈다. '꽉' 하고 책상 위로 떨어진 봉투 에서 인쇄 종이 묶음 몇 개를 꺼내더니 아무 말도 없이 바라보기만 했다. 두위는 멀찌감치 떨어져서 걱정스러운 눈으로 바라보았다. 피범벅이 된 사진 몇 장이 어렴풋하게 보였고 꽝무가 작게 중얼거 리는 소리가 들렸다.

"그럴 리가, 아닐 거야…… 그럴 리가 없어……."

여기가 어디지?

머리가 깨질 듯이 아파…….

내가 뭘 한 거지?

…….

"행운의 숫자가 있나요?"

"아뇨. 전 그런 거 별로 안 믿어요. 선생님, 제가 오늘 여기 온 건……."

"하하, 서두를 거 없어요. 대부분의 사람들이 좋아하는 숫자가 뭔지 알아요?"

"글쎄요. 8…… 아닐까요?"

"하하, 중국인들만 그렇게 생각해요. 졸부나 시골의 부자들이 대부분 8을 좋아하죠. 보세요, 웃었잖아요. 제가 말했죠? 긴장하지 말아요."

"긴장 안 했어요. 그냥 왠지…… 전보다 좀 안 좋아진 거 같아요. 며칠 전부터 출석 부르는 게 다시 무서워졌거든요."

"아, 언제부터요?"

"지난번…… 우리가 만난 이후부터요."

"걱정 말아요. 그게 정상이니까. 반복해야 효과를 볼 수 있는 일도 있는 거예요."

"선생님이 절 좀 도와주셨으면 좋겠어요."

"그래요. 근데 꼭 내 말대로 해야 해요. 알겠죠?"

"네."

…….

이럴 수가. 생각났다…….

팡무, 죽었을까……?

…….

"어떡하죠? 선생님, 저 어떡하면 좋아요?"

"진정해요. 생각 좀 해볼게요."

"오늘 너무 창피했어요. 그렇게 많은 사람들 앞에서 '네'라는 말도 못하고……."

"방법을 바꿔봐야겠어요. 근데 이 방법이 좀 더 힘들지도 몰라요. 감당할 수 있겠어요?"

"전……."

"그래도 성공만 한다면 그 마음의 병에서 영원히 해방될 거예요."

"……."

"못할 것 같으면 그만둬요. 이젠 저도 도움을 줄 수가 없네요."

"저…… 한번 해볼게요."

"그럼 좋아요. 이제 여기 의자에 누워봐요. 긴장 풀고. 시작할게요."

…….

"지금은 수업 중이에요. 느껴지나요? 주변이 온통 친구들로 가득해요. 사람이 많아요……. 교수님이 출석부를 들고…… 한 명씩 이름을 부릅니다……. 멍판저!"

"……."

"멍판저!

저도 모르게 몸이 움찔거리고 이마에서 땀이 흘러내렸다.

"멍판저!"

"멍판저!"

"멍판저!"

"멍판저!"

"아……."

······.

너무 추워······.

손발이 안 움직여. 어깨를 감싸고 싶은데 몸이 말을 듣지 않아······.

도와줘, 도와줘······.

······.

"죽는 게 무섭나요?"

"당연하죠. 죽는 게 무섭지 않은 사람이 어디 있어요?"

"하하. 사실, 죽는 건 전혀 무서운 게 아니에요. 기분이 나쁠 땐 주로 뭘 하나요?"

"음, 게임하거나 그냥 푹 자요."

"그렇군요. 사실 죽음은 긴 잠을 자는 것뿐이에요. 골치 아픈 일들을 전부 잊어버릴 수 있죠. 자신의 존엄을 지키기 위해 죽음을 선택하는 사람들도 많아요. 헤밍웨이 알죠?"

"네. 『노인과 바다』 작가요."

"불치병에 걸린 그는 마지막 순간에 자신의 존엄을 지키기 위해서 자살을 선택해요. 하하, 솔직히 말하면, 헤밍웨이가 부러울 때도 있어요."

"······."

······.

어떡하지?

내가 사람을 죽인 건가?

난 끝났어…….

…….

"7은 참 재미있는 숫자예요. 안 그래요?"

"그런가요?"

"생각해봐요. 일주일도 7일, 색깔도 7가지, 음악도 7음계잖아요. 그런 의미에서 7은 완전수예요."

"아, 그러네요."

"일단 뭔가 완전해지면 우린 아무것도 걱정할 필요가 없어요, 그렇지 않나요?"

…….

난 살인자야…….

모든 사람들이 내가 살인자라는 걸 알게 되겠지…….

엄마는 나 때문에 평생 치욕을 당하실 거고…….

이제 고작 스물 네 살인데…….

내 인생이 이렇게 끝나는구나…….

…….

"이걸 가지고…… 기숙사로 돌아가…… 주변에서 7을 찾아요. 그러면 바라는 게 이루어질 거예요……."

…….

어쩔 수가 없어…….

어쩔 수가 없다고…….

새벽 4시가 다 되어서 팡무는 책상에 엎드린 채 저도 모르게 잠이 들었다. 깨어났을 땐 이미 날이 밝아 있었다. 손가락이 아파서 보니, 거즈 밖으로 피가 새서 굳어 있었다. 어젯밤 일로 상처가 벌어진 것 같았다.

팡무는 간단히 짐을 챙겨 나갈 준비를 했다. 오늘은 꼭 멍판저를 만날 생각이었다. 모든 단서를 종합해볼 때 멍판저는 범인이 아니었다. 하지만 이 모든 수수께끼에 대한 답은 멍판저에게서 찾을 수밖에 없었다. 그런데 팡무가 문을 열자마자 들어오던 타이웨이와 정면으로 부딪혔다.

"마침 잘 오셨어요. 저랑 같이 멍판저 좀 보러 가요."

팡무가 타이웨이를 밖으로 끌어당기며 말했다. 타이웨이는 꿈쩍도 안 했다.

"갈 필요 없어."

"네?"

팡무는 멈춰 서서 타이웨이를 뚫어져라 바라보았다.

"죽었어."

타이웨이가 덤덤하게 말했다. 타이웨이는 한참이나 자신을 바라보던 팡무를 방으로 끌어당기며 말했다.

"들어가서 얘기하자."

팡무는 멍하니 방 한가운데 서서 창문을 바라보고 있었다. 뒤를 돌아보지도, 말을 하지도 않았다.

"오늘 새벽에⋯⋯."

팡무가 손을 들어 타이웨이의 말을 막았다. 천천히 웅크리고 앉아서 무릎을 머리에 대고 온몸을 부르르 떨었다. 타이웨이는 팡무가 진정될 때까지 기다렸다가 침대로 부축한 뒤 담배를 건네고 불을 붙여주었다. 담배 한 대를 다 핀 팡무가 쉰 목소리로 물었다.

"어떻게 죽었어요?"

"두개뇌손상. 벽에 머리를 박았거든."

"왜 아무도 막지 않았어요?"

"우리도 만일의 사태에 대비해 조치를 해뒀지. 유치장에 가둘 때 손발을 의자에 고정시켰고. 당직자가 처음에는 우는 소리를 들었대. 그러다가 쿵쾅거리는 소리가 나서 뛰어 들어갔더니 이미 가망이 없다는 거야."

"손발을 묶었는데 어떻게……."

타이웨이가 씁쓸하게 웃으며 고개를 저었다.

"믿기 어렵겠지만, 수갑이랑 족쇄에서 억지로 손발을 빼냈어. 이 바닥에서 오래 있어봤지만 그런 경우는 처음 봤다. 손발 피부가 다 벗겨지고 제1중수골이 골절됐어."

타이웨이는 손짓을 해가며 설명했다.

"정말 믿을 수가 없다. 그놈이 아주 죽으려고 단단히 결심을 한 모양이야."

잠시 침묵이 흐르더니 팡무가 무표정하게 물었다.

"그래서 결론은요?"

타이웨이는 머뭇거리다 대답했다.

"일단은 처벌 받는 게 두려워서 자살한 걸로 결론 내렸어."

"왜요? 설마 어젯밤 일 때문에 판저를 범인으로 몬 건 아니겠죠?"

타이웨이는 최대한 평정심을 유지하려 애썼다.

"네 심정이 어떨지 잘 알아. 근데 우리가 증거도 없이 아무나 범인으로 몰지는 않지. 어제 명판저가 아무 말 안했지만, 그놈 방에서 이런 것들이 발견됐어."

타이웨이는 지니고 있던 가방에서 서류철을 꺼내 팡무에게 건넸다.

"이건 검은 천이야. 진차오 살해사건에서 비디오테이프에 나온 검은 천이랑 비교해봤는데 상당히 비슷해. 또 천에서 혈흔으로 추정되는 물질이 나와서 감식반에 의뢰했는데, 오후쯤이면 아마 결과가 나올 거야……. 그리고 이건 망치. 그때 류젠쥔이 머리를 다치고 나서 상처 모양을 보고 흉기 모양을 대강 예측했었거든. 근데 그거랑 이 망치가 거의 일치해. 이거 한 번 봐봐."

타이웨이는 십여 권의 책이 찍힌 사진 한 장을 가리켰다.

"전부 명판저 방에서 나온 거야. 죄다 인체해부학, 서양범죄사, 연쇄살인범에 관한 책이고. 우리가 도서관에서 찾았던 자료들 기억나? 그게 전부 명판저 방에서 발견됐다니까. 명판저의 도서관 대출 목록도 지금 확인 중이야. 이건 명판저의 옷에서 발견된 비닐 봉투인데, 안에 남아 있는 가루를 분석했더니 헤로인으로 밝혀졌어……."

팡무가 타이웨이의 말을 끊었다.

"차는요? 범인은 분명 범행에 차를 이용했어요. 근데 멍판저한테 차가 있어요? 그리고, 멍판저는 자기 방에서 진차오를 죽이지도, 신팅팅의 피부를 벗기지도 않았잖아요?"

"차는 문제가 안 돼. 멍판저가 학교 밖에 집을 빌려서 범행을 저질렀을지도 모르고."

"집을 빌려요? 그럼 이 물건들을 기숙사 방으로 가져올 필요가 있었을까요? 그 집에 두면 더 안전하지 않겠어요?"

타이웨이는 순간 말문이 막혔다. 그런데 그때, 문이 열리고 덩린웨가 숨을 몰아쉬며 뛰어 들어왔다. 그 뒤로 손에 식판을 든 두위가 따라왔다. 덩린웨는 타이웨이를 보고 놀랐지만 인사도 없이 팡무에게 물었다.

"어떻게 된 거야? 너 괜찮아?"

팡무 손가락에 거즈가 감겨 있는 걸 보더니 덥석 팡무의 손을 들어올렸다.

"세상에! 다쳤잖아. 아직도 피가 나네. 얼른 병원 가자."

덩린웨는 두서없이 말하면서 위아래로 팡무를 살폈다.

"또 다친 데는 없는 거지? 미안해. 나도 방금 얘기 들었어. 내가 너무 늦게 왔지?"

덩린웨의 눈에서 눈물이 떨어지려고 했다. 팡무는 그녀의 손을 뿌리치고 여전히 타이웨이만 똑바로 바라보고 있었다. 방금 했던 질문에 대한 설명을 요구하는 것처럼 보였다. 타이웨이는 그런 팡무의 눈빛에는 아랑곳없이 서류철에서 망치가 찍힌 사진을 찾았다.

"마침 잘 왔네."

타이웨이가 덩린웨에게 말했다.

"학생, 이게 혹시 그날 밤 범인이 들고 있던 게 맞는지 좀 봐주겠어?"

덩린웨가 사진을 들여다보았다.

"맞는…… 것 같아요. 비슷하게 생겼어요."

덩린웨는 무서운 표정을 한 팡무를 보고 얼른 말을 바꿨다.

"저도 몰라요. 망치가 다 똑같죠. 에이, 몰라요 몰라!"

타이웨이는 화난 얼굴로 팡무를 노려보더니 서류철을 덮고 자리에서 일어났다.

"먼저 간다. 당분간은 어디 돌아다니지 말고 있어. 휴대폰은 켜놓고. 뭐라도 건지면 연락할 테니까."

타이웨이는 가방을 챙겨 방을 나갔다.

방에는 순간 정적이 흘렀다. 두위는 덩린웨와 팡무를 번갈아 바라보더니 책상 위에 둔 식판을 가리켰다.

"저기, 뭐 좀 먹지? 내가 아침 사왔는데."

팡무는 아무 말이 없었다. 덩린웨는 두위에게 미안한 듯 웃어 보였다.

"고마워."

"그럼 난 나가볼게. 저놈 좀 부탁해."

두위가 가방을 들고 덩린웨에게 작은 소리로 말했다.

두위가 나가고 방에는 견디기 힘든 적막감이 흘렀다. 덩린웨는 옆에 앉아서 아무 말도 하지 않는 팡무를 보더니 식판을 건넸다.

"뭐라도 좀 먹자."

팡무가 받지 않자 숟가락으로 죽을 떠서 팡무 입에 갖다 댔다. 팡무가 고개를 돌리며 말했다.

"됐으니까 그만 가봐. 혼자 있고 싶어."

무안해진 덩린웨는 식판을 책상에 올려놓고 말했다.

"옆에 있어줄게."

"괜찮으니까 그만 가라고."

팡무가 고개를 저었다. 덩린웨는 입술을 깨물더니 결국 소리를 질렀다.

"너 정말…… 내가 그렇게 싫어?"

팡무는 덩린웨를 보며 한숨을 쉬었다.

"아니야. 그냥, 지금은 네가 날 도와줄 수 없어서 그래."

"내가 널 도울 수 없다고? 네가 이러고 있는데 내가 갈 수 있겠어? 넌 내가 필요 없는 거야?"

덩린웨가 갑자기 벌떡 일어났다.

"네가 지금 힘들다는 거 잘 알아. 일이 어떻게 된 건지도 모르고, 그 사람이 왜 널 죽이려고 했는지도 난 몰라. 난 그냥 널 위로하고 싶은 거야. 나한테 좀 따뜻하게 대해줄 수 없어?"

"그렇게 못해! 네가 나에 대해서 알아? 내가 어떤 사람인지 아냐고! 나랑 같이 있으면 네가 뭘 감당해야 하는지 알기나 해? 넌 절대 감당 못해!"

"무슨 근거로 내가 못한다는 거야? 그런 위험한 일은 나도 이미 겪어 봤어. 내가 감당 못할 게 또 뭐가 있겠어!"

팡무는 덩린웨와 더 이상 말하고 싶지 않아 문을 열었다.

"안 갈 거야? 안 가면 내가 나가고!"

덩린웨는 눈물을 왈칵 쏟았다. 그 자리에 서서 팡무를 쳐다보더니 휙 하고 나가버렸다.

이튿날, 타이웨이는 팡무에게 검은 천에 묻은 혈흔이 진차오의 것으로 밝혀졌다고 말했다. 학교 도서관에서 조사한 결과도 나왔는데 멍판저가 그 책들을 대출한 시기는 2002년 5월로, 연쇄살인 사건이 일어난 시기와 일치했다. 그리고 오늘, 멍판저의 가족이 학교를 찾았다.

어렸을 때 아버지가 돌아가셔서 어머니가 멍판저의 유일한 가족이었다. 총장실에서 그녀는 심장병으로 두 번이나 의식을 잃었다. 그날 오후, 팡무도 멍판저의 어머니를 보았다. 반백의 머리를 한 노부인이었는데 경찰 두 명과 함께 멍판저의 방으로 와 그의 유품을 챙겼다. 그녀는 방 입구에 처진 폴리스 라인을 보더니 흐느끼기 시작했다.

팡무를 비롯해 십여 명의 법학원 학생들이 방 입구를 에워싸고 멍판저의 어머니가 휘청거리며 방으로 들어가는 걸 보고 있었다. 방에 들어선 그녀는 주위를 둘러보았다. 어디선가 '엄마, 오셨어요?'라고 말하는 멍판저를 볼 수 있기를 바라는 것처럼 보였다. 한 바퀴를 둘러본 그녀는 명판저의 침대에 엎드려 이불을 코에 대고 냄새를 맡더니 결국 울음을 터트렸다. 한참을 울고 나서 경찰들의 말을 듣고 그녀는 천천히 명판저의 유품을 정리하기 시작했다.

명판저의 물건 중 대부분은 증거로 가져간 상태라 남은 건 겨우 여행가방 하나에 들어갈 정도였다. 아들이 세상에 남긴 마지막 흔적을 가지고 방을 나오던 그녀가 갑자기 경찰에게 말했다.

"그 아이 좀 볼 수 있을까요? 우리 아들이 죽이려고 했다던 그 학생이요. 우리 애가 사람을 죽이려고 했다는 게 믿어지지가 않아서 그래요."

경찰은 팡무를 힐끗 보더니 단호하게 말했다.

"안 됩니다."

다른 사람들의 시선은 전부 팡무에게 쏠려 있었다. 팡무는 시선을 개의치 않고, 복도 끝으로 모습이 사라질 때까지 그저 오랫동안 명판저의 어머니를 바라보고만 있었다. 저우퇀제는 큰 결심이라도 한 듯 팡무에게 와서 물었다.

"야, 명판저가 왜 널 죽이려고 한 거야?"

팡무는 그를 가만히 바라보며 말했다.

"나도 몰라."

팡무도 그 이유를 몰랐다. 요 며칠 명판저와 처음 만났던 순간을 반복해서 떠올려봤지만 명판저가 자기를 죽이려던 이유를 도무지 찾을 수 없었다. 무엇보다 명판저는 팡무가 생각한 범인의 이미지와 너무 달랐다. 프로파일링을 통해 추정한 용의자와 실제

범인이 다를 수도 있다는 점을 감안하더라도 말도 안 되게 큰 차이를 보였다.

그래도 확실한 건 있었다. 멍판저가 자기 방문에 '7'이라는 기호를 남긴 것, 그날 밤 멍판저가 자신을 죽이려고 한 것, 다량의 물증이 멍판저 방에서 발견된 것. 하지만 팡무는 여전히 교활하고 흉악한 범인을 멍판저와 도저히 매치시킬 수가 없었다. 경찰차 창문에 붙어서 자기를 향해 무언의 절규를 한 멍판저의 모습을 떠올릴 때마다 팡무는 마음속으로 되뇌었다. 판저는 아니다. 판저는 범인이 아니다.

그때 멍판저는 분명 구해달라고 애원하는 것처럼 보였다.

판저를 그렇게 만든 범인은 대체 누굴까?

전담팀은 J대에서 철수하기로 결정했다. 타이웨이는 가기 전에 팡무를 찾아와서 현재 조사 상황에 대해 알려주었다. 멍판저의 유품에서 차나 집을 렌트한 영수증은 발견되지 않았다. 그리고 멍판저가 비슷한 활동에 종사했다는 걸 증명해줄 증거도 없었다. 하지만 현재까지 수집된 증거로 볼 때, 그동안 벌어진 연쇄살인사건을 멍판저의 소행으로 보는 데는 전혀 무리가 없었다. 용의자가 사망했기 때문에 경찰은 공소권 없음으로 사건을 종결하기로 했다.

이야기를 다 듣고 잠시 침묵하던 팡무가 물었다.

"그 얘기는, 멍판저가 범인이라고 결론 내렸다는 뜻이에요?"

타이웨이가 고개를 끄덕였다.

"정말 멍판저가 범인이라고 믿는 거예요? 아니면 믿고 싶은 거예요?"

타이웨이의 얼굴에 당혹스러움이 묻어났다.

"무슨 뜻이야?"

"멍판저는 범인이 아니에요!"

"증거 있어?"

"……"

"직감? 직감과 증거 중 어느 쪽이 더 신빙성이 있을까? 너 지금 우리를 바보로 아는 거야? 그래, 뭐 이번 사건에 네 공이 크다 치자. 근데 우리도 그냥 놀고먹는 거 아니다!"

타이웨이가 퉁명스럽게 말했다.

"동기는요? 멍판저 사건에서 동기가 뭔데요?"

"젠장! 보고도 몰라? 그 자식 정신 나간 거! 미친놈이 사람 죽이는 데 무슨 이유가 더 필요해?"

"정신 나간 놈이 그렇게 치밀한 계획을 세워서 사람을 죽여요? 전 세계 연쇄살인범들을 완벽하게 따라 하면서?"

"……서서히 미쳐간 걸 수도 있지."

"젠장!"

팡무는 들고 있던 꽁초를 멀리 던져버렸다. 타이웨이도 답답한 듯 담배를 피우다 곁눈질로 팡무를 바라보았다.

"네가 생각했던 사람이랑 멍판저가 전혀 다르니까 쪽팔려서 그래? 아니면 여자친구 보기가 부끄러워서 그런가?"

타이웨이는 낄낄대며 웃었다.

"무슨 말 같지도 않은 소릴!"

팡무는 자리에서 벌떡 일어나 가버렸다.

팡무는 기숙사로 가지 않고 도서관으로 향했다. 요 며칠 팡무는 도서관에 박혀 명판저 방에서 발견된 책들을 가져와 한 권씩 읽고 있었다. 책에서 명판저의 심리 변화 궤적을 알아낼 수 있기를 바랐다. 헛수고일지도 모른다는 걸 알고 있었지만, 지금으로서는 그게 팡무가 할 수 있는 유일한 방법이었다.

갑자기 전화가 울렸다. 주위 사람들의 시선이 팡무에게 쏠렸다. 도서관 관리인인 쑨 선생이 팡무를 보며 인상을 찌푸리더니 밖에 나가서 받으라고 눈치를 주었다. 팡무는 미안하다며 손짓을 하고는 휴대폰을 들고 입구 쪽으로 뛰어나갔다. 휴대폰을 보니 모르는 전화번호였다. 지역 번호를 보고 팡무는 순간 마음을 졸였다. 이건 명판저 고향인 S시 지역번호잖아.

"여보세요?"

전화기 너머로 나이든 여자 목소리가 들렸다.

"저기, 혹시 팡무 학생?"

"그런데요. 누구세요?"

"나, 명판저 엄마야."

팡무는 순간 뜨끔했다. 내 번호를 어떻게 아셨지?

"안녕하세요, 아주머니. 근데 무슨 일로?"

"우리 판저 일은 학생도 잘 알 거야. 어제 장례도 다 치르고……."

멍판저의 어머니가 울먹이기 시작했다.

"……오늘 오전에 막 집에 왔어. 한참을 쉬고 보니 우리 집 우편
함에 편지가 하나 있지 뭐야. 보니까 며칠 전에 판저가 보낸 거더
라고. 판저가 죽기 하루 전에."

팡무는 심장이 멈추는 것 같았다.

"멍판저…… 가 집에 편지를 보냈다고요?"

"그래. 내용이 좀 정신없긴 한데, 안에 이상한 얘기가 적혀 있어
서. 판저가 얼마 전 알게 된 어떤 의사랑 관련된 거야. 편지에 나한
테 이런 당부를 했어. 만약 자기한테 무슨 일이 생기면 이 편지를
학생한테 전해달라고 말이야. 학생 전화번호도 편지에 적어놨고.
자길 도와줄 사람이 학생밖에 없다면서……."

수화기 너머로 고통스러워하는 신음소리가 들렸다.

"아주머니, 아주머니! 제 말 들리세요? 왜 그러시는데요?"

팡무가 다급하게 물었다.

"들려. 내가 심장이 좀 안 좋아서. 방금…… 감정이 좀 격해지는
바람에……."

"약은 있고요?"

"응. 잠깐만. 약 좀 먹고 올게."

이윽고 발자국 소리, 서랍 여는 소리, 화병이 흔들리는 소리, 물
따르는 소리가 들렸다. 잠시 후, 멍판저의 어머니가 다시 수화기를
들었다.

"여보세요."

"네. 듣고 있어요."

"내가 편지를 어떻게 전해주면 좋을까?"

"집주소를 저한테 알려주세요. 제가 가지러 갈게요."

"알겠어. 그럼 받아 적어 봐. S시 바이타白塔구 수이완베이제水灣北街 83번지, 진쭤金座 단지 6동 3구역 401호."

팡무는 주소를 적고 불러서 한 번 더 확인한 다음 멍판저 어머니에게 당부했다.

"절대 어디 가지 마시고요. 저랑 만나서 다시 얘기해요."

"그래, 알았다."

전화를 끊은 팡무는 자료실에 책을 반납한 뒤 짐을 챙겨 기숙사로 향했다.

현재 시각은 오후 3시 50분이었다. S시까지 대략 3시간 정도 걸리니까 오늘밤 안으로는 기숙사로 돌아오기는 어려울 것이다. 팡무는 방에 가서 서랍을 열었다. 돈이 100위안 정도밖에 없었다. 팡무는 간단히 가방을 챙기고 두위에게 오늘밤엔 못 들어올 것 같다는 메모를 남겼다. 그러고는 곧장 은행카드를 들고 교문 앞에 있는 은행으로 향했다.

은행은 퇴직금을 받으러 온 노인들로 북적였다. 입구에 있는 현금지급기 앞에도 긴 줄이 늘어서 있었다. 팡무는 돋보기를 쓰고 예금 통장에 찍힌 금액과 일일이 대조해보는 노인들을 보면서 안 되겠다 싶어 현금지급기 앞에 줄을 섰다. 줄이 좀처럼 줄지를 않아 팡무는 시간을 확인하며 초조하게 앞만 바라보고 있었다. 겨우 자기 차례가 되어 1,000위안을 뽑은 팡무는 교문 앞에 있는 택시 승강장으로 부리나케 달려갔다.

고속버스 터미널에 도착한 시각은 오후 4시 30분이었다. 매표소에서 팡무는 S시로 가는 막차가 방금 떠났다는 걸 알게 되었다. 지체 없이 택시를 타고 기차역으로 향했다. 다행히 오후 5시 10분에 S시로 가는 기차가 있어서 표를 구매했다. 그리고 근처 매점에서 빵과 물을 산 뒤 기차가 올 때까지 대합실에서 기다렸다.

그날 밤 화장실에서 명판저가 톰을 죽이고 산 채로 집어삼키는 걸 보고, 팡무는 은연중에 누군가 명판저에게 심리 치료를 하고 있는 것 같다는 확신이 들었다. 또, 그 심리 치료에 문제가 생겨 명판저를 그 지경으로 만든 거라고 생각했다. 최근에 명판저가 실성해서 팡무를 죽일 뻔했을 때, 누군가가 명판저를 조종하고 있다는 팡무의 의심이 더 커졌다.

명판저의 어머니가 방금 편지에 어떤 의사 이야기가 적혀 있다고 했던 것도 이런 팡무의 추측에 힘을 실어주었다. 정말 그런 사람이 있다면 이번 연쇄살인범과 관련이 있는 게 틀림없다!

팡무는 자신이 점점 사건의 진실에 다가서고 있다는 걸 느꼈다. 그래서 더 초조했고, 시간이 평소보다 훨씬 더디게 흘러가는 것 같았다.

차에는 팡무가 생각했던 것보다 사람이 별로 없어서 빈자리를 찾을 수 있었다. 승무원이 팡무에게 지금 탄 기차가 완행열차라 S

시까지 4시간 40분 정도 걸린다고 알려주었다. 딱히 긴 거리는 아니었지만 오랫동안 기다려온 답이 눈앞에 있다는 걸 아는 사람에게는 한없이 길게 느껴지는 거리였다.

팡무는 창가에 앉아 서서히 어두워지는 밤하늘을 바라보았다. 가끔 간이역에 정차할 때마다 사람들이 손에 크고 작은 짐을 들고 올라왔다. 승객들의 옷차림과 신분은 제각각이었지만 사람들의 얼굴에서 곧 고향으로 돌아간다는 설레임이 느껴졌다.

집이라는 게 뭘까? 모락모락 김이 나는 음식, 포근한 실내화, 익숙한 침대, 부모님의 애정 어린 잔소리.

어쩌면 고향으로 가는 기차에서 멍판저도 같은 마음, 같은 표정이었을지 모른다.

팡무는 차가운 차창에 머리를 기댔다. 머릿속에 경찰차 안에서 공포에 질려 울고 있는 멍판저의 얼굴이 다시 떠올랐다.

구해줘. 날 좀 구해줘 팡무야.

팡무는 눈을 감았다.

S시 기차역을 나왔을 때는 벌써 밤 10시가 다 된 시각이었다. 곧바로 택시를 잡아 기사에게 주소를 알려준 팡무는 멍판저 어머니에게 먼저 전화를 해야겠다고 생각했다. 그런데 전화가 연결됐는데도 한참이 지나도록 목소리가 들리지 않았다. 팡무는 뭔가 이상한 느낌이 들어 기사에게 빨리 가달라고 재촉했다.

택시는 인적이 드문 골목길을 지나 어느 주택단지 앞에 섰다.

"17위안이요."

택시 기사가 미터기를 가리키며 말했다. 광무는 단지 안을 살피면서 50위안짜리 지폐 한 장을 건넸다.

"아휴, 잔돈 없어요?"

"네. 30위안만 거슬러 주세요."

광무는 마음이 급해 시간을 끌고 싶지 않았다.

"감사합니다. 영수증 드릴게요."

택시 기사는 싱글벙글하며 영수증과 30위안을 광무에게 건넸다.

광무는 진쭤 단지로 들어섰다. 옛날식 건물로 지은 지 꽤 오래되어 보였다. 광무는 눈을 크게 뜨고 건물 외곽에 적힌 흐릿해진 글자를 살폈다. 다행히 단지가 크지 않아 6동은 금방 찾을 수 있었다. 광무는 조심스럽게 계단을 올라갔다. 4층에 도착해서 좌우를 살펴보니 왼쪽이 402호, 오른쪽이 403호였다. 광무는 왼쪽 제일 끝에 있는 집으로 걸어갔다.

문도 옛날식 목재문이었다. 바깥에 철판이 둘러져 있고 문에는 '복福'자가 붙어 있었다. 문을 두드려봤지만 안에서는 아무 소리가 안 났다. 옆에 난 창문으로 안을 들여다보니 불이 꺼져 있었다.

벌써 주무시나?

다시 문을 두드려봐도 역시 감감무소식이었다. 살짝 손잡이를 당겼는데 소리 없이 문이 열렸다.

"계세요?"

광무가 머리를 들이밀며 불렀다.

대답이 없었다.

불길한 예감이 엄습해왔다. 팡무는 주머니에서 군용칼을 꺼내 천천히 집안으로 들어갔다.

집은 불빛 하나 없이 어두컴컴했다. 팡무는 입구에 잠시 서 있었다. 눈앞에 어렴풋이 통로가 보였다. 왼편에 문이 하나 열려 있었는데, 안에 가스레인지와 환풍기가 보이는 게 주방인 것 같았다. 오른편에는 작은 창문이 하나 있었고, 창턱에 화분 몇 개가 놓여 있었다.

팡무는 조심스럽게 앞으로 갔다. 약 4미터 정도 되는 통로 끝에 도착하니 앞은 여전히 어두웠지만, 뭔가 시야가 확 트이는 느낌이 거실인 것 같았다. 팡무는 거실 입구 쪽에 서서 어둠에 익숙해지려고 노력했다. 그리고 거실에서 나는 모든 소리에 귀를 기울였다.

거실에서 부스럭거리는 소리가 들렸다. 종이를 만지는 소리 같기도 하고, 가는 발톱이 면직물을 스치는 소리 같기도 했다. 다시 정신을 가다듬고 집중해서 듣고 있는데 갑자기 발등으로 뭔가 지나가는 게 느껴졌다. 팡무는 소스라치게 놀라서 뒤로 물러나다 벽에 부딪혔다. 심장이 밖으로 튀어나올 것만 같았다.

팡무는 갑자기 생각난 듯 주머니에서 라이터를 꺼냈다. 작은 불꽃 하나로 주위 사물이 확실하게 눈에 들어왔다.

예상대로 거실이었다. 앞쪽에 거실장이 있고 그 위에 텔레비전이 놓여 있었다. 거실장 정면에 소파가 있었다. 팡무는 소파 뒷면과 마주하는 쪽에 서 있었다. 라이터의 희미한 불빛에 기대 소파 뒤로 드러난 흰 머리 몇 가닥이 어렴풋하게 보였다.

"아주머니?"

팡무가 떨리는 목소리로 불렀다.

머리카락들은 조금도 움직이지 않았다.

라이터 때문에 손이 뜨거웠지만 팡무는 그런 걸 생각할 겨를이 없었다. 손에 군용칼을 꼭 쥐고 천천히 소파로 향했다.

소파와 가까워질수록 팡무의 심장박동이 빨라졌다. 위아래로 치아가 부딪혔고, 라이터를 잡고 있기 힘들 정도로 손이 떨리는 게 느껴졌다. 소파 근처에 거의 다 왔을 때쯤, 갑자기 라이터 불이 꺼졌다. 주변이 다시 어두컴컴해졌다. 팡무는 뜨거워진 라이터를 다시 켜면서 앞으로 조금씩 발걸음을 옮겼다. 무릎이 소파에 닿는 순간 펑 하고 라이터 불이 켜졌다.

핏기 하나 없이 눈과 입을 크게 뜨고 있는 얼굴이 팡무의 눈에 들어왔다!

멍판저의 어머니가 고개를 소파 등받이 쪽으로 하고 누워 있었다. 한 손은 가슴 한 가운데를 붙잡고, 다른 한 손은 소파 커버를 꼭 잡고 있었다. 눈을 동그랗게 뜨고 입을 크게 벌린 게 마치 뭔가에 잔뜩 놀란 표정이었다.

멍판저의 어머니가 죽어 있었다!

온몸이 새카만 쥐 한 마리가 그녀의 발에 엎드려 있었다. 불빛에도 도망가지 않고 새빨간 두 눈으로 팡무를 노려보고 있었다.

두려움에 넋이 나갔던 팡무는 라이터에 손이 데이자 겨우 정신을 차렸다. 팡무는 당황해서 군용칼을 들고 여기저기 휘두르며 주머니에서 미친 듯이 휴대폰을 찾았다. 휴대폰에서 '1'번을 누르자마자 밖에서 다급한 발자국 소리가 들렸다.

누군가 창문에서 집안으로 손전등을 비췄다. 팡무는 눈이 부셔 손으로 눈 위를 가렸다.

그 순간 팡무는 김이 서린 창문에 두 개의 이상한 기호가 그려져 있는 걸 발견했다!

"거기 누구야? 칼 버려! 안 그러면 쏜다."

팡무는 얼른 칼을 바닥에 던지고 두 손을 들어올렸다. 몇몇 경찰들이 안으로 뛰어 들어와 팡무를 바닥에 눕혔다. 팡무는 유리창에 뭐라고 그려져 있는지 보려고 안간힘을 썼다.

"젠장, 얌전히 못 있어?"

얼굴을 세게 얻어맞은 팡무의 입가에 피가 맺혔다.

정신이 아찔해진 팡무는 힘없이 버둥거리며 알아듣기 힘든 말을 중얼거렸다.

"유리, 유리창에 저게 뭐예요……?"

제23장

크리스마스이브

새벽 3시, 잠든 지 얼마 안 된 타이웨이는 휴대폰 벨소리에 잠이
깼다.

"여보세요?"

"타이 경관님이시죠?"

"그런데요. 누구시죠?"

"늦은 시간에 죄송합니다. S시 바이타 지국에서 일하는 리웨이둥
李維東이라고 하는데, 혹시 저 기억하십니까?"

리웨이둥? 기억하지. 예전에 총 소지한 도주범 잡으러 S시에 갔
다가 바이타 지국에서 알게 된 친구. 술을 엄청 잘 마셨지.

"아, 기억하고말고. 잘 지냈어?"

"네. 늦은 시간에 전화 드려 정말 죄송해요. 확인할 게 좀 있어서
요. 혹시 팡무라는 학생 아세요?"

타이웨이는 순간 정신이 번쩍 들었다.

"팡무? 알긴 알지. 무슨 일인데 그래?"

"그 학생이 지금 여기 있어요."

"팡무가 거기 있다고? 어떻게 된 일이야?"

"저희 관할구역에서 노부인이 살해됐는데, 당시 현장에 이 학생이 있었어요."

"그 얘기는 설마……."

"아뇨. 오해하지는 마시고요. 저희 쪽 법의학자가 방금 도착했는데, 현재로선 학생이 살해했다는 증거가 없다고 합니다. 근데 저희가 왜 현장에 있었는지 물었더니, 자기가 무슨 사건을 조사하고 있다면서 경관님께 연락해보라기에 전화 드린 거예요."

"알겠어."

타이웨이는 어떻게 된 상황인지 알 것 같았다. S시는 몽판저의 본적지고 죽은 노부인은 몽판저의 어머니로 추정되었다.

"저기, 이렇게 하면 어때? 일단 그 친구에 대한 조사는 잠시 미뤄 줘. 내가 목숨 걸고 맹세하는데, 그 친구는 그 일과 아무 관련이 없어. 내가 지금 그쪽으로 갈 테니까, 우리 만나서 얘기하지."

"좋습니다."

리웨이둥이 시원하게 제안을 받아들였다.

타이웨이가 S시 바이타 지국에 도착하니 벌써 아침 6시 반이었다. 마중 나와 있던 리웨이둥을 보더니 타이웨이가 인사도 생략하고 바로 말했다.

"팡무는?"

리웨이둥은 타이웨이를 유치장으로 안내했다. 문에 난 작은 창문을 통해 긴 의자에서 웅크리고 잠든 팡무의 모습이 보였다. 경찰이 입는 다용도 옷을 덮고 있었는데, 얼굴에는 시퍼런 멍이 들어 있었다.

"애를 때렸어?"

타이웨이가 인상을 쓰며 물었다.

"네. 어젯밤 현장에서 반항하다 몇 대 맞은 걸 거예요."

리웨이둥이 미안한 듯 웃어 보였다. 사무실로 돌아온 리웨이둥은 타이웨이에게 담배를 권했다. 타이웨이는 손가락 사이에 담배를 끼우고 바로 질문을 던졌다.

"대체 어떻게 된 거야?"

"그게 말이죠. 어젯밤에 수이완베이제 진쮀 단지에 사는 주민이 저희한테 신고를 했어요. 베란다에서 전화하다가 무심결에 맞은편 4층 복도에 누가 서 있는 걸 봤다는 겁니다. 전화하면서 계속 그쪽을 지켜보고 있는데, 그 사람이 401호 문을 몇 번 두드리더니 문을 열고 안으로 들어가더랍니다. 원래는 집에 불이 꺼져 있었는데 그 사람이 들어가고 나서 불빛이 보였고, 손에 칼이 있는 걸 보고 놀라서 바로 신고를 한 거예요. 마침 근처에서 저희 지국 사람이 도박꾼을 단속하던 중이라 재빨리 현장에 도착할 수 있었죠."

리웨이둥은 잠시 말을 멈췄다.

"저희가 현장에 도착해보니 사람이 죽어 있었어요. 사안이 심각하다 싶어 저 친구를 데리고 온 겁니다."

"죽었다는 그 노부인 이름이 혹시 둥구이즈董桂枝야?"

"맞아요. 근데 그걸 어떻게?"

리웨이둥이 놀라며 물었다.

"최근 우리가 조사 중인 사건 용의자 가족이야."

타이웨이가 대답했다. 예상대로 팡무는 멍판저 때문에 S시에 왔
던 것이다.

"녀석이 왜 그때 사건 현장에 있었는지 말했나?"

"아뇨. 대신 저희한테 현장 창문에 있던 흔적이 뭔지 확인해달라
고 계속 요구했어요. 엄청 중요하다면서요. 그 친구를 조사하는
동안, 현장 감식반 동료한테는 창문 좀 유심히 살펴보라고 요청했
습니다."

"흔적? 무슨 흔적?"

"그런 게 어디 있습니까? 동료 말로는 유리창에 물기만 가득했
고, 바깥쪽 창턱은 구경 온 사람들이 만져서 깨끗하더랍니다. 아
무것도 없었다고요."

"그 후엔 어떻게 됐는데?"

"그 후엔 또 현장에서 편지를 찾아달라고 하더군요. 발신일까지
알려주면서요. 저희가 현장에서 편지 뭉치를 발견하기는 했는데
그 날짜에 보낸 편지는 없었어요. 나중에는 경관님 전화번호를 알
려주더니 저희한테 연락 좀 해달라고 했고요."

타이웨이는 말없이 담배 한 대를 다 피우고는 시계를 확인했다.

7시가 다 된 시각이었다.

"이젠 팡무 데려가도 되지?"

"안될 것 같은데요. 저 친구도 이 사건과 관련이 있으니까요. 지금 현장에서 열심히 조사 중이니 오전 중에는 어느 정도 결과가 나올 겁니다."

젊은 경찰 하나가 손에 커다란 비닐봉투 몇 개를 들고 들어왔는데, 안에 더우장, 유탸오油條, 밀가루 반죽을 기름에 튀긴 중국식 빵, 바오즈包子, 중국식 만두가 들어 있는 게 보였다.

"여기 둬. 경관님도 와서 같이 드시죠. 배고프실 텐데."

리웨이둥이 스테인리스 그릇을 가져오더니 타이웨이를 불렀다. 리웨이둥이 음식을 가져온 경찰에게 말했다.

"그 학생한테 바오즈 몇 개 갖다 줘. 뜨거운 물도 좀 따라주고."

아침 식사를 하는 동안 리웨이둥은 타이웨이가 말한 사건에 대해 물었다. 타이웨이는 어차피 끝난 사건이라 괜찮겠다 싶어 간단하게 사건 경위를 설명해주었다. 한참 이야기 중인데 갑자기 눈가에 그늘이 진 경찰이 들어오더니 리웨이둥을 불렀다.

"잠깐 나와 보시죠."

리웨이둥이 입을 닦으며 타이웨이에게 말했다.

"먼저 드시고 계십시오. 금방 다녀오겠습니다."

그렇게 나가고 한 시간이 지났을 즈음, 리웨이둥과 함께 팡무가 뒤따라 들어왔다. 방에 들어오면서도 팡무는 끊임없이 리웨이둥에게 물었다.

"편지는 찾았어요? 유리에 뭐라고 적혀 있었습니까?"

리웨이둥은 팡무를 무시한 채 타이웨이에게 말했다.

"사건의 윤곽이 어느 정도 잡혔습니다. 좀 이따가 사인하고 데려가시면 됩니다."

팡무는 여전히 귀찮게 질문을 해댔다. 타이웨이는 더 이상 말하지 말라고 눈빛으로 경고했다. 팡무는 리웨이둥을 보더니 내키지 않아 하면서 의자에 앉았다.

"괜찮은 거지?"

타이웨이가 리웨이둥에게 물었다.

"네. 어젯밤 법의학자가 부검을 진행했는데, 사인이 급성 심근경색증으로 밝혀졌어요. 노부인이 심각한 심장병을 앓고 있었던 모양입니다. 현장에서 쥐 몇 마리를 발견했는데, 아마 부인이 쥐를 보고 놀라서 심장발작을 일으킨 걸로 추정됩니다. 그리고 이 친구 소지품에서 차표랑 택시 영수증이 나왔어요."

리웨이둥이 팡무를 가리켰다.

"택시 운전기사가 3위안을 더 줬다며 자네를 기억하고 있더라고. 자네가 현장에 도착한 시각도 확인해줬어. 그땐 이미 둥구이즈가 사망한 지 한 시간쯤 됐을 때니까 알리바이가 증명된 거지."

팡무는 자신이 혐의를 벗느냐 마느냐에는 전혀 관심이 없다는 듯 다급하게 질문을 해댔다.

"편지는요? 유리에 뭐가 쓰여 있었냐고요?"

리웨이둥은 팡무를 바라보며 말했다.

"자네가 말한 편지는 못 찾았어. 그리고 창문에도 글자를 쓴 흔적은 없었다고. 정 못 믿겠으면 이 사진 좀 봐."

리웨이둥은 들고 있던 사건 파일에서 사진 한 장을 꺼내 광무에게 건넸다. 광무는 사진을 받고 이리 저리 돌려가며 한참을 들여다보더니, 결국 말없이 사진을 책상에 올려놓고 바닥을 멍하니 바라보았다.

"자네가 그날 왜 현장에 있었는지는 모르겠지만 그냥 사고였다는 게 우리 결론이야. 그러니까 몇 가지 수속이 끝나면 집에 가도 좋아."

"사고가 아니에요!"

광무가 갑자기 격한 어조로 말했다.

"조용히 하지 못해!"

타이웨이가 호통을 치더니 리웨이둥을 보며 말했다.

"그럼 가서 일 봐. 좀 이따가 내가 데리고 갈게."

리웨이둥이 사무실을 나가자 타이웨이가 뒤돌아서 광무에게 말했다.

"너 인마, 또 여기 갇히고 싶어서 그래? 아니면 그냥 잠자코 있어!"

광무는 대꾸하지 않고 애꿎은 담배만 피울 뿐이었다.

광무는 개인 물품을 돌려받았는데 군용칼이 안 보였다. 군용칼이 압수되었다는 담당 경찰의 말에도 광무는 돌려주지 않으면 안 가겠다고 고집을 부렸다. 타이웨이는 다시 리웨이둥을 찾아가 사정을 말하고 칼을 받아왔다.

밥 먹고 가라는 리웨이둥의 요청을 거절하고 타이웨이는 광무와 함께 J시로 향했다. 차에 타자마자 광무는 뒷자리에 쓰러져 잠이 들었다. 타이웨이는 지쳐 있는 광무를 보고 한숨을 내쉬며 히터를 세게 틀어주었다.

한 시간쯤 지나서 룸미러로 보니 광무가 일어나 앉아 있었다. 게슴츠레한 눈으로 마른 입술을 할짝거리고 있었다.

"깼어?"

타이웨이는 물병을 뒤쪽으로 건넸다. 광무는 물을 단숨에 들이키더니 말없이 뒤에 기댄 채 창밖을 멍하니 바라보았다.

"이제 말해봐. 멍판저 집에는 왜 갔어?"

광무는 곧바로 대답하지 않고 얼마 있다가 천천히 입을 열었다.

"멍판저 어머니가 저한테 전화를 했어요. 멍판저가 죽기 하루 전날 편지를 보내왔는데 제 얘기가 나왔다고 하시면서요. 판저가 만약 자기한테 무슨 일이 생기면 그 편지를 저한테 주라고 했대요."

"그래? 편지에 뭐라고 쓰여 있었는데?"

"모르겠어요. 방금 못 들으셨어요? 현장에 편지가 없었다잖아요."

"그럼 네가 말한 그 흔적이라는 건 또 뭐야?"

"경찰이 절 체포할 때, 창문 유리에서 무슨 기호 같은 걸 봤거든요. 근데 지금은 없어졌어요."

"기호라니? 대충 어떻게 생겼는지 기억 나?"

팡무는 잠시 생각에 잠겼다.

"모르겠어요. 한자 같지는 않고 그냥, 하…… 기억이 잘 안 나요."

"됐어 그럼. 그만 생각하고 도착하면 푹 쉬어."

타이웨이는 트럭 한 대를 추월했다.

"부인도 참. 하필 그때 돌아가실 게 뭐람! 사고인 게 밝혀졌으니 망정이지, 안 그랬으면 너 이렇게 빨리 나오지도 못했어!"

"글쎄 사고가 아니라니까요!"

"심근경색이 사고가 아니고 뭐야? 설마, 타살이라는 거야?"

"제가 현장에 갔을 땐 문이 열려 있었어요. 이상하지 않아요?"

"부인이 깜빡했을 수도 있지. 그러다 쥐새끼들이 들어와서 놀라 가지고 심장발작을 일으킨 거고."

"문만 열려 있었던 게 아니에요. 불도 꺼져 있었다고요……."

"자려고 준비하던 게 아닐까?"

"경관님은 낮에 입은 옷 그대로 입고 불만 끄고 주무세요?"

타이웨이는 순간 말문이 막혔다가 잠시 생각을 한 뒤 말을 이어 갔다.

"외출하고 돌아온 부인은 문 잠그는 걸 깜빡 잊어버렸어. 너무 피곤해서 소파에 그대로 드러누워 잠이 들었고. 자다가 뭔가 몸 위로 기어 올라오는 게 느껴져서 손으로 만져봤지. 그러다 그게 쥐 라는 걸 알고 심장발작을 일으켜서 사망한 거야. 어때?"

타이웨이는 룸미러로 팡무를 살폈다.

팡무는 코웃음을 쳤다.

"제 말 안 믿으셔도 상관없어요. 근데 절 바보 취급하지는 마세요!"

타이웨이는 괜한 고생 했다 싶어 팡무를 째려보더니 말도 안 하고 차만 몰았다. 침묵하던 팡무가 갑자기 물었다.

"밍판저 유품 중에 병원 영수증이나 진료 기록 같은 건 없었나요?"

"없었어. 그건 왜?"

"판저 어머니가 그 편지에 어떤 의사 얘기가 적혀 있다고 하셨거든요."

"의사? 왜 또 의사가 나와?"

타이웨이가 갑자기 핸들을 꼭 잡았다.

"또, 라니요?

팡무가 바로 물었다.

"그게…… 마카이가 썼던 편지 있지? 거기에 어떤 의사 얘기가 있더라고."

타이웨이가 팡무의 시선을 피했다.

팡무는 앞좌석에 바짝 달라붙었다.

"그 편지 보셨어요?"

"그냥 쓱 훑어보기만 했어. 진짜야. 편지를 받고 내용이 궁금해서 잠깐 본 거야. 급한 일로 불려 나가느라 제대로 보지도 못했어."

"편지에 뭐라고 적혀 있었는데요?"

"나도 자세히 못 봤는데, 자기는 나쁜 사람이 아니다, 어떤 의사가 도와줬지만 결국 마음의 병을 고치는 데는 실패했다, 뭐 대강 이런 내용이었어."

팡무는 잠시 말이 없었다. 타이웨이가 팡무를 바라보며 물었다.

"혹시 두 편지에 나오는 의사가 같은 사람이라고 생각해?"

팡무는 고개를 저었다.

타이웨이는 생각에 잠겼다.

"너무 깊게 생각하지 마. 멍판저 사건은 이미 끝났으니까 안심하고 가서 잠이나 실컷 자라고."

"근데, 편지가 사라진 게 좀 수상하지 않아요?"

타이웨이는 잠시 망설였다.

"인마! 널 못 믿는 게 아니야. 근데 생각해봐. 노부인이 하나뿐인 아들을 잃었어. 그 고통은 말도 못 할 거야. 더군다나 자기 아들이 흉악범이라는 걸 믿고 싶지 않겠지. 그러니까 조금이라도 의심 가는 게 있으면 판결을 뒤집는 증거로 삼으려는 거야. 그 편지에 대해서는, 사실 그게 실제로 있었는지가 난 의심스러워. 노부인이 널 오게 하려고 일부러 꾸민 걸지도 모른다는 얘기야."

"판결을 뒤집어요? 그럼 왜 바로 경관님 쪽에 연락을 하지 않은 걸까요?"

"넌 이 사건의 피해자잖아. 부인이 가장 알고 싶은 건, 멍판저가 너를 죽이려던 이유가 아니었을까?"

팡무는 또 한 번 코웃음을 치며 뒷좌석에 드러누워 한 마디도 하지 않았다. 타이웨이는 그런 팡무를 보면서 잠시 생각하다 물었다.

"배 안고파? 요 앞 휴게소에서 먹을 것 좀 사다줄게."

한참 뒤에 팡무의 시무룩한 목소리가 들렸다.

"아뇨. 괜찮아요."

타이웨이는 별수 없다는 듯 고개를 저으며 가속 페달을 밟았다.

정오가 다 되어서 타이웨이의 차가 J대 정문에 도착했다. 타이웨이는 팡무에게 근처 식당에서 점심을 사주겠다고 했다가 차갑게 거절당했다. 팡무는 가방을 메고 곧장 학교로 들어갔다. 타이웨이는 사람들 틈으로 사라지는 팡무를 지켜보면서 '똥고집'이라고 작게 내뱉은 뒤 다시 차에 타서 시동을 걸었다.

엔진소리가 들리는데도 타이웨이는 출발하지 않고 핸들을 잡은 채 생각에 잠겨 있었다. 그러다 잠시 후 휴대폰을 꺼내 어딘가에 전화를 걸었다.

"여보세요? 타이 형님?"

휴대폰 너머로 리웨이둥의 목소리가 들렸다.

"그래, 나야. 다름이 아니라, 현장에 편지 같은 거 진짜 없었어?"

"하하. 왜요? 아직도 저희를 못 믿으시는 거예요?"

"아니, 아니. 그냥 한번 물어본 거야."

"진짜 없었어요. 정 그러시면 제가 사람 시켜서 다시 좀 찾아보라고 할까요?"

"응. 그래주면 고맙고. 아, 그리고 현장에 다른 사람이 출입한 흔적이 있었는지도 다시 한 번 봐줘. 부탁할게."

"알겠습니다. 근데 저희가 지금 도박단이랑 차량절도 사건 때문에 인력이 부족한 상태예요. 여유가 생기면 바로 조사해서 알려드릴게요."

"그래. 고마워. 시간 되면 한번 와. 내가 술 한잔 살게."

"고맙긴요. 그럼 들어가세요. 전 또 일이 있어서 먼저 끊겠습니다."

전화를 끊은 타이웨이는 사람들이 즐비한 J대 교문 입구를 또 바라보았다. 큰 소리로 떠들면서 학교를 드나드는 학생들의 얼굴엔 근심 걱정이 하나도 없어 보였다.

설마, 우리가 정말 틀린 걸까?

타이웨이는 이런 추측을 받아들이기가 쉽지 않았다.

두위는 다행히 방에 없었다. 안 그랬으면 또 질문 세례에 시달려야 했을 것이다. 팡무는 가방을 의자에 던지고 침대에 드러누웠다. 온몸이 쑤셨고 얼굴에는 부기가 남아 있어서 베개에 대자마자 아파서 저도 모르게 숨을 들이마셨다.

팡무는 힘겹게 몸을 돌리고 잠을 청했다. 그런데 눈을 감아도 도무지 잠이 오질 않았다. 두 개의 희미한 형상이 머릿속에서 끊임없이 맴돌았다.

유리창에 있던 기호!

팡무는 일어나서 책상에 앉았다. 펜과 종이를 꺼내 자기가 봤던 걸 기억하려 애쓰면서 종이에 그렸다. 사실 팡무 스스로도 그게 수

증기가 흩어지면서 생긴 건지, 물방울이 흘러내린 흔적인지, 아니면 누가 일부러 그렇게 해놓은 건지 확신이 안 섰다. 기억 속의 형체가 선명해지면서 펜이 그린 그림도 점차 윤곽을 드러냈다.

기호는 두 개였다. 왼쪽에는 '9(중간에 짧은 가로줄이 하나 있었다)'처럼 생긴 거였고, 오른쪽에는 알파벳 'A'처럼 생긴 기호였다. 팡무는 종이를 이리저리 돌려가면서 봤지만, 아무리 봐도 정체를 알 수가 없었다. 답답한 마음에 종이를 집어던지고 담배만 피웠다.

누군가 나보다 먼저 명판저 집으로 갔다. 편지만 가져간 게 아니라 명판저의 어머니까지 살해했다. 그렇다면 추측할 수 있는 건 두 가지다. 하나는 그가 편지의 존재와 팡무 자신이 명판저의 집에 갈 거라는 걸 알고 있었다는 것. 또 하나는 명판저의 어머니가 심장이 안 좋고 쥐를 무서워한다는 걸 알고 있다는 것이다.

팡무는 사건 당일 자신이 도서관에서 전화를 받았던 때를 떠올려보았다. 주위에 누가 있었는지, 그 사람이 누군지, 아무것도 기억나는 게 없었다. 그때 전화로 전해들은 이야기에 집중하느라 주변 상황에 대해서 전혀 신경을 쓰지 못한 것이다.

당시 명판저의 어머니에게 전화로 편지 내용을 말해달라고 했으면 좋았을 텐데. 충격 받으실까 봐 배려한 게 오히려 그녀를 죽음으로 내몰았다.

팡무는 지친 듯 의자에 기대어 눈을 감았다.

명판저가 고양이를 기른 건 쥐를 무서워해서일 것이다. 사실, 사람이 어떤 대상을 두려워하는 건 생활하면서 겪은 후천적인 경험에서 비롯된다. 쥐에 대한 명판저의 공포는 아마도 어머니의 영향을 받은 건지도 모른다. 어렸을 때 어머니가 쥐를 무서워하는 장면을 직접 봤기 때문에 명판저 자신도 점점 쥐를 무서워하게 됐을 가능성이 있다.

명판저의 어머니가 쥐를 무서워한다는 걸 알 정도면, 그 사람은 명판저에 대해 잘 알고 있는 게 분명하다. 명판저가 속에 있는 이야기를 꺼내도록 만든 사람은 어쩌면 그 의사일지도 모른다!

정말 그런 사람이 있다면, 팡무가 처음 추측했던 게 맞았다. 그 의사가 명판저에게 심리 치료를 했고, 출석 부르는 걸 무서워하는 심리적 장애를 어느 정도 극복할 수 있도록 도와준 것이다. 어쩌면 고양이를 기르라고 조언하는 등 쥐에 대한 공포심을 극복할 수 있게 도와줬을지도 모른다. 그런 식으로 명판저는 그 의사를 점점 신뢰하고 그가 무슨 말을 하든 두말없이 따르게 된 것이다.

그렇게 본다면 올해 7월 1일부터 이어진 연쇄살인사건도 그 의사가 명판저를 조종해서 벌인 일이 아닐까?

아닐 거야. 팡무는 자기가 생각한 걸 바로 부정했다. 명판저가 아무리 유약하다고 해도 명색이 법을 전공하는 대학원생인데, 살인하라는 말에 순순히 응했을 리가 없었다. 그리고 의사가 명판저에게 최면을 걸었다고 가정해도 그 가능성 역시 크지 않았다. 예전에 어떤 작품에서 최면을 불가사의하고 대단한 것으로 다룬 적이 있었지만, 다른 사람에게 최면을 걸어 살인을 저지르게 할 수 있다는 걸 증명할 증거는 아직까지 나오지 않았다. 또, 지난 여섯 개의

사건을 봤을 때 최면만으로는 그렇게 치밀한 범행을 저지르는 건 불가능했다.

그렇다면 지금까지 일어난 모든 사건이 그 의사의 소행이란 말인가? 팡무는 소름이 끼쳤다.

대체 누굴까? 나한테 왜 이러는 거지?

누군가 노크를 해서 문을 열어 보니 덩린웨였다. 그녀를 보자마자 무의식중에 고개를 돌렸지만 짧은 순간이었는데도 얼굴에 난 상처를 들키고 말았다.

"세상에! 어쩌다 이랬어?"

"아무것도 아니야."

팡무는 말을 얼버무리며 덩린웨를 방으로 들어오게 했다. 덩린웨는 끝까지 알아내고 말겠다는 듯이 집요하게 캐물었다. 결국 그녀의 성화에 못 이긴 팡무는 일의 경과를 사실대로 알려주었다. 이야기를 다 듣더니 덩린웨는 말없이 침대에 걸터앉았다.

그렇게 한참을 침묵한 끝에 덩린웨가 입을 열었다.

"너…… 꼭 이렇게까지 해야 돼?"

"뭐?"

덩린웨는 팡무의 무릎에 손을 얹고 눈을 똑바로 쳐다보며 말했다.

"그냥 평범하게 살 순 없어? 공부 열심히 해서 무사히 졸업하고, 같이 외국 가고, 그러면 좋잖아?"

광무는 고개를 숙인 채 말이 없었다. 덩린웨의 손을 옆으로 치우고 고개를 저었다.

"대체 왜? 넌 지금 이렇게 사는 게 정상이라고 생각해? 이렇게 살면 행복하냐고?"

덩린웨의 눈에 눈물이 맺혔다.

"아니."

"근데 왜 계속 하겠다는 거야! 네가 경찰이야? 네가 경찰이냐고? 아니면 누가 너한테 그렇게 하라고 시키는 거야?"

덩린웨가 자리에서 벌떡 일어났다. 광무가 고개를 숙이고 아무 말이 없자 덩린웨는 입술을 깨물며 말투를 부드럽게 하려고 애썼다.

"광무야. 그래, 솔직히 네가 많은 걸 경험한 사람 같아서 널 좋아했어. 너한테 말로 설명할 수 없는 힘이 느껴졌거든. 그게 날 궁금하게 만들고 빠져들게 만들었어. 날 편안하게 만들어줬고. 근데 널 사랑하게 되니까 그 힘이 무서워지더라. 왜 네 주변에는 항상 사람들이 죽는 건지, 왜 넌 스스로 그런 불구덩이에 뛰어들려고 하는 건지 난 모르겠어. 멍 누군가 하는 그 사람도 죽었잖아. 응당한 대가를 치른 거야. 근데 왜 그렇게 그 일에 집착하는 건데? 왜 쓸데없는 일을 만들어서 고생을 하는 거냐고?"

그녀는 잠시 말을 멈췄다.

"네가 그런 일을 하면 내가 어떨지는 생각 안 해봤어?"

광무가 고개를 들었다.

"멍판저는 범인이 아니야. 범인은 따로 있어."

"그래서 뭐 어쩌라고? 그 사람한테 신경 좀 끌 수 없어? 경찰한 테 그냥 맡기면 안 돼? 그냥 평범한 학생으로 살 수는 없는 거야?"

팡무가 쓴웃음을 지으며 고개를 저었다. 팡무는 덩린웨를 바라보았다.

"네가 이해할 수 없는 일들이…… 아주 많아."

"내가 이해 못하는 게 뭔데? 얘기해봐."

덩린웨는 팡무 옆에 앉아 눈물을 닦고 팡무를 뚫어져라 쳐다보았다. 팡무는 깨끗한 덩린웨의 얼굴을 보며 놀라 말을 얼버무렸다.

"넌…… 알 필요 없어."

덩린웨는 팡무가 고개를 숙일 때까지 뚫어져라 그를 쳐다보았다.

한참 시간이 지나고 덩린웨가 눈물을 닦으며 천천히 자리에서 일어났다. 그리고 문 앞까지 가더니 팡무에게 말했다.

"뭐가 됐든, 이것만은 알아줬으면 좋겠어. 무슨 일이 있어도 난 네 옆에 있을 거라는 거."

말을 마친 덩린웨는 문을 열고 나갔다.

며칠 후, 타이웨이가 전화를 했다. 리웨이둥이 현장 감식을 다시 진행했는데, 현장 훼손이 심한 편이라 팡무가 오기 전에 누가 다녀 갔었다는 걸 증명할 길이 없다고 전했다. 그밖에 주변 이웃들에 대한 탐문수사 결과 이렇다 할 단서는 찾지 못했고, 집안 내부와 바깥을 샅샅이 조사해봤지만 팡무가 말한 편지는 현장에 없다는 걸 재확인했다는 것이다.

전화상으로는 확실하게 결론을 내리지 않았지만 타이웨이의 입장은 분명했다. 편지는 존재하지 않는다는 것. 그렇다면 누군가는 거짓말을 하고 있다는 뜻인데, 그 사람이 팡무인지 둥구이즈인지는 알 수 없었다.

팡무는 따지기도 귀찮아서 몇 마디만 하고 바로 전화를 끊었다. 옆에서 덩린웨가 통화 내용을 엿듣고 있었던 걸 알고 고개도 안 돌리고 말했다.

"타이 경관님이셔. S시 상황 알려주신다고 전화하셨네."

덩린웨는 자기가 말한 대로 며칠 동안 잠잘 때 빼고는 늘 팡무 곁에 그림자처럼 붙어다녔다. 시간에 상관없이 팡무가 기숙사를 나설 때면 언제나 덩린웨가 건물 아래에서 기다리고 있었다.

달라진 거라고는 말수가 줄었다는 것뿐이었다. 밥 먹을 때도 그녀는 말 한 마디 없었다. 대신 가끔 가다 팡무가 고개를 들어 보면, 덩린웨가 항상 자신을 뚫어져라 바라보고 있었다.

맨 처음 만났을 때처럼 부드럽게 지그시 바라보는 게 아니라 감시하는 듯한 눈빛이었다. 팡무는 그 눈빛에 당황해서 늘 먼저 시선을 피하곤 했다.

저녁에 기숙사에 데려다줄 때면 덩린웨는 여자 기숙사 건물 앞에서 몇 분 동안 말없이 서 있었다. 팡무는 그 옆에서 담배를 피우거나 똑같이 아무 말 없이 서 있었다. 덩린웨는 예고 없이 뒤돌아서 계단을 올라갔다. 팡무가 몇 번을 기다려봤지만 그날 밤처럼 그녀는 다시 오지 않았다.

어느 날 천야오가 팡무를 찾아와 최근 며칠 동안 덩린웨가 좀 이상하다고 말해주었다. 하루 종일 코빼기도 안 비칠 때가 많고, 기숙사에 돌아오면 바로 침대로 가서 잔다고 했다. 한번은 덩린웨가 한밤중에 이불 속에 숨어서 울고 있는 걸 보고 무슨 일이냐고 물었더니, 그냥 악몽을 꿨다고만 하고 입을 닫았다는 것이다.

덩린웨가 자기 선택이 옳은 건지 물어봤다면서, 천야오는 반 협박조로 팡무에게 말했다.

"앞으로도 계속 이런 식으로 굴었다간 린웨가 너 뻥 차버리는 수가 있어! 조심해!"

차이든 말든 팡무는 별 상관이 없었다. 하지만 덩린웨가 힘들어한다는 이야기를 들으니 마음이 좀 아팠다. 그래서 덩린웨가 떠보듯이 크리스마스 파티에 가자고 했을 때, 흔쾌히 승낙했다.

크리스마스는 대학교에서 가장 중요하게 생각하는 날이었다. 서양 사람들의 기념일이기는 하지만 누런 피부에 검은 머리카락의 중국 청년들은 춘절春節,중국의가장큰명절로음력1월1일 때보다 더 열성적으로 보냈다. 12월 중순부터 학교 주변의 식당, 꽃 가게, 선물 가게에서는 크리스마스 행사가 시작되었고, 학교 안에서도 어디서나 화려한 포스터와 광고를 비롯해 산타클로스 이미지를 볼 수 있었다. 여학생들은 어떤 선물을 받게 될까 벌써부터 기대로 가득 차 있었고, 남학생들은 여자친구를 웃게 해주기 위해서, 아니면 마음에 둔 여학생에게 고백하기 위해서 돈을 모으기 시작했다.

팡무는 이런 분위기에 전혀 동참하지 않았다. 솔로였을 때나 지금이나 팡무에게는 여전히 크리스마스라는 개념이 아예 없었다. 두위가 선물 사러 같이 가자고 했을 땐 어리둥절하기만 했다.

두위는 여자들처럼 쇼핑센터를 열심히 돌아다니면서 물건을 집을 때마다 팡무에게 의견을 물어보았다. 팡무는 항상 어깨를 으쓱하며 "괜찮네"라고 대답했다. 결국 두위는 팡무를 데리고 다니는 게 전혀 도움이 안 된다고 생각했는지 거들떠도 보지 않았다. 덕분에 한가해진 팡무는 주머니에 손을 넣고 두위를 따라 여기저기 어슬렁거렸다.

다소 지루하기는 했지만 정말이지 오랜만에 느끼는 여유였다. 오랫동안 긴장하기도 했고, 돌아보고 싶지 않은 일들이 너무 많이 일어났던지라 아무 생각 없이 거니는 이 순간이 꽤나 만족스러웠다.

팡무는 아기자기한 물건들이 가득한 매대를 지나가다가 우연히 스노볼이 딸린 물건 하나를 발견했다. 반짝반짝한 게 눈에 띄어서 몇 번이고 눈길이 갔다. 점원이 친절하게 말을 걸어오자 팡무는 할 일도 없고 해서 자세히 한번 보기로 했다. 팡무가 본 건 오르골이었다. 아래에는 사각형의 플라스틱 상자가 있고 그 위에 커다란 스노볼이 씌워져 있었다. 스노볼 안에는 여자가 남자의 품에 살포시 기댄 채 가로등 밑에 나란히 서 있었고, 그 아래에는 눈을 형상하는 하얀 가루들이 쌓여 있었다.

점원이 바닥에 있는 스위치를 누르자 가로등에 불이 켜지고 하얀 가루들도 스노볼 안에서 춤을 추듯 회전했다. 영롱한 음악소리가 흘러나오면서 스노볼 안의 풍경도 살아 움직이는 것 같았다. 앙증맞은 커플이 흩날리는 눈꽃 속에서 서로를 의지하고 있었다.

그 모습을 본 팡무의 입가에 절로 미소가 번졌다. 눈이 내리고 있었다.

공기 중에 느껴지던 마른 나뭇가지의 냄새.

뽀드득, 눈 위를 걷는 소리.

얼굴을 간지럽히던 포니테일 머리.

가로등 아래에서 헤어지기 아쉬워 오고 가기를 반복하던 두 사람이 떠올랐다.

"밤에 보면 더 예뻐요."

점원의 말에 팡무는 다시 현실로 돌아왔다.

"얼마예요?"

팡무가 지갑을 꺼냈다. 계산을 하고 나니 두위도 손에 작은 비닐봉투 하나를 들고 사람들 틈에서 모습을 드러냈다.

"하하. 너도 뭐 샀구나. 그게 뭐야?"

두위가 팡무의 손에 든 종이 상자를 낚아챘다.

"오르골이네? 너도 참 센스 없다. 이거 몇 년 전에 유행하던 거야."

팡무가 웃었다.

"너는? 뭐 샀어?"

"하하, 이거? 보면 깜짝 놀랄 걸?"

두위는 비닐봉투에서 딱 봐도 고급스러워 보이는 상자 하나를 조심스럽게 꺼냈다.

"크리스찬 디올의 포이즌 향수. 무려 450위안이야."

"와, 자식, 돈 많구나?"

"천야오가 틀림없이 좋아할 거야."

두위가 싱글벙글대며 말했다.

12월 24일, 크리스마스이브.

어떤 사람이 시내 호텔의 홀 하나를 빌려서 크리스마스 파티를 열었다. 비용은 더치페이였고 참석하려면 파트너를 데려와야 했다. 저녁은 뷔페식이라 다들 먹으면서 오락 프로그램에 참여했다. 딱히 흥미가 없었던 팡무는 과일 샐러드와 닭고기 튀김만 조금 먹다가 창가 테이블에 앉아서 창밖으로 지나다니는 차량 행렬을 바라보고 있었다.

홀의 뜨거운 열기 때문인지 유리창이 물기로 가득 찼다. 무료해진 팡무는 유리창에 손가락으로 아무렇게나 쓱쓱 그렸다. 그러다보니 팡무는 자기가 명판저 집에서 본 이상한 기호 두 개를 그렸다는 걸 알게 되었다.

팡무는 처음부터 명판저가 범인이 아니라고 확신했다. 자기보다 먼저 명판저 집에 도착한 사람이 그 의사가 맞다면, 유리창에 그려진 두 기호는 팡무에게 남긴 게 분명했다.

설마 다음 사건에 대한 암시일까?

팡무는 왼쪽에 쓴 짧은 가로줄이 있는 '9'를 보면서 고개를 저었다. 덩린웨가 '6'이고 자신이 '7'이라면, 다음은 '9'가 될 수는 없었다. 그리고 '9'라고 하기에는 모양도 좀 이상했다. 사람들이 대부분 '9'

를 쓸 때 아랫부분이 어떻게든 조금씩 기울어져 있기 마련인데, 그 사람이 쓴 글자는 세로선이 바닥이랑 거의 수직으로 되어 있었다.

9가 아니라면, 혹시 알파벳 'q'인가?

오른쪽에 쓴 글자는 아무리 봐도 알파벳 A처럼 보였다. 알파벳이 맞다면, 왜 하나는 대문자고 다른 하나는 소문자일까?

팡무가 생각에 잠겨 있는 사이, 갑자기 유리창에 덩린웨의 모습이 나타났다.

"무슨 생각해?"

덩린웨가 방금 춤을 추다 왔는지 발그레한 얼굴로 옷깃을 잡고 부채질을 하고 있었다.

"아냐, 아무것도."

"안 놀고 여기서 뭐해?"

"난 춤을 못 추거든. 가서 재밌게 놀아. 나 신경 쓰지 말고."

덩린웨가 팡무의 손에 자기 손을 올리면서 부드럽게 말했다.

"그럼 나도 안 갈래. 같이 있자."

마침 그때 파티 진행을 맡은 녀석이 큰 소리로 말했다.

"자, 다음은 선물 교환식이 있겠습니다. 사랑하는 사람에게 당신의 마음을 전하세요."

덩린웨가 기다렸다는 듯이 가방을 뒤적이더니 작은 금속 상자 하나를 팡무에게 건넸다.

"네 선물이야! 메리 크리스마스!"

"아, 고마워."

팡무는 정교하게 만든 상자에 'zippo'라고 쓰여 있는 걸 보고 라이터라는 걸 알아차렸다.

"열어 봐."

덩린웨가 양손을 볼에 대고 기대하는 눈빛으로 팡무를 바라보았다. 상자를 열어 보니 1,200위안 이상을 호가하는 지포 타임리스 한정판이었다. 뚜껑을 열어서 휠을 돌렸더니 불이 켜졌다.

"맘에 들어? 근데 너무 많이 피우지는 마. 알았지? 내 선물은 없어?"

덩린웨가 큰 눈을 깜빡였다. 팡무가 잠시 망설이더니 오르골을 꺼냈다.

"와, 너무 예쁘다! 스위치는 어디 있어? 아냐, 알려주지 마. 내가 찾을게."

덩린웨가 받침대를 만지작거리자 오르골에서 음악이 흘러나오기 시작했다.

가로등에 불이 켜지고 눈꽃이 휘날렸다.

덩린웨는 턱을 팔에 올리고 노래 한 곡이 끝날 때까지 스노볼 속의 커플을 바라보고 있었다.

"정말 마음에 들어."

덩린웨는 오르골을 조심스럽게 싸더니 팡무를 보고 생긋 웃었다.

"고마워."

두위가 천야오 허리에 손을 감고 걸어왔다. 두위가 받은 선물은 나이키 농구화였는데 벌써 신고 있었다.

"어떠냐? 이게 스카티 피펜Scottie Pippen이 신었던 에어 모어 업템포 레트로라는 거다. 죽이지?"

"그만 좀 해. 좋아서 어쩔 줄을 모르네."

천야오가 웃으며 말했다.

"린웨야, 좀 있다가 우리 노래방 갈 건데 같이 가자."

덩린웨는 팡무 의견을 듣고 싶은지 팡무를 쳐다보았다. 지켜보던 두위가 팡무 팔을 끌어당겼다.

"물어볼 필요도 없어. 팡무도 갈 거야!"

택시 세 대가 젊은 남녀 십여 명을 노래방에 데려다주었다. 차에서 내리자마자 팡무는 바로 앞차에서 두위가 휴대폰을 들고 무슨 말을 하면서 내리는 걸 보았다. 그런데 잠시 후 상대방이 먼저 전화를 끊었는지 두위가 어리둥절한 표정으로 휴대폰 액정을 바라보고 있었다. 무슨 일인지 물어보려는 듯 천야오가 다가갔는데, 또 전화가 울렸다. 두위가 "여보세요"라고 해도 상대방이 아무 반응을 보이지 않는 것 같았다. 전화를 끊은 두위가 천야오를 보며 어깨를 으쓱하자 옆에 있던 천야오의 표정이 심상치 않았다.

다들 노래방으로 들어가고 밖에는 팡무, 덩린웨, 두위, 천야오 네 사람만 남았다. 두위는 손짓발짓을 해가며 천야오에게 뭔가를 계속 설명하고 있었고, 천야오는 두위의 말을 못 믿겠다는 듯이 줄곧 냉소를 짓고 있었다. 덩린웨가 가서 천야오에게 몇 마디 하고는 돌아와서 팡무와 함께 노래방으로 들어갔다.

"무슨 일이야?"

팡무가 물었다.

"몰라. 뭔가 오해가 좀 생긴 거 같아. 우리 먼저 들어가자. 괜히 방해될라. 천야오는 좀 있다가 들어오겠대."

다들 큰 방 두 개를 빌려서 맥주와 주전부리를 시킨 뒤 신나게 노래를 부르기 시작했다. 팡무도 친구들이 부추겨서 덩린웨와 〈당신에 대한 내 사랑이 부족해요我不够爱你, 류더화와 천우이린이 부른 노래〉를 듀엣으로 불렀다.

두위와 천야오는 오지 않았다.

그 사이에 팡무가 두위에게 전화를 했지만 받지 않았다. 덩린웨가 천야오에게 전화를 해봐도 마찬가지였다. 조급해진 팡무는 두 사람을 찾으러 잠깐 나갔다 오겠다고 했다. 그러자 몇몇 남학생들이 달려들어 팡무를 소파에 앉혔다.

"크리스마스이브잖아! 네가 가면 방해꾼밖에 더 되냐?"

팡무는 그럴 수도 있겠다 싶었다. 두 사람이 호텔을 간 거라면 자기가 가는 게 분위기를 망치는 꼴이 될 터였다.

새벽 3시까지 놀았더니 다들 지쳐 버렸다. 몇 명은 결국 못 버티고 소파에 쓰러져 잠이 들었다. 아직 뭔가 아쉬운 사람들도 노래 부를 힘은 없는지 테이블에 둘러앉아 술 마시며 이야기꽃을 피웠다. 어떤 친구가 무서운 이야기를 하는 게 어떠냐고 하자 다들 찬성했다. 그렇게 돌아가며 무서운 이야기를 시작했는데, 겁 많은 여학생들은 남학생 뒤에 숨어 눈만 드러내고 이야기를 들었다.

"야, 하나같이 싱거운 얘기들뿐이다. 진짜 무서운 이야기를 들으려면 이 친구한테 들어야지. 무서운 이야기의 산증인 아니겠어?"

한 남학생이 졸고 있던 팡무의 어깨를 툭 치며 말했다. 다들 갑자기 정신이 바짝 들었다.

"그러네. 너 경찰 조사 도와준 적 있다고 하지 않았어? 몇 개만 얘기해줘 봐."

"법학 대학원 학생이 저지른 연쇄살인사건에도 참여했다고 들었는데, 얼른 얘기 좀 해줘."

"맞다! 너 범인한테 죽을 뻔한 적도 있다며? 그 얘기 좀 들어보자."

팡무는 호기심으로 가득한 얼굴들을 마주하자 갑자기 부총장에게 연단으로 불려나간 장면이 떠올랐다. 사람들은 죽은 사람의 고통에도, 멍판저의 운명에도 전혀 관심이 없었다. 다른 사람의 생사가 그들에게는 자극적인 이야깃거리에 불과한 것이다. 팡무가 차갑게 말했다.

"별로 얘기할 거 없어."

뭔가 사건의 내막을 들을 거라 기대했던 친구들은 잔뜩 실망했다. 남자친구 뒤에 숨었던 여학생은 못마땅한 듯 팡무를 부추겼다.

"비싸게 굴지 말고 얘기 좀 해봐."

남자친구의 시선에도 아랑곳없이 팡무의 팔을 잡고 흔들며 애교를 부렸다.

"잘생긴 오빠, 얘기 좀 해줘. 나 사건 해결하는 얘기 제일 좋아한단 말이야. 스릴 있고 좋잖아."

얼굴이 어두워진 광무는 놀란 여학생이 팔 흔드는 동작을 멈출 때까지 매섭게 눈을 노려보았다.

"스릴? 하! 누가 네 온몸의 피부를 벗겨서 옷을 만들고 마네킹에 입힌대도 스릴이 있을까?"

광무는 헛웃음을 지었다.

그 여학생은 손으로 입을 막고 놀라서 얼굴이 창백해졌다. 여학생의 남자친구가 씩씩거리며 소리를 질렀다.

"너 뭐야? 말하기 싫으면 안 하면 그만이지, 왜 애를 겁주고 그래?"

주위에 있던 사람들이 서둘러 상황을 수습하는 동안, 광무는 옷이랑 가방을 챙겨 방을 나왔다. 얼마 못 가서 덩린웨가 광무를 불렀다.

"화내지 마. 다들 나쁜 뜻으로 그런 거 아니니까. 가지 마, 응?"

덩린웨는 광무의 팔을 잡고 애원하는 눈빛으로 말했다.

광무는 가볍게 손을 뿌리쳤다.

"아냐. 너희끼리 재밌게 놀아. 너무 늦게 들어가지는 말고."

그러고는 뒤도 안 돌아보고 가버렸다.

제24장

6번 레인

두위는 기숙사 방에 있었다. 팡무가 방에 들어갔을 때 두위는 의자에 비스듬히 기댄 채 전화를 하고 있었는데, 여전히 최신 나이키 운동화를 신고 있었고 책상에는 맥주병이 놓여 있었다.

"왜 여기 있어? 천야오는?"

두위는 전화 수신음에 집중하면서 팡무를 보며 손을 저었다. 잠시 후 두위는 전화기를 책상에 던져버리고 맥주를 벌컥벌컥 들이켰다.

"왜 그래?"

두위는 맥주병을 내려놓고 딸꾹질을 하며 말했다.

"아니…… 야. 아무것도."

팡무는 두위의 시뻘게진 눈을 보며 물었다.

"대체 무슨 일인데?"

"젠장. 나도 뭐가 어떻게 된 건지 하나도 모르겠어."

두위는 참았던 울분을 쏟아내듯이 말했다.

"우리가 노래방에 막 도착했을 때, 모르는 사람한테 전화가 와서 받았는데 상대방이 아무 말도 안 하는 거야. 그래서 끊었지. 근데 또 전화가 오더니 그때도 말을 안 하더라고. 영문을 몰라서 답답해하고 있는데 천야오가 미심쩍은지 나한테 똑바로 말하라고 하는 거야."

"하하. 난 또 뭐라고. 그렇게 늦은 시간에 너한테 전화를 했으니 의심할 만하네. 거기다 크리스마스이브잖아. 내가 천야오라도 그렇게 하겠다. 결정적으로, 평소 네 행실이 좀 그렇잖아?"

"진짜 하늘에 맹세코 천야오한테 미안할 짓은 절대 안 했어."

"그래. 믿어. 그래서, 나중에는 어떻게 됐어?"

"화가 나서 가버렸어. 쫓아가서 잡았더니 싸대기를 날리더라니까!"

두위가 아직까지 아픈 것처럼 뺨을 어루만졌다.

"그 바람에 나도 눈이 뒤집혀서 혼자 택시 타고 왔지 뭐."

팡무가 시계를 보니 새벽 4시가 다 된 시각이었다.

"야오는? 기숙사로 갔어?"

"몰라. 기숙사에 전화했더니 안 받아. 휴대폰으로도 몇 번이나 해봤는데 연결될 때마다 바로 끊었어."

"하하. 화가 아직 안 풀렸나 보네. 내일, 아니지, 오늘 가서 잘 달래줘."

두위는 대답 없이 휴대폰을 보며 중얼거렸다.

"이 계집애가 버릇만 나빠져 가지고. 평소에 내가 너무 잘해줘서 그래."

두위는 발을 쭉 뻗어 한쪽 신발을 구석으로 던졌다.

"야, 괜히 신발에 화풀이 하지 마라."

팡무는 신발을 주워서 두위 발 쪽으로 던지려다가 신발을 보고 그만 멍해졌다.

에어 모어 업템포 레트로의 양옆에는 영문으로 'AIR'라는 글자가 크게 적혀 있었다. 디자이너가 알파벳 A와 R의 모양을 살짝 변형해서 독특하게 디자인한 제품이었다. 신발을 신었을 때 바깥쪽으로는 알파벳 'R'이 뒤꿈치 부분으로 이어져 있고, 안쪽으로는 'R'이 신발 앞코 쪽과 가깝게 되어 있어 상당히 조화로운 디자인이었다. 다시 말해서 알파벳 'R'을 살짝 변형하면 'A'와 비슷한 모양이 되는 것이다. 그럼 혹시 그날 밤 오른쪽에 적혀 있던 기호가 'R'이었나?

qR? 이게 뭐지?

두위는 팡무가 신발을 보며 넋을 잃은 걸 보더니 의아해하며 물었다.

"왜 그래?"

"아냐, 아무것도."

팡무는 얼른 정신을 차렸다. 두위도 더 물을 생각이 없는지 의자에 기댄 채 멍하니 있었다. 시간이 좀 흐른 뒤 갑자기 팡무를 불

심리죄

렀다. 살짝 떨리는 목소리였다.

"팡무야."

"응?"

"야오야오한테…… 무슨 일 생긴 건 아니겠지?"

"별 일 없을 거야. 오늘은 어딜 가나 사람들로 북적일 텐데 뭐. 괜찮겠지."

두위가 자리에서 일어나 초조하게 방을 몇 바퀴 돌더니 어딘가에 전화를 걸었다.

"대체 어딜 간 거야…… 여보세요? 덩린웨? 야오야오 왔어?…… 아, 알겠어…… 응, 팡무 왔지…… 바꿔 줄까?…… 그래. 알았어. 나중에 보자."

두위는 의자에 털썩 주저앉아 고개도 안 돌리고 말했다.

"덩린웨가 너 왔냐고 묻더라."

"천야오는?"

두위는 대답이 없었다.

"안되겠다. 우리 나가서 좀 찾아보자."

"됐어! 걔 그러는 거 진짜 적응이 안 된다!"

두위가 갑자기 버럭 화를 내며 벌떡 일어나서 불을 끄고 말했다.

"잠이나 자자!"

아침 6시 반, 팡무는 휴대폰 알람소리에 잠이 깼다. 몽롱한 상태에서 일어나 휴대폰을 찾다가 의자에 앉아 전화기를 쥐고 있는 두위를 발견했다.

"밤 샜어?"

수염이 자란 두위의 모습은 더욱 초췌해 보였다. 두위는 실눈을 뜨고 팡무를 보며 고개를 끄덕였다. 다른 한 손으로는 배를 움켜쥐고 있었다.

"왜 그래?"

"위가 좀 쓰리네. 어젯밤에 너무 많이 마셨나 봐."

팡무는 옷을 걸치고 침대에서 내려왔다.

"가자. 식당에서 죽이라도 좀 먹자고. 내가 천야오 찾는 거 도와줄 테니까."

어젯밤에 다들 늦게까지 놀았는지 식당에는 사람이 별로 없었다. 팡무는 두위에게 먼저 자리에 앉아 있으라고 하고 창가 쪽으로 가서 아침거리를 샀다.

팡무 옆에서 두 여학생이 삶은 계란을 고르면서 어젯밤 무도회에서 있었던 일을 이야기하고 있었다. 팡무가 커다란 식판을 들고 여학생 옆을 지나가는데, 무심결에 한 여학생이 하는 말을 들었다.

"진짜 이상하네. 날씨가 이렇게 추운데 수영장에 왜 물을 채워놨을까……."

팡무는 발걸음을 늦추며 두위에게 가는 동안 두 여학생을 바라보았다. 그러다 갑자기 식판을 옆에 있던 테이블에 올려놓고 식당 밖으로 뛰어나갔다.

'R'은 river였어!

왼쪽에 있던 기호는 'q'가 아니라 대문자 'G'였다! 물방울이 흘러

내려서 'q'처럼 보였던 거였다!

GR!Green River!

그린 리버 살인자!

팡무는 식당을 뛰어나가다 한 남학생과 부딪혀 넘어졌지만 지금은 그런 걸 신경 쓸 겨를이 없었다!

달려! 달려야 돼!

누렇게 시들어버린 잔디밭을 지나 마침내 수영장이 보였다. 회색빛 연못이 잔잔하게 출렁이고 있었다.

누군지 몰라도 제발 죽지 마!

팡무는 철조망이 쳐진 벽을 따라 미친 듯이 뛰었다. 벽 쪽의 소나무 가지가 얼굴을 때렸지만 아픈 것도 못 느꼈다. 입구에 도착한 팡무는 잠겨 있던 쇠사슬이 망가져 죽은 뱀처럼 바닥에 떨어져 있는 걸 발견했다. 팡무는 문을 열고 안으로 뛰어 들어갔다.

앞에 커다란 수영장이 있었는데 물이 꽉 채워져 있었다. 팡무는 수영장 가장자리를 따라 걸으며 물속을 살폈다. 어떤 물체가 깊숙한 곳에서 흔들리는 게 보였다.

안에 사람이 있어!

팡무는 주저 없이 물속으로 뛰어들었다. 손끝에서 시작한 차가운 느낌이 발끝으로 쫙 퍼졌다. 팡무는 거의 숨이 막힐 지경이었다. 수영장 바닥을 치고 있는 힘껏 수면으로 올라왔다. 그러고는 방향을 잡고 심호흡을 한 뒤 다시 물속으로 들어갔다.

수영장 물이 탁해서 잘 보이지는 않았지만, 노란색 스웨터, 짧은 가죽 치마를 입고 검은색 긴 부츠를 신은 여자가 수영장 바닥에 서 있는 게 보였다. 두 손은 살짝 들려 있고 고개는 숙이고 있었는데, 노란색으로 염색한 머리카락이 물결에 일렁이고 있었다.

여자 쪽으로 헤엄쳐 간 팡무가 여자의 옷을 잡고 위쪽으로 잡아당겼는데 꿈쩍을 안했다. 여자의 발밑을 봤더니 발목이 배수구 뚜껑에 두꺼운 줄로 묶여 있었다. 팡무는 다시 물 위로 올라가 주머니를 미친 듯이 뒤졌다. 칼을 찾아서 입에 물고 숨을 크게 들이마신 뒤 다시 물속으로 들어갔다.

단번에 여자의 발밑까지 잠수한 팡무는 칼로 줄을 끊었다. 여자의 옷을 잡고 수면 위로 올라와 마지막 힘을 다해 여자를 수영장 밖으로 밀어냈다. 여자는 두 눈을 꼭 감은 채 누워서 움직이지 않았다. 팡무는 숨 고를 겨를도 없이 여자를 깨웠다.

정신 차려. 정신 좀 차려봐 제발!

팡무는 여자의 몸을 일으켜 세차게 흔들었다. 여자의 입에서 물이 흘러나왔다. 팡무는 여자를 들쳐 메고 미친 듯이 뛰기 시작했다. 지나가던 학생들이 그 모습을 보고 놀라 수영장 쪽으로 뛰어들어왔다. 시체를 어깨에 메고 실성한 듯 뛰는 그를 모두 멍하니 바라보았다.

팡무의 젖은 머리가 얼어붙었고, 바짓가랑이와 소매도 얼어서 딱딱해졌다. 온몸을 벌벌 떨면서 여자를 메고 뛰는 팡무를 구경하는 사람들이 늘어났다. 그중에는 경찰에 신고하는 사람, 수군대는 사람, 훌쩍이는 사람, 비명 지르는 사람이 섞여 있었다.

광무는 주변 상황을 전혀 인식하지 못할 정도로 머릿속이 텅 비었다. 그저 기계처럼 앞을 향해 달리며 계속 같은 말을 되풀이하고 있었다.

깨어나라, 제발 좀 깨어나라…….

결국 광무는 다리에 힘이 풀려 바닥에 쓰러지고 말았다. 여자도 손발을 벌린 채 광무 옆에 쓰러졌다. 광무는 가쁜 숨을 몰아쉬더니 여자에게 가서 두 손을 겹쳐 가슴 쪽을 눌렀다. 가슴을 압박한 뒤 여자의 코를 막고 입으로 숨을 불어넣었다. 몇 차례 인공호흡을 시도했지만 여자는 아무 반응이 없었다. 광무는 이를 악물고 같은 동작을 되풀이했다. 광무의 눈에서 뜨거운 액체가 흘러 입으로 들어갔다.

정신 좀 차려. 제발…… 부탁이야!

누군가 광무의 어깨를 붙들었다. 두위였다.

"그만해. 이러지 마, 광무야. 그 사람 이미 죽었어."

광무는 두위의 손을 뿌리치고 다시 인공호흡을 하려고 했다. 두위가 광무를 뒤에서 말렸지만 앞으로 가려고 발버둥 치던 손에 여자의 머리카락이 잡혔다.

두 사람이 바닥에 넘어졌는데 광무의 손에는 노란 가발이 들려 있었다.

바닥에 누운 여자 시신의 검은 머리카락이 드러났다. 두위는 바닥에 앉아서 멍하니 시신을 바라보더니 잠긴 목소리로 말했다.

"야오야오?"

팡무의 심장이 덜컥 내려앉았다. 시신 옆으로 기어가서 얼굴을 살폈다. 화장이 짙기는 했지만 팡무는 그녀가 천야오라는 걸 알아보았다.

그 순간 팡무는 아무 소리도 들리지 않았다.

천야오에게 달려와 미친 듯이 그녀를 흔들며 절규하는 두위.

구경하던 사람들이 서로의 귀에 대고 수군거리는 모습.

수영장 밖에서 경보등을 깜빡이고 있는 경찰차.

경찰들이 바쁘게 달려와 사람들을 향해 소리치는 모습이 보였다. 하지만 아무것도 들을 수 없었다. 주위의 모든 사물들이 어지럽게 뒤섞여 있는 것 같았다.

가슴이 답답해서 터질 것만 같았다!

"아! 왜! 왜! 날 죽이려면 그냥 와서 죽여! 왜 이 많은 사람들을 죽이는 거야 왜! 날 죽여! 죽이라고!"

귀가 번쩍 뜨일 정도로 울부짖는 소리가 팡무의 목에서 터져 나왔다. 사람들의 얼굴이 팡무의 눈앞에서 하나씩 빙글빙글 돌아갔다. 일그러진 얼굴들의 말소리가 뒤섞여 전혀 알아들을 수가 없었다.

명하니 팡무를 바라보던 두위는 다가와 팡무의 멱살을 잡고 큰 소리로 따져 물었다. 팡무의 시선이 두위를 지나 덩린웨의 얼굴에 머물렀다. 그녀는 사람들 틈에서 두려움이 가득한 얼굴로 팡무를 바라보고 있었다.

경찰 두 명이 두위를 팡무에게서 떼어냈고, 누군가가 팡무의 어깨를 붙잡은 채 앞으로 이동했다.

사람들이 옆으로 비켜서 생긴 길을 따라 걸어가면서 팡무는 두려움이나 의심이 가득한 눈빛들을 마주했다. 팡무는 흐리멍덩한 표정으로 누군가의 힘에 밀려 수영장을 벗어나고 있었다. 한참을 걷다가 뒤쪽을 바라보려고 발버둥 치던 그는, 뒤에서 자신을 밀고 있던 사람이 타이웨이라는 걸 그제야 알아보았다.

"일단 돌아가자."

팡무의 어깨를 꼭 붙들고 있는 타이웨이의 말투가 묵직하면서도 부드러웠다.

기숙사로 돌아와서 타이웨이는 온몸이 젖어 벌벌 떨고 있는 팡무를 침대에 눕혔다. 이불로 팡무를 둘둘 싼 다음 수건을 던져 주었다. 팡무는 받지 않고 수건이 바닥으로 떨어지도록 내버려두었다. 타이웨이는 몰래 한숨을 내쉬며 팡무의 옷장을 열었다.

"옷들은 다 어디다 뒀어?"

타이웨이의 말이 떨어지기가 무섭게 팡무가 이불을 걷고 몸을 부들부들 떨면서 밖으로 뛰어나가려는 걸 발견했다. 타이웨이는 얼른 다가가 팡무를 말렸다.

"어디 가려고?"

"가야 해요…… 가서……."

팡무는 타이웨이의 팔을 뿌리치며 중얼거렸다.

"가서 뭐하게?"

"현장을 봐야죠!"

팡무가 갑자기 폭발했다. 두 눈은 새빨갛고 눈가는 촉촉했다. 시퍼런 입술이 부들부들 떨리고 있었다.

"개새끼! 개새끼! 제 손으로 잡아서 처넣을 거예요!"

타이웨이가 팡무의 손을 붙들며 말했다.

"그건 우리가 할게."

팡무는 벗어나려고 애쓰며 타이웨이를 밀어냈다. 문을 열고 나가는데 두위와 마주쳤다. 두위는 아무 말도 없이 가슴으로 팡무를 세게 밀쳤다.

무방비상태였던 팡무는 그만 뒤로 넘어졌다. 다시 일어나기도 전에 두위가 달려들어 팡무의 멱살을 잡았다.

"야! 너 대체 뭐야? 뭐 하는 놈이냐고?"

항상 웃으며 유들유들하던 두위는 그 순간 굶주린 사자처럼 돌변해 눈물자국으로 뒤덮인 얼굴을 씰룩거렸다.

"뭐?"

"뭐 하는 놈이냐고 묻잖아! 그 사람이 널 죽이려고 한다던 말, 그거 무슨 뜻이야? 지난번에 네 동기라던 사람도 그랬잖아. 너희가 살던 방에서 사람들이 죽었다고. 대체 뭐야? 너 뭐 하는 자식이야? 빨리 말하래도!"

두위는 팡무의 목을 사정없이 흔들었다. 두위가 점점 손을 조여오자 팡무는 숨쉬기가 힘들어졌다. 얼굴이 시퍼렇게 변하자 타이웨이가 두위를 팡무에게서 떼어내려고 애썼다. 두위는 발버둥 치며 이를 악물고 팡무에게 고함을 질렀다.

"말하라니까! 너 대체 누구야?"

팡무는 바닥에 주저앉아 고통스럽게 기침을 해댔다. 그러다 마지막에는 헛구역질이 나올 정도로 기침을 해서 침이 가슴 있는 데까지 늘어졌다. 타이웨이는 격렬하게 반항하는 두위를 계속 붙들며 소리쳤다.

"할 말 있으면 말로 해! 이러지 말고! 안 그러면 나도 가만 안 있어!"

"알았어요! 알았다고요! 가만히 있을 테니까 저놈한테 말하라고 하세요!"

팡무가 천천히 몸을 일으켜 입가를 닦더니 한숨 돌리고 말했다.

"그래. 범인은 날 노리는 거야…… 날 시험하고 있는 거라고…… 미안해……."

두위는 입술을 꽉 깨물며 팡무를 노려보았다.

"그러니까, 지금까지 사람들이 죽고 야오야오가 죽은 게 전부 너 때문이라는 거지?"

두위가 목 메인 소리로 말했다.

팡무는 말없이 고개를 들고 두위를 한 번 쳐다본 뒤, 재빨리 시선을 피하며 고개를 끄덕였다. 두위는 한 손으로 팡무를 가리키더니 떨리는 입술로 말했다.

"그 말은 그 사람이 살인할 거란 거, 그리고 그 대상이 네 주변 사람일 거란 걸 넌 이미 알고 있었단 소리야?"

팡무의 눈에서 눈물이 터져 나왔다.

"미안해……."

"근데 왜 미리 말해주지 않았어? 사람들한테 왜 일찍 알려주지 않은 거야? 왜 그 많은 사람들을 죽게 했어!"

팡무는 몸을 벌벌 떨면서 입으로는 같은 말을 중얼거렸다.

"미안해…… 미안해……."

갑자기 두위가 팡무의 머리채를 잡고 얼굴을 죽기 살기로 때렸다.

"말해…… 왜 그랬냐고…… 말하라고……!"

타이웨이가 말리려고 다가가는데 가까이 가기도 전에 두위의 몸이 뒤로 움츠러드는 게 보였다. 팡무의 손에 군용칼이 들려 있었다.

두위가 입은 외투의 가슴 쪽에 긴 흠집이 생겼다. 두위는 놀라서 흠집 난 곳을 쳐다보았다. 그리고 자기 눈앞에 군용칼을 손에 쥐고 입가에 피를 흘리고 있는 팡무를 바라보았다.

두위는 쓸쓸하게 웃었다.

"나도 죽이려고? 그래 덤벼. 덕분에 범인이 수고 좀 덜겠네. 덤벼, 덤비라니까!"

"아니야! 그런 거 아니야! 너희를 일부러 속인 게 아니라고. 난……."

팡무가 목청껏 소리를 질렀다.

"너 그 칼 이리 내."

타이웨이가 두 사람 사이로 끼어들었다.

"그리고 넌 얼른 나가!"

타이웨이가 두위에게 소리쳤다. 두위는 매섭게 팡무를 한 번 노려보더니 밖으로 나갔다.

갑자기 조용해진 방 안에는 팡무의 가쁜 숨소리만 들렸다. 팡무가 손에 들고 있던 군용칼이 '댕그랑' 하고 바닥으로 떨어졌다. 그는 몸을 웅크리고 머리카락을 쥐어뜯었다.

"아…… 아……."

팡무가 큰 소리로 울기 시작했다. 타이웨이는 팡무가 우는 걸 한 번도 본 적이 없었다. 이렇게 고통스럽게 우는 건 더 말할 것도 없었다. 타이웨이는 그 순간 어떻게 해야 좋을지 몰라 가만히 서 있을 수밖에 없었다. 한참을 울던 팡무가 어느 정도 안정이 되자 타이웨이는 팡무를 침대에 앉혔다. 이불을 덮어주고 뜨거운 물을 따라주더니 담배에 불을 붙여 팡무에게 건넸다.

얼굴에 눈물자국이 가득한 팡무는 얼빠진 표정으로 앉아 있었다. 가끔 가다 담배를 피웠고, 손에 텀블러를 들고 있었지만 물은 한 모금도 마시지 않았다. 타이웨이는 옷장을 뒤져서 깨끗한 옷 몇 벌을 찾아내 힘겹게 팡무가 옷 갈아입는 걸 도와주었다. 보송한 옷으로 갈아입은 팡무는 정신도 좀 차리고 아까처럼 몸을 심하게 떨지도 않았다.

"저기 있잖아."

타이웨이가 의자를 당겨 침대 앞에 앉아 떠보듯 물어보았다.

"방금 두위가 한 말, 네 방에서 예전에 누가 죽었어? 어떻게 된 건데?"

팡무는 잠시 말이 없더니 담배를 몇 모금 깊이 들이마신 뒤 천천히 입을 열었다.

"1999년에 제가 학부생이었을 때 학교에 기괴한 살인사건들이 일어났어요. 그리고 제가 우연히 찾은 대출 기록이 적힌 도서카드를 보고 죽은 사람들이 예전에 그 책을 빌렸었다는 걸 알게 됐죠. 그래서 전 카드에 이름이 적힌 다른 독자들을 찾아 스스로를 지키자는 서클을 하나 만들었어요. 저랑 제 동기, 그리고 제가 처음으로 사랑했던 여자가 그 멤버에 속했어요."

"그 후에는 어떻게 됐어?"

"저희의 자구책은 모두 실패로 돌아갔어요. 제 첫사랑은 머리가 잘렸고, 두 친구도 살해됐으니까요. 마지막 순간이 돼서야 전 범인이 독자 중 한 명이었다는 걸 알게 됐어요. 그가 제게 말했어요. 첫 번째 살인은 복수를 위해서였지만, 그 후에 벌인 살인은 제가 발견한 도서카드가 영감을 준 거라고⋯⋯ 전 유일한 생존자였어요."

"C시 사범대에서 일어났던 사건 말하는 거야? 범인도 결국 죽었다고 들었는데."

"맞아요. 불타 죽었어요. 그때⋯⋯ 저도 현장에 있었어요."

타이웨이는 잠시 말이 없었다.

"네가 사건에 참여하는 것도, 네가 행동증거 분석에 관심을 두게 된 것도 다 그때 겪은 일 때문이구나?"

팡무는 꽁초를 끈 뒤 두 손으로 머리카락을 넘기면서 뒤쪽으로 쓰다듬었다.

심리죄

"어떻게 말해야 할지 모르겠어요. 지난 몇 년간 계속 저는 악몽을 꿨어요. 복도가 무서웠고 타는 냄새가 무서웠죠. 다른 사람과 만나는 것도 자신이 없었어요. 계속 사건을 조사하고 피해자의 억울함을 풀어주기 위해 뭔가를 해야만 전 좀 편안해져요. 왜냐하면……."

팡무의 목소리가 갑자기 침울해졌다.

"그 사람들은 결국 저 때문에 죽은 거니까요."

타이웨이는 고개를 끄덕였다. 냄새에 대한 기억은 어떤 기억보다 오래 남는다. 타이웨이는 팡무가 왜 그동안 그토록 유별나게 굴었는지 알게 되었다. 그리고 최근 연쇄살인사건의 범인은 자기에게 도전하기 위해서 많은 사람들을 죽였기 때문에, 팡무가 겪을 심적 고통이 얼마나 큰지 짐작할 수 있었다.

"이번에 죽은 피해자가 두위 여자친구야?"

팡무가 고개를 끄덕였다.

"이번에도 그 범인 짓이라고 확신해?"

팡무는 쓴웃음을 지으며 고개를 저었다.

"아직도 절 못 믿으시는군요. 그놈이 확실해요. 놈은 저에 대해 아주 잘 알아요. 두위와의 우정이 제게 얼마나 소중한지도 알고요. 이제 여섯 번째예요. 일곱 번째가 저든 아니든 상관없이 놈은 제가 심리적으로 무너지는 걸 보고 싶은 거예요."

팡무는 발밑을 응시하며 말했다. 타이웨이는 잠시 망설이다 결국 팡무에게 알려주기로 했다.

"내가 조금 전에 현장에 다녀왔는데, 피해자 발이 묶여 있던 위치가 6번 레인이었어."

팡무는 타이웨이를 잠시 바라보더니 이불을 걷고 침대에서 내려왔다.

"가요. 현장에."

시신은 이미 다른 곳으로 옮겨졌지만, 구경하던 사람들은 한동안 계속 남아 있었다. 팡무는 무리 속에서 수영장을 마주한 채 깊은 생각에 잠겨 있는 차오 교수를 발견했다. 팡무가 오는 걸 봤지만 그는 인사도 없이 뒤돌아서 자리를 벗어났다.

경찰들은 큰 그물을 배수구 위에 설치하고 각 지점마다 의심스러운 물건들을 수색했다. 어두운 표정의 자오융구이는 수영장 가장자리에 서서 팔짱을 낀 채 빠져나가는 수영장 물을 바라보고 있었다. 타이웨이가 다가가서 툭 치며 알은 체를 했다.

"뭐 좀 나왔습니까?"

자오융구이는 고개를 저었다.

"아니. 자네가 처음 시신을 발견했나?"

자오융구이가 팡무를 보며 물었다.

"네."

"그 당시에 무슨 이상한 점은 없었고?"

"없었어요."

"근데 수영장에 사람이 있다는 건 어떻게 알았나?"

"여학생 두 명이 수영장에 물이 가득 채워져 있다고 하는 얘길 들었어요. 그리고 제가 멍판저 집에 갔을 때 창문에서 봤던 두……."

"그만해! 자넨 아직도 우리가 틀렸다고 생각하나?"

자오융구이가 팡무의 말을 막고는 타이웨이를 흘깃 쳐다보았다. 팡무는 순간 말문이 막혔다. 막 항변을 하려는데 타이웨이가 눈치를 주는 걸 보았다.

"이따 같이 가서 조서 좀 작성하지."

수영장 반대편으로 걸어간 자오융구이는 그 뒤로 팡무에게 눈길 한번 주지 않았다.

공안국으로 가는 길에 팡무는 궁금증을 참지 못하고 타이웨이에게 물었다.

"부처장님은 대체 저한테 왜 저러시는 거죠?"

타이웨이는 잠시 침묵하더니 말했다.

"그러려니 해. 멍판저 사건은 피의자 사망으로 결국 불기소 처분됐지만 공안국에서 부처장이랑 나를 얼마나 띄워줬는지 몰라. 그런데 네가 지금 그 사건을 잘못 처리됐다고 해버리면 절대 받아들일 수 없을 거야. 그리고 부처장은 네 말을 안 믿는 눈치야."

팡무는 잠시 생각에 잠겼다.

"그럼, 경관님은 제 말 믿으세요?"

타이웨이는 한참 대답이 없었다.

"조사해보면 알겠지."

공안국에서 돌아오니 벌써 오후가 다 된 시각이었다. 팡무는 열쇠로 문을 열면서 망설였다. 두위가 안에 있으면 어떻게 대해야 좋을지 알 수 없었다.

문을 열었는데 안에는 아무도 없었다. 나이키 운동화가 두위의 침대 가장자리에 가만히 놓여 있었다. 팡무의 눈가가 금세 촉촉해졌다.

방은 무서울 정도로 조용했다. 팡무는 두위가 지금 바로 눈앞에 나타나줬으면 하고 간절히 바랐다. 두위에게 할 말이 너무 많았다. 하지만 진짜로 두위가 오면 무슨 말을 어떻게 해야 할까?

사과를 할까?

그건 너무 궁색해 보였다.

복잡한 마음을 안고 팡무는 방 안에 앉아 있었다. 햇볕이 방을 비추고 날이 어두워지다가 여명이 막 비출 때까지, 팡무는 그렇게 소리 없이 앉아 있었다. 계속해서 사람들이 문을 두드렸지만 팡무는 전부 무시했다. 그저 누군가가 열쇠로 방문을 열기를 바라면서도, 막상 그 순간이 닥치면 숨어버리게 될까 봐 두려웠다.

밤새 두위는 돌아오지 않았다.

온종일 아무것도 먹지 않아서 위가 아파 견딜 수 없는 지경이 되어서야 팡무는 식당으로 향했다. 배식창구 앞에는 긴 줄이 늘어서 있었는데, 팡무는 고개를 숙인 채 맨 뒷줄에 섰다. 앞에 있던 사람이 고개를 돌리다 팡무를 발견하고는 깜짝 놀라며 옆으로 비켜났다. 놀라움과 두려움이 가득한 얼굴로 팡무를 바라보며 앞에 있는 사람을 잡아끌었다.

"빨리 가자. 그 사람이야! 가자고 얼른!"

두 사람은 부리나케 다른 창구로 달려갔다. 줄 서 있던 사람들은 뒷줄에 팡무가 있는 걸 보더니 약속이나 한 듯 흩어졌다. 결국 혼자 남은 팡무를 보더니 배식창구 직원도 놀라서 멍해졌다. 팡무를 잠시 바라보던 그는 거칠게 물었다.

"학생, 밥 안 받을 거야?"

팡무는 이를 악물고 창구로 다가갔다. 주위에 자신을 지켜보는 수많은 눈들이 바늘처럼 팡무의 몸에 박히는 것 같았다.

팡무는 구석에 앉아 아침을 먹었다. 계속 고개를 숙이고 있었지만 여전히 주위의 시선과 수군거림을 느낄 수 있었다. 사람들이 전부 팡무와 멀찍이 떨어져서 앉은 결과 팡무 주변에는 희한한 무인 구역이 형성되었다. 사람들은 가까이 가면 팡무가 잡아먹기라도 하는 것처럼 행동했다.

팡무는 반쯤 먹다가 결국 포기하고 재빨리 식당을 벗어났다.

막 3층 복도에 들어서던 팡무는 자기 방문 앞이 어질러져 있는 걸 발견했다. 컴퓨터 모니터, 본체가 바닥에 버려져 있고, 그 위에는 팡무의 옷들이 덮여 있었다. 많은 사람들이 입구를 에워싸고 방 안에 있는 사람의 행동을 주시하고 있었다.

두위가 왔나?

팡무는 성큼성큼 방으로 걸어갔다. 마침 자기 이불을 문 밖으로 던지는 두위를 발견했다. 두위는 팡무를 보고 동작이 멈췄다가 다시 침대 밑에 있던 팡무의 세숫대야를 꺼내 밖으로 던졌다.

팡무가 피하자 플라스틱 세숫대야가 복도 벽에 부딪혔다. 그러자 안에 있던 비누 케이스와 칫솔도구가 와르르 쏟아졌다.

"뭐하는 거야?"

두위는 대답 대신 팡무의 책장에 있는 책들을 손으로 쓸어서 꺼낸 뒤 한 권씩 밖으로 던졌다. 방 안에 있던 팡무의 물건들이 금세 바닥을 드러냈다. 두위는 손에 묻은 먼지를 털고 밖으로 나가 팡무를 잠시 쳐다보더니 한 마디를 내뱉었다.

"꺼져!"

팡무는 두위를 한 번 힐끗 보고 바닥에 떨어진 물건들을 주웠다.

"꺼지라고!"

두위가 언성을 높였다. 팡무는 아무것도 안 들리는 것처럼 차분하게 물건을 정리했다. 그런데 만년필 뚜껑 하나가 보이지 않았다. 팡무는 옷더미 속을 꼼꼼하게 뒤졌다.

"너 여기 떠나라. 우린 죽고 싶지 않으니까!"

아까보다 잦아들기는 했지만 쌀쌀한 목소리였다.

팡무는 하던 행동을 멈추고 일어나 뒤를 돌았다. 두위와 다른 사람들의 눈빛이 자신에게 쏠려 있는 게 느껴졌다. 그는 사람들을 전부 둘러보았다. 거의 모든 사람들이 팡무와 눈이 마주칠 때마다 눈을 내리깔았지만 두위만큼은 팡무를 무섭게 노려보고 있었다. 팡무는 두위와 잠시 마주보다가 천천히 입을 열었다.

"난 그놈 잡기 전까지 여기 안 떠날 거야!"

그러고는 이불과 옷가지들을 들고 잠겨 있는 멍판저의 방으로 가서 발로 방문을 세게 걷어찼다. 목재문이 소리를 내며 열렸고, 팡무는 들고 있던 물건을 안으로 던졌다. 그리고 다시 돌아와 남은 물건들을 하나씩 옮겼다. 팡무를 막거나 도와주는 사람은 아무도 없었다. 팡무는 많은 사람들이 지켜보는 가운데 마지막 물건을 챙겨 멍판저가 쓰던 방으로 가더니 '쾅' 하고 문을 닫아버렸다.

한동안 조용했던 방에 새로운 입주자가 생겼다. 팡무는 가져온 물건들을 곧바로 왼쪽 침대, 책상, 옷장 속에 정리해두었다. 모든 물건들이 제자리를 찾고 나서야 팡무는 그 침대가 원래 멍판저가 쓰던 거였다는 게 떠올랐다. 그 순간 물건을 반대편으로 옮기고 싶다는 생각이 들었지만 그냥 신발을 벗고 침대에 드러누웠다.

팡무는 자신의 새 보금자리를 살펴보았다. 멍판저가 죽은 뒤로 이 방에서 지낸 사람은 아무도 없었다. 곳곳에 두꺼운 먼지가 쌓여 엉망이었다. 벽에는 물 뿌린 흔적이 남아 있었는데, 누군가가 텀블러를 벽에 던져서 생긴 것 같았다.

보고 생각하면서 밤새 눈을 붙이지 못했던 팡무는 눈꺼풀이 점점 무거워지는 걸 느꼈다…….

깨어났을 때는 이미 저녁이었다. 배에서 꼬르륵 소리가 났지만 침대에서 일어나고 싶지 않았다. 맞은편 기숙사 건물에서 보이는 등불이 불 꺼진 방 안을 비추면서 벽에 희미하게 흔들리는 그림자를 만들었다.

좀 추워지니까 저절로 몸이 움츠러들었다. 팡무는 습관적으로 옆에 있는 침대를 바라보았다. 그곳에는 납작한 돗자리 하나만 덩그러니 있었다. 팡무와 두위 물건으로 빽빽해 보이던 313호와 비교했을 때 304호는 굉장히 넓어 보였다.

당황스러울 정도로 너무 넓었다.

팡무는 갑자기 이런 생각이 들었다. 여기에서 홀로 지내는 동안, 멍판저도 나처럼 어두운 방에 누워서 고독을 음미했을까?

완전히 정신이 나가기 전까지.

…….

나도 미치게 될까?

팡무는 침대에서 벌떡 일어났다. 일단 뭐 좀 먹자. 팡무는 스스로에게 말했다.

식당은 가고 싶지 않았다. 팡무는 불을 켜고 컵라면을 찾았다. 주전자(다행히 두위가 이건 망가트리지 않았다)를 흔들어 보니 비어 있었다. 팡무는 주전자를 들고 입구에서 잠시 서 있다가 대단한 결심이라도 한 듯 문을 열고 나갔다. 그런데 뭔가가 발밑으로 떨어졌다. 주워서 보니 편지였다. 팡무는 주위를 둘러보았다. 조용한 복도에는 아무도 없었다.

팡무는 침대에 앉아서 편지를 꺼냈다. 덩린웨의 글씨였다.

팡무에게

마지막으로 네 이름을 불러본다. 널 이렇게 부를 때마다, 내가 널 사랑했다는 걸 믿어 주길 바라. 어쩌면 시간이 지나면서 천천히 이 사랑도 사라지겠지만, 적어도 편지를 쓰는 이 순간만큼은 내가 여전히 널 사랑하고 있다는 걸 난 확신해.

네가 이 편지를 볼 때쯤이면 난 집으로 돌아가는 중일 거야. 날 찾으려고 하지 마(이것도 어쩌면 나 혼자만의 생각일지도 몰라. 내가 떠나도 날 찾겠다는 생각을 네가 전혀 안 할지도 모르니까). 당분간은 학교에 돌아오지 않을 거야. 가족한테 부탁해서 휴학 신청을 할 생각이야.

아마 날 원망하고 있겠지? 내가 말도 없이 떠난 걸, 그리고 내가 겁쟁이고 소심하다고 원망할 거야. 난 그저 보호받고 싶고, 평온하고 낭만적인 삶을 동경하는 평범한 여자일 뿐이야. 네가 체육관에서 날 구해주던 그 순간, 난 마치 공주가 자신을 구해준 왕자를 사랑하게 되는 것처럼 아무 조건 없이 널 사랑하게 됐어.

하지만 나도 알아. 네가 내 왕자님이 아니라는 걸. 그리고 난 내가 생각했던 것처럼 그렇게 용감하고 강한 사람이 아니었다는 것도.

어제 아침에 수영장에서 있었던 일, 나도 봤어. 네가 그 자리에서 마침내 비밀을 털어놨을 때, 난 겁이 났어. 다가가서 널 안아주고 위로해줄 용기조차 낼 수 없었어. 도망치듯 혼자 기숙사로 돌아왔지. 그래. 무서웠어. 그날 밤 체육관에서보다 훨씬 더 무서웠다고. 범인은 너의 가장 소중한 친구의 여자친구를 죽였어. 그다음은 나일지 몰라. 죽기를 기다리는 게 죽는 것보다 더 두렵다는 말을 그때서야 깨달았어.

그 사람은 왜 널 죽이려고 해? 왜 그렇게 많은 사람을 죽이려는 거야? 넌 이 질문들에 대해 답해주지 않겠지만 이제 그건 내게 중요하지 않아. 난 떠나기로 했어. 난 내가 네 곁에서 용감하게 모든 시련을 견뎌낼 수 있을 거라 생각했어. 근데 죽음이 내 곁에 가까이 있다는 걸 느끼게 된 순간, 난 결국 평범한 여자로서 내릴 수 있는 결정을 하게 된 거야.

날 용서해줘. 이토록 평범하고 난 다를 거라 자만했던 나를 용서해줘. 네가 날 사랑하지 않았을지도 모르겠어. 근데 지금 난 네가 정말로 날 사랑하지 않았기를 간절히 바라. 그래야 너도, 그리고 나도 견디기 쉬울 테니까.

널 위해 기도할게.

2002년 12월 25일

린웨가

짧은 편지였지만 팡무는 꼬박 30분 가까이 편지를 읽었다. 마음이 차분해졌다. 그러다 갑자기 전에 없던 한기가 느껴졌고 팡무는 웃음을 주체할 수 없었다.

그래. 잘된 거야. 결국 이렇게 또 혼자가 되었다.

어쩌면 줄곧 혼자였을지도 모른다.

제25장

304호실

피해자 이름 천야오. 여자, 23세. 허난河南성 카이펑開封시 사람. 사인은 경부 압박에 의한 질식. 흉기는 노끈이었다. 피해자의 처녀막이 손상되어 있었지만 그날 밤 성관계를 한 흔적은 없었다. 검시 결과와 관련 증언을 종합해볼 때, 피해자의 사망 시간은 12월 25일 새벽 1시에서 5시 사이로 추정되었다. 범인은 피해자를 목 졸라 살해한 뒤, 진한 화장을 하고 시체를 J대 수영장으로 옮겼다. 그리고 끈으로 발목을 배수구에 연결하고 수영장에 물을 채웠다.

피해자의 동기들과 남자친구의 증언에 따라 피해자가 입고 있던 노란색 스웨터, 짧은 검정색 가죽 치마, 검정색 가죽 롱부츠, 금발 가발은 피해자의 것이 아닌 걸로 밝혀졌다. 피해자가 원래 입고 있던 옷은 현장에서 발견되지 않았다.

피해자가 신고 있던 롱부츠 안에서 종이 한 장이 발견되었다.

물속에 오래 있어서 글자가 잘 보이지는 않았지만, 감정 결과 인민 교육출판사에서 출간한 초등학교 4학년 국어 교과서 본문 중 「노을」이라는 작품의 일부였다.

피해자의 남자친구는 사건 당일 밤에 자신이 이상한 전화를 두 번 받았는데, 피해자와 그 일로 말다툼을 했고 결국 화가 난 피해자가 혼자 가버렸다고 진술했다. 경찰은 전신부_{인터넷을 관리하는 중국 정부기관}에 의뢰해 전화번호를 찾아냈다. 해당 번호는 그날 밤에 걸었던 단 두 건의 통화 기록밖에 없었다. 그 번호는 개인 판매업자에게 받은 것으로, 구매 당시 신분증을 제시할 필요가 없었던 걸로 밝혀졌다. 결과적으로 그 번호를 사용한 사람의 진짜 신분을 알 길이 없었다.

"이게 지금까지 내가 알아낸 전부야. 이 사건은 부처장 담당이라 나도 겨우 부탁해서 알아냈어."

타이웨이는 팡무에게 사건 자료를 넘겼다.

"아, 그리고 한 가지 더. 내가 한동안 시에 있는 병원 몇 곳을 돌아다니면서 정신과 의사들을 집중적으로 조사했어. 마카이가 다녔던 병원을 포함해서. 너도 알다시피 내가 지금 개인적으로 조사할 수밖에 없는 상황이라 좀 한계가 있어. 아직까지는 사건 해결에 도움이 될 만한 단서는 발견 못했다."

"감사해요."

팡무가 타이웨이를 보며 웃었지만 타이웨이가 쑥스러운 듯 손을 저었다. 타이웨이는 팡무를 믿었던 것이다. 굳이 말로 하지 않아도 팡무는 알 수 있었다.

"넌? 뭐 좀 알아냈어?"

팡무는 고개를 숙여 사진을 보고 있었다. 화려하게 치장한 천야오가 차가운 수영장 옆에 누워 있는 사진이었다.

"지금 이 차림을 보면 누가 떠오르세요?"

팡무는 사진을 가리키며 타이웨이에게 물었다.

"창녀. 매춘하는 사람들의 전형적인 복장이잖아."

타이웨이가 거리낌 없이 말했다.

"맞아요. 이번 사건의 모방 대상은 그린 리버 살인자예요."

"그린 리버 살인자?"

"네. 제가 전에 기호 두 개 얘기 했던 거 기억하세요? 멍판저 집 창문에 그려졌었다던 거요."

팡무는 종이를 꺼내 기호를 그렸다.

"처음에는 알파벳 q랑 A라고 생각했어요. 근데 지금 보니까 제가 틀렸어요. 사실은 G와 R이었던 거예요. 그때 당시 이 두 알파벳이 김 서린 유리창에 적혀 있었는데, 물방울이 밑으로 흘러내려서 q랑 A처럼 보였던 거죠."

"GR, 그린 리버?"

"네. 1982년 미국 시애틀에서 일어난 연쇄살인사건 장소예요. 범인의 이름은 게리 리지웨이. 1982년부터 49명을 살해했는데 대부분 매춘부와 가출 소녀였어요. 처음에는 피해자의 시신을 시애틀 남쪽에 있는 그린 리버라는 강에 유기했어요. 그 피해자들 중 한 명이 강바닥에 있는 돌 틈에 끼어서 강에 '서 있는' 것처럼 보였고, 그걸 최초 신고자가 본 거죠."

팡무는 몸을 떨었다.

"제가 그날 봤던 모습과 완전히 똑같아요. 1987년부터 게리 리지웨이는 경찰에 의해 유력 용의자로 분류됐지만, 증거도 없고 거짓말탐지기도 두 번이나 통과해서 항상 법망을 벗어났죠. 작년에 경찰이 그의 타액에서 채취한 샘플과 피해자 체내에서 발견된 정액을 가지고 DNA 검사를 했는데 일치하는 걸로 나왔어요. 하지만 그는 체포된 후에도 계속 혐의를 부인했죠. 지난 몇 차례에 걸친 살인사건의 피해자 시신이 그린 리버에서 발견됐고, 게리 리지웨이의 이니셜이 GR이기 때문에 사람들은 그를 그린 리버 살인자라고 불러요."

타이웨이는 인상을 쓰며 잠시 생각에 잠겼다.

"피해자의 대부분이 매춘부여서 천야오를 그렇게 꾸민 건가?"

팡무는 고개를 끄덕이더니 들고 있던 자료를 살펴보았다.

"방금 피해자가 그날 밤에 성관계를 한 흔적이 없었다고 하셨죠?"

"그랬지. 왜?"

"하, 이거 좀 재밌네요. 게리 리지웨이는 피해자와 관계를 맺은 후 목 졸라 살해하는 습관이 있거든요. 범인이 만약 게리 리지웨이의 범죄를 완벽하게 재현하려고 했다면 왜 천야오와 성관계를 하지 않은 걸까요?"

심리죄

"그건 뭐 여러 가지 이유가 있겠지. 시간이나 장소의 문제일 수도 있고. 아니면 기분이 별로였다던가."

"기분이요? 저를 심리적으로 무너뜨리고 싶어 하는 사람이니 어쩌면 그놈도 거의 갈 때까지 갔겠네요."

광무가 냉소를 지으며 다른 사진 한 장을 들었다. 무슨 교과서 본문인 것 같았다.

"「노을」?"

"초등학교 때 배웠던 기억이 나요. 작가는 아마 샤오홍蕭紅, 중국을 대표하는 작가이었을 거예요."

광무가 이리저리 살피더니 말했다.

타이웨이가 가까이 다가섰다.

"네 말은, 이게 다음 범행에 대한 힌트라는 거야?"

광무는 잠시 망설이더니 말했다.

"만약 다른 특이사항이 없다면, 일단 이걸 단서라고 보는 수밖에요. 경찰서에서는 이 글을 어떻게 보고 계세요?"

"부처장은 이 종이가 우연히 부츠 속에 들어간 거라고 생각해. 그래서 범인의 집에 초등학생 자녀가 있을 거라고 추측하고 있어. 다른 건 나도 잘 모르겠다."

타이웨이는 한숨을 쉬었다.

"부처장은 내가 이 사건에 개입하는 걸 별로 탐탁지 않아 해. 이 사건은 경문보처 소관이니 나도 뭐라고 할 입장이 못 되고. 그냥 친분을 이용해서 알아보는 수밖에 없어."

"알겠어요. 저도 인터넷으로 좀 찾아볼게요."

팡무는 바로 컴퓨터 앞에 앉아 「노을」을 검색한 뒤 한 글자씩 훑어보기 시작했다. 할 일이 없어진 타이웨이는 책장에서 책 하나를 꺼내 몇 페이지를 들춰보다가 창문에 서서 담배를 피웠다.

"오늘 학교에 사람이 별로 없네."

"네. 곧 시험이라 다들 공부하고 있을 거예요."

팡무는 모니터에 시선을 고정한 채 건성으로 대답했다.

"그럼 너도 곧 시험 아니야?"

"저요? 대학원생은 시험 없어요. 저한테는 이 시험이 있잖아요."

팡무는 쓸쓸하게 웃더니 모니터를 톡톡 쳤다. 타이웨이는 입을 삐죽 내밀고 어깨를 으쓱했다. 팡무는 다시 모니터로 시선을 옮겼지만 한 글자도 눈에 들어오지 않았다. 시험?

"경관님……."

"응?"

타이웨이가 고개를 돌리자 팡무가 종잡을 수 없는 표정으로 뚫어져라 바라보고 있었다.

"제 생각엔 우리가 확실한 단서 하나를 빼먹은 거 같아요."

"뭐? 그게 뭔데?"

타이웨이는 갑자기 정신이 들었다.

"시험문제를 내는 사람이 누구죠?"

"그야 선생이지."

당연한 걸 묻는다는 듯 말을 내뱉던 타이웨이의 눈이 이내 커졌다.

"그럼 범인이 교수일 수도 있단 뜻이야?"

"그럴 가능성이 있어요."

"가만, 지난번에 네가 범인은 30대에서 40대 사이로 가방끈이 길고, 가정 형편이 좋고, 깔끔한 외모에 질투심과 승부욕이 강한 사람이라고 했었지?"

"네. 그랬죠."

"이런 사람들이 너희 학교에 너무 많다는 게 문제야. 내가 볼 땐 대학 교수 대부분이 다 여기에 해당되는 거 같은데?"

"우리가 모르는 사람일지도 모르죠. 근데 한 사람은 제가 확실히 알아요."

광무는 옷을 집어 들었다.

"가요!"

문을 열자 차오 교수가 보였다. 그는 광무의 갑작스러운 방문을 예상이라도 한 듯한 표정이었다. 다만 광무를 뒤따라온 타이웨이를 보더니 안색이 살짝 변했다. 차오 교수는 입구에 있는 슬리퍼를 가리킨 뒤 서재로 들어갔다.

광무와 타이웨이가 슬리퍼로 갈아 신고 서재로 들어갔을 때, 차오 교수는 이미 소파에 앉아 심각한 표정으로 담배를 피우고 있었다. 그 모습을 본 광무는 어떻게 말을 걸어야 할지 몰랐다. 그 사이 타이웨이가 먼저 다가와 자기소개를 했다.

"차오 선생, 아니, 차오 교수님 안녕하십니까. 전 공안국에서 온 타이웨이라고 합니다. 이게 제 신분증이고요."

차오 교수는 고개도 안 돌리고 "네"라고 대답했다. 타이웨이를 쳐다보지도 않고 그가 내민 신분증을 받지도 않았다. 타이웨이는 어색해진 손을 거둬들였다. 그리고 입을 꾹 닫고 있는 팡무를 보더니 옆구리를 세게 찔렀다. 팡무는 두 눈 딱 감고 겨우 입을 열었다.

"교수님. 제가 뭐 좀 여쭤볼 게 있는데요."

"그래."

팡무는 타이웨이를 보더니 용기를 내서 물었다.

"학교에서 심리분석을 잘 하는 사람이 누군지 아세요?"

차오 교수가 재를 털며 말했다.

"알지."

"누군데요?"

팡무와 타이웨이가 갑자기 귀를 쫑긋 세웠다.

"나…… 그리고 너."

차오 교수가 잠시 멈췄다가 말했다. 서재의 공기가 순식간에 얼어붙는 것 같았다.

"그…… 그러니까 제 말은……."

"내가 아는 건 이게 다야."

차오 교수는 꽁초를 재떨이에 누른 뒤 책을 펼쳐들었다. 더 이상 할 말은 없다는 듯. 결국 분위기상 두 사람은 서재를 나올 수밖에 없었다. 타이웨이의 표정이 말이 아니었다. 씩씩거리며 구두를 탁 내려놓더니 인사도 없이 계단을 내려갔다. 신발을 신고 막 허리를 펴던 팡무는 차오 교수가 서서 의미심장하게 자기를 바라보고 있는 걸 발견했다.

"교수님…… 그럼 먼저 가보겠습니다."

팡무가 더듬거리며 말했다. 차오 교수가 갑자기 한 손을 내밀어 팡무의 어깨를 꼭 쥐었다.

"몸조심하고. 금방 다 지나갈 거야."

차오 교수는 문밖으로 팡무를 밀어낸 뒤 비장하게 문을 닫았다.

차에서 기다리던 타이웨이는 팡무가 타자마자 언짢은 듯 가속 페달을 밟았다. 그러자 지프차가 갑자기 홱 하고 출발했다.

"저 영감탱이가 우릴 놀리고 있는 게 분명해."

타이웨이가 앞에서 자전거를 탄 사람을 보고 짜증스럽게 경적을 울려댔다.

"교수가 범인 아니야?"

"함부로 말하지 마세요."

팡무는 속으로 차오 교수가 한 말을 헤아리고 있었다.

─금방 다 지나갈 거야.

설마 교수님은 범인이 누군지도 알고, 잡을 방법까지 파악하고 계신 걸까?

얼마 전에 팡무는 차오 교수가 이 사건에 참여하기로 한 걸 알고 마음이 놓였다. 그런데 지금은 마음이 편안하기는커녕 왠지 모를 불안감이 더해졌다.

어느새 차가 팡무의 기숙사 앞에 도착했다. 차에서 내리기 전, 타이웨이가 팡무에게 말했다.

"아무래도 각자 알아서 조사하는 게 좋겠다. 젠장. 원래는 별 것도 아닌 일을 내가 대놓고 조사를 할 수가 없으니. 사적으로 조사하는 수밖에 없겠어."

"알겠어요. 병원에서 정신과 의사를 겸하고 있는 교수가 있는지 집중적으로 조사해주세요."

"그래. 알았다. 너도 알아서 몸조심하고."

말을 마친 타이웨이는 차를 타고 떠났다. 팡무는 타이웨이의 차가 모퉁이를 돌아 보이지 않을 때까지 눈으로 배웅했다. 하늘을 보니 눈보라가 몰아칠 것처럼 먹구름이 꿈틀대고 있었다.

팡무가 막 3층 복도로 들어서는데 몇몇 남학생들이 313호실 앞에 서서 고개를 들이밀고 안을 살피고 있었다. 팡무는 가슴이 철렁했다. 설마 두위한테 무슨 일이 생겼나?

팡무가 다가오자 구경하던 남학생들이 입구를 비켜주었다.

수염이 덥수룩한 두위가 고개를 숙인 채 의자에 앉아 있었는데 바지에는 진흙이 묻어 있었다. 법학원 사무실 직원이 두위 앞에 서서 삿대질을 해가며 그를 꾸짖고 있었다.

"자네 또 한밤중에 이런 거 품에 넣고 싸돌아다니면, 그땐 학교 보위처 선에서 끝나지 않을 거야. 그 자리에서 파출소로 보내버릴 줄 알아!"

직원은 탁, 하고 커터칼을 책상에 올려놓았다.

"뭐, 복수? 자네 혼자 범인을 잡을 수 있을 것 같아? 그러고도 법학 대학원생이라니! 자네가 복수할 수 있으면 경찰이 왜 있겠나?"

항변하려고 고개를 들던 두위는 입구에 서 있는 팡무를 발견했다. 하려던 말을 꾹 삼키고 팡무만 뚫어지게 바라보았다. 팡무는 두위의 얼굴에 난 시퍼런 멍들을 보고 놀라서 아무 말도 하지 않고 뒤돌아섰다.

밤이 깊어지자 마침내 눈발이 날리기 시작했다.

팡무는 컴퓨터 앞에 앉아서 부츠에서 발견된 본문을 연구하고 있었다. 그러다 우연히 고개를 들어 보니 바깥쪽 창턱에 눈이 많이 쌓여 있었다. 식어버린 물이 든 텀블러를 들고 창문 앞으로 가서 춤추듯 휘날리는 눈꽃을 바라보았다. 순간 마음이 따뜻해졌다.

사람이 죽으면 영혼이 정말 있을까?

만약 있다면, 천시, 라오쓰, 왕젠…….

날 좀 도와줘…….

누군가 문을 두드렸다. 이렇게 늦은 시간에 누구지?

팡무는 베개 밑에서 군용칼을 꺼내 조심조심 문가로 가서 귀를 기울였다. 문밖에서 거친 숨소리가 들렸다.

"누구세요?"

문밖에 선 누군가가 한참 동안 말이 없다가 대답했다.

"나야."

두위 목소리였다. 팡무는 잠시 망설이다가 문을 열어주었다. 진한 술 냄새가 엄습했다. 머리가 산발이 된 두위는 초췌한 얼굴로 입구에 서 있었다. 얼굴에 든 멍 자국이 유난히 눈에 띄었다. 팡무는 들어오라는 뜻으로 몸을 비켜섰다. 두위는 발을 내딛자마자 비틀거리며 문틀에 몸을 부딪쳤다. 팡무가 얼른 가서 부축했지만 두위는 바로 손을 뿌리쳤다. 몸도 제대로 못 가누면서 안으로 들어오더니 팡무 맞은편 침대에 털썩 주저앉았다.

술에 취해 계속 거친 숨을 내뱉으며 딸꾹질을 하는 모습을 보고 팡무는 두위에게 따뜻한 물을 따라 주었다. 두위는 물을 받아서 단숨에 들이켰다. 팡무가 막으려고 했지만 이미 늦은 뒤였다. 70도 정도로 뜨거운 물이었는데 두위는 아무것도 못 느끼는 것 같았다.

두 사람은 말없이 침대에 앉아 있었다. 두 사람 사이의 거리는 2미터도 채 되지 않았지만 넘기 힘든 심연이 자리하는 것처럼 느껴졌다. 시간이 얼마나 흘렀을까, 두위가 쉰 목소리로 입을 열었다.

"그 새끼 찾았어?"

팡무는 천천히 고개를 저었다.

"바보 같은 짓 하지 마."

다시 침묵에 잠기던 두위는 갑자기 오열하기 시작했다. 그는 머리를 두 다리에 묻은 채 머리카락을 쥐어뜯었다. 손에는 핏줄만 튀어나온 게 아니라 아물지 않은 상처도 군데군데 있었다. 울음소리가 마치 뭔가가 부서지는 소리처럼 들렸다.

팡무는 자리에서 일어나 두위의 어깨에 손을 얹었다. 두위는 팡무의 팔을 뿌리치며 소리쳤다.

"꺼져!"

두위의 통곡은 10분 동안이나 이어졌다. 그의 울음은 시작할 때와 마찬가지로 갑자기 멈춰버렸다. 두위는 팡무의 휴지를 가져다가 눈물을 닦고 코를 푼 뒤 바닥에 냅다 던지고는 자리에서 일어났다. 문 쪽으로 걸어가던 두위는 뒤돌아서 가라앉은 목소리로 말했다.

"그놈 찾으면 나한테 제일 먼저 말해. 네가 아직 살아 있다면 말이야."

말을 마친 두위는 문을 열고 나갔다.

아무도 온 적 없었던 것처럼 방은 다시 고요해졌다. 팡무는 갑자기 마음이 답답해서 창문을 열었다. 열린 창문 틈 사이로 눈이 강풍과 함께 방 안으로 날아들었다. 책상 위에 있던 종이가 펄럭 소리를 내며 방 안 구석구석으로 날아갔다. 팡무는 얼른 창문을 닫았다. 방금 자신의 공세를 흡족해하는 것처럼 눈 알갱이가 툭툭 유리창을 때렸다.

책상 위에 있던 자료들이 바람에 날려 침대, 바닥 등 여기저기 흩어져버렸다. 팡무는 종이를 다 줍고 나서 한 장이 부족하다는 걸 알게 되었다. 다시 잘 찾아보니 침대 밑에 들어가 있었다. 몸을 굽혀 손을 최대한으로 뻗었지만 종이까지 닿지 않았다. 방에 긴 막대기 같은 게 없어서 하는 수 없이 침대 밑으로 기어 들어갔다.

침대 밑은 생각보다 먼지가 많지 않았다. 손으로 훔쳤을 때 얇게 먼지가 묻어나오는 정도였다. 팡무는 뭔가 느낌이 이상해서 종이를 끄집어낸 뒤 책상에서 라이터를 찾아 다시 침대 밑으로 들어갔다.

라이터의 작은 불꽃만으로도 침대 밑의 좁은 공간이 한눈에 들어왔다. 이리저리 비췄더니 침대 안쪽 구석에 먼지가 쌓여 있는 게 보였다. 반면 침대 중앙 쪽 바닥은 상대적으로 깨끗했다. 누군가 그 자리에 누웠던 것 같았다.

팡무는 먼지가 상대적으로 적은 바닥 부분을 자세히 살폈다. 그리고 잠시 생각하다 몸을 뒤집어 그 자리에 누웠다. 라이터 불빛이 팡무가 누운 위쪽 침대 상판을 비췄다. 그림자가 생긴 울퉁불퉁한 부분을 보더니 팡무의 눈이 갑자기 커졌다.

팡무의 얼굴 바로 위쪽에는 자잘하게 뭔가가 새겨져 있었다. 멍판저라는 글자였다!

어떤 글자는 가장자리가 반듯한 게 칼로 새긴 것 같았고, 어떤 글자는 좀 매끄럽지 않은 게 열쇠 같은 걸로 힘줘서 그린 거 같았다. 보아하니 멍판저가 한번에 다 새긴 것 같지는 않았다.

팡무는 침대 밑에서 꿈틀대면서 계속 위치를 옮겼다. 침대 머리맡과 침대 발치에도 전부 멍판저의 이름이 있었다.

팡무는 멍판저가 혼자 지내는 동안, 자기처럼 이렇게 침대 밑에 웅크리고 바들바들 떨면서 상판에 이름을 새겼을지도 모른다는 생각이 들었다.

그 뒤로 한참 시간이 흐른 뒤에야 팡무는 침대 밑에서 나왔다. 온몸에 먼지가 묻은 상태로 의자에 앉아 넋을 놓았다. 그리고 갑자기 무슨 생각이라도 난 듯 밖으로 뛰쳐나갔다. 팡무는 문을 열고 복도로 나가 문패를 확인했다.

예상대로 '3', '0', '4' 세 숫자 사이에 '+' 같은 게 새겨져 있었다.

누군가가 두 덧셈 부호를 지우려고 왔다가 무슨 이유 때문인지 다 못 지운 것이다. 다만 자세히 들여다보지 않으면 눈치챌 수 없을 만큼 희미했다.

멍판저는 통제당하고 있던 게 틀림없었다.

일곱 시간 후, 304호실. 타이웨이는 세숫대야에서 손을 씻고 몸에 묻은 먼지를 털었다.

"최면?"

"네. 그런 거 같아요."

"그러니까, 멍판저가 그날 밤에 했던 게 최면 상태에서 저질렀다는 거야? '3', '1' '3' 숫자 사이에 덧셈 부호를 그린 것도, 널 죽이려던 것도 전부 다? 그게 가능한가?"

"최면술로 간단한 동작을 통제하는 건 가능해요. 근데 대상을 정해서 살인을 하게 만드는 건 아마 힘들 거예요."

타이웨이의 곤혹스러운 표정을 보더니 팡무가 설명을 이어갔다.

"멍판저가 제 방 문패에 부호를 그려넣고 절 공격한 것도 전부 고의로 한 게 아니었어요. 멍판저가 저를 따라 계단을 올라오면서 잠시 멈칫했던 거 기억하세요?"

타이웨이가 인상을 쓰면서 기억을 더듬었다.

"응. 그랬던 거 같아. 그때 녀석이 복도에서 잠시 멈췄었어. 맞아.
이 방 앞쯤이었던 거 같은데."

"네. 이것 좀 보세요."

팡무는 타이웨이를 복도로 끌고 나와 문패에 남은 옅은 흔적을
가리켰다. 타이웨이가 멍하니 쳐다보면서 중얼거렸다.

"세상에. 당시에는 네 방만 신경 쓰느라 여긴 둘러볼 생각도 못
했네."

"이건 멍판저가 일부러 저를 노린 게 아니라는 뜻이에요. 멍판저
는 그냥 이 복도에서 숫자 '7'을 찾으라는 최면 암시에 따라 움직
이고 있었던 것뿐이에요."

팡무는 복도 양쪽을 가리켰다.

"이 층에서 침실은 301호실부터 320호실까지예요. 321호실은 화
장실이고요. 322호실부터는 철문으로 나뉘어 있어서 멍판저가 갈
수 없었던 거예요. 그래서 숫자 '7'을 만들 수 있는 건 304호실과
313호실밖에 없었던 거죠."

"그럼 널 죽이려고 한 것도 최면 때문이라는 거야?"

"저도 그게 좀 이상했어요. 누군가에게 최면을 걸어서 어떤 특
정한 사람을 죽이게 만드는 건 거의 불가능하거든요. 침대 밑에서
그 이름들을 발견하기 전까지는 그랬어요."

"그게 무슨 말이야?"

"일단 들어보세요. 먼저 최면에 대해서 간단히 설명해드릴게요. 최면은 주로 최면 암시를 통해서 신경활동과 생물학적, 생리적인 변화를 일으키는 걸 말해요. 예를 들면 최면으로 불안감이나 우울감을 완화하거나 긴장감을 없애는 거죠. 최면은 상당히 복잡한 심리적, 생리적 신경 활동과정이에요. 그래서 최면자는 피최면자가 쉽게 최면 상태에 들어가도록 다양한 암시 신호를 사용할 필요가 있는 거죠."

"그래. 그건 나도 알아. 〈최면〉이라는 일본 영화에서 금속 때리는 소리를 들으면 최면에 걸리더라고."

"맞아요. 피최면자의 이름을 불러서 최면 암시를 거는 경우도 있는데, 이건 최면자가 피최면자에게 일종의 신호를 주는 거예요. 그러면 피최면자는 최면 상태에서 깨어났어도 여전히 그 신호에 반응하게 돼요. 이런 후최면 암시의 효과가 지속되려면, 최면자에 대한 피최면자의 절대적인 신뢰도 필요하지만, 그 암시가 피최면자의 잠재의식 속에서 강한 힘을 발휘해야 해요. 제가 아는 멍판저는 심리적으로 다른 사람에게 쉽게 의지하는 편이에요. 그러니 최면 암시의 대상으로 멍판저만 한 사람이 없었던 거예요. 그날 밤부터 저는 멍판저가 후최면 암시로 조종당하고 있는 게 아닐까 의심했어요. 그 암시 신호가 뭔지는 몰랐었는데, 그 이름들을 보고서야 알겠더라고요."

"멍판저 이름이 암시 신호였구나?"

"맞아요. 멍판저한테는 사람들이 모르는 비밀이 하나 있었는데,

출석을 부르는 걸 무서워하는 거였어요. 그러니까 가장 강한 인상을 줄 수 있는 게 바로 자기 이름이었던 거죠. 그리고 범인, 그러니까 그 의사라는 사람을 찾아가 치료를 받았을 가능성이 커요. 범인은 그 점을 이용해서 멍판저의 이름을 후최면 암시의 신호로 삼은 거예요. 제가 그날 밤 일이 있기 전에 멍판저랑 화장실에서 대화를 나눈 적이 있어요. 그때 제가 이름을 부르니까 이상하게 멍판저가 심한 감정 기복을 보이더라고요. 저를 죽이려고 한 날에도, 제가 앞에 했던 몇 마디에는 반응하지 않더니 이름을 부르니까 갑자기 절 공격했어요."

"그래, 나도 생각났다. 그때 공안국에서 우리가 멍판저 신문할 때 기억 나? 처음에 물어본 질문들에는 전혀 반응이 없다가 수사관이 이름을 부르자 갑자기 미친놈처럼 돌변했었잖아."

타이웨이가 뭔가 깨달았다는 표정으로 말했다.

"맞아요. 제가 볼 땐 범인이 멍판저에게 자기 이름을 부른 사람을 공격하라는 암시를 준 거 같아요."

타이웨이는 잠시 생각하더니 침대 밑을 가리키며 물었다.

"그럼 저 밑에다 자기 이름을 새긴 건 왜 그런 거야?"

"멍판저는 사건이 일어나기 며칠 전에 자신의 정신 상태가 좀 이상하다는 걸 어느 정도 눈치챈 거 같아요. 저한테 그랬거든요, 자기가 뭘 했는지 자주 잊어버린다고요. 언제 이런 이상한 물건들을 방에 가져왔는지도 기억을 못 했어요. 제 생각에는 범인이 멍판저가 물건들을 가져오도록 통제한 것 같아요. 멍판저는 자기에 대해서, 특히 자기 이름에 대해서 두려움 같은 걸 느끼니까요. 사람은 무서우면 어딘가로 숨잖아요. 침대 밑이라든가……."

팡무는 자기 침대를 툭툭 쳤다.

"여기가 멍판저의 피난처였던 거예요. 모든 게 다 싫었겠죠. 그 의사라는 사람의 도움을 받아서 심리적 장애를 거의 극복할 뻔했는데 아니었으니까요. 그래서 침대 밑에 자기 이름을 쓰도록 스스로에게 강요한 거예요. 더 이상 자기 이름을 무서워하지 않기를 바라면서."

팡무는 잠시 멈췄다가 낮은 소리로 말했다.

"멍판저는 그때 그 의사를 의심하면서 동시에 의지하는 복잡한 심정이었을 거예요. 그래서 어머니에게 그 편지를 쓴 거고요."

그 순간 팡무는 침대 밑에서 누군가의 거친 숨소리와 흐느끼는 소리가 들리는 것만 같았다. 그리고 딱딱한 뭔가로 상판을 쓱쓱 긁는 소리와 반복해서 뭔가 중얼거리는 소리도.

─멍판저, 멍판저, 멍판저…….

타이웨이는 인상을 쓴 채 말없이 담배만 피웠다. 팡무가 물었다.

"어때요? 이 증거들이면 재수사하도록 설득할 수 있을까요?"

"어려울 거야."

타이웨이는 한참 동안 말이 없다가 입을 열었다.

"첫째, 그 편지랑 유리에 쓰여 있던 'GR'에 대해 아는 사람은 너밖에 없어. 둘째, '6', '7'번째 사건은 표면적으로는 이미 끝난 사건이야. 6번 레인 사건이 사실은 범인이 여섯 번째 범죄를 완성하려고 범인 일이라는 걸 설득한다 해도 공안국에서 받아들이기 힘들 거라고. 그리고 한 가지 더, 너도 알다시피 공안국은 네가 이 사건 들에 개입하는 걸 반대해. 그러니까 네 말을 믿어줄 사람이 있으리 란 보장이 없어."

안색이 어두워진 팡무는 고개를 떨궜다. 타이웨이는 축 처진 팡 무를 보고 짠한 마음에 어깨를 토닥였다.

"아 참! 그 본문 조사하던 건 어떻게 됐어?"

"단서가 없어요. 제가 수도 없이 봤지만 단서나 힌트가 될 만한 건 찾지 못했어요."

팡무는 책장에서 책 하나를 꺼내 타이웨이에게 건넸다.

"그 본문의 출처인 『후란강 이야기呼蘭河傳』도 빌렸어요. 무슨 단서 라도 나올까 싶어서요."

타이웨이는 책을 훑어보았다. 두껍지는 않지만 안에 글자가 빽 빽해서 절로 한숨이 나왔다.

"휴, 시간 꽤나 걸리겠는걸."

"저는 그 본문이 실린 교과서를 찾아서 다시 자세히 좀 살펴볼 게요."

"혹시 범인이 그 본문에다 투명 잉크 같은 걸로 힌트를 적어놓 진 않았을까?"

팡무도 생각해봤던 거라 바로 대답했다.

"아닐 걸요. 범인은 종이가 한동안 물속에 있을 거란 걸 알고 있 었을 거예요. 복원할 수 없다면 쓴 게 소용이 없잖아요. 힌트는 이 본문에 있는 게 맞아요."

"젠장, 초등학교 교과서에 살인의 단서가 있다는 걸 누가 믿겠어?"

타이웨이는 허리를 쭉 펴다가 갑자기 멈췄다.

"설마, 초등학교 4학년생이 다음 범행 대상인가?"

"글쎄요. 그럴지도 모르죠."

팡무는 쓴웃음을 지으며 책상에 수북이 쌓인 자료들을 바라보았다.

"제가 예전에 시험 봤을 때는 마지막 문제가 제일 어려웠던 거같아요. 선생님들이 항상 그러셨거든요. 일단 앞에 있는 쉬운 문제부터 풀고, 시간이 남으면 마지막 문제를 풀라고요."

대체 일곱 번째 문제의 답이 뭘까?

춥고 건조한 겨울의 새벽이 다시 찾아왔다.

오늘 1, 2교시는 차오 교수의 범죄학 학부 수업이었다. 사범대에다닐 때는 범죄학을 체계적으로 못 배워서 팡무는 늘 이 수업을 청강하고 있었다. 그런데 그날 이후로 팡무는 차오 교수를 보지 못했다. 금방 다 지나갈 거라던 차오 교수의 말이 팡무를 내내 불안하게 만들었다. 차오 교수를 찾아가 이야기를 나누고 싶었다. 아무 말 하지 않더라도, 눈빛으로 뭔가 신호라도 준다면 좋겠다고생각했다.

팡무는 일부러 구석에 자리를 잡았다. 팡무를 알아본 사람들이 그에게 손가락질을 했지만 못 본 체했다.

8시가 지났는데도 차오 교수는 나타나지 않았다.

조용히 수업을 기다리던 학생들이 웅성거리기 시작했다. 8시 15분이 지나도 차오 교수는 오지 않았다. 팡무는 휴대폰을 꺼내 차오 교수에게 전화를 걸었지만 휴대폰이 꺼져 있었다. 집으로 전화를 했는데 통화 중이었다. 여러 번 계속 걸어봐도 여전히 통화 중이었다.

팡무는 순간 불길한 예감이 들었다.

오후가 되자 그 예감은 현실이 되었다.

졸업을 앞둔 선배 하나가 팡무를 찾아와 차오 교수가 어디 있는지 아냐고 물었다. 팡무가 모른다고 고개를 저었더니 무척이나 초조한 모습을 보였다.

"큰일 났다! 논문 아직 다 못 썼는데. 설마 지도교수님이 바뀌는 건 아니겠지."

팡무는 그 말을 듣고 순간 욕이 나올 것 같았다. 팡무가 입을 열기도 전에 그 선배는 이미 밖으로 뛰어나가고 없었다. 팡무는 화를 억누르며 차오 교수의 집에 전화를 걸었다. 여전히 통화 중이었지만 여러 번 시도 끝에 마침내 연결되었다.

전화기 너머로 사모의 다급한 목소리가 들렸다.

"여보세요? 누구시죠?"

"안녕하세요, 저 팡무예요. 교수님 계세요?"

사모가 흐느끼기 시작했다.

"이 양반이 하루가 지났는데 아직도 안 들어왔어……."

"네?"

팡무는 심장이 조여 오는 것 같았다.

차오 교수가 사라진 것이다.

제26장

선배

차오 교수의 집에는 사람들로 가득했다. 원래도 크지 않던 거실이 더 비좁게 보일 정도로 붐볐다. 동기와 선배들을 비롯해 성省 공안청의 벤펑도 있었다. 팡무가 들어오는 걸 보더니 그는 살짝 고개를 끄덕였다. 팡무도 그를 보며 목례를 한 뒤 바로 소파에서 눈물을 훔치고 있는 사모에게 다가갔다.

"사모님, 어떻게 된 일이에요?"

사모는 붉어진 두 눈을 닦으며 울먹였다.

"어젯밤에 친구 만나러 간다고 나갔거든. 누구 만나러 간다는 얘기는 없었어. 11시 넘도록 기다렸는데 이 사람이 올 생각을 안 하는 거야. 휴대폰으로 전화해봤는데 꺼져 있더라고. 밥 먹으러 갔나보다 하고 먼저 씻고 잤지. 오늘 바로 학교로 출근한 줄 알았더니 지금까지 아무 소식이 없을 줄 누가 알았겠어……."

갑자기 전화가 울렸다. 방금 전까지만 해도 쓰러질 것 같던 사모가 벌떡 일어나더니 전화기 쪽으로 달려가 수화기를 들었다.

"여보세요? 아, 그래……."

그녀의 목소리가 축 가라앉았다.

"비행기 표 끊었다고…… 저녁? 그래, 알겠어. 와서 아빠 찾는 거 좀 도와줘. 응, 그래."

전화를 끊은 사모는 결국 감정을 주체 못하고 엉엉 울음을 터트렸다. 볜펑이 일어나서 사모를 소파로 부축한 뒤 좋은 말로 달랬다. 사모가 볜펑의 손을 잡았다.

"샤오볜, 제발 부탁이야. 그이 좀 찾아줘. 나이도 많은데 무슨 일이라도 생겼으면……."

"사모님, 그런 생각 마세요. 교수님 별 일 없을 거예요. 혼자 어디 가서 조사 중이실지도 모르고요."

볜펑은 방금 한 말이 별로 설득력이 없다고 생각했는지 얼른 덧붙였다.

"교수님 찾으러 사람들 보냈으니까 곧 소식이 올 거예요."

옆에 있던 사람들도 맞장구를 쳤지만 사모는 더 불안해 보였다.

차오 교수 집을 찾는 사람들이 점점 늘어났다. 법학원 원장과 총장도 방문했다. 다시 전화가 울리고 사모는 기대에 차서 전화를 받았다. 하지만 이번에도 상대방의 말을 듣고 사모는 실망하는 표정을 지었다.

"응…… 그럼 샤오쑨 너도 와. 그래. 알았다."

누군가 또 방문할 모양이었다. 벤펑은 집 안에 있는 사람들을 보더니 학생들에게 말했다.

"먼저들 돌아가 있어. 무슨 소식 있으면 바로 알려줄게."

학생들은 인사를 하고 집을 나섰다. 문 옆으로 가던 팡무는 갑자기 차오 교수가 그날 자기에게 했던 말이 떠올라 벤펑에게 말했다.

"벤 처장님, 교수님한테 소식 오면 바로 저한테 알려주세요."

"알았어."

벤펑은 총장과 이야기를 나누면서 팡무에게 손을 흔들었다.

방으로 돌아온 팡무는 날이 저물 때까지 침대에 멍하니 앉아 있었다.

팡무는 차오 교수가 한 말과 그가 사라진 이유를 도무지 연결해서 생각할 수가 없었다.

─몸조심하고. 금방 다 지나갈 거야.

만약 팡무의 예상이 맞다면 차오 교수는 범인을 알고 있었다. 설마 혼자 범인을 찾아갔다가…….

팡무가 생각하고 싶지 않은 결말이었다.

차오 교수가 실종된 지 48시간 만에 경찰은 그의 근무지와 거주지를 중심으로 대대적인 수색 작업을 벌였다. 그리고 전신부를 찾아가 차오 교수의 휴대폰과 자택 전화의 통화 기록을 조사했지만 이렇다 할 단서를 찾지 못했다. 차오 교수가 실종된 이후, 시내의 각 병원에 도착한 신원불명의 시신은 총 네 구였다. 실종자 가족들의 확인을 거쳤는데 차오 교수는 아니었다. 시내의 각 구호소에도 차오 교수의 모습은 보이지 않았다.

산 사람도, 죽은 시체도 찾을 수가 없었다.

경찰이 차오 교수를 찾는 동안, 팡무도 J시 구석구석을 돌아다니고 있었다. 목적지도 없고 단서도 없었다. 팡무는 유흥가나 어두운 골목들을 방황하듯 누비고 다녔다. 그러면서 속으로는 맞은편에서 걸어오거나 어느 문에서 나오는, 아니면 어느 창가에 앉아 있는 차오 교수를 보게 되기를 간절히 바랐다. 차오 교수인 줄 알고 따라갔다가 그와 나이와 체형이 비슷한 다른 사람이라는 걸 알게 되는 경우도 허다했다.

매번 자정이 가까워질 때가 되어서야 팡무는 지친 몸을 이끌고 학교로 돌아왔다. 아무거나 대충 먹고 배를 채운 뒤 그대로 침대 위에 쓰러졌다. 잠깐이라도 눈을 붙일 때도 있고, 뜬 눈으로 밤을 새운 적도 있었다. 날이 밝으면 어제처럼 팡무는 다시 번화한 도시 속으로 들어가 생사불명의 차오 교수를 찾았다.

팡무 자신도 이렇게 밤낮없이 그를 찾아다니는 게 사실 아무 의미가 없다는 걸 잘 알고 있었다. 하지만 팡무는 멈출 수 없었다. 무슨 소식이 있을 때까지 가만히 방에서만 기다리고 있는 건 도저히 참을 수가 없었다. 뭐라도 해야 했다. 차오 교수를 위해서, 그리고 팡무 자신을 위해서.

차오 교수는 팡무가 가장 존경하는 사람이었다. 류젠췬이나 천야오에게 느끼는 것과는 또 다른 감정이었다. 이 사건에 대해서 팡무가 먼저 나서서 차오 교수에게 도와달라고 한 적은 없었다. 딱한 번 자문을 구했을 때도 단칼에 거절당했다. 하지만 팡무는 언젠가 그놈에게 자신이 잘못되면, 차오 교수가 결코 가만있지 않을 거라고, 반드시 범인을 잡아 죗값을 치르게 할 거라고 늘 믿고 있었다. 차오 교수는 강하고 경험도 많으며 마지막 희망이었다. 그런 차오 교수가 지금은 생사를 알 수가 없다. 그 사실이 팡무를 더없이 외롭고 절망하게 만들었다.

　작은 노점식당에서 타이웨이가 담배를 피우며 꾀죄죄한 모습의 팡무를 바라보고 있었다.

"좀 더 먹어."

　팡무 앞에 놓인 그릇에는 국수가 잔뜩 남아 있었다. 타이웨이의 말을 듣더니 팡무는 그릇을 들고 국물만 몇 모금 마셨다. 타이웨이는 시내의 백화점 앞에서 팡무를 찾아냈다. 당시 그는 손에 빵을 움켜쥐고 있었는데, 지나가는 사람들을 둘러보며 차가운 공기와 함께 빵을 삼키고 있었다.

　타이웨이는 눈앞에 있는 초췌한 몰골의 청년을 뚫어지게 바라보았다. 며칠 못 본 사이에 부쩍 수척해져 있었다. 그래서인지 입고 있는 오리털 패딩이 더 부하게 보였다. 팡무가 뭔가를 찾는 듯 몸을 더듬자, 타이웨이는 책상에 있던 담뱃갑을 팡무 쪽으로 밀어주었다. 팡무는 한 개비를 꺼내 불을 붙인 뒤 말없이 담배를 피웠다. 타이웨이는 한숨을 내쉬었다.

"이런 식으로 찾는 건 아무 도움이 안 돼. 잘못하면 차오 교수 찾기도 전에 너부터 쓰러지겠다."

팡무는 잠시 뜸을 들인 뒤 물었다.

"그쪽은 어떻게 돼가요?"

"아직 별다른 소식은 없어. 이런 일은 지사에서 조사하는 거라. 공안청의 볜펑 처장이 인맥 동원해서 외지로 사람들 좀 보냈다는데, 아직까진 성과가 없는 모양이야."

타이웨이는 점점 어두워지는 팡무의 얼굴을 보더니 얼른 말을 덧붙였다.

"그렇다고 허튼 생각 마. 무슨 일이 생기면 틀림없이 신고하는 사람이 있을 테니까. 내 생각엔 차오 교수가 무슨 병에 걸린 게 아닌가 싶어. 연세도 있고, 갑자기 노인성 치매가 생겼을지 누가 알아?"

팡무는 잠시 망설이다가 그날 차오 교수가 자신에게 했던 말을 있는 그대로 타이웨이에게 털어놓았다. 타이웨이는 말을 다 듣더니 한참 동안 말이 없었다. 담배만 피우다 꽁초를 재떨이에 세게 눌러서 껐다.

"교수가 범인을 알고 있는 게 분명해! 범인을 감싸려다 자기도 당한 거라고!"

"교수님은 그러실 분이 아니에요!"

"그래, 그래. 알았어."

타이웨이는 지금 이 문제를 두고 팡무와 싸우고 싶지 않았다.

"이건 아주 중요한 단서야. 난 가서 부처장이랑 얘기해볼게. 밉
보인다고 해도 상관없어."

타이웨이가 자리에서 일어났다.

"너, 네가 제일 잘하는 게 뭔지 잊었어?"

"네?"

"네 전공은 사람 찾는 게 아니잖아. 프로파일링이지."

타이웨이가 몸을 굽혀 코가 맞닿을 정도로 팡무에게 다가갔다.

"우린 교수 찾으러 갈 테니까 넌 가서 잠이나 푹 자도록 해. 그
리고 일어나서 범인이 어떤 놈일지 그려보라고. 이젠 네가 마지막
희망이야."

타이웨이는 팡무의 어깨를 툭툭 쳤다.

마지막 희망이라고?

팡무는 방에 돌아와서 책상에 널브러진 자료들을 바라보며 마
음이 무거워졌다. 오후에 타이웨이가 한 말은 위로라기보다 부담
에 가까웠다. 만약 차오 교수가 정말 범인을 찾으러 간 거라면, 살
아 있을 가능성은 거의 없다는 뜻을 내포하고 있었기 때문이다.

그래도 타이웨이의 의견에는 동의했다. 최대한 빨리 범인을 찾아
내야 했다. 문제 해결의 열쇠는 차오 교수가 아니라 그놈에게 있었
다. 놈을 찾아야만 차오 교수의 생사와 관계없이 최후의 답을 얻
을 것이다. 교수를 구해내든 복수를 하든, 지금 팡무가 할 수 있
는 건 그것뿐이었다. 하지만 가득 쌓여 있는 자료들을 놓고 30분

넘게 앉아 있었지만 한 글자도 눈에 들어오지 않았다.

그동안 비통함, 분노, 죄책감, 절망감 같은 극단적인 감정들이 팡무의 신경을 둔하게 만들었다. 범죄자의 심리를 간파하던 민감한 능력이 오래전에 사라져버린 것만 같았다.

침착하자. 침착해야 돼. 팡무는 담배를 피우면서 눈앞에 있는 자료들에 정신을 집중하라고 자신을 다그쳤다.

그러다 들고 있던 지포 라이터에 시선이 머물렀다.

팡무가 반복해서 라이터 뚜껑을 들어올리자 탁탁 소리가 방 안에 울려 퍼졌다. 이건 덩린웨가 그에게 준 처음이자 마지막 선물이었다. 비싸기도 하고 남다른 의미가 담겨 있는 것이라 소중하게 다뤄야 마땅했다. 하지만 팡무는 그 라이터를 그저 불을 켜는 도구로만 생각했다. 조명으로 써도 되겠다는 생각을 했을지도 몰랐다.

이 세상에서 중요하다고 말하는 많은 것들이 사실은 거기에 특별한 의미나 감정을 부여해서 그런 것뿐이다. 만약 한발 물러나서 보면, 한정판 지포 타임리스보다 하나에 1위안짜리 플라스틱 라이터가 쓰기 편하다는 걸 알게 될 것이다.

사람도 마찬가지다.

피해자들. 류젠쥔, 멍판저, 천야오, 어쩌면 차오 교수까지 모두 피해자에 불과하다. 그리고 나는 프로파일러다.

서류철을 넘겼다. 사진에는 영원히 깨어날 수 없는 천야오의 얼굴이 있었다.

팡무는 담배를 손에 낀 채 한 장씩 자료를 살폈다.

범인, 남자. 나이는 30~40대, 신장은 170~175센티미터. 건장한 체격에 동작이 민첩하고 왼손잡이다. 머리가 똑똑하고 박식하며 양질의 고등교육을 받았다. 어릴 때 부모에게 엄격하지만 절도 있는 가정교육을 받았고, 이른 시기에 사업에 성공해 자부심과 승부욕이 강한 성격이 되었다. 자율적이면서 스스로에게 엄격하다. 부유한 집안 자제로 평소 옷차림이 말끔하고 겉모습에 신경을 쓰는 편이다. 사교성이 뛰어난 걸로 보아 누군가와 동거하고 있을 가능성이 있다. 운전에 능숙하고 자가용이 있을 것이며 차 상태는 양호할 것이다. 교육이나 관련 업계에 종사한 적이 있고 J대 주변 환경에 익숙한 것으로 보아 J대에서 학생들을 가르쳤을지도 모른다. 범죄학과 범죄심리학에 정통하지만 해부학과 같은 생리의학 분야 지식은 별로 없다.

범행 이후 범인의 심리에 변화가 생겼다. 처음에 그는 단순히 어떤 분야에 대한 자신의 능력과 재능을 증명하기 위한 범행을 저질렀을지도 모른다. 그런데 경찰은 무능했고 잘못된 판단까지 하는 바람에 그의 자부심은 더 커졌을 것이다. 다른 한편으로는 그도 어쩌면 자신의 심리 변화를 알아차리고 저항했을지 모른다. 예를 들면 동거를 그만둔다든지 하는 것이다. 자신의 범죄 행위에 대한 혐오감이 들면서 일부 행동들이 불가능해졌을 가능성도 있다. 예를 들면 정상적인 성관계 같은 것이다(천야오를 성폭행하지 않은 걸 보면 알 수 있다).

그리고 범인은 차오 교수와 서로 아는 사이이고 팡무에 대해서도 잘 알고 있었다.

팡무는 복도에서 우연히 안내문을 보았다. 처음에는 잘못 봤나 싶어서 다가가 자세히 살펴보니 자신이 본 대로 8시에 범죄학 수업을 재개한다는 내용이었다.

팡무의 심장이 미친 듯이 뛰었다. 교수님이 돌아오신 건가? 시계를 보니 8시까지 아직 5분 정도 남아 있었다. 팡무는 곧장 교실로 향했다. 입구에 도착하자 팡무의 걸음이 느려졌다. 강의실 문을 열면 강단에 서 있는 차오 교수를 볼 수 있기를 간절히 바랐다. 팡무는 문 앞에서 3초 정도 서 있다가 용기 내서 문을 열었다.

강단은 텅 비어 있었다. 허리를 쭉 펴고 매서운 눈빛을 보내는 노인은 없었다.

방금 전까지만 해도 소란스러웠던 강의실이 일순간 조용해졌다. 모든 사람들의 시선이 입구에 서 있는 팡무에게 쏠렸다. 학생들은 늘 청강하러 오는 선배라는 걸 알고 도떼기시장처럼 다시 떠들어대기 시작했다.

팡무는 고개를 숙인 채 강의실의 맨 뒷줄로 갔다. 실망감이 컸지만 차오 교수가 좀 늦게 오는 것뿐이기를 바랐다.

견디기 힘든 만큼 시간이 더디게 흘러가는 것 같았다. 하품을 하는 학생, 식당에서 가져온 아침을 먹는 학생, 시끄럽게 대화를 나누는 학생들 틈에서 팡무는 시계만 쳐다보고 있었다. 분침이 조금씩 '12'에 가까워졌다.

갑자기 복도에서 발자국 소리가 들렸다.

다른 사람들에겐 안 들렸을지 몰라도 팡무에게는 들렸다. 시끄러운 강의실 안에서도, 팡무는 천천히 교실로 걸어오는 발자국 소리를 들을 수 있었다. 서두르지도, 느리지도 않았다. 걸음걸이에서 자신감과 힘이 느껴졌다.

발자국 소리가 점점 가까워졌다. 팡무는 숨을 죽였다. 이윽고 문이 열렸다.

강의실에 들어온 사람은 다름 아닌, 도서관에서 일하는 쑨 선생이었다. 그는 가볍게 문을 닫으면서 강의실 전체를 빠르게 훑어보았다. 이어서 가벼운 발걸음으로 강단에 서더니 들고 있던 파일을 내려놓았다.

"그럼 수업 시작하겠습니다."

그는 미소를 띤 채 쥐 죽은 듯이 고요한 강의실을 바라보았다.

"차오 교수님께서 개인적인 사정으로 수업을 못 하시게 돼서 제가 남은 수업을 맡기로 했습니다. 이제 수업이 세 번 정도 남은 것 같은데, 범죄학이라는 학문을 여러분과 같이 즐겁게 공부했으면 좋겠습니다."

쑨 선생은 분필을 들었다.

"먼저 제 소개를 하죠. 제 이름은 쑨푸라고 합니다."

그는 뒤돌아서 칠판에 이름을 적었다. 차분하면서도 힘이 느껴지는 글씨였다.

"그냥 쑨 선생이라고 부르면 됩니다. 라오쑨老孫, 중국에서는 성 앞에 나이가 적으면 샤오(小), 나이가 많으면 라오(老)를 붙여 친근하게 부른다 도 좋고요."

강의실에 한바탕 웃음소리가 번졌다.

쑨푸는 손에 묻은 분필가루를 털고 고개를 들었다. 마침 강의실 뒤쪽에서 멍하니 자신을 바라보고 있는 팡무와 눈이 마주쳤다. 그는 팡무를 보며 웃는 얼굴로 고개를 끄덕였다.

쑨 선생이 강의를 시작했다. 사실 강의실에 들어서면서부터 대다수 학생들은 그에게 호감을 느낀 것 같았다. 엄격하고 정석이기는 하지만 고지식한 느낌을 주던 차오 교수와는 달리, 쑨 선생은 유머러스하고 편안한 분위기를 만들어주면서도 날카로운 의견을 제시하는 스타일이었다. 쑨 선생은 모든 사람들이 자기에게 집중하도록 만드는 힘이 있었다.

그런데도 팡무는 강의 내용이 하나도 귀에 들어오지 않았다. 팡무의 머릿속에 드는 생각은 딱 하나였다. 왜 쑨 선생일까?

수업이 끝나고 학생들은 생전 처음 범죄학에 흥미가 생기기라도 한 것처럼 쑨 선생의 주변으로 몰려들어 끊임없이 질문을 해댔다. 쑨 선생은 웃는 얼굴로 모든 질문에 친절하게 대답해주었다. 다시 강단으로 와서 짐을 챙길 때가 되어서야 그는 팡무가 강의실 앞에서 자기를 기다리고 있다는 걸 알게 되었다.

쑨 선생은 팡무를 보더니 웃으며 말했다.

"후배도 질문 있어?"

팡무는 원래 묻고 싶은 게 많았지만 그 순간 정신이 멍해졌다.

"후배요?"

"그래. 차오 교수님이 말씀 안 하셨나?"

"네. 전 전혀 몰랐어요. 그럼 선생님도⋯⋯."

"하하. 아직도 모르는 게 더 많을걸?"

쑨 선생은 친근하게 팡무의 어깨를 감싸더니 힘껏 잡았다가 팡무를 떠밀었다.

"얼른 가 봐. 내 기억이 맞다면 아직 형사소송법 수업이 남아 있잖아. 지각하지 말고."

쑨 선생은 뒤도 안 돌아보고 강의실을 나갔다. 홀로 남은 팡무는 그 자리에 멍하니 서 있었다.

형사소송법 강의 시간 내내 팡무는 넋이 나간 상태였다.

오랜 시간 동안 팡무는 깊은 연못가에 서서 아래쪽에 정체를 알 수 없는 괴물을 내려다보는 것 같았다. 사건의 경위가 점차 밝혀지면서 그 괴물도 서서히 수면 위로 올라왔다. 어둠이 걷히면서 조금씩 윤곽이 뚜렷해지는 느낌이었다. 하지만 팡무와 괴물 사이에는 짙은 안개가 끼어 있었다. 잘 보이지는 않았지만 안개 속에서 놈이 자신을 훔쳐보며 몰래 웃고 있는 걸 느낄 수 있었다. 놈이 풍기는 피비린내를 맡을 수 있을 정도로 지척에 있었지만, 놈에게 닿을 수는 없었다.

그런데 이제, 그 안개가 서서히 걷히는 것 같았다.

정오, 식당. 요즘 팡무에게 끼니를 챙기는 건 부담스러운 일이었다. 마치 미각을 잃어버린 것만 같았다. 팡무는 자기가 좋아하든 싫어하든 상관없이 그냥 빨리 먹어치울 수 있는 음식으로 먹었다.

우연히 고개를 들었는데 몇 사람이 식당에 따로 마련된 룸으로 들어가는 게 보였다. 그중에는 자오융구이와 벤펑도 있었다. 벤펑도 광무를 발견했는지 자오융구이에게 뭐라고 말하더니 광무 쪽으로 다가왔다.

"밥 먹어?"

벤펑은 광무 맞은편에 앉아서 그릇을 살폈다.

"닭 감자조림이네? 하하."

광무는 인사말 따위는 하고 싶지 않았다.

"차오 교수님 소식은 있어요?"

벤펑의 낯빛이 어두워졌다.

"아니. 오늘도 그 일 때문에 온 거야. 법학원에서 무슨 일이 있었는지 좀 알아보려고."

광무는 말이 없었다. 덩달아 입맛도 떨어졌다.

"네가 언제 졸업했지?"

"04년이요. 왜요?"

"하! 그래도 차오 교수님 제자 중에 네가 제일 양심적이다."

벤펑이 담배에 불을 붙이며 말했다.

"네? 왜 그런 말씀을 하세요?"

"네 동기들 중에는 너만큼 이렇게 초조한 사람이 없거든. 네 선배들도 초조해보이기는 하다만, 그건 자기들 논문 지도해줄 사람이 없어서 졸업 못할까 봐 그런 거고. 법학원에서 윗분들이 나한테 당분간만 학생들 수업 좀 맡아달라고 찾아왔는데, 내가 지금 그럴 시간이 어디 있냐? 나중에 보니까 사모님이 누굴 추천하셨더라."

"그 사람 이름이 쑨푸예요?"

"그걸 어떻게 알았어?"

벤펑이 놀라 눈이 커졌다.

"오전에 그분한테 범죄학 수업 들었거든요. 제 선배라던데요?"

"맞아. 91학번. 난 86학번이고."

"근데 왜…… 도서관에서 일하시는 거예요?"

"하, 말하자면 긴데……."

벤펑이 쓴웃음을 지으며 고개를 저었다. 그때 자오융구이가 룸에서 나오더니 벤펑에게 손을 흔들었다.

"네. 곧 갑니다."

벤펑이 팡무에게 말했다.

"후배, 사실은 용건이 있어서 온 거야. 차오 교수님이 널 아끼셨잖아. 나한테 네가 천부적인 재능이 있다며 칭찬하신 게 한두 번이 아니라고. 나도 네가 인재라고 생각해. 어때, 졸업하고 나 좀 도와줄래?"

"전 경찰이 되고 싶단 생각을 해본 적이 없어요."

벤펑은 좀 실망한 눈치였다.

"그래 뭐, 사람마다 각자 뜻이 있으니까. 근데 네가 훌륭한 경찰이 된다면 차오 교수님의 염원 하나가 이루어지는 걸 수도 있는데."

심리죄

벤펑이 일어나면서 팡무의 어깨를 툭툭 쳤다.

"천천히 먹고 가. 뭔가 알아내면 연락할게."

식당을 나온 팡무는 공터에서 잠시 서 있다가 차오 교수의 집에 다녀오기로 마음먹었다.

집에는 사모 혼자 있었다. 안으로 들어가자 약 달이는 냄새가 진하게 풍겼다.

"사모님, 어디 편찮으세요?"

주방을 보니 가스레인지에 올려진 작은 솥에서 수증기가 부글부글 피어오르고 있었다.

"휴, 안 아플 수가 있나?"

며칠 못 본 새에 사모는 부쩍 야위고 머리카락도 하얘져 있었다.

"마침 잘 왔다. 이따가 약재 짜는 것 좀 도와줘. 샤오위小羽는 아빠 찾으러 나가고 집에 챙겨줄 사람이 없네. 네가 알아서 물 따라 마셔, 알겠지?"

팡무는 얼른 괜찮다고 말하고는 사모를 부축해 침실에 눕혔다. 그리고 주방에서 약을 거른 뒤 그릇에 담아서 사모에게 가져다주었다.

"학교는 어때?"

"괜찮아요. 범죄학 수업도 다시 시작했어요."

사모가 한숨을 쉬었다.

"학생들 수업에 영향 주는 걸 제일 싫어했어. 그래서 나라도 애들 수업에 차질이 없도록 조치를 취해야겠다고 생각한 거야. 대학원

수업은 어쩔 수 없지만 학부생들 수업은 대신해줄 사람을 찾았어."

팡무는 잠시 침묵하더니 용기를 내서 물었다.

"저기, 쑨푸 선생님……도 차오 교수님 제자예요?"

"맞아. 가만있어 보자. 아마 석사 91학번일 거야."

"그럼 왜 학생들을 안 가르치고 도서관에서 일하시는 거예요?"

"그 아이, 참 우여곡절이 많았지."

사모는 입가로 가져가던 그릇을 내려놓았다.

"쑨푸는 당시 그 기수 중에 제일 뛰어난 학생이었어. 우리 집 양반은 자기 학생들 칭찬에 인색한 사람이야. 그런 사람이 집에서 쑨푸 얘기를 자주 할 정도였으니, 얼마나 쑨푸를 아꼈는지 알 수 있지. 게다가 졸업한 쑨푸를 학교에 추천하고는 자기 조교 자리까지 마련해줬어. 쑨푸는 일을 열심히 하기도 했지만 눈에 띄게 참 잘했어. 덕분에 서른도 안 돼서 부교수로 파격 승진했지. 당시 성에서 알아주는 젊은 인재였다니까. 근데 그 뒤로는……."

사모는 고개를 저으며 한숨을 내쉬었다.

"그 뒤로 어떻게 됐는데요?"

팡무가 다급하게 물었다.

"너도 알겠지만, 법학원에서 가끔 지방 공안기관에서 벌어진 사건을 같이 처리하기도 하잖아. 당시 남편이 쑨푸랑 사건을 몇 개 해결했어. 한동안 쑨푸를 데리고 다니다가 혼자서 하도록 사건을 맡겨본 거야. 쑨푸도 이쪽에 확실히 재능이 있었는지 사건들을 아주 멋지게 해결했어. 당시 갖은 영예와 칭찬은 다 쑨푸 차지였지. 근데 그땐 아직 어려서 그랬는지 중심을 잘 못 잡았던 거 같아. 1998년 교외에서 연쇄 성폭행 살인사건이 일어났는데, 당시 남편이 외국에 나가 있어서 공안국에서는 쑨푸에게 협조를 요청했지. 쑨푸는 프로파일링인가 뭔가 하는 기술을 이용해서 범인의 특징을 대략적으로 묘사해냈어. 경찰은 그 특징에 부합하는 사람을 잡아들였고. 근데 그 사람은 끝까지 범행을 시인하지 않았어. 다른 증거도 못 찾은 터라 사건이 마무리되지 못하고 있었지. 사안이 너무 중대해서 상부에서도 계속 재촉했던 모양이야. 경찰이나 쑨푸나 엄청난 스트레스를 받았어. 내가 볼 땐, 쑨푸가 마음이 급해서 정신이 살짝 어떻게 됐었던 거 같아. 경찰을 꼬드겨서 고문으로 자백을 받아냈거든. 결국 그 사람은 견디지 못하고 죽어버렸어. 더 심각한 건 며칠도 안 돼서 진짜 범인이 잡힌 거야. 이 일에 연루된 많은 사람들이 감옥에 가거나 옷을 벗었어. 당시 시 공안국 경관팀 팀장이었던 사람은 그나마 좀 나은 축이었지. 이름이 자오융구이던가? 암튼 그 사람은 경문보처로 발령 났어. 쑨푸는 증거가 부족하기도 했고, 남편이 애를 좀 써서 겨우 체포는 면했고. 하지만 강단에 서는 건 어려워졌지. 남편이 학교 지도부를 몇 번이나 찾아간 덕분에 겨우 도서관에 자리 하나 마련한 거야."

그런 거였구나. 중얼거리며 고개를 숙이던 광무는 식어버린 탕약을 발견하고 얼른 사모에게 건넸다.

"근데 저는 왜 이 이야기를 처음 들었을까요?"

사모는 인상을 쓰며 탕약을 다 마신 뒤 광무가 건넨 휴지로 입가를 닦았다. 잠깐 한숨 돌리더니 말을 이어갔다.

"그땐 네가 입학하기 전이잖아. 게다가 학교에서도 쉬쉬하는 일이니 어떻게 함부로 얘기하고 다니겠어? 근데 솔직히 그 일로 남편이 큰 충격을 받은 것 같아. 그 이후로 성격도 좀 나빠졌다니까. 쏜푸가 몇 번이나 보러 왔는데 바로 쫓겨났어. 집에선 이 얘기 하는 거 금지야."

사모가 옆에 있는 베개를 툭툭 치며 말했다.

"오늘은 남편이 없으니까 망정이지, 있었으면 이런 얘기 너한테 하지도 못해. 에이, 그 뒤로 한동안은 집에서 학생들 얘기는 입 밖에 꺼내지도 않았어. 그런데 최근 몇 년간 네 얘기를 자주 하더라고. 남편이 쏜푸랑 널 아끼는 게 눈에 보여. 처음엔 학부 수업에 널 대타로 추천할까 했었는데, 생각해보니까 나이가 너무 어리더라고. 더군다나 쏜푸도 지난 몇 년간 열심히 근무했고, 평판도 좋아서 학교에선 쏜푸를 강단에 복귀시키는 방안을 고려 중이야. 쏜푸는 아마 모를 거야. 이 양반이 겉으로는 죽어도 용서해주지 않을 것처럼 굴었지만, 뒤에서는 누구보다 열심히 자기를 보호해줬다는 걸 말이야. 갑자기 실종되지만 않았어도, 다음 학기 때 쏜푸 재임용을 건의하려고 했었는데……."

뒤에 한 말들은 거의 팡무의 귀에 들어오지 않았다. 팡무는 지금 당장 누군가를 찾아가 이야기를 해봐야겠다고 생각했다.

제27장

후란 협객

"뭐? 도서관에서 일하던 사람? 그 안경 쓴?"

타이웨이가 팡무의 침대에서 벌떡 일어났다.

팡무가 고개를 끄덕였다.

"부처장이 그 일로 면직된 거였구나. 어쩐지, 프로파일링 얘기만 나오면 눈에 불을 켜더라니. 근데 그 사람 점잖아 보이던데. 사람은 진짜 겉만 봐선 모르는 거구나."

타이웨이가 인상을 찌푸렸다.

"전 그 사람이 범인이라고는 안했어요. 예전에 우리가 범인이 프로파일링에 정통한 사람일 거라고만 했었잖아요. 근데 지금 보니까 이 학교에서 저랑 차오 교수님을 제외하면 그 사람밖에 없어요."

"그럼 우리 이제 어떻게 해야 되는 거야? 지금으로선 그 사람이 범인이라는 걸 증명할 증거가 없는 것 같은데."

팡무가 잠시 생각하더니 말했다.

"우리 둘 다 범인과 만났었고, 경관님은 놈을 쫓아가기까지 했었죠. 어때요? 쑨푸랑 매치가 돼요?"

타이웨이는 깊은 생각에 잠겼다.

"키는 좀 비슷한 거 같아. 근데 그날 밤에 범인이 바바리코트를 입고 있었고 불빛도 너무 어두웠잖아. 그래서 두 사람이 동일 인물인지 확신은 못하겠어."

팡무는 기죽은 듯 아무 말도 하지 않았다. 타이웨이는 낙담한 팡무의 표정을 보더니 얼른 화제를 돌렸다.

"그 본문은 연구 좀 해봤어?"

팡무는 더 안색이 어두워지더니 고개를 저었다.

"차오 교수가 실종된 게 그 본문이랑 관련 있을 것 같지 않아? 그 본문은 교과서에서 찢은 거고 차오 교수는 선생이니까, 혹시 일곱 번째 범행 대상자가 교사라는 의미 아닐까?"

"아닐 거예요. 그 본문이 발견된 건 차오 교수님이 실종되기 전이에요. 범인은 교수님이 방문하리라 예상 못했을 거예요. 일곱 번째 범행 대상은 따로 있어요."

"그럼 우리가 할 수 있는 게 아무것도 없잖아!"

타이웨이가 짜증스러운 듯이 말했다.

"꼭 그렇지만은 않아요. 경관님은 수사가 전공이시니까 먼저 쑨푸를 좀 조사해주세요. 일단 쑨푸가 진범이라고 가정하고, 만약 교수님이 아직 살아 계신다면……."

팡무는 말을 멈췄다가 목소리를 높였다.

"쑨푸는 어딘가에 교수님을 숨겨놨을 거예요. 쑨푸의 행적을 조사해보세요. 어쩌면 교수님의 행방을 알아낼 수 있을지도 몰라요."

"알겠어. 지금 바로 가서 준비할게."

타이웨이가 자리에서 일어나더니 갑자기 테이블 위로 주먹을 내리쳤다.

"차오 교수든 누구든, 이번에는 그놈 뜻대로 되게 놔두지 않을 거야!"

타이웨이는 성큼성큼 입구로 걸어가더니 문을 열면서 뒤를 확 돌아보았다.

"인마, 너도 알아서 몸조심하고."

팡무는 침대에 던져진 가방 속 군용칼을 떠올리며 고개를 끄덕였다.

어김없이 또 악몽이 찾아왔다.

성한 곳이 없는 몸뚱이들이 말없이 팡무의 침대를 에워쌌다. 침대에서 미친 듯이 발버둥 쳐도 몸이 말을 듣지 않는 팡무를 말없이 바라보고 있었다. 눈을 뜨지 않아도 팡무는 지금 자기 주변에 고인이 된 사람들 중 어디선가 본 듯한 얼굴들이 더 늘어난 걸 느낄 수 있었다.

취웨이창, 왕첸, 탕위어, 진차오, 신팅팅, 토마스 질, 멍판저, 둥구이즈, 천야오……

누군가가 한 손으로 꽝무의 어깨를 눌렀다.

―사실, 너도 나와 같아.

목이 움직이는 걸 느낀 꽝무는 얼른 고개를 돌렸다.

미소 짓는 쑨푸의 얼굴이 보였다.

며칠 동안 꽝무의 머릿속에 가장 자주 나타났던 얼굴이다. 너무 자주 봐서 자기 얼굴보다 더 익숙하게 느껴질 정도였다. 결정적인 부분을 이야기할 때 짓는 특유의 눈짓, 미소 지을 때의 입꼬리, 생각에 잠겼을 때 찌푸려지는 미간, 꽝무를 훑어보면서 짓는 은은한 미소까지.

그때, 그 얼굴의 주인이 강단에 서서 학생들의 우러러보는 눈빛을 흡족하게 바라보고 있었다.

"좋아요. 그럼 오늘 수업 내용은 여기까지입니다."

쑨 선생은 분필을 놓고 손에 묻은 가루를 털었다.

"수업 종료 시간까지 십여 분 정도 남았는데, 우리 게임 하나 합시다."

짐을 챙기려고 준비하던 학생들은 다시 쑨 선생에게 집중했다.

"미국 FBI가 범죄자들 중 몇십 명의 정신 이상자들에게 실시한 심리테스트라고 하는데, 놀랍게도 테스트 결과가 전부 일치했습니다. 테스트에 응한 사람들이 정상인과 다르다는 게 증명된 거죠. 여러분도 몇 개나 맞히는지 한번 봅시다. 범죄자적 자질이 있는 사람이 여러분 중에 있을지도 모르니까요."

쑨푸는 미소를 지으며 눈을 찡긋했다. 학생들은 이상심리를 보인다는 게 무슨 '끝내주는' 일이라도 되는 양 갑자기 들뜨기 시작했다.

"첫 번째 문제, 태양에너지 설비 테스트를 하러 남극 관측 기지에 간 적이 있는 엔지니어가 집에서 아내가 해준 고기를 먹었는데, 맛이 이상해서 무슨 고기냐고 묻자 아내는 펭귄 고기라고 답했습니다. 엔지니어는 잠시 말이 없다가 갑자기 포크로 자기 목을 찔렀습니다."

학생들이 놀라서 소리를 질렀다.

쑨 선생은 이어 "여기서 문제, 왜 그랬을까요?"라고 말했다.

이제 보니 그거구만, 팡무가 속으로 중얼거렸다.

1년 전, 팡무도 이 문제들을 우연히 발견하고 호기심에 풀어봤다. 총 일곱 문제 중에 다섯 개를 맞혔는데, 테스트 결과 팡무는 정신 이상자가 될 가능성이 매우 높은 것으로 나타났다.

반면 학생들은 처음 이 문제를 접했는지 서로 토론하기 시작했다. 교실이 시끌시끌해졌지만 아무도 정답을 찾지 못했다. 결국 쑨 선생이 답을 알려주었다. 엔지니어는 남극에서 조난을 당해 동료 한 명을 잃었다. 구조대원들이 올 때까지 엔지니어는 다른 사람들과 펭귄 고기라고 한 음식을 먹으며 목숨을 연명했다. 그런데 진짜 펭귄 고기의 맛을 보니 당시 그가 먹었던 게 죽은 동료였다는 걸 알게 된 것이다.

답을 들은 학생들은 깜짝 놀랐다. 구역질을 할 것 같은 표정을 짓는 사람도 있었지만 대다수는 다음 문제를 기대하는 눈치였다.

두 번째 문제. 지병이 있는 남자가 여기저기 의사를 찾아다녔는데, 마침내 한 병원에서 병이 완쾌되었다. 하지만 고향으로 가던 기차 안에서 그는 갑자기 미친 듯이 울고불고 난리를 쳤다. 그러다 몇몇 승객에게 부상을 입혔고, 몸을 부딪쳐 창문을 깨뜨린 뒤 밖으로 뛰어내렸다. 결국 바퀴에 휩쓸려 들어가 온몸이 부서지고 말았다. 왜 그랬을까?

학생들은 다시 열띤 토론을 벌였다. 쑨 선생은 뒷짐을 지고 교실을 느긋하게 돌아다니면서 학생들의 답변에 간간이 아니라고 답을 했다. 나중에 한 학생이 정답을 맞혔다. 남자의 병은 실명이었다. 그는 병이 나아서 다시 빛을 볼 수 있을 거라 생각했다. 그런데 기차가 터널을 지나면서 시야가 어두워지자, 병이 재발한 줄 알고 절망감에 자살해버린 것이다.

"잘했어요. 평소 점수 플러스 10점!"

쑨 선생이 앞장서서 박수를 쳤다. 그러자 학생들의 의욕이 더 불타올랐다. 칭찬을 받은 학생이 얼굴을 붉히며 자리에 앉자, 다른 학생들은 질투와 부러움이 가득한 눈으로 바라보며 세 번째 문제를 눈 빠지게 기다렸다.

세 번째 문제. 어떤 남자가 여자친구와 강가에서 산책을 하고 있었다. 그런데 여자친구가 발을 헛디뎌 물에 빠지더니 몇 번을 허우적거리다 그만 가라앉고 말았다. 남자가 황급히 물속으로 뛰어들었지만 여자친구를 구하지 못했다. 몇 년 후, 남자가 그곳을 다시 찾아가 가슴 아파 하고 있는데, 한 노인이 낚시하고 있는 게 보였다. 남자는 노인이 낚은 물고기가 깨끗한 걸 보더니 왜 물고기 몸에 수초가 없냐고 물었다. 노인은 이 강에 수초는 이제껏 없었다고 대답했다. 그 말을 들은 남자는 말없이 강으로 뛰어들어 자살했다. 왜 그랬을까?

정답. 당시 남자가 여자친구를 구하려고 물속에 뛰어들었을 때, 수초 같은 걸 잡았다가 바로 놓아버렸다. 그는 노인의 말을 듣고 자신이 잡았던 게 수초가 아니라 여자친구의 머리카락이라는 걸 알게 된 것이다. 아무도 정답을 맞히지 못했다.

네 번째 문제. 어떤 사람이 머리가 모래에 박힌 채 사막에서 죽었다. 그 옆에는 크고 작은 캐리어가 있었다. 죽은 사람 손에는 반쪽짜리 성냥개비가 꼭 쥐어져 있었다. 이 사람은 어떻게 죽은 것일까?

정답. 이 사람이 탄 비행기가 고장이 났다. 모든 사람에게 낙하산이 필요한데 한 개가 부족한 걸 알게 되었다. 사람들은 반쪽짜리 성냥개비를 뽑은 사람이 낙하산 없이 뛰어내리기로 결정했다. 죽은 사람이 반쪽짜리 성냥개비를 뽑은 것이다. 아무도 정답을 맞히지 못했다.

다섯 번째 문제. 두 자매가 어머니의 장례식에 참석했다. 그런데 여동생이 장례식장에서 잘생긴 청년을 발견하고 첫눈에 반해버렸다. 안타깝게도 그 청년은 장례식이 끝나고 사라졌다. 며칠 후, 여동생은 주방에서 칼로 언니를 죽였다. 왜 그랬을까?

정답. 여동생은 그 남자를 사랑해서 다시 보고 싶은 마음이 간절했다. 하지만 장례식장에서만 그를 다시 볼 수 있다는 걸 알고 장례식을 만든 것이다. 한 여학생이 정답을 맞혔다.

여섯 번째 문제. 서커스단에 난쟁이 두 명이 있었는데, 그중 한 명은 눈이 보이지 않았다. 어느 날 매니저가 서커스단에는 난쟁이가 한 명만 필요하다고 말했다. 서커스단 일은 두 난쟁이에게 모두 생계유지 수단이었다. 그런데 이튿날 아침, 눈먼 난쟁이가 자기 방에서 자살했다. 방에는 목제가구와 톱밥이 있었다. 왜 자살했을까?

정답. 눈먼 난쟁이가 잠든 사이에, 다른 난쟁이가 방에 몰래 들어와서 모든 목제가구의 다리를 짧게 잘라놓았다. 눈먼 난쟁이가 일어나서 보니, 자기 손이 닿는 가구들마다 높이가 낮아진 걸 알게 되었다. 그래서 자기가 하룻밤 사이에 키가 큰 줄 알고 절망해서 자살한 것이다. 아무도 정답을 맞히지 못했다.

어느새 창밖이 어두워지고 있었다.

"마지막 문제."

쑨 선생이 집게손가락을 입술에 갖다 대자 교실이 삽시간에 조용해졌다.

"제일 어려운 문제일 수도 있습니다. 그러니 다들 주의 깊게 잘 듣고 진지하게 고민해보세요. 쉽게 결론 내리지 말고요."

모두들 숨죽이고 쑨 선생이 낼 마지막 문제를 기다렸다.

"어떤 사람이 산꼭대기에서 살고 있었습니다."

쑨 선생의 목소리가 낮게 깔렸다.

"폭우가 쏟아지던 어느 날 밤, 그 사람이 자려고 침대에 누웠는데 갑자기……."

쑨 선생이 순간 목소리를 높이자 몇몇 여학생들이 낮게 비명을 질렀다.

"문 두드리는 소리가 들렸습니다. 문을 열어보니……."

쑨 선생은 잠시 말을 멈추더니 조용해진 강의실을 둘러보았다.

"……아무도 없었습니다. (어떤 사람이 웃음을 터트렸다.) 문을 닫고 다시 침대에 누워 잠이 들었죠. 근데 십여 분이 흐른 뒤에 다시 문 두드리는 소리가 들렸습니다. 조심스럽게 문을 열어봤지만 역시나 아무도 없었죠. 그렇게 그날 밤에 반복해서 노크하는 소리가 들렸고, 문을 열 때마다 밖에는 아무도 없었습니다. 그리고 다음 날 아침, 산기슭에서 그는 온몸이 상처투성인 시신 한 구를 발견합니다."

쑨 선생은 잠시 뜸을 들이더니 학생들이 공포에 질린 걸 보고 만족스러운 듯 계속 말을 이어갔다.

"그럼 문제, 이 사람은 어떻게 죽었을까요?"

학생들은 조금 전보다 말수가 줄어들었다. 작은 소리로 이런저런 가능성에 대해서 이야기를 나누는데, 간혹 얼굴을 붉히며 논쟁이 붙은 학생들도 있었다. 쑨 선생은 몰입하는 학생들이 만족스러운 듯 강의실을 천천히 걸으며 큰 소리로 말했다.

"신중하게 생각하세요. 여러분의 상상을 뛰어넘는 답일지도 모르니까요."

팡무는 정답을 이미 알고 있었기 때문에 쑨 선생의 얄팍한 수가 자못 못마땅했다. 가방을 싸놓고 종이 울리자마자 나갈 준비를 했다. 그런데 갑자기 누군가가 한 손으로 팡무의 어깨를 눌렀다. 고개를 들자 쑨 선생과 눈이 마주쳤다.

여전히 웃고 있었지만 안경 렌즈 뒤에 있는 두 눈에 순간 서늘한 빛이 감돌았다. 사람을 두렵게 만드는 미소였다. 어깨에 얹은 손에 갑자기 힘이 들어가더니, 미소 짓던 쑨 선생이 살짝 몸을 굽혀 팡무의 귓가에 속삭였다.

"마지막으로 낸 일곱 번째 문제, 답을 찾았는지 모르겠네?"

팡무는 머리를 세게 얻어맞은 것 같았다. 그 순간 주위에 있는 사람들이 전부 흔적도 없이 사라진 느낌이 들었다. 이 세상에 자신과 눈앞에 있는 그, 둘만 남아 있는 기분이었다.

여섯 개의 문제, 아홉 명의 피해자. 피로 얼룩진 기억들이 전광석화처럼 떠올랐다…….

온몸에 피가 거꾸로 솟는 것 같았다. 팡무는 자리에서 벌떡 일어났다.

주위에 있던 학생들이 깜짝 놀라 이상한 눈으로 팡무를 쳐다보았다. 쑨 선생은 피하지 않고 여전히 미소 지으며 팡무의 눈을 바라보고 있었다.

"왜, 정답을 말하려고요?"

팡무는 책상 가장자리를 두 손으로 꼭 쥐고 이를 악물었다.

쑨 선생은 시계를 보더니 말했다.

"자 이제 수업 마칠 시간이네요. 정답을 발표하겠습니다."

학생들은 다시 쑨 선생에게 집중했다.

"죽은 사람은 산꼭대기에 사는 사람을 찾아왔습니다. 산꼭대기에 산다는 데 주목해주시고요. 노크를 했더니 안에서 문이 열렸는데, 불쌍하게도 문에 밀려서 아래로 떨어지고 말았습니다. (사람들이 웃기 시작했다.) 이 재수가 없는 사람은 포기하지 않고 계속 올라갔죠. 결국 또 문이 열려서 아래로 떨어졌고요. (웃음소리가 커졌다.) 몇 번을 이렇게 반복하다가 결국 견디지 못하고 저세상으로 간 겁니다."

박수와 웃음소리가 터져 나왔다. 그때 마침 수업을 마치는 벨소리가 울리고 쑨 선생이 손을 흔들었다.

"수업 끝!"

사람들이 금방 빠져나가 강의실이 텅 비었다. 팡무가 정신을 차렸을 때는 주위에 아무도 없었다. 언제 나갔는지 쑨푸도 보이지 않았다. 팡무는 방금 전에 쑨푸가 서 있던 자리를 계속 노려보고 있었다.

일곱 번째 문제의 답, 내가 반드시 찾아내고 말 거야!

팡무 앞에는 천야오 살인사건에 대한 모든 자료가 놓여 있었다. 제일 윗부분에는 교과서 본문 사진 복사본이 있었고, 그 밑으로는 본문이 실렸던 초등학교 교과서, 『후란강 이야기』가 차례대로 있었다.

팡무는 복사본을 들었다. 구두점 하나까지 모두 기억할 정도로 숱하게 본 자료였다. 하지만 아무리 들여다봐도 다음 범행에 대한 단서는 찾을 수 없었다. 만약 이 본문 안에 단서가 있는 게 아니라면 단서는 본문의 출처에 있는 게 틀림없었다.

직접적인 출처는 그 교과서였다. 무고해 보이는 초등학교 4학년 국어 교과서가 가만히 책상에 놓여 있었다. 팡무는 모든 본문에 나오는 연습 문제들까지 여러 번 살펴봤지만 단서가 될 만한 게 하나도 없었다.

간접적인 출처는 『후란강 이야기』였다. 「노을」은 이 책의 제1장이었던 것이다. 그렇게 두꺼운 책은 아니었지만, 그 안에서 단서를 찾아내는 건 상당히 번거로운 일이었다. 팡무가 이 책을 제일 밑에 둔 것도 그런 이유 때문이었다. 지금으로선 이 책이 유일한 희망인 것 같았다.

팡무는 차오 교수가 준 만년필을 손으로 빙글빙글 돌리며 인내심을 가지고 책을 한 장씩 넘겼다.

범인은 그동안 유명한 연쇄살인마들의 범행 수법을 따라 해왔기 때문에 이번에도 그럴 가능성이 높았다. 하지만 둥베이東北 지역 어느 작은 마을의 풍경을 담은 1940년대 작품에서 연쇄살인범의 단서를 찾는 건 요리책에서 무공 비법을 찾는 거나 다름없었다. 팡무는 책을 보면서 '죽이다', '때리다', '죽다'라는 단어가 나올 때마다 단서를 찾기를 바라며 내용을 곱씹어보았다.

……

―큰 호수에 말 한 마리가 또 빠져 죽었다.

너무 예민했다. 고작 말일 뿐인데.

…….

―난처해진 어머니는 문 옆에 있던 부지깽이를 집어 아이의 어깨를 때렸다. 아이는 울면서 집으로 뛰어갔다.

부지깽이? 예전에 이걸로 누가 사람을 죽였었나?

…….

―독 안에서 그녀는 살려달라고 절규하듯 뛰고 소리를 질렀다. 서너 명의 사람들이 뜨거운 물을 그녀의 머리 위로 부었다. 잠시 후 얼굴이 시뻘겋게 변한 그녀는 더 이상 발버둥치지 않고 가만히 서 있었다. 밖으로 나가려고 뛰지도 않았다. 뛰어도 나갈 수 없다는 걸 깨달은 것이다. 독이 너무 커서 서 있어도 밖에서는 머리밖에 안 보였다.

설마 다음 범행 장소가 보일러실 같은 곳인가?

…….

―그 다리 밑에는 억울한 원혼들이 있어. 그래서 비오는 날 다리를 지나가면 귀신이 우는 소리를 들을 수 있지.

…….

팡무는 앞에 있던 물건들을 손으로 전부 쓸어버렸다. 종이와 책이 와르르 바닥으로 떨어졌다. 잉크병이 침대에 엎어져 순식간에 침대보를 검게 물들였다. 벽으로 날아간 유리컵은 처량한 소리를 내며 깨져 버렸다.

팡무는 머리채를 쥐어뜯었다. 관자놀이가 격렬하게 뛰는 게 느껴졌다.

아무래도 이 방법은 아니었다. 차오 교수는 생사를 알 수 없고, 다음 범행 대상의 목숨은 위험한 상황이었다. 그런데 자기는 책이나 들여다보며 쓸데없는 생각을 하고 있는 것이다. 팡무는 자리에서 벌떡 일어났다. 창밖에는 함박눈이 쏟아지고 있었다.

자정이 다 된 시각이라 옥상에는 아무도 없었다. 딱 팡무가 원하던 거였다.

옥상에는 어느덧 눈이 소복이 쌓여 있었다. 쌓인 눈 위에 달빛이 내려앉자 흠잡을 데가 없어 보였다. 팡무는 한참을 망설이다 눈 위를 밟았다.

익숙한 '뽀드득' 소리가 왠지 슬프게 느껴졌다.

살짝 바람이 불어 눈꽃이 팡무의 얼굴에 닿더니 순식간에 녹아 뺨을 타고 천천히 흘러내렸다. 고개를 들자 어두웠던 밤하늘에 은은한 빛이 감돌고, 눈꽃이 흩날리며 곳곳에 떨어졌다. 미세하게 들리는 '�솨쏴' 소리는, 하늘과 헤어지는 걸 슬퍼해서 내는 소리일까, 아니면 대지와 다시 만난 게 기뻐서 내는 소리일까?

팡무의 몸 전체에 눈꽃이 점점 쌓여갔다. 무게가 느껴지지도, 춥지도 않았다. 팡무는 고개를 돌렸다. 뒤쪽에 난 발자국이 모양은 변했어도 그가 온 길을 또렷하게 보여주고 있었다. 하지만 앞으로 가야 할 곳은 온통 하얀 눈으로 덮여 따라갈 수 있는 흔적조차 보이지 않았다.

어두운 밤. 함박눈. 솔바람.

이들이 팡무의 주위를 돌며 끊임없이 재잘거리고 쓰다듬어주는 것 같았다. 익숙한 모습들이 이야기해주듯 따뜻하고 포근했다.

얘들아. 어디에 있든 날 지켜보고 있다는 걸 알고 있어…….

팡무는 천천히 눈밭에 무릎을 꿇었다.

나에게 조금만 더 시간을 줘.

나에게 조금만 더 지혜를 줘.

나에게 조금만 더 용기를 줘.

식당. 팡무는 음식을 입에 넣으면서 손에 든 『후란강 이야기』를 뚫어져라 보고 있었다. 가끔 만년필로 표시도 했다. 책에 크고 작은 표시들이 가득해서 돌려줄 때 틀림없이 욕은 좀 먹을 테지만 팡무는 지금 그런 것까지 신경 쓸 겨를이 없었다.

식판 하나가 팡무 맞은편에 놓였다. 고개를 들어보니 눈앞에 초췌한 자오융구이의 얼굴이 보였다.

"뭘 그렇게 열심히야?"

놀리는 말투였지만 친근한 느낌은 전혀 없었다. 팡무는 길게 대화하고 싶지 않아 가려다가, 그가 경찰이었던 게 생각나서 물었다.

"사건은 어떻게 됐어요?"

자오융구이는 기운 없이 밥숟가락을 입에 넣고 씹으면서 고개를 저었다. 팡무는 빨리 다 먹으려고 말없이 먹는 데만 집중했다. 반면 자오융구이는 천천히 밥을 씹으면서 팡무를 바라보다가 입을 열었다.

"타이웨이가 며칠 전에 찾아와서 그러더군. 자네가 이 사건에 대해 다른 의견이 있다던데."

팡무는 고개를 들고 그를 쳐다보았다. 자오융구이는 인상을 찌푸리며 감시하는 듯 팡무를 훑어보고 있었다. 팡무가 볼 때 그의 눈빛에서는 어떤 신뢰도 느껴지지 않았다. 그래서 다시 고개를 숙이고 밥을 욱여넣었다.

자오융구이는 아무 반응이 없는 팡무를 보고 다시 물었다.

"자네, 아직도 우리가 그 사건을 잘못 처리했다고 생각하나?"

팡무는 말이 없었다.

"우리가 그 변태 살인마를 억울하게 죽였다고 생각하냐고?"

팡무는 숟가락을 식판에 던졌다. 음식이 테이블에도 튀고 자오융구이 몸에도 묻었다. 팡무는 화를 억누르며 최대한 침착한 어투로 말했다.

"부처장님. 절 안 믿으셔도 좋은데요, 제 생각은 변함없어요. 명판저는 무고해요. 범인은 따로 있다고요. 부처장님은 부처장님 방식대로 하세요. 전 제 방식대로……."

"자네 방식이라고? 아직도 그건가? 허무맹랑한 그 프로파일링?"

자오융구이는 더러운 물건이라도 되는 듯 손가락 두 개로 『후란강 이야기』를 들면서 말했다.

"겨우 이거 가지고? 이거 하나 보고 범인을 잡을 수 있다는 건가?"

팡무는 책을 가로채고는 책상을 탁 쳤다.

"믿든 안 믿든 그건 부처장님 마음이지만 일곱 번째 사건의 단서는 여기 있는 게 맞아요!"

"『후란강 이야기』에 연쇄살인범이 있다는 거야? 나 참!"

자오융구이는 뒤로 기대며 큰 소리로 비웃었다. 그런데 거의 웃다 말았다. 그는 뭔가 생각난 듯 안색이 변했다.

팡무는 자오융구이와 더 말하고 싶지 않았다. 계속 말했다가는 욕이 튀어나올 것 같았다. 그래서 만년필을 주머니에 넣고 책을 겨드랑이에 끼운 뒤 식판을 들고 가려고 했다. 그런데 막 걸음을 떼자마자 자오융구이가 팡무를 붙잡았다.

"젠장! 이거 놔요……."

팡무는 결국 욕을 하고 말았다. 그런데 말을 하는 순간 팡무는 자오융구이가 불과 몇 초 전과는 전혀 다른 모습이라는 걸 발견했다. 미간은 찌푸려져 있고, 믿기 힘든 일을 생각하기라도 하듯 놀란 표정이었다.

"앉아 봐!"

자오융구이가 맞은편 의자를 가리키며 단호하게 말했다. 그러면서 동시에 팡무가 겨드랑이에 끼고 있던 책을 가져다가 반복해서 훑어보았다.

"후란강…… 후란강……."

중얼거리던 자오융구이의 미간이 점점 찌푸려졌다.

"방금 이 책이 연쇄살인범이랑 관련이 있다고 했나?"

팡무는 그의 태도가 미심쩍었지만 저도 모르게 고개를 끄덕였다. 자오융구이는 잠시 생각하더니 큰 결심을 한 듯이 고개를 들고 물었다.

"자네, 후란 협객이라고 들어봤나?"

"후란 협객이요? 아뇨. 그게 뭔데요?"

"1980년대 헤이룽장黑龍江성 후란현縣에서 활동했던 살인자야. 당시에 놀랄 만한 살인사건들을 꽤나 저질렀지."

"근데 전 처음 들어보는 거 같아요."

"당연히 처음 들어봤겠지. 미제 사건이라 상부에서 정보를 봉쇄시켰거든. 우리처럼 나이든 사람들만 좀 아는 거야."

"그 사람이 어떤 사건을 저질렀는데요? 그리고 왜 협객이에요?"

"'협객'은 그 사람이 스스로 붙인 호에 불과해. 사악하고 잔인한 범죄자가 무슨 협객이야. 당시 사회 제도에 불만을 품고 몇 년에 걸쳐 수많은 사람들을 살해한 것 같아. 그리고 그놈 특징이 경찰만 노린다는 거야……."

자오융구이의 말이 끝나기도 전에 팡무는 미친 듯이 자기 몸을 뒤지더니 대뜸 손을 내밀었다.

"전화기 좀 주세요, 빨리요!"

깜짝 놀란 자오융구이는 무의식중에 휴대폰을 꺼냈다. 팡무는 거의 빼앗다시피 휴대폰을 낚아채 번호를 눌렀다. 잠시 후, 자오융구이는 자신의 휴대폰에서 "고객님의 전화기가 꺼져 있어 연결이 되지 않습니다"라는 안내음을 어렴풋하게 들을 수 있었다.

팡무는 작은 소리로 욕을 하면서 다시 버튼을 눌렀다. 여전히 휴대폰이 꺼져 있었다.

팡무는 휴대폰을 던지듯 자오융구이에게 돌려주었다.

"빨리 가서 경관님을 찾아야 해요!"

팡무는 뒤돌아서 밖으로 뛰쳐나갔다.

팡무는 즉시 타이웨이를 찾아야 했다.

타이웨이가 바로 다음 범행 대상이었기 때문이다!

미친 듯이 달리던 팡무는 돌연 멈춰 서서 몸을 웅크렸다. 폐가 찢어질 것만 같았다. 이렇게 큰 도시에서 무작정 한 사람을 찾는다는 게 얼마나 무의미한지 팡무도 잘 알고 있었다. 단시간에 타이웨이를 찾으려면 그가 어떤 곳에 있을지를 먼저 파악할 필요가 있었다.

팡무는 있는 힘껏 자기 머리채를 쥐어뜯었다. 두피에서 고통이 전해졌다. 덕분에 팡무는 정신을 차리고 냉정을 되찾을 수 있었다. 이제 남은 단서는 세 가지였다. 쑨푸, 7, 총살. 쑨푸를 찾아가는 게 가장 빠른 길인 건 분명했다. 하지만 증거도 부족하고, 잘못하면 타이웨이의 죽음을 앞당기는 꼴이라 그 방법이 가장 위험할 수도 있었다.

"7, 총살…… 7, 총살……."

팡무는 같은 말을 되풀이하면서 눈으로는 주위 사물들을 살피고 빠르게 머리를 굴렸다. 쑨푸의 성격이라면, 총살을 완수하고 본인도 안전하게 도망갈 수 있는 곳을 선택했을 것이다. 그렇다면 타이웨이를 죽이려는 장소는 분명 폐쇄적이고 인적이 드물며 방음 효과가 뛰어난 곳일 테고, 살해 현장이나 유기 현장은 7과 관련 있을 게 틀림없다.

그때 갑자기 팡무의 시선이 학교의 동북쪽으로 향했다.

지하실은 마치 흙 속에 누워 있는 철근 콘크리트 괴물이, 인적 드문 구석에서 가만히 주위를 훔쳐보고 있는 것 같았다. 잔뜩 녹이 슨 철문은 굳게 닫혀 있었는데, 평소에 걸려 있던 자물쇠는 보이지 않았다. 팡무는 조심스럽게 철문으로 다가갔다. 역시나 녹이 슨 손잡이를 잡고 힘껏 잡아당겼다. 오래되어서 그런지 한 사람이 겨우 들어갈 만한 공간만큼만 문이 열렸다. 곰팡이 냄새와 함께 한기가 얼굴을 덮쳤다. 안이 어두컴컴해서 입구에 있는 사물 말고는 아무것도 분간할 수가 없었다.

팡무는 심호흡을 하고 안으로 들어갔다.

제28장

위층, 지옥

입구로 들어오는 햇볕 덕분에 팡무는 발밑에 지하로 향하는 콘크리트 계단을 볼 수 있었다. 계단이 서른 개쯤 되어 보였다. 한 계단씩 조심스럽게 내려가는데 얼마 못 가 아래가 캄캄해서 잘 보이지 않았다. 뒤를 돌아보니, 철문에서 빛이 거의 한 줄기밖에 들어오지 않고 있었다. 팡무는 잠시 망설이다가 이를 악물고 발끝으로 조심스럽게 계단을 내려갔다. 잠시 후 마침내 평평한 바닥에 발이 닿았다.

주위는 온통 암흑이었고 무서우리만치 고요했다. 팡무는 그 자리에 서서 주위를 살폈다. 너무 어두워서 손가락도 보이지 않을 정도였다. 어둠은 마치 생명체처럼 고독한 침입자를 층층이 에워쌌다. 팡무는 어둠의 무게가 느껴지는 듯 몸이 무거워지고 두 다리가 후들거렸다. 무서워서 그런 건지 지하실이 너무 추워서 그런 건지 모르겠지만 팡무는 온몸을 덜덜 떨고 있었다. 윗니와 아랫니가 서로 부딪히는 소리까지 들을 수 있었다. 팡무는 갑자기 자기가 라이터를 가지고 있던 게 생각나 얼른 몸을 더듬었다.

라이터를 찾아 뚜껑을 열고 휠을 돌리자 작은 불꽃이 켜졌다. 팡무의 눈앞은 더 이상 암흑이 아니었다. 팡무는 자신이 규모가 40제곱미터 정도 되는 홀에 있다는 걸 알게 되었다.

홀은 콘크리트로 지어진 직사각형 공간이었다. 벽 구석에 쌓여 있는 오래된 책상 몇 개 말고는 아무것도 없었다. 정면에 있는 벽은 주위의 회색 콘크리트 벽들과는 달리 문처럼 보였다. 팡무는 군용칼을 꺼내 들고 심호흡을 하면서 천천히 앞으로 걸어갔다.

가까이 가서 보니 문이 맞았다. 여기저기 녹슨 흔적이 있는 철문이 굳게 닫혀 있었다. 차갑고 거친 손잡이에 손을 얹었는데 먼지하나 없는 것 같았다. 얼마 전 누군가가 다녀간 듯싶었다. 팡무가 손잡이를 힘껏 잡아당기자 귀에 거슬리는 삐걱 소리와 함께 문이 열렸다.

거의 숨을 쉴 수가 없을 정도로 심한 곰팡이 냄새가 풍겼다. 팡무는 그 자리에 서서 희미한 라이터 불에 의지해 앞에 뭐가 있는지 살폈다.

긴 복도처럼 보였다. 흔들리는 불빛 때문에 복도의 벽도 따라움직이는 것 같았다. 팡무는 갑자기 주체할 수 없을 만큼 심장이 뛰었다. 손에 든 라이터도 떨리기 시작했다. 손바닥에 거친 군용칼의 손잡이가 느껴지자 마음이 차차 안정되었다. 팡무는 정신을 가다듬고 어두운 복도 끝을 보는 대신 라이터로 주위를 비추었다.

전방 몇 미터 앞에 양쪽으로 철문들 여러 개가 열려 있었다. 창살이 있는 철문 안쪽에는 약 20제곱미터 되는 공간이 있었는데, 낡은 책걸상이 쌓여 있는 게 어렴풋하게 보였다. 오른쪽 아치문에는 허옇게 된 부분이 있었는데, 자세히 보니 군데군데 찌든 때가 묻은 중화민국 청천백일만지홍기靑天白日滿地紅旗 도안이 있고 그 아래에는 심하게 망가진 숫자 '1'이 있었다. 라이터로 왼쪽을 비추자 아치문 위에 있는 도안은 같고 숫자만 '2'로 바뀌어 있었다.

감옥이었다. 팡무의 예상이 맞다면 타이웨이는 오른쪽으로 네 번째, 바로 7번 방에 있을 것이다. 팡무는 마음이 조급해졌다. 손이 데일 정도로 뜨거워진 라이터를 들고 한 걸음씩 앞으로 다가갔다.

바닥은 더 이상 콘크리트가 아니었다. 밟고 지나가니 살짝 흔들리면서 신발 밑에 있던 모래와 자갈이 금속에 쓸려 귀에 거슬리는 소리가 났다. 불빛을 비춰보니 아래쪽에 촘촘한 철조망이 보였다. 당시 간수가 위층과 아래층을 동시에 감시할 수 있도록 그렇게 설계한 것 같았다.

팡무는 점점 가까워지는 3번 방을 주시하며 걸음을 옮겼다. 그런데 갑자기 철과 전혀 다른 재질로 된 바닥을 밟은 느낌이 들었다. 썩은 널빤지일 거란 생각이 드는 순간, 팡무의 몸이 아래로 훅 가라앉았다.

와당탕탕!

팡무는 요란한 소리를 내며 부서진 널빤지와 함께 지하실 아래층의 콘크리트 바닥으로 떨어졌다. 너무 세게 떨어져서인지 한동안 아파서 숨도 제대로 쉴 수가 없었다. 바닥을 뒹굴며 고통스러워하다 겨우 숨을 내뱉었는데, 이어서 격렬하게 기침을 하기 시작했다.

가까스로 기침이 멎은 팡무는 숨을 헐떡이며 자리에서 일어났다. 어디로 떨어졌는지 안경은 보이지 않고, 먼지 때문에 눈도 잘 떠지지가 않았다. 팡무는 한 손으로 눈을 비비면서 다른 한 손으로는 바닥을 더듬었다. 다행히 손에 금방 군용칼이 만져졌다. 칼을 손에 쥐자 마음이 한결 놓였다. 라이터도 바로 찾아냈다.

팡무는 라이터를 켜서 앞을 비췄다. 위로 3미터 정도 되는 높이에 정사각형으로 큰 구멍이 나 있었고, 아래로 금속 사다리가 연결되어 있었다.

사다리는 위아래 두 층을 연결하는 통로로 보였다. 그리고 위에는 원래 여닫을 수 있는 금속 덮개가 있었을 것이다. 혹시나 잘못해서 아래로 떨어질까 봐 누군가 널빤지로 위를 덮어놓았는데, 시간도 많이 흘렀고 장소가 어둡고 습하다보니 부패된 게 아닐까 생각했다.

팡무는 손발을 움직여 보고 큰 이상이 없는 걸 확인한 뒤 라이터로 주위를 비췄다.

떨어진 곳은 수옥인 것 같았다. 팡무는 자신이 콘크리트 턱 위에 서 있고, 아래에 수심이 2미터 가까이 되는 거대한 콘크리트 못이 있다는 걸 알게 되었다. 못 안에는 아무것도 없었고, 못 안쪽 벽에 쇠고리 같은 게 어렴풋하게 보였다. 당시 죄수들을 붙잡아 맬 때 쓴 것 같았다. 앞쪽에 콘크리트 못이 또 하나 있었다. 팡무는 콘크리트 턱을 따라 천천히 걸어갔다. 미세한 불빛이 비추자 앞에 있는 못의 윤곽이 점차 뚜렷해졌다. 팡무는 못 안에 뭔가가 있는 걸 발견했다.

캐비닛처럼 보이는 시커먼 물체였다. 팡무는 손에 칼을 꼭 쥐고 조심스럽게 다가갔다. 바로 맞은편에 도착한 팡무는 라이터를 든 손을 있는 대로 쭉 뻗었다. 그리고 눈을 크게 뜨고 자세히 살폈다.

그 순간, 팡무는 숨이 멎는 것 같았지만 심장은 오히려 미친 듯이 뛰기 시작했다.

철장이었는데 안에 사람이 누워 있었다!

팡무는 정신을 가다듬고 떨리는 목소리로 외쳤다.

"저기요!"

텅 빈 수옥에서 팡무의 고함소리가 무섭게 느껴질 정도로 메아리쳤다. 하지만 누워 있는 사람은 전혀 미동이 없었다.

누구지? 아직 살아 있나?

팡무는 라이터로 주위를 비췄다. 불빛이 닿는 범위 내에서는 못 아래로 내려갈 수 있는 계단은 보이지 않았다. 팡무는 잠시 망설이다가 몸을 낮춰 불빛을 아래로 비춰보더니 이를 악물고 아래로 뛰어내렸다.

"탁!"

생각보다 못이 꽤 깊어서 팡무의 두 다리가 충격으로 얼얼했다.

착지 후 바로 다가갈 엄두는 못 내고 그 자리에 쭈그리고 앉았다. 그리고 주위의 동정을 살피려 귀를 기울이며 라이터로 빠르게 주변을 한 바퀴 비췄다. 주위에 아무도 없는 걸 확인하고 팡무는 칼을 손에 쥔 채 철장으로 한 걸음씩 다가갔다.

예상대로 철장 안에 누군가 있었다. 불빛이 너무 희미해서 성별을 구분할 수 없었다. 그 사람을 예의주시하며 조심스럽게 거리를 좁혔다.

철장과 가까워지자 형체가 점점 드러나기 시작했다. 남자였는데 팡무를 등지고 철장 안에 웅크리고 누워 있었다. 짙은 회색 스웨터가 어딘가 낯이 익었다…….

흔들리던 불빛이 남자의 하얀 머리카락을 비췄다. 팡무의 눈이 갑자기 커졌다. 설마…….

팡무는 곧바로 철장 반대편으로 달려가 남자의 얼굴에 라이터를 비췄다.

차오 교수였다!

그 순간 팡무는 기쁜지 슬픈지, 아니면 화가 나는지 자신의 기분을 전혀 알 수가 없었다. 허둥지둥하며 무릎을 꿇고 철장을 흔들면서 큰 소리로 외쳤다.

"교수님, 교수님!"

부스스한 머리에 야윈 얼굴의 차오 교수는 팡무가 철장을 흔드는데도 눈을 뜰 줄 몰랐다.

돌아가셨나? 팡무는 차오 교수의 코 밑에 손가락을 대보았다.

미세하지만 다행히 숨은 쉬고 있었다. 칼을 주머니에 넣은 뒤, 한 손으로는 철장을 잡고 다른 한 손 엄지로는 차오 교수의 인중을 있는 힘껏 눌렀다.

"교수님, 눈 좀 떠보세요. 교수님……."

그 뒤로 한참의 시간이 흐른 뒤, 차오 교수가 손을 움직이면서 옅은 신음 소리를 냈다. 팡무가 기쁜 마음에 다가가 차오 교수의 머리를 손으로 받치면서 그를 일으켰다. 차오 교수는 기침을 하면서 힘없이 철장에 기댔다.

몇 분 후, 차오 교수의 호흡이 점차 안정되고 눈도 떠졌다. 예전의 총기가 넘치던 눈이 아니었다. 차오 교수는 흐려진 눈동자로 한참을 멍하게 바라본 뒤에야 팡무를 알아보았다.

"팡무냐?"

"네, 교수님 저예요. 왜 여기 계세요?"

차오 교수는 입가에 쓸쓸한 미소를 띤 채 고개를 저었다.

"말도 마라. 내가 노망이 났나 보다. 자수하라고 놈을 설득시킬 수 있을 줄 알았어. 예전에 말 잘 듣고 똑똑하던 그 제자라고 생각했던 거지."

"너무 말씀 많이 하지 마세요, 교수님. 제가 모시고 나갈게요!"

팡무는 차오 교수가 철장에 기대는 걸 부축한 뒤 철장을 이리 저리 살폈다.

철장과 차오 교수의 무게를 합하면 못해도 100킬로그램은 되어 보였다. 이동하는 것도 문제지만 못 위로 올리고 다시 한 층을 더 올라가는 건 불가능해 보였다. 철장 문을 열고 차오 교수를 구한 다음 방법을 찾는 수밖에 없었다. 쇠사슬을 들어보니 무게가 꽤 나갔다. 팡무는 군용칼을 꺼내 칼날을 틈에 끼워서 살짝 돌려봤지만 이 방법은 아닌 것 같았다. 자물쇠는 열지도 못하고 칼날만 부러질 가능성이 컸다. 생각해보니 책걸상이 쌓여 있던 위층의 감옥에서 쇠꼬챙이 같은 걸 찾을 수 있을 것 같았다. 팡무는 다녀오기 전에 몸을 낮추고 차오 교수에게 말했다.

"잠시만 기다리세요. 제가 자물쇠 열 만한 것 좀 찾아보고 올게요."

말이 끝나기가 무섭게 머리 위에서 드르륵드르륵 하는 소리가 들렸다.

불빛이 철장 곁에 웅크리고 앉은 팡무의 얼굴을 비췄다. 팡무는 눈이 부셔서 손으로 눈을 가리면서 위를 쳐다보았다. 머리 위 천장에 정사각형 구멍이 보이고 손전등 하나가 아래를 비추고 있었다.

지하실에 또 다른 누군가 있었던 것이다!

손전등 불빛에 눈이 부셨지만 팡무는 그 사람이 남자라는 걸 알 수 있었다.

"당신 누구야?"

대답 대신 기분 나쁜 웃음소리가 들렸다. 팡무는 순간 심장이 얼어붙는 것 같았다. 그가 누군지 알았다.

팡무가 다른 생각을 하기도 전에 남자는 위에서 이상한 냄새가 나는 액체를 뿌렸다. 팡무는 본능적으로 잽싸게 피했지만 한쪽 소매가 젖고 말았다. 철장에 있어서 몸을 피할 수 없었던 차오 교수는 온몸이 흠뻑 젖어버렸다.

코를 벌름거리던 팡무는 순간 온몸에 소름이 돋았다. 그 액체는 다름 아닌 휘발유였던 것이다.

위에 있던 남자는 사라지고 사각형의 구멍만 남았다. 구멍을 통해 옅은 불빛이 비쳤는데, 마치 호의적이지 않은 눈빛으로 아래에 있는 두 사람을 지켜보는 것만 같았다.

놀라서 넋을 잃었던 팡무는 잠시 후 다급하게 철장으로 달려갔다.

"교수님……."

"가까이 오지 마!"

차오 교수가 엄하게 소리쳤다. 팡무는 그 자리에서 움직이지도, 라이터를 건드리지도 못했다. 그저 어둠 속에서 팡무는 뻣뻣하게 서서 불과 몇 걸음 떨어진 철장을 바라보았다. 차오 교수가 천천히 자리에 앉는 게 보였다. 두 눈은 무슨 어려운 문제에 대해 생각하는 것처럼 빛나고 있었다.

"팡무야……."

잠시 말이 없던 차오 교수가 철장을 두드렸다.

"예전에 누가 불타 죽는 걸 직접 봤다고 했지?"

"네" 하고 팡무는 얼떨결에 대답했다.

"그런 거였군. 그래서 날 여태 죽이지 않은 거였어. 팡무야, 내 말 들리냐?"

"네."

"쑨푸가 언제 돌아올지 몰라. 거기 꼼짝 말고 있어. 그리고 내 말 잘 들어."

차오 교수의 말투가 느려졌다.

"공안기관 일을 네가 도와준다고 했을 때, 내가 심하게 뭐라고 했던 거 기억나냐?"

"네. 기억나요."

"나도 늙었나 보다. 아끼는 제자가 힘든 꼴은 못 보겠어. 너도 똑같은 잘못을 저지르게 될까 봐 두려웠다……. 내가 틀렸다는 거 인정하마. 넌 그놈이랑 달라. 그러니 넌 꼭 살아서 여길 나가야 해. 무슨 일이 있어도 놈을 막아야 한다."

"교수님……."

"내 말 알아들었어?"

차오 교수가 갑자기 매섭게 소리쳤다.

"네!"

팡무는 놀라서 저도 모르게 큰 소리로 대답했다.

"그래, 그래야지. 어서 가. 여길 벗어나라고."

차오 교수는 방금 한 말에 온 힘을 다 쏟은 듯 목소리가 점점 작아졌다. 팡무는 눈물이 그렁그렁해졌다. 그는 이게 차오 교수와 나누는 마지막 대화라는 걸 예감했다. 팡무는 뒤로 잠시 물러나 눈물을 글썽이며 쓰러질 듯한 차오 교수를 바라보았다.

이러지도, 저러지도 못하는 상황이었다.

팡무가 갑자기 철장 앞으로 뛰어가더니 무릎을 꿇었다.

"교수님, 교수님……. 교수님 혼자 여기 놔둘 수 없어요……."

팡무는 끝내 울음을 터트렸다.

"녀석……. 우냐? 다 큰 놈이 울기는."

차오 교수의 목소리는 부드러웠다. 거칠고 뼈마디가 두드러진 손이 팡무의 얼굴을 쓰다듬었다.

"죽는 건 두렵지 않아. 영혼이란 게 없는 사람이 두려울 뿐이지. 쑨푸는 영혼이 없어. 그게 너랑 그놈의 가장 큰 차이점이야. 넌 네가 해야 할 일을 하면 돼. 네 방식대로."

"하하."

머리 위에서 차가운 웃음소리가 울려 퍼졌다. 팡무가 고개를 들어 보니 어두운 그림자가 다시 구멍을 가득 메우고 있었다. 그의 손에는 불타는 종이가 들려 있었다!

"안 돼!"

그 순간 불덩이가 나풀거리며 아래로 떨어졌다. 팡무는 점점 가까워지는 불덩이를 바라보았다. 회전하며 떨어지는 불덩이에서 작은 불씨들이 흩날렸다.

갑자기 팡무의 가슴에 강한 힘이 느껴지더니 순식간에 2미터 밖으로 밀려났다.

그리고 때마침 불덩이가 철장으로 떨어졌다.

어두컴컴했던 수옥에 순간 '화르르' 하고 커다란 불덩어리가 일었다.

차오 교수의 외마디 비명 이후 철장에서는 아무 소리도 들을 수 없었다. 타오르는 불길 속에서, 두 손으로 철장을 꼭 붙든 채 흔들거리는 차오 교수의 모습이 보일 뿐이었다.

팡무는 자리에 주저앉아 입을 크게 벌린 채, 화염 속에서 소리 없이 몸부림치는 차오 교수를 속수무책으로 바라볼 수밖에 없었다. 주위가 타는 냄새로 가득했다. 익숙한 냄새. 죽음의 냄새였다.

순식간에 팡무의 눈앞에 있던 모든 것이 사라졌다. 수옥, 철장, 차오 교수. 모든 게 흔적도 없이 사라지고, 그 자리에 불타는 복도가 나타났다.

양쪽으로 불길에 휩싸인 방문들. 352호실 안에서 불에 그을려 일그러진 모습의 라오쓰와 왕젠이 보였다.

여기가 어디지?

벽 구석에서 누군가가 천천히 일어났다. 이미 사람의 형상이 아닌 쑨메이작가의 전작인 『일곱 번째 독자』의 희생자였다. 뼈가 드러난 두 팔을 벌리자 옷에 붙어 있던 살이 연기와 함께 한 조각씩 아래로 떨어졌다.

—더 이상 사람을 죽이지 마…….

쑨메이는 비틀거리며 한 걸음씩 팡무에게 다가왔다.

—더 이상 사람을 죽이지 마…….

왜 날 여기로 데려온 거야?

안아줘. 누군지 알 수 없는 목소리가 들렸다. 쑨메이든 누구든 온기를 줄 수 있는 거라면 뭐든 상관없었다. 그게 죽음이라고 해도. 그동안 많은 일들을 겪으며, 난 지칠 대로 지쳐 있었다.

날 좀 죽게 내버려둬.

─내 말 알아들었어?

매서운 호통 소리. 분명 차오 교수였다.

"아!"

귓전을 때리는 절규가 팡무의 가슴에서 터져 나왔다. 눈앞에 있던 모든 것이 처절한 외침과 함께 흔적도 없이 사라졌다.

팡무는 다시 차가운 수옥 바닥으로 돌아와 있었다.

철장 안의 불길은 거의 잦아들었다. 얼마 남지 않은 차오 교수의 유해는 여전히 불타고 있었다. 팡무는 힘겹게 일어나 말없이 불타는 철장을 바라보았다.

한 번만 더 눈에 담을게요. 나의 스승님.

팡무는 주머니에서 군용칼을 꺼낸 뒤 거추장스러운 외투를 벗어버렸다. 이상하게 조금도 춥지 않았다. 팡무는 그리 멀지 않은 곳, 자신이 떨어졌던 그 자리에서 차가운 쇠사다리를 발견했다.

손잡이를 잡고 녹슨 사다리에 발을 디디면서 팡무는 머리 위의 어두운 복도를 바라보았다.

올라가 보자. 팡무는 스스로에게 말했다.

그곳이 지옥일지라도.

잠시 후, 팡무는 위층 복도로 다시 돌아왔다. 수옥에 남아 있는 불빛 때문에 복도는 아까처럼 그렇게 어둡지 않았다. 팡무는 망설임 없이 반대쪽 복도 끝을 향해 성큼성큼 걸어갔다.

3번 방…… 5번 방…….

복도는 5번 방에서 끝났고, 앞에 철문이 또 하나 있었다. 7번 방은 저 문 뒤에 있나?

손잡이를 잡고 힘껏 당겼다. 우르르 소리를 내며 철문이 열리고 팡무는 다시 암흑을 맞이했다. 라이터 불빛에 팡무는 자신이 지하실의 끝에 와 있다는 걸 알게 되었다.

앞에 콘크리트 벽이 있고 벽 양쪽으로 철문이 하나씩 있었다. 앞에서 봤던 감옥들과 달리 이 두 철문은 철책이 아니라 단단한 철판으로 되어 있었다. 두 문 사이에 있는 바닥은 복도처럼 철이 아닌 콘크리트로 만든 거였다. 그 가운데에는 당겨서 열 수 있는 1제곱미터 정도 크기의 철판이 있었다. 옆에 플라스틱 통이 버려져 있었는데, 그 안에 불그스름한 액체가 남아 있었다.

팡무의 손이 약간 떨리기 시작했다. 방금 전에 휘발유를 뿌린 통이었다. 팡무는 정신을 가다듬고 라이터로 우측 철문을 비췄다. 예상대로 7번이었다.

팡무는 '7'번이라고 쓰인 자리 밑으로 다가가 잠시 서 있더니 심호흡을 하고 철문을 열었다.

시야가 갑자기 환해졌다. 어둠에 익숙해진 팡무는 저도 모르게 손으로 눈을 가렸다.

"어서 와."

맞은편에서 차가운 목소리가 울려 퍼졌다. 팡무는 손을 내리고 소리가 난 쪽을 바라보았다. 쑨푸가 벽에 기대고 서서 웃는 얼굴로 팡무를 바라보고 있었다. 그는 손에 64식 권총을 들고 있었는데, 시커먼 총구가 팡무를 겨누고 있었다.

"넌 지금 이 지하실에서 가장 핵심적인 부분인 7번 방이자 고문실에 온 거야."

옆에는 철제 십자가가 있었다. 두 손은 수갑에 채워지고 입은 테이프로 봉해진 타이웨이가 보였다. 타이웨이는 팡무를 보더니 몸부림치면서 입으로는 뭐라고 웅얼거리고 있었다.

"왜? 친구랑 인사하고 싶나?"

쑨푸가 낄낄거리며 웃기 시작했다.

"아니면 구해달라고 애원하는 건가? 근데 우리 영웅께서는 자기몸 하나 건사하기도 힘들 것 같은데 어쩌나. 안 그래, 후배?"

쑨푸는 안타까워하는 체하며 탄식했다. 그는 팡무 쪽으로 고개를 돌렸다.

"내가 준비한 첫인사가 어때? 맘에 들어?"

팡무는 무표정하게 쑨푸를 쳐다보았다. 그런데 시선은 그의 얼굴에서 잠시 머물렀다가 태연하게 이곳을 훑어보는 것 같았다. 7번 방은 다른 감옥과 크기는 거의 똑같았지만, 다른 곳과는 다르게 이상야릇한 모양의 철제 구조물과 의자가 놓여 있었다. 천장에는 통기공 두 개가 있는데, 그중 하나에서 햇볕이 내리쬐어서 방은 그렇게 어둡지 않았다.

팡무는 위아래로 쭉 한 번 훑어본 뒤에야 쑨푸에게 시선을 고정했다.

"나쁘지 않네. 1번부터 7번까지, 꽤나 신경 썼던데?"

쑨푸는 팡무가 화를 내거나 두려워하는 기색이 없자 살짝 당황한 것 같았다. 관광객처럼 구는 팡무를 바라보던 쑨푸의 미소가 어색해졌다.

"내가 공들인 만큼 너도 협조해주면 좋겠는데."

"그래? 내가 뭘 어떻게 해줄까?"

팡무가 웃으며 말했다. 쑨푸의 웃음기가 싹 사라졌다.

"뭘 어떻게 해주길 바라냐고?"

그는 찰칵 소리를 내며 총을 겨누었다.

"네 생각은 어때?"

타이웨이는 다시 발버둥 치며 알 수 없는 소리로 울부짖었다. 그의 손목은 이미 핏자국으로 얼룩져 있었다. 팡무는 타이웨이를 힐끗 본 뒤 여전히 웃음 띤 얼굴로 말했다.

"죽이려고? 하하, 날 죽이려는 사람이 네가 처음도 아닌데 뭐."

팡무는 잠시 말을 멈췄다.

"물론 마지막도 아닐 테고."

"뭐? 누가 여기 와서 널 구해주기라도 할까 봐?"

쑨푸가 과장되게 믿을 수 없다는 표정을 지었다. 그가 발을 동동 굴렀다.

"이 아래에 있는 영감탱이가?"

그는 팔을 들어 팡무에게 총구를 겨누었다.

"넌 그냥 감만 좋은 머저리에 불과해."

"그래?"

광무가 총구를 뚫어져라 바라보았다.

"그래서 날 죽이려는 거 아니야?"

광무는 총구에서 쑨푸의 얼굴로 시선을 옮기며 말했다.

"날 질투하고 있잖아요, 선배."

쑨푸의 얼굴이 순간 창백해졌다.

"네가 취웨이창을 죽였을 때 이미 눈치챘어. 내 능력을 뺏고 싶었던 거잖아. 그래서 골키퍼의 손을 자른 거고. 넌 나를 질투한 거야, 그렇지?"

"닥쳐!"

광무는 못 들은 것처럼 계속 말을 이어갔다.

"그때부터였나? 내가 영웅처럼 강단에 불려나가던 그날. 도서관 관리나 하고 있는 자신이 초라해 보였겠지. 넌 내가 얻은 모든 게 다 네 것이었어야 한다고 자신을 속이고 있었던 거야!"

"닥치라고!"

타이웨이가 다시 웅얼거렸다. 그는 더 이상 놈을 자극하지 말라는 것처럼 초조하고 불안한 눈빛으로 광무를 바라보고 있었다.

"그러니까 나랑 한번 겨뤄보려고 그 많은 노력을 했겠지."

광무는 이를 악물고 천천히 뒤로 걸음을 옮기며 말을 이어갔다.

"네가 사람들을 계속 죽인 건, 프로파일링에 있어서 내가 너보다 못하다는 걸 증명하고 싶어서잖아. 근데, 정말 날 이긴 게 맞아? 넌 밤에 악몽 같은 거 안 꾸지? 여자친구랑 섹스는 할 수 있나? 아니면 토마스 질이 진짜 너의……."

광무가 의미심장하게 웃더니 갑자기 강조하며 말했다.

"선배, 그런 거였어?"

쑨푸가 얼굴에 경련을 일으키면서 총을 든 팔을 돌연 앞으로 쭉 뻗었다. 광무는 얼른 옆으로 몸을 피했다. 거의 동시에 '탕' 하는 소리가 들리면서 총알이 뺨을 스치고 지나가 8번 방 철문을 때렸다. 광무는 철문을 열고 복도로 내달렸다.

탕! 총알 하나가 또 철문에 맞았다.

광무의 심장이 미친 듯이 뛰었다. 복도를 뛰던 광무는 5번 방으로 들어가 벽에 기대 거친 숨을 몰아쉬었다.

철문 쪽에서 들리던 다급한 발소리가 문가에서 뚝 끊겼다. 광무는 최대한 숨을 참고 바깥 인기척에 귀를 곤두세웠다.

가만히 서서 가쁜 숨을 몰아쉬던 쑨푸는 갑자기 낄낄대며 웃기 시작했다.

"후배, 나 잘못 건드렸어. 근데 좀 쪽팔리네. 대선배가 돼 가지고 한참 어린 후배보다 참을성도 없고 말이야."

쑨푸에게 남은 총알은 최대 다섯 발이었다.

지금으로선 어둠이 최고의 방어막이었다. 캄캄한 복도에서는 쑨푸도 섣불리 움직이지 못한다. 그 역시 권총을 들고 작은 소리에도 귀를 기울이고 있었다.

"어디 숨었어? 쥐새끼처럼 숨어 있지 말고 나와!"

울림이 점점 사라지자 쑨푸도 숨을 죽였다. 어둠 속에서는 아주 작은 소리 하나 들리지 않았다.

"참, 쥐 얘기가 나와서 말인데, 내가 후배 보라고 멍판저 집에 쥐 새끼들 좀 풀어놨었는데, 마음에 들었나?"

쑨푸가 조심스럽게 앞으로 한 발짝 다가섰다. 그가 실눈으로 주위를 살피면서 말했다.

"원래는 멍판저의 심리 치료를 위해 내가 준비해둔 건데, 그놈 엄마한테 쓰게 될 줄은 몰랐네. 후배, 네가 그 여잘 죽인 거야."

쑨푸의 말투에 조롱이 가득했다.

"네가 복도에서 전화를 그렇게 크게 받지만 않았어도, 넌 편지를 보고 날 잡고도 남았어. 하하, 그랬다면 천야오랑 차오 교수가 죽을 필요도 없었겠지. 안 그래?"

팡무는 온몸의 피가 거꾸로 솟는 것 같았다. 그길로 뛰쳐나가 쑨푸를 칼로 찔러 죽이고 싶어 미칠 지경이었다.

쑨푸는 갑자기 빨라진 숨소리를 들었는지 최대한 집중하며 소리가 난 방향을 파악했다.

"열 받았어? 그럼 나와. 그 사람들 대신 복수할 수 있는지 좀 보게."

그 말에 팡무는 오히려 냉정을 되찾았다. 호흡을 안정시키려고 노력하면서 벽에 기댄 채 꿈쩍도 안 했다. 쑨푸는 여전히 팡무가 어디 있는지 몰라 다시 말을 걸었다.

"멍판저 기억하지? 정말 재수가 없는 녀석이었지. 그거 알아? 난 그 녀석이 마음에 들었어. 진심으로 도와주고 싶었다고. 근데 어떡하겠어. 그날 밤 너랑 그 경찰놈 때문에 놀라 자빠질 뻔했는데."

그는 안타까워하는 척하며 한숨을 내쉬었다.

"그래. 뭐 인정할 건 인정할게. 너 좀 무섭더라. 당황해서 정신이 없었지. 그래서 명판저를 버릴 수밖에 없었어. 근데 너도 그 방법이 꽤 쓸모 있었다는 건 인정해야 돼. 명판저는 정말 말 잘 듣는 아이였거든. 내 실력에 좀 감동받지 않았나?"

꽝무는 천천히 몸을 웅크리며 주변을 더듬었다. 금세 책상다리 같은 막대기가 손에 잡혔다.

"언제부터 나인 줄 알았지?"

쏸푸는 조금씩 앞으로 이동하고 있었다.

"내가 차오 교수 대신 수업할 때부터인가? 하하, 그게 모험이라는 건 나도 예상했었지. 근데 강단이 주는 유혹이 너무 커서 말이야. 내 마음 이해하겠어?"

그는 가다 서다를 반복하면서 주변의 움직임에 신경을 곤두세웠다.

꽝무는 막대기를 살살 움직였다. 무겁지는 않아서 슬쩍 들어 올린 뒤 조심스럽게 감옥 입구로 걸어갔다.

하나, 둘, 셋!

감옥에서 툭 튀어나온 꽝무는 들고 있던 책상 다리를 철문을 향해 던졌다. 그러고는 맞은편 6번 방으로 잽싸게 들어갔다.

쏸푸는 한발 늦어 막대기로 코를 세게 얻어맞았다. 순간 눈앞이 핑 돌았다. 그는 한 손으로는 얼굴을 보호하면서 뒤로 몇 걸음 물러나더니 전방을 향해 연속으로 두 번 방아쇠를 당겼다.

탕, 탕! 총구에서 나오는 불빛을 통해 쑨푸는 앞에 아무도 없다는 걸 알게 되었다. 부끄럽고 분한 마음에 앞으로 질주하다가 이건 아니다 싶어 얼른 몸을 낮췄다.

코가 시큰하고 아팠다. 뜨거운 액체가 콧구멍에서 흘러나왔다. 손바닥으로 쓱 닦았더니 끈적하고 피비린내가 났다.

"제법이네……. 생각보다 영리한데?"

쑨푸는 억지로 화를 누르며 어색하게 웃었다. 피가 섞인 가래를 퉤 하고 뱉었다.

"피를 보게 했다 이거지? 내가 마카이가 아닌 걸 다행으로 알아. 안 그랬으면 네놈 피를 남김없이 빨아먹었을 테니까!"

가슴이 철렁해진 팡무는 저도 모르게 소리를 냈다.

"마카이?"

그 바람에 팡무의 위치가 노출되었다. 쑨푸는 팡무가 오른편 전방의 6번 방에 있다는 걸 바로 알아차렸다. 그는 총을 들고 조심스럽게 다가갔다.

"놀랐어? 그래. 마카이도 내 환자였지. 멍판저처럼. 괜찮은 연구 대상이었어. 근데 나에 대한 신뢰가 부족했지. 상담 몇 번 만에 바로 날랐으니까."

쑨푸가 벽에 기대더니 한 손으로 벽을 쓸면서 천천히 앞으로 이동했다.

"나중에 흡혈 인간 사건에 대해 들었을 때, 마카이 짓이라는 걸 난 바로 알았어. 그때 내가 얼마나 기뻤는 줄 알아? 마침내 날 증명할 기회를 다시 얻었다고 생각했거든. 근데 네가 선수를 칠 줄은 몰랐다……."

쑨푸의 손이 마침내 문가에 닿았고, 그는 어렴풋하게 팡무의 거친 숨소리를 들을 수 있었다.

두 사람은 벽 하나를 사이에 두고 있었다.

"그러니 내가 널 얼마나 증오하는지 이제 알겠지?"

쑨푸는 성큼성큼 뛰어가 우측으로 휙 몸을 돌린 뒤 감옥 입구 쪽을 겨누고 총을 한 방 쏘았다.

탕! 총구에서 불꽃이 튀었다. 쑨푸는 총알이 날아간 곳이 텅 비어 있는 걸 발견했다.

달리 반응하기도 전에 벽 아래에 쭈그리고 있던 팡무가 달려들어 쑨푸의 명치에 머리를 들이 박았다.

순간 균형을 잃은 쑨푸는 집게손가락을 당겨 '탕', '탕' 두 발을 쏘더니 묵직하게 바닥으로 쓰러졌다.

방금 전 충격으로 팡무도 머리가 어지러워 다리에 힘이 풀리면서 바닥에 주저앉아 버렸다.

맞은편에서 찰칵찰칵 공포를 쏘는 소리가 들렸다. 팡무는 한시름 놓은 뒤 칼을 쥐고 천천히 일어섰다. 그리고 라이터를 꺼내 휠을 돌렸다.

팡무의 손에서 '팍' 하고 불꽃이 튀어나왔다. 불은 약했지만 주변 환경을 파악하기에는 충분했다. 쑨푸는 몇 걸음 떨어진 바닥에 앉아서 얼굴이 땀범벅이 된 채 미친 듯이 손으로 몸을 더듬고 있었다.

팡무는 칼을 들고 그에게 다가갔다.

쑨푸가 뒤로 물러나며 말했다.

"이, 이러지 마……."

그의 눈에서 공포와 절망이 보이자 팡무는 기분이 통쾌했다.

"겁나? 그 사람들도 너한테 살려달라고 했겠지? 안 그래?"

"제발 부탁이야, 살려줘……."

쑨푸가 울먹이는 목소리로 말했다. 눈에는 눈물이 가득 고여 있었다. 후회하는 듯이 눈물을 흘렸지만 순간 교활한 눈빛이 스치고 지나갔다.

팡무는 놀라서 걸음을 멈췄다.

쑨푸의 손에 탄창 하나가 더 들려 있었다!

팡무는 그 자리에 얼어붙었다. 총알이 더 있었다니!

바로 가서 덮치기엔 이미 늦었다. 팡무는 본능적으로 라이터를 던지고 뒤돌아서 뛰었다. 그 사이 쑨푸도 새 탄창을 끼우고 노리쇠를 잡아 당겨 팡무에게 두 발을 발사했다.

팡무는 총알이 자기 옆으로 스쳐 지나가는 게 느껴졌다. 팡무를 지나친 총알은 맞은편 복도 끝에 있는 철문에 맞아 '탕', '탕' 소리를 냈다.

픽! 한 발이 팡무의 다리에 맞았다. 팡무는 미친 듯이 철문 옆으로 뛰어갔는데 문이 열리지가 않았다. 아래쪽을 살펴보니 자물쇠가 걸려 있었다.

탕! 또 한 발이 철문을 때리면서 불꽃이 사방으로 튀었다. 팡무는 얼른 피하면서 옆에 있던 1번 방으로 들어갔다.

쏜푸는 팡무가 1번 방으로 들어간 걸 보더니 천천히 일어나서 바닥을 더듬었다. 그리고 라이터를 찾아 불을 켠 뒤 한 걸음씩 다가갔다.

1번 방 입구에 서서 조심스럽게 고개를 들이밀고 살펴보니, 한쪽에는 낡은 책상이 잔뜩 쌓여 있었고, 다른 한쪽에는 아무것도 없었다.

"하하. 이건 생각 못했겠지. 경찰한테 예비 탄창이 하나 있더라고."

팡무는 두려움과 분노를 느끼며 책걸상 뒤에 엎드려 있었다. 젠장, 너무 방심했어.

"아직 더 겨루고 싶은 거야? 아직도 네가 졌다는 걸 인정 못하겠어?"

칼을 쥔 팡무의 손이 덜덜 떨렸다. 상대에겐 아직 총알이 세 발이나 남았고 자기가 어디 있는지도 알고 있으니, 이제 죽는 건 시간 문제였다.

이렇게 끝나는 건가?

"왜 이렇게 고집을 부려? 그 늙은이랑 어쩜 이렇게 똑같이 구냐고."

쏜푸는 안타까운 듯이 한숨을 쉬었다.

교수님…….

─넌 네가 해야 할 일을 하면 돼. 네 방식대로.

"그래. 난 교수님과 같아."

팡무가 천천히 무릎을 꿇고 엎드렸다. 조심스럽게 벽에 등을 붙이고 앉았다.

"근데 너랑 우리의 차이가 뭔지 알아?"

"뭐? 차이?"

쑨푸가 놀란 듯한 반응을 보였다.

"네가 뛰어난 프로파일러인 건 분명해."

입구에서 보이는 작은 불빛을 주시하며 팡무가 벽을 따라 천천히 일어났다.

"근데 넌 영혼이 없어. 넌 네 전공에 대해서 어떤 경외심이나 책임감도 없다고. 넌 너 자신을 위해서 일할 뿐이야. 하지만 교수님과 난 달라. 우리는 다른 사람들을 위해서 언제라도 자신을 희생할 수 있으니까."

그 순간, 팡무는 차오 교수가 화염 속에서도 왜 아무 소리도 내지 않았는지 그 이유를 알 것 같았다. 차오 교수는 쑨푸가 팡무의 마음을 무너뜨리기 위한 최후의 수단이었던 것이다. 쑨푸는 거센 불길, 타는 냄새, 비명 소리가 팡무의 가장 고통스러운 기억을 떠올리게 한다는 걸 알고 있었다. 차오 교수도 그걸 알고 있었다. 그래서 자신이 불에 타서 죽는 장면을 보며 팡무가 받을 심적 고통을 줄여주기 위해 최대한 비명을 지르지 않았던 것이다.

"닥쳐! 무슨 개소리를 하는 거야!"

쑨푸의 목소리가 떨렸다. 그는 앞으로 한 걸음 다가섰다.

팡무가 조심스럽게 걸음을 옮겼다.

"교수님이 왜 너는 경멸하면서 나는 아끼셨는지 알아?"

"그 늙은이가 눈이 삐어서겠지! 난 너보다 만 배, 아니, 백만 배는 더 강하다고!"

쏜푸가 목청껏 소리쳤다. 팡무는 책걸상 사이의 틈으로 천천히 이동하면서 거리를 좁혔다.

"넌 아는 것도 없이 잘난 척을 해서 그래. 자기 체면 세우자고 고문해서 자백이나 받아내는 불쌍한 놈!"

"그 입 닥쳐!"

쏜푸는 결국 이성을 잃고 안으로 뛰어 들어와 팡무가 있는 쪽을 향해 방아쇠를 당겼다.

지금이다!

팡무가 온몸으로 있는 힘을 다해 부딪치자 높이 쌓여 있던 책걸상이 우르르 무너졌다. 그 밑에 서 있던 쏜푸는 찍소리도 못 내고 아래에 깔려버렸다.

팡무도 무너진 책상 위로 쓰러졌다가 아픈 다리를 무릅쓰고 쏜푸가 있는 곳으로 기어갔다. 쏜푸가 책상을 치우고 옆에 떨어진 권총을 집으려고 안간힘을 썼다. 팡무는 가까이에 있던 의자로 쏜푸의 머리를 내리쳤다. 의자는 박살이 났고, 쏜푸의 머리가 찢어져 피가 튀어나왔다.

팡무는 발로 쏜푸의 가슴팍을 밟은 뒤 칼을 꺼내 그의 목에 갖다 대었다.

"움직이면 가만 안 둔다!"

쑨푸가 입만 벌린 채 그대로 있었다. 꽝무가 총을 집어 들고 혼절한 쑨푸를 바라보더니 그를 향해 조준했다. 쑨푸의 가슴이 심하게 앞뒤로 요동쳤고 치아가 맞부딪치는 소리가 들렸다. 잠시 후, 꽝무는 총을 내리고 쑨푸의 멱살을 잡아 힘겹게 1번 방을 나왔다.

상상할 수 없을 정도로 길이 멀게만 느껴졌다. 정신을 잃은 쑨푸는 무게가 장난이 아니었다. 쑨푸를 7번 방까지 끌고 들어온 꽝무는 기진맥진한 상태였다.

타이웨이는 눈을 반쯤 감은 채 맥없이 십자가에 매달려 있었다. 손목은 이미 피범벅이었다. 누군가 오는 소리를 듣고 타이웨이가 눈을 떴다. 온몸이 더럽혀진 꽝무가 머리에서 피를 철철 흘리며 정신을 잃은 쑨푸를 끌고 들어오고 있었다. 그 모습을 본 타이웨이는 처음에는 놀랐다가 이내 환희했다. 어디서 힘이 났는지, 웅웅 소리를 지르며 몸을 이리저리 비틀었다.

꽝무는 쑨푸를 감옥 중앙으로 끌어다 놓고 거친 숨을 몰아쉬더니 타이웨이 입에 붙어 있던 테이프를 떼어주었다. 타이웨이는 아픈 것도 잊은 채 꽝무에게 다급하게 물었다.

"뭐야? 죽었어?"

"아직이요."

꽝무는 힘없이 대답하더니 몸을 웅크리고 칼로 타이웨이의 발에 묶인 줄을 끊어주었다. 그리고 다시 힘겹게 몸을 일으켜 피범벅이 된 타이웨이의 손목을 바라보았다.

"열쇠는요?"

"저 자식한테 있을 거야. 한번 찾아봐."

광무가 고개를 끄덕인 뒤 비틀거리며 쑨푸 곁으로 가 몸을 뒤졌다. 열쇠는 외투 가슴 안쪽 주머니에 들어 있었는데, 방금 전 몸싸움으로 지퍼가 고장 났는지 아무리 열어도 열리지가 않았다. 광무는 칼을 꺼내 옷을 찢으려고 했다.

그런데 미동도 없던 쑨푸가 갑자기 낄낄거리며 웃기 시작했다.

깜짝 놀란 광무는 자리에서 벌떡 일어나 그에게 총을 겨누었다. 얼굴이 피로 얼룩진 쑨푸가 팅팅 부어서 거의 보이지도 않는 눈으로 광무와 타이웨이를 바라보더니 더 득의양양하게 웃었다. 깔깔대는 쉰 목소리가 텅 빈 감옥에 울려 퍼지자 소리가 증폭되어 더 섬뜩하게 들렸다.

"웃지 마!"

총을 들고 있는 광무의 손이 미세하게 떨렸다. 쑨푸가 웃을 때마다 소리가 조금씩 자신의 심장을 파고드는 것 같았다.

"내가 웃지 말라고 했지!"

"네…… 네가 날 진짜 이겼다고 생각해?"

쑨푸는 웃으며 기침을 했다.

퉤! 타이웨이가 격분하며 쑨푸를 향해 침을 뱉었다. 달려가서 놈을 한 대 걷어차지 못해 한인 것처럼 보였다.

"아직도 인정을 안 한다 이거야? 너 이 새끼 내가 한 방에 보내줄 테니 기다려!"

"한 방에 보낸다고?"

쑨푸가 갑자기 웃음을 그치더니 입을 벌리고 우스꽝스러운 표정을 지었다.

"난 정신병자야! 난 미친놈이라고! 어쩔 건데?"

팡무는 심장이 철렁했다. 정신감정만큼은 쑨푸보다 잘 아는 사람이 없었다. 그가 미친 척을 한다면 형사처벌을 피할 수도 있었다. 타이웨이를 바라보던 팡무는 멍하니 쑨푸를 쳐다보았다. 이런 수를 쓸 줄은 전혀 예상하지 못한 것처럼 보였다.

"꿈도 꾸지 마! 사법감정센터 사람들이 다 바보인 줄 알아?"

타이웨이가 큰 소리로 쑨푸를 꾸짖었지만 기운이 많이 달리는 것처럼 들렸다.

쑨푸는 전혀 개의치 않고 정말 미친 사람처럼 중얼거렸다.

"예민한 성격의 범죄학 전문가가 불공정한 대우를 받아 마음속의 울분을 해소할 길이 없어 결국 정신 이상으로 중대한 잘못을 저질렀다. 하하!"

쑨푸는 잔뜩 신이 난 얼굴이었다.

"어때, 내 생각이?"

팡무는 새파래진 얼굴로 죽일 듯이 쑨푸를 노려보았다.

"정신병원에 한번 놀러 와. 언제든 환영이니까. 내가 밥 살게. 뭐 먹을래? 구이 어때? 후배?"

쑨푸는 끊임없이 중얼거리며 희색이 만면한 얼굴로 팡무를 바라보았다.

"구이. 하하. 내가 그 냄새를 제일 좋아하거든……."

분노한 팡무가 쑨푸에게 달려들어 그 위에 올라탔다. 칼을 버리고 한 손으로 쑨푸의 뺨을 움켜쥐더니 다른 한 손으로는 총을 이마에 갖다 대었다. 치밀어 오르는 분노에 온몸이 부들부들 떨렸고 눈에는 눈물이 차올랐다.

종이 상자에 웅크린 채 버려진 진차오…….

살려달라고 애원하던 멍판저…….

죽을 때까지 침묵했던 차오 교수님…….

절대 가만 두지 않을 거야…….

절대!

팡무가 총알을 장전하자 쑨푸는 팡무의 손에 잡혀 일그러진 얼굴로 말을 웅얼거렸다.

"쏠 테면 쏴…… 쏴 보라고…… 죽이라니까……."

팡무의 얼굴 근육이 격렬하게 떨렸다. 팡무는 도발하는 쑨푸의 얼굴을 죽일 듯이 노려보았다…….

당기기만 하면 돼. 그냥 살짝 당기면 되는 거야…….

그러면 이 악마 같은 놈을 지옥에 보낼 수 있어…….

"안 돼, 멈춰! 널 꼬드기는 거야. 놈에게 말려들지 마!"

타이웨이가 다급하게 외쳤다. 팡무는 온몸을 떨면서 집게손가락으로 방아쇠를 당겼다.

탕, 탕!

타이웨이는 절망하며 고개를 돌렸다. 망했다. 팡무가 결국 자기를 내던졌구나. 그 대가를 어찌 감당하려고……

귓가에 갑자기 부딪치는 소리가 나더니 뭔가가 타이웨이의 발밑으로 데굴데굴 굴러왔다. 고개를 숙여 보니 탄두였다. 타이웨이는 얼른 고개를 들었다.

쏜푸의 머리통은 멀쩡했다. 그는 숨을 꾹 참은 것처럼 얼굴이 시뻘게진 채로 눈을 꼭 감고 있었다. 쏜푸의 머리 위로 5센티미터도 안 되는 콘크리트 바닥에 회백색의 얕은 구덩이가 두 개가 생겼다.

팡무는 정지된 화면처럼 사격 자세를 유지하고 있었다. 총알이 다 떨어진 탄창에서 연기가 피어올랐다. 한참 뒤에 쏜푸의 호주머니를 거칠게 당기더니 수갑 열쇠를 손에 쥐었다. 그제야 쏜푸가 숨을 천천히 내뱉었다.

팡무는 혼이 나간 듯한 쏜푸의 얼굴을 보면서 돌연 미소를 지었다. 그리고 천천히 몸을 숙여 느리지만 분명하게 말했다.

"죽고 싶어? 그렇게 쉽게는 안 되지. 사형장에 설 때까지 기다려."

팡무는 바지 주머니에서 만년필을 꺼내 쏜푸 앞에 대고 흔들었다. "이게 뭔지 알아?"

팡무는 자리에서 일어나 타이웨이에게 갔다. 타이웨이는 한숨을 돌리고 팡무에게 잘했다고 칭찬을 할 참이었다. 그런데 자신을 향해 걸어오는 팡무가 이상한 행동을 하는 게 보였다. 스웨터의 목둘레 부분에서 뭔가를 꺼내는 것 같았다.

자리에 누워서 천장을 바라보던 쏜푸의 눈이 갑자기 커졌다. 보이스펜?

쏜푸는 일어서려고 발버둥 치다가 꽝무가 버렸던 군용칼이 손에 잡혔다. 그 순간 그는 초인적인 힘을 발휘해 자리에서 벌떡 일어나 자신을 등지고 있는 꽝무를 향해 돌진했다!

타이웨이는 쏜푸의 행동을 보고 꽝무에게 조심하라고 알려주려 했다. 그런데 꽝무의 표정을 보더니 놀라서 그만 넋이 나가버렸다.

무신경하게 타이웨이를 바라보는 꽝무의 얼굴에 알 듯 모를 듯한 미소가 번지고 있었던 것이다.

쏜푸가 내 뒤에서 뭘 하려는지 알아요.

그놈 손에 그 군용칼이 들려 있다는 것도요.

꽝무는 태연하게 손에 든 총알을 탄창에 넣고 장전했다.

타이웨이를 보며 눈썹을 찡긋하는 여유도 보였다. 이 총알 기억나요?

그러고는 뒤돌아서 총을 들었다.

꽝무의 눈앞에 넋을 잃고 돌연 걸음을 멈춘 사람이 있었다. 누구지?

똑같이 군용칼을 높이 들고 있는 우한吳涵, 『일곱 번째 독자』에 나오는 인물과 쏜푸의 얼굴이 겹쳐 보였다.

네가 누구든 상관없어. 이제 그만 끝내야겠어.

꽝무가 방아쇠를 잡아당겼다.

쏜푸의 이마에 작은 구멍이 생기면서 얼굴을 세게 한 대 얻어 맞은 듯이 고개가 뒤로 넘어갔다. 거의 동시에 하얗고 붉은 무언가가 뒤통수에서 뿜어져 나왔다.

그리고 그대로 바닥에 쓰러졌다.

탄피가 '팅' 하고 바닥에 떨어졌다.

총성의 메아리가 7번 방에서 사라질 때까지 타이웨이의 입은 다물어질 줄 몰랐다.

팡무는 천천히 총을 내려놓았다. 온몸의 힘이 쭉 빠지는 것 같았다. 바닥에서 여전히 경련을 일으키고 있는 쑨푸를 바라보며, 뒤돌아서 수갑을 열고 굳어 있는 타이웨이를 부축했다. 팡무는 타이웨이의 당혹감과 두려움이 느껴지는 눈빛을 애써 피하며 말했다.

"가요. 어서 여길 떠나요."

에필로그

J시 구치소에서 팡무는 며칠간 푹 잘 잤다. 꿈도 꾸지 않았다.

팡무의 부탁으로 타이웨이는 그에게 독방을 쓰게 해주었다. 식사도 매일 밖에서 배달되었다. 당일 신문도 볼 수 있었고 중화 담배 한 갑도 제공되었다. 한가할 때는 철제 침대에 앉아서 창문으로 흰 구름이 떠다니고 낮밤이 바뀌는 것도 볼 수 있었다.

가끔 가다 그 사람들과 일들이 떠올랐다. 이제는 무슨 일이 생겨도 흔들리지 않을 만큼 팡무는 많이 단단해져 있었다.

이제 보니, 사람 죽이는 것도 별 거 아니네.

며칠 뒤, 쑨푸의 집에서 그가 연쇄살인범이라는 걸 증명해줄 다량의 물증이 발견되었다. 공안기관은 특별히 사람을 보내 J대에 사건 상황을 통보했다. 이로써 명판저의 누명은 벗겨지고 팡무는 정당방위를 인정받으며 사건이 마무리되었다. 타이웨이의 증언이 결정적인 역할을 했다.

다만 차오 교수의 추도식에 가지 못한 게 팡무의 유일한 한이었다.

타이웨이는 팡무를 데리러 구치소를 찾았다. 그날따라 날이 무척 맑았다. 구치소를 나오는 팡무의 머리 위로 햇살이 쏟아졌다. 정오의 햇볕을 쪼이니 온몸이 짜릿해지면서 편안해졌다. 팡무도 다른 사람들처럼 기지개를 쭉 켰다.

차에서 타이웨이는 말없이 팡무가 개인 물품을 정리하는 걸 도와주었다. 팡무는 만년필을 들어 이리저리 살피더니 조심스럽게 품에 넣었다. 그 모습을 보던 타이웨이가 물었다.

"너 일부러 그런 거지? 그거 그냥 일반 만년필이잖아."

타이웨이는 만년필을 가리켰다. 팡무는 대답이 없었다. 그는 타이웨이가 증언할 때 만년필 이야기는 하지 않은 걸 알고 있었다. 타이웨이는 팡무가 대답이 없자 더 묻지 않고 조용히 차에 시동을 걸었다. 교문 앞에 도착하자 타이웨이는 뭔가 생각이 난 듯했다.

"아, 맞다. 너 주려고 찾아왔다."

타이웨이가 몸을 한참 뒤적거리더니 군용칼을 끄집어냈다. 팡무는 처음엔 받지 않고 가만히 보다가 결국 받아들었다.

"저, 가요."

팡무가 낮게 한 마디 던진 뒤 차에서 내렸다. 얼마 못 가서 타이웨이가 "저기" 하고 불렀다.

팡무가 뒤를 돌자 타이웨이가 인상을 쓰면서 팡무의 눈을 똑바로 쳐다보고 있었다. 한참 만에 그가 입을 열었다.

"너 내가 경찰 되라고 했었던 거 기억나?"

"네."

타이웨이는 뭔가 생각에 잠긴 듯 고개를 숙이더니 잠시 후 뭔가 큰 결심을 한 것처럼 고개를 들었다.

"그 말 취소다."

그러더니 차를 몰고 가버렸다. 팡무는 지프차가 멀리 사라지는 걸 보면서 웃더니 교문으로 들어갔다.

오늘은 기말고사 마지막 날이었다. 시험이 끝난 학생들은 서둘러 짐을 챙겨 기차역으로 향했다. 팡무는 집에 가고 싶어 서두르는 사람들 속에서 난위안 제5기숙사로 천천히 걸어갔다.

304호에 돌아온 팡무는 침대에 앉아 책상에 쌓여 있는 자료들을 바라보았다. 손으로 훔쳐보니 손에 먼지가 잔뜩 묻었다. 팡무는 잠시 동안 가만히 앉아 있다가 짐을 챙기기 시작했다.

할 일도 다 끝냈으니 여기에 더 머물 이유가 없었다. 팡무는 오후에 연구생처로 가서 다른 기숙사로 바꿔달라고 신청했다.

짐이 많지 않아 금방 정리를 끝내고 손에 묻은 먼지를 털었다. 팡무는 세숫대야와 수건을 들고 문을 열었다.

어?

복도에는 많은 사람들이 서 있었는데 두위도 있었다. 다들 방에서 나오는 팡무를 바라보고 있었다. 팡무는 놀라서 멍해졌다.

두위가 팡무 앞으로 다가왔다. 말없이 팡무를 바라보다가 다시

304호실을 처다보았다. 두위는 고개를 돌려 팡무를 보며 말했다.

"짐 챙기고 있어? 여기 떠나려고?"

"응."

팡무는 더 말하고 싶지 않아 두위를 비켜 지나갔다.

"야! 너 나한테 약속한 거 잊었어?"

팡무가 뒤를 돌았다.

"뭐?"

두위가 굳은 얼굴로 바라보았다.

"범인 찾으면 제일 먼저 알려주기로 했잖아."

팡무는 씁쓸하게 웃으며 고개를 젓더니 뒤돌아서 갔다.

"이렇게 가버리면 다야?"

'뭐 어쩌자고?'라는 말을 하려던 팡무는, 뒤돌아서자마자 자신을 보며 웃고 있는 두위를 발견했다.

"만약 또 쑨푸 같은 사람이 나타나면 우린 어쩌냐?"

두위가 옆에 있던 저우퇀제의 어깨를 툭툭 쳤다. 저우퇀제는 팡무를 보며 익살스러운 표정을 짓더니 주위 친구들을 불러 304호실로 우르르 들어갔다.

두위는 여전히 팡무를 바라보고 있었다.

"그러니까, 여기 남으라고."

두위는 천천히 팡무에게 다가갔다. 옆에서는 친구들이 팡무의 짐을 313호로 부지런히 옮기고 있었다.

두위는 팡무 앞에 서더니 갑자기 움푹 들어간 팡무의 어깨 부분을 주먹으로 살짝 쳤다.

"그리고 한 가지 좋은 소식이 있어. 오전에 류젠쿤이 전화했는데, 회복이 빨라서 금방 복귀할 수 있을 거래."

두 달 후.

올해 겨울은 일찍 끝났다. 팡무는 솜옷을 입고 정원을 걷다가 온몸이 금세 땀으로 젖어버렸다.

방금 류젠쿤이 이제는 천천히 걸을 수 있는 정도라며 신이 나서 문자를 보내왔다. 향기로운 꽃가루 내음을 맡으며 팡무는 오늘 날씨처럼 맑은 기분이 들었다.

잔잔한 호수도 이미 얼음이 녹아 옅은 수면 위로 물안개가 피어 있었다. 팡무는 호수 건너편을 바라보았다. 그곳에는 원래 버드나무가 있었는데, 지금은 그 자리에 학생 매점이 들어섰다. 입구에 있는 스피커에서 귀에 익숙한 〈해활천공海闊天空, 홍콩의 국민 밴드라고 불리는 'Beyond' 의 노래〉이 흘러나오고 있었다.

비바람 속에서 쫓아갔지만, 안개 속의 그대 모습 흐릿하네. 하늘은 끝없고 바다는 넓은데, 너와 나도 변하겠지…….

팡무는 호숫가에 있는 돌 위에 앉아서 2년 전 목발을 짚고 있던 자신의 모습이 떠올라 자기도 모르게 웃었다.

한순간에 뭔가를 잃어버린 듯한 느낌, 내 사랑이 나도 모르게 희미해지네. 내 마음을 누가 알까…….

팡무는 주머니에서 군용칼을 꺼내 가만히 들여다보았다. 검푸른 손잡이 아래쪽에 불에 그을려 울퉁불퉁해졌던 부분이 지금은 닳아서 반들반들해졌다. 칼집을 열자 정오의 햇볕에 날카로운 칼날이 번득였다. 팡무는 엄지손가락으로 칼날 위를 가볍게 문질렀다. 까끌거리는 느낌이 들었다.

이 칼은 두 주인을 따라다니며 많은 일을 목격했다. 그해 허름한 공장에서 제 모습이 갖춰지는 동안, 칼은 자기가 이렇게 많은 일을 경험하게 될 줄은 꿈에도 몰랐으리라. 팡무의 손 위에서 칼은 주인의 손길을 기쁘게 받아들이고 있었다. 마치 다른 두 사람의 손에서 자신이 흉악한 모습을 드러냈다는 걸 까맣게 잊기라도 한 듯이.

처음부터 칼은 그냥 칼이었을 뿐인데, 왜 그 많은 것들을 감당하게 했을까?

팡무는 웃었다. 그 무게는 결국 우리가 스스로 만들었을 뿐이다.

팡무는 일어서서 무게를 가늠하듯 군용칼을 만지작거리더니 갑자기 손을 들어올렸다.

햇볕 아래, 군용칼이 반짝이는 포물선을 그리며 호수 속으로 '풍덩' 하고 빠져 들어갔다. 호수는 잔잔한 물결을 일으키다 금세 처음처럼 잔잔해졌다.

잘 가, 우한.

'심리죄' 시리즈는 누적 판매부수 130만 부를 돌파한 중국의 인기 소설이다. 이 시리즈는 『프로파일링』, 『교화장』, 『검은 강』, 『도시의 빛』, 『일곱 번째 독자』 총 다섯 권으로 구성되어 있다. 원작의 엄청난 인기에 힘입어 2015년과 2016년 연이어 웹드라마가 제작되었고, 2017년에는 '심리죄' 시리즈 중 『프로파일링』과 『도시의 빛』 두 편이 영화로 상영되면서 세간의 관심을 끌었다. 특히 웹드라마의 경우, 회당 30분 분량인 웹드라마 한 편을 제작하는 데만 무려 300만 위안(약 한화 4억 9천만 원)이 들어갔다. 비단 높은 제작비만이 아니고 완성도 역시 높아 '중국판 〈셜록〉이다', '미드에 버금간다'는 찬사를 받기도 했다.

레이미라는 작가는 한국 독자들에게 생소할 것이다. 범죄심리학과 수사학에 정통한 그는 중국 공안부 직속 대학에서 학생들을 가르치는 교수다. 그가 처음 작가의 길로 들어서게 된 건 순전히 우연이었다. 도서 대출카드에 적힌, 서로 알지 못하는 수많은 사람들의 이름을 보면서 그는 '어떻게 하면 이 사람들을 한 곳에 모이게 할 수 있을까? 그 교집합이 이 사람들에게 어떤 기회를 가져다줄까?'라는 생각을 했다고 한다. 그 생각의 단초가 『일곱 번째 독자』의 모티브가 되었고, 그렇게 '심리죄' 시리즈가 탄생했다. 덕분에 레이미는 '중국 범죄심리 소설의 일인자'라는 수식어를 거머쥐며 스타 작가로 우뚝 섰다.

'심리죄' 시리즈의 인기 작품이자 '프로파일링'이라는 부제가 붙은 이 소설의 이야기는 팬들에게 '가장 해결하기 힘든 연쇄살인 사건'이라는 평을 받는다. 그만큼 사건의 경위가 기괴하고 독특하다. 게다가 사건 하나가 해결되기도 전에 새로운 사건이 꼬리를 물고 이어져 독자들이 한시도 긴장감을 늦출 수 없게 만든다.

소설은 프로파일링에 천부적인 재능을 보이는 주인공 팡무와, 희대의 연쇄살인마들의 범죄수법을 모방해 끔찍한 살인사건들을 저지르는 범인의 심리 대결을 그리고 있다. 범죄자의 심리를 꿰뚫는 '프로파일링'을 통해 범인을 확정하고 사건을 해결하는 과정이 흥미진진하게 전개된다.

이 소설의 관전 포인트는 크게 두 가지다.

첫째, 사연이 있는 주인공 팡무다. 팡무는 자기 때문에 첫사랑과 친구들을 잃었고, 그들을 구하지 못했다는 자책감으로 늘 악몽에 시달린다(팡무가 과거에 무슨 일을 겪었는지, 그가 왜 악몽을 꾸게 되었는지 궁금하다면 프리퀄 격인『일곱 번째 독자』를 기대하시라). 과거의 그림자에 짓눌려 사람들을 멀리 하던 광무는 뛰어난 프로파일링 기술로 경찰을 도와 사건을 해결하며 마음의 짐을 덜기 위해 애쓰지만, 정작 자신이 누구인지 잘 모르겠다는 느낌을 받는다. 거울에 비친 청년에게서 예전 자신의 모습은 전혀 찾아볼 수 없다. 지겨운 악몽 속에서 범인은 늘 광무에게 같은 말을 건넨다.

"사실, 너도 나와 같아."

이유를 알 수 없는 광무는 있는 힘을 다해 아니라는 말만 되풀이할 뿐이다. 작가는 광무의 감정과 심리를 세밀하게 묘사하고 있는데, 그 속에서 독자는 광무가 지닌 마음의 상처와 변화를 발견할 수 있다. 이 소설은 어쩌면 본질적으로 광무가 자신을 되찾아가는 이야기라고도 볼 수 있다. 신들린 듯한 프로파일링 실력을 보여주면서도 연민과 호기심을 자아내는 광무라는 캐릭터는 여러모로 매력적이다.

둘째, 세계적으로 유명했던 연쇄살인마들의 이야기다. 소설 속에서 범인은 악명 높은 연쇄살인범들의 수법을 모방해 범행을 저지른다. 영화 〈양들의 침묵〉의 모델이 된 에드워드 게인을 비롯해 사람을 '돼지'라 칭하며 무참히 살해한 찰리 맨슨, 병으로 고통스러워하던 어머니를 떠올리며 환자들을 죽음으로 몰고 간 해럴드 시프먼, 여아를 성적으로 유린한 미야자키 쓰토무, 사람을 죽이고 사지를 잘랐던 리처드 라미레즈 등 엽기적으로 수많은 사람들을 살해한 연쇄살인마의 이야기가 언급된다. 실제로 일어났던 사건들이라 그런지 소설 속에서 벌어지는 일들도 보다 사실적으로 다가오며, 그만큼 섬뜩하고 강한 흡인력을 발휘한다.

『심리죄: 프로파일링』은 신선한 소재와 박진감 넘치는 스토리, 풍부한 전문 지식을 바탕으로 이야기에 현실성을 더한 작가 레이미의 삼박자가 조화를 이뤄낸 결정체라고 생각한다. 지난 십여 년간 범죄소설 중 최고 조회수를 기록했다는 것만 보아도 이 소설에 대한 독자들의 관심과 인기를 짐작할 수 있다. 겉으로는 차가워 보이지만 속은 따뜻하고, 정의감과 책임감, 뛰어난 실력까지 갖춘 팡무는 어느새 수많은 중국 독자들에게 영웅과 같은 존재가 되었다. 시리즈가 이어지면서 자신의 방법으로 문제를 해결하던 학생 팡무는 자기를 희생해서라도 법의 틀 안에서 사명을 완수하려는 진정한 경찰로 거듭난다. 정의를 추구하고 지켜나가는 것, 이것이 바로 '심리죄' 시리즈의 핵심 가치가 아닐까.

2018년 3월

박소정

심리죄 : 프로파일링

1판 1쇄 발행 | 2018년 3월 26일
1판 2쇄 발행 | 2018년 9월 20일

지은이 레이미
옮긴이 박소정
펴낸이 김기옥

문학팀 제갈은영 | **마케팅** 김주현
경영지원 고광현, 김형식, 임민진

인쇄·제본 (주)민언프린텍

펴낸곳 한스미디어(한즈미디어(주))
주소 (04037) 서울시 마포구 양화로 11길 13(서교동, 강원빌딩 5층)
전화 02-707-0337 | **팩스** 02-707-0198 | **홈페이지** www.hansmedia.com
출판신고번호 제313-2003-227호 | **신고일자** 2003년 6월 25일

ISBN 979-11-6007-203-7 03820

한스미디어 소설 카페 http://cafe.naver.com/ragno | 트위터 @hans_media
페이스북 www.facebook.com/hansmediabooks | 인스타그램 @hansmystery

**2015 타이베이 국제도서전 대상 수상작
중국어권 경찰소설의 최고 걸작!**

13·67

찬호께이 지음 | 강초아 옮김

책 제목인 '13·67'은 2013년과 1967년을 가리키는데, 1967년부터 2013년까지 벌어진 여섯 건의 범죄사건이 각 단편의 주된 이야기다. 특이하게도 가장 최근인 2013년의 사건에서 시작해 1967년의 사건까지 시간의 역순으로 전개된다. 여섯 건의 사건과 한 인물의 죽음을 통해 작가가 진정으로 말하고자 하는 것은 무엇일까?

**『13·67』의 작가 찬호께이가
2년 만에 내놓은 최고의 걸작!**

망내인

찬호께이 지음 | 강초아 옮김

한 소녀의 투신자살, 하지만 그 누구도 신경 쓰지 않는다! 열다섯 살 소녀가 온라인상의 괴롭힘을 견디다 못해 22층 집에서 몸을 던지고 만다. 유일한 가족인 동생을 허망하게 잃은 언니 '아이'는 동생을 괴롭힌 사람들을 찾으려 하지만 최첨단 인터넷 기술 앞에서 길을 잃는다. 어떻게 길을 찾을 것인가?

**마지막 20페이지에 모든 세계가 뒤집힌다
반드시 두 번 읽을 수밖에 없다!**

성모

아키요시 리카코 지음 | 이연승 옮김

도쿄 외곽의 아이이데 시에서 어린이집에
다니는 한 아동의 시신이 발견된다. 전날 집
근처 마트에서 갑자기 사라진 피해 아동은
목이 졸려 살해당한 후 시신 훼손의 흔적까
지 있었다. 뉴스에서 사건을 접한 프리랜서
번역가 호나미는 자신의 소중한 외동딸이
무사할 수 없다는 공포심에 사로잡힌다. 사
랑하는 딸을 지키기 위해 어머니가 취한 행
동은……

**사랑과 상실, 끔찍한 소유욕에 대한
창의적이고 고혹적인 초현실 스릴러**

포제션:그녀의 립스틱

사라 플래너리 머피 지음 | 이지연 옮김

죽은 자의 영혼을 몸에 불러들여 유족을 치
유하는 '엘리시움 소사이어티'에서 5년 넘게
일하고 있는 유능한 영매 에디는 죽은 아내
실비아를 만나고 싶어 하는 매력적인 변호
사 패트릭과 채널링을 시작한다. 패트릭에
게서 실비아의 립스틱을 받은 후 그동안 잊
고 있었던 자신을 발견하게 된 에디는 급속
도로 그에게 빠져들고 마는데……